La profecía del mundo OYRUN

(EL COLGANTE DE LOS CUATRO ELEMENTOS)

II

La profecía del mundo OYRUN

(EL COLGANTE DE LOS CUATRO ELEMENTOS)

II

MARTA STERNECKER

SAGA OYRUN

1. Magos oscuros

2. El colgante de los cuatro elementos

3. Sacrificios

4. Luz y oscuridad

© Del texto 2018:

MARTA STERNECKER

© Diseño de cubierta:

RAFAEL RODRÍGUEZ SAEZ

© Diseño de maquetación interior:

MARTA STERNECKER

© Fotografía de cubierta:

SHUTTERSTOCK

1ªEdición: 2015

2ªEdición: 2018

ISBN: 978-84-09-01246-6

www.sagaoyrun.com

www.martasternecker.com

El segundo libro de Saga Oyrun (El colgante de los cuatro elementos) se lo dedico a mi madre que siempre está a mi lado cuando la necesito.

ÍNDICE

PARTE IV

LA PROFECÍA DICE

La oscuridad se instalará en el mundo Oyrun por siglos hasta que el colgante de los cuatro elementos vuelva a aparecer en manos de un guerrero fuerte, valiente y de honor. Dicho guerrero vendrá de tierras lejanas, de un mundo diferente al conocido para derrotar a siete magos oscuros con la fuerza del viento, la tierra, el agua y el fuego. Nada ni nadie podrá apartarlo de su misión, pues de hacerlo podrá llevar al mundo a una oscuridad eterna, sin esperanza para las razas y para el propio salvador de Oyrun.

La magia de Gabriel aparecerá en manos del elegido. Cumplirá su destino y restaurará el equilibrio entre las fuerzas del bien y el mal, para luego volver al mundo de donde provino.

Siglos pasarán hasta el momento de su llegada, pero la esperanza que el elegido aparezca será fuerte, y las razas lucharán unidas hasta que la batalla final se celebre.

PRÓLOGO

El momento llegaba y agarraba con fuerza las sábanas de la cama donde estaba tendida. Encorvé la espalda, gimiendo, cuando una nueva ráfaga de dolor retornó con más fuerza. Una muchacha pasó un paño humedecido en agua fría por mi frente, mientras otra mujer me apremiaba porque no resistiera por más tiempo lo inevitable.

—¡Empujad! —Gritó.

—No —me negué, viendo el orco que esperaba plantado en la puerta—. No se lo daré.

—Si no empujáis moriréis los dos —me avisó.

Las lágrimas caían por mis mejillas, y miré la única ventana que disponía aquella estancia. Era de noche, la luna llena estaba alta en el cielo como un espectador que vigila todo lo que sucede en el mundo.

Grité al notar otra contracción, e involuntariamente mi cuerpo me traicionó y empecé a empujar.

—¡Sigue! —Me gritó la comadrona—. ¡No pares!

La chica que me humedecía la frente miraba la escena horrorizada, pero hizo acopio de valor y me dio una mano que agarré con fuerza. El dolor se suavizó y me dejé caer sobre la montaña de cojines que tenía a mi espalda. Las sábanas estaban teñidas de sangre. La chica volvió a pasar el paño por mi frente. La miré, era joven, cabellos oscuros y ojos marrones, pero poco agraciada. No la conocía, no era ninguna de mis damas de compañía, y la comadrona tampoco era nadie de mi círculo. Solo una simple mujer, entrada en años, sacada de los bajos fondos de la ciudad.

—¿Y mi marido? —Quise saber.

—Supongo que en el anfiteatro —respondió la comadrona—. Como toda la ciudad o… lo que queda de ella.

El dolor regresó y la mujer volvió a prepararse.

Empujé, apretando los dientes, notando como la sangre enrojecía mi rostro por el esfuerzo. Al coger aire me fijé en el orco, que curvó las comisuras de su boca en una sonrisa malévola.

No dejaré que te lo lleves, pensé.

—¡Ya casi! ¡Un último esfuerzo!

El dolor era insufrible, como el peor de los dolores de estómago multiplicado por diez pero localizado únicamente en la zona baja del vientre. Agarré más fuerte la mano que me tendía la muchacha, ésta gimió de dolor y se dobló a un lado, sorprendida al notar mi fuerza.

La solté en cuanto pude respirar una bocanada de aire.

Agarré de nuevo las sábanas, estrujándolas. Cerré los ojos, puse todas mis fuerzas en dar un último empujón. Grité, grité, grité. Entonces, noté como se deslizó al exterior.

—¡Ya está! —Exclamó la comadrona, aliviada.

Me dejé caer en la pared de cojines de mi espalda y vi al orco hablar con alguien en el exterior.

Mi hijo rompió a llorar en brazos de la mujer que me atendió.

>>Es un varón —me informó, mientras lo envolvía en una manta de algodón.

Me lo tendió y lo cogí, temblorosa.

Estaba sucio de sangre y fluidos, pero tenía una buena voz.

Sonreí, mirándole, y le di un beso en la frente.

Poco a poco se calmó mientras le acunaba en mis brazos y le observaba. Era perfecto, sano y sin ninguna deformidad. Abrió los ojos y reconocí la mirada de André en él.

Tiene sus ojos marrones, pensé con ternura y ensanché mi sonrisa.

—¡Ah! El heredero de Tarmona —un vuelco me dio el corazón al escuchar esa voz y miré con pánico creciente el mago oscuro que entró en la habitación.

Era un hombre que aparentaba unos cuarenta o cuarenta y cinco años de edad, pero que había vivido milenios. Su tez era blanca, pálida. Sus cabellos eran negros y lacios, que le llegaban hasta justo los hombros, y sus ojos… eran oscuros como la noche mostrando un deje de locura en una mirada ya de por sí siniestra y malvada. Se plantó a mi lado, observando a mi hijo y yo lo estreché más contra mi pecho.

—Por favor, no le haga daño —le supliqué.

Era de constitución delgada y acostumbraba a caminar con los hombros encorvados.

—Me temo que no puedo prometerle eso, condesa.

El mago oscuro miró al orco y asintió.

Automáticamente el orco se dirigió a mí con paso decidido mientras el mago oscuro se hizo a un lado.

—¡No! —Grité, intentando huir del monstruo que extendió sus brazos para coger a mi hijo—. ¡No! ¡Por favor! ¡Por favor!

Mi pequeño empezó a llorar, mientras el orco forcejeaba conmigo. Finalmente, me lo arrebató de mis brazos al comprender que era capaz de partirlo en dos si no se lo entregaba.

Miré a la comadrona y la muchacha, buscando su ayuda, pero se limitaron a mirar la escena desde una esquina, ambas llorando en silencio por la angustia y el temor. Miré una vez más al mago oscuro y al orco que ya salían de la habitación llevándose a mi hijo.

Desesperada, saqué fuerzas de donde ya no quedaban y me puse en pie.

—Condesa, no debería…

Empujé a la comadrona en cuanto quiso detenerme, di dos pasos y llegué a la pared. Desde allí, fui apoyándome en ella hasta salir a un pasillo, a tiempo de ver como el mago oscuro giraba una esquina con su túnica negra ondeando bajo su marcha.

—¡Urso! —Le llamé, recostada en el marco de la puerta—. ¡Devuélvemelo!

Una risita me llegó desde su dirección unida a los llantos de mi hijo.

Empecé a caminar apoyándome en la pared, pero entonces una pequeña contracción hizo que me detuviera. La comadrona vino de inmediato y me sostuvo mientras apretaba. Algo se deslizó por mis piernas, una especie de bolsa residual.

—Tranquila es normal —dijo al ver que ponía los ojos como platos—. Pero debe descansar.

—No, mi hijo.

Volví a caminar, aunque esta vez la mujer me ayudó en ello y a mi otro lado se colocó la muchacha rodeándome con un brazo la cintura. Salimos al exterior del castillo y escuchamos unos tambores retumbando por toda la ciudad.

—Démonos prisa —pedí, intentando caminar lo más rápido que podía. Detrás de mí, un rastro de sangre marcaba nuestro paso.

Los orcos inundaban las calles, pero ninguno hizo intención de detenernos. Algunos sonrieron al vernos pasar, como si les hiciera gracia nuestra situación. Eran unas criaturas horribles que podían alcanzar los dos metros de alto aunque muchos de ellos solo alcanzaban el metro sesenta. Sus rostros eran malformaciones producidas por la más profunda magia negra, con colmillos prominentes y tez oscura. Iban vestidos con bastas ropas y armaduras, aunque algunos de ellos dejaban su torso desnudo llevando únicamente pantalones. Portaban hachas, mandobles o espadas. Se contaba, que en el pasado, fueron elfos capturados y trasformados en lo que eran hoy en día, unos monstruos sin corazón ni remordimientos.

Aparté la vista de todos ellos, concentrándome en alcanzar el anfiteatro. Lugar donde llevaba Urso —el mago negro— a mi hijo.

Las piernas me fallaron y casi hice caer a la comadrona y a la muchacha al suelo, pero me sostuvieron y logré recuperar el equilibrio.

—Condesa, se lo suplico, volvamos al castillo. Debe descansar

—me pidió la comadrona—. Es joven, puede tener más hijos.

—No —dije firme—. No dejaré que se lo lleve tan fácilmente.

—No quiera ver lo que el mago oscuro le tiene preparado. —Intentó convencerme también la joven.

—No puedo abandonarle —dije reanudando la marcha. El teatro ya solo estaba a unos metros de nosotras. Los tambores se escuchaban con más fuerza y el ritmo con que se tocaban aumentó.

Llegamos a las puertas del anfiteatro no sin esfuerzos. Dos orcos estaban colocados a lado y lado de la lujosa entrada, hecha de mármol con cuatro columnas que sostenían la fachada principal. Al vernos llegar uno hizo un gesto con la cabeza a su compañero y nos abrieron la puerta, de inmediato un olor a sudor, orines y heces nos alcanzó.

—Adelante —nos instó uno de los orcos—. Al amo le gustará que lo veas.

Continuamos la marcha, siguiendo el pasillo de orcos que estaban apostados a cada lado del camino. Siempre fui a aquel lugar como espectadora, ocupando el palco de honor junto a mi marido, pero esta vez la fila de orcos nos dirigió a lo que parecía ser la arena del teatro. Descendimos unas escaleras. El ruido de los tambores se intensificó y dos corpulentos orcos abrieron una doble puerta de madera.

Apoyada en la comadrona y la muchacha, vimos a los habitantes de Tarmona volverse hacia nosotros con rostros espantados. De inmediato, me reconocieron, y sus ojos se desorbitaron danzando por todo mi cuerpo, viendo la sangre que había manchado el camisón que llevaba y los restos de sangre que bajaban aún por mis piernas. Les miré sin saber qué hacer, allí había congregados los últimos supervivientes de la ciudad. Pero rápidamente mi atención pasó al palco que había elevado justo en el otro extremo de la arena.

Urso había dejado a mi hijo en una mesa hecha en piedra. Y tiraba sobre él una especie de sustancia aceitosa. Un gritó se alzó entre los presentes en ese instante y todos se volvieron hacia la persona que empezó a abrirse paso a empujones, con el objetivo de llegar hasta mi hijo.

—¡André! —Reconocí.

¡Estaba vivo! Mi marido aún vivía.

No alcanzó a escucharme, fue directo hacia el altar para salvar a nuestro hijo. Rápidamente aquellos que nos eran leales —la guardia— le siguieron.

Con manos desnudas, decenas de hombres quisieron hacer frente al círculo de orcos que rodeaba la tarima. André esquivó el mandoble de un hacha por muy poco, y dio un puñetazo a otro monstruo que quiso rebanarle la cabeza al verle traspasar la barrera defensiva. En ese acto, logró hacerse con un arma y llegar a Urso. Saltó hacia él con el mandoble alzado, pero el mago oscuro le miró con ojos llenos de locura y antes que pudiera tocarle fue disparado varios metros por el aire.

Grité presa del pánico al ver a André volar y seguidamente caer desde varios metros de altura. La gente se hizo a un lado de inmediato en cuanto mi marido descendió e impactó sobre la arena del teatro.

—¡No! —Me solté de mis dos ayudantas, y con lágrimas en los ojos me dirigí a mi marido trastabillando con mis propios pies. Caí de rodillas en el suelo unos metros antes de alcanzarle y gateé casi sin fuerzas hasta llegar junto a él—. ¡André!

Aún vivía, pero un flujo de sangre le salía de la nariz, orejas y boca.

Me miró y sonrió.

—Estás… viva —dijo llenándosele los ojos de lágrimas. Sostuve la mano que intentó acariciar mi rostro—. Perdonadme… por no… haber… podido… protegeros…

Exhaló su último aliento y sus ojos se cerraron.

—¡André! —Empecé a llorar a lágrima viva.

Intenté zarandearle para que reaccionara, pero no despertó. De pronto, la gente empezó a gritar, a llevarse las manos al rostro, o simplemente a desviar la vista de la tarima donde se encontraba el mago oscuro, no pudiendo hacer frente a lo que vino a continuación.

Urso, con una daga de hoja curva acababa de punzar a mi hijo en el cuello y recogía su sangre en una copa de oro.

—¡No, por favor! —Grité horrorizada—. ¡Que alguien haga algo!

Al decir aquellas palabras, me di cuenta de que aquellos que intentaron ayudar a mi marido yacían muertos a los pies de la tribuna.

Quise alzarme, pero caí de inmediato. Había perdido mucha sangre y no me quedaban fuerzas para levantarme.

Mi hijo aún vivía cuando Urso bebió su sangre y acercó una antorcha para prenderle fuego.

Miré toda la escena petrificada, mientras el llanto de un recién nacido fue extinguiéndose consumido por las llamas de la hoguera. Aquella imagen, el sollozo de mi hijo muriendo, quedó grabada en mi memoria para toda la vida.

El mago oscuro alzó sus brazos a la luna llena, con un claro suspiro de satisfacción al haber sacrificado a un inocente bebé. La luna se tornó roja en ese instante y yo me dejé caer en la arena, vencida, sin ganas de vivir o luchar contra el mago oscuro que había asesinado a mi familia y esclavizado a mi pueblo.

PARTE I

ALEGRA

Situación crítica

El silencio se apoderó de la habitación como una mala noticia que llega inesperada y deja a todo el mundo atónito y perplejo. Con miedo a respirar o hacer un ápice de ruido, todos permanecimos sin movernos. Miré a Aarón, de pie a mi lado; luego al rey Alexis; a su hermano Alan y, por último, a Dacio, el mago del grupo. Todos clavaban sus ojos en el mismo punto de la habitación donde había desaparecido, donde se había esfumado.

Una luz, el poder del colgante de los cuatro elementos, se la había llevado sin dejar el menor rastro de ella. Sin dejar el menor rastro de Ayla, la elegida.

Ayla, la única amiga viva que me quedaba en el mundo, había desaparecido ante los ojos de todos, rodeada por una luz cegadora devolviéndola al mundo de dónde provenía, la Tierra. ¿Qué ocurriría ahora en Oyrun? ¿Sería dominado por los tres magos oscuros que quedaban por derrotar? ¿Volvería algún día Ayla? Ella era la salvadora de nuestro mundo destinada a devolver la paz a las tierras aliadas.

Laranar continuaba inconsciente ajeno a lo que había sucedido. La herida en la cabeza, causada por el ataque de un Minotauro, lo había mantenido medio muerto durante casi tres días. Aquella situación, en que ya nadie mantenía la esperanza que despertara, había llevado a Ayla a una profunda desesperación. Lloró en su pecho, desconsolada, y fue, entonces, cuando el colgante reaccionó llevándosela.

Alan, el príncipe del Norte, se aproximó al punto donde Ayla desapareció. La madera crujió a sus pies. Estábamos en una amplia habitación hecha por entero de madera, donde una gran chimenea situada en el centro iluminaba la estancia en una noche de invierno.

El príncipe se volvió a nosotros.

—¿Qué ha ocurrido? —Preguntó, desconcertado.

Pude moverme en ese instante, en el momento que el primero de nosotros habló. Respiré una bocanada de aire, dejando de contener el aliento. Chovi, el duendecillo de Zargonia, hizo un ruido extraño a mi espalda y al volverme, lo encontré despatarrado en el suelo, se había caído con sus propios pies. Era el ser más patoso y torpe que jamás conocí; tanto, que incluso su propia gente lo desterró debido a los accidentes que ocasionaba involuntariamente.

—Ayla ha vuelto a su mundo —respondió Aarón.

—¿Cómo? —Preguntó el rey de Rócland, ciudad del Norte donde nos encontrábamos y capital del reino.

—El colgante la ha devuelto a su mundo —dije, mirando fijamente sus ojos azules como el cielo. Era un hombre sumamente alto, como todos los que habitaban aquellas tierras, y sus cabellos eran rubios como la paja. Llevaba una barba bien cuidada y su complexión era fuerte y musculosa. Un auténtico guerrero del Norte. Su hermano Alan, era algo más bajo que él, aún así, el príncipe alcanzaba más de metro noventa. Pero su principal característica eran sus cabellos negro azabache en un país donde la mayoría eran rubios como el sol. Aunque sus ojos también eran azules como los del rey, resaltados con más fulgor bajo el marco de sus cabellos.

El silencio regresó. La situación era crítica, si la elegida había desaparecido, los magos oscuros aprovecharían para dominarnos y llevar el mal y la oscuridad a todos los rincones del mundo.

Nadie estaría a salvo.

—Volverá —dijo Dacio, sentado en su cama. También fue herido en el enfrentamiento con el Minotauro y, aunque sus heridas no eran tan importantes como las de Laranar, tenía el brazo derecho roto e inmovilizado en cabestrillo.

Todos le miramos, era el mago del grupo que acompañó hasta el momento a la elegida en su misión por derrotar a los magos negros.

>>Su misión no está finalizada, aún tiene que eliminar a Danlos, Bárbara y Urso. Tarde o temprano regresará.

Suspiré, tenía razón.

—Debemos resistir hasta que vuelva —dijo Aarón, el senescal del reino de Andalen, el país vecino del reino del Norte. Tan solo hacía unas pocas semanas que era general de la guardia de Barnabel, pero a la muerte del rey Gódric de Andalen, fue proclamado senescal hasta que Aster, un niño de seis años nombrado rey, alcanzara la mayoría de edad—. No permitiremos que los magos oscuros nos venzan. No obstante, no sabemos cuánto tardará Ayla en regresar de nuevo. Propongo avisar a Mair, el país de los magos; Launier, el país de los elfos; y Zargonia, donde habitan los duendecillos y seres mágicos de Oyrun, para que estén informados de la situación y doblen sus efectivos contra el enemigo.

—Sí —convino Dacio—. No creo que tarden en actuar en cuanto sepan que la elegida ha regresado a su mundo. Aprovecharán en intentar someternos.

—Sí Laranar despertase… —dije mirándole, preocupada, me arrodillé a su lado—. Él es el príncipe de Launier, podría avisarles. En cuanto a Mair, Dacio, tú podrías informarles —asintió de inmediato—. Luego los magos del consejo pueden enviar un mensajero a Zargonia —sugerí—. Seríais los más rápidos en poder hacerlo.

—Estoy de acuerdo —coincidió el mago.

—Yorsa, que pertenece a los hombres y es el más grande en extensión, uniremos nuestra fuerza militar entre el reino de Andalen y el Norte, para ser más fuertes —propuso el rey Alexis mirando a Aarón.

Referirse a Yorsa significaba hacer mención del terreno que era regentado por humanos. Ese nombre fue dado por aquellas razas inmortales o de larga longevidad para referirse a los reinos de los hombres, que cambiaban cada pocos siglos o milenios debido a guerras o enfrentamientos. Pero incluso nosotros, los mortales, utilizábamos ese término en según qué ocasiones.

—Por supuesto, —respondió Aarón—, desde que fui nombrado senescal ya no habrá más disputas entre nuestros reinos.

—Pero primero hay que esperar a que Laranar se recupere —dije cambiándole el paño de la frente, había tenido fiebre aunque ahora su temperatura era normal—. Será un duro golpe para Laranar saber que Ayla se ha marchado, la quería muchísimo.

—Ambos se amaban —añadió Aarón—. Deseo que se recupere, pero…

Suspiró.

—Sí, lo sé.

Después de tantos días, dudábamos que despertara. En las últimas horas esperaba más el momento que dejara de respirar que la esperanza de que abriera los ojos.

Akila, un lobo que fue adoptado por el grupo cuando apenas era un adolescente solitario y algo famélico, estaba tendido a los pies de Laranar, reacio a abandonar a su dueño. Acaricié su pelaje gris preocupada también por él, se negaba a beber o comer desde que el elfo fue herido.

—Me quedaré en Rócland hasta saber si… bueno, hasta que Laranar se recupere —dijo frunciendo el ceño, Aarón. Era difícil decir en voz alta que lo más probable era que muriera—. Luego regresaré a Barnabel para doblar las defensas. Quedamos muy debilitados en la última batalla contra el ejército de orcos. Deberé reunir más soldados antes que quieran volver a atacarnos. Vosotros dos —nos miró a Dacio y a mí—, sería conveniente que os quedarais hasta que Laranar se recupere del todo y pueda partir. Además, Dacio, aún no es aconsejable que te muevas demasiado, sigues con el brazo roto.

—Estoy mejor —dijo moviendo el brazo lesionado, pero pronto paró y una ráfaga de dolor pasó por su rostro.

Puse los ojos en blanco, era una persona inquieta y le gustaba llamar la atención aun cuando debía hacer reposo.

—Ya amanece —observó Alan mirando la ventana—. ¿Qué…?

Abrió mucho los ojos y todos volvimos nuestra atención al ventanal. Un cuervo negro, un espía del enemigo, nos estaba observando. Levantó el vuelo antes que pudiéramos acercarnos.

—Informará de todo lo sucedido a Danlos —dijo Alan mirando a través del ventanal—. Habrá escuchado nuestros planes.

Miró por la ventana, buscándolo por el cielo, pero el ave oscura ya había desaparecido. Chovi también miraba por la ventana, pero pronto se apartó en cuanto vio que el hombre del Norte se retiraba.

—Bueno, —suspiró Alexis—, tampoco podríamos haber guardado por mucho tiempo la desaparición de la elegida y doblar las defensas de nuestras ciudades es predecible. No cambia nada.

Bostecé involuntariamente en ese momento.

Aarón se acercó y miró a Laranar.

—Yo haré el primer turno, Alegra —se ofreció—. Descansa —miró a Alexis y Alan—. No solucionaremos nada ahora mismo.

—Sí —coincidió Alexis dirigiéndose a la puerta—. Os dejamos dormir.

Me tendí en la cama que había justo al lado de Dacio. Era un colchón en el suelo, todas las camas de Rócland eran así. Una peculiaridad más de aquella gente. Dacio también se estiró y volvió su vista a mí, luego me sonrió.

Le devolví la sonrisa. Era un mago de mil años de edad, pero no aparentaba más de veintiocho a los ojos de los humanos. Su pelo era una encrucijada desordenada de un color exótico que abarcaba tres tonalidades dependiendo de la luz del momento. Si estaba a pleno sol se le aclaraba hasta casi ser rubio, en caso contrario era castaño con unos reflejos cobrizos que encontraba preciosos. Su aire despeinado le confería un toque atractivo. Luego estaban sus ojos marrones como el chocolate, grandes y bonitos. Y su mandíbula era cuadrada, varonil, pero sin perder la sutileza de un rostro hermoso.

Ya habría accedido a sus encantos si no fuera por su afán de ligar con toda jovencita que se le pusiera por delante. Aunque, un mes atrás, me confesó su amor y el propósito de demostrarme que podía confiar en él dejando su papel de mago ligón. No obstante, se me hacía difícil creerle, toda su vida siendo un despreocupado para, de pronto, sentar la cabeza por mí.

El problema era que de momento cumplía su promesa ignorando a todas las mujeres que pasaban por delante de él, y aquello solo lograba que me encaprichara más por Dacio. Le amaba, no se lo había dicho tan abiertamente como él a mí, pero, después de ser una guerrera que creía que el amor era para los débiles, finalmente, había caído en sus redes. Quizá, se debió al hecho que ambos compartíamos algo en común. Danlos, el más poderoso de los magos oscuros, había eliminado a mi villa, matado a mi padre y amigos, y secuestrado a mi hermano pequeño Edmund. El mismo mago oscuro también acabó con los padres y hermana pequeña de Dacio. Y, por ese motivo, me sentía tan próxima a él.

—¿Vendrás conmigo a Mair? —Me preguntó en un susurro.

—¿Tú quieres que vaya?

—Siempre. Además, estoy cumpliendo mi parte del trato, no me fijo ya en jovencitas. Tú también debes cumplir tu promesa —vaciló y apartó sus ojos de los míos—. No te separaras de mí, aunque conozcas…

No terminó la frase, su voz se quebró.

—Tu pasado —acabé por él.

El pasado de Dacio era un misterio, solo Laranar conocía la verdadera historia del mago. Barajé muchas hipótesis durante nuestros viajes, pero nada concluyente. Únicamente sabía que perdió a su familia a manos de Danlos cuando él tenía diez años, luego, por algún motivo que no era capaz de comprender, fue rechazado y temido por los magos de Mair. Tiempo más tarde, lo adoptó el mago superior del consejo, Lord Zalman, quien lo educó y crio, hasta que se hizo adulto.

—No hay nada que puedas decirme para que salga huyendo de ti —le insistí.

—Yo no estoy tan seguro —dijo con tristeza y se volvió a un lado, dándome la espalda.

Me incorporé, me acerqué a él estirándome en su cama y le susurré al oído:

—Siempre estaré a tu lado, te lo juro —luego le di un beso en la mejilla.

Me miró, volviéndose levemente, y le sonreí. Luego me dejé caer en su colchón, instante que aprovechó para encararse a mí y rodearme con el brazo sano.

—Buenas noches, Dacio —le deseé, pese a ser ya de día.

—Buenas noches, Alegra.

Me dio un beso en la frente, y ambos conciliamos el sueño abrazados el uno junto al otro.

Intenté que Laranar bebiera un poco de agua con miel. Debía mantenerle hidratado y aportarle algo de alimento mientras permaneciera inconsciente. Ayla era la que se encargó de alimentarle aquellos días, pero al desaparecer tomé el relevo, sintiéndome responsable en cierta manera del estado del elfo.

Cuando el Minotauro nos alcanzó, quedé atrapada bajo el caballo que montaba después que el monstruo me derribara. Laranar fue el primero en llegar a mí y prestarme auxilio. Aquello provocó que recibiera el golpe del Minotauro de lleno al interponerse entre el animal y yo.

Le debía la vida.

Una vez examinadas sus heridas, una en las costillas y otra en la cabeza, le tapé con una piel de lobo para que no cogiera frío. Deseaba que despertara cuanto antes, pero al mismo tiempo temía su reacción al enterarse que Ayla había regresado a la Tierra. Ambos estaban enamorados el uno del otro desde que se conocieron, pero solo hacía escasas semanas que habían decidido proclamar su amor abiertamente, ignorando la advertencia de la profecía de que nada ni nadie podía apartar a la elegida de su misión. Desafiaban al destino, y las razas de Oyrun no veían con buenos ojos aquella relación. Había mucho en juego, para empezar la supervivencia del mundo, y ver que ignoraban la profecía sin importar el futuro enfureció a más de uno.

De pronto, mientras le observaba, frunció el ceño.

—¿Laranar? —Le llamé notando que el corazón me empezó a bombear más rápido—. Laranar, despierta.

Miré a Dacio un instante, que se incorporó en el acto al ver lo que ocurría.

Laranar volvió a fruncir el ceño emitiendo esta vez un leve gemido.

Sonreí. Dacio llegó, sentándose a mi lado. Akila se alzó de los pies de Laranar y quiso lamerle la cara, pero lo retiré de inmediato.

—Laranar, ¡despierta! —Le ordenó Dacio— .Vamos, amigo. Llevas mucho durmiendo.

—Laranar, abre los ojos —le pedí también, zarandeándole levemente por los hombros.

—¿Ayla? —Respondió aún dormido.

Dacio y yo nos miramos y ambos sonreímos a la vez.

—¡Laranar, despierta! —Exclamamos al unísono.

Abrió lentamente los ojos y miró a lado y lado, desorientado.

Dacio empezó a reír, destensando la angustia que nos embargaron aquellos días.

—Ya era hora —le echó en cara el mago—. ¿Sabes cómo nos has preocupado?

El elfo alzó un brazo y se pasó una mano por la frente. Sus movimientos fueron lentos y descoordinados.

—¿Cómo te encuentras? —Le pregunté, limpiándome los ojos de lágrimas, me había emocionado—. ¿Sabes dónde estás?

—La cabeza me duele —dijo. Sus ojos danzaban por toda la habitación, buscando a alguien—. ¿Y Ayla?

El alma se me cayó a los pies y el estómago se me contrajo.

>>¿Dónde está?

Dacio y yo nos miramos, luego suspiramos.

—Está bien, ¿no? —Preguntó preocupado. Laranar fue asignado el protector de la elegida desde que apareció en Oyrun, y nunca había pasado más de tres días alejado de Ayla desde entonces—. Alegra, Dacio, por favor, ¿qué ha ocurrido?

—Ayla está bien —quiso tranquilizarle Dacio—. Pero ha regresado a su mundo. El colgante de los cuatro elementos se la llevó tan inesperadamente como la trajo. Lo lamento.

—¿Qué? —Frunció el ceño, mirándonos como si no fuera capaz de comprender lo sucedido. Luego, quiso sentarse, pero se mareó y rápidamente tuvimos que sostenerle hasta volverlo a tumbar.

—No debes levantarte aún —le regañó Dacio.

Laranar gruñó, impotente por encontrarse desvalido.

—Ayla estuvo a tu lado desde que te trajimos a Rócland —empecé a explicarle para intentar tranquilizarle—, y esta noche el colgante la ha devuelto a su mundo. Lo lamento.

—Pero... ¿Cómo? ¿Cómo ha podido volver a la Tierra?

—Nadie lo entiende —le contestó Dacio—. Pero regresará, estamos convencidos.

—No nos abandonará —dijo con seguridad el elfo.

Laranar se percató entonces del brazo vendado de Dacio.

>>¿Qué te ha ocurrido? ¿Qué ha ocurrido estos días? Explicádmelo, por favor.

Le contamos todo, desde que perdió el sentido con el ataque del Minotauro, hasta la fuga de la elegida en querer vengarle dando caza sola al Minotauro. Alan la encontró antes que se topara con el animal, pero decidió acompañarla en su búsqueda y, entre ambos, lograron eliminar a la criatura donde muchos otros perecieron en el intento.

En cuanto el rey Alexis se enteró que Laranar había despertado, quiso celebrar una fiesta por todo lo alto. Tuvimos que convencerle que no era el mejor momento. Pues el elfo, apenas podía permanecer unos minutos sentado sin que no se mareara, menos levantarse de la cama.

Chovi lloró al verle despierto y le aseguró que podía pedirle lo que quisiera, que él se lo traería. Akila, empezó a comer y beber en cuanto Laranar se lo ordenó, pero no por ello se apartó del elfo. Aarón, mostró su alegría, pero al tiempo le pidió disculpas por tenerse que marchar a Barnabel —capital del reino de Andalen— para reforzar las defensas de la ciudad antes de ser víctimas de cualquier ataque. El príncipe de los elfos, pues Laranar era el heredero de la corona de Launier, le aseguró que lo comprendía y que en cuanto se recobrara y pudiera partir, pasaría por Barnabel antes de dirigirse a su hogar. Entretanto, me ocupé de él, vigilando que sus heridas cicatrizaran correctamente y no se infectaran.

—Tuviste mucha suerte que el Minotauro no te clavara ninguno de sus cuernos. Esta herida parece insignificante comparado con lo que te podría haber pasado —le comenté, volviéndole a abrigar después de revisar la herida de las costillas.

—Sé que he tenido mucha suerte de sobrevivir —se limitó a responder.

—No te lo he dicho aún, pero te doy las gracias. Me salvaste la vida —le dije, mirándole a los ojos.

—No me las des, fue algo instintivo —respondió quitándole importancia—. Aún no me creo que Ayla pudiera eliminarlo ella sola.

—Alan le ayudó. Aunque, según nos explicó, el mérito es solo de la elegida. Consiguió vencerle con el poder del colgante. Puedes ver la cabeza del bicho colgada en el salón de los tronos. Se la llevaron como trofeo.

—Alan debió traerla de vuelta en cuanto la encontró —dijo con resentimiento—. A rastras si hubiera sido necesario, me da igual.

—Noto que hablas de Alan con una nota de desprecio, ¿qué te ha hecho? —Le pregunté.

—Fijarse en Ayla. Desde el primer momento que la vio le ha gustado, aunque ella no ha querido creerlo.

—Ya veo —me limité a responder. Miré sus cabellos dorados,

estaban enredados—. ¿Te cepillo el pelo?

—Te lo agradecería, me mareo si…

—No me importa —le corté—. Es lo menos que puedo hacer.

Se sentó y empecé a cepillarle el cabello, parecían hilos de oro que caían de forma lisa hasta sobrepasar los hombros. Los elfos eran criaturas bellas y hermosas que irradiaban luz por donde pasaban. No me extrañaba que Ayla quedase prendada de él. Añadido a que Laranar era un gran príncipe, sus padres eran los reyes de Launier.

Hacían buena pareja pese a las dificultades a las que se veían sometidos, y no solo por la profecía. Los elfos eran inmortales, conservaban una juventud eterna, y Ayla era humana como yo. En unas pocas décadas la elegida envejecería y moriría, mientras que Laranar podría permanecer milenios en el mundo sin cambiar apenas de aspecto.

Terminé de cepillarle el cabello devolviéndole el aspecto pulido que siempre conocí en él.

—Gracias —me agradeció volviéndose a tender.

Sus ojos azules mezclados con una tonalidad morada me observaron. Tuve que desviar de inmediato la vista. En ocasiones daba la sensación que podía leer tus pensamientos. Quizá fuera porque en la profundidad de sus ojos se podía entrever los siglos de experiencia vividos en el ser inmortal que era.

Los días siguieron su curso. Laranar poco a poco fue recuperando sus fuerzas pudiéndose levantar; dando breves paseos por el recinto de la residencia de los reyes del Norte. Siempre iba acompañado por alguien del grupo por miedo a que se mareara. Parecía hacerle gracia nuestra actitud protectora con él. Pese a todo, pude ver que sus pensamientos estaban puestos en Ayla y no en las ganas de recuperarse para regresar de inmediato a Launier. Cuando la elegida reapareciera, nadie sabía si regresaría a Rócland donde se esfumó, o si volvería al mismo lugar que la primera vez que llegó a Oyrun, en el reino de los elfos.

La noche que se cumplió un mes de la marcha de la elegida, Laranar se encontraba apoyado en el saliente de la ventana de nuestra habitación mirando la luna y las estrellas. Llevaba una caja de música en las manos, un regalo que le hizo a la elegida mucho tiempo atrás. En ocasiones se limitaba a observarla, otras le daba cuerda y permitía que la pareja de porcelana de su interior bailara mientras la música inundaba la estancia. Pero aquella noche, la música se interrumpió de golpe y el elfo dio un salto, levantándose, mirando horrorizado el exterior.

—¿Qué ocurre? —Le preguntó Dacio aproximándose a él.

—Ya han empezado —respondió sin apartar la vista del cielo.

Al aproximarme y ver lo que sucedía se me erizó el vello. La luna llena, siempre con su blanco resplandeciente, se había teñido de rojo. Era el rojo de las víctimas de los magos oscuros. Un ritual que establecían para demostrar su poder y autoridad a todas las razas del mundo. Acababan de vencer en algún punto de Oyrun, una victoria importante que querían hacerse eco para que perdiéramos la esperanza de poder vencerles algún día.

Lo mismo ocurrió en mi villa. Éramos un pueblo guerrero y fuerte, conocidos como los Domadores del Fuego, pero fuimos insignificantes cuando Danlos nos atacó y redujo a cenizas mi hogar. En aquella ocasión, la luna también se tiñó de rojo sangre y su color permaneció durante un ciclo lunar.

La puerta de la habitación se abrió de golpe, todos nos volvimos y apareció el rey Alexis acompañado de su hermano.

—Algo ha ocurrido —dijo.

—Sí —Laranar se pasó una mano por la herida de la cabeza—. Creo que ya es hora que regrese a Launier. Mañana partiré, debo informar a mi pueblo cuanto antes —miró a Dacio—. Y vosotros, debéis llegar a Mair sin más demora.

—¿Seguro que estarás bien? —Le pregunté—. Aún te mareas, no estás para hacer un viaje tan largo.

—La necesidad lo exige —se limitó a responder dirigiéndose a su cama. Los elfos en realidad no dormían, no sentían la necesidad de dormir, pero cuando estaban heridos descansaban para que su cuerpo y mente, se recuperaran cuanto antes. Guardó la caja de música en su bolsa—. Me llevaré las pertenencias de Ayla a Launier. Puede que vuelva a aparecer de nuevo en mi país. Su arco y espada se los llevó consigo, ¿verdad?

—Sí, cuando desapareció los llevaba encima.

Asintió.

—Si aparece en Rócland me encargaré personalmente de escoltarla —dijo Alan, y Laranar lo miró de inmediato—. Seré su protector por un tiempo.

Laranar frunció el ceño. Él era el protector de la elegida, el guardaespaldas encargado de velar por su vida.

—Te agradeceré que la escoltes hasta Launier —se limitó a decir Laranar de forma indiferente mientras colocaba todas sus pertenencias en su bolsa de viaje de rodillas en el suelo—. Estoy convencido que ella querrá reunirse conmigo de inmediato. Sabe que soy capaz de dar mi vida por protegerla.

—Bueno, no eres el único y quién sabe… —se encogió de hombros—. Quizá la convenza de tener otro protector a su lado o incluso que yo sea el único…

—Alan, basta —le cortó el rey Alexis de inmediato, viendo la dirección que estaba tomando la conversación. Luego miró al resto—. Nos retiramos a descansar, ordenaré que tengan listas vuestras monturas al amanecer.

Asentimos, pero Laranar fulminó al guerrero del Norte con la mirada hasta que salió por la puerta.

Me puse un tanto nerviosa, he de reconocerlo, los hombres del Norte no eran muy dados a las conversaciones, más bien a la fuerza bruta y la espada. Vestían las pieles de los animales que cazaban y no entendían de protocolo. Muchos los consideraban unos auténticos salvajes. No obstante, también era cierto que el clan de los vientos libres —es decir, el clan de la familia real del Norte— eran de los más civilizados entre todos ellos. Dudé que el rey Alexis permitiera un enfrentamiento entre su hermano pequeño y el que sería el futuro rey de Launier, un país de sobra poderoso.

A la mañana siguiente nuestros caballos estuvieron preparados tal y como nos prometieron. Nos despedimos del rey Alexis y la reina Aurora sin extendernos demasiado en formalismos. La reina era una joven que acababa de cumplir los veinte, de rostro aniñado y cabellos tan rubios como los de su esposo. Estaba embarazada de ocho meses y pronto daría a su pueblo el heredero que tanto ansiaba el reino. Alan no se presentó, quizá por iniciativa propia o quizá por orden directa del rey.

Partimos hacia Barnabel, donde visitaríamos por un día a nuestro amigo Aarón y luego continuaríamos cada uno nuestro camino. Laranar cabalgó seguro en su montura, aunque pudimos apreciar como de tanto en tanto su rostro se tornaba pálido, era entonces cuando reducíamos la marcha o simplemente parábamos a descansar. Chovi cabalgaba agarrado a la espalda de Dacio, el mago ya no llevaba su brazo derecho en cabestrillo aunque si vendado, pues en ocasiones aún le dolía. Akila, como de costumbre, correteaba por el bosque yendo y viniendo a su antojo. Y después de cinco días, la capital de Andalen apareció ante nosotros.

Al traspasar las murallas, pudimos comprobar que la ciudad empezaba a recuperar parte de la majestuosidad que presentaba antes de la gran batalla que libramos hacía poco más de un mes. Algunas chozas fueron derribadas y ya se podían ver las primeras paredes de las que serían las nuevas casas.

El primer nivel se caracterizaba por albergar a la gente más humilde, que era apartada de los nobles y ricos comerciantes por una segunda muralla en el interior de la ciudad. Seguidamente, un tercer muro delimitaba el castillo y jardines de la familia real de Andalen, ahora presidida por un rey de apenas seis años de edad. Pero sentado en el trono, encontramos al senescal de Andalen y amigo nuestro, Aarón. A su lado se encontraba la reina Irene que, a diferencia de la primera vez que la conocí, mostraba un aspecto radiante y feliz. Su difunto marido, el rey Gódric, había sido un maltratador que pegó a su mujer día sí, día también, hasta que la espada de un orco lo condujo a la muerte. El reino vería tiempos mejores ahora que Aarón era el nuevo gobernante.

—Tarmona ha caído en manos de Urso —nos dijo sin preámbulos en cuanto nos presentamos ante ellos—. Ya han empezado.

—De ahí la luna de sangre —dijo Dacio—. Os han llegado pronto las noticias, solo hace cinco días que la luna…

—El mensajero llegó seis días antes de la luna roja —le interrumpió la reina—. La caída de Tarmona se produjo diez días antes de su llegada. El mensajero que nos trajo las nuevas murió a causa de sus heridas. Solo pudo explicar que un ejército de ocho mil orcos se presentó a las puertas de la ciudad y no tuvieron efectivos suficientes para detenerlos. El mago oscuro, Urso, amenazó con sacrificar al hijo no nato que llevaba la condesa en su vientre. Según el mensajero, la luna roja es la prueba que ha cumplido su amenaza.

—La ciudad está perdida, no tengo efectivos suficientes para retomarla y salvar a la gente que han esclavizado. —En los ojos de Aarón se reflejó el sentimiento de culpa.

—¿Por qué no nos informaste? Llevas semanas en Barnabel —le preguntó Laranar.

Aarón se alzó del trono y se dirigió a una mesa de madera que había en un lateral de la sala con diversos mapas desplegados en ella. Nos acercamos a él.

—No quería que vinieras sin haberte recuperado de tus heridas, y poco podemos hacer —suspiró, apoyándose en la mesa. Observé que había un mapa de la ciudad de Tarmona y otro que albergaba las tierras del condado—. Nadie sabe qué están haciendo con los esclavos. He mandado un pequeño grupo de reconocimiento para saber qué objetivo tienen. Solo espero que vuelvan con vida, mandé a mis mejores rastreadores y luchadores.

Laranar examinó el mapa.

—¿En qué piensas? —Le preguntó Dacio.

—Tarmona, ¿por qué empezar por esa ciudad? Barnabel es la

capital, si los magos oscuros tienen fuerza militar suficiente, ¿por qué no volverla a atacar? Ahora mismo se está recuperando de una batalla de quince mil orcos, habría sido un objetivo fácil. Y derrotada Barnabel, el reino del Norte sería fácil de destruir —deslizó su dedo índice y marcó un punto del condado de Tarmona—. Aquí —señaló.

—¿Qué es? —Pregunté.

—¿Las minas? —Reconoció Aarón, frunciendo el ceño—. Se cerraron hace décadas por derrumbamientos. Los diamantes que se extraían no compensaban las vidas que se cobraban.

—Para nosotros, pero para los magos oscuros la vida humana es insignificante —le respondió Laranar—. Por ese motivo ha hecho esclavos a la gente de Tarmona, los estará utilizando para sustraer los diamantes. Tengo entendido que Urso es muy avaricioso, le gustan las riquezas, y con tantos esclavos puede, además, practicar su deporte favorito…

—Los sacrificios humanos —finalizó Dacio.

Todos nos quedamos en silencio, la cosa se complicaba por momentos y habían empezado a actuar mucho más rápido de lo que cualquiera esperaba.

—Aarón, mantén a todos tus soldados cerca de Barnabel y no pruebes de conquistar Tarmona, está perdida por el momento. Avisa a Caldea de la situación y que doblen las guardias. Es un consejo —le dijo Laranar.

—Sí, para reconquistar Tarmona necesitaría de todos los efectivos de Barnabel y parte de los de Caldea, demasiado arriesgado. Dejaría a dos ciudades indefensas, sin tener la garantía de salvar a una.

Estuvimos hablando largo y tendido sobre la situación, pero poco pudimos hacer salvo remarcar que intentaríamos luchar con toda nuestra fuerza y determinación hasta el regreso de la elegida.

Al día siguiente, partimos de Barnabel, y a mediodía nuestro camino con Laranar se bifurcó.

—Aquí nos separamos —dijo encarando su montura a la nuestra

y miró a Chovi que se bajó del caballo que compartía con Dacio—. ¿Cómo? ¿Piensas venir conmigo?

—Akila te acompañará a ti —dijo señalando al lobo—. Chovi quiere estar con Akila.

Laranar nos miró con una muestra clara de fastidio.

—Vamos, —me reí—, te hará compañía y piensa que si te encuentras mal puedes contar con Chovi.

—Natur me libre de depender de este duendecillo —pese a sus palabras el elfo le tendió una mano a Chovi y lo subió a su montura—. Como hagas algún estropicio en mi país te desterraré también —le avisó.

—Y yo se lo diré a Ayla cuando vuelva —repuso el duende.

Laranar negó con la cabeza como si no tuviera remedio.

—En fin, Dacio, Alegra, espero que nos veamos pronto. Tened buen viaje —nos deseó.

—Igualmente —dijimos Dacio y yo a la vez, y ambos sonreímos por ello.

Laranar rio y encaró su montura al camino que debía tomar.

—Hacéis buena pareja —dijo sonriendo—. Espero que la próxima vez que nos veamos ya hayáis dejado vuestros secretos a un lado —miró a Dacio—, y empecéis a confiar entre vosotros —entonces me miró a mí—. ¡Suerte!

Espoleó a su caballo antes de poder contestarle y le vimos desaparecer entre el follaje del bosque donde nos encontrábamos.

Miré a Dacio de refilón y descubrí que el mago estaba más serio de lo normal mirando el camino por donde se fue el elfo.

—¿Estás bien? —Le pregunté.

Parpadeó dos veces, como volviendo a la realidad, luego me miró.

—Perfectamente, vamos.

Hizo que su montura empezara a caminar y me coloqué a su lado. Por delante, nos quedaba un largo camino hasta alcanzar Mair, país de los magos.

Ojos del color de la sangre

Mair se encontraba a más de mil kilómetros de distancia de Barnabel y el recorrido para llegar al país de los magos era largo y tedioso. Por ese motivo, después de varias semanas de marcha, aprovechábamos cualquier excusa para hacer un alto en el camino y descansar. Nuestras monturas lo agradecían; habíamos cambiado en dos ocasiones nuestros caballos por otros más frescos en los poblados por donde pasábamos, pero era inevitable tener que reducir el ritmo de nuestro viaje para que los animales pudieran seguir adelante.

En una de aquellas pausas, aproveché para darme un baño en un arroyo que encontramos. Dacio esperaba en otro punto, cocinando unas codornices que cazamos y vigilando nuestras monturas. El baño, fue breve, aún estábamos en invierno y pese a que en la zona donde nos encontrábamos no hacía tanto frío como para que nevara, el agua estaba helada.

Tiritando salí del riachuelo, me sequé y vestí rápidamente.

—Vaya, vaya —escuché la voz ronca de un orco a mi espalda, en el justo momento que me cargaba mi mochila sobre los hombros. Me volví de inmediato y maldije mi mala suerte al encontrarme con cinco orcos saliendo de entre la espesura del bosque—. Se nos había escapado una niñita.

De inmediato desenvainé a *Colmillo de Lince*, mi espada, y evalué la situación, de entre todas las clases de orcos que existían, aquellos eran de los más grandes y musculosos, bichos de dos metros de alto, anchos como armarios, pero igual de deformados y repugnantes como sus otros congéneres.

—Encima peleona —dijo otro contento, con un mandoble en la mano—. Jugaremos un rato pues.

—Sí —dije sin perder la seguridad en mí misma—. Llevo más de dos meses sin matar a ninguno de los vuestros, me iréis bien para entrenar.

Alcé mi espada, me superaban en número, pero en peores situaciones me encontré.

—Recordad que la queremos viva y de una pieza —dijo el que parecía el jefe.

Empezaron a rodearme en círculo.

Mantuve a Colmillo de Lince alzado memorizando la ubicación de cada uno, y, decidida, ataqué al orco que más se acercó a mi posición. El enemigo alzó su mandoble, un palo oxidado de hierro, e intentó detener mi ataque, pero fui más rápida, no tuvo tiempo de retroceder o cubrirse, y le amputé un brazo. Rugió de dolor, pero mi atención ya estaba puesta en los dos siguientes que se acercaron a la vez. Detuve sus embistes, intenté contratacar, pero pronto tuve que retroceder. Un tercero quiso alcanzarme por la espalda; me tiré de inmediato al suelo dando una voltereta, alzándome seguidamente. Quedé de espaldas a unos arbustos. Dos de ellos no perdieron tiempo y continuaron con el contrataque. Sus embestidas eran fuertes, aunque, por contrario, no iban dirigidas a producirme una herida mortal, más bien a dejarme exhausta.

Respirando a marchas forzadas logré atravesar el estómago de uno de mis contrincantes. Luego me hice a un lado, viendo como mi adversario caía al suelo, muerto. Fue, en ese instante, cuando el crujido de una rama a mi espalda me alertó que más enemigos venían a por mí, y, sin tiempo a reaccionar, un orco salió de entre los arbustos, alzó su mandoble y con la empuñadura me dio de lleno entre los omóplatos.

Quedé sin respiración cayendo de rodillas al suelo. Lo siguiente que vino fue un rodillazo en toda la cara que me derrumbó por completo.

Los orcos empezaron a reír, me dieron una patada en la mano, desarmándome, tirando a Colmillo de Lince lejos de mí.

—Atadla —ordenó uno de ellos.

Mareada, fui consciente que solo tenía una opción para salir de aquel embrollo. Así que inspiré profundamente y con todas mis fuerzas, grité:

—¡Dacio, ayuda! ¡Orcos!

—¡Cállate! —Me ordenó el jefe dándome otra patada, esta vez en las costillas.

Me cogieron del cabello obligándome a sentar y con una cuerda empezaron a atarme las muñecas y los tobillos. La cara me dolía como un bombeo constante percibiendo las pulsaciones del corazón en la cabeza.

El sabor de la sangre fue secundario comparado con el dolor punzante que sentía en uno de mis dientes. Aquellos desgraciados casi me arrancaron una pieza de cuajo.

El orco hizo el último nudo y, en ese momento, un viento se alzó a mí alrededor expulsando a aquellos monstruos lejos de mí. Miré en todas direcciones sin localizar a mi salvador, pero antes de encontrarle, un cuchillo se colocó en mi cuello y la mano de un orco me agarró de la cabellera echándome la cabeza hacia atrás, mostrando claramente sus intenciones.

—Suéltala o estás muerto —escuché primero su voz y luego vi su silueta aparecer caminando por encima de las aguas del arroyo. Su túnica azul oscura de mago ondeó encima de la corriente sin mojarse lo más mínimo, pasando al otro lado de la orilla donde nos encontrábamos.

Dacio había venido en mi ayuda, pero lejos de sentir alivio empecé a temblar al ver como sus ojos cambiaban de color. Del color marrón-chocolate que tanto me gustaba al rojo-sangre que tanto temía. Me recordaban a los ojos de Danlos, el que secuestró a mi hermano y mató a toda mi villa. Durante el ataque solo pude ver los ojos brillantes y rojos del mago oscuro, pues escondió su rostro detrás de una capucha y, ahora, Dacio tenía la misma mirada que el mago negro.

Dacio ya preparaba un imbeltrus en su mano derecha, un ataque que consistía en acumular una bola de energía para luego lanzarla a un objetivo y destruirlo en mil pedazos. Noté el cuchillo temblar en mi cuello y la mano que tiraba de mi cabellera aflojó. Luego me soltó, caí al suelo, y el orco echó a correr.

—¡Imbeltrus!

El orco fue alcanzado y eliminado en lo que tarda una persona en parpadear. A unos metros yacían el resto de orcos con brazos y piernas colocados en posiciones antinaturales, y ojos abiertos que miraban sin vida. La fuerza con que fueron expulsados por los aires acabó con ellos al impactar contra el suelo.

Dacio corrió hacia mí de inmediato, se arrodilló y me sujetó por los hombros. Al alzar la vista hacia él, comprobé que sus ojos volvían a ser del color marrón de siempre.

—Alegra, ¿estás bien? —Me preguntó con una nota de pánico. Cogió un pañuelo del interior de su túnica e intentó limpiarme la sangre que caía por mi mentón.

—Estoy bien —dije, miraba fijamente sus ojos que estaban concentrados en mis labios ensangrentados, pero cuando nuestras miradas se cruzaron se detuvo y esperó—. Tus ojos, eran rojos como la sangre.

—Ya te dije lo que nos sucede a los magos cuando nos enfurecemos. ¿Por qué te afecta tanto? Estás temblando.

Era verdad, temblaba como un flan y no era por los orcos, era por sus ojos. Acababa de revivir en apenas dos segundos la noche que lo perdí todo.

Las ataduras de mis brazos y piernas se soltaron por arte de magia y fui libre.

—Ya estás a salvo. No permitiré que te hagan daño y sobrevivirás a tus heridas —dijo mostrando una sonrisa en un intento por tranquilizarme.

Invocando su magia hizo que mi espada viniera hasta nosotros y me la tendió.

—No tiemblo por los orcos —dije aún paralizada, cogiéndola—. Tiemblo por ti, tus ojos.

Dacio cambió su expresión tornándose serio.

—Mis ojos, ¿por qué? —Preguntó—. ¿Por qué me tienes miedo?

—Tenías los mismos ojos que Danlos. Fue lo único que pude

ver de él cuando atacó mi villa —le contesté.

Dacio abrió la boca para responder y luego la cerró. Desvió su vista al suelo, como avergonzado y perdió el color de la cara.

—Lo siento —dije de inmediato al notar que le ofendí. Compararle con un mago oscuro fue muy poco considerado por mi parte—. Es una tontería, tú no tienes nada que ver con él.

—Ya —dijo con un hilo de voz, me sostuvo por los hombros y me alzó. Me mareé levemente y aprovechó para abrazarme.

—Deberíamos continuar —dije, pero se limitó a estrecharme contra su pecho—. ¿Dacio?

—Vas a abandonarme —dijo de pronto, en un susurro—. Lo sé, en cuanto sepas mi pasado.

—¿Qué? —Alcé la vista hasta sus ojos, pero entonces me retiró mirándome con una nota de resentimiento—. ¿Por qué…?

—Y Dios me libre de querer ver cómo me desprecias —dijo para mi sorpresa—. Regresa a Barnabel con Aarón o ve a Launier con Laranar. Pero conmigo… conmigo no vendrás.

Dicho esto se volvió y empezó a caminar dirección al campamento donde teníamos nuestros caballos.

—No, espera —le cogí de un brazo, queriéndole detener, pero se zafó enseguida de mí—. Dacio, ¿por qué dices eso? ¿Qué te despreciaré? No.

—Es una reacción normal que todas las personas han tenido conmigo tarde o temprano —dijo de forma indiferente, sin detener su paso acelerado—. La culpa es mía por creer que contigo sería diferente. Acabas de demostrarlo, me tendrás miedo en cuanto te enteres.

—Eso nunca.

—Y también me odiarás —añadió convencido—. A fin de cuentas, él secuestró a tu hermano y mató a toda tu villa.

—¿Él? ¿Qué relación tienes tú con Danlos?

—Ninguna —respondió y llegamos al campamento.

—No te comprendo.

—Mejor —respondió recogiendo sus cosas y colocándolas encima de la grupa de su caballo—. No quiero ver cómo me rechazas.

—Dacio... —Empecé a asustarme de verdad, pero no de él, sino de la reacción tan desmesurada que estaba teniendo. ¿Qué era lo que ocultaba para estar tan convencido que le temería y odiaría? —. Por favor, no me dejes aquí sola.

Se subió a su montura y me miró.

—Solo debes seguir dirección oeste, y luego tomar norte o sur dependiendo de donde quieras ir. Ya sabes, norte a Barnabel; sur, Launier. Es fácil.

—Elijo Este —dije cogiendo las riendas de su caballo para que no escapara—. Dirección Mair, no quiero separarme de ti.

Frunció el ceño.

—Créeme, me darás las gracias de haberte alejado de mí cuando te enteres en realidad de quién soy.

—Laranar sabe tu historia y sigue siendo tu amigo. Además, me prometiste ayudarme a recuperar a mi hermano. ¿Vas a faltar a tu palabra?

—Mi promesa sigue en pie, pero a partir de ahora la cumpliré de diferente manera —me contestó—. Ahora, suelta las riendas.

—No, dime quién eres y verás que no huyo de ti.

Alzó una mano, invocó el viento y como un suave empujón me tiró al suelo. Antes de poderme alzar, Dacio se fue a galope tendido a través del bosque.

—No —dije, notando como la angustia en mi pecho se hacía cada vez más grande. ¿Cómo habíamos llegado a aquella situación? ¿Qué había dicho para enfurecerlo tanto? Noté como los ojos se me llenaban de lágrimas y me pasé una mano por estos. Entonces, me di cuenta de que tenía el pañuelo de Dacio en la mano; estaba manchado de la sangre de mis labios. Miré el camino por donde se hubo marchado y fruncí el ceño—. No te librarás tan fácilmente de mí.

Decidida a seguirle, recogí mis pertenencias, apagué el fuego y dejé las codornices a medio hacer aún sujetas a los palos donde estaban apoyadas. Seguro que algún animal haría buena cuanta de ellas. Me subí a mi caballo y espoleé mi montura dirección Este. Dirección Mair.

Pese a que no dejé trascurrir más de cinco o diez minutos en ir en busca de Dacio, no logré alcanzarle. A diferencia del mago no conocía el camino que conducía a Mair y debía orientarme e intentar buscar algún rastro del caballo de Dacio, deteniéndome de tanto en tanto. Se hizo de noche y, agotada, tuve que detenerme y acampar en un pequeño claro. Hice una hoguera para entrar en calor y cené un poco de carne ahumada y una manzana; tuve que ir con cuidado al masticar por el diente suelto. Luego me dispuse a dormir en el duro suelo y me arrebujé en mi manta de dormir. Me sorprendí a mí misma llorando mientras pensaba en Dacio. Pocas veces lloraba y menos por un hombre, pero desde que inicié el viaje con la elegida y conocí a Dacio, algo en mi interior había cambiado.

Lentamente el cansancio se apoderó de mí y caí en un profundo sueño.

Escuché los relinchos nerviosos de mi caballo en sueños y desperté sobresaltada. Olí a humo, algo se estaba quemando y me alcé de inmediato. Era noche cerrada, pero una estela de color rojo se podía ver a lo lejos, entre los árboles.

El bosque se estaba incendiando.

Mi caballo se encabritó cada vez más nervioso. Me aproximé a él, intentando tranquilizarle. Cogí las bridas y forcejeé con él para que dejara de alzarse.

—Quieto, cálmate —le decía.

No hubo manera, me hizo perder el equilibrio en una de las ocasiones que se alzó a dos patas y caí al suelo. El animal se alejó presa del pánico.

—¡Mierda!

Aquello solo podía empeorar, empezaba a notar el calor del fuego y cenizas que volaban en mi dirección. Mi hoguera ya estaba apagada, así que me limité a abrocharme el cinturón de mi espada a la cintura, cargarme mi mochila a los hombros y llevar mi arco en la mano, con el carcaj cruzado por mi torso. Empecé a correr, pero pronto me detuve al escuchar las risas características de un grupo de orcos.

¿Qué demonios hacían tantos por aquellos bosques? No era normal, estábamos cerca de las fronteras de Mair y tenía entendido que cuanto más al este menos probabilidades tenías de encontrártelos. Maldiciendo mi mala suerte —estaba claro que aquel no era mi día— me apresuré a escalar un pino y rezar en pasar inadvertida.

Esperé pacientemente, conté hasta cincuenta dos veces y, entonces, aparecieron en mi campo de visión. Eran un total de diez orcos que caminaban con sus mandobles y hachas desenvainadas. Estaban haciendo un reconocimiento del terreno.

¿Quizá fueron ellos las que crearon aquel fuego? No me hubiera extrañado en absoluto, era una especie que producía destrozos solo por diversión.

—Veo que han empezado y no nos han esperado —escuché que decía uno, confirmando mis sospechas.

—Mejor, aunque me gusta masacrar las aldeas de los humanos, trabajar para Ruwer es detestable. La última vez mató a dos de los nuestros por matar a un hombre que podría haber servido de esclavo.

Se detuvieron precisamente a los pies del árbol que trepé, y contuve la respiración.

—También tiene sus cosas buenas, nos deja martirizar al chico siempre que queremos —dijo otro.

—Sí, pero nunca nos deja llegar demasiado lejos, piensa que Ruwer es la mano derecha del amo, y este le asignó a aquel mocoso para hacerle fuerte. Si le pasara algo estoy seguro de que Danlos lo mataría, y Ruwer lo sabe.

El corazón me dio un vuelco al escucharles. Un muchacho a manos de Danlos, y utilizado como parte del ejército de Ruwer para masacrar aldeas y hacer esclavos. ¿Podía ser mi hermano? Era posible, él fue entrenado como guerrero en nuestra villa. Quizá Danlos quería aprovechar su potencial, pero tan solo era un niño de doce años recién cumplidos.

Agarré tan fuerte la rama del árbol donde estaba sentada, que su corteza se clavó en mi piel. Al soltarla, vi pequeñas heridas en las palmas de mis manos, pero no me importó. Si hablaban de mi hermano, significaba que se encontraba a escasa distancia de mi posición.

Los orcos volvieron a iniciar la marcha y respiré de nuevo.

—Pero hay que admitir que el chico tiene agallas. Siempre dice que no se dejará dominar y que es un Domador del Fuego… —sus voces se perdieron en el bosque. Pero no necesité mayor confirmación. Edmund, era un Domador del Fuego, y en ese momento solo quedábamos tres con vida. Una era yo, otro era Durdon, que se encontraba en Barnabel, y por último mi hermano.

Bajé sin perder tiempo de mi escondite. Unas llamas no me impedirían llegar a mi hermano.

Dejé la mochila en el suelo, sin ella iría más ligera. Perdería todo su contenido, pero era necesario para ser ágil. Y empecé a correr.

Ruwer se encontraba presente, y según las historias era un engendro creado por la más profunda magia negra. Se decía que era un lagarto de forma humanoide, y bajo su fuerza sobrenatural, lo más peligroso de él era su cola de dos metros de largo que utilizaba como látigo. No sería fácil, pero intentaría rescatar a Edmund aunque me costara la vida.

Pese a mi determinación en encontrar la villa donde se encontraba mi hermano, me vi ralentizada en cuanto llegué al incendio. Primero encontré arbustos incendiándose, luego los troncos de los pinos y pocos metros más adelante grandes torres de fuego empezaron a rodearme. Todo estaba en llamas, intenté rodear el incendio, pero me resultó imposible y se hizo complicado respirar. No obstante, no me achiqué, continué sin detenerme, ignorando el calor abrasador del fuego, el humo y las cenizas que llovían del cielo.

Pero, después de unos metros de camino en aquel infierno empecé a marearme por la falta de oxígeno, a toser y gemir intentando respirar. Caí de rodillas, mis ojos lloraban por el escozor del humo. Vi que mis manos tenían arañazos y quemaduras.

—Maldita sea —dije rompiendo a llorar más por el miedo que por el humo—. Me prometiste ayudarme a recuperar a mi hermano y me has dejado sola.

Un crujido a mi espalda hizo que abriera mucho los ojos y, al volverme, vi un pino envuelto en llamas que caía en mi dirección. Intenté arrastrarme por el suelo para salir de su trayectoria. No hubo tiempo, me cubrí con los brazos y cerré los ojos, esperando la muerte.

Lo siento, Edmund, mis últimos pensamientos fueron para mi hermano, *no he podido rescatarte.*

Nada ocurrió. No noté el golpe mortal que esperaba, ni siquiera las llamas del fuego lamer mi piel. Todo se tornó en un apacible silencio y el aire se limpió de humo y calor. Quizá era así la muerte, indolora.

Abrí los ojos lentamente, y me encontré con la última persona que esperaba ver. Dacio, estaba tendido encima de mí, con las manos recostadas en el suelo creando una barrera mágica alrededor nuestro. El árbol en llamas se mantenía apoyado en una pared invisible, a un metro de la espalda de Dacio.

—Dacio... —le nombré, aliviada—. Has vuelto.

—¿Por qué me has seguido? —Me preguntó enfadado—. Te dije que no te quería a mi lado.

—No te abandonaré —dije negando con la cabeza—. Pase lo que pase, te lo juré en el pasado y te lo juro ahora. Por favor, no me rechaces.

Le miré a los ojos sin desviar la mirada ni un segundo.

—¿Estás segura? —Dijo muy serio—. Demuéstramelo.

Sus ojos empezaron a tornarse rojos, rojos como la sangre. Eran los mismos ojos que los de Danlos cuando atacó mi villa. Quedé paralizada, mirando aquella mirada cargada de odio, pero... no. No era una mirada llena de odio, la expresión de su rostro en su conjunto era triste, quizá desconfiada, pero Dacio, jamás me miraría con aquel rencor, con aquella ira. Y, entonces, alcé la cabeza, cerré los ojos y le besé.

Noté como se tensó, no se lo esperaba. Fue un beso casto, pero cargado de amor y cariño. Por unos segundos, dejó de existir el resto del mundo, solo nosotros dos.

Al abrir los ojos vi que la mirada del mago había vuelto a la normalidad.

—¿Te lo he demostrado? —Le pregunté.

Intentó contener una sonrisa, pero no pudo.

—Quizá —dijo testarudo.

—No me contarás tu pasado aún, ¿verdad?

—Cuando no quede más remedio.

—¿Puedo acompañarte a Mair? —Le pregunté, mirándole a los ojos.

—Puedes.

Sonreí.

Dacio tensó los músculos y el árbol en llamas que se encontraba apoyado en la barrera mágica saltó de pronto al otro lado. El mago se alzó y me tendió la mano para ayudarme a levantar. La acepté y una vez en pie miré alrededor.

—¿Cómo me has encontrado? —Quise saber.

—Encontré tu caballo nervioso por el bosque, así que imaginé que te encontrabas cerca. Temí que con el incendio pudieras estar herida y fui en tu busca —sonrió—. Ahora, vayámonos, dejemos que la naturaleza siga su curso.

—Han sido unos orcos —le informé—. Han atacado una villa cerca de aquí. Deben de pertenecer al mismo grupo que me atacó este mediodía. Creo que esclavizan a la gente.

—Ahora ya es tarde, nada se puede hacer —dijo—. Vayámonos.

—No, espera —le cogí de un brazo, deteniéndole—. Hay algo más. Mi hermano está en esa villa —abrió mucho lo ojos y le expliqué toda la conversación que escuché a hurtadillas encaramada a un árbol.

—¿Seguro que nombraron a Ruwer? —Quiso cerciorarse.

—Sí, debemos darnos prisa —quise iniciar la marcha, empezar a correr, pero Dacio me sujetó de un brazo—. ¿Qué haces? —Le pregunté sin comprender.

—Ruwer es un engendro creado por Danlos. Se dice que ningún hombre puede matarle. No podemos enfrentarnos a él.

Abrí mucho los ojos.

—¿Estás dispuesto a enfrentarte a Danlos, que es el más poderoso de los magos, y no te atreves con un lagarto?

—Sin la elegida, no —respondió, serio.

Con un bruto movimiento me solté de su agarre, mirándolo decepcionada.

—Pues yo no voy a perder la oportunidad de recuperar a mi hermano.

Dicho esto, salí corriendo fuera de la barrera mágica que nos protegía. Enseguida noté el calor asfixiante, las cenizas rozando mi piel y el humo, pero tres segundos después, la barrera mágica volvió a cubrirme y, al volverme, vi a Dacio corriendo detrás de mí.

Se colocó a mi lado.

—Vas a morir —dijo.

Fruncí el ceño, sin responderle.

>>Está bien, te acompaño, pero si la cosa se tuerce nos retiramos en el acto, es mi condición. ¿De acuerdo?

Le miré a los ojos y, finalmente, asentí. Con él sería mucho más fácil, era un mago poderoso, estaba convencida que podía con ese tal Ruwer.

Con la barrera de Dacio fue fácil atravesar el incendio y llegamos a una zona de campos de cultivo completamente arrasados por el fuego. Más adelante, la villa que buscábamos se hizo presente, rodeada por un ejército de unos cien orcos. Gritos de lamento y espanto se escuchaban desde la lejanía, su trabajo aún no había finalizado.

Nos acercamos con sigilo, aprovechando las elevaciones del terreno, árboles caídos o un simple carro abandonado, para escondernos. Hasta que, finalmente, nos detuvimos a unos cincuenta metros del poblado, escondidos detrás de unas grandes rocas que se encontraban en el camino.

Se me pusieron los pelos de punta cuando vi unos carros trasformados en grandes jaulas con gente en su interior. ¿Podríamos rescatarles? Se trataba de un centenar de orcos a los que hacer frente. Con Dacio, aún teníamos una oportunidad, pero primero quería verificar donde se encontraba mi hermano.

De pronto, el grito de una mujer se alzó entre los gemidos del resto de esclavos y una figura de más de dos metros de alto apareció en la noche sujetando a una mujer del cabello, arrastrándola dirección a los carros-jaula. La mujer se retorcía y resistía, pero el enorme bicho, que caminaba como los humanos pero que tenía aspecto de lagarto, no aminoraba el paso.

Es Ruwer, me transmitió Dacio a través de la mente. *Haríamos bien en retirarnos.*

Mi hermano puede estar ahí, repuse, *no me marcharé hasta comprobarlo.*

La mujer fue cargada junto con el resto de los esclavos en uno de los cinco carros-jaula que había. En cada uno de ellos, alrededor de cuarenta personas se encontraban presos sin apenas espacio.

—Es la última —dijo Ruwer, su voz la pude escuchar como amplificada y al mirar a Dacio, desconcertada, me percaté que era él quien hacía posible escuchar las conversaciones con total claridad—. Llevaré a estos al punto de encuentro con los amos, el resto continuad hasta la siguiente villa.

Los carros-jaula, iniciaron la marcha junto con treinta o cuarenta orcos, casi la mitad de los efectivos, y Ruwer les acompañaba.

Bien, ahora solo hay unos cincuenta orcos, nada de lo que no te puedas encargar, le trasmití a Dacio, pero este no me miró y dudé si había cerrado la conexión mental, *¿Dacio?*

Sí, sí, dijo con fastidio, *pero no me gusta. Ruwer podría volver en poco tiempo.*

Razón de más para darnos prisa, dije.

Desenvainé a Colmillo de Lince y en el justo momento que iba a alzarme, mi hermano apareció caminando por entre los orcos. Quedé paralizada, llevaba casi un año sin poder verle, sin saber si estaba vivo o muerto.

¿Es él?, adivinó Dacio.

Asentí con la cabeza, demasiado nerviosa como para pensar una respuesta mental.

Había crecido, apenas unos centímetros, pero estaba más alto, aunque aún conservaba el rostro aniñado del crío que era. Le habían rapado la cabeza y presentaba alguna que otra herida visible de alguna paliza que le habrían dado. Pese a todo, no estaba delgado ni famélico como creí, y sus ropas eran de calidad, algo que tampoco esperé por parte del mago oscuro. En sus manos, llevaba a *Bistec*, su espada, un nombre ridículo que le puso cuando aún era inocente y vivíamos en nuestra villa. La forjó con sus propias manos, mostrando el don que poseía al trabajar el metal. Danlos vio su potencial, por ese motivo se lo llevó, para que le forjara espadas de calidad para el ejército que poseía.

Está manchada de sangre, pensé al ver la hoja de Bistec.

Le han obligado Alegra, me transmitió de inmediato Dacio.

Miré al mago, por un momento olvidé que mantenía una conexión mental con él.

Dacio me estrechó una mano y me miró a los ojos.

—¿Preparada? —Preguntó.

Asentí.

Como uno solo, nos alzamos de nuestro escondite y empezamos nuestro ataque. Yo con mi espada y Dacio con su magia. El mago lanzó por los aires a diez de ellos en un solo movimiento, sin tiempo siquiera para dejarme emplear a Colmillo de Lince. El caos reinó entonces y miré a mi hermano que puso los ojos como platos al verme.

—¡Edmund, rápido! ¡Ven conmigo!

Paralizado al principio, tardó en reaccionar, pero una vez se recuperó de la sorpresa corrió en mi dirección. Dacio lanzó un imbeltrus, desintegrando a diez más. Los pocos orcos que quisieron presentar batalla se lo pensaron mejor y corrieron en desbandada, huyendo.

Edmund dejó caer a Bistec en cuanto llegó a mi altura y se abalanzó a mis brazos. Pude estrecharle después de casi un año separados.

—¡Hermana! —Temblaba como un flan y rompió a llorar. Ambos lloramos abrazados el uno con el otro. Luego alzó la vista para mirarme y sonrió—. ¿Has venido con la elegida? ¿Has venido a rescatarme?

—Con la elegida no —respondí, limpiándole las lágrimas del rostro—. Con un amigo, Dacio. Es un gran mago.

Volvió su vista hacia Dacio y abrió mucho los ojos.

—¡No! —Gritó, presa del pánico. Corrió hacia su espada, la cogió y se interpuso entre Dacio y yo—. ¡No te acerques a mi hermana!

—¿Qué haces Edmund?

Dacio dejó a los orcos que huían por la villa y se volvió a nosotros. Al ver la reacción del chico mostró sus manos.

—No voy a hacerte nada —dijo mirándole fijamente—. Tiene una explicación, te lo garantizo.

—Pe… pero… —la espada de Edmund temblaba en sus manos—. ¿Cómo es posible?

—¿Se puede saber qué te ocurre? —Quise saber.

—No hay tiempo —dijo Dacio—. Debemos marcharnos de inmediato, antes que…

El mago abrió mucho los ojos, y con una velocidad sobrehumana se colocó a nuestro lado dándonos un fuerte empujón a ambos. Al caer al suelo y alzar la vista, vi horrorizada como Ruwer se encontraba a un metro de nosotros. Su cola, que utilizaba a modo de arma, estaba alzada apuntando en el mismo lugar donde escasos segundos antes me encontraba yo. Dacio detuvo su ataque con sus propias manos. Miré a Edmund, también en el suelo, horrorizado de ver al monstruo.

—Edmund, vuelve con los orcos —le ordenó Ruwer sin apartar la mirada de Dacio que sujetaba su cola con gran esfuerzo.

Edmund lo miró petrificado, se encontraba a dos metros de mí por el empujón de Dacio.

—No, Edmund —dije alzándome.

Ruwer retiró la cola con un movimiento calculado del agarre de Dacio. Acto seguido la volteó por encima de su cabeza y con un rápido ataque azotó a Dacio en un costado.

Lo lanzó contra mí y ambos caímos al suelo dando volteretas sin control. Cuando nos detuvimos, magullados y doloridos, vimos para nuestra consternación, como Ruwer le daba una colleja a mi hermano y este retrocedía regresando con los orcos que trajo consigo el hombre lagarto.

—¡No! —Quise alzarme y echar a correr para atrapar a mi hermano antes que se lo llevaran de nuevo, pero Dacio me sujetó—. ¡Suéltame! —Sus brazos me rodearon, inmovilizándome.

—Es demasiado poderoso —dijo mientras forcejeaba con él—. Lo siento, Alegra.

Puso una mano en mi frente. Creí que era mi oportunidad de escapar del abrazo del mago, pero, entonces, me relajé, mi cuerpo cayó inerte y un profundo sueño me inundó volviéndose todo negro a mí alrededor.

Noté el balanceo del caballo antes de abrir los ojos. Íbamos galopando, saltando de tanto en tanto los obstáculos del camino. Alguien me sostenía entre sus brazos, su respiración era fuerte, acelerada, y me abrazaba con fuerza, como si temiera perderme.

Un último brinco del caballo hizo que despertara y miré desorientada la persona que me agarraba.

Dacio mantenía su vista al frente, concentrado, con una expresión en el rostro de determinación y miedo. Miré alrededor, estábamos en un bosque de abedules, distinto al de pinos que nos acompañó los últimos días. El sol se intercalaba entre el follaje de los árboles.

Fruncí el ceño, ¿qué había pasado? Era como si despertara de un largo letargo. De pronto, todo me vino a la memoria recordando lo sucedido con mi hermano.

—Edmund —nombré—. Debo rescatarle.

Dacio me miró, pero no hizo el mínimo gesto por detener al caballo.

—No podemos, debemos llegar a Mair cuanto antes. No nos queda mucho y estarás a salvo.

—¡Para! —Grité y empecé a llorar—. Detén el caballo, por favor.

Detuvo la marcha y de un salto llegué al suelo, empecé a desandar el camino mientras intentaba vanamente limpiarme los ojos anegados en lágrimas. Había perdido a mi hermano por segunda vez, le había fallado y ahora no sabía cómo podía estar, que castigo le habrían impuesto por querer escapar. Vencida, dejé caer mi cuerpo sobre mis rodillas y miré el bosque. Unos kilómetros más al oeste se encontraba mi hermano. Me miré las manos, las tenía vendadas. Dacio había curado mis heridas provocadas por el incendio.

—Alegra —me tocó el hombro y alcé la vista—, debemos continuar.

—Tú, ¿por qué? ¿Qué me hiciste para que me durmiera de repente? ¡Has hecho que abandone a mi hermano! —Le eché en cara, furiosa. Aquello no se lo perdonaría en la vida.

Se agachó a mi altura y entonces me di cuenta de que no estaba bien. Su cara era pálida y tenía los ojos vidriosos, además de tener las ropas raídas y el pelo lleno de polvo.

—Si no lo hubiera hecho, ambos estaríamos muertos y tu hermano continuaría con Ruwer. Perdóname, no se me ocurrió qué otra cosa hacer para detenerte y ponerte a salvo —se explicó.

Desvié la mirada, aún resentida. Golpeé el suelo con un puño, llena de rabia. Me sentía impotente y grité en un intento por descargar aquella agonía.

—Alegra —me nombró Dacio, con precaución—. Yo... lo siento.

—¿Qué ocurrió después de perder la conciencia? —Le pregunté aún con el puño en el suelo. Ignorando sus disculpas.

—Ruwer me atacó, conseguimos escapar por muy poco y mandó un grupo de orcos para atraparnos. Llevamos toda la noche cabalgando y parte del día. Solo paré un momento para curarte las heridas que tenías, producidas por el incendio.

Fruncí el ceño y apreté con más fuerza los puños hasta que mis nudillos se volvieron blancos.

—¿Y tú? —Le pregunté volviendo la vista a él.

Me extendió su brazo derecho al tiempo que hacía un gesto de dolor.

—Creí que ya estaba recuperado, pero al parecer no del todo. Aún lo tengo resentido y me esforcé demasiado —se tocó luego un costado—. Y Ruwer tiene unos golpes que dejan sin respiración a cualquiera.

Intenté relajarme y puse mi mano en su frente notando que estaba ardiendo.

—¿Me perdonas? —Preguntó angustiado.

Me levanté del suelo y me limpié las lágrimas de los ojos.

>>Recuperaremos a tu hermano, Alegra —le miré—. Cuando Ayla regrese, les haremos frente.

Era consciente que Ruwer era demasiado fuerte para mí. Si regresaba, solo encontraría la muerte.

—Tienes razón —dije, dejando caer los hombros—. Fue una locura.

LARANAR

Responsabilidades

La sala de los tronos del palacio de Sorania enmudeció en cuanto expliqué los últimos sucesos con la elegida. Mi padre, el rey Lessonar, se tensó al escuchar que Ayla había desaparecido inesperadamente, y mi madre, la reina Creao, me escrutó con la mirada de una forma que me heló la sangre.

Me pregunté si no hice demasiado evidente mi pena por su marcha pese a que intenté hablar con naturalidad, no dejando mostrar los sentimientos que me embargaban. Tuve que omitir detalles importantes sobre por qué el colgante reaccionó en un momento determinado llevándosela de vuelta a la Tierra. Si confesaba que la angustia de la elegida, llevada a cabo por mi estado crítico y al amor que sentíamos el uno por el otro, hizo reaccionar el colgante de los cuatro elementos, sería destituido de forma inmediata como protector de Ayla en cuanto regresara con nosotros. Y aquello, era lo último que quería. Así que mentí o, más bien, no conté toda la verdad.

Pero mi madre me conocía lo suficiente como para saber que algo ocultaba. No obstante, no dijo o insinuó nada, y fui bombardeado por una serie de preguntas todas realizadas por mi padre.

La información que solo quedaban tres magos oscuros por eliminar fue bien recibida, teniendo que explicar con todo detalle cómo se acabó con cada uno de los magos oscuros. Desde Numoní, aquella frúncida, mitad escorpión mitad humana, que mató a mi hermana pequeña Eleanor. Hasta el último en caer, Falco, un ser de la oscuridad que sumió a la elegida en un hechizo maligno que casi la mató.

La sala de los tronos acostumbraba a estar regentada por lo general por una veintena de elfos. Algunos asesores de mi padre, otros peticionarios y unos pocos guerreros destinados a mantener el orden por si ocurría algún percance. Pero a medida que fui explicando las hazañas de la elegida, la sala fue llenándose de más gente hasta verme rodeado por casi un centenar de elfos atentos a los relatos que explicaba.

En todo aquel proceso me sentí exhausto y agotado. Y empecé a notar un ligero mareo que se acentuó a medida que continué permaneciendo en pie. Mi madre, al percatarse, tocó de inmediato un brazo a mi padre.

—Dejémosle descansar —le pidió—. Quiero que Danaver le examine las heridas del Minotauro antes de continuar.

Suspiré interiormente.

—Estoy bien, madre —quise quitarle importancia.

—No hay discusión —dijo alzándose de su trono—. Acompáñame, Danaver te atenderá.

Danaver era la elfa médica de Sorania.

Miré a Chovi y Akila que permanecieron quietos durante mis explicaciones.

—Mandel —llamó mi madre, bajando los dos peldaños que elevaban los tronos, dirigiéndose a un elfo sirviente—, lleva al duendecillo de Zargonia a sus aposentos. Chovi, sé bienvenido a Launier.

—Chovi le da las gracias, majestad —le hizo una reverencia y acompañó a Mandel fuera de la sala de los tronos.

—¿Seguro que el lobo es de fiar? —Quiso cerciorarse mi madre.

—Seguro, lo llevo criando desde que era un asustado adolescente —respondí—. No hará daño.

—Por si acaso, hasta que se habitúe, no lo pierdas de vista.

—Entendido.

Me incliné ante mi padre, le hice un gesto a Akila para que me siguiera y me retiré con mi madre por una puerta trasera que daba al camino por donde se iba al edificio donde nos alojábamos la familia real. Caminamos en silencio, uno al lado del otro. El corazón me iba a mil por hora pensando en qué momento mi madre abordaría el tema con la elegida. ¿Cómo confesar que rompí mi juramento?

Podría negarlo, pensé.

No, no podía hacer aquello. Amaba a Ayla, y le prometí no esconder nuestro amor por más tiempo. Mis padres deberían aceptarlo les gustase o no.

Los jardines del palacio eran bellos y hermosos, aún y estando en invierno. Las fuentes y estanques estaban congelados, y una fina capa de nieve cubría los rosales, césped, bancos y estatuas. Pronto, en cuanto empezara a hacer más calor la nieve se derretiría y las primeras flores emergerían para dar vida a un nuevo año. Lo peor del invierno había pasado, en pocas semanas disfrutaríamos de la primavera y el canto de los pájaros.

Entramos en el edificio de la familia real, una enorme edificación donde vivían varios tíos, primos y familiares cercanos y lejanos.

Más de un centenar de dormitorios y habitaciones configuraban nuestra casa, junto a doce comedores que eran utilizados por todos los miembros. Salvo el principal y más lujoso, que era utilizado en exclusiva por los reyes y herederos directos al trono.

Al llegar a mi habitación, mi madre pasó conmigo, cerré la puerta y el protocolo quedó a un lado.

—¿Seguro que te encuentras bien? —Quiso asegurarse.

—Seguro —me encogí de hombros—. Solo necesito descansar.

Me agarró el rostro con ambas manos, mirándome fijamente a

los ojos, luego me abrazó.

—No sé qué haría si te perdiera a ti también, hijo.

—Mamá —suspiré, abrazándola también. Era consciente que cada vez que salía de Sorania mi madre sufría sobremanera pensando en mi seguridad. Era una reacción normal en las madres, preocuparse de sus hijos. Pero la angustia de la mía se veía intensificada al haber perdido ya a una hija—. Estoy bien, solo necesito dormir unos días más.

Se retiró y asintió.

—Danaver vendrá a visitarte, por si acaso —puse los ojos en blanco—. No hagas eso —me regañó—. Me quedaré más tranquila.

—Como quieras —Accedí.

Akila olfateaba la habitación como siempre hacía cada vez que llegaba a un lugar desconocido. Mi madre lo observó con el ceño fruncido, le gustaban los animales, pero era contraria a tenerlos dentro de palacio.

—Akila —le llamé y enseguida vino a mí. Con una orden hice que se estirara en el suelo a los pies de mi cama—. Buen chico —le acaricié—. Quieto aquí —miré a mi madre—. Te dije que era obediente.

Suspiró.

—Antes de retirarme, ¿hay algo que quieras contarme que no hayas relatado en la sala de los tronos? —Me preguntó.

Me erguí dejando a Akila y, serio, le pregunté:

—¿Algo como qué? —Sabía a qué se refería, pero hasta que no me hiciera la pregunta claramente, no respondería.

—Déjalo, luego abordaremos ese asunto —fruncí el ceño. Mi madre abrió la puerta de mi habitación y, antes de marcharse, se volvió a mí—. Solo espero que no hayas olvidado el cargo que tienes, lo que representas y lo que se espera de ti.

—No lo he hecho.

—Bien, porque no me gustaría que perdieras la corona por un capricho.

Parpadeé dos veces y antes de poder contestarle se marchó cerrando la puerta a su espalda.

Tres días después de mi llegada a Sorania —capital del reino de Launier—, mi estado de salud mejoró considerablemente. El descanso, la buena comida y no tener que estar pendiente a ser atacado por orcos y trolls, hizo que mi mente y cuerpo pudiera gozar de unas merecidas vacaciones.

El primer Yetur que pasé en palacio —día que se dedicaba al descanso y comía en compañía exclusiva de mis padres—, mi madre abordó el tema que creí haber esquivado hasta el momento.

—Ahora que tenemos la ocasión me gustaría que me explicaras como ha ido tu relación con la elegida —me exigió mi madre.

Quedé a medio camino de beber de mi copa de vino. La bajé y dejé en la mesa, luego miré a mi madre.

—Rompí el juramento que os hice —confesé.

Decidí ir al grano. Dar un rodeo sin sentido para luego acabar admitiendo que había empezado una relación prohibida con la elegida, era absurdo.

Mi padre suspiró.

—¿Hasta qué punto lo has roto? —Quiso saber.

—¿Eso importa?

—Sí —dijo de inmediato mi madre—. Puesto que faltaste a tu palabra y tu honor está en entredicho.

—Le confesé que la amaba, ella a mí también y empezamos un noviazgo de apenas unas semanas, pues ha vuelto a la Tierra.

—¿La has tomado? —Los ojos de mi madre refulgían de ira.

—No tengo por qué responder a esa pregunta —dije obstinado—. Ese asunto es de Ayla y mío.

No había hecho el amor con Ayla, aún. Ella no se sentía preparada para dar ese paso y la esperaría el tiempo que fuera necesario, pero eso mis padres no tenían por qué saberlo. Eran unos entrometidos.

—Importa, la profecía pone bien claro…

—Que nada ni nadie puede apartarla de su misión —la corté, acabando la frase por ella. Aquello le dio mucha rabia—. Puede que la condene a muerte o quizá no. Puede que Oyrun sea destruido por los magos oscuros al distraerla con un noviazgo o quizá no. En cualquier caso, nadie sabe qué consecuencias puede realmente tener. La profecía no lo especifica.

—Razón de más para ser precavidos —dijo mi padre—. Hijo, si de verdad la quieres, ¿cómo puedes arriesgarte a que la maten por tu culpa?

Fruncí el ceño.

—Porque… —le miré a los ojos —salga con ella o no, está muerta.

Mis padres se miraron entre sí, no comprendiéndolo.

—Valdemar, el mago oscuro, le predijo un futuro teñido de sangre con el espejo maldito antes de lograr matarlo.

Abrieron mucho los ojos. Aquella parte no la expliqué en la sala de los tronos porque así se acordó con el grupo. No queríamos que la esperanza decayera. Todo el mundo sabía que el instrumento de Valdemar —un espejo mágico— siempre acertaba en las predicciones que reflejaba. Y, siempre, eran futuros teñidos de sangre y muerte.

Ayla, durante el combate contra Valdemar, miró en él. Y su reflejo le mostró una muchacha apaleada, herida, sucia y con una delgadez extrema al borde de la muerte.

>>Por ese motivo rompí mi juramento —les expliqué, enfadado al recordar la imagen de la elegida en aquel estado lamentable—. Luché contra mis sentimientos, la aparté de mi lado como pude, al principio haciéndole un daño casi irreparable, despreciándola para que dejara de amarme. Luego me enteré del futuro que le esperaba y, entonces, pensé, ¿qué más da? Si la amo, e igualmente morirá salga con ella o no, si los magos oscuros van a vencer tarde o temprano… ¡¿Por qué no quererla abiertamente?! Fue, entonces, cuando rompí mi juramento.

Mis padres quedaron sin palabras y el silencio inundó la sala. Cogí mi copa de vino y de un trago me bebí todo su contenido.

—No nos lo habías contado —habló mi madre al cabo del rato.

—No —admití—. Y lo siento.

Mi padre se dejó caer en el respaldo de su silla, pensativo. Luego, frunció el ceño.

—Si Ayla regresa —empezó a decir, y le miré—.Y muere, ¿qué harás?

—Morir con ella —respondí.

—¿Y si no muere, pero logra vencer a los magos oscuros y regresa a la Tierra, tal y como dicta la profecía?

—No me imagino un mundo sin ella.

Mi padre miró a mi madre, y esta a mí.

—Laranar, —empezó a hablar mi madre, nombrándome en un suspiro— dejando a un lado la profecía, no puedes iniciar una relación con ella.

—Sí puedo —repuse obstinado.

—Hijo —mi padre se inclinó adelante—. Eres el príncipe heredero del reino, mi sucesor, y ese cargo exige responsabilidades.

—Lo lamento, pero lo tengo decidido. Amo a Ayla, y no pienso dejarla.

—Es humana —dijo mi madre, como si no me hubiera dado cuenta de ese detalle—. El pueblo no la aceptará y no puedes abandonarlo todo por ella. Y no me refiero únicamente a la corona, tu vida es muy importante. No quiero verte sufrir y menos consumido por la pena en cuanto ella desaparezca definitivamente de nuestro mundo. Cuando vuelva déjale claro que no podéis tener ningún tipo de relación. Aún estás a tiempo, y hay muchas elfas en el reino, superaste lo de…

—No es lo mismo —la corté—. Ella me dejó, se marchó con otro elfo. Ayla no lo haría, confío en ella.

—Ya, seguro que cuando regrese a su mundo, después de finalizar su misión, hará voto de abstinencia por ti. ¡Por favor! ¡Abre los ojos! En cuanto pasen dos o tres años se enamorará de nuevo, iniciará una nueva vida, se casará y tendrá hijos. Pero tú, insensato y bobo, permanecerás en Oyrun, llorándola, consumiéndote en la pena. ¿Es eso lo que nos estás diciendo?

Fruncí el ceño, enfadado. No quería ni imaginarme a Ayla con otro hombre, el mero pensamiento hacía que la sangre me hirviera.

—Y otra cosa más, —continuó mi madre— puede que tarde años en regresar a Oyrun, cómo puedes estar seguro de que cuando vuelva no habrá iniciado una relación con otra persona. ¿Te lo has planteado?

Abrí mucho los ojos. No, no me lo había planteado, estaba tan convencido que Ayla me esperaría y haría lo posible por regresar a Oyrun que ni siquiera se me había pasado por la cabeza que en su tiempo en la Tierra pudiera encontrar a otra pareja. Era joven, guapa, inteligente y agradable, seguro que tenía a decenas de pretendientes. Si el tiempo seguía su curso y no regresaba, bien podía rendirse a alguno de ellos.

—Me esperará —dije abatido—. Debe esperarme.

—Unas semanas de relación no son suficientes para hacer que un humano abandone el amor a una edad tan joven. Y tú eres príncipe, si faltas, sabes a quién irá la corona.

—Al primo Larnur —admití a regañadientes.

—No quieras que él sea mi sucesor —pidió mi padre—. Es irresponsable, vago y nunca ha luchado con orcos, ni trolls. No tiene lo que hay que tener para ser rey. Launier sucumbiría en apenas unas décadas con él al mando, no le daría ni un siglo.

Me pasé una mano por la frente, perdido.

—Hijo —lo intentó de nuevo mi madre, pero esta vez en un tono más comprensivo—. Piensa en el reino, en tu gente. Tienes una responsabilidad muy grande sobre tus hombros. No puedes abandonarlo todo por un amor que no te llevará a nada bueno, lo sabes. Aprovecha que ahora ella se ha ido para olvidarla. Intenta relacionarte con las elfas. Sal con Nora, ella te gustaba.

La miré, un agobio en mi pecho crecía irremediablemente.

Me alcé de mi silla.

—Necesito pensar —dije—. Si me disculpáis.

Me encaminé a la puerta de salida, notando los ojos arder. Pero antes de alcanzar el pomo para huir de aquella comida, mi madre, dijo:

—El baile de primavera es dentro de poco, puedes olvidarla entonces.

Se me cayó el alma a los pies. El baile de primavera era una festividad de mi pueblo donde festejábamos el cambio de estación dando las gracias a nuestra diosa de la naturaleza, Natur. El baile, era la antesala de los placeres que compartíamos con una acompañante, elegida al azar por una noche.

Durante siglos, Nora, una de las elfas más bellas del reino con un carácter fresco y desenfadado, fue mi amante.

Ayla, pensé.

No, no podía hacerle aquello. Ella volvería tarde o temprano, ¿pero me sería fiel en todo ese tiempo?

En cuanto llegué a mi habitación, me dejé caer en la cama y suspiré.

Akila, que lo dejé encerrado para que no campara solo por palacio, apoyó su cabeza en el colchón y le acaricié la cabeza.

—Tienen razón en una cosa —le hablé como si comprendiera lo que le decía—. No puedo dejar el reino en manos de mi primo. Lo arruinaría en menos de un siglo.

Entrenamiento

Detuve el golpe dirigido a mi costado derecho, di media vuelta e intenté atacar por el flanco izquierdo de mi adversario. Paró mi embestida con una sonrisa de quién ya conoce mi manera de combatir. También sonreí, pero ninguno de los dos dejó de mirar los ojos de su contrincante, consciente que estábamos igualados en fuerza, técnica y destreza.

Nos retiramos un paso, evaluándonos.

—Echaba de menos esto —confesé.

Raiben, mi mejor amigo, alzó su espada de entrenamiento —de acero pero sin estar afilada— e intentó un golpe vertical. Contuve su ataque y me retiré de inmediato para volver a embestirle.

—Yo también —dijo al detenerme. Acto seguido, en vez de hacerse a un lado dio un paso al frente dándome un toque en la pierna.

Me retiré de inmediato y este me señaló con la espada.

—Estás distraído —dijo—. Normalmente, prevés ese movimiento.

—Un poco —admití, poniéndome en guardia.

Empezamos a caminar en círculo.

—¿Es por la herida en la cabeza? Si no te encuentras bien…

—No —respondí—. Ya está curada. Danaver me aconsejó hacer reposo por unos días, pero viendo que ya no me mareo no puedo quedarme quieto.

Ataqué en ese instante, no deteniéndome. Y por unos segundos estuvimos intentando someter al otro con golpes rápidos y directos. Nuestras espadas bailaron una vez, dos veces, tres…

—Te pillé —Raiben colocó su espada en mi cuello.

—¿Estás seguro? —Mi espada estaba encarada a su estómago. Alzó la mirada.

—Supongo que esto lo deja en empate —dijo.

Nos retiramos y balanceé mi espada con un golpe de muñeca haciendo que girara en círculo sin soltarla. Luego la detuve, suspirando y mirando al suelo.

—¿Qué te ocurre? —Quiso saber.

Me encogí de hombros.

—Echas de menos a Ayla, ¿verdad?

—Sí —susurré—. Quiero verla y al mismo tiempo me convenzo que es mejor que no vuelva por el futuro que le espera en Oyrun.

—Entiendo —Raiben se irguió, relajándose al ver que no quería continuar con aquel juego. Era al único de mis amigos que le conté el futuro que predijo el espejo de Valdemar a la elegida—. Pero en el fondo sabes que aún tiene una oportunidad de sobrevivir a su destino. No estaba muerta en la predicción que le hizo el mago oscuro.

—Eso espero Raiben —dije nada convencido.

—Hay algo más —afirmó, no preguntó—. ¿Qué es?

Miré alrededor, nos encontrábamos en la zona de la arena, lugar donde mi pueblo entrenaba el arte de la espada, el arco y el combate cuerpo a cuerpo. Era el atardecer, por lo que solo había dos elfos entrenándose con el arco lejos de nosotros.

—Me enamoré de ella —confesé.

Sonrió.

—No hace falta que lo jures —dijo y le miré desconcertado—. Estabas enamorado de Ayla antes incluso de empezar la misión.

Puse una mueca al comprender que era un libro abierto en cuanto se refería a mis sentimientos con Ayla.

Se puso la espada bajo la axila y con una mano se retiró los cabellos castaños que le caían sobre el rostro pese a llevar el pelo recogido en una coleta.

—Si ella vuelve y continúo una relación con la elegida, mi padre me quitará la corona —dije y su expresión se tornó seria—. Quiero a Ayla lo suficiente como para renunciar a ser rey, pero eso significa que Larnur será el siguiente en heredar.

Abrió mucho los ojos.

—No puedes estar hablando en serio —dijo perplejo—. ¿Larnur? ¿Rey? Preferiría a Margot, su hermana, antes que él.

—Larnur es el mayor —dije—. Y mi prima Margot tampoco es buena opción. Nunca se ha interesado por la política. Está más concentrada en estar bella que en servir a su país. Y el siguiente después de ella…

Resopló, al saber la respuesta.

>>Mi madre intenta convencerme que aún estoy a tiempo de olvidar a Ayla —sentí una opresión en el pecho solo de pensarlo—. Pero… no quiero hacerlo. Llevaba siglos sin enamorarme de alguien.

—De todas formas, Ayla regresará a su mundo si logra vencer, es lo que dice la profecía —puntualizó—. ¿Qué harás?

—No tengo ni idea —dije enfadado conmigo mismo—. ¿Intentar seguirla aunque sea imposible? ¿Morir en la tristeza? ¿Continuar adelante y olvidarla para ser rey? A fin de cuentas, ella es joven. Me guste o no, volverá a enamorarse, se casará y tendrá hijos. Es inevitable. Incluso, quizá, tarde tanto en regresar que para cuando vuelva a Oyrun ya tenga otra pareja o se haya casado.

—¿Y no hablaste con ella de eso antes que se marchara?

—Vagamente, porque está convencida que encontrará la manera de poder quedarse en Oyrun.

Raiben dejó caer los hombros y se dirigió a la zona donde guardábamos las espadas de entrenamiento. Lo seguí.

—Si lo consigue, que sea ella la reina de Launier —dijo y le miré.

—Mi padre no lo permitirá —dije firme, pasándole el libro donde se registraba el material utilizado en el campo de entrenamiento—. El pueblo no querrá que una humana gobierne el país.

—Sí —afirmó, empezando a escribir nuestros nombres en el registro mientras yo dejaba las espadas en su sitio—. Pero quien gobernará Launier serás tú, no ella. Deja claro al pueblo que Ayla jamás tendrá voz ni voto si llega el caso que pueda quedarse.

—No es tan fácil —repuse—. El pueblo no aceptará esa opción porque solo podría tener hijos semielfos con ella. ¿Un heredero semielfo? Nunca se ha dado el caso.

—Bueno, quizá te sorprenda la reacción de algunos. Ayla es la elegida, podría ser un honor para nuestra raza que la sangre de la salvadora de Oyrun se mezcle con la nuestra.

Le miré desconcertado, por plantearme el dilema al que me enfrentaba desde ese punto de vista.

>>Tres generaciones posteriores el asunto de tener semielfos a la corona ya no sería un problema, pues vuestros descendientes se emparejarían con elfos de raza. La pureza volvería a ser nuestra.

—¿Crees que aceptarían ese planteamiento?

—¿Antes que tu primo Larnur herede la corona? Seguro.

Me dio una palmada en el brazo, como si ya estuviera solucionado.

No lo vi tan claro, empezando porque era improbable que Ayla pudiera quedarse en Oyrun. No obstante, me dio un rayo de esperanza. No todos aceptarían a Ayla, pero era ella o Larnur. Y mi primo no era nada popular entre los elfos.

—Hoy es 23 de Alsto, ¿verdad? —Me preguntó escribiendo la fecha en el registro.

—Sí, de 1033 —añadí.

—Sé el año, no estoy tan senil —dijo acabando de escribir y sonreí.

Alcé la vista, unas pocas nubes teñían el cielo con el tono rojizo del atardecer. La luna empezaba a verse, por suerte dejó el color rojo sangre de los magos oscuros en cuanto cumplió un ciclo lunar.

Ayla, pensé. *¿Cuándo piensas volver?*

Suspiré. Quería lo mejor para ella, que fuera feliz y encontrara un marido con quien casarse si no podía ser yo. Pero pese a todo, aún no estaba preparado para dejarla marchar. Quería verla una vez más, que regresara e intentáramos encontrar la manera de permanecer en Oyrun, los dos, juntos para siempre.

ALEGRA

Ser rico

El caballo marchaba a un paso tranquilo por un camino de tierra. Alrededor, grandes campos se extendían por decenas de hectáreas cosechando una planta realmente extraña. Eran altas, alcanzando los casi dos metros y medio de altura; de hojas grandes y verdes, que caían pomposas hacia los lados. Un único capullo de la medida de un melón permanecía cerrado en lo más alto de la planta. Eran curiosas, como todo lo que uno podía encontrar en Mair pese a que en general, el país de los magos no era más que otra extensión de tierra parecida a Yorsa. No obstante, sus ciudades y aldeas brillaban por la magia que sus propios habitantes practicaban en ella.

Después de días caminando por el país de los magos acabé acostumbrándome a su estilo de vida exótico, curioso y en cierto sentido vago. Pues me percaté que los magos utilizaban la magia para todo, levitando los objetos hasta ellos con tal de no levantarse de una silla.

—¿Te gusta el paisaje? —Me preguntó Dacio, volviéndose hacia mí. Compartíamos caballo e iba sentada detrás de él, rodeándole la cintura.

—Es muy bonito —dije—. ¿Pero qué son esas plantas?
Sonrió.

—Son citavelas —respondió, volviendo su vista al frente—. Su polen es utilizado en muchas pociones mágicas y tiene un gran valor. Solo una vez cada cincuenta años, en la noche de luna llena del mes de Murio, las plantas florecen expulsando un polen dorado parecido al oro. Es todo un espectáculo. Un solo gramo de polen cuesta alrededor de un *dimar* de oro.

—¡Un dimar de oro! —Exclamé. Con un dimar de oro, el *dimar* era la moneda de Mair, una persona podía vivir sin ningún problema y a todo lujo durante un mes entero. Me pareció una cantidad desorbitada—. Debe de ser muy rica la persona que tiene estas tierras —comenté mientras me fijaba en las citavelas—. ¿Cuánto pueden extraer de una sola planta?

—Unos veinte gramos.

Quedé literalmente con la boca abierta pues en aquella plantación debía haber centenares o quizá miles de Citavelas, y si cada una daba veinte gramos, a un dimar de oro por gramo… me mareé solo de pensar la cantidad de dinero que se podía cosechar.

Los campos de Citavelas fueron sustituidos por otros formados por viñas. No tenían nada de especial o mágico, pero no por ello el paisaje dejó de ser bonito.

—De estos viñedos sacan el mejor vino —me explicó Dacio—. Dependiendo de la cosecha pueden llegar a pagar tres dimar de oro por botella, o incluso más.

—Es increíble —dije—. Me pregunto qué tipo de persona debe ser propietaria de estas tierras.

—¡Ah! Soy yo —dijo de forma indiferente.

—¡Qué! —Exclamé sobresaltada, casi caí del caballo al pegar un brinco de sorpresa. Dacio detuvo al animal—. ¡Nunca me habías dicho que eras rico!

Se volvió a mí, un tanto extrañado.

—Te dije que era granjero —respondió como si eso lo explicara todo—. No creerías… ¡Oh!, ¡Vaya!, ¿pensabas que criaba cerdos o algo así? —Empezó a reír al ver mi cara de estupefacción—. Alegra, por qué crees que te dije que podía pagar la escuela militar de

Barnabel si recuperábamos a Edmund. Para mí, la cuota de la escuela militar es insignificante. En ocasiones he podido gastar en un solo día lo que costaría mantener a tu hermano durante un año.

—Pe... pero... —tartamudeé, no sabiendo qué responder.

Dacio sonrió.

—Aunque me alegra que hayas pensado que era pobre —dijo y fruncí el ceño, no comprendiéndolo—. Hubieras escogido a Durdon por su cargo en el ejército, nada más, pero a mí me has escogido por esto —puso dos dedos en mi pecho y sonrojé—. No hay nada más fuerte que el amor.

Le dio la orden al caballo de continuar adelante y apoyé la frente en su espalda, muerta de vergüenza. Unos meses atrás tuve que escoger entre Dacio y el último Domador del Fuego que quedaba con vida, aparte de mi hermano y de mí. Durdon era un buen hombre, incluso antes que se complicaran las cosas mantuve una relación pasional con él. Me propuso matrimonio al reencontrarnos. Tenía un buen puesto en el ejército, comandante, y su posición me aseguraba que mi hermano, una vez rescatado, pudiera entrar en la escuela militar de Barnabel para tener un oficio bien remunerado.

Pero no le amaba, y me debatí durante días entre una vida estable con Durdon, o una relación nada segura con Dacio. Pero el mago ganó, pese al riesgo de vivir en la pobreza, pensando que ser granjero en Mair era igual a ser granjero en Andalen.

—Llevo meses fuera de casa —comentaba—. Pero tengo trabajadores que cuidan de mi granja todo el año. Y cuando es época de recolecta contrato a más magos.

Esa última parte me interesó, si necesitaba trabajadores podía aprovechar para ayudar y sacarme un sueldo. No sabía cuánto tiempo iba a permanecer en Mair, probablemente hasta que Ayla volviera, por lo que podría estar meses o incluso años en aquel lugar.

—¿Me contratarías a mí? —Le pregunté.

Se giró un poco para verme la cara.

—Mientras estés conmigo no debes preocuparte por el dinero,

no te cobraré nada por vivir y comer en mi casa —respondió.

—Gracias, pero preferiría poder disponer de algunas monedas, y necesito un empleo —insistí.

Dacio suspiró y volvió a clavar la vista al frente.

—Veré en qué puedes trabajar.

—Gracias.

Continuamos el camino de tierra hasta que cogimos un camino asfaltado por adoquines que llegaba a una gran casa, gigante y espectacular. Parecía una mansión, hecha de piedra que confería a la estructura un porte duro y resistente, aunque también era elegante.

—Hemos llegado, esta es mi casa —me sujetó de una mano para que bajara del caballo y de un brinco llegué al suelo. Me quedé contemplando maravillada aquel lugar mientras Dacio se apeaba.

Tenía una gran puerta de entrada y enormes ventanales, incluso una torre se alzaba majestuosa en el lateral derecho de la mansión.

—¿Te gusta? —Me preguntó Dacio con una media sonrisa.

Dejó las bridas del caballo y, como si alguien invisible las cogiera, guio a nuestra montura a lo que creí los establos.

—Sí, es muy bonita —respondí—, pero… ¿Dónde está la gente? Creí que alguien con una casa tan grande tendría un montón de criados.

Dacio puso una mueca y negó con la cabeza.

—Digamos que prefiero no tener a mucha gente de Mair a mí alrededor.

—Te tienen miedo —afirmé, no pregunté.

Dacio quedó cortado por unos segundos, luego forzó una sonrisa.

—Adelante —me invitó a acercarme a su casa con un gesto queriendo cambiar de tema—. Te enseñaré el interior.

Suspiré y le seguí.

Dacio se detuvo al llegar a la gran puerta de entrada —un doble portón de madera con pomos de acero—. Acarició uno de los pomos y una barrera invisible hasta el momento se descubrió, desvaneciéndose dos segundos después. Luego, el doble portón se abrió por si solo y pasamos al interior.

No supe que me atrajo más la atención: si la gran recepción que había nada más traspasar el umbral de la casa o que una escoba estuviera barriendo por si sola el suelo de la casa.

—Es un hechizo —me explicó Dacio—, sabía que tardaría meses en volver y alguien debía hacer las labores del hogar en mi ausencia.

Chasqueó los dedos y la escoba se desvaneció.

El mago se plantó delante de una gran escalera que había en un lateral, se giró y me miró contento.

—Vamos, te enseño tu habitación —me apremió con un gesto, y empezó a subir las escaleras—. La casa tiene tres pisos, puedes ir donde quieras menos a la torre.

Mientras ascendíamos no pude evitar fijarme en la barandilla hecha de oro.

—¿Qué hay en la torre? —Pregunté, intentando sobrellevar el temor repentino que sentí al encontrarme rodeada de tanto lujo.

Llegamos al primer piso, donde tapices y cuadros adornaban las paredes. El suelo estaba cubierto por una alfombra roja exquisitamente trabajada, y muebles de la mejor madera ofrecían otro punto de elegancia.

—Nada interesante, solo polvo y cosas viejas, pero no entres —dijo sin perder el entusiasmo a lo que yo fruncí el ceño. ¿Qué había en realidad en la torre?

Se paró delante de una puerta y la abrió haciéndome pasar a mi primero.

>>¿Te gusta?

Contuve el aliento. Era una hermosa habitación, con una gran cama cubierta por una bonita colcha de color verde pastel, que hacía juego con la alfombra dorada que cubría el suelo. Un sencillo, pero bonito escritorio estaba colocado en un lateral. En otro punto, un gran armario de madera esperaba a ser llenado por vestidos que no tenía; y un tocador se encontraba encarado en una esquina de la habitación. Como último elemento que añadir, una pequeña chimenea se encontraba apagada a la espera que alguien la encendiera.

Todo, en su conjunto, era perfecto. Incluso el color de las paredes iba a juego con el de la alfombra, pues estaba enyesada y pintada de un suave color amarillo pastel. Pero lo que realmente me fascinó fue el gran ventanal que dejaba entrar la luz del sol, iluminando toda la estancia. Desde él, se podía contemplar la plantación teniendo unas vistas espléndidas.

—Dacio, es perfecta —dije saliendo a un balcón—. Pero es mucho para mí, no necesito tanto. Me siento abrumada con tanto lujo.

—¡Oh! Venga —dijo saliendo también al balcón—. Es esto o el sótano —rio—. Hay veintidós habitaciones en esta casa y todas están vacías.

Le miré y sonrió. Lo vi feliz de poderme dar aquello y le devolví la sonrisa.

—¿Cuál es tu habitación? —Le pregunté.

—Justo la de enfrente —respondió y luego sus ojos me devolvieron una mirada pícara—. Si alguna vez quieres visitarme a altas horas de la noche no te cortes.

—Creo que deberás esperar a eso.

—A ver si lo he entendido, entras en este armario, cierras la puerta, y al volverla a abrir apareces en Gronland —le dije para asegurarme.

—Correcto —asintió—. Son los armarios transportadores que te comenté hace tiempo. Todas las casas de magos tienen uno, y todos conectan con Gronland.

Gronland podía considerarse la capital de Mair, aunque oficialmente era la escuela y universidad de los magos. El complejo también estaba diseñado como refugio militar para salvaguardar los libros del día y la noche.

El libro de la noche contenía todos los hechizos y conjuros posibles que se podía realizar con magia negra. Y el libro del día eran los contrahechizos de dicha magia negra. Si alguna vez el enemigo lograba poseerlos vencería, y ninguna elegida podría salvarnos. Por ese motivo, eran custodiados permanentemente por los mejores guerreros, escogidos con sumo cuidado y conocidos como los *Guardianes*.

Dacio me empujó levemente para que pasara dentro del armario trasportador, cerró la puerta y nos quedamos a oscuras.

—¿Se tarda mucho en llegar a Gronland? —Le pregunté en medio de aquella oscuridad.

—Dos segundos —abrió de nuevo la puerta—. Ya hemos llegado, bienvenida a Gronland.

Al salir miré alrededor y vi veinte puertas parecidas a la nuestra, que se abrían y cerraban. Entrando y saliendo magos constantemente.

—¡Vaya! —Exclamé fascinada, olvidándome de Dacio por completo.

Había mucho tránsito donde nos encontrábamos y un mago chocó accidentalmente conmigo.

—Perdona —se disculpó y continuó su camino.

Túnicas de todos los colores ondeaban a mi lado, mirando embobada como decenas de magos discurrían por aquella sala.

—Vamos, —Dacio me rozó un brazo— debemos ir a ver al consejo de magos e informarles de lo sucedido con Ayla.

Le seguí. Los pasillos por donde me condujo eran amplios. Tanto el suelo como las paredes y el techo, eran de piedra, pero a diferencia del castillo de Barnabel, este era acogedor. Grandes ventanales dejaban entrar la luz del sol y en según qué puntos una pared desparecía para dar paso a gigantescos arcos. Viendo a niños corretear por la zona me pregunté si aquello no sería peligroso, uno podía caer accidentalmente desde dos pisos de altura.

—Hay una barrera mágica —comentó Dacio como si me hubiera leído el pensamiento—. Nadie ha caído que conozca.

—Vaya —fue lo único que pude decir.

Llegamos a otro pasillo y pese a que continué distraída observando todo a mí alrededor, de pronto, la actitud de los magos con los que nos cruzamos captó mi atención. Rápidamente se apartaban de nuestro camino cuchicheando por lo bajo y nos lanzaban miradas mal disimuladas.

—Cuidado, es él —escuché decir a un mago con túnica verde.

Miré a Dacio que mantuvo una expresión seria e imperturbable.

Sentí un involuntario escalofrío, ¿qué hizo para que le trataran con aquel miedo y temor? Deseé más que nunca saber la verdad sobre el pasado de Dacio.

Subimos unas escaleras en forma de caracol y llegamos a una pequeña salita, donde un banco de madera se ubicaba en una pared. Dacio se aproximó a la única puerta que había en el lugar. Picó y una voz le respondió desde el interior. Seguidamente, la puerta se abrió.

—¡Zalman! —Saludó Dacio al pasar al interior, con una sonrisa en el rostro.

Un mago vestido con una túnica negra se encontraba sentado detrás de una gran mesa de roble. Al alzar la vista y vernos, se le iluminó la cara y de inmediato se puso en pie.

—¡Dacio! —Exclamó igual de entusiasmado, rodeó la mesa y ambos se abrazaron—. ¿Cómo estás? ¿Qué haces aquí?

—Es una larga historia, la elegida...

Zalman, era el primer mago del consejo y máximo gobernante de Mair. Aparentaba los cuarenta años, de cabellos negros y ojos oscuros, sus facciones eran varoniles y su porte elegante.

Por fin pude ponerle cara al padre adoptivo de Dacio, pues él adoptó a Dacio cuando este quedó huérfano.

— ...y ella es Alegra —Dacio se volvió a mí—. ¿Qué haces en la puerta? Ven.

Extendió un brazo hacia mí como invitándome a pasar. Me aproximé a ellos dos.

—Lord Zalman —incliné levemente la cabeza ante él y este sonrió, mirándome atentamente.

—Bienvenida Alegra —miró a Dacio y algo sucedió entre ellos

que se mantuvieron serios por unos segundos. Vacilé al principio, luego entendí que se comunicaban con la mente.

Zalman me miró.

—Sentémonos, —dijo señalando un sofá de color marrón— y me explicáis con más calma qué ha ocurrido con la elegida.

Tomamos asiento y aproveché para dar un repaso rápido al despacho del Lord, mientras Dacio le explicaba los últimos sucesos con la elegida.

El lugar estaba rebosante de libros, todos ordenados en estanterías y muebles que cubrían casi toda la totalidad de las cuatro paredes. Una alfombra, de color granate, daba un toque acogedor al lugar. La mesa de roble estaba ocupada por otros tantos libros y algunos pergaminos. Detrás de ella un gran ventanal daba paso a la luz natural del día. Enfrente de mí, sentada en el sofá, se encontraba una mesa, pequeña y baja.

—Esto complica las cosas —hablaba Zalman muy serio—. Y si Tarmona ya ha sido conquistada es cuestión de tiempo que Barnabel y Caldea caigan, y con ellas el Reino del Norte. Ambos países dependen el uno del otro. Al igual que dependemos de todos nosotros para sobrevivir conjuntamente... —suspiró—. Si la raza de los hombres es derrotada, no les costará nada acabar con Zargonia y Launier.

—Solo quedan tres magos oscuros —puntualicé—. ¿No podrían con ellos?

—Imposible —respondió una voz diferente y di un respingo al ver aparecer a dos magos en el despacho, como sombras que se hicieron sólidas en dos segundos.

Ambos vestían túnicas igual de negras que Zalman.

—Alegra, te presento a Lord Tirso y Lord Ronald, magos del consejo —me presentó Dacio y cada uno me hizo una reverencia.

—Siento si te hemos asustado —se disculpó Lord Tirso. Un mago con el pelo del color del fuego—. Zalman nos llamó con la mente y hemos venido con el Paso in Actus.

El Paso in Actus era un hechizo que solo una decena de magos sabía hacer. Consistía en poder trasladarse de un lugar a otro en apenas tres segundos, como los armarios transportadores, pero sin depender de ningún objeto y no estar condicionados a llegar a un único lugar.

—La magia negra que practican les otorga un poder sobrenatural —me explicó Ronald, un mago de cabellos castaños y ojos marrones, el único que llevaba barba de los magos del consejo—. Para que te hagas una idea, la fuerza de mil magos sería el equivalente al poder acumulado durante siglos por Danlos. Quizá podríamos acabar con uno o dos, pero no con los tres. Hay que esperar a que la elegida regrese de nuevo.

Sí que se han enterado pronto que ha desaparecido, pensé, *la comunicación mental es más útil de lo que creía.*

—Venid a cenar un día a casa —nos pidió Lord Zalman una vez explicamos con todo detalle lo ocurrido en la misión. Lord Tirso y Lord Ronald ya se habían retirado, desapareciendo con el Paso in Actus—. Lilian querrá verte cuanto antes.

—Claro —asintió Dacio—. Lilian es su esposa —me aclaró Dacio.

—Será un placer —dije—. Quizá conocer a la familia de Dacio me ayude a averiguar los misterios que le envuelven.

Dacio se tensó al escuchar mis palabras y le hizo un gesto casi imperceptible a Zalman negándole con la cabeza.

Lord Zalman, me miró, comprensivo.

—Dacio ya me ha puesto al día sobre lo que sabes y no sabes —dijo.

—¿Cuándo? —Quise saber.

—Al principio, cuando hemos hablado con la mente —me explicó—. En un momento me ha puesto al corriente de todo y, sintiéndolo mucho, respetaré su decisión de no explicarte nada hasta que esté preparado.

—Bueno, debemos irnos —se apresuró a decir Dacio, queriendo

cambiar de tema.

El siguiente lugar donde me condujo Dacio fue a una terraza situada en lo más alto de la fortificación de Gronland. Era pequeña, de apenas cinco metros de largo por cuatro de ancho, nadie la utilizaba, pero tenía unas vistas espléndidas.

—Aquella sierra que ves a lo lejos se la conoce como dientes de Gabriel —me señaló unas altas montañas donde sus picos estaban nevados aún por el invierno—, y el bosque que está a sus pies se llama Luz de Ainhoa. Es bonito, ¿verdad?

—Mucho —dije apoyándome en un muro de poco más de un metro de alto—. ¿Aquello también es Gronland?

Le señalé lo que parecía una ciudad a las afueras del gran castillo de los magos.

—Sí —afirmó—. Empezó siendo una pequeña colonia de magos que se instalaron a las afueras con el objetivo de hacer negocio con los estudiantes de la escuela y universidad, vendiendo libros e ingredientes para hechizos. Con el tiempo fueron engrandeciéndose hasta llegar a convertirse en una ciudad en toda regla. Se la considera parte de Gronland aunque esté fuera de la muralla. Lleva con nosotros milenios.

Nos quedamos mirando el paisaje.

—¿Sueles venir mucho por aquí? —Le pregunté al cabo del rato.

—Cuando era pequeño —respondió en un suspiro—. Era mi refugio cuando mis compañeros de clase intentaban martirizarme.

—¿Martirizarte?

—Acabé sin fuerzas y magia en más de una ocasión —dijo con una risa forzada, luego se puso serio—. No fue una época agradable.

Se retiró del muro y se dirigió a la entrada del castillo, le seguí.

>>Es el pasado —Dijo—. No tiene sentido recordarlo. Volvamos a casa, tengo mucha hambre.

Asentí.

Al llegar al último pasillo que conducía a la sala de los armarios transportadores, Dacio se tensó de pronto al ver a tres figuras que se dirigían directos a nosotros. Uno de ellos, un hombre alto, rubio y de ojos azules, que podría considerarse atractivo salvo por la maldad que destilaban sus ojos, sonrió de una manera que me heló la sangre. Sus otros dos acompañantes, situados a lado y lado del rubiales, se miraron entre sí, complacidos de haber encontrado una distracción.

—¡El niño prodigio ha vuelto! —Dijo el hombre rubio alzando los brazos en un gesto fingido de adoración.

—Continúa y no te detengas —me susurró Dacio de inmediato, pero nos cortaron el paso plantándose como un muro en nuestro camino.

Como acto instintivo me llevé la mano a la empuñadura de mi espada, preparada para desenvainarla.

—Víctor —nombró Dacio al hombre rubio—. ¿Qué quieres?

—Saludarte después de tanto tiempo —respondió poniendo los brazos en jarras y me miró—. ¿Quién es esta belleza? ¿Tu nueva adquisición?

Miré a Dacio un instante comprobando que su mirada destilaba odio.

—No es ninguna adquisición —respondió Dacio—. Es una Domadora del Fuego.

—¿Una Domadora del Fuego? —Aquello pareció alegrarle—. Vaya, dicen que tu pueblo es muy fuerte. Me gustaría comprobarlo —dio un paso al frente y Dacio avanzó de inmediato colocándose entre él y yo.

Miré a los otros dos, en guardia, y, de pronto, un viento me lanzó hacia atrás, elevándome del suelo. Volé por unos segundos aunque al caer unos brazos me sujetaron, cogiéndome al vuelo.

Al mirar a aquel que me sostuvo me encontré con un mago que miraba la escena con desaprobación.

—¡Andreo! —Exclamó Víctor—. Ven y diviértete con nosotros.

Dacio golpeaba una barrera invisible que se alzó para separarnos.

El tal Andreo me ayudó a incorporarme.

—¿Estás bien? —Me preguntó.

—Sí, gracias.

Andreo miró a Dacio.

—Ni se te ocurra, te lo advierto —le avisó Dacio con los ojos rojos—. No la toques.

Miré al mago que acababa de ayudarme, no parecía que fuera en nuestra contra. Pero por la expresión de Dacio me puse alerta con él también. El mago se limitó a seguir adelante, pero al llegar a la barrera creada por Víctor y sus secuaces, se detuvo.

—Víctor, quita la barrera —le pidió con calma Andreo. Y todos, incluido Dacio, lo miraron extrañados—. ¿Tengo que repetirlo?

Víctor frunció el ceño, pero a una mirada a sus amigos la barrera se bajó, o eso supuse pues Dacio pudo venir a mi lado.

Andreo siguió su camino.

—Qué raro —dijo Dacio para sí mismo, mirando cómo se alejaba, pero rápidamente volvió su atención a Víctor.

—Escuché que los Domadores del Fuego fueron eliminados hace unos meses —comentó uno de los secuaces de Víctor, un chico de cabellos castaños y ojos marrones—. ¿Seguro que eres una Domadora del Fuego?

—¿Quieres que te lo demuestre? —Le pregunté llevándome de nuevo la mano a la empuñadura de mi espada.

—¿Y cómo puedes ir con Dacio? —Preguntó el otro mago que faltaba, cruzándose de brazos.

Víctor entrecerró los ojos, observándome, mientras sus dos compinches me hacían preguntas. Luego sonrió con satisfacción.

—No lo sabe —dedujo y miró a Dacio—. ¿Verdad?

Miré a Dacio, acababa de perder el color de la cara.

>>Pues se lo diré yo, tranquilo. Sabes quién es el…

Dacio se volvió a mí y puso sus manos en mis oídos.

—Perdóname —dijo y, de pronto, no pude escuchar absolutamente nada, acababa de dejarme sorda por completo. Le miré asustada cogiendo sus manos que aún estaban en mis oídos. Se inclinó a mí y me besó en la frente, luego me miró con cara de disculpa retirando sus manos.

La sensación de no escuchar, de no percibir absolutamente nada, me puso nerviosa. Vi a Dacio discutir con Víctor acaloradamente. Estaban a punto de llegar a las manos. Intenté hablar, pero mi voz no salió, o quizá no me escuché. Empecé a marearme por la sensación de sordera y me froté las sienes. Estaba asustada, vi que la situación se me escapaba de las manos e intenté llegar a Dacio, pero me tambaleé al dar el primer paso y alguien me sujetó de un brazo para que no cayera.

Víctor y Dacio se separaron de inmediato, mirando a la persona que me hubo sostenido. Al alzar la vista reconocí a Lord Zalman. Su cara era seria y enfadada. Dijo algo, y Víctor y sus amigos se retiraron de inmediato inclinando la cabeza ante el mago del consejo.

Dacio se dirigió a mí y volvió a colocar sus manos en mis oídos.

—Iba a contarle mi pasado —empecé a escuchar y di gracias a los dioses—. Siento haberte asustado. ¿Estás bien? —Me preguntó Dacio.

—Creo que sí —respondí.

Zalman soltó mi brazo al recuperar el equilibrio.

—Creí que habías aprendido a ignorar las burlas de Víctor —le espetó Zalman—. ¿Qué creías conseguir con una pelea? Nada —le contestó el propio Zalman muy enojado y luego me miró—. Esta chica debe ser realmente importante para ti —comentó y me ruboricé por algún motivo—, te aconsejo que no la vuelvas a traer a Gronland si no quieres arriesgarte a que lo descubra.

Miré a Dacio esperando una respuesta.

—Nos vamos —se limitó a decir, cogiéndome de una mano.

Miré nuestras manos entrelazadas y luego a él, no se percató de su acto, ¿o sí?

El caso es que tiró de mí, alejándonos de Zalman. Llegamos a los armarios transportadores y en dos segundos regresamos a su casa. Al salir suspiró, relajándose, y soltó mi mano.

—Perdona por dejarte sorda —se disculpó—, tuve miedo de perderte.

Fruncí el ceño, enfadada. Pero sus ojos se clavaron tan profundamente en mí que solo pude responder:

—Te quiero —el miedo me invadió por unos segundos. ¡Acababa de decirle que le quería! ¡Dioses! ¡No podía sucumbir a sus encantos! ¡Aún no!

Agaché la cabeza, avergonzada. Pero él me sostuvo con dos dedos la barbilla e hizo que elevara el rostro hasta que nuestros ojos se encontraron. Sin pensarlo, ambos nos acercamos el uno al otro y nos besamos. Nuestras respiraciones se aceleraron y lo que empezó siendo un beso dulce se tornó pasional y lleno de fuego. Pasé las manos por el interior de su túnica y se la eché hacia atrás, acto seguido quise desabrocharle la camisa pero sus manos me detuvieron y sus labios se despegaron de los míos.

—¿Qué…?

—No puedo hacerte esto —dijo de pronto—. Llevo meses queriendo hacerte el amor pero ahora… No puedo, lo siento.

Dio un paso atrás y se colocó bien la túnica.

—¿Por qué? ¿Qué ha cambiado?

—No quiero que te odies a ti misma o que te sientas sucia en cuanto te enteres de quién soy en realidad —respondió—. Eso sí que no me lo perdonaría.

Y dicho esto, con el tormento reflejado en su rostro, se marchó a algún punto de su gran mansión, dejándome sola y desconcertada.

La Torre

Estirada en la cama y abrazando mis piernas escuchaba a Dacio trastear por la casa. Quizá estaba organizando quehaceres del hogar después de tantos meses fuera. El caso, es que no me atreví a seguirle después de haberme dejado plantada dos horas antes en la entrada del armario trasportador. La expresión de su mirada, triste y culpable, me venía a la mente de forma constante.

—¿Qué escondes, Dacio? —Le pregunté, para mí misma en realidad, pues estaba sola en la habitación.

Me senté en la cama y me pasé las manos por la cabeza apoyando mis codos en las rodillas, analizando lo que sabía hasta el momento de él. Los datos que tenía era que sus padres y hermana murieron cuando él tenía diez años y fue adoptado por Lord Zalman. Danlos fue quien mató a su familia. Quizá todo empezó antes incluso que la familia de Dacio muriera. Tal vez, los padres de Dacio ayudaron de alguna manera a los magos oscuros a obtener su poder, fueron descubiertos y no tuvieron más remedio que delatar a Danlos y el resto para salvar el pellejo. El mago oscuro era vengativo, por lo que pudo vengarse matándolos, y Dacio fue el único superviviente. Entonces… ¿Era justificado el miedo que la gente le profesaba a Dacio? ¡Solo tenía diez años cuando sucedió! ¿Qué gente le culparía de lo ocurrido?

El no saber y el miedo, pensé.

El desconocimiento podía hacer que la gente actuara con cautela o, incluso, con temor. Si sus padres ayudaron a los magos oscuros, recelarían de cualquiera que hubiera tenido un vínculo con ellos, pero…

Negué con la cabeza, no tenía sentido. Algo se me escapaba, pues tener una familia corrupta tampoco era motivo para que te tuvieran miedo de por vida.

—¿Alegra? —Alcé la vista y me encontré a Dacio plantado en mi puerta. La tenía abierta, no me gustaba encerrarme en la habitación—. ¿Estás bien?

—Sí, ¿y tú?

Forzó una sonrisa.

—Sí —asintió—. Vamos, la comida está lista.

Suspiré, y le seguí escaleras abajo hacia un gran salón comedor donde una larga mesa, capaz de albergar a veinte comensales, estaba cubierta por una elegante mantelería de color salmón. Una vajilla de porcelana lujosamente trabajada con una cenefa de oro en los bordes, iba acompañada por una cubertería de plata y unas bonitas copas de cristal de vino y agua. En el centro aguardaba un bonito jarrón de flores.

—Comeremos sopa —me informó Dacio retirándome una silla, me senté y él se sentó en la cabecera, a mi lado izquierdo—. Espero que te guste.

—Seguro que está deliciosa.

Sonrió y me sirvió un plato de la sopera.

La probé.

—Sí, no me equivocaba, está deliciosa.

Ensanchó su sonrisa, mientras me servía una copa de vino.

—Pruébalo, es de mis tierras.

Lo caté y abrí mucho los ojos.

—¡Jamás probé un vino tan bueno! —Exclamé volviéndolo a probar—. Me encanta ese toque afrutado, pero sin ser excesivo.

—Puedes beber todo lo que quieras —dijo—. Es un gran reserva Morren, uno de los mejores vinos de que dispongo. Todos llevan mi apellido.

—Nunca podré pagártelo.

—Ya te he dicho que no me debes nada, lo hago de buen grado.

—Y te lo agradezco, de verdad. Pero, ¿qué haré o haremos hasta que Ayla vuelva?

—Supongo que relajarnos —dijo apoyándose en el respaldo de la silla—. Te enseñaré mis tierras, y también como elaboramos el vino. En el mes de Murio está previsto que florezca un sector de las citavelas, las tengo divididas por ciclos, de esa manera siempre cosechamos polen una vez al año aunque solo florezcan cada medio siglo. También podemos ir a hacer una escapada por la montaña o ir al lago.

—Y Gronland —añadí—. Me gustaría que me enseñaras la ciudad, y apenas he podido ver el castillo... —La expresión de Dacio se ensombreció a medida que hablé y mi voz se convirtió en un susurro hasta que se apagó.

—No volverás a Gronland —dijo—. No me arriesgaré a que

algo parecido a lo de hoy vuelva a suceder.

—Pero…

—No —me cortó—. Y no hay discusión.

—Víctor era uno de los compañeros de clase que te atormentaba, ¿verdad?

Apartó sus ojos de los míos, y respondió:

—Siempre fue el cabecilla. El incitador de todas las burlas y bromas.

Suspiré.

—¿Y Andreo? —Quise saber—. Te pusiste a la defensiva también con él, pero me ayudó a no caerme.

—Sí —dijo pensativo—. Y no lo entiendo, era uno de los seguidores de Víctor. Nunca me ayudó pese a que cuando éramos más niños fuimos amigos. Su familia vive cerca de aquí, es la granja vecina. Venía muchas veces a mi casa a jugar y yo iba de igual manera a la suya, hasta que todo cambió. Llevaba siglos sin verle, se marchó de Mair para tener aventuras por Yorsa o eso tenía entendido, pero ha vuelto, y su actitud me ha sorprendido. Aunque no me fío ni un pelo de él.

Suspiré.

—Así que… ¿nada de Gronland? —Insistí, volviendo al tema original.

Sonrió alargando una mano hasta tocar la mía.

—No te aburrirás, te lo garantizo.

Me conformé, de momento.

Releí la nota que encontré encima de la mesa del comedor a la mañana siguiente de haber llegado a la granja de Dacio.

> *Buenos días dormilona,*
> *He ido a ver los campos y luego me pasaré por Gronland,*
> *volveré al mediodía, tu descansa y disfruta.*
> *Besos,*
>
> *Dacio*

Aún quedaban dos horas largas para el mediodía así que decidí ir a dar una vuelta por mi cuenta. La casa me la enseñó Dacio el día anterior, mostrándome las veintidós habitaciones, tres comedores y cinco salas que disponía. También visitamos una pequeña bodega ubicada en los sótanos donde tenía la mejor reserva de vinos de la zona. Pero aún quedaban muchas cosas por ver. Así que me encaminé a los establos, ensillé mi caballo —viendo que era el único que había en la cuadra, aparte de un corcel negro como la noche, fuerte y de porte majestuoso, pero nada sociable, pues se puso nervioso nada más verme aparecer— y fui a visitar los campos.

Los viñedos eran los más próximos a la casa y después de ellos venían los campos de citavelas. Cerca de la parte trasera de la mansión se encontraba un bosque de castaños y seguidamente un precioso lago. El agua era cristalina, pudiendo verse reflejada como un espejo. Estaba helada cuando la toqué, aún no era tiempo para poder disfrutar de un baño relajante.

Regresé a los campos de citavelas. Dacio me comentó que tenía trabajadores que cuidaban de sus tierras, pero no encontré ni un alma. Yendo al paso tranquilamente con mi caballo, vi que las citavelas empezaron a moverse violentamente. Detuve mi montura de inmediato, y vi sorprendida como unos rayos eran proyectados hacia aquel que estaba ocasionando tal revuelo. La espesura de las plantas me impedía distinguir que ocurría en realidad.

—¡Serás desgraciado! —Escuché que alguien se quejaba.

Más rayos continuaron inundando el campo, era como pequeños relámpagos.

—Azotes de trueno —recordé, al haber visto con anterioridad ese ataque a manos de Dacio.

Continué observando la escena, o más bien intuyéndola, pues solo alcanzaba a ver como las plantas se movían, algunas caían y otras eran lanzadas por los aires.

El camino de tal persecución se prolongó durante un largo minuto, hasta que, de pronto, un enorme bicho saltó al aire directo a mí. Era una rata, pero no una rata cualquiera, esta alcanzaba el metro y medio de altura. Abrió la boca mientras estaba en el aire y rápidamente saqué a Colmillo de Lince para defenderme. Mi caballo se encabritó al ver a ese animal en el justo momento que otro azote era lanzado.

La rata cayó fulminada al ser alcanzada.

Aparté de inmediato a mi caballo, al ver que cayó a sus pies, aún nervioso.

—Tranquilo, tranquilo —quise tranquilizarle, acariciándolo.

Miré la rata, estaba carbonizada, y un olor a quemado inundó el aire.

Dos segundos después un hombre apareció en el camino, respirando a marchas forzadas. Al verme se dirigió enseguida a mí.

—¿Estás bien? —Me preguntó.

—Sí —dije envainando mi espada—. Solo se ha asustado mi caballo.

Me apeé.

—Eres Alegra, ¿verdad? —Preguntó.

—Sí, ¿cómo lo sabes?

—Dacio ha venido temprano esta mañana para decirme que pasarías una temporada en la granja. Me llamo Arvin, vivo en el molino —me señaló un molino que se veía en la distancia.

—Encantada.

—Esta rata ha arrasado como trescientas citavelas en tres días —dijo dirigiéndose a ella.

Le observé, era un chico alto de cabellos castaños y ojos marrones. No aparentaba más que los veinticuatro años de los hombres, pero a saber en realidad qué edad tenía.

—¿Hace mucho que trabajas para Dacio? —Quise saber.

—Unos tres siglos más o menos, poco después de graduarme en la escuela de magia —se acarició la barbilla, pensativo—. Espero que Dacio no se enfade por no haber podido solucionar el tema antes.

—¿Es estricto?

—No, pero… nunca se sabe.

Suspiró. Y con un movimiento de manos —aquella serie de gestos que caracterizaba a los magos cuando conjuraban algún hechizo— hizo que el cuerpo de la rata desapareciera bajo una nube de polvo negro.

Solo quedó una mancha oscura en la tierra del camino.

Arvin se volvió a mí.

—Debo irme —dijo—. El trabajo con las citavelas es un sin descanso.

—¿Solo estás tú? Creí que unos campos tan extensos serían necesarias varias personas para cuidarlos.

—Y se necesitan —respondió—. Pero pocos son los que se atreven a trabajar para…

Se mordió la lengua.

—¿Para quién? —Quise saber, dando un paso hacia él—. ¿Quién es en realidad Dacio?

—Me ordenó que no te lo dijera —dijo dando un paso atrás—. Lo siento, no quiero meterme en problemas.

Dicho esto, se volvió y echó a correr dentro del campo de citavelas, perdiéndolo de vista.

Suspiré.

Al regresar a la mansión, Dacio ya había regresado y sonrió nada más verme.

—Llegas justo a tiempo —dijo cogiéndome de la mano nada más traspasar el umbral de la casa—. Tengo una sorpresa para ti.

—¿Una sorpresa? —Repetí, viendo como era arrastrada escalera arriba.

—Espero que te guste —dijo plantándome en la entrada de mi habitación.

Pasé al interior e hice un repaso rápido a todo lo que me rodeaba. No encontré nada fuera de lugar. En ese instante, las puertas de mi armario se abrieron por si solas y me acerqué.

Contuve el aliento. Dos docenas de vestidos estaban ordenados por colores en su interior.

—Perdona si me he tomado la libertad de comprártelos, pero he creído, que ya que vas a estar bastante tiempo en Mair, necesitarías un buen armario.

Silencio.

>>Apenas llevábamos equipaje, así que…

Silencio.

>>Por favor, di algo.

Le miré, estupefacta. Aquellos vestidos no los podría haber tenido en la vida. Eran de seda, terciopelo y la mejor de las lanas. Lisos, estampados, con encajes…

—Dacio, esto es demasiado —dije abrumada—. No puedo aceptarlos.

—¿Por qué no? —Preguntó frunciendo el ceño—. Yo quiero que te sientas cómoda mientras estés aquí conmigo. Además, —se agachó y abrió un cajón interior que se encontraba a los pies del armario—, también te he comprado pantalones y camisas, para cuando quieras ir más cómoda y en un futuro volvamos a iniciar la misión cuando Ayla regrese. Pero, sobre todo, —abrió una caja—, botas nuevas, así podrás tirar las que llevas, están muy desgastadas. Y también zapatos para cuando quieras llevar uno de los vestidos —abrió otra caja, mostrándomelos—. Y aquí —se alzó, colocándose de puntillas para llegar a una estantería superior, de ella sacó una bonita capa azul oscura—, una capa —sonrió.

—No podré pagártelo —dije notando como el corazón latía dentro de mi pecho cada vez con más fuerza.

Su rostro cambió por un momento, mostrándose preocupado.

—Alegra, lo he hecho con la mejor intención —dijo.

—Lo sé, pero…

—No llores.

Abrí mucho los ojos, y rápidamente me pasé una mano por los ojos. No me di cuenta de que lloraba. Dacio se inclinó a mí y besó mis lágrimas. Yo sujeté su rostro con mis manos, mirándole a los ojos y le besé.

—Te quiero —dije rendida a él.

Sonrió y volvió a besarme, pero luego se retiró.

—Yo también te quiero —dijo y se volvió al armario—. Ponte uno, a ver cómo te queda. Esta noche iremos a cenar a casa de Zalman, conocerás a Lilian y su hija Marí, y te presentaré al que considero mi hermano pequeño, Daniel.

Dicho esto se marchó de la habitación. Fui consciente que solo se retiró de mí por la absurda idea que le odiaría en el futuro y me sentiría sucia si hacía el amor con él.

¡Cómo habían cambiado las cosas!

Tuve que resignarme a ser una mantenida hasta que mi situación mejorara. No obstante, por primera vez en mucho tiempo, sentí que alguien se preocupaba por mí y velaba por mi bienestar.

Ya no estaba sola.

Los siguientes días Dacio los pasó junto a mí, no volvió a Gronland y básicamente nos entretuvimos dando vueltas por los campos. Me mostró el gran complejo que eran las bodegas Morren, es decir, las bodegas de su familia. Me explicó como elaboraban el vino, a catarlo y a diferenciar cuando estaba listo para salir al mercado. Y conocí a los trabajadores que se dedicaban al cuidado de las viñas y a otros tantos en la elaboración del vino. No eran demasiados, viendo lo extensas que eran las tierras de Dacio, tan solo diez, pero su magia ayudaba en la labor. Fue muy instructivo.

Llegó la primavera y las primeras flores empezaron a aparecer tímidamente en el borde de los caminos.

Un día del mes de Anil, Dacio marchó, después de tantas semanas, a Gronland, necesitaba contratar a magos para la luna llena del mes de Murio, la recogida de las citavelas se aproximaba.

—¿Seguro que no puedo acompañarte? —Le insistía—. Tampoco es que tenga que ocurrir lo mismo que la otra vez. Además, tengo ganas de cambiar de aires, empiezo a sentirme agobiada. Me tienes apartada del mundo.

—Pero si disfrutas visitando los campos, lo veo en tus ojos —respondió llegando ya al armario trasportador.

—No vas a poder tenerme alejada de Gronland siempre —le dije enojada—. Sabes que estoy teniendo mucha paciencia contigo.

Creí que el paso de los días y después de las semanas, haría que Dacio se confiara de nuevo y accediera a mis súplicas de enseñarme Gronland. Pero era testarudo, y mucho.

—Lo sé —dijo serio—. Pero no puedo arriesgarme.

Puse los ojos en blanco y él se marchó.

Molesta, di media vuelta y salí del segundo recibidor de la casa. El armario trasportador estaba situado en el primer piso y la habitación donde se encontraba estaba decorada de tal manera que era como una segunda entrada a la vivienda. Incluso una campanilla colgaba al lado de la puerta para que los visitantes pudieran alertar de su llegada.

Cerré la puerta y suspiré apoyándome en ella. Aquella casa era inmensamente grande y estaba tan vacía que llegué a comprender la soledad que durante siglos tuvo que rodear a Dacio viviendo allí. Miré a un lado y fruncí el ceño al ver la puerta del fondo del pasillo. Aquella que daba a la torre prohibida.

Me encaminé a ella y la observé. Durante semanas estuve preguntándome qué demonios escondía en aquel lugar. Miré el pomo, vacilante. Estaba preparada para saber el pasado de Dacio, más que preparada, le quería y no me apartaría de él bajo ningún concepto. Decidida toqué el pomo y la puerta se abrió hacia dentro de forma automática.

Avancé un paso y encontré una escalera de caracol que se alzaba por más de una decena de metros.

—¡Alegra! —Di un respingo y me volví espantada al escuchar a Dacio—. ¿Qué haces ahí? —Se dirigió a grandes trancos hasta mi posición.

¡Mierda! ¿No se había marchado?, pensé.

\>>Te dije que no fueras a la Torre.

—Solo intento entenderte.

Miró arriba.

—¿Y crees que yendo a la Torre encontrarás algo de mi pasado?

—Sí —dije firme, volviendo el aplomo en mí.

—Está bien —se encogió de hombros para mi sorpresa—. Si tantas ganas tienes de ver qué hay, acompáñame.

No me lo esperé y empezó a subir la escalera de caracol, le seguí de inmediato.

—¿Por qué has vuelto? —Le pregunté.

—Me he dejado los formularios para solicitar trabajadores —dijo—. Voy precisamente para eso y me los dejo, soy un caso.

Llegamos arriba del todo. Dacio se detuvo en una segunda puerta y suspiró.

—Lo que hay aquí, está lleno de recuerdos, ¿entiendes?

Me miró directamente a los ojos y asentí.

Dacio tocó el pomo de la puerta y se abrió automáticamente hacia el interior.

—Adelante —hizo un gesto para que pasara y entré.

Dejé caer los hombros, al ver solo cosas viejas y mucho polvo. El espacio no era muy amplio y no porque fuera un sitio pequeño, más bien por la cantidad de bultos que guardaba en su interior.

—Ya te lo dije, solo polvo —se cruzó de brazos—. ¿Podemos irnos ya?

—Si solo es polvo… —Dije dirigiéndome a las cortinas que cubrían las ventanas—. ¿Por qué estás tan nervioso? No finjas, lo noto.

Descorrí las cortinas, causando una gran nube de polvo. Tosí, retirándome a un lado y choqué contra un mueble, algo cayó al suelo. Dacio abrió mucho los ojos salvando la distancia en apenas dos segundos. Se agachó de inmediato al objeto caído. Al ver qué era, temí que lo hubiera roto.

Un pequeño espejo, con un marco y mango de plata, era sostenido por las manos de Dacio con sumo cuidado.

—Lo siento, ¿se ha roto? —Pregunté preocupada.

—No te preocupes —dijo al darle la vuelta y ver que una raja lo atravesaba de punta a punta—. *Reparo*.

El espejo se volvió a unir, no dejando ningún rastro de rotura.

—Era de mi madre —dijo alzándose y miró todo lo que nos rodeaba—. No quería que vinieras aquí porque cada objeto que hay es un doloroso recuerdo. El espejo de mi madre, los libros de mi padre, la muñeca de mi hermana Daris… Están protegidos del paso del tiempo gracias a un conjuro, aunque no del polvo —Sonrió, mostrando sus manos sucias al haber cogido el espejo.

Miré los ojos de Dacio y luego el espejo. Me acerqué un paso a él y lo cogí.

—Es muy bonito —comenté limpiándolo con la manga de mi vestido—. Pero necesita que alguien lo pula.

—¿Lo quieres? —Me preguntó y alcé la vista de nuevo hasta sus ojos—. Es tuyo.

—¿Estás seguro?

Asintió.

—Supongo que estarás decepcionada —dijo mirando todo cuanto nos rodeaba.

—No, —negué con la cabeza— gracias a este lugar he podido conocer otra parte de ti.

Me miró por unos segundos, indeciso.

—Bueno, volvamos abajo —pidió al fin, nervioso.

Me pregunté si por un momento estuvo a punto de revelarme su secreto.

La floración de las citavelas

Llegó la luna llena del mes de Murio. Y todos los que íbamos a participar en la recogida del polen de citavelas nos encontrábamos en la plantación del lado sur, a la espera que empezaran a abrirse las flores. Dacio me describió la escena como algo espectacular, mágico y muy bello. Me encontraba junto a él y estaba ansiosa por empezar, después de llevar semanas escuchando lo bellas que eran. Poco ayudaría, pues para la recogida del polen era imprescindible tener magia, aunque estaba decidida a colaborar aportando mi granito de arena.

Arvin era el segundo al mando después de Dacio, dirigiendo un grupo de magos repartidos por toda la sección de citavelas que se abriría aquella noche. Un segundo grupo estaba organizado a las órdenes de Dacio. Pero a estos los conocí de antemano, era su familia adoptiva.

Lord Zalman, su esposa e hijos participaban en la recogida sin recibir nada a cambio. Simplemente, sabían lo difícil que le resultaba conseguir trabajadores por su "pasado oscuro", y lo hacían de buena gana.

Dos amigos de Dacio que no conocí hasta aquella misma noche también se presentaron. Virginia, era una maga sanadora que apenas salía del hospital debido a la falta de magos especializados en sanación. Aparentaba los veinticinco años, de cabellos negros no muy largos —tan solo media melena— y ojos marrones.

El otro amigo de Dacio se llamaba Lucio, era uno de los famosos guardianes que se encargaba de custodiar los libros del día y la noche. También con falta de tiempo debido a su importante cargo de guardián. Tenía los cabellos castaños, ojos marrones y llevaba una barba de tres días. Fue agradable conmigo, aunque un poco reservado. Por contrario, Virginia se mostró hostil en mi presencia desde el principio, desconfiada. No entendí por qué.

—Ya empiezan —me avisó Dacio señalándome una planta.

Un capullo empezó a abrirse mostrando una bella flor de color amarilla. Sus pétalos eran alargados y acabados en punta. En el centro de dicha flor, una especie de boquilla de color azul se hallaba en contraste con el tono amarillo de los pétalos que eran iluminados por la luna y las estrellas.

De pronto, la flor pareció estornudar y un polvo de color dorado salió despedido de la boquilla azul, quedando suspendido en el aire. Dacio, rápidamente alzó una mano e invocó una suave brisa logrando que el polvo dorado se guardara en un tarro de cristal que sostenía en mis manos.

Todas las plantas empezaron a florecer una tras de otra, y a estornudar a los pocos segundos. Fue, entonces, cuando una brisa empezó a circular alrededor de nosotros, convocada también por el resto de magos que, aunque distanciados varios metros los unos de los otros, causaban una corriente constante.

No me cansé de ver el proceso, cada ciertos minutos, las flores expulsaban polen y Dacio lo recogía de inmediato. Era mágico y bello, incluso curioso en cierto sentido. Dos horas después logramos llenar nuestro primer recipiente, de alrededor de un kilo.

Cogí un segundo tarro de cristal y lo abrí.

—¿Cuántos tarros soléis llenar cada mago? —Le pregunté.

—Entre uno y medio, y dos —respondió—. ¿Te gusta?

—Es increíble, me lo habías explicado, pero verlo es fantástico —dije sin apartar la vista de las citavelas—. A Ayla le hubiera encantado, es una pena que no esté aquí para poder verlo.

—Bueno… si estuviese, tú tampoco lo estarías viendo porque lo más probable es que continuaríamos viajando por alguna parte de Oyrun —comentó sin dejar la labor.

—Es verdad. ¿Qué habrías hecho? ¿Dejar perder esta cosecha?

—Arvin se hubiera encargado de organizarlo todo —respondió y me miró a los ojos—. Para eso le pago.

—Claro, y también la familia de Zalman junto con tus amigos. Imagino que hubieran venido aunque tú faltaras.

—Desde luego, nunca me fallan. Si no fuera por su ayuda no podríamos con todas las citavelas, se perdería mucho polen —me miró, vacilante—. ¿Te han caído bien mis amigos?

Miré a la derecha, a unos doscientos metros se encontraba Virginia. Luego miré a la izquierda, Lucio se encontraba a la misma distancia en dirección contraria.

—Creo que a Virginia no le caigo bien —respondí.

Dacio rio.

—Sí, ya lo he notado. Cree que huirás cuando sepas mi pasado. Antes me ha cogido a parte, advirtiéndome que tuviera cuidado contigo. Incluso que desconfíe de ti, por si te quedas a mi lado solo por mi dinero.

Fruncí el ceño, enfadada.

—Tranquila —dijo de inmediato al ver que estaba a punto de ir a decirle cuatro palabras a la maga sanadora—. Ya le he dicho que por mi dinero no te quedarás, creías que cuidaba cerdos y era pobre —rio con más ganas al recordarlo, y yo fruncí aún más el ceño, pero esta vez molesta con Dacio—. En cuanto a huir, es un riesgo que estoy dispuesto a asumir por una vez en mi vida.

Suspiré, cansada de ese tema.

—¿Y Lucio? —Preguntó al ver que no le respondía.

—Reservado —respondí.

—Ya —asintió—. Es un poco tímido al principio. Hay gente que no quiere acercársele demasiado. ¡Cómo si eso se contagiara! Vaya tontería.

—¿Qué quieres decir? —Quise saber.

—¿No te has dado cuenta?

—¿Cuenta de qué?

—Lucio es un finolis —respondió y abrí mucho los ojos, observando a Lucio con más detenimiento—. No lo parece, ¿verdad?

Ser un finolis en Oyrun era el significado que a un hombre le gustara otro hombre.

—No —dije—. ¿Cómo querías que lo supiera?

—Porque ha venido acompañado de su pareja —dijo como si fuera obvio—. Lexus, te lo ha presentado.

—Creí que era un trabajador contratado por ti —dije mirando a Lucio.

Ser un finolis era duro en el mundo que vivíamos. Muchos eran repudiados de sus familias, o desterrados de las villas o ciudades donde vivían. En algunos casos les azotaban por ser algo que habían nacido sin tener culpa de ello. Incluso, dependiendo del condado y del juez, podían ser condenados a muerte.

Una vez descubrí a unos finolis en mi villa cuando apenas era una adolescente. Fue una sorpresa para mí y para ellos ser descubiertos, pues la pareja que pillé se trataba de dos grandes guerreros entre los Domadores del Fuego.

Nunca les delaté.

Al volver la vista a Dacio, este me miraba expectante.

—Cada uno puede hacer lo que quiera —dije volviendo mi atención a las citavelas con gesto indiferente.

—Tienes una mente abierta —dijo satisfecho—. No todos la tienen. En Mair no se castiga por ser finolis, pero no está bien visto.

—Comprendo.

Continuamos con nuestra labor durante dos horas más. En cuanto llenamos el segundo recipiente, Dacio bajó los brazos y sonrió.

—Ya hemos acabado —dijo.

Miré las plantas, aún expulsaban polen.

>>Debemos dejar un poco para ellas. Dentro de una hora volveremos para hacer la segunda parte. Ahora, vamos a comer algo.

Nos reunimos en una hoguera que se había hecho para la ocasión, los trabajadores estaban reunidos alrededor, charlando tranquilamente mientras se pasaban los unos a los otros unos botijos llenos de agua. Al llegar, un silencio les abordó y miraron a Dacio de reojo, este cogió un botijo y me lo tendió para que bebiera. Intenté actuar de forma indiferente, ignorando la actitud de aquellos hombres.

Daniel, el hijo de Zalman, se nos acercó ofreciéndonos un poco de pan y embutido.

—¿Te ha gustado? —Me preguntó.

Terminé de beber del botijo.

—Ha sido muy bonito —contesté, limpiándome el mentón del agua derramada.

Asintió y se dirigió a Dacio explicándole la cantidad de recipientes que había recolectado su familia. Viéndoles a ambos, entendí que no eran meros amigos, se consideraban hermanos. Daniel valoraba mucho a Dacio, aparentaba ser un poco más joven que él, apenas veinticinco años y tenía un parecido asombroso a su padre. Nadie podría discutirle nunca que no era hijo de Lord Zalman.

Marí, la hija menor de Zalman, también se acercó a hablar con nosotros. A diferencia de Dacio y Daniel, ella no sentía un vínculo tan estrecho con Dacio, pues nació justo en la época en que Dacio —por lo que me comentó— viajaba por Oyrun en busca de aventuras. Y cuando regresó a Mair, la hija de Zalman ya era toda una mujer. No obstante, se consideraban amigos y era simpática y agradable conmigo.

Al volver la vista a la hoguera me encontré con los ojos de Virginia que me miraba con el ceño fruncido. Lucio y Lexus estaban a su lado, hablándole, pero ella parecía más atenta a fulminarme con la mirada que a prestar atención a lo que se le decía.

Suspiré, ya le demostraría que estaba equivocada conmigo.

Una hora más tarde regresamos con las citavelas, y para mi espanto vi como aquellas hermosas flores y la planta entera se marchitaba a una velocidad sobrenatural. En apenas unos segundos quedaron mustias, secas y tiradas por el suelo.

—Da pena, ¿verdad? —Me preguntó Dacio sin apartar la vista de las citavelas—. Pero es su ciclo de vida. Crecen durante cincuenta años, florecen por una sola noche y se marchitan justo cuando está a punto de salir el sol.

Miré el horizonte, el sol aún no había asomado, pero el cielo empezaba a clarear y la luna ya se despedía de nosotros.

—Bien —Dacio se arremangó—, ahora toca plantar una nueva generación.

Se acercó a una de aquellas plantas marchitas y cogió una de las flores. La rompió en dos, mostrando una única semilla de la medida de un puño que me entregó.

Me recordó al hueso de un aguacate.

>>Mi padre decía que esto era el corazón de la planta —sonrió—. Me enseñó muchas cosas, pero murió antes de enseñármelo todo. Por suerte, escribió un libro sobre sus cuidados antes de morir. Fue de gran ayuda cuando tuve que encargarme de la granja yo solo. Mira —se agachó al suelo, arrancó la planta marchita y en su lugar colocó la semilla. Luego la cubrió con la tierra húmeda—, es fácil, como plantar una planta cualquiera. La citavela marchita la dejas encima del punto donde acabamos de plantar su semilla.

Hará de abono para la generación siguiente. Si alguna flor te ofrece dos semillas, guarda una, se replantará dentro de unos años cuando otros sectores queramos ampliarlos.

Se alzó y yo con él.

>>Empieza en ese extremo —me lo señaló—. Yo empezaré en el otro. Nos vemos en el centro.

Asentí, y me dirigí a mi lugar.

El proceso era sencillo, aunque se hizo monótono y cansado.

Amaneció y poco a poco el sol fue cubriendo nuestras cabezas y el canto de los pájaros empezó a sonar dando la bienvenida a un nuevo día. Después de tres horas me paré a descansar unos minutos, mirando cómo el resto de magos no parecían agotarse lo más mínimo. Continuaban trabajando a un ritmo constante. Miré mis manos, estaban manchadas de tierra y presentaban arañazos, pero debía continuar. Solo llevábamos la mitad del campo sembrado y estaba decidida a cumplir con mi trabajo, se lo debía a Dacio. Él me daba techo y comida sin pedirme nada a cambio, era lo menos que podía hacer.

—¿Alegra? —Abrí los ojos de golpe y me encontré a Dacio enfrente de mí. En cuclillas en el suelo, como yo—. Te has quedado dormida mientras trabajas.

—Lo siento, no me he dado cuenta.

—No, perdóname tú a mí. El volver a mi país me ha hecho olvidar que eres humana. No puedes mitigar el cansancio con magia.

—¿Por eso mantenéis este ritmo sin tregua? —Comprendí, mirando alrededor. Quedaba menos de una cuarta parte por plantar—. ¿Qué hora es?

Miré el Sol.

—Casi las diez —dijo—. Ves a descansar. Debes estar agotada.

—No —sacudí la cabeza—. Puedo continuar.

Quise enterrar la semilla que tenía en la mano justo antes de dormirme, pero Dacio me cogió de la muñeca y me la quitó.

Le miré a los ojos.

—Ves a dormir —insistió—. Pronto acabaremos.

—Pero...

—A dormir —me cogió por los hombros e hizo que me alzara—. Hazme caso, en apenas una hora acabaremos.

Dejé caer los hombros, estaba reventada. Incluso las piernas me temblaban de estar tanto rato agachada en el suelo.

Finalmente, accedí. Pero antes de marcharme, me incliné a Dacio y le di un beso en los labios que no esperaba. Luego me di la vuelta, y de forma indiferente ignorando a aquellos que se percataron del beso, me dirigí a la mansión, llegué a mi cama y me dejé caer como un peso muerto.

En apenas dos segundos me quedé dormida y soñé con citavelas que florecían durante una noche entera.

Abrí los ojos lentamente y miré el exterior a través de la puerta de vidrio que daba a mi balcón. Por la intensidad de la luz calculé que ya debía ser pasado mediodía. Me desperecé y miré mis manos, aún había restos de tierra entre las uñas. Así que, descansada, me levanté de la cama. Me aseé y cambié de ropa.

—¡Buenos días! —Le deseé a Dacio que encontré sentado en una silla apoyado en la mesa del salón. A su alrededor decenas de tarros de todos los tamaños y una báscula pequeña, cubrían casi toda la superficie de la mesa.

—Buenos días —sonrió—. Veo que estás muy contenta. ¿Has dormido bien?

—Mucho —dije sentándome a su lado—. ¿Qué haces?

—Pesar el polen —respondió—. Antes de venderlo he de dividirlo para su venta. Hay tiendas que me compraran un tarro entero, otras medio, y muchas querrán solo porciones pequeñas de cien o doscientos gramos.

—Eres sumamente rico —pensé mirando todo el polen y cogí uno de los pequeños tarros, observándolo—. Solo con uno de los pequeños podría vivir varios años.

Sonrió, llevándose una mano al bolsillo de su pantalón.

—Esto es para ti —me plantó cinco dimar de oro encima de la mesa—. Por tu trabajo de anoche.

—¿Qué dices? —Pregunté sin intención de aceptarlos—. No acabé la faena, y tampoco ayudé cuando las citavelas expulsaban su polen. No hice prácticamente nada.

—Plantaste muchas semillas, y estuviste a mi lado mientras recolectaba el polen.

—Aun así, es exagerado lo que quieres darme.

—Te pago lo mismo que al resto de mis trabajadores —repuso—. No vas a ser menos.

Acercó las monedas hacia mí.

—Cógelas —dijo volviendo su atención a la báscula—. No voy a ceder ante esto. Son tuyas.

Vacilante y sintiéndome mal por ello, acabé aceptándolas.

Al notar el peso en el bolsillo de mi vestido sentí una sensación agradable y los remordimientos se suavizaron levemente. Volvía a tener dinero con el que poder contar.

Dacio se alzó de su asiento y cogió un pequeño saco negro que estaba colgando del respaldo de una de las sillas, en él empezó a guardar todos los tarros.

—Voy a vender el polen en Gronland. No creo que tarde más de tres horas —comentaba mientras miraba con sorpresa como en aquel saco negro guardaba y guardaba tarros de polen sin acabar de llenarlo—. Es un saco mágico, puedes guardar infinidad de cosas en él. Durante el viaje con Ayla, mi bolsa de viaje también hacía la misma función. —Terminó de recoger, incluso se llevó la pequeña báscula dentro del saco. Luego lo balanceó con una mano—. Y no pesa —se encogió de hombros—. Ventajas de utilizar objetos mágicos. En fin, debo irme antes que cierren las tiendas.

Salió por la puerta y le perdí de vista.

El estómago empezó a reclamarme algo que comer. Llevaba desde la recogida sin probar bocado y estaba hambrienta. Me dirigí a la cocina y picoteé un poco de embutido, queso y pan. Una comida campestre, sencilla, pero deliciosa. Luego fui a dar una vuelta por la granja. Miré el área de las citavelas que se replantó y luego me dirigí al lago. El agua estaba algo fría, pero aproveché para darme un baño. Chapoteé por el lago, disfrutando.

Satisfecha, salí de las aguas y me dirigí a mi ropa que dejé en la orilla.

—No te vistas por mí —alcé la vista de inmediato, estrechando mi vestido contra mi pecho. Intentando cubrir mi desnudez.

—¡Víctor! —Exclamé, sorprendida, enfadada y algo avergonzada por pillarme desnuda—. ¿Qué haces aquí? ¡Vete!

Sus ojos azules danzaron por todo mi cuerpo, mientras estaba apoyado en un gran castaño que daba a la orilla del lago.

—He visto a Dacio por Gronland, vendiendo su preciado polen, y entendí que tú estabas sola —se incorporó y avanzó hacia mí—. Te tiene confinada en su granja por miedo a que te cuente su pasado. —El corazón empezó a latirme más deprisa—. Pero Lord Zalman me lo ha prohibido —suspiré interiormente, quería conocer la verdad sobre Dacio, pero solo si él quería contármela—. Si lo hiciera tendría que pagar una buena multa.

—No te acerques más —mis palabras escupían odio—. No eres bienvenido, vete por donde has venido.

—¿Qué dices? —Se plantó delante de mí y fruncí el ceño—. Con el camino tan largo que he tenido que hacer para llegar hasta aquí. Bueno, en realidad, he utilizado el armario trasportador, ¿crees que a Dacio le molestará?

Avanzó un último paso y quise retirarme, pero una fuerza desconocida me atrajo hacia él.

—Tienes una piel preciosa —dijo acariciando mis brazos—, muy suave. Dacio tiene buen gusto al escoger mujeres, debo admitirlo. Dime, ¿cuál es tu precio?

—¡Vete! ¡Déjame en paz! —Grité, intentando liberarme, pero una gran presión me mantuvo inmovilizada, sin posibilidades de escapar. Lo único que nos separaba era la fina tela del vestido—. Dacio te matará si me violas.

—¿Violarte? —Preguntó alzando una ceja—. Te pagaría.

—No soy una puta.

—Ya —sonrió con satisfacción, continuando con las caricias en mis brazos, luego pasó su mano por mi espalda abrazándome. Mi cuerpo temblaba, no podía estar pasándome aquello. De pronto, se retiró—. Te he asustado, ¿verdad?

No le respondí, me mantuve callada, mi cuerpo aún no obedecía.

—No voy a violarte —dijo negando con la cabeza—. Pero quiero que sufras, que pases miedo, terror, ¡pánico! Dacio te aprecia y le odio profundamente. Así que la mejor manera de hacerle daño a él, es atacándote a ti.

La fuerza que me apresaba desapareció de pronto y retrocedí de inmediato.

—Vístete —me ordenó.

Temblaba, ¿qué quería hacerme?

—¡Hazlo! ¡Rápido! —Me gritó, y sus ojos empezaron a tornarse rojos como la sangre.

Me di la vuelta y rápidamente me pasé el vestido por la cabeza, cubriendo mi desnudez. Una vez vestida me giré hacia Víctor. Sus ojos continuaban siendo rojos.

>>Ahora, prepárate.

Alzó una mano y vi que tenía una piedra.

Di un paso atrás, pero él la lanzó con tanta rapidez que no pude esquivarla, dándome en el hombro derecho.

Grité, notando como la clavícula se me partía en dos.

Antes de poder evitar el siguiente ataque otra piedra me alcanzó la rodilla izquierda y caí al suelo.

Empecé a gemir, me costaba respirar debido al dolor, y las lágrimas me inundaron los ojos. La fuerza con que lanzaba las piedras no era humana, estaba intensificada con magia.

Se agachó al suelo cogiendo tres piedras más.

—¿Te duele? Es lo que quiero.

—Pero… ¿por qué? ¿Por qué le tienes tanto odio?

—Tengo mis razones —lanzó otra piedra dándome en la cabeza.

Me mareé, no pudiendo permanecer erguida, acabé tendida en el suelo. Al tiempo, notaba como la sangre empezó a cubrir mi rostro.

—Para, por favor —le pedí casi sin voz.

Se aproximó e hincó una rodilla en el suelo. Luego me alzó la cabeza sujetándome por el mentón.

—Mi propósito es hacerte daño, mucho daño.

Apretó mi hombro herido y grité, rabiando de dolor. Quise apartarme, le arañé para liberarme, clavé mis uñas en su brazo, pero no se soltó, continuó apretando. Sus ojos refulgían de satisfacción.

—Y ahora, ¿qué tal si dejas de respirar? —Puso dos dedos en mi pecho y noté una opresión repentina paralizándome los pulmones.

Fue entonces, cuando alguien se abalanzó sobre Víctor, liberándome de él.

Dacio había regresado.

Tormenta

Tirada en el suelo, herida y mareada, luchaba por respirar vanamente. Pues en mi agonía una opresión en el pecho impedía que pudiera coger una bocanada de aire.

Un sudor frío recorrió mi frente, el pánico me invadió, y empecé a arañarme el cuello desesperada, intentando quitar lo que me impidiera respirar.

El latir de mi corazón se hizo más fuerte y rápido, escuchándolo como un tambor enloquecido, retumbando en mi cabeza.

Continué luchando por vencer aquel mal, intentando recuperar la respiración, pero poco a poco noté como iba muriendo…

Entonces, unos ojos rojos como el fuego se cruzaron en mi camino. Los reconocí en el acto, eran los ojos de Dacio que danzaron, preocupados, por todo mi cuerpo. Me agarré desesperadamente a él, incorporándome levemente, intentando decirle que no podía respirar, pero no logré articular una palabra.

Hizo que le soltara, no le costó, el brazo derecho apenas podía utilizarlo debido a las heridas de la clavícula. Sin fuerzas, volví a tenderme en el suelo. Dacio me sostuvo la cabeza con una mano a modo de cojín.

—¡Liberación! —Gritó golpeándome en el pecho con un puño.

La sensación de ahogo se desvaneció en el acto y respiré.

—Dacio —le nombré aliviada, tosiendo y recuperando el aire perdido—. Me… atacó.

Frunció el ceño, apretó los dientes y, sin decir una palabra, sus ojos teñidos por el odio se volvieron contra Víctor.

Miré al mago que quiso matarme, mientras Dacio se alzaba dispuesto a acabar con él. Víctor, presentaba un labio partido y los cabellos revueltos del puñetazo que Dacio le propinó para apartarme de él, lanzándole varios metros por el suelo.

—¡Me las pagarás! —Gritó Dacio y con una velocidad jamás vista en él, cogió a Víctor por el cuello y lo empotró contra un gran castaño que había a veinte metros de distancia.

El árbol se tambaleó por la embestida.

—¡¿Crees que puedes vencerme mago de tercera?! —Le preguntó Dacio, furioso, volviéndolo a empotrar contra el tronco con más fuerza.

Escuché un crujido, al tiempo que el árbol se balanceó.

>>¡Solo te atreves con los que son más débiles que tú!

—No pensaba matarla —respondió Víctor. Intentó liberarse de la mano que le oprimía el cuello, ahogándolo como él hizo conmigo—. Suel… ta.

—No —le dijo Dacio—. Sufre, ¿no querías enfurecerme?

Víctor empezó a tornarse cada vez más rojo e intentó por todos los medios liberarse de su atacante hasta que, poco a poco, fue perdiendo fuerzas.

—Dacio, no —dije mirando la escena aún en el suelo—. Suéltale.

No me escuchaba y si lo mataba tendríamos problemas muy graves. En Mair estaba prohibido asesinar a nadie, no era como en

Andalen, donde las batallas entre caballeros estaban a la orden del día.

—¡Dacio! —Grité su nombre, empleando todas mis fuerzas para hacerme escuchar. Fue entonces, cuando reaccionó y se volvió hacia mí, aún con los ojos rojos—. Déjale, no vale la pena.

Volvió su atención a Víctor y después de unos segundos de indecisión lo soltó.

El mago se desplomó en el suelo. Empezó a toser y a darse friegas en el cuello. Miró a Dacio, con el pánico reflejado en sus ojos, y se retiró de él arrastrándose por el suelo.

—Te denunciaré —le dijo a Dacio mientras intentaba levantarse—. Ibas a matarme.

—Yo sí que te denunciaré —Dacio no gritó ni alzó la voz, pero habló como si de un felino se tratara—. ¡Casi matas a mi otra mitad! ¡A mi vida! ¡Nunca te lo perdonaré! ¡Y te haré pagar con creces este día!

—¿Cómo sabes que esta chica es tu otra mitad si no le cuentas toda la verdad? —Le replicó Víctor—. Cuando esta ingenua sepa quién eres y pueda decidir, entonces, podrás decir que es tu alma gemela. Hasta entonces…

Dacio alzó un brazo provocando un fuerte viento que lanzó a Víctor por los aires, pero antes de caer al suelo, Víctor, invocó una especie de escudo para suavizar la caída.

—¡Fuera de mis tierras! ¡Lárgate antes que me arrepienta de dejarte con vida!

Víctor se alzó con poca elegancia y cojeando de una pierna se fue por el bosque de castaños, perdiéndole de vista.

Dejé caer mi cabeza de nuevo, exhausta. Dacio no tardó en llegar a mi lado, quiso incorporarme y grité de dolor al notar el movimiento en mi hombro derecho.

—Me duele —dije con los dientes apretados—. Creo que me ha roto el hombro, y también la rodilla.

—Y casi la cabeza —dijo preocupado, observando la sangre que bajaba por mi sien—. Llamaré a Virginia, ella es sanadora y sabe hacer el Paso in Actus —cerró los ojos por unos segundos, luego los abrió—. Está en camino.

—Creí que la comunicación mental solo era posible a pocos metros —dije casi sin fuerzas.

—He utilizado otro sistema —respondió—. Plumas, quiero decir, que le envío una pluma con un color determinado. El rojo es que necesito su ayuda urgentemente.

—¿Por qué no empleaste esa técnica cuando Laranar estuvo herido?

—Porque solo indica que alguien necesita su ayuda, no dónde se encuentra. Virginia percibirá mi energía en la pluma y sabrá que debe venir a la granja porque es el lugar más probable donde me encuentre. Ya ha llegado, le diré que estamos en el lago.

Miró un momento al vacío, ahora sí que utilizaba la conexión mental.

Una sombra nos cubrió entonces y Dacio alzó la vista.

—Virginia, rápido —miré a un lado y vi a la maga arrodillarse junto a mí. Me hubiera sobresaltado su aparición inesperada si no hubiera sido porque las heridas me dolían a rabiar.

—¿Qué le ha ocurrido? —Preguntó colocando una mano en mi hombro.

Grité en el acto, Dacio me sujetó mientras temblaba en sus brazos. Pero a los pocos segundos el dolor se suavizó hasta casi desaparecer. Notando pequeñas punzadas de dolor de forma intermitente.

—Ya está, ya está —me animaba Dacio—. Virginia te está sanando.

Fue una sensación extraña, entre una mezcla de alivio y dolor, notando como mis huesos se soldaban rápidamente. Apenas un minuto después la mano de Virginia se apartó de mi hombro para colocarse en mi rodilla izquierda. El proceso se repitió, suavizando el dolor y reparando los huesos. Por último, me sanó la herida de la cabeza.

—Ya he acabado, pero deberá hacer reposo —dijo.

Pude sentarme por mí misma en el suelo, aunque Dacio continuó rodeándome con un brazo por si acaso. Me toqué el hombro y la rodilla, incluso la piel se sanó, no había rastro siquiera de un simple rasguño.

—Gracias, es… sorprendente —dije y roté el hombro—. ¡Ay!

Noté una pequeña punzada, como un reflejo de las heridas que acababan de sanarme.

Virginia puso los ojos en blanco.

—Ten cuidado —me regañó—. Los sanadores siempre dejamos un poco de herida para que el cuerpo no olvide qué es sanarse por sí mismo. No es conveniente curar por completo a una persona. Aunque en apenas dos o tres días ya no notarás nada.

Nos levantamos del suelo. Yo con ayuda de Dacio, pues aún seguía algo mareada.

—Y ahora, ¿podéis explicarme qué ha ocurrido? —Nos exigió.

Dacio gruñó al recordar a Víctor, y le explicó todo lo sucedido a Virginia.

Dacio asomó la cabeza por el marco de la puerta mirando desde la entrada el interior de mi habitación, al verme despierta sonrió. Me encontraba acostada, descansando. Pese a ser sanada mi cuerpo parecía haberse quedado sin fuerzas.

—Ya han dictado sentencia —me informó, sentándose en el borde de mi cama y cogiendo una de mis manos.

El mismo día del ataque, Lord Zalman, acompañado de Lord Ronald, me interrogaron sobre lo sucedido. Luego se marcharon sin decir palabra, en sus rostros pude leer el desagrado a que uno de los suyos pudiera obrar de esa manera con alguien no mágico, incapaz de defenderse.

—¿Y bien? —Le insté a seguir.

—Han sido muy blandos —dijo con fastidio—. Creí que lo condenarían a prisión durante unos cuantos siglos, pero el tío de Víctor es abogado y ha llegado a un acuerdo que me parece detestable.

—¿Cuál?

Suspiró, dejando caer los hombros.

—Al yo atacarle, estrangulándolo, han pactado no denunciarme a mí si se libra de la cárcel. Víctor, tendrá que pasar mil quinientos años trabajando para Gronland sin ser remunerado y deberá compensarte a ti, con una multa de doscientos dimar de oro.

Abrí mucho los ojos.

>>Si me hubiera controlado, si no le hubiera intentado matar, ahora estaría en prisión, que es donde se merece estar.

Yo aún estaba asimilando el que me pagaran doscientos dimar de oro, pero rápidamente reaccioné.

—No te preocupes —dije estrechando su mano entrelazada con la mía—. Estoy bien, y prefiero tenerte cerca a que te condenen a ti por intentar matarle.

Sonrió, se inclinó a mí y me besó en los labios.

La mañana siguiente fue un día tormentoso. La casa se iluminaba por si sola debido a los rayos y las ventanas temblaban cuando el sonido de los truenos llegaba hasta nosotros.

Dacio se preparaba para ir a Gronland y recoger el dinero que Víctor debía haber depositado en el banco de los magos. Un banco especial donde muchos magos protegían sus bienes en grandes cámaras acorazadas escudadas con magia.

Un rayo volvió a iluminar mi habitación cuando Dacio entró para despedirse.

—Ten cuidado —le advertí—, no me gusta este tiempo.

Sonrió.

—En Gronland no tiene por qué llover —respondió—. Piensa que nos encontramos a más de mil kilómetros de distancia.

—Aun así, ten cuidado.

Asintió.

Al poco de marcharse la lluvia empezó a golpear con violencia la puerta que daba al balcón de mi habitación y el viento emitió su canto siniestro ululando como si de un fantasma se tratara. Me arrebujé en mis sábanas, estaba cansada, pese a que ya habían pasado dos días desde el incidente. Poco a poco me quedé en un duermevela y finalmente sucumbí al sueño.

Desperté sobresaltada cuando un rayo cayó muy cerca de la casa. Me despejó de golpe y me levanté de la cama dirigiéndome a la puerta del balcón, donde desde dentro pude mirar el exterior.

Otro rayo cayó, dando esta vez justo en el tejado de la torre.

Abrí mucho los ojos, al ver como trozos de piedra caían al vacío. Preocupada, por no saber en qué estado se encontraban los recuerdos que mantenía Dacio de su familia guardados allí, me dirigí a la torre.

Subí rápidamente las escaleras que daban a lo alto de la torre mientras los truenos rezumbaban por toda la casa. Al llegar encontré un pequeño agujero en el techo. Todo se estaba empapando y un pilote de libros se había derrumbado. Rápidamente corrí a un armario que se encontraba cerca del boquete e intenté moverlo para cubrirlo. Pesaba una barbaridad, pero empleé toda mi fuerza, hasta que, poco a poco fui arrastrándolo. Costó, y mucho, más aún cuando el viento azotó mis cabellos violentamente y la lluvia me empapó.

—¿Alegra? —Dirigí mi atención a la puerta, Dacio había regresado y llevaba una pequeña bolsa de color azul en sus manos—. ¿Qué haces?

—¿Tú qué crees? —Dije sin dejar de empujar el armario—. Un rayo ha abierto un boquete en el tejado, intento cubrirlo con el armario. ¡¿A qué esperas para ayudarme?! Se van a estropear los recuerdos de tu familia.

Entonces reaccionó, alzó una mano y dijo:

—*Reparo.*

Automáticamente, el techo se reconstruyó por si solo. Las piedras empezaron a cubrir el pequeño pero devastador agujero, y, en apenas unos segundos, desapareció. Volviendo a ser un techo firme y resistente, sin una gotera que pudiera estropear los libros, cuadros u otros objetos.

—Gracias, pero no debiste subir aquí tú sola. Era peligroso, ¿y si te hubiese caído un rayo?

—Tonterías —dije, empezando a recoger los libros que se habían caído por el suelo—. No podía permitir que se estropearan tus cosas. Mira —le señalé un baúl abierto—, incluso se ha abierto ese baúl con el viento.

Me acerqué a él, recogiendo los papeles que habían salido volando por el camino.

—¡Alegra, no!

Rápidamente me arrebató aquellos papeles de la mano. Quedé cortada con su reacción, pero él se dirigió al baúl abierto, los metió dentro y empezó a recoger el resto de folios. Tenso, enfadado.

No supe qué hacer.

—Solo quería ayudar —me expliqué.

—Te lo agradezco, pero yo me encargo —se limitó a responder, sin mirarme siquiera.

Bajé la vista al suelo al notar que pisaba algo. Era un dibujo. Al cogerlo vi que se trataba del dibujo de una niña pequeña. ¿Quizá de la hermana de Dacio? ¿Daris? En él, estaba dibujada toda su familia, con sus nombres encima de las cabezas: papá, mamá, Dacio, Daris y…

Fruncí el ceño, ¿quién era la quinta figura? Estaba al lado del padre.

—Dan… los —Dacio se volvió de inmediato a mí y abrió mucho los ojos, con pánico, al ver el dibujo que tenía en mis manos—. Danlos —repetí mirándole—. No puede ser… —empecé a temblar, pero por más que releía aquel nombre, con una caligrafía discontinua, propia de una niña pequeña, lo vi más claro—. Danlos, pone Danlos.

—Alegra, no te asustes.

Di un paso atrás dejando caer el dibujo al suelo, mirando a Dacio estupefacta.

—Es un dibujo de tu familia —dije notando mi voz temblar—.

¿Por qué sale Danlos? ¿Qué relación tiene contigo? No puede ser que...

Dacio se alzó.

—Por favor, tranquilízate —me pidió preocupado.

—Hay tu padre, tu madre, tu hermana y tú dibujados, y también Danlos —empecé a notar que me ahogaba—. ¿Es tu...? ¿Es tu...?

Dacio cerró un instante los ojos para luego volverlos a abrir.

—Hermano mayor —respondió—. Pero dejé de considerarle mi hermano hace mil años. Cuando se volvió un mago oscuro y mató a nuestros padres y hermana pequeña, en un ataque de furia.

Retrocedí un paso más y Dacio me miró decepcionado.

—No tengo nada que ver con él —me garantizó mostrando sus manos—. Por favor, no huyas.

Huir. Huir era precisamente lo que quería hacer. Estaba delante del hermano del asesino de mi familia. Su hermano había destruido mi villa, a mis amigos y familiares.

¿Y por qué solo él sobrevivió? ¿Por qué Danlos lo dejó con vida?

Danlos era el mago oscuro más poderoso, era un hombre sanguinario y sin escrúpulos, un asesino, y por primera vez comprendí el miedo de la gente hacia Dacio.

Empecé a llorar, mis piernas me fallaron y caí de rodillas al suelo.

—Alegra...

—No te acerques —le pedí al ver que daba un paso hacia mí—. Tu hermano mató a mis amigos, a mi padre y tiene secuestrado a mi hermano pequeño.

—Yo...

Le miré con rabia, apretando los puños.

—Edmund te reconoció —dije—. Por ese motivo te tuvo miedo cuando te vio a mi lado. Debes de parecerte a Danlos si eres su hermano, ¿verdad?

Desvió la vista a un lado, dolido.

—Sí, nos parecemos —dijo y apreté los dientes—. Hay quien

dice que somos como hermanos gemelos pese a llevarnos siete décadas de edad. Pude comprobarlo cuando crecí y él se presentó en Gronland con un gran ejército para conquistar la capital. Verme a mí, es como mirar a Danlos, solo que él es un par de centímetros más alto que yo y tiene una cicatriz en el lado derecho del rostro. Por ese motivo, al principio dudé que hubiese sido realmente Danlos quién atacó tu villa hasta que me explicaste que no pudiste verle el rostro, ya que lo llevaba oculto tras una capucha. De haberle visto, hubieras recelado de mí desde el principio y descubierto ante el grupo.

—Tu pasado ha resultado ser muy diferente a lo que había imaginado —dije vencida.

Silencio. Solo el ruido de la lluvia al caer se escuchaba.

Dacio se movió, tan solo cambio el peso de una pierna a otra, pero me encogí ante ese gesto. Se dio cuenta y su dolor se intensificó.

—Puedes marcharte —dijo sin ser capaz de mirarme a los ojos—. No voy a retenerte.

Me quedé quieta, mirándole aterrada.

>>¡Vamos! ¡Vete! —Dio un paso hacia mí y temblé con más insistencia—. ¿A qué esperas?

Vi lágrimas en sus ojos.

>>Vete, es lo que quieres. ¡Muévete, maldita sea! ¡Huye!

Me costaba respirar, apreté con más fuerza los puños.

Dacio, abatido, se dejó caer enfrente de mí, arrodillado, y empezó a sollozar.

>>Por favor, vete —me pidió con la cabeza gacha—. No te lo impediré, de verdad. Vete.

Al ver las lágrimas correr por sus mejillas me relajé de inmediato. No iba a hacerme daño.

Claro que no, pensé, *nunca me lo haría. Entonces, ¿por qué me comporto así?*

Le miré, sin saber qué decir o hacer. Luego dirigí mi atención a la puerta. ¿De verdad quería irme de aquella casa que había empezado a considerar como mi nuevo hogar? Volví mi atención a Dacio, tampoco quería separarme de él. Solo de pensarlo un dolor en el pecho arremetía contra mi corazón. Pero, ¿cómo podía considerar siquiera el mantener una relación con el hermano de aquel que destruyó mi villa? ¿Acaso no sería una traidora para mi pueblo?

Dacio me miró, una tristeza infinita cubría su rostro y como acto instintivo me aproximé a él y le besé en los labios.

Se tensó y yo me retiré tan solo unos pocos centímetros para mirarle a los ojos. Mi villa lo entendería, o así esperaba que lo hubieran hecho de estar vivos. No podíamos juzgar a una persona por los actos que pudieran hacer otros de su misma sangre.

—Te prometí que no huiría de ti, —dije con determinación—, pero me has dado un susto de muerte, perdona. No me lo esperaba. No te odio, al contrario, te amo y siempre estaré a tu lado, te lo juro.

Abrió mucho los ojos, al escuchar mis palabras y volví a besarle.

—¡Oh! ¡Alegra! —Nos abrazamos entonces. Dacio continuaba temblando—. Creí que me abandonarías, que huirías. Tenías una cara de pánico…

—Lo siento —me disculpé también llorando—. Pero no lo haré, de verdad. ¿Cómo podría hacerlo? —Le pregunté, mirándole a los ojos—. Eres mi vida.

—Mi otra mitad —dijo, luego sonrió.

Nos volvimos a besar, esta vez con más pasión.

Dacio bajó un tirante de mi vestido y luego el otro. Yo le miré, pícara, y él sonrió, pasando sus manos por mi cintura atrayéndome más hacia él. Le besé de nuevo, pasando mis manos por su cabello revuelto, desordenadamente *sexy*. Y aún sin saber cómo, me encontré tendida en el suelo sobre un charco de agua.

—Preferiría no estar mojada —comenté, con la intención de cambiar de lugar pese al momento.

—Eso está hecho —dijo sin dejar de besarme y por arte de magia, el suelo dejó de estar mojado, mis ropas y cabello se secaron.

Y, sin saber de dónde apareció, una colcha verde pastel nos hizo las veces de cama—. ¿Mejor? —Me preguntó, sabiendo ya la respuesta.

Sonreí, me encantaban sus trucos de magia.

—Mucho mejor —le susurré al oído y le mordí de forma tierna el lóbulo de la oreja.

Gimió y me besó en el cuello, fue descendiendo lentamente hasta llegar al escote de mi vestido donde liberó mis pechos para gozar de ellos. Al mismo tiempo me deshice de su túnica de mago y seguidamente de su camisa, dejando su torso al descubierto.

Pasé, lentamente, acariciando, una de mis manos hacia sus abdominales, descendiendo traviesamente hasta llegar a sus pantalones. Que desabroché e introduje mi mano en su ropa interior.

Volvió a gemir, mientras yo sonreí al palpar su miembro duro y erecto.

Me subió la falda del vestido y, con la boca, me quitó las braguitas, ayudándose más tarde de las manos para acabarlas de bajar. Luego acarició mi sexo y mirándome a los ojos me introdujo dos dedos.

Gemí, mordiéndome el labio. Él sonrió, como el amante experto que esperaba de él.

—Estás muy húmeda —dijo, se inclinó y besó mi sexo—, deliciosamente húmeda.

Un hormigueo más fuerte se deslizó desde mis pies hasta mi cabeza.

—Eso es porque te deseo, dentro, ahora.

Se quitó la ropa interior y con un movimiento calculado me penetró, se detuvo unos segundos para mirarme a los ojos y darme un beso en los labios. Se retiró y volvió a embestir, repitió la acción aumentando el ritmo en cada embestida que me propiciaba.

Rodeé su cintura con mis piernas, impidiéndole escapar. Nuestras respiraciones eran aceleradas, y nuestros gemidos exquisitamente placenteros. Un fuego recorría nuestros cuerpos. El calor se hizo cada vez más intenso, el placer fue aumentando, aumentando,

aumentando…

—¡Dacio! —Grité su nombre en un glorioso gemido.

Me dejé llevar, mi cuerpo explotó de puro placer. Mis músculos se tensaron y agarré con más fuerza a Dacio en un abrazo incontrolado.

—¡Alegraaa! —Gimió mi nombre después de mí, derramando su esencia en mi interior.

Después de aquel pasional acto de amor, nuestros cuerpos se relajaron, notando la flojedad placentera de haberlo entregado todo.

Nos miramos a los ojos, él aún dentro de mí, y nos besamos una vez más.

El pasado

La tormenta continuaba imparable mientras Dacio y yo nos encontrábamos arrebujados en nuestra improvisada cama arriba en la torre. Invocó incluso una sábana para abrigarnos del día frío y húmedo en que nos encontrábamos.

Abrazados, disfrutando juntos del momento, nos besábamos cada ciertos segundos.

—Te quiero —me decía.

—Y yo a ti.

Acarició mi rostro, mirándome a los ojos.

—¿Hay algo más que quieras preguntarme respecto a mi pasado? —Preguntó volviéndose un poco más serio.

—Aún me sorprende que Danlos sea tu hermano —dije—. ¿Cómo pudo acabar siendo un mago oscuro? Tu familia era buena, ¿verdad?

Suspiró.

—Mis padres eran buena gente —respondió—. Mi madre era dulce y cariñosa, y mi padre amable y responsable. Ambos los recuerdo cercanos, procurando que no les faltara nada a ninguno de sus hijos. Pero… no sé. Yo a veces tampoco lo entiendo —confesó—. Era un niño cuando ocurrió todo y… bueno, Zalman me explicó con el tiempo que el responsable de cambiar a mi hermano fue el mago oscuro Urso, ayudado por Bárbara. Por aquella época, mi hermano era aprendiz, pero destacó de inmediato entre sus compañeros de clase. La fama le subió a la cabeza y Urso aprovechó ese estado para inculcarle que al ser tan fuerte, al ser un genio, debía imponerse sobre aquellos que eran más débiles. Exigir el respeto de la gente con solo percibir su presencia. Bárbara lo sedujo mediante otros métodos más placenteros y entre ambos se lo llevaron a su terreno. No nació siendo malvado, la gente no nace siendo una cosa u otra, simplemente, eligen un camino y mi hermano eligió el camino oscuro.

—¿Y por qué te dejó vivir solo a ti?

Bajó la mirada por unos segundos, luego volvió a mirarme a los ojos.

—La noche que les descubrieron practicando magia negra, mi hermano regresó herido a casa. Yo me encontraba con mis padres, mi hermana al ser más pequeña ya estaba acostada. Me asusté mucho, era mi hermano y estaba herido. No entendía por qué, pero al parecer mis padres sí. Hubo una discusión, mis padres temían por Danlos. La pena por practicar magia negra es la muerte. Si hubiera sido menor quizá el castigo habría sido menos severo, pero mi hermano acababa de graduarse, hacía apenas unos meses.

Suspiró.

>>Mi padre quiso entregarle, convencido que si Danlos mostraba arrepentimiento le perdonarían. Era muy joven, mayor de edad, pero solo por unos meses. Propondría quitarle sus poderes como garantía para que no volviera a practicar magia negra, luego mi padre se vincularía a Danlos para que pudiera continuar siendo inmortal. Quizá pasaría una temporada en la cárcel, pero era eso, morir o ser un fugitivo. Mi madre le curaba mientras mi padre buscaba la mejor solución, pero mi hermano se enfureció solo con pensar en ser un simple nulo.

—¿Nulo?

—Son aquellos magos que por un motivo o por otro pierden su magia.

—Ah.

—En fin, —su mirada pasó al enfado—. Danlos se alzó, dispuesto a huir, pero mi madre le pidió que se estuviera quieto para acabar de coserle sus heridas. Fue, entonces, cuando en un ataque de ira la golpeó en la cabeza. Cayó desplomada —su voz se quebró por un momento, pero suspiró, concentrándose para continuar con la historia—, no se movía. Recuerdo a mi hermano retroceder, blanco, perdiendo el color de la cara al ver que nuestra madre no reaccionaba. Yo me agaché a ella, mi padre intentó que volviera en sí, pero nunca más se despertó.

>>Al comprender que estaba muerta, mi padre se abalanzó sobre Danlos y empezó a golpearle. Al principio, mi hermano intentó cubrirse con los brazos, hasta que, viendo que mi padre no paraba se lo quitó de encima. Su mirada, había cambiado, sus ojos estaban rojos como la sangre y miraba a mi padre con odio. Empezó a recriminarle que si no le hubiera amenazado con entregarle, eso no hubiera pasado. Perdió el control, lucharon y mi hermano venció, llevado por la ira.

>>Yo fui un espectador, atemorizado, quieto al lado del cuerpo de mi madre. Y cuando mi padre cayó, corrí también a él, zarandeándolo para que reaccionara. Abrió un momento los ojos, y lo único que salió de sus labios fue... fue... *jamás seas como él.* —Los ojos de Dacio se llenaron de lágrimas, e intentó limpiárselos rápidamente—. Con todo aquel ruido, de gritos y lucha, mi hermana se despertó y también una sirvienta que en aquellos tiempos vivía con nosotros. Ambas llegaron sin saber qué sucedía. Mi hermana, que solo tenía cuatro años, no fue capaz de comprender el peligro en el que nos encontrábamos. Corrió al cuerpo de mi madre y nos pidió a Danlos y a mí que hiciéramos algo, nos preguntaba por qué dormía en el salón. Mi hermano, alterado, empezó a gritarle que se callara, que dejara de llorar, pero aquello solo hizo que se asustara más y gritara llamando a nuestros padres. Danlos,

no lo soportó, y empezó a convocar un imbeltrus. Yo al ver lo que pretendía invoqué otro, pero lo lancé demasiado tarde.

>>Alcancé a mi hermano, pero Daris yació muerta junto con la sirvienta que intentó protegerla del ataque. Ambas tendidas en el cuerpo de mi madre. Cuando todo acabó, cuando mi hermano silenció a nuestra hermana pequeña, pude ver lágrimas en sus ojos. Yo, a mi vez, le miré sorprendido, pues una herida le cubría el lateral derecho de la cara. La cicatriz que aún lleva fue hecha por mí, como recordatorio a la noche que acabó con nuestra familia. Mi ataque le hizo reaccionar, darse cuenta de lo que estaba haciendo, pues sus ojos se calmaron, volviendo al color marrón de siempre.

>>Me miró, con una mano cubriéndose la herida del rostro y dijo:

—*Volveré cuando seas mayor, para entonces, intenta ser el más fuerte. No me decepciones.*

—Y se marchó con el Paso in Actus —concluyó.

—¿Y lo volviste a ver? —Le pregunté.

—Durante mis años de estudio, en la escuela, ni una sola vez —dijo—. Pero en la gran batalla que se libró en Gronland vino a por mí, y me ofreció un puesto en sus filas. Quiso convencerme, pero yo rehusé queriéndole matar. Para mi fastidio, fue mucho más fuerte que yo, la magia negra le otorga un poder superior. Pudo matarme, pero no lo hizo, solo me dejó malherido en el campo de batalla y me llamó estúpido. Después de aquello solo he tenido ocasión de cruzarme en su camino unas pocas veces.

Quedé pensativa, analizando lo explicado hasta el momento. Luego, le pregunté:

—¿Alguna vez te has planteado seguir a tu hermano?

—No —negó con la cabeza—. Sí que he pensado en más de una ocasión abandonar Mair y no saber nada más del país donde he crecido, pero de ahí, a seguir a mi hermano… Nunca.

—¿Y Danlos te trataba bien? —Pregunté—. Quiero decir, antes que matara a tu familia y se le descubriera practicando magia negra.

—Sí, fue un hermano mayor excelente —afirmó—. Yo le admiraba, era mi ídolo y mi hermana siempre estaba con él. El dibujo que has visto lo pintó para mi hermano, fue un regalo de graduación que Danlos aceptó encantado. A veces creo que si hubiera sido cruel o malvado con nosotros, el dolor no hubiera sido tan grande. Pero jamás lo fue… hasta aquella noche.

—Lo siento —dije de corazón—. Tuviste que sentirte muy solo.

—Sí —asintió—. Tenía más familia, mis abuelos y un tío. Pero… todos murieron. Mi abuelo y mi tío al ir en busca de Danlos para convencerle que regresara, nunca volvieron. Y mi abuela cayó en depresión y se dejó consumir por la tristeza. Esta casa quedó vacía, los sirvientes que teníamos tuvieron miedo de permanecer aquí, más aún cuando Daisy, la sirvienta que vivía con nosotros, también pereció aquella noche. Por parte de la familia de mi madre… no quisieron responsabilizarse de mí. Todo el mundo me miraba con miedo y odio. No querían ser tratados como yo. Fue entonces, cuando Zalman decidió adoptarme. No le importó lo que pudiera pensar la gente, en cierta manera fue mi tabla de salvación. Aunque al principio creí que solo lo hizo para tenerme vigilado y fui un poco rebelde. Luego me demostró, tanto él como su mujer, que querían cuidarme como a un hijo de verdad y empecé a apreciarles y cogerles cariño. No es que les haya considerado como mis padres, pero sí como a unos tíos. Aunque, pese a todo, siempre me he sentido solo, como si no encajara en ninguna parte.

Hubo un momento de silencio, Dacio quedó pensativo, reviviendo aquellos años. Yo me acerqué y le di un beso en los labios, devolviéndole al presente.

—Ahora ya no estás solo —le dije mirándole a los ojos—. Me tienes a mí.

Sonrió.

—Sí, contra todo pronóstico —rio nervioso—. Me has sorprendido.

Volví a besarle.

—Ahora formaremos juntos una nueva familia —dijo convencido, acercándome más a él—. Nos casaremos y tendremos hijos.

Abrí mucho los ojos. ¿Casarnos? ¿Tener hijos?

—Te vincularás a mi magia y te haré inmortal —continuó—. Esta casa volverá a cobrar vida, ya lo verás, y…

—Espera —le interrumpí—. Yo nunca… nunca… —Frunció el ceño—. El matrimonio me asusta.

—Pero… —Quedó sin palabras—. ¿Es por mí? ¿Por mi pasado?

—No —dije enseguida—. Simplemente vas muy deprisa. Yo… aún tengo que recuperar a Edmund, Ayla tiene que volver y debemos acabar con los magos oscuros. No me casaré, ni tendré hijos hasta hacer todo eso. Y… bueno… aunque lo consiguiéramos en una semana, tampoco creo que me sintiera preparada para dar ese paso. Siempre he sido anti-matrimonio.

—Ibas a casarte con Durdon —replicó.

—Pero ya sabes que únicamente por conveniencia y tampoco le dije que sí.

—Yo quiero casarme contigo —dijo con determinación.

—Dacio, me halagas, de verdad. Pero si me agobias, lo único que conseguirás es que te diga que no —soné contundente.

—¿Nunca?

—Tampoco he dicho eso —repuse—. Solo quiero estar segura. Estar preparada.

—¿Hijos? ¿Quieres tener?

Sentí un escalofrío.

>>Vale, lo hablaremos en el futuro —accedió al notar mi reticencia—. Mientras sigas a mi lado, seré feliz. ¿Cuándo te hago inmortal?

—Eso también tengo que pensármelo —abrió mucho los ojos—. Deja que lo piense, es una decisión importante —insistí.

Frunció el ceño, pero no objetó nada. Se incorporó, sentándose en la colcha y cogió la bolsa azul que llevaba en las manos cuando entró en la torre.

Me la tendió.

—Tus doscientas monedas de oro —dijo después de cogerla—. Enhorabuena, eres rica.

Abrí mucho los ojos, pero él sonrió, se inclinó a mí y me besó en los labios, tumbándome sobre la colcha, donde me tomó una vez más.

EDMUND

Regreso a Luzterm

Entré en la sala de las chimeneas acompañando a Ruwer. Después de meses vagando por Yorsa, atacando aldeas, matando inocentes y esclavizando personas, se nos permitió regresar a Luzterm.

Nada cambió en mi ausencia, la misma ciudad oscura, regentada por esclavos famélicos atemorizados por orcos sin escrúpulos. Mismas barracas que acogían a un número excesivo de personas y calles embarradas donde las ratas hacían buena cuenta de aquellos que morían en ellas, bajo el lodo y la lluvia.

Luzterm era la capital de Creuzos, el país gobernado por los magos oscuros. El clima era acorde con la situación que se vivía, oscuro por las nubes que se empeñaban en esconder el sol, y una lluvia que parecía no desaparecer nunca. Tanto podía caer una buena trompa de agua, como estarse dos semanas con una llovizna continua que acababa traspasando tu ropa y calando el frío hasta los huesos. Los escasos días de sol eran una bendición, incluso hacía que los orcos no se dejaran ver tanto por las calles. Con un poco de suerte, con el verano, podríamos gozar de más de un día despejado.

Nos detuvimos a los pies del podio donde se elevaban los tronos de hierro de Danlos y Bárbara, e hincamos una rodilla en el suelo.

—Habéis hecho un trabajo excelente —habló Danlos.

Ruwer se alzó entonces, y le imité.

Di un rápido vistazo a Danlos, tan solo un segundo, y bajé la vista de inmediato. No me estaba permitido mirarle directamente a los ojos.

Fruncí el ceño, durante meses estuve deseoso de poder regresar a Luzterm para esclarecer quién era el mago que acompañaba a mi hermana cuando intentó rescatarme. Se parecía tanto a Danlos que por un momento creí que era él en realidad. Aunque la cicatriz del mago oscuro, en el lado derecho de su rostro, me indicó que aquello era imposible. Pero más imposible me parecía que alguien pudiera parecerse a otra persona de semejante manera como para solo diferenciarlas por una cicatriz.

Mientras valoraba mis posibilidades de poder plantearle mis dudas sin acabar en las mazmorras, Ruwer le informaba de todo lo acaecido durante nuestros meses de expedición. Había perdido una oportunidad de averiguarlo cuando Danlos vino a por nosotros para llevarnos a Luzterm con el Paso in Actus y ahora que lo tenía de nuevo delante, tan solo una hora después, no quería que el miedo me impidiera hablar y preguntar quién era Dacio.

Se lo pregunté a Ruwer, pero este se limitó a gruñir y darme una colleja diciendo que no era asunto mío. Así que tuve que esperar, consciente que no lograría sacar nada relevante del hombre lagarto.

—Así que… os cruzasteis con Dacio —algo en el tono de voz de Danlos cambio y yo capté toda mi atención en aquel punto de la conversación—. ¿Luchasteis?

—Sí. Le di una lección, amo. Iba acompañado de la Domadora del Fuego y quisieron rescatar al muchacho cuando yo guiaba a los esclavos al punto de encuentro. En cuanto dejé a los orcos al cargo de esperar vuestra llegada, volví a la aldea para continuar con nuestra misión y me los encontré a ambos, con el muchacho a punto de escapar.

Danlos me miró entonces, y bajé la vista de inmediato al percatarme que me había quedado mirándole.

—¿Dacio resultó herido? —Escuché que preguntaba, notando sus ojos aún clavados en mí.

—Solo un poco, al parecer tenía un brazo resentido de alguna batalla anterior, pero dudo que la herida no se le curara en pocos días.

—¿Y la chica?

—Ilesa —suspiré aliviado, pues vi como el mago desconocido hacía algo con mi hermana dejándola inconsciente y temí que se encontrara herida—. Dacio la protegió.

—Bien, si vuelves a encontrarte con ella no la mates, ni la hieras de gravedad.

Abrí mucho los ojos, ¿qué le importaba al mago oscuro que mi hermana viviera o muriera?

—¿Por qué no puede matarla? —Le preguntó Bárbara, callada hasta el momento. Con el tiempo llegué a conocerla, dándome cuenta que las pocas veces que hablaba era para quejarse o cuestionar las decisiones de Danlos. Sinceramente, si se hubiera tratado de un matrimonio normal, Danlos podría haber sido considerado un santo con la paciencia que tenía con su mujer—. ¿Tienes un nuevo plan con ella?

—Dacio se ha enamorado de esa chica —comentó acariciando su cicatriz, pensativo—. Y ella está enamorada de él.

—Solo hasta que descubra quién es Dacio en realidad —le espetó Bárbara.

—Ya sabe quién es, hace poco lo descubrió y sigue a su lado —le comentó Danlos—. Tengo un cuervo vigilando cada uno de sus pasos.

Bárbara frunció el ceño.

—¿Quién es Dacio? —Pregunté alto y claro, mirando a Danlos a los ojos.

Consciente que me la estaba jugando, y no solo por pasar unas semanas en las mazmorras, sostuve la mirada al mago oscuro que entrecerró los ojos.

>>Estaba con mi hermana y se parecía a usted, amo.

Ruwer me dio una colleja con tanta fuerza que casi hizo que cayera al suelo, pero en cuanto recuperé el equilibrio volví a mirar a Danlos.

>>Solo quiero saber si mi hermana está bien, si está a salvo.

Danlos alzó una mano dirección a mí y, de pronto, noté como si un poder electrizante recorriera mi cuerpo.

Me tensé, arqueé la espalda y la respiración se me cortó, cayendo en la fría piedra gris del suelo. El dolor continuó imparable, los músculos continuaron en tensión, retorciéndome como un amasijo de nervios.

Gemí, grité…

El dolor se desvaneció de pronto y mi cuerpo quedó inerte. Respiré con dificultad, el pecho me dolía. No pude levantarme.

Escuché unos pasos acercarse a mí y volví la cabeza para mirar a aquel que se plantó a mi lado.

Reconocí las botas negras de Danlos y alcé la vista, mirándole.

—Dacio es mi hermano pequeño —abrí mucho los ojos ante esa nueva información—. Y tu hermana puede serme de utilidad en el futuro —miró a su mujer, aún sentada en el trono—. Nos puede servir de chantaje contra él.

Poco a poco, a medida que me recuperaba, fui sentándome en el suelo. Aun analizando el que mi hermana estuviera saliendo con el hermano pequeño del asesino de nuestra familia. ¿De verdad era consciente de quién era Dacio? Y si era así, ¿cómo podía mantener una relación con él? ¡Era una traidora! Danlos había destruido nuestra villa, convirtiéndola en cenizas, y ella iba y salía con el hermano de dicho monstruo.

Apreté los puños, conteniendo mi rabia y mi ira, estaba sacrificando mi vida, aceptando ser un esclavo para salvar a una hermana traidora.

¡¿Qué pensaría nuestro padre, Alegra?!

Danlos se dirigió a uno de los ventanales y miró la ciudad o quizá el alto muro negro que se alzaba a lo lejos.

>>Ruwer, puedes retirarte —le habló Danlos sin desviar su

atención de la ciudad.

Me alcé para seguirle.

Si algún día lograba escapar del mago oscuro debía dejarle claro a mi hermana mi posición respecto a su relación con el hermano de Danlos. Y, sobre todo, hacer pagar de alguna manera a ese tal Dacio el que cortejara a mi hermana. Me daba asco sin conocerlo, seguro que era igual que Danlos.

>>Edmund, tú te quedas —me detuve de inmediato ante la orden de Danlos y un escalofrío me recorrió de cuerpo entero.

Creí que me había librado de un castigo mayor que el de ser electrizado.

—Yo me voy a dar un baño —dijo Bárbara alzándose del trono—. Te espero —le dijo en tono pícaro y Danlos se volvió a ella, que la observó cómo se marchaba con su andar sensual.

Toda aquella incertidumbre sobre mi hermana, me hizo olvidar las intenciones que tenía aquella oscura pareja de traer al mundo más magos oscuros. Con la desaparición de la elegida, estaban empeñados en querer aumentar su número teniendo hijos. Aunque, al ver como Bárbara marchaba, con su vestido verde ceñido al cuerpo, y sin ninguna barriguita que pudiera revelar que estaba embarazada, entendí que, de momento, los intentos por ser padres habían sido infructuosos. Lo cual me alegré.

Una vez Bárbara abandonó la sala de las chimeneas, Danlos se acercó a su trono. En un lateral, un bloque de metal plateado se encontraba en el suelo. No me di cuenta de ello hasta que el mago oscuro lo cogió.

—Acero mante —dijo acercándose a mí—. El metal más fuerte y resistente de todo Oyrun. Empieza a trabajarlo, a ver qué te sale.

Me lo tendió y lo cogí. Pese al tamaño del bloque era ligero, otra característica de aquel peculiar, extraño y escaso metal.

—Nunca he trabajado con acero mante —le informé.

—Soy consciente que aún debes aprender para llegar a ser un buen forjador de espadas, por eso debes practicar —respondió—. Acostúmbrate a su tacto, a manejarlo. No creo que te cueste. Por tus venas corre la sangre de Númeor, uno de los mayores artesanos que tuvo nunca Launier y que perdió al enamorarse de una humana.

Númeor era un elfo antepasado mío, pero dudaba que pudiera llegar a ser tan bueno como él. Las historias de mi villa hablaban que sus manos hacían verdaderas obras de arte. Habían pasado generaciones desde entonces, no me quedaba nada élfico en las venas.

—Lo haré lo mejor que pueda, amo —respondí.

—Bien, —puso una mano en mi cabeza y sentí un escalofrío ante ese contacto—. Si se acaban casando seremos familia política.

—Los dioses nos libren —dije sin pensar, pero Danlos se limitó a revolverme el pelo y reír.

—Vete.

Me incliné, di media vuelta y salí de la sala.

Al entrar en las cocinas, suspiré aliviado de ver a Sandra con su madre pelando una gran montaña de patatas. Era una niña de nueve años, la única amiga que tenía en Luzterm. Durante meses no supe nada de ella y en el país de los magos oscuros uno podía morir en cualquier momento, a manos de un orco o de un simple resfriado. Así que respiré tranquilo de verla trabajando como la última vez que me marché.

Todas las cocineras que trabajaban en el castillo, un total de cinco, incluyendo a Sandra, me miraron con cierto temor, pero cuando me reconocieron se relajaron visiblemente, suspirando dos de ellas. No obstante, no me dieron la bienvenida, un orco siempre las vigilaba.

Sandra, por contrario, me sonrió y yo le devolví la sonrisa. Por suerte, el orco que nos vigilaba no estaba por la labor e ignoró mi entrada por completo.

Danlos me dio el privilegio de poder comer en las cocinas del castillo y no en el gran comedor donde servían una escasa ración de comida al resto de esclavos. Mi condición privilegiada se debía a que el mago oscuro no quería que muriera bajo ningún concepto hasta haber acabado con la elegida. Era su moneda de cambio con el grupo de la elegida por formar mi hermana parte de ese grupo.

Me senté enfrente de la única mesa que había en las cocinas y esperé. La madre de Sandra se alzó de su asiento y empezó a prepararme algo de comer. En cuanto me sirvió devoré todo el plato, lomo de cerdo con arroz. Sandra me ofreció dos porciones de pastel de queso. Me comí uno y el otro lo guardé en un trapo que disimuladamente me dejó su madre a un lado, escondiéndolo seguidamente debajo de mi jubón. Luego, me despedí y salí directo al almacén de leña que había a unos metros de las cocinas. Trepé por una montaña de troncos hasta llegar a la cima y miré triunfante el refugio que Sandra y yo teníamos para vernos y poder hablar sin el miedo a ser castigados por ello.

Descendí con cuidado y salté el último metro. No era un espacio muy grande, pero suficiente para poder jugar sin ser vistos. Dos minutos después Sandra apareció en lo alto de la montaña de troncos.

—¡Tenía ganas de verte! —Exclamó mirándome desde arriba.

Descendió con agilidad, saltando el último metro.

Saqué la porción de pastel y se lo tendí. Lo comió con ansia, después de meses separados no pudiéndole dar comida a escondidas había adelgazado. Siempre fue una niña delgaducha y poca cosa, pero tenía unos ojazos grises que resaltaban con su cabello castaño haciéndola bonita a su manera. Era tres años mayor que ella, pero eso no me importaba, a menudo mostraba una madurez impropia de su edad.

—Te ha crecido el pelo —comentó con la boca llena—. ¿Volverás a rapártelo?

Me pasé una mano por la cabeza, me gustaba llevar el pelo largo y eso que en aquel momento apenas me sobrepasaba las orejas. Pero en Luzterm había piojos y ese era el motivo principal por el que Hrustic, el responsable de la herrería y amigo mío, me rapaba la cabeza en cuanto me crecía.

—Qué remedio.

Nos sentamos en un rincón y le expliqué lo ocurrido los últimos meses. No quise hacerlo, pero lloré al recordar los ataques a las villas, cada día tenía pesadillas y las víctimas que me obligaban a matar acudían por las noches para torturarme. Sandra, me escuchó atentamente, sin interrumpirme, y se sorprendió al saber el incidente con mi hermana.

—Es una traidora —dije dando un golpe con el puño en el suelo—. Yo sacrificándome por ella, y va y se acuesta con el hermano de nuestro enemigo. Nunca se lo perdonaré. Nunca.

—Quizá esté hechizada —respondió.

—Puede, pero Danlos no hizo comentario o insinuación al respecto, así que lo dudo. Mi hermana sale con ese Dacio por gusto.

Gruñí.

—Urso vino a Luzterm hace poco —me informó—. Al parecer le pidió a Danlos ayuda militar para fortalecer Tarmona y poder mandar grupos de orcos a conquistar aldeas vecinas. Hubo una discusión entre ambos. El amo le echó en cara que matara a los niños menores de ocho años y no diera una oportunidad de recobrarse a aquellos que caían heridos o enfermos.

—¿Danlos dijo eso?

Sandra se encogió de hombros.

—Es lo que he escuchado. Aunque muchos dudan que sea porque le importe nuestras vidas sino porque nuestro número descienda y tenga falta de mano de obra, que es lo que le ocurre a Urso. Por ese motivo se negó en rotundo a ello.

—¿Y qué ha hecho Urso?

—No lo sé exactamente, solo son rumores, pero se cuenta que quiere volver a atacar la ciudad de Barnabel o quizá el país de los elfos. Así obtendría los esclavos que necesita para acabar de sacar unos diamantes de no sé dónde.

Suspiré.

—Quieren actuar rápido por si la elegida regresa antes de lo esperado —dije en voz alta, en realidad para mí mismo.

—¿Crees que ganaran?

—No lo sé, Barnabel quedó muy debilitada con el ataque de hace unos meses, pero Launier tengo entendido que es un país fuerte. Solo sé que si no vuelve la elegida estaremos perdidos. Pero olvidemos por un momento esta amarga historia, te he traído un regalo.

Abrió mucho los ojos y sonrió. Pocas veces sonreía, Sandra nació siendo esclava y la infancia le fue arrebatada en la ciudad que vivíamos donde el significado de la muerte se aprendía a muy corta edad. Por ese motivo, sacarle una sonrisa era todo un triunfo y un recuerdo que pese a su madurez aún tenía nueve años.

Me levanté y cogí una bolsa que escondí entre los troncos justo después que Danlos me trajera con Ruwer de vuelta a Luzterm. El hombre lagarto me dejó unos minutos para que dejara mis armas y equipaje, así que corrí a nuestro refugio, aquella pila de leña que llamábamos *el fuerte*, para guardar mis cosas. En la barraca donde vivía con los hombres de la herrería no podía dejar a *Bistec* —mi espada—, el arco y el carcaj, que Ruwer me dio para nuestras expediciones.

—Cuando te conocí, me dijiste que nunca habías tenido una muñeca —saqué una muñeca de trapo de la bolsa y Sandra la miró con curiosidad—. La encontré abandonada en una pequeña ciudad que conquistamos, y creí que te gustaría.

—Es bonita —dijo cogiéndola.

—Se parece a ti.

—¿Tú crees? —Dijo extendiendo los brazos para verla mejor—. Es morena como yo, pero sus ojos son marrones y está muy sonriente.

—Entonces, eres aún más bonita que la muñeca.

Sonrojó y yo me reí. En respuesta me dio un pequeño puñetazo en un brazo.

—No te rías de mí —exigió.

Aquello solo hizo que me riera con más ganas. Era la única que lograba sacarme una risa en Luzterm.

Acero mante

El acero mante era el metal más resistente de Oyrun con una ligereza asombrosa. Trabajar con este material fue una auténtica experiencia, aunque me encontré con un sinfín de problemas para poder calentarlo, pues para alcanzar la temperatura adecuada tardaba un día entero en conseguirlo, avivando el fuego del horno sin descanso. Luego, tan solo lograba que se mantuviera al rojo vivo por apenas quince minutos, pues se enfriaba de inmediato, y el conseguir la forma adecuada de la espada, sin olvidarnos de afilarla a conciencia, fue una labor mucho más ardua.

Hubo días que no comí, otras noches que no descansé y otros tantos que me dejé caer en mi lecho para dormir tres días seguidos. Pero disfruté, trabajar en la herrería me encantaba, salvo por el hecho que había poca ventilación y hacía un calor de mil demonios, incluso en invierno. Sin darme cuenta, las semanas fueron pasando y más tarde los meses, hasta que, un día, salí de la herrería y vi que nevaba. Por un tiempo, Luzterm mostraría una bonita estampa de nieve blanca que alegraría un tanto la vista rompiendo con el gris del lugar. Apenas duraría unos días, pues si era igual al invierno pasado, la nieve se desharía enseguida.

Cansado y con los músculos aún tensos de trabajar con el yunque me dirigí a los baños del castillo. Otro privilegio que únicamente yo gozaba. Ningún esclavo más tenía permitido utilizarlos. La intención de Danlos era otorgarme con el tiempo un puesto parecido al de Ruwer. Quizá creía que con aquellos pequeños caprichos me pasaría a su bando. Soñaba despierto, jamás olvidaría el ataque a mi villa y la muerte de mi padre y, aunque no hubiera sido él el responsable, no podía trabajar para alguien como Danlos. Mi código de Domador del Fuego me lo impedía.

Aquella noche salí contento, con el ánimo subido, pues ya pensaba en lo poco que me quedaba para acabar la espada. Pese a tenerla que entregar a Danlos, no podía evitar sentir cierto orgullo por el trabajo que estaba realizando.

Antes de entrar al castillo, —siempre utilizaba la puerta de servicio, no tenía el rango suficiente para utilizar la puerta principal—, me topé con Danlos intentando controlar un caballo.

Me escabullí de inmediato entre las sombras y le observé detrás de unos barriles de aceite. El mago oscuro intentaba por todos los medios que el caballo no se encabritara agarrando bien fuerte una gruesa cadena que le rodeaba el cuello.

—Sería mucho más fácil si colaboraras —se quejó Danlos—. No escaparás a lo inevitable.

El caballo continuó forcejeando, y Danlos perdió la paciencia pues algo hizo que de pronto el animal se rindió cayendo al suelo entre resoplidos de agonía hasta quedarse tendido.

Entrecerré los ojos, intentando ver con más claridad en la negrura de la noche. Fue, entonces, cuando me percaté que el caballo tenía un gran cuerno en la frente. ¡Era un unicornio! Danlos había capturado un unicornio, pero… ¿Por qué? ¿De qué le servía? Los unicornios eran criaturas nobles, libres de maldad, jamás colaboraría o trabajaría para Danlos, moriría antes de permitir que lo montara.

Las nubes que cubrían el cielo dejaron traspasar por unos segundos la luz de la luna y pude diferenciar el pelaje blanco del animal, que bañado por la luna obtenía un tono plateado, precioso. Me dio mucha lástima ver a una criatura tan bella y hermosa sometida a un mago oscuro.

El unicornio resoplaba, cansado. Quizá llevaba horas luchando contra el mago negro. Las nubes volvieron a cubrir la luna y alcé la vista maldiciendo el no tener luz. Fue, en ese instante, cuando me percaté que era luna llena. ¿Querrían sacrificarlo? Siempre reclamaban una víctima las noches de luna llena para sus macabros rituales.

Se me encogió el corazón solo de pensarlo.

De pronto, una mano me tocó un brazo y di un brinco del susto. Al ver quién era la cogí de inmediato por el cuello de su vestido e hice que se agachara, tapándole la boca con una mano.

—No hables —susurré al oído de Sandra—. Danlos está ahí.

Abrió mucho los ojos y retiré mi mano de su boca.

—Edmund, vámonos.

—Si no nos movemos, no nos verá.

Sus ojos grises se abrieron de par en par al localizar a Danlos con el unicornio a sus pies. Unos segundos después apareció Bárbara, que se colocó al lado de su marido.

—¿No sería mejor llevarlo al templo? —Le preguntó la maga oscura.

—Sí, te esperaba —respondió el mago negro, y tirando de la cadena de hierro, hizo que el unicornio volviera a alzarse. Un aura roja cubría entonces todo el animal.

Danlos lo estaba inmovilizando con magia.

—¿Crees que resultará? —Le preguntó Bárbara, ambos iniciando la marcha.

—Eso espero, llevamos casi un año intentándolo.

Pasaron justo al lado de los barriles donde Sandra y yo nos escondíamos. Ambos nos encogimos para no ser vistos.

—Y si no…

—Pues capturaré otro —la cortó—. Cada mes sacrificaremos un unicornio hasta lograr que te quedes en cinta.

¡Era eso! No se trataba de un sacrificio para obtener energía, poder, sino para que la puta de su mujer se quedara preñada.

Fruncí el ceño, deseando que no surgiera efecto. Llevaba meses rezando a los dioses para que eso no ocurriera.

Pasaron de largo sin darse cuenta de nuestra presencia.

—Edmund —Sandra tiró de mi brazo en cuanto los perdimos de vista—, ya nos podemos ir.

—Sí —me levanté, aun mirando el camino por el que se marcharon.

Sandra me cogió de una mano y noté que temblaba.

>>¿Qué hacías aquí? —Quise saber.

—Un orco me mandó llevarle la cena a su cuartel. Volvía al castillo cuando te he visto.

—Yo iba a los baños.

La solté, pero antes de poder dar un paso dirección al castillo, me detuvo.

—Tengo miedo, ¿me acompañas a las cocinas? —Sus ojos brillaron con temor ante la idea de regresar sola después de haber visto a los magos oscuros. Así que asentí y la acompañé junto a su madre.

Tres días después de ver a Danlos y Bárbara con el unicornio, finalicé la espada que me ordenaron hacer. Era una obra de arte, una preciosidad que brillaba como el oro blanco pulido. Tenía una longitud de metro y medio y su empuñadura estaba revestida por el mejor cuero negro que dispuse, y como buen artesano dejé mi firma en ella. Justo en la hoja, tocando casi la empuñadura, un grabado con las iniciales E. D. F. —Edmund Domador del Fuego.

La envolví en una tela marrón y me encaminé al castillo, con la intención de mostrarla con orgullo, aunque una parte de mí se lamentaba de quién iba a ser su dueño.

El orco encargado de avisar a Danlos me hizo esperar en una salita pequeña de forma cuadrada, donde un banco de madera, viejo y desgastado, estaba ubicado junto a una de las paredes de piedra. Una ventana dejaba entrar la luz de los días nublados y por ella se podía divisar el gran muro negro que protegía la ciudad y el país entero. Aquella enorme construcción podía alcanzar los más de cien metros de altura en según que puntos o apenas veinte metros en otros. Era una obra maestra, capaz de albergar ciudades enteras del grosor que tenía, aunque Danlos únicamente quería el muro para su función defensiva.

Edmund, ya puedes pasar, la voz de Danlos resonó en mi cabeza y di un brinco levantándome en el acto.

Rápidamente me dirigí a la sala de las chimeneas. Cuanto antes llegara menos probabilidades tenía que el mago oscuro se comunicara de nuevo con la mente. Odiaba escucharle dentro de mi cabeza.

La doble puerta de entrada se abrió en cuanto rocé el pomo, presentándose ante mí la sala de las chimeneas. Un lugar frío, donde decenas de chimeneas estaban apostadas por toda la sala. Al fondo de dicha sala tres grandes ventanales que llegaban casi hasta el techo se alzaban pudiendo ver la ciudad en la distancia.

Al final de la sala me esperaba Danlos, de pie. Fruncí el ceño al ver como se ataba el fajín de su túnica. Bárbara se encontraba presente, junto a uno de los ventanales, atusándose el pelo. Mucho temí que la tardanza en recibirme era por su empeño en hacer niños.

—Nos vemos luego —se despidió Bárbara de su marido.

Nos cruzamos a mitad de la sala. La miré fugazmente, agachando de inmediato la cabeza al pasar junto a ella. Era muy hermosa, sus cabellos rojos como el fuego eran espectaculares, pero sus ojos verdes esmeralda eran lo más bonito que tenía. Además de presentar unas bonitas formas de mujer. Muchos hablaban de ella como la mujer más hermosa y de extraordinaria belleza del mundo. Aunque también era malvada y su bonito rostro podía verse truncado por la maldad con que vivía.

Hinqué una rodilla en cuanto llegué a los pies del podio y le ofrecí a Danlos la espada con la cabeza gacha. Era humillante tener que arrodillarse ante él, pero de no hacerlo mataría a un esclavo hasta que me doblegara como me amenazó en el pasado.

Danlos se aproximó.

—Os traigo la espada que me mandasteis hacer, amo —dije.

Sin decir nada, la cogió y me levanté retirándome un paso.

Danlos retiró la tela que la envolvía y la observó atentamente. La puso paralela al suelo, comprobando su equilibrio. Luego la blandió al aire y finalmente la colocó en vertical, apuntando al techo a pocos centímetros de su cara.

—No está mal —dijo y sonrió, bajándola y blandiéndola una vez más—. Nada mal. Es innegable que la sangre de Númeor corre por tus venas. Pero sé que puedes hacerla aún mejor. Con el tiempo, podrás crear una verdadera obra de arte.

Se quedó pensativo, mirándome, con la espada en sus manos.

>>¿Utilizaste todo el mante que te di?

—Sobró muy poco, amo —dije vacilante—. Y… bueno… me he hecho un puñal con él.

—¿En serio? —Aquello pareció divertirle—. Muéstramelo.

Me llevé una mano a la espalda descubriendo donde lo guardaba.

Se lo tendí.

Danlos lo cogió, y maldije el tener que entregárselo también. Pude mentir, decir que no sobró nada del preciado metal, pero si acababa descubriendo la verdad no quería que me azotara por ello.

Danlos lo estudió con detenimiento, incluso probó su filo causándose un corte en un dedo. La hoja solo medía quince centímetros, pero era ideal para cortar comida o… matar a alguien. En Luzterm no solo debías defenderte de los orcos, también de aquellos esclavos capaces de matarte por conseguir un mendrugo extra de pan.

Era la ley del más fuerte.

—Está bien afilado —dijo, se chupó el dedo que se punzó.

En ese momento, la puerta de la sala de las chimeneas volvió a abrirse y apareció el mago oscuro Urso caminando directo a nosotros. Su aspecto era desaliñado, sucio y sus ojos oscuros miraron a Danlos con cierto resentimiento y deje de locura.

—¡Te he mandado decenas de plumas para que vinieras a buscarme a Tarmona! —Empezó a hablar, alzando la voz—. ¿Por qué no venías a por mí? Sabes que no sé hacer el Paso in Actus.

—Pues aprende —le contestó Danlos, molesto—. Y sino, ya sabes, ensilla un caballo y coge un barco de esclavos, como veo que has hecho.

Urso gruñó, pero respiró profundamente intentando recobrar la compostura. Tenía un aspecto patético y reí interiormente al verle de aquella manera. Con los cabellos negros, sucios y pegados al rostro, y las ropas completamente destrozadas y mugrientas, ni lavándolas diez veces volverían a ser dignas de un mago oscuro.

Su olor tampoco era agradable.

—Necesito tu ayuda —dijo Urso—. Necesito más esclavos, los pocos que me quedan van muriendo en derrumbes incontrolables en las minas.

—¿Continuas matando a los niños y los enfermos? —Quiso saber Danlos.

—Ya no —hizo un gesto con la mano como si aquello tampoco fuera relevante—, pero no ha solucionado nada. Los pocos bebés que llegan vivos a Tarmona mueren a los pocos días. Las madres no tienen leche que darles y los que están destetados berrean más que ayudan.

—¿Y a qué edad los pones a trabajar? —Quiso saber Danlos.

—Pues en cuanto caminan —dijo como si fuera obvio—. Pero apenas distinguen un diamante de una piedra. Uno murió incluso al tragarse una piedra, se asfixió.

Danlos puso los ojos en blanco y yo odié con más ganas a Urso. Era despreciable.

—Para empezar, alimenta a las madres lactantes con comida decente para que tengan leche. Segundo, no puedes pretender que bebés de apenas dos años trabajen en las minas. Yo les pongo a trabajar a partir de los cuatro años y en labores simples.

Aquello tampoco era mucho, pensé.

>>Y tercero, hablas de los infantes que van capturando los orcos de las aldeas vecinas de Tarmona, ¿qué pasa con los esclavos nativos? ¿Acaso no dejan embarazadas a sus mujeres?

—Tengo separados a hombres y mujeres —respondió.

Danlos lo miró como si fuera un completo estúpido.

—Si los junto, se rebelan —se defendió Urso ante la mirada asesina de Danlos—. Los hombres están apaciguados si no saben cómo ni dónde se encuentran sus mujeres. Solo dejo que se reencuentren las noches de luna llena. Cuando sacrifico a alguno de ellos. Si me dieras más efectivos para poder apagar las pequeñas rebeliones no tendría que hacerlo.

—Si no te hubieses metido tu solo en un embrollo de estas características no tendría que dejarte nada —dijo furioso Danlos.

Se dirigió a su trono y se sentó.

El ambiente se estaba caldeando, era mejor retirarse, pero ¿cómo? Si no lo ordenaba Danlos directamente no podía marcharme. Aunque parecía haberse olvidado de mí por completo.

—He pensado en atacar Launier definitivamente —dijo Urso de pronto.

Danlos cerró un momento los ojos acariciándose las sienes, luego volvió a abrirlos y miró a Urso de forma fulminante.

—Casi no puedes controlar Tarmona, una única ciudad, y pretendes conquistar Launier, al que considero el segundo país más fuerte de Oyrun, después de Mair. Estás loco. No cuentes conmigo, ni con mis efectivos.

El color de los ojos de Urso se tornó rojo.

—Te recuerdo que fui tu maestro, me debes lealtad…

Danlos se alzó de su trono y con una velocidad asombrosa lo cogió del cuello, alzándolo unos centímetros del suelo.

—No te debo nada —dijo Danlos con los ojos igual de rojos.

Me retiré unos pasos, asustado. No quería acabar en medio de la discusión de dos magos oscuros.

—He hecho un largo viaje —dijo Urso—. Necesito otro ejército.

Danlos apretó con más fuerza el cuello de Urso y este empezó a ahogarse.

—No te daré ni uno solo de mis efectivos.

—La… elegida… volverá… Debemos conquistar… Oyrun… antes que… regrese.

Danlos lo soltó de pronto y Urso cayó de golpe al suelo.

—Empieza, entonces, por Barnabel. Será mucho más fácil —dijo Danlos, sin apaciguar el fulgor de sus ojos.

—Barnabel ha recibido una ayuda inesperada —Danlos frunció el ceño—. Mair les ha enviado varios magos guerreros. Uno de mis cuervos lo vio.

Danlos se cruzó de brazos.

—Entonces, te aconsejo que seas cauto. Espera a un mejor momento.

Urso frunció el ceño, sin ninguna intención de hacerlo.

—Intentaré conquistar Sanila, la ciudad de Launier más próxima a las fronteras. Pagaré a las tribus del desierto de Sethcar por sus espadas, con ellos podré conquistarlos. Pero ya te aviso de que cuando caiga la ciudad y más tarde el país, Launier estará bajo mi control.

—No lograrás traspasar ni sus fronteras —le advirtió Danlos, muy convencido—. Pero haz lo que quieras.

Urso alzó la cabeza, altivo.

—Llévame de vuelta a Tarmona —le pidió o quizá ordenó—, tengo que empezar a dirigir mi ejército. Antes de partir ya mandé emisarios con suficientes diamantes para tentar a todo guerrero del desierto.

—Regresa de la misma manera que has venido. Te sientan bien los viajes en barco.

Urso pataleó en un arranque de rabia e impotencia.

—Si no me llevas a Tarmona tardaré otros tantos meses en regresar. No podré mandar un ataque a Launier hasta el siguiente invierno.

—Solo un tonto llevaría tribus del desierto en pleno invierno a Launier. No vencerás.

Urso exasperó.

—Me las…

Danlos refulgió sus ojos una vez más, en una mirada fulminante a Urso, y este calló de inmediato. Se dio media vuelta y se largó cómo hubo venido.

Intenté reprimir una sonrisa, pero no lo logré, era demasiado gratificante ver a un mago oscuro fastidiado. Pero a la que volví mi atención a Danlos se me borró de golpe, pues este me miraba serio. Sus ojos volvían a ser marrones.

—Toma —me devolvió el puñal y le miré extrañado—. Puedes quedártelo. En cuanto consiga más *mante* continuarás practicando. Hasta entonces, forja espadas con el resto de esclavos y entrena la lucha con Ruwer por las tardes. Quiero que estés preparado para las batallas que se avecinan.

Me guardé el puñal, rezando para que aquellas batallas venideras tardaran mucho en llegar. Era un Domador del Fuego, un guerrero, pero estaba bastante asqueado de la guerra. Y solo pensar en volver a practicar la espada, el arco y el combate cuerpo a cuerpo con Ruwer, me entraban escalofríos.

LARANAR

Primos

E l ejército de Urso estaba siendo aniquilado por nuestros guerreros. No hizo falta presentar batalla en un combate cuerpo a cuerpo. Con nuestros arqueros y caballería fue suficiente para eliminar aquellos salvajes del desierto de Sethcar acostumbrados al calor y la arena, no al frío y la nieve.

Urso no tuvo en cuenta el clima, ni la posición privilegiada que nos otorgaban las montañas de Launier. Una sierra fronteriza que durante milenios nos protegió de enemigos invasores. La victoria fue sencilla, apenas tendríamos una baja en aquella contienda. El estado de los guerreros de Sethcar fue lamentable de principio a fin. La mayoría llegaron débiles a causa del frío del invierno, no estando acostumbrados a los climas de las altas montañas. Quizá en su territorio eran letales, pero sacarlos del desierto fue un grave error para Urso.

El mago oscuro maldecía en la distancia, alentando a los jefes de las tribus a continuar adelante. En cuanto uno de ellos intentó rebanarle la cabeza, Urso lo redujo a cenizas con algo parecido a un rayo. Acto seguido el resto de jefes se encaró contra el mago oscuro, y este tuvo que recular.

Mi padre sonrió ante aquella escena.

—Es una lástima que no haya ningún mago de Mair con nosotros —comentó—. Quizá, podríamos haber eliminado a un mago oscuro sin la necesidad de tener a la elegida a nuestro lado.

Urso empezó a lanzar rayos contra su propio ejército, defendiéndose de aquellos salvajes que no le juraban lealtad a nadie. Al parecer no les pagó lo suficiente.

Un cuerno se escuchó entre el enemigo y las tribus del desierto empezaron a recular, batiéndose en retirada.

Mi padre, alzó un brazo, y acto seguido un elfo hizo sonar nuestro propio cuerno.

—Dejad que se marchen —ordenó el rey—. Esta batalla no ha tenido ningún sentido.

En pocos minutos, el enemigo desapareció en el bosque de pinos que se encontraba en la distancia. Los nuestros se replegaron, contentos de haber defendido nuestro país.

—Quiero un informe de bajas y heridos —exigió mi padre, encarando su montura de vuelta a Launier.

Iba a seguirle cuando vi a Raiben cabalgar en mi dirección con rostro triunfante. Le esperé y ambos nos dimos los brazos, un gesto parecido a estrechar la mano pero con un significado de camaradería compartida por la batalla.

—Ganamos —dijo.

—Sí, me hubiera gustado participar en la batalla de forma más activa —dije algo fastidiado por tener que haber visto la contienda desde la retaguardia.

—No podemos poner en peligro al príncipe heredero —rebatió y miró por detrás de mí—. O príncipes.

Al volverme levemente vi que se refería a mis primos Larnur, Margot y Meran, que observaban el campo de batalla con cierto respeto. También se quedaron en la retaguardia, aunque, al contrario que yo, ninguno pidió poder participar en ella.

Le hice un gesto a Raiben para que me siguiera y al ver que me dirigía a Larnur, sonrió, sabiendo que le íbamos a tomar el pelo.

—¿Qué Larnur, la próxima vez te animarás a participar? —Me miró y frunció el ceño.

—Sí el tío Lessonar me lo pide, claro que sí —respondió de inmediato.

Miré a Margot y Meran.

—Preferiría estar en casa —resopló Margot—. No sé por qué nos ha obligado a venir. Nunca lo había hecho.

Meran miró a su hermana mayor y luego a mí.

—Quiere prepararnos por si tú no heredas la corona —adivinó.

De los tres hermanos, Meran era el más inteligente con diferencia. Muy distinto a Larnur, que era un vago absoluto, o su hermana Margot que era una vanidosa. Pero Meran tampoco tenía madera de gobernante, tenía un problema: era la persona más tímida que jamás conocí. Aunque conmigo, se mostraba tal como era, supuse que se debía a que siempre le había tratado con respeto y no me había reído de él, como otros si hacían cuando le veían tartamudear a causa de los nervios de hablar con una persona desconocida o que tenía poca relación. Intenté ayudarlo de más joven y en ocasiones aún le ayudaba.

—¿Pero qué dices? —Exclamó su hermana.

—Tiene razón —admití—. Estamos en guerra, podría morir cualquier día y vosotros debéis estar preparados.

Margot se cruzó de brazos, enfadada.

—Pobre de ti como mueras —me advirtió—. No quiero ni pensarlo.

Sonreí, vanidosa, pero de buen corazón. En verdad, pese a que en ocasiones era una engreída, le tenía un aprecio especial, pues, si mi hermana no hubiera muerto quinientos años atrás, ambas tendrían la misma edad. Eleanor y Margot eran inseparables de niñas, y la pérdida de la princesa de Launier sumió a mi prima en una tristeza compartida.

En cambio, con Larnur, nunca llegamos a congeniar.

—Así que puedo ser rey —dijo como si la idea no le desagradara, aunque eso significase mi muerte.

—Para eso deberías trabajar —le espetó Raiben.

Larnur lo fulminó con la mirada.

—¿Te recuerdo con quién hablas? —Le preguntó con altivez.

—No ha dicho ninguna mentira —objeté de inmediato—. Nunca has librado una batalla, y no has trabajado en tus seis siglos de vida.

Aquello le molestó, volvió su caballo y se marchó al trote. Margot y Meran suspiraron y siguieron a su hermano.

—En fin, Laranar, yo aprovecharé e iré a visitar a mis padres a Sanila, si no es inconveniente —me informó Raiben.

—Claro, pasa el tiempo que gustes —respondí.

Regresar a Sorania siempre era agradable, pero por algún motivo mi padre estaba más serio que de costumbre. La batalla en nuestras fronteras apenas significó dos bajas en nuestras filas y diez heridos de mayor o menor consideración. Aunque de regreso a casa fuimos informados de que un pequeño grupo de orcos logró distraer uno de nuestros accesos al país y llegaron a una granja donde mataron a toda una familia. Los orcos ya fueron eliminados, pero la pérdida fue importante, añadido al aumento de inseguridad que sufrían aquellos que residían cerca de las fronteras. Al parecer, Urso trajo algo más que hombres del desierto.

Nora

Era Yetur, debía cenar en el comedor privado del rey. Era una cena informal, así que me puse ropa cómoda, unos pantalones y una camisa sin ningún otro complemento, incluso mi espada la dejé en la habitación, cansado de llevar siempre su peso en la cadera.

—Akila —el lobo me esperaba tumbado en una manta que dispuse para él a modo de cama. Al llamarle se alzó de inmediato y contento por llevarle con él movió la cola mientras salíamos de la habitación. Después de casi dos años y demostrar que estaba bien adiestrado, le permitía campar por los jardines y el bosque, ya nadie le tenía miedo—. Hoy comeremos con mis padres —le hablaba mientras caminaba a mi lado. Era extraño, pero tenerle cerca era como tener un recuerdo viviente de Ayla. Fue, gracias a ella, que Akila se unió al grupo.

Sonreí, al recordar lo reticente que fui al principio en aceptarle. Y lo curioso de ver que, finalmente, me escogió a mí como líder de la que creía que era su manada.

Al entrar en el comedor un vuelco me dio el corazón al ver sentada, al lado de mi madre, a Nora, una elfa de una belleza exquisita. Sus cabellos dorados eran como una cascada de rayos de sol que le bajaban ondulados hasta la cintura. Sus ojos eran azules, bordeados por una fina línea rosada, y su nariz era fina y pequeña.

Al ver que me quedé plantado como un tonto en la entrada, sus labios se curvaron en una bonita sonrisa, y no pude más que fijarme en lo guapa y elegante que estaba. Con un vestido de seda de color rosado, con ribetes de plata.

—Laranar —habló mi madre y pude, entonces, volver a respirar, dándome cuenta que había contenido el aliento al ver a Nora—. ¿Qué haces ahí plantado? Pasa, tenemos una invitada muy especial.

Invitada, pensé.

Nora no era una simple invitada, durante siglos fue mi amante. Y aquellos dos años que habían transcurrido desde que regresé a Sorania, hice todo lo que pude por no cruzarme en su camino.

Nuestra relación siempre fue física, no sentimental. Pero ambos disfrutamos durante siglos de los placeres del amor, sabiendo que queríamos y esperábamos el uno del otro. Nos complacimos mutuamente durante demasiado tiempo.

—Tu madre ha insistido en que viniera —me habló Nora, mientras yo me sentaba enfrente de ella, aún sorprendido por su presencia—. Desde que volviste apenas hemos podido hablar.

—Sí, bueno… he estado ocupado —contesté, un tanto nervioso.

—Nora nos explicaba que pronto hará una exposición de sus pinturas —me informó mi padre.

—Vaya —fue lo único que pude articular.

Nora siempre fue una gran artista, caracterizada por pintar paisajes de una realidad abrumadora, con colores vivos que parecían cobrar vida en cada pincelada.

Mi madre hizo una señal a los criados y empezaron a servirnos la cena. En cuanto me llenaron la copa de vino di un buen trago, deseando que aquella velada acabara cuanto antes.

De pronto, Nora dio un respingo en la silla al ver aparecer a Akila de debajo de la mesa, olfateando a aquella elfa que le era extraña.

—Akila —me levanté de inmediato de mi asiento—. Conmigo.

—Que susto me ha dado —exclamó Nora, pero sonrió—. No me lo esperaba —le acarició la cabeza al lobo—. ¿Este es el lobo de la elegida?

—Sí —me senté de nuevo al ver que no le importaba tenerle a su lado—. Perdona su comportamiento, normalmente, no hace eso.

—Ves con Laranar —le hizo un gesto, divertida, y Akila volvió por debajo de la mesa a mis pies. Le di la orden que se estuviera quieto y al alzar la vista, Nora me sonrió.

Aparté la vista de inmediato y me concentré en el plato que me sirvieron, lasaña de verduras con trufa.

La velada siguió su curso mientras maldecía a mis padres interiormente por haberme hecho esa encerrona. Sabían de mi antigua relación con Nora, pero debía ser fuerte y serle fiel a Ayla. Aunque no resultaba fácil, llevaba tres años sin estar con una mujer. Entre la misión, y que Ayla aún no se sentía preparada para hacer el amor, junto con su desaparición, estaba muy necesitado.

—Empieza a nevar —comentó mi madre mirando por uno de los ventanales, en cuanto terminamos el postre—. Laranar te acompañará hasta tu casa, ¿verdad Laranar?

Vacilé un instante, no quería ir a su casa.

—Sí —contesté de todas maneras.

Nora y yo nos alzamos y salimos del comedor.

—No tienes por qué acompañarme —dijo mientras la ayudaba a poner su abrigo—. Solo es un poco de nieve.

—No —negué con la cabeza—. Natur me libre que te pase algo, no me lo perdonaría.

—En ese caso —me cogió de un brazo y me tensé, ella se percató a lo que enseguida aflojó su agarre y luego me soltó.

Anduvimos en silencio, su casa se encontraba próxima al palacio por lo que el paseo fue corto. Ordené a Akila que esperara en la entrada del jardín, fuera del porche, y acompañé a Nora a la entrada. Vivía sola, una casa modesta y pequeña, pero ubicada en una de las mejores zonas de la ciudad. El resto de su familia vivía en el Valle de Nora, de ahí su nombre.

—La chimenea se ha debido de apagar —comentó al abrir la puerta y notar que el interior estaba helado.

Pasó dentro, dejando la puerta abierta como si esperara que la siguiera.

Vacilé, luego entré, y vi a Nora en el salón encendiendo el fuego de la chimenea.

—Debí ser más previsora —comentaba y me miró—. ¿Qué haces ahí plantado? Cierra la puerta.

—Debería marcharme.

Se alzó después de encender el fuego y con una vela fue enciendo los candelabros del salón. Pero dos de ellos se apagaron de inmediato debido a la corriente de aire que entró al negarme a cerrar la puerta de entrada.

—Estás helado —dijo al acercarse a mí y cogerme de las manos—. Acércate al fuego, entrarás en calor.

Con un pie empujó la puerta para que se cerrara, al tiempo que tiraba de mí.

—Debo irme —volví a repetir, pero, por contrario dejé que me guiara hasta la chimenea. Hizo que me sentara en el suelo.

—Hoy has estado muy callado —comentó y se llevó mis manos a sus sensuales labios para darme calor con su aliento—. ¿Mejor?

—Sí —contesté, sin poder desviar sus ojos de los míos.

Nora besó mis dedos y como algo instintivo le acaricié el rostro, luego posé una mano detrás de su cuello y la atraje hacia mí, besándola.

El beso se alargó hasta que, sin darme cuenta, me encontré tumbado encima de ella acariciándola un tanto desesperado.

Echaba tanto de menos el calor de una mujer…

Akila aulló en el exterior.

—El lobo de la elegida nos brinda su canción —dijo Nora en un susurro a mi oído.

La referencia a la elegida hizo que mi estómago se contrajera y el calentón que empezaba a sentir en mi entrepierna se cortó.

Desabotonó mi camisa y pasó sus cálidas manos por mi tórax…

—No, espera —le cogí de las muñecas para que no continuara adelante y me incorporé, colocándome de rodillas a su lado.

—¿Qué ocurre? —Preguntó sin entender.

Me froté los ojos, intentando que la cordura volviera a mí. Luego, cuando estuve seguro de que no volvería a caer en su belleza, la miré. Por suerte aún estaba vestida aunque el escote de su vestido estaba desabrochado y sus pechos peligraban de salir al exterior.

—Nora, amo a la elegida —le confesé y quedó literalmente con la boca abierta—. Es humana, por eso lo mantengo en secreto y por ese motivo mi madre te ha invitado esta noche, para que me hagas olvidarla. Pero no puedo.

Quedó cortada, sin saber qué decir.

—Solo era atracción física entre nosotros —dije por decir algo—. Deberás encontrar a otro elfo…

—Sí —dijo abrochándose el escote, lo cual a mí me hizo un favor.

—Debo marcharme —me alcé y me abroché la camisa también.

—Dile a tu madre que no vuelva a utilizarme —dijo enojada levantándose del suelo—. Francamente, ha hecho que me sienta como una… —Se cruzó de brazos, roja de vergüenza—. Bueno, ya sabes, no me atrevo ni a decir esa palabra.

—Jamás te consideraría algo así y te pido perdón en nombre de mi madre. Hablaré con ella.

No dijo nada más y yo me marché.

Akila me esperaba sentado donde le dejé. Sacudió la cabeza de nieve al verme. No dejaba de nevar y al no estar Nora, me percaté entonces que ni siquiera me había puesto una capa para protegerme del clima. Aunque al mismo tiempo, agradecí el frío, pues me hizo olvidar la calidez de las manos de mi examante.

De camino al palacio dos jinetes pasaron al galope dirección al edificio de recepciones, algo ocurría. Aceleré el paso y cuando llegué a la sala de los tronos encontré a mi padre leyendo un informe de las fronteras.

—Padre —le llamé para hacer evidente mi presencia.

Alzó la vista y al verme frunció el ceño, comprendiendo que la táctica de mi madre con Nora no surgió efecto.

—Laranar, vuelven a atacar nuestras fronteras —dijo con fastidio—. Y ha llegado una carta del senescal de Andalen a la vez.

—¿Qué dice?

—Que pese a la ayuda de Mair, atacan muchas aldeas y poblados de los hombres para hacer esclavos —alzó la vista de la misiva y me miró a los ojos—. Creo que ya va siendo hora que las razas convoquemos una asamblea para empezar a movernos, no podemos continuar como si nada ocurriera. Andalen se debilita por momentos y después de ellos vendrán a por nosotros, debemos ayudarles.

Asamblea

A tres días del inicio de la primavera, las razas de Oyrun se reunieron en Sorania para debatir qué hacer para luchar contra el enemigo común. Del país de los magos vinieron los tres magos del consejo, Zalman, Ronald y Tirso, acompañados de Dacio y Alegra.

Fue agradable ver a mis amigos saliendo juntos, después que la Domadora del Fuego dejara de lado su orgullo y el mago le explicara por fin la verdad de su pasado, iniciaron una relación de confianza mutua.

De Zargonia, se presentaron los mismos duendecillos que en la anterior reunión de hacía tres años, cuando la elegida llegó a nuestro mundo. Chovi también fue invitado a participar, pues de una manera o de otra también era parte del grupo que acompañó a Ayla, pero rehusó la invitación, se sentía incómodo al lado de su gente. Fue desterrado de su país por ser el ser más patoso jamás conocido, aunque, para ser justos, últimamente causaba menos accidentes que de costumbre. Akila le ayudaba en ello, pues parecía cuidar del duendecillo cuando no estaba conmigo.

El lobo se encontraba a mis pies, tranquilo a que empezara la asamblea.

Aarón vino acompañado de dos generales, Igor y Héctor. Por su situación, eran los más interesados en que se celebrara aquella asamblea. Estábamos a punto de debatir si nos uníamos para limpiar Andalen de la amenaza de los magos oscuros y dar un poco de paz a aquellos hombres y mujeres que vivían fuera de las grandes ciudades, indefensos al enemigo.

De Rócland, capital del reino del Norte, se presentaron tres guerreros tan altos como árboles y de cabellos dorados como el sol, el color de sus ojos iba del azul claro, al azul oscuro. Todos nos sentíamos pequeños a su lado, aún no había conocido a ningún hombre del Norte que no alcanzara como mínimo el metro noventa de altura.

Por parte de Launier, asistimos mis padres, tres consejeros del rey y yo.

—Amigos, nos hemos reunido para hablar de la ausencia de la elegida —empezó a hablar mi padre en cuanto todos tomamos nuestros respectivos asientos, alrededor de una gran mesa redonda—. De todos es sabido que hace poco más de dos años que el colgante de los cuatro elementos devolvió a Ayla a su mundo de forma inesperada. En todo este tiempo los magos oscuros se han ido haciendo más fuertes y poderosos. No han perdido tiempo en atacar una de las ciudades de Andalen y convertir a todos los ciudadanos de Tarmona en esclavos.

>>Aarón, puedes explicar en qué situación se encuentra ahora tu país.

Aarón se inclinó levemente en la mesa y miró a todos.

—El reino de Andalen está siendo atacado día a día por las tropas de los magos oscuros. Orcos y Trolls atacan las aldeas y pequeños poblados de mi reino, arrasándolo todo y esclavizando a todo aquel que encuentran. Sabemos que matan a los ancianos y enfermos que no son capaces de aguantar el ritmo de trabajo que se les exige en las minas si son llevados a Tarmona, o en el muro del país de Creuzos donde residen Danlos y Bárbara. Espías bien entrenados han logrado saber que en Tarmona, Urso se dedica, además, a hacer sacrificios con los esclavos que captura. Por el momento, Danlos y Bárbara no participan en ellos. Por último, sabemos que es el ser Ruwer quien ataca las aldeas del lado oeste del país. Mandé un grupo de cien soldados proteger la ciudad de Caster, pero fueron arrasados de igual manera. Danlos, no escatima en orcos cuando se trata de atacarnos.

—Launier también está siendo atacada con más contundencia —informó mi madre—. Nuestras fronteras son atacadas cada día y hemos tenido que reforzar los efectivos que las protegen, pero, por suerte, no han podido llegar a Sanila y el comercio entre las razas no se ha visto afectado.

—Pero esa situación es cuestión de tiempo —dijo el rey—. Tarde o temprano lograran pasar de una manera o de otra para llegar hasta Sanila, nuestra primera ciudad importante más próxima a las fronteras. Algunas tropas de orcos ya han logrado cruzar las altas montañas y han atacado a cinco granjas. Si Urso, Danlos o Bárbara quisieran seriamente atacar un país tienen fuerza suficiente para conseguirlo.

—No lo harán —intervino Dacio—. Primero querrán estar seguros de vencer al mismo tiempo a todos los países y dominar a todas las razas a la vez. Podrían atacar Launier, sí. Vencerla y conquistarla en tan solo unos meses, pero después de eso, sus ejércitos se verían reducidos a casi nada, y lo saben. El resto de razas aprovecharían para derrotarles y necesitarían varios siglos para reunir un nuevo ejército. Para entonces, Launier podría volver a renacer por lo que se encontrarían nuevamente en la misma situación. Y cuando digo Launier me refiero a cualquier país. Si hay algún lugar que quieran atacar es, sin duda alguna, Gronland, como hicieron en el pasado. Es donde se encuentran los libros del día y la noche, con ellos podrían obtener el poder suficiente para conquistar el mundo entero sin importar que la elegida volviera a rescatarnos.

—Los mejores magos de Mair los custodian y se encuentran a salvo —dijo Lord Zalman—. Aunque por el momento somos el país con menos ataques, no bajamos la guardia. Pero dejar que continúen obteniendo poder mediante sacrificios es una locura. Se debería recuperar Tarmona.

—Mi país no tiene efectivos suficientes para recuperarla —dijo Aarón—. Podría pedir ayuda al Norte, pero no seríamos suficientes. Quedamos muy debilitados con el ataque de hace dos años, aún estamos reconstruyendo la capital.

—Los duendecillos tampoco podemos hacer gran cosa —habló uno de ellos—. Somos una raza insignificante al lado de un orco. Nos machacarían en apenas unos segundos y nuestro pueblo está atendiendo a los seres mágicos que están siendo atacados por Danlos.

—¿Danlos? —Preguntó extrañado Dacio.

—Sí —afirmó otro duendecillo—. Danlos se lleva a unicornios de nuestras tierras y hace ese hechizo… ¿Patacho Actus?

—Paso in Actus —lo corrigió Rónald—. ¿Qué motivo tendrá para querer unicornios?

Tirso abrió mucho los ojos.

—Quieren el cuerno de unicornio, la sangre que brota de él cuando les es cortado.

—¿Para hacerse más fuertes? —Pregunté.

—No —respondió Tirso con el rostro lívido—. Se dice que son ideales para hacer fértiles a las mujeres, y los niños que son fecundados con esa magia negra nacen inmensamente poderosos.

Todos abrimos mucho los ojos, y como algo inevitable empezamos a murmurar entre nosotros sobre ese hecho.

—¿Tirso está diciendo que vas a tener un sobrino? —Le pregunté a Dacio, sentado a mi lado.

—Espero que no —respondió sabiendo que además de ser señalado como el hermano de un mago oscuro, le señalarían como el tío de un mago oscuro.

—Bárbara está con Danlos —escuché que hablaba Rónald con Zalman—. Puede que intenten hacerse aún más fuertes si son cuatro y no tres para vencer a la elegida cuando ella vuelva.

—Entonces, ¿es confirmado que pueda estar embarazada? —Preguntó mi madre, alto y claro, acallando a todos los presentes.

—Puede que aún no lo esté —respondió Dacio de inmediato.

—Engendrar a un niño con ayuda de sacrificios de unicornios es algo preocupante —dijo Tirso—. Si lo consiguen el mago que nazca será inmensamente poderoso, más teniendo en cuenta los padres que tendría. Ambos eran considerados genios en Mair. Los dos fueron los primeros de su promoción respectivamente.

—Hay que hacer algo —dijo de inmediato uno de los guerreros del Norte.

Akila se levantó del suelo en ese instante emitiendo un leve gemido, pero se mantuvo sentado.

—No podemos evitar que tengan hijos, pero podemos intentar matar a Urso —propuso mi padre—. Está confinado en Tarmona, y algo sospecho que su alianza con Danlos y Bárbara no es tan fuerte como en el pasado o, por lo menos, tienen objetivos distintos en este momento.

—¿Por qué lo dice? —Preguntó Rónald.

—Cuando vino con las tribus del desierto de Sethcar fue derrotado con facilidad. Todos vinieron a pie, Danlos no los trasladó hasta nuestras fronteras con el Paso in Actus. Por lo que, con un poco de suerte, Urso no cuenta con la ayuda de Danlos ni de Bárbara.

—Si todos nos uniéramos podría ser viable —caviló Zalman.

—Aunque no deja de ser arriesgado —habló Alegra por primera vez—. Ayudar a liberar Tarmona se traduce en que cada país tendrá que aportar un número significativo de efectivos. Andalen apenas podrá aportar unos pocos cientos si no queremos que a la vuelta nos encontremos con Barnabel y Caldea conquistadas por dejarlas indefensas. Launier no debe disminuir el número de guerreros de sus fronteras, si las toma el enemigo, Sanila no tardará en caer. En cuanto a Zargonia, pocos guerreros pueden aportar por no decir ninguno. Y Mair, debe garantizar la protección de los libros del día y la noche. Resumiendo, no es segura la victoria.

—Pero hay que intentarlo —dijo un hombre del Norte—. Nuestro pueblo tiene grandes guerreros, uno de ellos vale como tres de Andalen —Aarón frunció el ceño al escucharlo—. Sin ofender, pero es cierto.

—Por eso estuvisteis sometidos a Andalen tanto tiempo —dijo el general Igor por lo bajo, pero suficientemente alto como para poder escucharlo todos.

Antes que el guerrero del Norte respondiera de forma agresiva, mi padre se alzó de su silla.

—Calmaos —pidió—. Debemos permanecer unidos.

Aarón tocó un brazo a Igor para que este dejara de retar al hombre del Norte con la mirada. A su vez otro hombre del Norte hizo lo propio con su compañero.

Mi padre volvió a sentarse.

—Si la elegida regresara —pensó en voz alta Zalman.

Si Ayla regresaba no haría falta hacer frente a los magos oscuros con ejércitos que dejarían indefensas nuestras tierras. No obstante, eso significaba que Ayla volvería a estar en peligro en cuanto volviera a nuestro mundo. En ocasiones, deseaba que permaneciera en la Tierra si de esa manera estaba a salvo de la predicción que le hizo el mago oscuro Valdemar antes de matarlo.

Akila empezó a inquietarse a mi lado, gimiendo nervioso.

—Tranquilo —le dije, colocando una mano en su cabeza al verle de esa manera.

—Cuanto más esperemos más probabilidades hay que en vez de tres, tengamos que combatir a cuatro magos oscuros —hablaba Dacio—. Deberíamos intentarlo aunque sea arriesgado. No nos arrepintamos en el futuro de no haber hecho nada ahora.

—Akila, quieto —le ordené al ver que colocaba dos patas encima de la mesa redonda donde discutíamos.

Aulló y todos acapararon su atención en él.

—¿Qué le ocurre? —Preguntó un duendecillo.

Me alcé de mi asiento.

—Laranar, saca a Akila de la sala —me pidió mi madre.

Antes que pudiera hacer nada, el lobo saltó encima de la mesa y empezó a correr, decidido, al otro extremo. En ese instante, la puerta de la sala se abrió y todos los presentes se alzaron al ver aparecer a la persona que menos nos esperábamos encontrar.

—Siento el retraso —dijo entrando—. Pero ya he vuelto.

Contuve el aliento en cuanto sus ojos verdes como las hojas de los árboles se posaron en mí.

Akila saltó encima de ella para recibirle con una cálida bienvenida lobuna.

Marta Sternecker

PARTE II

AYLA

La Tierra

Los árboles pasaban como estelas borrosas a través de la ventanilla del coche de mi tío Luis. Acababa de recogerme del instituto después de estar diez meses viajando sin descanso por el mundo Oyrun. Aunque en la Tierra apenas transcurrió poco más de un mes.

Siempre creí que una diferencia notable de tiempo existía entre los dos mundos, pues anterior a mí, viajó a Oyrun mi abuela y cuando aparecí yo, el intervalo entre una y otra significó alrededor de setenta años en la Tierra y cinco siglos en Oyrun.

El colgante de los cuatro elementos, colgando por un cordón marrón en mi cuello, era mi única esperanza de regresar junto a Laranar. No dejaba de tocarlo, rezando para que reaccionara y me devolviera al lado de mi protector. ¿Habría muerto a aquellas alturas? La herida de la cabeza lo dejó inconsciente por días y todos pensaban que moriría.

Cerré los ojos, borrando de mi mente la estampa de Laranar, inconsciente y herido, en un lecho de pieles. Quizá había despertado, habían pasado casi dos horas desde mi regreso a la Tierra, ¿cuánto tiempo sería en Oyrun?

El coche se detuvo en un semáforo.

Por más que me concentraba el colgante no reaccionaba, ¿qué

hacía mal?

Una terrible idea me pasó por la cabeza en ese instante, ¿aún era capaz de dominar los elementos?

Bajé la ventanilla del coche en el acto y me concentré en el poder del viento. Como algo repentino, una ventisca se alzó en la acera de al lado. Una muchacha que pasaba en ese momento tuvo que llevarse las manos a su vestido para que este no se le levantara.

Sí que podía utilizarlos, y suspiré aliviada.

—Parece que se va a levantar viento —comentó mi tío y le miré, parecía indeciso de si continuar hablándome. Luis era un tipo de casi cincuenta años, con entradas y barriga cervecera. Desde siempre tuvimos poca relación. Cuando mis padres vivían apenas lo vi aparecer por casa de mis padres, y cuando quedé huérfana la relación aún se hizo más distante.

Siempre he pensado que era por culpa de la bruja de su mujer, una arpía que se creía con derecho a criticar la manera que tuvieron mis padres en educarme y, posteriormente, mi abuela. Para tía Mónica yo era una piedra en su zapato, obligada a vivir en su casa por ser aún menor de edad.

Sonreí al pensar en ello, era curioso que aún tuviera diecisiete años cuando justo acabaría de cumplir los dieciocho si la diferencia temporal entre los dos mundos fuera igual.

Pero debía tener cuidado con lo que hacía, si se daban cuenta de mi poder no sabía qué medidas podían tomar contra mí, o si me creerían si explicaba la verdad de dónde me había encontrado durante aquel mes y medio que para ellos desaparecí.

—Te has escapado por nosotros, ¿verdad? —Preguntó Luis, de pronto. Le miré y él a mí—. Tu tía es muy estricta, lo veo.

Suspiré sin contestarle y volví mi atención al exterior, mirando a través de la ventanilla.

>>He hablado con ella, no te molestará más —le miré incrédula—. O por lo menos no tanto como antes. Puedes salir con tus amigos lo que queda de verano, incluso ir al apartamento que tienen los padres de Esther en Blanes si te hace ilusión.

—Quiero vivir en casa de mi abuela —dije—. Sola.

—Eres menor —respondió.

—Me da igual, ya casi tengo los dieciocho, puedo hacerlo. Si solo he estado con vosotros ha sido porque estaba triste y deprimida. No tenía el ánimo suficiente para discutir con vosotros…

—¿Y cómo te mantendrás?

—La abuela me dejó dinero suficiente para acabar mis estudios y vivir modestamente unos cuantos años. Encontraré un trabajo y saldré adelante.

—Pero…

—Puedo ir a la policía o asuntos sociales, no sé exactamente dónde, pero de alguna manera conseguiré mi independencia. Podemos hacerlo fácil o difícil, tú decides.

—No es tan sencillo vivir sola, quizá ahora te parezca una aventura…

—Créeme de aventuras he tenido más que suficientes, lo que quiero es estar sola.

Un coche empezó a pitar, el semáforo se había puesto en verde y continuábamos parados. Luis rápidamente inició la marcha.

—Primero dime dónde has estado —pidió—. ¿Y de dónde has sacado esa ropa? ¿Y esa espada y arco?

Después de meses en Oyrun mi ropa no me parecía tan extraña, aunque una vez de vuelta a la Tierra parecía sacada de una película medieval, con mis pantalones, mi camisa, mi jubón, mis botas, el cinto… La espada, el arco y el carcaj estaban en el asiento de atrás, era incómodo llevarlos puestos en el coche.

—Es una larga historia —respondí.

—¿Algún chico te convenció para que huyeras?

—No —negué con la cabeza.

—¿Y dónde…?

—Oye, estoy bien —le corté—. Llévame a casa de mi abuela, por favor.

Mi tío suspiró, y giró a la derecha tomando otra calle.

—Llévame a casa de mi abuela, a mi casa —volví a repetir

viendo que no me hacía caso.

—Primero tenemos que pasar por *mi* casa —respondió, remarcando la palabra *mi*—. Querrás recoger tus cosas y las llaves de casa de mi madre, ¿no?

Parpadeé dos veces.

—Sí, no había caído en ello.

El encuentro fugaz con mi tía fue una escueta conversación donde los resoplidos, suspiros y algún que otro gruñido se escuchó por lo bajo. Pero media hora más tarde, mi tío me ayudaba a subir mi equipaje al piso de mi abuela, siendo libre por fin.

En cuanto entré en mi casa respiré profundamente, aún podía percibir el perfume de mi abuela, su olor, después de tanto tiempo. Un sentimiento de añoranza me invadió, pero superada su muerte solo me quedaba un recuerdo dulce de ella.

—Ayla —me volví a mi tío, dejaba en ese instante mi bolsa de viaje en el suelo—. Te vendré a ver de vez en cuando… si te parece bien.

—No es necesario, me las apañaré.

—De todas maneras, me quedaré más tranquilo.

Empezó a dirigirse a la puerta de salida.

—Gracias —dije, justo cuando cerró la puerta y se fue.

Me senté en el sofá marrón del comedor y miré alrededor. Lo primero que haría sería un cambio de decoración, mi abuela siempre fue reacia a renovar sus muebles antiguos, pero para empezar de nuevo y no vivir constantemente con su recuerdo era mejor hacerle un lavado de cara al piso.

Suspiré, el sol entraba por la ventana. Me incorporé y miré a través de ella. Distinguí a mi tío en la calle, caminando hasta su coche aparcado en la acera de enfrente, se subió en él y, segundos después, se marchó, perdiéndole de vista. Fue extraño haber podido contar con Luis, quizá no era tan mal tipo. Aún no entendía por qué le llamé para que viniera a recogerme al instituto. El conserje del centro me detuvo al verme vagabundear por los pasillos de la escuela, quiso llamar a la policía, y me costó convencerle que era estudiante, creyó que era una *friki* ladrona por la manera que iba vestida. Luis vino enseguida y habló por mí, defendiéndome.

De todas maneras, ya nada importaba, y solo pensé en el mes y medio que aún me quedaba de vacaciones. Tiempo que dedicaría plenamente en regresar a Oyrun. No podía quedarme en la Tierra como si no hubiera sucedido nada. Las gentes de Oyrun me necesitaban para derrotar a los magos oscuros y, más importante, necesitaba saber qué había sido de Laranar, me negaba a aceptar su muerte. Estaba convencida que despertaría. Preguntaría por mí, eso seguro, nos amábamos y esperaría mi regreso. No podía fallarle.

Volví a tocar el colgante de los cuatro elementos y me concentré en su poder, pero de nuevo nada ocurrió.

Fue extraño caminar por Barcelona, me sentí rara. Los coches, los semáforos, la gente, sus olores… muy distinto a Oyrun. Era como un recuerdo lejano de lo que fue una parte de mi vida y me sentí fuera de lugar, y no por la ropa, ya me cambié para no llamar la atención.

Sin planteármelo siquiera, acabé en la acera de enfrente de la pastelería de mi mejor amigo, David. Sus padres eran los dueños y desde pequeña siempre acababa en aquel lugar cuando tenía un problema. Él me veía desde el interior y salía de inmediato para saber qué ocurría, cruzaba la acera, se plantaba delante de mí y esperaba que le dijera alguna cosa. Pero en aquella ocasión la sorpresa fue más que evidente en su rostro en cuanto me vio.

Alcé una mano y le saludé, sonriendo levemente.

No tardó ni tres segundos en salir de la pastelería con su delantal y gorro de pastelero, y cruzar la calle para llegar hasta mí.

—¿Dónde narices te habías metido? —Preguntó y, sin esperar respuesta, me abrazó—. Estábamos muy preocupados.

—Lo siento.

Se retiró de mí y me miró a los ojos.

—¿Estás bien?

—Sí —sonreí—. Ya soy independiente, vivo sola en casa de mi abuela. Mis tíos no han puesto demasiadas objeciones.

—Todo esto no habrá sido por estar sola, ¿no? —Preguntó indignado—. ¿Sabes cómo nos has preocupado? Podrías habernos dicho algo, una llamada aunque sea.

—No podía —respondí.

—¿Y dónde has estado?

Vacilé.

—Es una historia muy larga —hice un gesto con la mano como para quitarle importancia.

—Tengo todo el tiempo del mundo —me cogió de un brazo y me arrastró hacia la pastelería de sus padres cruzando la calle—. Estoy solo, mis padres se han ido a la playa con mi hermana Julia —me explicó, obligándome a entrar en la tienda.

David siempre fue así, como un hermano mayor que se preocupaba por mí. Nos llevábamos tres años, alcanzaba el metro ochenta, y tenía los cabellos castaños y ojos marrones. En verano sus padres aprovechaban su presencia para poder descansar unas pocas horas al día del negocio y pasar más tiempo con Julia, su hermana pequeña que contaba con once años. El resto del año, David era un estudiante de medicina de la universidad de Bellaterra.

—Esther está en Blanes, ¿verdad? —Pregunté mientras me hacía pasar a la cocina.

Me senté en un taburete y me apoyé en la mesa de trabajo donde preparaban las mezclas para hacer pasteles y amasar el pan. Tenían tres grandes hornos, dos neveras, dos congeladores y un montón de boles, con sus paletas, cucharas y mangas pasteleras.

—Sí, mañana voy a verla —respondió aproximando otro taburete al lado del mío—. Vente también. Puedo recogerte a eso de las nueve, si quieres.

Éramos vecinos del mismo bloque.

—Está bien —accedí.

Me miró a los ojos.

—¿Qué has hecho todo este tiempo?

Me mordí el labio inferior, ¿qué le decía? ¿La verdad? Me trataría de loca. Aunque… siempre podía demostrar que no mentía si utilizaba el poder del colgante delante de él. Por otro lado, quizá se asustara.

—Me fugué con un chico —me inventé—. Es motorista, fuimos hasta Valencia, luego Madrid y regresamos pasando por Zaragoza. Siento no haber llamado, pero necesitaba despejarme, desconectar de todo.

Me miró incrédulo.

—¿Y dónde está tu novio?

—En coma — me limité a responder.

—¿En coma? —Preguntó extrañado—. Creí que te inventarías que te ha abandonado.

—Pues no —dije secamente—. Está en coma de verdad, a estas alturas puede que muerto, pero eso no es asunto tuyo, ni que fueras mi padre.

Me levanté y, molesta, salí de allí. No sin antes fijarme que un cartel con mi foto anunciaba mi desaparición en la entrada de la pastelería.

Al llegar a mi casa, me estiré en el sofá y allí me desahogué, llorando y pensando en Laranar.

—No te mueras —pedí angustiada—. Haré todo lo posible por regresar a tu lado, pero vive. ¡Te lo suplico!

Combinando elementos

Pese a la discusión con David, este se presentó al día siguiente en mi casa acompañado de su hermana pequeña Julia, dispuesto a llevarme a Blanes para ver a Esther. No le costó demasiado convencerme, tenía ganas de ver a mi mejor amiga después de tantos meses sin saber de ella.

—No le hemos dicho nada a Esther sobre tu regreso —me explicaba Julia sentada en el asiento de atrás. Yo iba de copiloto y

David conducía—. Será una sorpresa.

—Por eso no me ha llamado —concluí—. Me extrañaba.

—Podrías haberla llamado tú —dijo la niña.

La miré, y Julia alzó las cejas esperando una respuesta.

Era una niña de once años, pero en ocasiones mostraba una actitud impropia de su edad. Se parecía a su hermano, morena, de ojos marrones, y con un rostro fino que le confería un aspecto dulce. Aunque, en contraste con su físico, era un poco bestia en según qué ocasiones, no le asustaba subirse a un árbol o jugar al fútbol tirándose al suelo como si fuera un chico. Siempre llevaba el pelo recogido en una coleta, y pocas veces la vi con un vestido o una falda.

—Tienes razón —admití—. Pero ayer no estaba bien, tengo muchas cosas en las que pensar.

Volví la vista al frente.

—¿Cómo qué? —Preguntó, entonces, David.

Como encontrar la manera de regresar a Oyrun, pensé.

El día anterior, después de enfadarme con David, pasé tres horas concentrándome en el poder del colgante para regresar a Oyrun. Lo único que conseguí fue desordenar el comedor de mi casa al causar un pequeño tornado perdiendo el control del viento y un pequeño incendio en una alfombra, que por suerte pude apagar dándole golpes con un cojín.

Acabé agotada y desanimada.

—Cosas mías —susurré.

David frunció el ceño, pero ninguno insistió más.

Cogimos la salida de la autopista dirección Blanes y, en menos de media hora, llegamos al apartamento de Esther. En realidad era más bien un piso. Constaba de cuatro habitaciones y dos cuartos de baño, con una cocina medianamente grande y un buen salón-comedor. Desde que mis padres murieron cuando tenía diez años, había pasado mínimo un mes con su familia cada verano.

Al picar al timbre nos abrió Marc, el hermano mayor de Esther.

—¡Ayla! —Exclamó llevado por la sorpresa al verme. No lo dudó, me cogió en volandas y rio—. ¿Dónde te habías metido, fugitiva?

Le abracé.

—He estado viajando —respondí—. Necesitaba despejarme de todo.

No mentía, pero tampoco contaba toda la verdad.

—¡Ayla! —Exclamó otra voz proveniente del interior del piso—. ¡Has vuelto!

Esther vino corriendo por el pasillo y se abalanzó a mi cuello. La abracé y, sin poderlo evitar, empecé a llorar.

—Me alegro de verte —le dije.

—¡Ayla! ¡Estaba tan preocupada! —Casi gritaba, llevada por la emoción—. Llamamos a la policía, colgamos carteles por el barrio. Pero nadie sabía de ti. Nos has dado un buen susto —puso los brazos en jarras, pasando al enfado—. ¿Dónde has estado?

—Pues…

—Con un motorista —respondió David como si tal cosa—. ¿No?

Me limpié los ojos de lágrimas y suspiré, concentrándome en no lloriquear.

—Sí —Respondí.

Otra figura me contemplaba atentamente desde la mitad del pasillo. Era la madre de Esther que me miraba, analizándome. Se llamaba Olga y era psiquiatra. A ella iba a ser más difícil ocultar la verdad de lo ocurrido con mentiras poco creíbles.

—*Coletitas* —aquella voz era la de Álex, el hermano pequeño de Esther. Al volverme vi al muchacho en la entrada del piso metiéndose con Julia zarandeando su cabello recogido en una coleta—. ¿Tú también has venido?

—Déjame —Julia le dio un puñetazo en el brazo—. Mis padres me dejan y a los tuyos no les importa que me quede un fin de semana.

Álex sonrió, le encantaba hacer rabiar a Julia. El chico tenía catorce años y desde que ambos se conocían se metían el uno con el otro.

—Ayla, no te había visto —dijo con sorpresa—. Ya me extrañaba que estuvierais todos aquí fuera. Acabo de venir de comprar el pan —alzó levemente la bolsa donde llevaba dos barras de cuarto—. ¿Dónde has estado?

Suspiré, me di la vuelta y entré en el piso sin responder. Empezaba a deprimirme cada vez que me hacían esa pregunta.

El primer día en Blanes fue estresante intentando huir de las preguntas comprometedoras de mis amigos. La historia del motorista no era creíble, lo sabía, pero no se me ocurría otra cosa qué contar. Finalmente, viendo que no cambiaba de versión, desistieron.

La procesión sobre si Laranar estaba vivo o muerto la llevaba por dentro. No podía parar de pensar en su estado y lo egoísta que fui marchándome en un momento tan delicado.

No era culpa mía en realidad, ¿o sí?

¿Fui yo la que le pedí al colgante regresar a la Tierra sin ser consciente? Y si era así, ¿por qué no me devolvía a Oyrun ahora que tanto lo necesitaba?

Lloraba por las noches en mi cama, cuando todos mis amigos dormían. Me llevaba el colgante al pecho, abrazándolo con desesperación en un vano intento porque reaccionara, pero los días seguían su curso sin ningún cambio aparente.

David subía cada pocos días a Blanes, alternando su trabajo en la pastelería con sus días libres para pasarlo con Esther. Y cuando venía acompañado de su hermana, la casa parecía estar más alegre, Julia lograba hacerme reír cuando nadie lo conseguía.

Una tarde, fui a dar una vuelta por la playa. Estaba llena como de costumbre, pero quizá no tan abarrotada como por la mañana. Paseé por la arena, mirando a todas aquellas familias acompañados de sus hijos pequeños, a los grupos de amigos que se congregaron para pasar una tarde de verano, a los ancianos que disfrutaban debajo de una sombrilla viendo las olas llegar a la orilla.

Me descalcé y dejé que las olas lamieran mis pies.

Hacía bastante viento y la mar estaba revuelta. Me fijé en la bandera, era roja y pocos eran los que se atrevían a nadar siquiera por la orilla.

—¡Ayla! —Me volví y vi a Julia correr hacia mí, detrás de ella vino Álex—. ¡Al final has venido! —Exclamó, contenta—. ¿Juegas con nosotros?

Una hora antes Julia, Marc y Álex me propusieron ir a la playa mientras David y Esther se fueron a dar una vuelta por el pueblo, pero yo me quedé en el piso, en un intento porque el colgante reaccionara. Tuve, evidentemente, otro fracaso.

—¿Y Marc? —Quise saber.

—Se ha ido al final con unos amigos —respondió Álex con una pelota roja en sus manos—. Me ha tocado hacer de canguro de la *coletitas*.

Julia frunció el ceño y aprovechando una ola que llegó en ese instante dio una patada al agua para mojarlo.

—¡Eh! —Se quejó el muchacho—. Pues mira que hago.

Chutó la pelota que llevaba en las manos dirigiéndola al mar.

—¡¿Pero qué haces?! —Dijo Julia, alarmada—. Mi pelota.

—¡Álex! —Puse los brazos en jarras—, eso no se hace, no deberías…

—Julia, ¡no! —Gritó Álex abriendo mucho los ojos.

Al volverme, la niña ya estaba metida en el agua dispuesta a recuperarla.

—¡Julia! —La llamé, pero me ignoró, continuó nadando en busca de su pelota.

¿Acaso se había vuelto loca? Las olas la engullirían.

—¡Vuelve! —Gritó Álex con la intención de seguirla.

Le detuve cogiéndole de un brazo.

—Voy yo —dije.

Me zambullí en el agua sin perder tiempo con ropa incluida. De inmediato noté el fuerte oleaje arrastrarme hacia el interior. Nadé intentando llegar a Julia que continuaba en su empeño de querer recuperar su pelota.

—Julia, vuelve —le pedí.

Me miró.

—¿Y mi pelota?

Se hundió un instante a causa del oleaje, pero rápidamente volvió a la superficie.

—Te compraré otra, te lo prometo. Pero nada hacia mí.

Indecisa aún, miró la pelota que se alejaba sin tregua. Decidió hacerme caso y volver, pero el oleaje era tan fuerte que apenas avanzó hacia mí. Por el contrario, yo me desviaba hacia un lado. No tenía fuerza suficiente para bracear y llegar hasta el punto donde se encontraba Julia.

—¡Ayla! —Me llamó, hundiéndose de nuevo. Luchó por regresar a la superficie—. ¡Ayúdame!

—¡Julia! ¡Bracea! —Grité.

Volvió a hundirse y esta vez no salió.

—¡Julia! —Grité, presa del pánico.

Sin otra opción que tomar, cogí el colgante de los cuatro elementos de mi bolsillo.

—¡Ayla! —Aquella voz era la de Álex, al volverme le vi nadando en mi dirección.

—Te dije que te quedaras en la orilla —le regañé.

—Julia ha desaparecido —dijo alarmado—. Yo no quería, de verdad. Solo es una pelota.

—La salvaré, no te preocupes —dije llegando junto a él.

Una ola nos hundió a los dos por unos segundos, pero ambos nos agarramos en el otro para no separarnos y volvimos a la superficie.

Apreté con más fuerza el colgante de los cuatro elementos y me concentré en el agua, en las olas del mar, en la corriente que nos arrastraba hacia el interior. Nunca antes tuve que enfrentarme a su furia, pero canalicé la energía del mar utilizando todos mis sentidos, recordando las clases de meditación que me enseñó Dacio.

—El agua —escuché decir a Álex aflojando su agarre—, se está calmando.

Abrí los ojos, solo logré calmar la fuerza de las olas a tres metros a nuestro alrededor, como si una barrera nos protegiera.

Cogí a Álex de un brazo y lo arrastré conmigo, dirección donde Julia desapareció, sin romper la conexión con el colgante.

El agua se tranquilizaba a nuestro paso para volver a enfurecerse en cuanto nos alejábamos.

—Nunca he visto que la mar se comporte así —comentó Álex, extrañado.

Solté su brazo en cuanto llegamos al punto donde Julia había desaparecido y me zambullí buscando entre unas aguas oscuras y turbias. El oleaje había removido el fondo marino dificultando la visibilidad.

Empezó a faltarme el aire y volví a la superficie.

—Lleva dos minutos sumergida —dijo Álex al verme salir, mirando su reloj—. Hay que encontrarla.

Se zambulló conmigo.

Mirara por donde mirara solo veía sombras, ninguna imagen nítida donde pudiera descartar que Julia se encontrara en un lugar u otro. Solo se me ocurrió una solución drástica, pero efectiva: utilizar el poder del colgante en toda su extensión.

Esta vez, me propuse combinar dos elementos en uno, agua y viento, y separar el mar llegando al fondo marino.

El aire empezó a voltear en un círculo cerrado como si fuera un cuchillo cortando el agua. Lentamente, dirigí mi poder hacia el exterior de aquel círculo, mientras un bucle empezó a formarse arrastrándonos a Álex y a mí hacia las profundidades. El viento se situó como una pared indestructible contra el mar impidiendo que nos ahogara y, de esa manera, llegamos al fondo marino donde nuestros pies tocaron la arena.

Acababa de crear un torbellino ubicándonos en el centro de este. Justo en el corazón de aquella demostración de poder.

—¿Pero cómo…? —Álex tenía los ojos como platos, asombrado, incluso cayó de rodillas en la arena al flojearle las piernas por la sorpresa. Era un espectáculo, teníamos espacio suficiente como para andar libremente por una veintena de metros.

—Tranquilízate —le pedí, mostrando serenidad. En realidad, el corazón me iba a mil por hora, nerviosa—. Hay que encontrar a…

—¡Julia! —Gritó, señalando un punto.

Al mirar en su dirección vi a la niña tendida en el suelo, al lado de unas rocas.

Juntos, corrimos hacia ella.

—¡Julia! ¡Julia! —Empecé a zarandearla, asustada.

Álex me apartó y le insufló una bocanada de aire. De inmediato, la niña empezó a toser y la volvimos a un lado para que escupiera toda el agua tragada.

—Ya está, te pondrás bien —le dije mientras terminaba de escupir y toser.

En cuanto se recuperó miró alrededor.

—¿Dónde estamos? —Preguntó.

El agua empezó a ceder y miramos como, muy lentamente, empezaba a cubrirnos. Nos levantamos los tres, yo sosteniendo a Julia por los hombros, aún aturdida.

—Estoy agotada —dije notando como las fuerzas me abandonaban por más que intentaba dominar el colgante—. No aguantaré mucho más.

—¿Lo haces tú? —Preguntó Álex. Se percató que tenía el colgante en la mano brillando con intensidad.

—¡Sujetaos! —Advertí.

Las aguas empezaron a cubrirnos a más velocidad. Intenté que la ascensión fuera lo menos violenta posible pero en el último metro rompí el vínculo entre el agua y el viento, exhausta. Salimos a la superficie los tres juntos. El oleaje continuaba imparable, pero una embarcación de la Cruz Roja venía ya en nuestra dirección.

Nos rescataron en el último momento.

—¡Os digo que es cierto! —Empezó a exaltarse Álex, cuando,

después de explicar todo lo sucedido en la playa a su familia, nadie le creyó—. Ayla provocó como una especie de torbellino, separó las aguas para salvar a Julia. —Miró a la niña que se mantenía callada sentada en un sofá al lado de su hermano—. Diles que lo que digo es cierto —le pidió.

Julia me miró y con un sutil gesto con los ojos le indiqué que callara.

—No sé qué ocurrió —respondió—. Me desperté cuando ya estaba…

—¡Mientes! —Gritó Álex—. ¡Di la verdad! ¡Lo viste tan bien como yo!

—Álex, para —le ordenó su padre, Jaime—. Ya es suficiente.

Toda la familia estaba reunida en el comedor, algunos sentados en el sofá, otros en las sillas de la mesa donde comíamos y Álex de pie, alterado por ver que nadie le creía.

—No me lo estoy inventando —manifestó y me miró enfadado—. ¿Por qué no confiesas?

—¡Álex! —Le regañó su madre, alzándose de una silla—. Estás nervioso por lo sucedido y crees haber visto cosas que no son reales. Acompáñame.

Cogió a su hijo por los hombros y lo guio fuera del comedor.

Suspiré en cuanto se marcharon, pero los remordimientos me comían por dentro por no decir la verdad.

Saqué el colgante del bolsillo de mi pantalón y lo miré. Desde que lo tenía me había causado infinidad de problemas y complicaciones. No obstante, su poder también me otorgó el don de poder proteger a mis amigos, de poder salvar a una niña de once años de ser ahogada en el mar.

—¡Ese es el talismán! —Escuché decir a Álex que volvió a aparecer en la puerta del comedor con su madre detrás de él.

Como una bala se abalanzó sobre mí para cogerlo. Inmediatamente me puse en pie y forcejeé con el niño para que me soltara.

—No, Álex, es peligroso —sujetó mi mano, intentando clavarme las uñas con tal de que se lo diera. Sus padres, David y Esther fueron en mi ayuda al ver la violencia del chico contra mí—. Para, por favor.

—¡Pues cuenta la verdad! —Me exigió con lágrimas en los ojos de pura impotencia.

Sus padres y Esther intentaron quitármelo de encima, mientras David intentaba hacer que el chico deshiciera su agarre de mi muñeca y mano.

—¡Álex! —Gritó su padre, pero el chico continuó.

Noté sus uñas clavarse más en mi piel, estaba decidido a quitármelo. Se inclinó a mi mano con la intención de morderme y, como algo instintivo, algo se conectó en mi interior hacia el poder del colgante de los cuatro elementos.

Un viento se alzó antes que sus dientes rozaran mi mano y expulsé a todos de mi lado como si les hubiera dado un buen empujón. Ninguno de ellos cayó al suelo, pero se tambalearon y quedaron desconcertados por lo ocurrido. Álex me miró abriendo mucho los ojos, luego frunció el ceño y me señaló con un dedo acusador.

—¡Os lo dije! —Gritó—. ¡Tiene un talismán mágico!

Todos me miraron en silencio y luego al colgante.

—Pero… eso es imposible —repuso David mirando el colgante.

—¡¿Aún no me creéis?! —Se enfureció Álex—. Si está más claro que el agua, acaba de empujarnos sin siquiera tocarnos.

Cerré los ojos un instante y suspiré. Luego los volví a abrir y miré a todos. No había salida, debía decir la verdad y lo que representaba el colgante de los cuatro elementos.

—Álex tiene razón —empecé—, provoqué algo parecido a un torbellino cuando Julia se ahogó. Lo hice para salvarla, pero… hay mucho más. Esto no es un talismán, es el colgante de los cuatro elementos que me dejó mi abuela justo antes de morir…

Y de esa manera comencé a relatarles todas las aventuras que tuve en el mundo Oyrun, un lugar donde la magia estaba presente en cada rincón. Después de un breve resumen, aún vi duda en sus ojos así que decidí mostrar mi poder abiertamente. Aunque tan solo provoqué un pequeño remolino de viento e hice que el agua de una pequeña pecera se alzara de su recipiente, suspendiéndolo en el aire para dejarlo caer con suavidad seguidamente.

Todos quedaron literalmente con la boca abierta, no dejando rastro de duda sobre la verdad de mis palabras. Acto seguido empezaron a hacerme interminables preguntas.

—¿Cómo es posible? —Me preguntó Esther.

—Magia —respondí.

—¿Tú una guerrera? —Preguntó incrédulo David—. Si eres una patosa.

—Pues esta patosa ha eliminado a cuatro magos oscuros —dije mosqueada.

—¿Qué ocurrió exactamente para que regresaras a la Tierra? —Quiso saber Olga, la madre de Esther.

Se hizo el silencio, ninguno habló esperando una respuesta.

Me dejé caer en el sofá que tenía a mi espalda, sentándome. Las piernas me empezaron a temblar.

—¿Ayla? —Preguntó Jaime, el padre de Esther.

—Mi guardaespaldas fue herido de gravedad —respondí—. Volví justo cuando él se debatía entre la vida y la muerte. Puede que a estas alturas ya esté muerto… —Se me quebró la voz, y me pasé una mano por los ojos—. Me enamoré de él y cuando vi que estaba herido desesperé. No sé cómo, pero de alguna manera activé el colgante inconscientemente y me trajo de vuelta a la Tierra.

Se miraron entre ellos sin saber qué decir.

—Tenía ganas de veros —continué—. Pero no puedo evitar maldecir el haber regresado a la Tierra.

Esther me rodeó con un brazo los hombros.

—Encontrarás la manera de volver a Oyrun —intentó animarme.

—No sé cómo —respondí casi sin fuerzas—. Lo he intentado todo.

—¿Y no te podemos ayudar de alguna manera? —Preguntó Álex.

Le miré.

—Álex, ¿después de hacer que toda tu familia creyera que mentías aún quieres ayudarme? —Pregunté perpleja.

—Claro —respondió sin ninguna duda—. Ese mundo te necesita y tú quieres ir allí.

—Espera —interrumpió David y todos le miramos—. No puedes regresar a Oyrun, si es tan peligroso como dices que es, mejor que te quedes aquí, a salvo. Esa cicatriz en el cuello demuestra que has estado en peligro más de lo que nos has contado, ¿verdad?

—No puedo dejar a Laranar solo —me limité a responder.

—A mí tampoco me hace gracia que vuelvas allí —habló Jaime—. Es peligroso.

—Es cierto —coincidió Marc—. Lo mejor sería que te deshicieras de ese colgante.

—¡No! —Exclamé llevándome el colgante al pecho—. Es mi destino y destruirlo sí que sería condenarme a muerte. Además, tampoco creo que eso sea posible y quiero volver a ver a Laranar si aún vive, y si no… —Los ojos se me llenaron de lágrimas irremediablemente—, quisiera visitar su tumba y dar el pésame a sus padres.

—Entonces te ayudaremos —dijo Esther estrechándome una vez—. Te apoyaremos para que puedas regresar a Oyrun.

Álex y Julia asintieron de inmediato, pero el resto frunció el ceño, nada seguros de estar haciendo lo correcto y preocupados por mi bienestar. Agradecí su interés, pero mi sitio estaba junto a Laranar y nadie podía impedir que intentara buscar la manera de regresar al mundo donde vivía mi protector. De todas maneras, viajando a Oyrun o no, mi vida continuaba en peligro, pues en el pasado, Danlos intentó matarme lanzando un hechizo desde Oyrun a la Tierra, ocasionando la muerte de mis padres en un accidente de coche. Casi morí aquel día, pero el mago oscuro erró el tiro.

¿Quién decía que no lo podía volver a intentar? Además, quería vengarme por ese hecho, vengar a mis padres. Aunque aquello me lo guardé para mí, no queriendo revelar más información de la necesaria a mis amigos.

Las palabras correctas

Explicar la verdad a mis amigos hizo que me quitara un gran peso de encima. El miedo a que me rechazaran o, simplemente, cambiaran de actitud hacia mí siendo precavidos por el poder que poseía fue una tontería, pues mostraron que para ellos continuaba siendo Ayla. Simplemente, Ayla.

Acostumbrada durante meses a ser tratada como la elegida fue un descanso volver a ser una simple chica del montón. Aunque tuve que ser paciente con mis amigos explicando una y otra vez las aventuras que pasé en Oyrun. Cómo eliminé a cada uno de los magos oscuros, cómo eran las gentes de cada país, las diferentes razas, la magia, la inmortalidad de algunos seres…

Aunque también obvié algunas verdades. Por ejemplo, cuando el rey Gódric quiso abusar sexualmente de mí, dándome una paliza y casi logrando su objetivo si Laranar no hubiera aparecido en el último momento o el futuro oscuro que me aguardaba en Oyrun, y el peligro a ser asesinada cualquier día por los magos oscuros. Si mis amigos se enteraban, estaba convencida que intentarían detenerme en mi empeño en querer volver a Oyrun.

En ocasiones me preguntaba por qué yo misma estaba tan decidida a querer volver a un mundo donde probablemente me matarían. Pero luego Laranar se hacía presente en mis pensamientos. Era por él. Estaba enamorada de aquel elfo perdidamente y pese al riesgo, aún quedaba una oportunidad de lograr salir con vida. A fin de cuentas, la imagen que me mostró el espejo continuaba viva, en un estado lamentable, pero viva.

Cada día dedicaba alrededor de tres horas en concentrarme en el colgante de los cuatro elementos y volver a Oyrun y cada día fallaba en mi intento. De esa manera, los días siguieron su curso y más tarde las semanas. Las vacaciones de verano llegaron a su fin y tuve que volver a los estudios.

Sentada en mi pupitre miré alrededor. Aquello me parecía más extraño que el hecho de haber pasado semanas con mis amigos tomando el sol en la playa. Llevaba el colgante guardado en uno de los bolsillos de mi mochila y cuando la dejé en el suelo, a un lado de mi mesa, la miré.

Así empezó todo, meses atrás, a punto de terminar el último de los exámenes de final de curso y con un colgante que empezó a brillar inesperadamente dispuesto a llevarme a Oyrun. Pero ahora no reaccionaba, y suspiré.

—Ayla —reconocí la voz de Esther antes de verla y me volví—, ¿preparada para el último curso?

—Que remedio —respondí.

Concentrarme en los estudios me ayudó a no estar constantemente pensando en si Laranar estaba vivo o muerto. Aunque también me quitaba tiempo de intentar regresar a Oyrun. Cada fracaso era una puñalada en el pecho. Si no controlaba aquel poder por completo tampoco podría permanecer en un futuro junto a Laranar si el colgante me devolvía a la Tierra una vez acabada mi misión. Nuestra relación tenía fecha de caducidad y aquello me entristecía.

Me esforcé en aparentar normalidad. Salí con mi grupo de amigas, y eso incluía a Anna, Sofía y Alba, aparte de Esther, e intentaba hacer cosas normales, como ir a cenar, al cine, o incluso salir de discoteca en dos ocasiones, pero al mismo tiempo que me distraía, mis pensamientos estaban en Oyrun, en sus gentes, en Laranar.

Las preguntas se agolpaban en mi mente constantemente, y cada vez eran más las cuestiones que me planteaba. ¿Si tardaba años en regresar a Oyrun qué haría? ¿Utilizar todo mi tiempo libre en regresar a un mundo que al parecer ya no me quería? ¿O quizá era mejor esperar a que el colgante reaccionara por si solo a pasarme mi juventud encerrada en casa intentando lo imposible?

Por el momento, no me rendí. No podía hacerlo. Necesitaba saber si Laranar seguía vivo o muerto. Aquella era la fuerza que me alentaba a seguir adelante, la incertidumbre de lo que había sucedido al final con mi protector.

Un día Esther vino a mi casa de imprevisto y me pilló con todo el piso desordenado a causa de un tornado que levanté en el salón sin querer.

—¡Alucina! —Exclamó mirando por todas partes.

La miré, avergonzada, había entrado en mi casa sin llamar.

—¿Qué haces aquí? ¿Cómo has entrado?

—Piqué al timbre, pero no respondías y una vecina muy amable me dejó pasar. La puerta de tu piso estaba abierta de par en par cuando he llegado. Supongo que habrá sido por lo que has montado tu solita —dijo caminando hacia mí, mirando asombrada el resultado de la fuerza del viento—. Si sigues provocando esas ventiscas acabarás rompiendo los muebles nuevos —puso los brazos en jarras, pensativa, mirando alrededor, luego frunció el ceño—. ¡Con lo bonito que te había quedado el piso! ¡Menos mal que esta vez no has incendiado nada!

Había redecorado el piso de mi abuela gastándome un buen pico. Incluso cambié el color de las paredes combinando dos tonos, granate y blanco. Pasó de ser la casa de una anciana al hogar de una joven.

—No hay manera —dije negando con la cabeza—. No lo logro.

—Tiempo al tiempo —respondió, alzando una silla tirada en el suelo. Se sentó en ella colocando la silla al revés, con el respaldo al frente, apoyándose en él. Luego me miró—. El mago que te enseñó a controlar el colgante… Dacio —recordó—. ¿No hay nada de sus lecciones que te pueda ayudar a regresar a Oyrun?

—Nada —respondí amargada—. Lo he intentado todo.

Empecé a recoger, en ocasiones tardaba más en ordenar los estropicios que ocasionaba que el tiempo que dedicaba en concentrarme en regresar a Oyrun.

Fui a coger un cojín del suelo, pero entonces lo dejé de mala gana en el sofá, tirándolo con rabia y grité desesperada, lo necesitaba.

Esther abrió mucho los ojos.

—Tranquilízate —me pidió—. No es bueno agobiarse.

—Llevo más de cuatro meses intentándolo —dije impotente—. ¿Cómo quieres que me ponga?

Suspiró y desvió su atención hacia mi espada, *Amistad*. La tenía tirada en el sofá. Se alzó de su asiento y la cogió.

—Es una bonita espada —dijo y me la tendió—. Intenta no olvidarla si regresas a Oyrun.

La cogí y la observé. Era pequeña en comparación con las espadas que llevaban mis compañeros en la misión. Apenas alcanzaba el medio metro de largura y su empuñadura estaba hecha en oro, con un rubí engastado. Su hoja era fina, pero resistente, estaba hecha de acero *mante*.

Me coloqué el cinto notando el peso de Amistad en mi cadera izquierda. Resultó extraño llevarla de nuevo. Desde que regresé a la Tierra la había cogido varias veces, pensando en mis amigos, pero no la había vuelto a llevar colgando de mi cintura. En la Tierra, era absurdo ir con una espada, por no decir ilegal. No se podía ir armado por la calle.

—Intentémoslo las dos —sugirió Esther—. Quizá la espada nos conecte con Oyrun.

—Lo dudo —dije dejando que mi amiga me cogiera de ambas manos, abrazándolas con las suyas y con el colgante de los cuatro elementos sosteniéndolo—. Nada más regresar a la Tierra pedí al colgante que me devolviera a Oyrun, y tenía la espada y mi arco, por no decir las ropas que vestía…

Esther no me prestó atención y cerró los ojos, concentrándose.

Sonreí, sus intenciones eran buenas, pero no resultaría. No obstante, también me concentré y cerré los ojos. Noté la fuerza del colgante fluir por mis venas, su magia invadir mi cuerpo.

Llévame a Oyrun, le pedí interiormente con todas mis fuerzas, *llévame junto a Laranar.*

Después de unos segundos la fuerza del colgante salió precipitadamente y Esther y yo caímos al suelo. Al tiempo otro tornado se alzó por unos segundos revoloteando todo a nuestro alrededor.

—Ya te lo advertí —dije enfadada, alzándome en cuanto todo se calmó—. Nada de lo que hago funciona.

Esther suspiró, luego sonrió y alzó un dedo al aire.

—¿Qué le pides exactamente al colgante? —Preguntó y fruncí el ceño, ¿acaso no era obvio?

—Volver a Oyrun, al lado de Laranar —respondí.

—¿Y siempre se lo pides de la misma manera? —Quiso saber—. Quizá te equivocas con las palabras mágicas.

—¿Palabras mágicas?

Se levantó del suelo.

—Es magia, ¿no? Pues creo que no reacciona como quieres porque no se lo pides correctamente. Debería ser algo sencillo…

—Esther, no es eso —dije cansada. Utilizar el colgante me agotaba—. Se lo he pedido de mil y una maneras posibles: << Devuélveme a Oyrun, al lado de Laranar… Devuélveme a Oyrun, al campo de flores donde aparecí por primera vez… Devuélveme a Oyrun, a Launier… Devuélveme a Oyrun, con el grupo…>>. Y nada, no es eso.

—Siempre le condicionas —dijo seria.

—¿Qué?

—Piensa, siempre le pides regresar a Oyrun, a un lugar en concreto. ¡Al lado de Laranar, al lado del grupo, en un campo de flores, en un país determinado! Ayla, ¿no te das cuenta? Las palabras, tus deseos, es magia y tú dijiste que en ocasiones es impredecible. Pídele simplemente que te lleve a Oyrun, nada más.

Le miré extrañada y luego al colgante.

¿Era eso?, me pregunté, *¿quizá era mi manera de pedirle regresar a Oyrun? ¿Le condicionaba?*

—Lo probaré de nuevo —dije.

Volví a llevarme el colgante al pecho, abrazándolo con ambas manos y me concentré. Su energía retornó a mí con más fuerza. Me inundó su magia, su fuerza. Cada célula de mi cuerpo estaba conectada con el colgante.

Llévame a Oyrun, le pedí secamente.

Un viento se alzó en el acto. Por un momento creí que era otro tornado, pero al abrir los ojos me di cuenta de que el colgante brillaba con gran intensidad traspasando con su luz las manos que le sostenían. Miré en todas direcciones, una gran ventisca revoloteaba por todo el salón, sin una dirección en concreto. Corriendo de un lugar para otro, alborotando nuestros cabellos. No era un tornado como los anteriores.

La luz del colgante se hizo cada vez más intensa, rodeándome.

Miré a Esther.

—¡Está funcionando! —Grité esperanzada.

Mi amiga me miró asombrada, mientras la luz se intensificaba.

—¡Adiós! —Me despedí de Esther, su imagen se difuminaba y un mareo creciente empezó a embotarme la cabeza. Era la misma sensación que cuando era trasladada de un mundo a otro, pero antes de notar el vacío algo me empujó, como un choque.

Mi mente me abandonó y perdí el conocimiento.

Noté una mano acariciar mi rostro y una voz llamándome con insistencia.

Fruncí el ceño, cansada, aún no estaba preparada para despertar, pero aquella persona insistía en querer que abriera los ojos.

—Vamos, Ayla —continuaba acariciando mi rostro y noté un beso en la mejilla—. Vamos, elegida.

Al notar una caricia en los labios, como si alguien rozara fugazmente su boca contra la mía, empecé a reaccionar y, lentamente, abrí los ojos.

Al principio todo lo vi borroso. Un techo formado por grandes vigas de madera y… Unos ojos azules como el cielo, resaltados por un cabello negro azabache, se interpusieron en mi campo de visión y no pude apreciar nada más.

—¡Has vuelto! —Dijo aquel hombre con un marcado acento germánico—. Me alegro de que hayas aparecido en Rócland.

—¿Alan? —Pregunté aún desorientada.

Me incorporé con su ayuda, sentándome en el suelo.

—Esta vez no has venido sola —escuché la voz de otra persona detrás de mí.

Al volverme, identifiqué al rey Alexis con una chica apoyada en sus brazos. Y abrí mucho los ojos al reconocerla.

—¡Esther! —Exclamé, despertándome de golpe—. ¿Cómo es posible?

Aún estaba inconsciente, pero empezaba a fruncir el ceño bajo la continua insistencia del rey del Norte para que recuperara la conciencia.

No puedes impedir que luche por ti

Me pasé una mano por los ojos, aún incrédula de ver a Esther recostada en los brazos del rey del Norte. ¡No era posible que ella viniera! ¿Quizá, había sido Esther la causante del empujón que noté antes de regresar a Oyrun?

Miré a mi alrededor percatándome que más hombres del Norte se encontraban presentes. Un total de tres me miraban con curiosidad y, detrás de ellos, la reina Aurora, que se adelantaba para llegar a mí.

Observé que su embarazo había llegado a su fin, ya no tenía la barriga prominente de cuando me fui.

—¿Cuánto tiempo llevo fuera? —Le pregunté viendo que se agachaba a mi altura.

—Dos años —respondió y abrí mucho los ojos.

—¿Laranar? —Pregunté con miedo, pero ella sonrió.

—Se despertó la mañana siguiente de tu partida. Sigue vivo y, por lo que sabemos, se encuentra perfectamente viviendo en su país.

Un alivio infinito me recorrió de cuerpo entero y el nudo de nervios que tuve en el estómago todos aquellos meses se deshizo tan rápido como vino. Acto seguido lloré de alegría en un último acto por destensar la tensión acumulada y, sin poder contenerme, abracé a la reina Aurora.

—Estás temblando —dijo respondiendo a mi abrazo—. Tranquila, está bien. Se recuperó y preguntó por ti —me retiré para mirarla a los ojos—. Se puso muy triste cuando supo de tu partida, pero estaba convencido que regresarías y, por lo visto, tenía razón. Me alegro de volverte a ver. Bienvenida a Oyrun, elegida.

—Gracias.

Escuché a Esther gemir y volví mi atención a ella.

—¿Quién es? —Me preguntó Alan, de rodillas a mi lado—. Vimos una gran luz salir de esta estancia y al venir a comprobar qué era lo que ocurría os vimos a las dos, una al lado de la otra. Inconscientes.

—Es una amiga —respondí alzándome. Me dirigí al rey Alexis que le daba palmaditas en las mejillas para que volviera en sí. Me arrodillé delante de él—. Se llama Esther, es de la Tierra, como yo.

Esther frunció el ceño y, poco a poco, abrió los ojos. Miró desorientada a su alrededor llevándose una mano a la frente.

—¿Dónde estoy? —Preguntó, incorporándose con ayuda de Alexis—. ¿Y quiénes son estas personas?

Los miró a todos con cierta cautela.

—Has venido a Oyrun, conmigo —le respondí—. Estamos en la capital del reino del Norte, Rócland.

Abrió mucho los ojos y luego sonrió.

—Entonces… ¡Lo he logrado! —Exclamó entusiasmada—. Cuando vi que ibas a desaparecer me abalancé sobre ti y te abracé con todas mis fuerzas. ¡He podido acompañarte! ¡Así no estarás sola!

—¡¿Que has hecho qué?! —Exclamé notando un enfado creciente ante esa estupidez—. Creí que habías venido por accidente al encontrarte cerca de mí cuando el colgante ha reaccionado, pero venir por voluntad propia es una locura. ¿No te das cuenta de los peligros que entraña Oyrun? ¿De los riesgos que correrás a partir de ahora? Esto no es una aventura como en los cuentos, esto es real

—me crucé de brazos, enojada—. Además, ¿qué pasará cuando vayan pasando los meses o quizá los años? ¿Te lo has planteado? Vas a estar sin tu familia y sin tu novio durante mucho, mucho tiempo.

Quedó un tanto cortada. Esther era de las personas que actuaba con la mejor de las intenciones sin pensar en las posibles consecuencias de sus actos, pero luego la expresión de su rostro cambió y me miró con una de aquellas miradas que conocía tan bien. Estaba decidida a seguir a mi lado pese a los riesgos.

—Ya está hecho —se encogió de hombros—. No puedo dar marcha atrás, así que solo me queda acompañarte en esta interesante aventura.

—Interesante aventura —repetí, consternada de ver que no era consciente aún de lo que había hecho—. Ya me dirás más adelante si te parece tan interesante.

El rey Alexis carraspeó la garganta para llamar mi atención.

—Creo que deberíamos explicarte los últimos sucesos que han pasado en Oyrun.

—Sí —dije de inmediato—. Sobre todo me gustaría saber qué hay de mis amigos, ¿por dónde andan?

—Comamos primero —propuso Alan—. Y hagamos una fiesta para celebrar el regreso de la elegida.

—No es necesario, de verdad —dije de inmediato. Conociendo de sobra las fiestas de los hombres del Norte.

—Tonterías —dijo Aurora—. Hay que celebrar tu llegada.

Y, sin más palabras, el rey empezó a ordenar que sacrificaran un buey para aquella noche, varios cerdos y unas cuantas aves.

La carne y la cerveza correrían por la ciudad de Rócland.

Los festejos de los hombres del Norte destacaban por los litros y litros de cerveza que se servían, la carne asada, la música y alguna que otra pelea entre aquellos que habían bebido demasiado. La última vez que asistí a una de sus celebraciones acabé tan borracha que a la mañana siguiente me fue imposible levantarme del dolor de cabeza que tuve. Así que me controlé, no bebiendo más de una jarra para no repetir la horrible experiencia.

Pude conocer al hijo de los reyes del Norte, un niñito de casi dos años, de cabellos rubios y ojos tan azules como los de sus padres. Tenía toda la cara de Alexis y era el príncipe heredero del reino del Norte. Cuando conocí a la reina Aurora le faltaban apenas tres meses para dar a luz, y fue extraño poder regresar cuatro meses después a Oyrun y encontrarme que aquel futuro hijo estaba a punto de cumplir los dos años de edad. El nombre del pequeño era Eduard, y para mi sorpresa la reina ya esperaba a su segundo hijo. Llevaba dos faltas, y los continuos mareos y náuseas matutinas indicaron la llegada de otro principito a la familia real del Norte.

Durante la fiesta estuvieron informándome de los últimos sucesos en Oyrun. Tarmona había sido conquistada por los magos oscuros; Launier atacada por el ejército de Urso, y las tierras de Andalen eran atacadas continuamente con el único objetivo de esclavizar a poblados y aldeas.

Una asamblea iba a ser celebrada en breve donde todas las razas de Oyrun se reunirían para debatir qué hacer para combatir la oscuridad que se adueñaba del mundo. Tres guerreros del Norte ya habían partido diez días antes de mi llegada dirección Launier, y yo debía asistir a aquella asamblea antes que las razas tomaran decisiones precipitadas por la situación en que se vivía.

Alan se ofreció a custodiarme hasta Launier como guardaespaldas, y antes de partir me fue regalado un inmenso arco y un carcaj repleto de flechas, pues solo *Amistad* se vino conmigo desde la Tierra.

Fue extraño vestir la ropa del Norte, una simple túnica de piel sujeta por la cintura con un ancho cinturón de cuero, junto con unos pantalones de lana y unas botas de piel sin curtir. Por último, me regalaron una gran capa hecha con la piel de un oso, ideal para combatir el frío del invierno.

A Esther la vistieron de igual manera otorgándole una robusta espada y otro arco, fue cómico vernos a ambas vestidas de esa manera y reímos juntas cuando nos vimos una enfrente de la otra. Pese a su imprudencia en venir y mi enfado al saber que fue voluntariamente, acabé agradeciendo su presencia. Con Esther a mi lado, el camino a Launier sería mucho más agradable y llevadero.

Un estado de nervios e impaciencia me asaltó al salir de Rócland, pues el saber que en pocos meses volvería a estar junto a Laranar me llenaba de alegría.

Por seguridad decidimos no hacer parada en Barnabel. Cuanto más tiempo pasara sin que los magos oscuros supieran de mi regreso, menos peligros nos encontraríamos. Intentamos mantener un buen ritmo de viaje, empezando nuestro camino desde que salía el sol y solo deteniéndonos cuando caía la noche. Esther y yo acabábamos reventadas y los primeros días tuvimos que sufrir dolores musculares, y alguna que otra ampolla en los muslos de montar durante todo el día.

Los caballos de Rócland eran famosos, no solo por su tamaño, sino por su alta resistencia. Y lo que para otros animales hubiera significado la muerte, aquellos grandes corceles solo les resultó un sobreesfuerzo del que se recuperaban con el descanso de la noche.

No todo fue una carrera por llegar cuanto antes a Sorania, también disfrutamos de la compañía del hombre del Norte. Alan resultó ser un excelente guía y sentí que nuestra amistad aumentaba día a día. Era un hombre con el que se podía hablar de todo, desde algo insignificante sobre cómo cocinar un conejo de campo, hasta debatir la mejor manera de proteger una ciudad contra un ejército de orcos. Se mostró un buen maestro cuando le pedí que me enseñara a identificar cualquier rastro en el camino que un guerrero entrenado pudiera considerar importante.

Quería aprender todo cuanto pudiera para un futuro, nunca sabía cuándo me podía encontrar sola. Oyrun era peligroso. Si mi futuro oscuro se cumplía, quería estar por lo menos preparada para tener una mínima oportunidad de sobrevivir.

Por las noches, nos turnábamos las guardias para dormir. El miedo a que algún ser oscuro nos atacara estaba presente y siempre procurábamos mantener a uno del grupo en guardia. En ocasiones, Alan y yo, nos quedábamos unos minutos mirando, juntos, las estrellas que cubrían el cielo de la noche. Me sentía cómoda a su lado, sin necesidad de decirnos nada, solo disfrutando de nuestra mutua compañía. Aunque, una noche, Alan me rodeó con un brazo los hombros. Al principio no me importó, no le di importancia, pero cuando sus ojos se posaron en los míos llegando hasta mi alma, me ruboricé. Un mínimo movimiento por parte de él, me alertó de su intención de inclinarse hacia mí y besarme. Antes que pudiera llevar a cabo esa acción me alcé del suelo y disculpándome, me aparté, echándome en mis mantas de dormir fingiendo estar cansada.

Alan no dijo nada, entonces. Se limitó a darme las buenas noches y continuar con su guardia. Yo, por contrario, sentí un remordimiento creciente. Hubo un instante que deseé aquel beso, pero la imagen de Laranar vino a mi mente como un mazazo e hizo que me alzara de un salto.

Suspiré, pensando que ya quedaba menos para llegar a Launier y en pocas semanas alcanzar Sorania, donde la función de Alan finalizaría y regresaría a Rócland. Le apreciaba, y había acabado considerándolo un buen amigo, pero aquella atracción que también causaba en mí me asustaba. Mi corazón estaba con Laranar, no tenía duda de ello, pero mi cuerpo se sentía atraído hacia el hombre del Norte peligrosamente.

A dos jornadas para alcanzar las fronteras de Launier, Alan me enseñaba a detectar las huellas que dejaban los animales creando pequeños senderos. Siguiéndole y escuchando cada una de sus lecciones, llegamos a un manantial donde el agua subterránea llegaba al exterior a través de una pared de rocas.

Una capa de vaho flotaba en el aire y Alan se arrodilló en la orilla para tocar las aguas cristalinas.

—Está caliente, ideal para darse un baño —comentó.

Toqué el agua, tenía razón estaba a la temperatura perfecta para bañarse pese al frío que aún hacía.

—Es tentador —dije—. Hay que decírselo a Esther, seguro que quiere bañarse.

Habíamos dejado a Esther al cargo de los caballos mientras Alan me enseñaba a rastrear.

Alan se levantó y empezó a quitarse el cinturón ancho de cuero con que se ceñía la túnica de piel que le llegaba hasta casi las rodillas.

—¿Te animas a darte un baño? —Me preguntó sin dejar de desnudarse delante de mí.

Vacilé, y abrí mucho los ojos cuando el guerrero del Norte se sacó el manto dejando todo su tórax al descubierto. Era un hombre de constitución fuerte con unos claros pectorales marcados y unos abdominales bien definidos. Con las pieles que le cubrían a modo de vestimenta se podía intuir que era un hombre fuerte y fibroso, sobre todo, por la musculatura que mostraba en sus brazos. Pero una vez se quitó la túnica dejó bien claro que todo su cuerpo era una demostración de los músculos del cuerpo humano. Era un dios esculpido en mármol.

—No sé —respondí, desviando la vista de él—. Debería ir con Esther y decirle que venga.

—No te preocupes por ella —dijo quitándose las botas—. Luego la acompañamos hasta aquí.

—Pero… ¿y si nos necesita? —Empecé a argumentar—. Sabe menos que yo en cuanto a defenderse con la espada, y tú has comentado que hay orcos por todo Yorsa.

—Estará bien —dijo mirándome—. Vamos, me bañaré con los pantalones puestos si es eso lo que te incomoda.

—No, no quería decir…

—¿Entonces? Solo es un baño —repuso—. Vamos, te espero.

Y sin más palabras saltó a las aguas cristalinas del manantial salpicándome intencionadamente. Solo era un baño, pero no estaba bien. A Laranar no le haría ninguna gracia aquello.

—¡Vamos! —Me lanzó agua y di un brinco hacia atrás para no mojarme—. No se lo contaremos a nadie.

Me puse roja de inmediato.

—No —dije negando con la cabeza al tiempo que notaba mi corazón palpitar con fuerza—. No puedo hacerlo… Laranar.

Se sumergió en el agua.

Pasaron los segundos como si fueran minutos y Alan no salía a la superficie. Empecé a ponerme nerviosa y me aproximé a la orilla de nuevo. Al agacharme para ver el fondo salió del agua, asustándome.

Quedamos muy cerca el uno del otro, Alan mirando mis ojos verdes sacando medio cuerpo fuera del agua. Yo mirando sus ojos azules hincando una rodilla en el suelo.

Serios, estuvimos contemplándonos unos segundos. Alan pasó una mano por detrás de mi cuello, y haciendo una mínima fuerza me atrajo hacia él. Cerré los ojos y nuestros labios se encontraron. El hombre del Norte se impulsó unos segundos después, para salir del agua liberándome de su agarre, a lo que aproveché para retirarme.

—No, espera —me cogió de un brazo antes de poder alzarme y volvió a atraerme hacia él, besándome una vez más.

El beso se prolongó.

Noté la punta de su lengua rozarme los labios al tiempo que su otra mano me agarraba con firmeza para no escapar. Mi cuerpo empezó a reaccionar sintiendo un fuego repentino corriendo por mi piel.

Lentamente, me empujó hacia el suelo y quedé tendida con Alan a mi lado. Despegó sus labios de los míos para contemplarme, sonrió y volvió a besarme. Sus manos descendieron hasta mi cintura, sus labios bajaron por mi cuello. Fue, entonces, cuando una mezcla de miedo y deseo vino a mí. Miedo por recordar, de pronto, el suceso con el rey Gódric cuando quiso violarme. Deseo, porque una parte de mí reaccionaba de forma distinta queriendo que no se detuviera.

Empecé a temblar. Creí que lo había superado, pero las caricias de Alan, aunque muy diferentes, me recordaban a las manos del rey abusando de mí.

—¿Has estado con algún hombre? —Me preguntó en un susurro, bajando una de sus manos peligrosamente hasta el ombligo—. Estás muy tensa.

—Nunca lo he hecho —respondí avergonzada.

Sonrió, como si aquello le complaciera y volvió a besarme.

—Me alegro, creí que el elfo ya te habría tomado —respondió.

La imagen de Laranar volvió como un golpe a mi mente. ¿Qué coño estaba haciendo? Amaba a Laranar, no podía hacerle aquello. Además, mi primera vez iba a ser con el elfo, con nadie más. Añadido a que por más que me disgustara aún no estaba preparada para hacerlo. No había superado el ataque del rey.

Con Laranar será distinto, pensé. *Le amo. No puedo continuar.*

—Alan, para —retiré la mano que quiso llegar hasta el interior de mis pantalones y de un empujón lo quité de encima de mí.

—Pero… —me miró desconcertado.

—Amo a Laranar, no puedo hacerlo —dije incorporándome—. Lo siento.

—Yo te amo —me confesó—. Deja al elfo, no es de tu raza. Escógeme a mí, también te gusto, lo noto.

Me alcé, debía mantener las distancias costara lo que costara. Los deseos de mi cuerpo no podían anteponerse a los deseos de mi corazón y primero debía superar mi miedo.

—Solo quiero considerarte un amigo. No te amo, lo siento.

Serio entonces, se puso en pie.

—Te sientes atraída por mí —rebatió—. Lo noto, solo hay que ver como te ruborizas cuando te miro a lo ojos, y estos días, nos hemos conocido perfectamente, somos compatibles. Y quizá te parecerá extraño, pero supe que te amaba desde el primer momento que te vi tendida en aquel camastro en Barnabel, exhausta después de la batalla contra Beltrán. Pensé que eras muy hermosa y cuando despertaste y escuché tu voz supe que era el sonido más dulce que jamás había escuchado nunca. Te amo, Ayla. Y no voy a aceptar un no por respuesta tan fácilmente.

—Pero quiero a Laranar —volví a insistir.

—Laranar juega con ventaja al ser el primer habitante de Oyrun que conociste y has estado junto a él durante mucho tiempo, eso no lo niego. Pero sé que si pasaras el mismo tiempo conmigo, viajando juntos, acabarás enamorándote de mí.

—No —dije firme—. Laranar…

—No puedes impedir que luche por ti. Si hace falta retaré a…

—Ni se te ocurra retar a Laranar —le corté, espantada—. Porque si le haces daño lo único que conseguirás es que te odie.

Me miró, sorprendido, pero luego negó con la cabeza.

—Mi hermano me advirtió del peligro que supondría para mi pueblo si acabara con ese mequetrefe al ser un príncipe —respondió—. Pero no por ello voy a dejar que el elfo te tome tan fácilmente. No voy a permitir que te haga daño.

—¿Daño? —Pregunté sin entender—. Él jamás me haría daño.

Resopló, como si fuera una ingenua.

—Es elfo, inmortal y príncipe. Te tomará, te usará, se saciará de ti y luego te abandonará. No creas que alguien de su cargo vaya a dejar la corona y renunciar a la inmortalidad por una humana. Los elfos no quieren saber nada del resto de razas del mundo porque se creen superiores, ¿entiendes?

—Laranar no es así —dije ofendida.

—Pero yo te juro que te amaré durante toda mi vida —continuó sin escucharme—. Y como prueba de ello quiero que sepas la verdad sobre mí. Estoy prometido a una muchacha de uno de los clanes del Norte. No la conozco, ni ganas tengo. Renunciaré a ella, renunciaré a ser príncipe. Estoy dispuesto a vivir incluso en otras partes de Yorsa si por ello mi hermano me destierra del Norte.

—¿Desterrarte?

—No tendría más remedio que hacerlo para no ofender al clan de la que ya no considero mi prometida. De verdad, Ayla, te amo y juro protegerte, permíteme que a partir de ahora sea tu protector.

Me miraba a los ojos fijamente, no había mentira en ellos. Estaba dispuesto a renunciar a toda su vida, a su familia y su posición, por mí.

Una parte de mí se sintió alagada, otra preocupada, pero sobre todo, me sentí agobiada.

—Alan, te pido perdón —dije—. Pero jamás te amaré. En cuanto lleguemos a Sorania tu misión se habrá cumplido y regresarás a Rócland, donde perteneces.

Me miró defraudado, realmente esperaba que le escogiera.

—Lo siento —volví a repetir, me di la vuelta y empecé a desandar el camino para regresar con Esther.

Alan me siguió de inmediato y acabé corriendo por miedo a que insistiera más en ello. Solo esperaba que no hubiera lucha entre elfo y hombre, no quería ser la causante de la muerte de ninguno de los dos. En cuanto llegamos al claro donde dejamos a Esther, ésta se encontraba con la espada desenvainada en posición de ataque. Al vernos, suspiró aliviada, y bajó a *Furia*, el nombre de su espada.

—Ya era hora —se quejó—. Creo que hay orcos por la zona.

—¿Por qué lo dices? —Preguntó Alan.

Esther se limitó a señalar una columna de humo que asomaba entre los árboles.

—Me ha parecido escuchar gritos a lo lejos.

Se me pusieron los pelos de punta. Me habían explicado el trabajo que estaban desempeñando los magos oscuros en mi ausencia, atacando y esclavizando villas enteras, por lo que era fácil adivinar que nos encontrábamos próximos a uno de aquellos poblados que acababa de ser atacado.

—¿Crees que podríamos…? —Empecé a preguntar, dirigiéndome a Alan, pero este negó con la cabeza.

—Ya habrán matado a todo aquel que esté enfermo o sea demasiado mayor para ser productivo, y el resto de habitantes estará de camino a Creuzos o a la ciudad de Tarmona.

—Pero deberíamos ir para saber si ha quedado algún superviviente. Alguien ha podido escapar —dijo Esther y yo asentí.

—Lo dudo. He participado en cinco partidas para encontrar y

matar a los orcos que se dedican a esto, y a cada poblado que he llegado solo he encontrado a los muertos —nos respondió—. Lo que me sorprende es que hayan llegado hasta tan lejos. Estamos casi en las fronteras de Launier. Debemos mantenernos al acecho.

Alan se subió a su caballo finalizando la conversación. Esther y yo nos miramos, pero no nos dijimos nada. Seguimos al hombre del Norte.

La idea de ver a gente asesinada no era nada alentador si era lo único que encontraríamos, tal y como nos garantizaba Alan.

Miré la columna de humo gris mientras marchamos en dirección contraria, y luego volví mi vista al frente. Las altas montañas de Launier se podían apreciar en según que elevaciones del bosque de pinos por donde circulábamos, y su visión intermitente me llenaba el corazón de esperanza e impaciencia.

Pronto, muy pronto, podría volver a abrazar a Laranar.

Línea Verde

Llegamos a la comúnmente conocida *Línea Verde*, una pradera de más de un kilómetro de ancho que discurría por toda la sierra de montañas que delimitaban Andalen con el país de los elfos. Se la llamaba así, *línea*, porque era el punto de referencia para saber dónde empezaba un país u otro, y *verde*, porque la mayor parte del año estaba cubierta por hierba de un oscuro color verde, salpicada por flores de diversos colores.

La primera vez que la vi, Laranar y yo empezábamos la misión de recuperar los fragmentos del colgante que rompí por accidente. En aquella ocasión mis ojos gozaron de una bonita estampa. Pero ahora, su verdor había sido saqueado por centenares de pisadas que habían machacado la hierba y eliminado cualquier flor que pudiera nacer en aquella primavera.

Dejé caer los hombros, decepcionada. No era la imagen que esperaba encontrar de Launier.

—Esto es el resultado de la batalla contra Urso —dijo Alan, adelantándose a mi pregunta—. Launier venció a los hombres del desierto, pero no dejó de ser una lucha a fin de cuentas. Esta es la huella de aquel día.

—La firma de los magos oscuros —dijo Esther, mirando como yo la escena.

—Continuemos —dije, enfadada de ver aquello.

Le di la orden a mi caballo y empezamos a cruzar la Línea Verde.

Todo estaba extrañamente silencioso, no se escuchaba a los pájaros cantar, ni a roedores escarbar en la tierra como era lo normal. Los tres mirábamos desconfiados aquella explanada, cuando, de pronto, una flecha cayó justo enfrente de mi montura, haciendo que el animal se encabritara.

—¡En ese terraplén! —Señaló Esther, pero una lluvia de flechas ya volaba por el cielo.

Logré dominar a mi montura justo a tiempo.

—¡Galopad! —Nos apremió Alan.

La primera tanda de flechas no nos alcanzó por muy poco. Miré hacia atrás una vez, y vi a tres orcos asomar sus cabezas desde un pequeño montículo de tierra. Al volver la vista al frente me percaté que otra elevación del terreno, una pequeña montaña de dos metros de altura, se cruzaba en nuestro camino.

—¡Una trampa! —Quise alertar, pero Alan fue herido en ese instante. Una flecha cayó sobre él dándole en la espalda—. ¡Alan!

—No te preocupes —dijo apretando los dientes—. ¡No soy tan fácil de derribar!

Y dicho esto, sacó su enorme espada, llamada *Tormenta*, dispuesto a hacer frente a la bandada de orcos que salió delante de nosotros justo cuando llegamos a aquella pequeña elevación. De una estocada cortó dos cabezas y derribó con la fuerza de su caballo a un tercero. Yo, detrás de él, también blandí mi espada, desenvainada en un acto reflejo. Solo pude herir a una de aquellas horribles criaturas en el pecho. Mis habilidades guerreras aún dejaban mucho que desear y con la inercia del golpe y el galope de mi caballo, *Amistad* cayó de mis manos.

—¡No! —Exclamé, viéndome desarmada.

Escuché a Esther gritar a mi espalda y al volverme vi su imagen volando por los aires cuando un orco atacó las patas del caballo que montaba. El animal cayó al suelo e intentó levantarse, pero no pudo. Un orco fue a por él, rematándolo. Otros dos ya se dirigían a Esther que quedó tendida en el suelo sin moverse.

Toqué el colgante de los cuatro elementos rápidamente, alzando una fulminante ventisca con el poder del viento.

Como si de un manotazo se tratara, lancé a todos aquellos orcos que se dirigían al cuerpo de mi amiga por los aires.

Mi caballo derrapó al darle la brusca orden de detenerse. Di la vuelta a mi montura y fui a por ella. Alan me siguió de inmediato.

—¡Esther! —Me apeé de un salto en cuanto llegué a su altura, y me agaché a ella dándole la vuelta.

—¡Ay! —Se quejó al moverla—. Me duele todo el cuerpo.

Suspiré, aliviada, solo estaba magullada, nada importante. Por un momento creí que había muerto al permanecer inmóvil tirada en el suelo.

—¡Rápido! ¡Vienen más! —Nos advirtió Alan, viendo que aquellos orcos que nos emboscaron se recuperaban de mi ataque y se alzaban dispuestos a seguir hasta el final—. No podemos entretenernos. Esther, monta con Ayla, ¡rápido!

En ese instante, el sonido de un cuerno se escuchó por toda la pradera y del camino que conducía al interior del país de los elfos, salió una caballería de guerreros de Launier.

Un centenar de elfos, con sus caballos inmortales, galopaban a la zaga de los orcos que nos atacaban. En cuanto la hueste de orcos los vio dieron media vuelta con la intención de huir, pero los elfos les dieron alcance.

Solo uno de ellos se detuvo a nuestro lado y abrí mucho los ojos al reconocerle. Este mostró la misma sorpresa y se bajó de un salto de su montura para darme un inesperado abrazo.

—¡Ayla! —Exclamó, se retiró un instante para cerciorarse que fuera yo de verdad y volvió a abrazarme—. ¡Eres tú!

—¡Raiben! —Dije devolviéndole el abrazo—. Me alegro de verte, ¿pero qué haces aquí?

—¿Que qué hago yo aquí? —Dijo como si le hiciera gracia mi pregunta—. Di mejor ¿qué haces tú aquí? ¿Cuándo has vuelto a Oyrun? ¿Siempre te tengo que salvar de un grupo de orcos? —Preguntó sonriendo.

Le devolví la sonrisa. Mi primera aparición en Oyrun me vi envuelta con unos orcos que quisieron cenarme, y Laranar y Raiben me salvaron en el último momento, apareciendo inesperadamente, como ahora.

—Logré regresar hace poco, en Rócland. Alan se ofreció a hacerme de guía para venir a Launier —dije señalándolo. En ese momento, el hombre del Norte se sacaba él solito la flecha que tenía clavada en la espalda. Contuvo un gemido al hacerlo y una vez fuera olió la punta tirándola al suelo seguidamente, como si tal cosa. Parpadeé dos veces, algo sorprendida por la rudeza y aguante de Alan, que continuó montado en su caballo y se limitó a hacer un simple gesto de cabeza a modo de saludo a Raiben—. También he venido acompañada de Esther, es una amiga de la Tierra. Digamos que… bueno… ha venido conmigo a Oyrun sin tener que hacerlo, pero aquí está.

Esther aún continuaba sentada en el suelo con los cabellos revueltos por la caída y algún que otro arañazo por brazos y piernas.

Raiben la miró, y frunció el ceño. Entonces recordé que era un tanto distante con aquellos que no pertenecían a su raza. A mí misma me costó penas y esfuerzos que acabara aceptándome como algo parecido a una amiga y mucho más como elegida. Fue reacio al principio a creer que yo pudiera ser el guerrero fuerte, valiente y de honor, destinado a salvar el mundo, pero con el tiempo cambió, y si al principio nos llevábamos como el perro y el gato, ahora éramos buenos amigos.

—¿Te encuentras bien? —Fue educado en preguntarle.

—Sí —respondió.

La ayudé a levantar.

>>Solo me duele todo el cuerpo —rio, pero de inmediato paró llevándose una mano al costado.

—Puede que te hayas roto alguna costilla —dije.

—Sí, menos mal que David no está —me susurró, apoyándose en mí—. No le gustaría ni un pelo verme de esta manera.

—¿Quién es David? —Preguntó Raiben, alto y claro.

Esther le miró, asombrada de haberla escuchado.

—Ya te dije que tienen un oído muy fino —le recordé.

—Mi novio —le respondió al elfo—. ¿Por qué?

Raiben alzó una ceja, y luego sonrió, como si se relajara.

—Por nada —dijo satisfecho por algún motivo—. Deja que te ayude.

Se colocó a su otro lado y le cogió de un brazo para ayudarla a caminar. No es que tuviera una pierna rota o un esguince, pero después de la caída se sentía como si le hubieran dado una paliza. La ayudamos a montar en mi caballo y cuando lo consiguió, los elfos que fueron detrás de los orcos regresaron.

—Todos eliminados —le informó uno de ellos a Raiben—. Y hemos encontrado esta espada élfica en el suelo.

—¡Amistad! —Exclamé y me dirigí al elfo—. Es mía, se me cayó por accidente.

El elfo me la tendió y pude recuperarla.

—Gracias.

—Bien, Marlesthan, tomas el relevo —le ordenó Raiben—. Debo acompañar a la elegida hasta la asamblea que se celebra en la capital —el elfo que me devolvió a Amistad, un joven de apariencia, pero de siglos vividos, me miró con asombro.

—He vuelto —dije algo cohibida al percatarme que sus otros compañeros me miraban con el mismo asombro, y verse con cien pares de ojos fijos en uno mismo intimidaban a cualquiera.

Habíamos acampado en medio del Bosque de la Hoja, cobijados bajo las raíces de un enorme Corburo. Los Corburos eran árboles gigantescos, de troncos retorcidos con lianas que colgaban de sus ramas. Era la especie más abundante en el tramo que nos encontrábamos de camino a Sorania. Habíamos dejado Sanila atrás el día anterior, y nos dábamos prisa en llegar a la capital.

Volver a estar en el bosque de la Hoja me trajo buenos recuerdos, aunque al tiempo continuaba poniéndome nerviosa ese lugar. Pues los árboles, y no solo los Corburos, también había Marones y Palermos, otra especie distinta de árboles, parecían hablar entre ellos asemejando su lenguaje a un sonido gutural. Anunciaban nuestro paso a las criaturas que vivían en aquellos parajes y avisaban qué caminos tomábamos a través de las sendas del bosque.

Terminé de limpiar la herida de Alan. La flecha le alcanzó el omóplato izquierdo introduciéndose varios centímetros en la piel y llegando al hueso. Una persona normal no hubiera podido luchar en batalla, pero Alan era un guerrero del Norte, y aprendí en aquella contienda que los hombres del Norte no hacían caso de las heridas mientras los enemigos no estuvieran muertos. Apartaban el dolor de su mente y se concentraban en matar al enemigo.

—Mañana volveré a echarle un vistazo —dije mientras se vestía.

—No es necesario —respondió abrochándose el grueso cinturón—. Ya te he dicho como diez veces que la herida sanará sola. Ya casi está curada.

—Y también puede infectarse —dije—. Te lo he dicho como diez veces.

Me miró y sonrió. Le devolví la sonrisa y me dirigí a mi sitio, donde tenía mi capa de piel de oso tendida en el suelo a modo de cama. Al sentarme vi que Raiben me observaba desde su posición de guardia. Viéndole de pie, alerta como un felino en la noche, me hizo recordar a Laranar las noches que con el grupo montaba guardia mientras el resto dormíamos.

Los elfos no sentían la necesidad de dormir, podían pasarse meses, años, décadas o siglos sin siquiera echar una simple cabezadita. En ocasiones, después de una batalla o un largo viaje, sí que optaban por relajarse y entrar en una especie de trance para recuperar sus fuerzas antes, pero continuaban despiertos. No obstante, aquello no significaba que no pudieran dormir, teniendo sueños a voluntad siempre que querían.

Raiben se dirigió a mi posición, pasando con el mayor sigilo entre las pieles de Esther que ya dormía, agotada de todo el día. Sus magulladuras empezaban a pasar a una tonalidad más amarillenta y pronto el recuerdo sería lo único que le quedaría de su primera batalla contra los orcos.

El elfo se sentó a mi lado.

—Queda poco para llegar a Sorania —me comentó en un susurro que solo yo pude escuchar—. Y pronto verás a Laranar.

—Lo estoy deseando —dije—. Me marché creyendo que moriría y ha sido un alivio saber que está bien.

—En apenas una semana ya estaba practicando la lucha a espada cuando regresó a Sorania —afirmó—. Ha pensado mucho en ti en todo este tiempo.

—Y yo en él.

Raiben me advirtió la primera noche que pasamos en Launier, después de entrar en el país, que sabía de nuestra relación y también me advirtió de que por el cargo que representaba Laranar como príncipe de Launier no había hablado de ese hecho con otros elfos por orden expresa de sus padres. Tuve miedo que Laranar se viera coaccionado por su familia y cambiara de opinión sobre mantener una relación conmigo, pero Raiben me garantizó que aquello no iba a ocurrir, pues Laranar ya había empezado a tantear el terreno con sus amigos y familiares más allegados sobre el hecho de mantener una relación con la elegida.

Los ojos de Raiben, marrones bordeados por una fina línea dorada, me miraron fijamente.

—Laranar va a arriesgar mucho por ti —dijo, su voz sonó dura, incluso con cierta fiereza—. Solo espero que tú le correspondas de igual manera.

Fruncí el ceño. ¿A qué venía aquello?

Dirigió un instante la vista a Alan y luego sus ojos volvieron a posarse en mí.

—Solo es un amigo —dije rotundamente—. Amo a Laranar, nunca le sería infiel.

Me escudriñó durante unos segundos, sin apartar la vista de mis ojos, averiguando si era verdad lo que decía.

Fruncí el ceño.

—Te creo —dijo, finalmente—. Pero ten cuidado. Alan te quiere y tú pareces tenerle demasiado aprecio, lo he visto estos días. Laranar ya pasó por algo parecido en el pasado.

—Ya lo sé, un amigo suyo le levantó a la novia —dije recordando ese hecho—. Francamente, no sé qué elfa fue, pero dejó escapar al mejor de los elfos para irse con un traidor al que Laranar consideraba un amigo. Yo nunca haría eso.

Raiben desvió su vista al suelo.

—Los sentimientos no se pueden controlar —respondió y sacudió la cabeza—. Mira —volvió su vista a mí—, solo digo que el amor que siente Alan por ti y el cariño que tú pareces sentir por él, puede complicar las cosas. Harías bien en mantener las distancias.

—Te estás metiendo donde no te llaman —le advertí—. Amo a Laranar y nunca podré amar a otra persona. ¿Entendido?

—Sí, perdona —dijo alzándose, viendo mi reacción. No iba a permitir que me cuestionara—. Solo quiero lo mejor para él, se lo debo.

Fruncí el ceño, ¿qué le debía?

El elfo regresó a su posición de guardia.

Cansada me tumbé y cerré los ojos dispuesta a dormir.

—¡¿Qué ya ha empezado la asamblea?! —Exclamé, maldiciendo haber llegado tarde.

El elfo, mayordomo del rey, asintió. Acabábamos de llegar a Sorania y nos encontrábamos en la sala de los tronos, donde mi llegada cogió a todos por sorpresa.

—Aún no ha finalizado, no obstante —continuó el mayordomo—. Aunque puede que ya estén llegando a su fin o aún continúen durante toda la tarde. El rey nos previno que quizá comerían incluso en la sala maestra donde están reunidos para poder continuar con la reunión. Así que…

—Mire, no quiero ser maleducada, pero podría llevarme ante el rey Lessonar cuanto antes —le corté—. La asamblea se está celebrando precisamente porque creen que aún me encuentro en la Tierra.

El elfo por fin reaccionó.

—Sí, disculpe, síganme —se dio la vuelta y con paso ligero abandonamos la sala de los tronos por una puerta trasera que daba hacia el interior del palacio. Raiben, Alan y Esther me seguían.

—Laranar también se encuentra en la asamblea, ¿verdad? —Quise cerciorarme, si él no estaba allí le pediría entonces que le avisara de inmediato sobre mi llegada. Todo aquel camino únicamente lo recorrí por Laranar, sin él nada tenía sentido.

—Se refiere al príncipe Laranar —me corrigió, recordándome que debía nombrar su cargo si me refería a mi protector.

—Sí —respondí escuetamente, no estaba para monsergas y para colmo el camino parecía interminable hasta llegar a la sala maestra.

—El príncipe Laranar se encuentra en la asamblea —respondió al fin.

Suspiré, aliviada.

—Ayla, cuidado —me advirtió Raiben en un susurro que me costó escuchar de tan bajito que me habló—. Nadie sabe… —Me abrió los ojos para que me diera por aludida—. Contrólate.

Me mordí el labio inferior, y mentalmente grité al pensar que no podría ir corriendo a los brazos de mi protector para abrazarle y besarle. Su cargo de príncipe me lo impedía ahora que estábamos en su país y mi miedo a ser rechazada creció por el temor a que Laranar no tuviera las agallas suficientes de decir que me amaba delante de su pueblo. No quería que se avergonzara de mí y me pidiera que mantuviéramos nuestra relación en secreto mientras permaneciéramos en Launier.

—¡¿Cuánto falta para llegar?! —Casi grité al mayordomo, caminaba muy lento.

—Ya casi estamos —dijo doblando una esquina.

—Ayla, tranquila, que llegaremos a tiempo —dijo Alan.

Bajé la vista al suelo, intentando controlar mis impulsos. El mármol del suelo, impecablemente pulido, me devolvía la imagen de una chica impaciente por ver a su novio que creyó muerto por un tiempo.

—Ya hemos llegado —dijo el mayordomo, deteniéndose delante de una doble puerta de color blanca, exquisitamente trabajada con decoraciones de cenefas y un marco que representaba la encrucijada de una viña—. Si me permiten unos segundos para anunciar su llegada…

Fruncí el ceño al ver que todos se detenían.

El aullido de un lobo se escuchó entonces, venía del interior.

—No se lo permito, disculpe —hice al elfo a un lado con un brazo, toqué los picaportes hechos en oro y empujé la doble puerta hacia el interior, abriéndola.

Pasé dentro de la sala maestra con paso decidido y sonreí al ver como todos los presentes a la asamblea se alzaban de sus asientos al verme aparecer. Una extraña sensación de triunfo por haber llegado a tiempo me embargó.

—Siento el retraso —dije mientras caminaba hacia el interior de la sala—. Pero ya he vuelto.

Localicé a Laranar entre todos ellos y nuestras miradas se unieron en una sola. Sus ojos azules mezclados con una tonalidad morada me miraron sorprendidos, pero antes de poder decir o hacer nada más, un lobo se me echó encima e hizo que cayera de espaldas al suelo.

Nuevo grupo

La lengua del lobo bañó el lateral derecho de mi cara por más que intenté cubrirme o apartarle de encima de mí. Era un animal enorme, de pelaje gris, casi blanco, que afianzó sus patas en el suelo impidiéndome levantar por más que le daba pequeños empujones y reía al mismo tiempo.

—Akila, para —el lobo continuaba con su bienvenida, me dejó claro que se alegraba verme y no me había olvidado en absoluto—. ¡Ya! —Le di la orden más seria y, entonces, permitió que Dacio, que vino en mi ayuda, lograra apartarle.

Aún en el suelo, me limpié la cara con mi capa de piel de oso. Quise levantarme, buscando al mismo tiempo a Laranar entre el círculo de gente que se había congregado alrededor de mí, cuando, unas manos fuertes y decididas, me alzaron fácilmente. Percibí su olor a hierba silvestre antes de verle y al volverme sus ojos me miraron con intensidad.

La sala se quedó pequeña para albergar todo el amor que proferían nuestras miradas. Un único segundo fue suficiente para que me apresara la hermosura de su rostro. Mi respiración y mi corazón se mantuvieron en calma, pero, poco a poco, un estadillo sordo sonó dentro de mi pecho alertando que necesitaba un abrazo, un beso, una caricia de aquel al que amaba.

—¡Laranar! —Me tiré a su cuello, abrazándole—. ¡Creí que habías muerto! Que aquel Minotauro había acabado contigo al no despertar. No sabes lo mal que lo he pasado estos meses no sabiendo si seguías vivo o muerto…

—Estoy bien —respondió, abrazándome también.

Me retiré levemente para mirarle a los ojos, fue entonces cuando alguien carraspeó la garganta de forma sonora.

Todos los participantes a la asamblea me miraban con la sorpresa aún reflejada en sus caras. Aunque, una persona en concreto, destilaba furia al verme abrazada a Laranar.

La reina Creao, madre de Laranar, me fulminaba con la mirada.

—¡Elegida, has regresado! —Exclamó un duendecillo.

—Sí —respondí, notando como los brazos de Laranar me soltaban.

Me sentí desprotegida entonces, pero otro aluvión de abrazos proveniente de mis amigos tomó el relevo. Les saludé casi por mecánica, pero mi mente solo pensaba en cómo actuar con Laranar a partir de ese momento.

Le miré de refilón buscando su ayuda, que me diera una señal sobre cómo debía comportarme. ¿Estaba dispuesto a cumplir su palabra de amarme abiertamente o ahora que el momento había llegado de rebelar a su pueblo nuestro amor se echaría atrás? Tenerlo a tan solo unos pasos de mí y dudar de si besarle y abrazarle de nuevo me estaba poniendo de los nervios.

Pero entonces mi protector quiso avanzar hacia mí de nuevo, su madre le detuvo cogiéndole de un brazo, pero este se zafó con delicadeza del agarre de la reina. Le dijo algo en voz baja y acto seguido se dirigió a mí, apartó a Dacio que me estaba hablando de no sé qué y me besó en los labios.

—Te quiero —dijo apartándose un instante para mirarme a los ojos que ya empezaban a humedecerse de dicha—. Te prohíbo que vuelvas a marcharte.

—Y yo que me pegues esos sustos con un Minotauro enfurecido —le respondí, no pudiendo evitar que unas pocas lágrimas cayeran por mis mejillas.

Laranar las limpió con una caricia de sus pulgares. Acto seguido nos besamos y mi cuerpo se relajó. Un gran suspiro interior hizo que todas las preocupaciones por saber si sí o si no se desvanecieran. Finalmente, le abracé una vez más, y respiré su aroma a hierbas silvestres profundamente.

Fue un sueño poderlo tener entre mis brazos, poder besar sus labios y saber que le tenía a mi lado.

Más de veinte pares de ojos nos miraban fijamente. Laranar fue el primero en tomar conciencia de ello, quitando el velo que nos envolvió por unos segundos no viendo a nadie más. Me dio un último beso en la frente y ambos nos volvimos hacia los presentes en la asamblea.

—Siento haberme ido —dije mirando a todos, y notando el brazo protector que Laranar dejó alrededor de mi cintura—. Hubiera regresado antes, pero el colgante no reaccionaba por más que se lo pedía.

—Lo importante es que ya estás de vuelta —respondió Alegra dándome su segundo abrazo, luego me miró, emocionada—. Tengo mucho que contarte.

El rey Lessonar se aproximó a mí. Hacía más de un año que no lo veía aunque para él habrían sido tres. Era idéntico a su hijo, el mismo color de ojos, los mismos cabellos dorados y la misma hermosura.

—Majestad —me incliné ante él, algo preocupada por lo que me diría después de la demostración de amor con su hijo.

La reina se mantuvo a un lado, pero su mirada de desacuerdo no se relajó lo más mínimo.

—Bienvenida de nuevo —dijo serio, mirando a su hijo un instante—. Tu llegada no podía ser más oportuna. Estábamos a punto de tomar caminos y direcciones precipitadas por culpa de los últimos sucesos en Oyrun.

—Alan me ha informado de lo que ha ocurrido en mi ausencia —contesté—. Estoy al corriente de todo.

Fue, en ese instante, cuando Alan, Esther y Raiben se hicieron notar. El mayordomo que nos acompañó inclinó levemente la cabeza ante el rey y esperó al lado de la puerta por si era requerido.

Lessonar miró atentamente a Alan mientras la reina se aproximó a mí. Me incliné de inmediato, un tanto nerviosa por lo que pudiera decirme.

—Bienvenida —dijo forzando una sonrisa, luego me abrazó inesperadamente y sus labios rozaron mi oreja izquierda—. Luego hablaremos sobre la relación que tienes con mi hijo, pero, por ahora, mantente alejada de él. —Me advirtió en un susurro.

Tragué saliva.

La reina se retiró manteniendo su falsa sonrisa en el rostro.

—Así que tú eres Alan de Rócland, bienvenido —le daba la bienvenida el rey de los elfos—. Mi pueblo te agradece que hayas escoltado a la elegida hasta Sorania.

—Ha sido un placer —le contestó Alan—. Sabía la importancia de esta asamblea y hemos venido lo más rápido que hemos podido. Ha sido agradable ser el protector de la elegida todo este tiempo. Me gustaría poder continuar en el cargo un poco más.

Laranar frunció el ceño en ese instante.

—Solo hay un guardaespaldas personal para la elegida, y ese soy yo —respondió Laranar.

—Pero es interesante su propuesta —rebatió la reina Creao, mirando con buenos ojos a Alan—. Se podría valorar esa petición.

—El protector de Ayla soy yo —insistió Laranar de forma más contundente.

—Tomemos asiento —pidió el rey Lessonar antes que yo pudiera intervenir—. La llegada de Ayla ha dado un giro radical a esta asamblea.

Cerré los ojos un instante, aquella situación de rivalidad no me gustaba. Alan no había desistido en querer conquistarme y Laranar, conociéndolo, sería capaz de luchar contra el hombre del Norte para dejarle claro que se mantuviera en la distancia.

—De todas maneras, —habló Lord Zalman mientras nos dirigíamos a la mesa—, la más que evidente relación entre la elegida y su protector debería solucionarse de inmediato. No podemos arriesgarnos a perder esta guerra por un romance.

Fruncí el ceño, pero, en ese instante, alguien tiró de mi capa con insistencia. Al volverme vi a Esther que me lanzó una mirada advirtiéndome que me había olvidado por completo de ella.

—¡Ay! ¡Esther! —Exclamé y todos los presentes la miraron como si se dieran cuenta en ese momento de su presencia—. Es una amiga de la Tierra…

Les expliqué con cuatro palabras como logró acompañarme hasta Oyrun.

—Esther, bienvenida —le dijo Laranar—. Una amiga de Ayla, es amiga mía.

—Gracias —respondió Esther, no me pasó inadvertida la ojeada rápida que le hizo a Laranar, de arriba abajo.

—Bien, Mandel —se dirigió el rey al mayordomo—. Trae cuatro sillas más. —El mayordomo se inclinó y se retiró rápidamente—. Raiben, acompáñanos también en la asamblea.

—Será un honor, majestad —respondió el elfo, inclinándose.

Mientas esperábamos a que los sirvientes trajeran las sillas, Dacio se interesó por Esther. Por un momento temí que intentara cortejarla como siempre hacía cada vez que conocía a una mujer, y miré a Alegra sufriendo por ella pues sabía que estaba enamorada del mago.

—Ayla nos habló de ti —le explicaba Dacio—. Sentía curiosidad por saber cómo eras. Ya sabes, por ser de otro mundo. Aunque físicamente sois iguales a los habitantes de Oyrun, de carácter sois bastante más abiertas de mente o eso creo.

—Supongo que eso se debe porque parecéis estar en la época medieval —respondió Esther con sinceridad—. Pero Ayla me explicó que los magos estáis más avanzados en cuanto a sociedad.

—No somos tan estrictos en cuanto a…

No daba la sensación que Dacio estuviera intentando conquistarla, más bien llenando su curiosidad, y Alegra más de lo mismo, se limitaba a escucharles.

—Y tú eres Alegra, ¿verdad? —Le preguntó Esther—. La Domadora del Fuego.

—Veo que Ayla te ha hablado de mí —afirmó Alegra.

—Sí, me lo ha explicado todo sobre los Domadores del Fuego, lo que pasó —admitió.

Alegra me miró en ese instante y un vuelco me dio el corazón. Solo esperaba que no le molestara que Esther supiera toda la historia que le rodeaba, por otra parte, mi amiga ya podría haberse mordido la lengua hasta conocer mejor a la Domadora del Fuego.

—Hay una cosa que no te ha explicado... esto —Alegra se inclinó a Dacio, dándole un beso en los labios.

Mi mandíbula inferior cayó quedando literalmente con la boca abierta.

Dacio sonrojó, pero no dijo nada. Se limitó a sonreír como un bobo.

En ese momento, Mandel, acompañado de dos sirvientes más trajeron las sillas que faltaban para poder sentarnos.

—Me alegro por ti Alegra —le susurré antes de dirigirme a mi sitio.

Alegra sonrió, y Laranar tiró de mi mano, impaciente, porque tomara mi asiento junto a él.

—La elegida continuará con su misión tal y como había hecho hasta el momento de su partida —hablaba Lord Zalman, después de sopesar que la recuperación de Tarmona era demasiado arriesgada incluso con mi regreso—. La victoria contra cuatro magos oscuros indica que es la mejor opción, añadido que cuantos más fragmentos del colgante recuperemos de antemano, mayores probabilidades hay de salir vencedores en el futuro.

>>¿Cuántos fragmentos crees que te quedan por encontrar?
—Me preguntó directamente.

Saqué el colgante de los cuatros elementos de debajo de mi ropa del Norte y lo miré.

—Llevo más de la mitad recuperado —pensé en voz alta—. Y contando que Danlos, Bárbara y Urso también tengan un buen número, diría que pocos —miré a todos los presentes—. Creo que en tres o cuatro meses de expedición podría recuperar aquellos que aún no poseen los magos oscuros, en caso de que quede alguno por encontrar.

—Magnífico —dijo Lord Rónald inclinándose adelante en su asiento—. Significa que dentro de muy poco podríamos considerar seriamente recuperar la ciudad de Tarmona y al tiempo matar a

Urso. No podrá escapar si no tiene el apoyo de Danlos ni Bárbara. Él no sabe hacer el Paso in Actus como para poder huir si ve que pierde la batalla.

—Decidido pues —dictaminó el rey Lessonar—. El grupo volverá a marchar por todo Oyrun en busca de las esquirlas que quedan por recuperar.

—Pero antes de nada habría que valorar quien formará parte del grupo —intervino la reina Creao.

Sentí un escalofrío al escuchar decir aquello.

—El grupo que me acompañaba hasta el momento —dije rápidamente—. No hay mejores guerreros —miré a Laranar—, ni protectores.

—Mi hijo te está apartando de la misión —rebatió la reina—. Y eso…

—Di más bien que ella me está apartando de la corona que es lo que más te preocupa —intervino Laranar, de pronto, fulminando a su madre con la mirada—. No pienso dejarla, ni apartarme de ella. Asúmelo.

Los tres elfos, consejeros del rey, se miraron entre ellos.

—Majestad, no es conveniente… —Empezó a dirigirse uno de los elfos al rey Lessonar, pero a un gesto del rey con la mano el elfo consejero calló.

—Mi hijo hará lo que se le ordené —dictaminó y le miró a los ojos—. ¿Quieres amar a la elegida? No puedo impedírtelo, pero sí puedo ordenar que sea otro el protector de la elegida y obligarte a permanecer en Sorania.

—Padre —Laranar casi saltó de la silla al escuchar decir eso a su padre—. No habrá mejor protector que yo. Daría mi vida por ella.

—No —sentenció el rey, sin opción a réplica—. Encontraremos a otro igual de capacitado para el cargo.

—Yo puedo ser su protector —dijo de pronto Alan—. Protegeré la vida de Ayla con la mía propia si es necesario.

Empecé a marearme, aquello no podía estar sucediendo de verdad. Alan mi protector y Laranar recluido en Launier por orden expresa de sus padres.

¡No! ¡No! ¡No! ¡No! Grité en mi fuero interno, *¡nunca!*

—¡Maldita sea! —Exasperé—. ¿Quién se creen ustedes que son para decidir quién me acompaña o me deja de acompañar en mi misión? —Me levanté de la silla, hecha una furia—. Si me he pasado meses en la Tierra rompiéndome la cabeza para encontrar la manera de regresar a Oyrun, no ha sido por querer jugarme la vida en derrotar unos magos oscuros malvados, traicioneros y crueles. ¡Ha sido por Laranar! —Les miré a todos, notando como la sangre se acumulaba en mi rostro de pura rabia—. Y ahora, van ustedes a decirme que porque nos amamos y una estúpida profecía advierte que puede apartarme de mi misión si inicio una relación con él, ¿van a destituirle de su cargo? —Apreté los puños hasta que los nudillos se me tornaron blancos, no aguantando más aquello—. Pues quiero dejarles claro que en el momento que Laranar no esté a mi lado, no moveré ni un dedo por salvar a su bonito mundo —me crucé de brazos.

—Elegida, entienda que…

—¡Entiendo muchas cosas! —Corté a Lord Tirso, no me dejaría convencer—. ¡Entiendo que el mago oscuro Valdemar me predijo un futuro cargado de muerte y que probablemente muera en el intento de devolver la paz a un mundo que no es el mío! ¡Entiendo que Laranar es un príncipe elfo y yo solo soy una humana, plebeya, además! —Miré en ese instante a los reyes de Launier—. ¡Y entiendo que mucho depende de mí! ¡Pero si dejamos eso a un lado…! —Bajé entonces el volumen de mi voz—. ¿Por qué no pueden ustedes entender que el poco tiempo que pueda pasar en Oyrun quiero compartirlo con aquel al que amo? ¿Por qué no pueden entenderlo? No quiero a otro protector —miré a Alan—. Lo siento. Al único que quiero es a Laranar y si le obligan a quedarse en Launier —miré a Lessonar entonces—. Yo permaneceré con él mientras Oyrun entero sucumbe a la oscuridad —me quité el colgante que colgaba de mi cuello y lo dejé en la mesa—. No quiero saber nada de la misión, ni de que yo soy la elegida, ni la salvadora del mundo, ¡nada! —Miré a la reina Creo que me miraba seria—. Y mientras yo no acceda a seguir siendo la elegida, muchas madres perderán a sus hijas a manos de los magos oscuros sin esperanza de poder vengarlas.

La reina abrió mucho los ojos y luego desvió la mirada de mala gana, pero no dijo nada.

>>En definitiva —cogí aire—, ¿van a dejar que Laranar continúe siendo mi protector o tengo que dejar el cargo de elegida?

Todos quedaron en absoluto silencio mientras yo notaba que la angustia llegaba hasta mi garganta y quería salir en forma de llanto. Pero respiré hondo una vez más para aguantar el tipo. Me notaba temblar. Toda yo temblaba, pero debía ser fuerte. No podía permitir que me apartaran de Laranar. Así que me senté de nuevo en mi asiento y me crucé de brazos, esperando una respuesta.

—Laranar —le llamó su padre y todos miramos al rey—. ¿Eres consciente que estás dejando la corona a manos de tu primo Larnur?

—Hay muchos caminos que poder seguir antes que mi primo obtenga la corona —rebatió Laranar—. Dame tiempo para encontrar el camino.

—No hay otro camino —insistió el rey—. Si sigues con Ayla… —Me miró —Eres humana, lo lamento, pero no puedes…

—Es la elegida —interrumpió súbitamente Raiben—. Perdóneme majestad, pero si me permite hablar… —El rey frunció el ceño por haberle interrumpido, pero viendo la expresión de Raiben, serio y seguro de lo que tenía que decir, asintió con la cabeza consintiendo que continuara hablando—. Es el rey quien tiene el poder en Launier, aunque Laranar se casara con una elfa sería él quien tendría el mando del reino. Ayla es humana, pero su papel sería el mismo que el de una elfa.

—Te olvidas de los herederos —puntualizó un consejero real—. ¿Semielfos?

Volví a marearme, ¿de verdad estaban debatiendo un tema tan

delicado delante de todas aquellas personas? ¿Y de verdad se estaba discutiendo el que yo fuera a ser reina junto a Laranar? ¡Madre mía! Pero si ni siquiera sabíamos si podríamos permanecer juntos al finalizar mi misión. El colgante me devolvería a la Tierra, separándonos. Yo solo quería ir pasito a pasito, y me conformaba con que Laranar continuara siendo mi protector.

— …antes que Larnur sea rey, seguro —hablaba Raiben, me había perdido en la conversación, no escuchando que decían—. Nuestra raza llevaría la sangre de la salvadora de Oyrun, ¡de la elegida! Y en dos o tres generaciones posteriores los reyes venideros volverían a ser elfos de raza.

¡Ay, Dios! Que ahora están hablando de hijos, entendí.

Mi mareo se intensificó.

—¿Podemos hablar de ese asunto en otro momento? —pedí agobiada—. La pregunta que me interesa responder ahora mismo es si Laranar continuará siendo mi protector.

—Estaré a tu lado —contestó de inmediato Laranar cogiéndome de una mano—. Siempre.

El rey suspiró.

—Está bien —autorizó—. Ya debatiremos este asunto más adelante.

—Cuando finalices tu misión —añadió la reina Creao, seria.

Muy lista, pensé, *si regreso a la Tierra no habrá nada que debatir.*

—Bueno… —Empezó a hablar Dacio inclinándose en la mesa. Encaró su mano al colgante de los cuatro elementos y con su magia lo hizo levitar hasta colocarlo enfrente de mi rostro—. ¿Puedes cogerlo, elegida? Creo que todos los aquí presentes preferimos que continúes con tu misión a que la abandones.

Cogí el colgante.

Laranar estrechó más su mano contra la mía y le devolví el apretón.

—Volviendo al asunto de quién te acompañará en el grupo —habló Aarón y me miró directamente a los ojos—. Ayla, lo siento de veras, pero ahora que soy el senescal de Andalen mi nueva posición me impide acompañarte.

Bajé los hombros, apenada, Aarón era un buen hombre y un buen general. Le echaría en falta en el grupo.

—Lo entiendo —respondí—. Te echaré de menos, por eso.

Sonrió.

—En mi lugar puede ir… —Iba a señalar el hombre de su izquierda, un tipo con barba y cabello corto, pero Alan le interrumpió.

—Yo puedo ocupar su lugar.

Todos miramos al hombre del Norte.

—Alan, no creo… —Empecé a decir, pero sus ojos azules me miraron con tanta intensidad que llegaron a lo más profundo de mi alma.

—Seríamos demasiados —dijo Laranar a la vez—. Con un representante de los hombres es suficiente.

—Razón de más para ir yo —discutió Alan—. Estoy convencido que Aarón necesita de todos sus hombres por ser el país que más ataques sufre. Yo puedo ser parte del grupo, ya que en su día el reino del Norte fue excluido de la primera asamblea por no ser informados a tiempo. Deberíamos tener la oportunidad de proteger a la elegida también, ¿verdad chicos? —Preguntó a sus otros tres compatriotas con los que se sentó, y los tres grandullones asintieron conformes.

Aarón nos miró, sin saber qué contestar, pero, finalmente, viendo que cuatro guerreros del Norte lo miraban fijamente, asintió.

—Si la elegida así lo desea dejaremos que esta vez sea el reino del Norte quien represente a nuestra raza.

Me mordí el labio inferior, sabiendo que aquello causaría problemas dentro del grupo. Laranar y Alan, juntos durante demasiado tiempo, mala combinación.

—En ese caso —habló Lord Zalman—. Queda el asunto del duendecillo, Chovi.

Uno de los duendecillos puso los ojos en blanco, al parecer conocía a nuestro amigo.

—¿Qué pasa con él? —Pregunté al no haberle visto aún, y miré a Laranar—. No lo he visto.

—Va y viene por palacio. Prefiere estar en el bosque de la Hoja que rodeado de gente. Ha provocado más de un accidente.

—Me disculpo en nombre de toda nuestra raza por haber permitido que Chovi les haya seguido —dijo el duendecillo—. Nuestro rey ya lo desterró, no esperábamos que se uniera a la fuerza al grupo de la elegida. El gran Zarg está muy enfadado con él y pide que Chovi sea escoltado hasta Zargonia, donde será encarcelado hasta que la elegida acabe su misión.

—No, no será necesario —respondí de inmediato. Chovi era patoso, pero no quería que lo encerraran por seguirme, aunque a veces fuera molesto—. Hablaré con él, le diré que esta vez no puede acompañarme. —Miré al rey Lessonar—. Majestad, por favor, ¿permitiría que Chovi continuara en el bosque de la Hoja mientras acabo mi misión?

El rey miró a su hijo y, finalmente, suspiró.

—Ha causado más de un accidente, pero si me lo pides tú tendremos paciencia por un tiempo más.

—Se lo agradezco —respondí.

—Estupendo, así su puesto lo ocuparé yo —dijo Esther de pronto y todos la miramos.

—Ni se te ocurra —respondí de inmediato—. Tú te quedas en Sorania, a salvo.

—No voy a dejarte sola. Si tú vas, yo también, nunca hemos hecho nada la una sin la otra.

—¿Sabes utilizar el arco o la espada? —La interrumpió Alegra.

—Alan me ha enseñado a utilizar el arco por el camino —contestó—. Y tengo una espada que me regalaron los Hombres del Norte, algo haré con ella.

—Pero sería mejor que permanecieras en Sorania —le insistí—. Es peligroso para alguien que no sabe luchar.

—Hacer esta misión no es ningún juego —le habló Raiben, mirándola directamente a los ojos—. Te aconsejo que permanezcas en Sorania hasta que Ayla regrese.

Esther negó con la cabeza, no estando de acuerdo. Luego me miró a los ojos, decidida.

—Voy a acompañarte —insistió—. Eso o dejamos de ser amigas.

—Eso no vale —me enfadé.

—Solo me preocupo por ti y no he venido hasta Oyrun para quedarme en esta ciudad.

Cogí aire, intentando calmarme.

—Haz lo que quieras —accedí finalmente, recostándome en el respaldo de mi silla en un gesto de derrota. Y miré a Laranar—. Le enseñarás a luchar con la espada como a mí, ¿verdad?

Miró a Esther y luego otra vez a mí.

—Si tú me lo pides, lo haré.

—Gracias.

—Eso significa que seremos seis —dijo Dacio y, entonces, Akila aulló—. Bueno, siete.

Acaricié a Akila, no lo dejaría en Sorania en la vida. Para el lobo éramos su familia.

—¿Cuándo partiréis? —Nos preguntó un duendecillo.

—¿En dos semanas? —Sugerí y todos me miraron un tanto extrañados.

—Es demasiado tiempo —comentó Alegra—. Deberíamos partir mañana mismo aprovechando que todavía no saben que has regresado.

—Lo sabrán enseguida, en cuanto uno de sus cuervos sobrevuele Sorania y me vean. Y quiero pasar unos días tranquila, aquí.

—¿Pero por qué? —Insistió Alegra—. No es…

—Vale, ¿y diez días?

—Ayla, ¿por qué quieres estar tantos días en Sorania? —Me preguntó Laranar.

Miré a todos los presentes y me ruboricé, no podía decir la verdad delante de aquellas personas.

—Porque sí, y punto —dije—. Estemos una semana al menos.

Laranar miró a Dacio y Alegra.

—Una semana no es tanto a fin de cuentas —les dijo.

Alegra puso una mueca, pero no objetó nada. Entendía sus prisas, cuanto antes partiéramos antes recuperaríamos a su hermano pequeño, pero yo quería disfrutar del baile de primavera que en breve se celebraría en Sorania.

—Está bien, una semana —dijo Lessonar—. Ayla, bienvenida de nuevo a Launier.

Sonreí, satisfecha, y la asamblea finalizó.

Abore Lujurem

Los presentes a la asamblea abandonaban la sala de reuniones más lentos de lo que hubiera deseado. Dacio y Alegra se despidieron de mí con un leve gesto de cabeza llevándose consigo a Esther. Aarón se entretuvo hablando con uno de los duendecillos mientras, a paso lento, cruzaban la puerta y salían del lugar. Alan, por su parte, le lanzó una mirada fulminante a Laranar antes de abandonar la estancia. Mi protector respondió con el mismo odio a la mirada del hombre del Norte; y la reina Creao nos miró molesta teniendo que ser el rey quien, rozando brevemente el brazo de su esposa, hiciera que empezara a caminar.

Finalmente, el mayordomo Mandel cerró la doble puerta en cuanto los magos del consejo de Mair salieron los últimos, y quedé sola ante mi protector.

Me volví de inmediato a Laranar y le abracé, lo necesitaba.

—Te quiero —le susurré al oído.

—Y yo a ti. Te he echado de menos —nos retiramos levemente sin dejar de abrazarnos y nos miramos a los ojos. Su mirada penetrante era tal y como la recordaba. Sus cabellos dorados caían de forma lisa hasta sus hombros, llevando parte del pelo recogido hacia atrás para dejar su rostro, perfecto y hermoso, libre de cabellos rebeldes. Acaricié una de sus orejas picudas que tan bonitas encontraba y él hizo un gesto gracioso, sonriendo—. Me haces cosquillas.

Sonreí y deslicé mi mano hasta su cabeza, en el lugar donde recibió el golpe al caer con el Minotauro. Noté una leve rugosidad, no visible gracias a sus cabellos.

—¿Te duele? —Quise saber.

Besó mi mano.

—Ya no —respondió—. Me encuentro perfectamente.

Me besó una vez en los labios, luego volvió a mirarme fijamente a los ojos.

—Dime, ¿por qué quieres pasar tantos días en Sorania?

Sin pretenderlo me ruboricé. Noté mi rostro alcanzar el rojo pasión y desvié mi vista al suelo.

—Quiero… quiero… —Le miré un instante y vi que fruncía el ceño no entendiendo mi actitud—. Me gustaría…

Las palabras no me salían.

—Ayla, ¿qué quieres? —Se impacientó.

Le miré a los ojos en un acto de valor.

—Quiero hacer el amor contigo.

No apartó sus ojos de los míos mientras mi rostro ardía de vergüenza.

—¿Estás preparada? ¿Has superado…?

—No lo sé, la verdad —respondí con sinceridad, recordando el intento de Alan conmigo y sentir nuevamente miedo ante la idea de poder hacer el amor con alguien. Pero con Laranar tenía que ser distinto a la fuerza, le quería y él a mí—. Solo sé que cuando el Minotauro te hirió sentí que había sido una estúpida por esperar. Me culpé por no haber querido probar qué era hacer el amor con alguien al que amo con locura. Sé que tú no serás igual que el rey Gódric, no me forzarás. Aún así tengo algo de miedo, pero quiero superarlo. Quiero… intentarlo.

Me miró atentamente.

—Yo también quiero hacerte el amor, más de lo que piensas

—dijo—. Pero tampoco quiero que te precipites. Tenemos tiempo.

—No es cierto —dije de inmediato—. No sabemos qué pasara, si el futuro que me predijo Valdemar se producirá el mes que viene o el año que viene, y antes que algo nos pase a cualquiera de los dos quiero saber qué es hacer el amor... contigo.

Puso sus dos manos en mi rostro, sosteniéndolo con cariño.

—A veces he deseado que no regresaras nunca más a Oyrun —abrí mucho los ojos—. Deseaba verte, abrazarte y besarte —continuó—. Te amo, pero en tu mundo estabas a salvo. Sin magos oscuros que quieran matarte.

—No es cierto —rebatí—. En la Tierra tampoco estaba a salvo. Danlos ya intentó matarme cuando era una niña y mis padres murieron por ello. Esta también es mi venganza, lo sabes. Y Danlos puede lanzar otro hechizo contra mí esté donde esté, en la Tierra o en Oyrun.

Sus pulgares acariciaron mis mejillas.

—Dentro de tres días mi pueblo celebra la llegada de la primavera. Las calles y casas son decoradas para la ocasión. Por la noche hay un baile, conocido como *Abore Lujurem*, que significa Amor lujurioso. Esa noche te sacaré a bailar delante de todo mi pueblo, luego regresaremos a palacio... y te haré el amor.

Finalizó sus palabras dándome un apasionado beso en los labios que correspondí con el mismo ardor.

Fidelidad

Durante semanas, elfos y elfas habían preparado todo tipo de adornos inspirados en la primavera. Las flores, que surgieron tempranamente, fueron utilizadas en su gran mayoría para hacer unos tapices que decoraban los suelos de algunas calles de Sorania. Auténticas obras de arte, donde se utilizaban pétalos de flores, arcilla, piedras diminutas o incluso pepitas de oro y plata, formaban figuras, paisajes o extrañas formas de vivaces colores como mantos hechos por auténticos ángeles. Luego estaban las estatuas permanentes que representaban a Natur y adornaban la ciudad, a estas se las vestía con trajes hechos de flores de papel que aportaban un poco más de magia a la gran fiesta que se avecinaba. Farolillos colgados en los tejados de las casas, y que recorrían de punta a punta cada extremo de la ciudad, eran el toque final para la llegada de la nueva estación.

Apenas había empezado el día, pero Esther, Alegra y yo, cogimos nuestros caballos para dar una vuelta y poder ver el progreso de los elfos en adornar la ciudad en una sola noche. Para las tres aquella iba a ser la primera vez en asistir a la fiesta de primavera. Dacio, por contrario, se quedó durmiendo en la habitación, habiendo asistido en más de una ocasión a aquella tradición. Chovi, pese a su alegría al verme después de tanto tiempo, optó por no acompañarnos por miedo a causar algún estropicio y se llevó a Akila que en ocasiones le acompañaba disfrutando de la libertad que le daba el bosque de la Hoja. Y, de esa manera, en un grupo de tres, contemplamos los primeros mantos de flores acabados.

Disfruté viendo aquellas majestuosas obras a lomos de Trueno, el caballo que me regaló Laranar poco después de aparecer en Oyrun por primera vez. Un corcel de color plateado, tranquilo y que hasta el momento no me había dado ningún susto encabritándose o dando coces, como sí que hizo en un par de ocasiones el caballo del Norte que me condujo hasta Sorania. Ahora, aquella bestia, se encontraba de vuelta a su país, guiado por los tres hombres del Norte que vinieron para la asamblea, quedando Alan en Sorania como parte del nuevo grupo que me acompañaría en la misión.

Aarón también partió con sus compañeros de armas a Barnabel. El senescal no quiso pasar más tiempo del necesario en regresar a su ciudad, donde le esperaba la reina Irene, su amante en secreto.

Al llegar a la gran plaza de Sorania localicé a Laranar entre un grupo de elfos dando las últimas órdenes para tenerlo todo a punto para la noche. Allí se celebraría el baile de primavera.

—Buenos días —le saludé al llegar junto a él. Se volvió a mí, no percatándose de nuestra llegada hasta que le hablé.

Sus ojos centellearon al verme.

—Buenos días —me devolvió el saludo—. Te has levantado temprano —comentó, cogiendo las bridas de Trueno. Miró de reojo a Alegra y Esther—. Si hubieras esperado a que regresara podría haberte acompañado a…

—Ya lo hemos hablado —le corté, algo indignada.

La noche de mi regreso tuvimos nuestra primera discusión, por así decirlo, al insistir en que ya no le necesitaba las veinticuatro horas del día a mi lado como guardaespaldas cada vez que saliera del palacio o los jardines. Los peligros que pudieran acecharme los resolvería con mi espada y el arco élfico que el rey Lessonar me regaló para sustituir el arco que me dieron los hombres del Norte, al ser demasiado grande y difícil de manejar para alguien de mi estatura. Y como última opción siempre podía contar con el colgante de los cuatro elementos.

—Está bien —dijo con resignación—, pero no puedo evitar sentirme más tranquilo sabiendo que vas acompañada de alguien. Dame tiempo.

Me bajé del caballo y me acerqué a mi protector rodeándole el cuello con los brazos al tiempo que le daba un beso en los labios.

—Tiempo —repetí—. Ven conmigo. Invítame a desayunar —le propuse.

Sonrió, pero lastimosamente negó con la cabeza y mis brazos le soltaron.

—Debo ayudar, es una de mis obligaciones, supervisar que todo quede bien para el mediodía —acarició la frente de mi caballo—. Veo que no has perdido tiempo en salir a pasear con Trueno.

—Tú me lo regalaste y apenas he podido montarlo.

En ese momento llegó Raiben cargado con toda una ristra de farolillos. Su semblante era serio, enfadado y algo resignado a tener que hacer esa labor. Me sorprendí, pues era el primero que vi con malhumor. Por lo general, los elfos que encontré, sin importar su posición social, ayudaban en los preparativos y disfrutaban con ello.

—Los últimos —dijo dejándolos en el suelo, luego me miró—. Hola, Ayla.

—Buenos días —le deseé.

Miró por detrás de mí, donde Esther y Alegra se quedaron distanciadas contemplando las labores de los elfos.

—¿Podrías acompañar a Ayla y al resto a la calle de los artesanos? —Le propuso Laranar, luego me miró—. Hay montadas unas paradas, seguro que te gustan, pero deberéis dejar vuestros caballos aquí —se dirigió a un elfo que ayudaba en el grupo que trabajaba Laranar—. Cardith, encárgate de la montura de la elegida y sus amigas —el elfo asintió de inmediato y cogió las bridas de Trueno, luego se dirigió a Esther y Alegra—. Toma —mi protector me tendió una bolsa de cuero con dinero dentro—. Me queda poco para acabar aquí, en cuanto ya no me necesiten me reuniré con vosotras.

—De acuerdo. —Le di otro beso y luego le susurré al oído: —No creas que no me doy cuenta de que quieres que Raiben me escolte.

—Estaré más tranquilo.

Le miré a los ojos.

—¡Pero si tengo a Alegra a mi lado!

—Dos guardaespaldas mejor que uno —rebatió.

Puse los ojos en blanco y Raiben nos acompañó.

—Encuentro que es una celebración muy bonita —comentaba Esther a nadie en concreto.

Caminábamos por la calle de los artesanos que daba justo en el linde donde empezaba el Bosque de la Hoja con la ciudad y donde un centenar de puestos habían sido montados para la ocasión. Pese a ser aún temprano había bastante movimiento, y elfos y elfas disfrutaban de los puestos que ofrecían dulces y comida recién hecha, o paradas donde podías comprar figuras de porcelana, cuadros de una belleza exquisita y libros con portadas hechas en oro.

—Pues a mí no me gusta —repuso Raiben, continuando con su malhumor.

Las tres le miramos.

—¿Por qué? —Le preguntó Alegra—. ¿Acaso no tienes éxito con las elfas? —Le preguntó en broma.

—Al contrario —dijo como si ese fuese el problema—. Están empeñadas en querer bailar conmigo.

Aceleró el paso queriendo cortar el tema de cuajo. Las tres nos miramos.

—¿Será un finolis? —Preguntó Alegra, y Esther y yo fruncimos el ceño—. Ya sabéis, que le gusten los hombres en vez de las mujeres.

—¡Ah! —Entendí—. Lo dudo, Raiben estuvo casado hace tiempo con una elfa, pero enviudó. Su mujer fue víctima de Numoní.

Alegra cambió su expresión.

—Vaya no lo sabía —respondió Esther, pensativa.

—Aunque eso lo explica todo —dijo Alegra asintiendo con la cabeza.

La miramos expectantes, deteniéndonos y colocándonos enfrente de ella.

>>Significa que…

—Que los elfos nos emparejamos una vez en toda la eternidad —escuchamos la voz de Raiben a nuestra espalda y al volvernos lo vimos plantado a nuestro lado con una mirada felina—. Cualquier habitante de Oyrun sabe que los de mi raza nos dejamos consumir por la tristeza cuando nuestra pareja fallece. Yo, aún no lo he hecho porque primero quiero ver a todos los magos oscuros muertos y, hasta que ese día llegue, mi voluntad de seguir a Griselda, mi esposa, hace que no pueda serle infiel —suspiró—. Aunque a veces es complicado, no lo niego. Sobre todo, cuando hay más de una elfa empeñada en querer llevarme a su lecho con el objetivo que supere su muerte. Y en el baile de primavera es una verdadera tortura, de ahí mi mal humor.

Quedé sin palabras, no sabiendo qué decir.

—¿Y por qué ese empeño en no querer rehacer tu vida? —Le preguntó Esther, sorprendida—. Pero si…

—Soy inmortal, ya lo he vivido todo —respondió cansado—. Tengo más de dos mil años, estoy preparado para dar el paso de…

—No digas tonterías —dijo otra voz, y, al volverse Raiben, vimos a una elfa extremadamente bella que se acercó a nosotros. Tenía los cabellos dorados, y el iris de sus ojos azules estaba bordeado por una fina línea de color rosada. De rostro fino y hermoso, desprendía una luz natural que parecía un rayo de sol—. Apenas llevabais un siglo juntos. La amabas, pero no tuvisteis la oportunidad de vivir la única cosa que te queda por experimentar.

—Nora —identificó Raiben y frunció el ceño—. ¿Qué haces aquí?

—Estoy exponiendo mis cuadros —le respondió señalando un puesto más adelante—. No he podido evitar escucharte. Pero a lo que íbamos, las elfas no insistirían lo más mínimo en querer conquistarte si creyeran de verdad que Griselda fue el amor de tu vida. Muchos creen que os precipitasteis, no os conocíais lo suficiente y os casasteis demasiado rápido queriendo tener hijos de inmediato, y solo porque…

—¡Cállate! —Le alzó la voz Raiben—. Amaba a mi esposa, no eres quién para cuestionarlo y menos para meterte en mi vida —me miró luego a mí—. ¿Continuamos elegida?

Sus ojos me miraron serios y a la vez desesperados por querer cambiar de tema.

—Sí —dije, consciente que aquello no era asunto mío por mucho que la curiosidad me instigara a querer saber más—. Sigamos y disfrutemos de la celebración.

Íbamos a continuar la marcha, cuando la elfa se interpuso en mi camino.

—Tú eres la elegida, ¿entonces? —Me preguntó.

—Sí, ¿por qué?

—Me llamo Nora —se presentó—. Sentía curiosidad por saber

cómo eras. La primera vez que estuviste en Sorania no tuve ocasión de verte.

—Bueno, espero que no haya resultado ser una decepción. Muchos dudan de mis habilidades de guerrera.

—Bueno… no me refería a eso —dijo vacilante—. Soy amiga de Laranar.

La miré con otros ojos entonces. Era extremadamente bella y Laranar nunca me había hablado de ella. Aunque, para ser sinceros, no acostumbraba a hablarme de sus amigos. Sabía que Raiben era su mejor amigo, y también otros elfos que apenas me presentó los primeros días que pasé en Oyrun. Pero de amigas, ninguna.

—¿Y sois muy amigos? —Quise saber.

—Lo fuimos bastante… hasta hace poco —contestó, mostrándome una dentadura blanca y perfecta.

—Nora, para —le pidió Raiben, tensándose.

Miré al elfo y luego a la elfa.

Fruncí el ceño, empezando a entender.

En ese instante alguien se plantó a mi lado y su olor característico a hierbas silvestres me indicó quién era antes de verle. Al alzar la vista, sus ojos miraban preocupados a la elfa. Luego me miró a mí con miedo de saber qué me habían contado. Por su actitud supe qué había ocurrido algo entre esa elfa y Laranar durante mi ausencia.

—Creo que vuelvo a palacio —dije en un susurro ahogado.

Me volví, pero Laranar me cogió de un brazo, deteniéndome.

—No es lo que crees —dijo de inmediato—. Te he sido fiel todo este tiempo.

Miré a Nora y ésta abrió mucho los ojos.

—Te dice la verdad —dijo la elfa—. No he pretendido crear malentendidos —miró a Laranar—. De verdad, solo la he visto y sentía curiosidad por saber cómo era.

Laranar frunció el ceño.

—No debiste hacerlo —le reprendió Laranar—. Es humana, no tienen nuestra misma forma de pensar.

Me zafé del brazo de Laranar y empecé a desandar el camino para regresar a palacio. Laranar me siguió de inmediato.

—¿Me puedes explicar vuestra forma de pensar? ¡Es que soy humana! —Le pregunté con ironía.

—No es lo que piensas —respondió—. Y si te paras un momento me explicaré.

—Puedes hablar y caminar al mismo tiempo —repuse acelerando aún más la marcha—. Así que empieza a cantar porque en cuanto llegue a palacio tu tiempo para explicarte habrá acabado.

Le miré un instante y vi cómo fruncía el ceño, ¡encima!

—Nora fue mi amante —admitió y mi corazón se empequeñeció en ese momento—. Pero desde que te conocí no he estado con ella ni una sola vez.

Me detuve en ese instante y le miré a los ojos. Nos encontrábamos en la calle de los escultores, donde aún estaban elaborando los mantos de flores. Laranar, viendo que teníamos espectadores volvió a cogerme de un brazo y me llevó a una pequeña callejuela, solitaria y sin salida, que daba a la vivienda de alguien.

—¿Nunca? —Quise asegurarme haciendo que me soltara de nuevo—. ¿Ni una sola vez en estos dos años que he pasado fuera de Oyrun?

—Una vez mi madre me hizo una encerrona. Nora ni sabía que estaba enamorado de ti, casi… —vaciló y mis ojos empezaron a empañarse de lágrimas, no pudiendo creer que me hubiera sido infiel—, casi caí como un tonto. La besé, pero no llegué más lejos. De verdad, te he sido fiel y siempre lo seré.

—Besar a otra no es la definición de fidelidad que se diga —respondí limpiándome los ojos de lágrimas.

—Te quiero —dijo mirándome a los ojos.

Quizá fuera una estúpida, pero le creí. No me cabía en la cabeza que pudiera serme infiel después de arriesgar su vida y la corona por mí. Y sus ojos… me decían la verdad, no desvió la vista ni un momento mientras habló.

Por otro lado, una parte de mí se sentía celosa que se hubiera besado con esa tal Nora. ¿Pero quién era yo para enfadarme si de camino a Sorania yo también me besé con Alan?

—¿Y qué manera de pensar tenéis los elfos diferente a los humanos? ¿Acaso os podéis ir besando con cualquiera? —Quise saber también—. Porque yo no lo voy a tolerar.

—No es eso —dijo de inmediato—. Me refería a que los elfos tenemos amantes mientras buscamos el amor verdadero. Una vez hallamos a nuestra otra mitad solo tenemos ojos para nuestra pareja y las posibles amantes que hubiéramos tenido en el pasado no importan, pudiendo ser amigas con la novia en el futuro. Por eso Nora se te ha presentado, ni se le ha pasado por la cabeza que podría molestarte que ella hubiera estado conmigo. Los elfos somos así, liberales.

Los humanos también teníamos amantes, pero hacernos amigas de las exnovias de nuestros novios, en raras ocasiones, por no decir nunca.

—Es decir, que si hipotéticamente yo hubiera tenido un amante antes de conocerte, ¿no te importaría conocerlo? ¿Incluso ser su amigo?

—Hipotéticamente solo hubierais compartido placeres, no sentimientos —respondió encogiéndose de hombros—. Distinto sería que alguna vez, hipotéticamente, hubieras estado enamorada del chico en cuestión o que él estuviera enamorado de ti. Nora y yo jamás nos enamoramos, únicamente estábamos juntos de tanto en tanto, pero nunca desde que te conocí. Te lo juro.

Suspiré, agachando la cabeza. Quizá debía contarle que me besé con Alan.

Alcé la vista hasta sus ojos.

—No pienso hacerme amiga de tus amantes —aclaré primero—. Por muchas que hayan sido.

—Lo respeto —dijo—. Y tampoco han sido tantas. Solo…

—No quiero saberlo —le corté alzando una mano—. No sé si sería capaz de asimilar un número que para alguien que ha vivido más de dos mil años puede ser pequeño, pero que para un humano sería exagerado. Así que dejemos el tema, por favor.

—¿Me perdonas por haber besado a Nora? —Quiso asegurarse.

Me mordí el labio. Debía decírselo y si para un tema de ese calibre existía un buen momento, era aquel mismo.

—Laranar, yo también tengo que confesarte algo y quizá este sea el momento más apropiado —con todo el valor le miré a los ojos—. De camino a Sorania, Alan me besó y respondí a su beso. Pero luego lo retiré, de verdad, y me arrepentí de no haberle empujado desde un principio. A quien amo es a ti, a nadie más. —Noté que sus ojos se endurecían—. Pero si tú me perdonas, yo también te perdono con lo de Nora —añadí rápidamente intentando quitar hierro al asunto.

—La diferencia es que yo no siento nada por Nora, pero tú sientes…

—Nada, no siento nada por Alan —dije rápidamente.

—Algo sí, no mientas. Y encima has permitido que nos acompañe en la misión.

—No siento nada por él y fue testarudo en querer venir.

Negó con la cabeza, enfadado, y se adelantó un paso, acercándose más a mí.

—¿Cómo te sentirías teniendo a Nora en el grupo?

Abrí mucho los ojos.

Fatal, me sentiría fatal, pensé. *Así es cómo se va a sentir Laranar mientras dure la misión.*

—Laranar, lo siento. —Me disculpé sinceramente.

Hasta ese momento no me puse en la piel de Laranar con respecto a Alan. Había sido una egoísta, pero ya era tarde para echar a Alan del grupo, ¿o no? Si lo hacía podía haber un enfrentamiento entre hombre y elfo, pues el guerrero del Norte era capaz de retar a Laranar sabiendo que mi decisión de echarle era condicionada por mi protector.

Debí haberme negado en la asamblea con más insistencia, ahora ya es tarde para prohibirle venir, pensé.

—Con sentirlo no lo arreglas —repuso agobiado Laranar—.

Mira, yo he besado a Nora, tú has besado a Alan. Prometo no dirigirle la palabra en la vida a Nora si tú haces lo mismo con Alan.

No supe qué responder entonces y al ver mi vacilación exasperó.

—No puedo ignorarle durante toda la misión —quise hacerle ver antes que explotara.

—Tampoco puedes pretender que él y yo nos toleremos. Alan intentará cortejarte tarde o temprano, otra vez, y a la mínima señal que vea... le retaré a muerte.

—No —dije preocupada e instintivamente le abracé—. Por favor, no digas eso. Lo siento de veras. No haré nada que pueda hacerte creer que estoy por Alan, mantendré las distancias, te lo prometo.

—Una vez me quitaron una novia, Ayla —me recordó, respondiendo a mi abrazo—. No permitiré que vuelva a pasar y menos contigo. Te quiero más que a Griselda.

Sorprendida de escuchar ese nombre, me aparté de él y le miré a los ojos, no pudiendo creer lo que acababa de escuchar.

—¿Griselda? —Repetí el nombre de la esposa fallecida de Raiben—. ¿Griselda fue tu novia y Raiben el amigo que te la arrebató?

—Ese no es el tema del que hablamos —dijo molesto—. Pero ahora ya lo sabes. Asume lo que puede pasar durante el camino con el grupo.

Y la discusión quedó inconclusa, cambiándose las tornas. Cinco minutos antes era yo la enfadada, pero eso me ocurría por ser sincera. De todas formas, haberle dicho la verdad a Laranar era lo mejor, pues supe que Alan se hubiera encargado tarde o temprano de informarle debidamente de lo que ocurrió entre nosotros dos, y aquello hubiera sido mucho peor.

Baile de primavera

Todos los elfos dirigían su atención al rey Lessonar que se dirigía con porte elegante a la gran plaza de Sorania. Se podía palpar la expectación en todos los presentes cuando se detuvo a los pies de una mecha que recorría un camino en zigzag para llegar a un gran cohete que reposaba en el centro de dicha plaza. Con una antorcha en la mano, encendió la mecha retirándose seguidamente mientras unas chispitas saltarinas recorrían el camino hasta el cohete.

Lessonar volvió a nuestro lado justo antes que el artefacto saliese disparado como un rayo hacia el cielo azul y despejado. Su silbido ascendiendo dio paso a un estruendo que se diseminó como una estela por el cielo, asemejándose a un manto rojo extendiéndose a lo ancho de casi un kilómetro de largo. Acto seguido empezaron a sonar violines, laúdes y tambores. Todo el mundo bailaba, tocaba e incluso, algunos elfos, cantaban bonitas canciones que te deleitaban a sumergirte en su mundo de belleza y hermosura.

Acababa de empezar la fiesta de primavera y aquello solo era el inicio del día y la noche que nos esperaba. Natur debía sentirse complacida con aquella celebración para dar buenas cosechas y crear vida en Oyrun.

—Es precioso —pensé en voz alta.

—Sabía que te gustaría —dijo Laranar, más calmado después de la discusión que tuvimos. Me pasó un brazo por la cintura y me señaló con la cabeza a Esther, Alegra y Dacio que se encontraban en otro punto de la plaza—. Tu amiga se lo está pasando en grande y Alegra parece haber olvidado por un momento a su hermano.

—Se la ve feliz con Dacio —comenté mirando a ambos. Por temas de protocolo no nos podían acompañar al palco que se montó para la familia real—. Me alegro por los dos, ya era hora que Dacio sentara la cabeza, pero me fastidia que aún no quiera contarme su pasado. Si Alegra continua a su lado, ¿por qué no iba a hacerlo yo también?

Se encogió de hombros.

—Dacio es así —respondió—. Muy especial en cuanto a ese tema, pero dale tiempo, ya he hablado con él y es consciente que debe decírtelo cuanto antes mejor.

—Siento mucha curiosidad —en ese instante, unos ojos azules como el cielo se cruzaron con los míos y sentí como el vello del cuerpo se me erizaba y el corazón me daba un vuelco.

Alan me sonrió y de inmediato aparté la vista de él.

Laranar, por suerte, miraba en otra dirección y no se percató.

Había tomado una decisión, no podía ignorar al hombre del Norte y actuar como si no existiese, pero sí podía mantener las distancias y no responder a sus sonrisas como en el pasado hice, menos alterarme o dejar que sus ojos me cautivaran.

El resto del día estuvo marcado por un estricto horario donde tuvimos que visitar los mantos de flores y puntuarlos para otorgar un premio especial de cien monedas de oro. Luego vino una comida protocolaria donde conocí a familiares de Laranar que no me presentaron en mi anterior visita, y otros que saludé de haberlos conocido anteriormente como los gemelos Percan y Percun, la prima Margot y el primo Larnur, que por algún motivo recelaba de él. Laranar me insistió en presentarme un último primo, Meran. Un elfo algo tímido que se puso rojo de vergüenza en cuanto empezó a hablar conmigo. Me hizo gracia.

Llegó la noche, y con ella el tan esperado baile de primavera. Me encontraba de los nervios. Según la tradición los elfos y elfas que aún no habían contraído matrimonio debían asistir sin pareja a la gran plaza de Sorania, y allí el chico le pedía un baile a la chica. Si ésta aceptaba pasarían el resto de la noche juntos. También había elfas que se adelantaban, evidentemente, y era ella quien sacaba el elfo a bailar, pero la norma fundamental era ir sin pareja, y encontrarte con los posibles pretendientes en la plaza.

Al llegar acompañada de Alegra y Esther miramos boquiabiertas el resultado final de los farolillos colgando sobre nuestras cabezas, encendidos en una noche ya de por sí estrellada. Una banda tocaba para la ocasión, y las primeras parejas ya habían salido a bailar. Unas sillas blancas, adornadas cada una con un ramillete de flores, estaban dispuestas en un lateral para que las elfas se sentaran en ellas.

Tomamos asiento y sin poderlo evitar empecé a retorcerme los dedos de puro nerviosismo. Me había vestido con un traje de seda de color granate, liso y con caída, tenía manga de tres cuartos y una continuación de seda blanca que caía hasta pasada la cintura. El escote de mi corsé no era extremadamente provocativo, pero dejaba lugar a la imaginación. Llevaba el cabello por completo suelto y adornado con una única diadema del color de la plata como único complemento a mi larga cabellera castaña. El colgante de los cuatro elementos lo llevaba guardado en un pequeño bolso de terciopelo a conjunto con el vestido, cruzado por una fina cadena plateada. Así, pude ponerme el colgante del hada que Laranar me regaló en nuestra primera cita oficial que tuvimos justo después del combate contra el Cónrad, en Barnabel.

Dejé de retorcerme los dedos y jugueteé con la pulsera de oro blanco que también me obsequió mi protector después de la batalla que tuvimos en el pasado con el mago oscuro Valdemar. Era fina y representaba hojas de árboles dispuestas una tras otra hasta crear una pulsera sencilla pero bonita. Fue la primera joya que me regaló, y le tenía mucho aprecio, nunca me la quitaba.

De pronto, una rosa de un color rojo intenso fue plantada en mi campo de visión y al alzar la vista vi a Laranar, ofreciéndomela.

Contuve el aliento, estaba increíblemente guapo. Vestido con un traje azul oscuro, chaleco, camisa de seda blanca y una elegante capa de color negra que le caía hasta casi tocar el suelo. Llevaba una espada diferente a Invierno colgando de su cinto. Esta era mucho más lujosa, la empuñadura era de oro y representaba un águila con sus alas extendidas, y sus dos ojos eran pequeños rubíes engastados en su mirada.

Mi protector se dejó el cabello suelto aquella noche, reposando toda su melena dorada sobre sus hombros.

Sus ojos azules y morados brillaron al contemplarme, y sus labios se curvaron en una sonrisa que me cautivó junto con su rostro hermoso y perfecto.

—Estás espléndida —dijo con su voz de ángel caído del cielo—. ¿Bailas conmigo?

Cogí la rosa, tomé su mano y me alcé de mi asiento. Me llevó al centro de la plaza queriéndome mostrar a todo su pueblo como su pareja. Algunos elfos que bailaban nos observaron, otros que aún seguían esperando a ser escogidos clavaron sus ojos en mí, pero yo solo presté atención a mi protector.

—Te veo nerviosa —comentó.

—Un poco, pero estoy bien —respondí y miré los farolillos mientras nos balanceábamos lentamente al ritmo suave de la balada que tocaban—. Todo está muy hermoso.

—Como tú —dijo y sonreí, ruborizándome—. Así me gusta, que sonrías.

—Estás muy guapo —dije casi en un gemido—. Jamás te vi tan elegante como hoy.

—Debía estar a tu altura.

Me dio una vuelta sobre mí misma y volvió a atraerme hacia él. Todos los elfos hicieron lo mismo con sus parejas. El baile tenía cierto parecido a un vals y, básicamente, era Laranar quién dirigía el baile. Yo me limitaba a seguirle en lo posible y no pisarle.

—Me siento una patosa —dije mirándome los pies.

—Mírame a los ojos —pidió—. Y relájate, si me pisas prometo fingir que no lo has hecho.

—Debiste darme unas clases —hice un esfuerzo y le miré a los ojos. En ese momento bajó sus manos hacia mi cintura y con una fuerza increíble me elevó del suelo para dejarme de inmediato en tierra firme. El corazón me dio un vuelco, pero solo fue un pequeño brinco que hicieron todas las parejas.

—Para el próximo año —contestó.

Vi a Dacio sacar en ese instante a Alegra a bailar. La Domadora del Fuego también llevaba un vestido muy elegante de color verde oscuro para la ocasión, que le compró Dacio ese mismo día en la mejor tienda de Sorania. Fue extraño verla vestida de una manera tan femenina acostumbrada a verla siempre de guerrera.

Esther por contrario continuó sentada en su sitio sin intención de moverse pese a que también iba vestida con un hermoso traje azul oscuro que le presté del vestuario que disponía. Ella tenía a David, no se iría con ningún elfo, pero quería estar presente en aquella noche mágica. Localicé a Alan de pie en otro punto de la plaza, sus ojos me miraban con rencor. Solo esperaba que se contuviera, tenía claro que al mínimo conflicto entre Laranar y el hombre del Norte, este último tendría que marcharse de inmediato.

Un instante después un grupo de elfos llegó arrastrando prácticamente a Raiben por los brazos. Una vez llegaron, las elfas sonrieron al ver la cara de disgusto del elfo. Laranar miró la escena también, pero sin dejar de bailar y guiarme en mi torpeza.

—Se ha convertido en una tradición —me comentó Laranar volviendo su atención a mí—. Cada año mis amigos cogen a Raiben a la fuerza y lo arrastran hasta la plaza. No pierden la esperanza que pueda encontrar a otra elfa que le devuelva la felicidad antes que se consuma en la tristeza.

—Pero en principio los elfos os casáis una única vez en toda la eternidad, ¿verdad?

—Sí, pero Raiben y Griselda se casaron deprisa y corriendo —empezó a explicarme sin perder el brillo en sus ojos al contemplarme—. Cuando Raiben se llevó a Griselda de mi lado lo consideré un traidor. Estuve décadas sin hablarle y antes de cumplir un siglo de mi ruptura con la elfa se casaron. Fue una manera de demostrar al país que lo que sentían era real, no un amor pasajero, pero yo continué sin hablarle, en mi corazón era un traidor.

—¿Y cuándo cambió eso? —Quise saber—. Ahora sois buenos amigos.

—Pocas décadas después de mi ruptura con Griselda, nació mi hermana y para mí fue una pequeña luz a mi amargura. Griselda se quedó embaraza al tiempo y…

No terminó la frase.

—Ambas murieron —finalicé.

—Sí —dijo con ojos tristes—. Pude ver el amor que le profesó

Raiben llorando en la tumba de su mujer. No sé cómo, pero dejé el odio que sentía hacia él a un lado y le perdoné. Nos apoyamos en la pérdida, pero Raiben nunca lo ha superado y es obstinado a querer rehacer su vida. Toda su relación con Griselda duró apenas un siglo, es muy poco, apenas hubo noviazgo para conocerse de verdad y ni siquiera pudo ser padre, que es lo único que le queda por experimentar a alguien inmortal como él. —Volvió a darme una vuelta sobre mí misma. Y pensé, entristecida, que Laranar y yo apenas llevábamos unos meses. Si ese era su planteamiento, ¿significaba aquello que no estaba seguro de nuestra relación? —. Pero no le culpo —dijo en cuanto volvió a atraerme hacia él—, después de conocerte a ti sé que en el poco tiempo que te conozco eres el amor de mi vida. Amé a Griselda, pero a ti te quiero mil veces más. Nunca nadie me hizo sentir lo que tú me haces sentir. Estamos destinados, lo sé.

Se inclinó y me besó en los labios justo cuando la música finalizaba. Percibí el inmenso amor de Laranar hacia mí y mi corazón se llenó de dicha. Creía en nuestra relación, me amaba y yo a él, solo debíamos encontrar la manera de poder quedarme en Oyrun cuando finalizara mi misión.

—Estoy preparada para regresar a palacio —dije mirándole a los ojos—. Ya no tengo ninguna duda.

Asintió.

La habitación del elfo parecía un piso de cien metros cuadrados en una sola estancia. Era la primera vez que entraba, siempre ocupé la habitación contigua cuando aparecí en Sorania por primera vez, y también las dos noches restantes a mi regreso.

Laranar cerró la puerta a mi espalda y sentí un escalofrío mezcla de miedo, pero lejos de querer renunciar a mi noche de placeres con mi protector, hice acopio de valor y caminé por la estancia intentando calmar mis nervios, distrayéndome con los detalles de aquel lugar.

Las paredes estaban pintadas en tonos verde, amarillo y blanco. Una chimenea se alzaba imponente en una esquina de la habitación donde unas yescas estaban aún encendidas de un fuego casi extinguido. Un escritorio estaba colocado en un lateral, junto a unos estantes cubiertos de libros de diferentes tamaños. Un sofá de color blanco estaba dispuesto en medio de la habitación y delante de él había una mesa baja, hecha de cristal, con un juego de ajedrez en el centro de esta. Dejé el bolso donde llevaba el colgante de los cuatro elementos encima de la mesa y cogí una de las figuras de ajedrez comprobando que era de mármol. Todas eran preciosas y sutilmente talladas dando unas formas delicadas y armoniosas. La dejé en su sitio.

Un ventanal daba a una extensa terraza. Tenía las cortinas descorridas donde la luz de las estrellas y la luna se unían al fuego de la chimenea, rompiendo entre ambas la penumbra de la noche.

Me volví a Laranar, estaba avivando el fuego mientras paseaba por su habitación. Su capa ya colgaba en el perchero que había junto a la puerta y su espada de gala reposaba en una pared. Una vez listo, se alzó y se descalzó las botas de cuero negro. Le imité, quitándome los zapatos, y noté el suave tacto de la enorme alfombra, gruesa y peluda que cubría casi por completo el suelo de la habitación. Abrí y cerré los dedos de mis pies dejando que los filamentos me acariciaran teniendo una sensación al tacto muy agradable. Sonreí, al darme cuenta que el color de la alfombra era dorada como los cabellos de Laranar, luego caminé por ella. Era agradable descalzarse después de todo el día y extrañamente me sentí relajada durante unos breves segundos.

Empotrada en una enorme pared, una gran cama me esperaba. Me acerqué a ella y acaricié la colcha de color verde pastel que la cubría. Era suave al tacto, parecía estar hecha de seda. Me giré a Laranar, que no perdía detalle de todos mis movimientos.

Suspiré entrecortadamente, intentando controlar los nervios que volvían a aparecer con más intensidad.

Me quité la diadema zarandeando la cabeza en un intento por

parecer sensual, *sexy*, pero solo se quedó en eso, en un intento. La-ranar sonrió al verme y se acercó a mí con paso decidido, pero a la vez lento, como si tuviera miedo que echase a correr si iba dema-siado deprisa. Alzó una mano y acarició mi rostro en cuanto llegó a mi altura, se inclinó a mí besando mis labios. Respondí a su beso mientras mi corazón palpitaba de emoción y nervios.

—Te quiero —me susurró al oído.

Mis brazos le rodearon y volví a besarle.

Con un gesto sutil hizo que me tendiera en la cama que tenía a mi espalda y me llevó al centro de esta. Sus labios empezaron a descender por mi cuello y sus manos me acariciaron con dulzura hasta que una se posó en uno de mis pechos. Pude sentir el calor de su mano a través del vestido.

Respiré entrecortadamente, no siendo capaz de controlar el rit-mo de mi respiración. Luego deslizó su otra mano hasta el lazo que tenía mi corsé, deshaciendo el nudo con manos expertas y hábiles.

Entonces le quite el chaleco y empecé a desabrocharle los boto-nes de su camisa mientras él bajaba sus manos por mi cintura y se detuvo ahí, empezando a subir, lentamente, el vestido que me cu-bría.

Desabroché el último botón de su camisa, fue entonces cuando acabó de alzarme el vestido con la ayuda de sus dos manos y me li-beré de él sacándomelo por la cabeza.

Sonrió, contemplándome.

Noté un ardor recorrer por todo mi cuerpo cuando acarició mis pechos por primera vez sin ninguna tela que se interpusiera, y noté un hormigueo, creciente y placentero en lo más profundo de mi ser.

—Son preciosas. Tengo suerte de tenerte solo para mí.

—La afortunada soy yo —dije acariciando su tórax, era un Dios esculpido en mármol. Su abdomen y pectorales estaban desarrolla-dos en su justa medida.

Me besó al tiempo que se desabrochaba los gemelos de las man-gas de su camisa, se la quitaba y la tiraba al suelo. También echó mi vestido a un lado para que no molestara.

Me besó una vez más en los labios, luego volvió a descender por mi cuello y bajó hasta mis pechos, donde los besó y acarició de nuevo. Continuó bajando, llegando sus labios hasta mi ombligo y seguidamente hasta mis braguitas.

Le miré expectante, y mirándome a los ojos me las quitó lentamente.

Miré al techo y gemí cuando noté su mano acariciar mi sexo.

—¿Te gusta? —Me preguntó incorporándose un poco para verme, pero sin dejar de darme un masaje en un punto clave de la zona más íntima de mi cuerpo.

—Es… —Gemí, arqueando la espalda—. Sí, me gusta.

—Y más que te va a gustar —dijo satisfecho—. Aún no he acabado contigo.

Aquello prometía.

Lo que hizo a continuación no tengo palabras para describirlo, pero me brindó una canción de placer y gozo en la zona más delicada y sensible que jamás creí tener.

—Laranar… —Arqueé la espalda, sintiéndome fuera de control, si no me había dejado llevar hasta el momento era, porque en cierto sentido, me daba pudor lo que me hacía.

Se detuvo por algún motivo y le miré decepcionada, pero él sonrió pícaramente. Se arrodilló en la cama y empezó a desabrocharse los pantalones que aún llevaba puestos. No dejó de mirarme ni un segundo a los ojos mientras acababa de desvestirse por entero, y cuando me enseñó su miembro viril en toda su extensión esperó a ver mi reacción.

—Dame placer Laranar —me limité a decir y él sonrió.

Su mano me palpó una vez más introduciendo dos dedos dentro de mí. Me besó y acto seguido me penetró, poco a poco.

Arqueé la espalda, tensándome, dolía, pero era un dolor soportable. Se detuvo al percibirlo, esperó unos segundos y volvió a empujar, fue entonces cuando acabó de introducirse por entero.

Mi respiración volvió a acelerarse a medida que Laranar me brindaba con su vaivén. Era delicado, todo hay que decirlo, y me besaba al tiempo que mantenía un ritmo constante pero suave. El placer volvía a acumularse de forma peligrosa en aquel punto donde ambos estábamos unidos en una sola persona.

—¡Laranar! —Grité al tiempo que gemí cuando ya no pude más.

Algo dentro de mí se desató, mis músculos se tensaron, un fuego arrasó cada célula de mi cuerpo y un estallido de placer me embargó llevándome a lugares que jamás creí que existieran.

—¡Ayla! —Gritó Laranar cuando derramó su esencia dentro de mí casi al mismo tiempo.

Cerré los ojos queriendo que aquel placer durara toda la vida, pero, lamentablemente se fue apaciguando hasta que mis músculos se relajaron y solo un espasmo involuntario continuó dentro de mí por unos segundos más.

Al abrir los ojos Laranar me miraba intentando recuperar el aliento.

—Ha sido fantástico —dije, respirando también a marchas forzadas.

—Yo lo catalogaría de maravilloso —dijo sonriendo.

Me besó una vez más antes de dejarse caer a un lado y salir de dentro de mí.

Me abracé a él, satisfecha.

—Te quiero —dije en un suspiro.

—Y yo a ti —hubo unos segundos de silencio entre los dos—. Te dije que hacer el amor era lo mejor que hay en la vida, ¿lo recuerdas?

—Sí —dije estrechándole más contra mí—. Y tenías razón.

Solo podía sonreír de pura felicidad.

Después de unos minutos, volvimos a repetir y la experiencia fue, si puede ser, mejor.

Me desperté a regañadientes al notar el sol matutino que entraba por la ventana acariciando mi rostro. Luego, con los ojos aún cerrados, noté como desaparecía y me permitía dormir un poquito más, pero al cabo de unos minutos el sol volvió y, medio dormida, abrí mis párpados comprobando a través del ventanal que era un día más bien nublado, donde claros y nubes competían por el espacio en el cielo.

Bostecé y me estiré, desperezándome.

Noté el calor de Laranar junto a mí, nuestras pieles desnudas bajo las sábanas habían estado en contacto permanente bajo un abrazo durante toda la noche. Alcé la vista para ver su rostro y por primera vez desde que le conocí estaba durmiendo profundamente. Fue algo inesperado, los elfos nunca dormían salvo en extrañas ocasiones y verlo con los ojos cerrados, con expresión tranquila y relajada fue algo maravilloso; si más no, parecía un verdadero ángel, con los cabellos dorados libres por completo. Su respiración era suave y contagiosamente relajada. Lo observé durante un breve minuto y me incliné dándole un tierno beso en la mejilla. Mis labios rozaron su rostro con delicadeza.

Abrió los ojos lentamente, y me miró.

—Buenos días —le dije en voz baja. Alzó una mano y acarició mi rostro mientras una media sonrisa curvaba sus labios perfectos—. Es la primera vez que te veo dormir —comenté.

—Ya te dije que los elfos a veces dormimos cuando queremos tener sueños agradables —continuó con la mano en mi rostro, se incorporó un poco y me besó en los labios haciendo que me inclinase en la cama.

—¿Era agradable lo que soñabas? —Le pregunté mientras nos besábamos de forma intermitente en los labios. Empezó a acariciarme el cuerpo, desde mis pechos, pasando por mi cintura hasta la mitad de mis piernas mientras me besaba por el cuello.

—Tú salías en él —sonreí cuando me estrechó más contra él.

Empezamos a darnos caricias y besos mutuamente para satisfacer nuestras necesidades más placenteras. Una vez hubimos acabado volvimos a abrazarnos.

Estuvimos un rato en silencio mientras miraba por la puerta de cristal que daba a la terraza. Parecía que cada vez estaba más nublado y el poco sol que se resistía a desaparecer más débil.

—¿Lloverá? —Pregunté.

Laranar volvió la vista al cielo, lo observó y suspiró.

—Lo más probable —respondió.

La habitación estaba algo fría, el fuego de la chimenea se había apagado por completo. Pensé por un momento en ponerme un poco de ropa pero solo tenía el vestido elegante de la noche anterior e ir hasta mi habitación, aunque fuese la puerta de al lado, rompería la magia del momento, por lo que decidí quedarme donde estaba. Cogí la colcha y la puse hasta justo nuestras barbillas acurrucándome más a Laranar para notar su calor.

—¿Tienes frío? Encenderé la chimenea —se iba a levantar, pero se lo impedí con un abrazo.

—Déjalo, no quiero que nos separemos todavía —le pedí.

Volvió a acurrucarse junto a mí.

—A partir de ahora deberás tomar la infusión de la luna de sangre —comentó mientras acariciaba mi brazo con sus dedos, arriba y abajo.

—Para evitar un embarazo —supe.

Alegra me había hablado de esas infusiones.

—No podemos correr riesgos.

—Sí, y primero debemos encontrar la manera de quedarme en Oyrun.

—¿Crees de verdad que podrás encontrar la forma?

Le miré a los ojos.

—No lo sé —respondí sinceramente—. Cuando el colgante me devolvió a la Tierra y por más que le pedía regresar a Oyrun no lo hacía, me di cuenta de que no sería tan fácil como esperaba, pero debe de haber una manera. La profecía se dicta en la Isla Gabriel, ¿verdad? Eso fue lo que me explicaste.

—Sí, la isla de donde son originarios los dragones dorados. Su nombre viene de la dragona que otorgó la magia a algunos hombres convirtiéndolos en magos.

—¿Y si vamos allí? —Cavilé—. Podríamos intentar cambiarla o encontrar la respuesta sobre qué he de hacer para quedarme.

—No creo que eso resulte —dijo sentándose en la cama, pensativo—. Si fuera tan fácil cambiarla, Danlos ya lo habría hecho para que fueran ellos, los magos oscuros, los vencedores de esta guerra.

Fruncí el ceño.

—No pienso quedarme de brazos cruzados y regresar a la Tierra —dije obstinada—. Me agarraré a un árbol o te abrazaré muy fuerte para que el colgante no me envíe de vuelta a mi mundo.

—O yo te abrazaré a ti para ir juntos a la Tierra —le miré asombrada, no esperando aquella alternativa—. Esther te ha acompañado a Oyrun abalanzándose sobre ti, es lo que me has explicado. Yo haré lo mismo. Viviremos de alguna manera juntos, en Oyrun o en la Tierra.

—Pero eres inmortal —dije—. Serás el único habitante de toda la Tierra que no envejecerá y, entonces, cuando yo falte estarás solo. No tendrás a nadie.

—Cuanto tú faltes me dejaré consumir por la tristeza y me reuniré contigo en el cielo.

Desvié mis ojos de los suyos.

—No me gusta la idea que te suicides —dije en un susurro.

—Peor es vivir en un mundo de mortales cuando tu amada ya ha fallecido por la vejez. ¿No crees?

Suspiré.

Escuadrón de orcos

—Chovi, intenta no crear problemas —le pedí justo antes de partir con el grupo para reanudar la misión.

Los días habían pasado volando y nos encontrábamos en las puertas de entrada a la ciudad de Sorania. Los reyes, algún familiar de Laranar, un séquito real y Raiben, vinieron a despedirnos.

Chovi, me miraba a punto de echarse a llorar. El obligarle a quedarse en Sorania, no dejarle continuar dentro del grupo, resultó más difícil de lo que creí en un primer momento. Sus intenciones de saldar las dos deudas de vida que tenía pendientes conmigo eran más fuertes de lo que imaginaba. Creí que tan solo eran excusas para no estar solo por ser un desterrado, pero me equivoqué, me seguía con la firme convicción que algún día salvaría mi vida pese a su cobardía y torpeza.

—Puedo ser útil —insistió—. Chovi tiene...

—Dos deudas —le corté—, y una la saldarás si te quedas aquí. Tu torpeza es peligrosa, el camino no será como antes. Un error puede ser fatal. Quédate en Sorania y protege mi vida de diferente manera, garantizándome que nadie tropezará en el momento menos apropiado.

Suspiró, rendido, y, finalmente, asintió.

Iba a volverme cuando de pronto me abrazó las piernas.

—Vuelve sana y salva —me pidió—. Chovi quiere que la elegida regrese entera y de una pieza.

Respondí a su abrazo, agachándome. Era un ser bajito, apenas alcanzaba el metro cuarenta de altura.

—Lo haré, te lo prometo.

Se retiró un paso y miró a Akila.

—Cuida del lobo, también.

—Estará bien, no te preocupes.

Me volví al grupo.

Dacio y Alegra, ya estaban montados en sus respectivos caballos a la espera que el resto nos decidiéramos a partir. Raiben ayudaba a Esther dándole los últimos consejos sobre cómo distribuir su equipaje a lomos de su corcel. Laranar se despedía en ese momento de su madre, abrazándola. Y Alan... Alan lo tuve en ese instante detrás de mí, muy cerca. Casi pude notar su respiración en mi pelo.

—Estamos listos —dijo con su acento germánico. Al volverme a él me intimidó su altura y la mirada penetrante de sus ojos azules—. Toma.

Me tendió las bridas de Trueno, mi caballo del color de la plata.

—Gracias —las cogí y de forma indiferente me monté en Trueno dándole la orden de avanzar unos pasos solo para apartarme de Alan.

El hombre del Norte montó en su cabalgadura y me miró un tanto extrañado. En aquella semana escasa que pasamos en Sorania nuestras conversaciones se habían reducido a casi nada. Yo solo quería amistad por mucho que mi cuerpo reaccionara de forma inapropiada cuando estaba próxima a él, pero Alan, lejos de rendirse en sus intentos por conquistarme, actuaba de forma demasiado cercana como para ser solo un amigo.

—Ayla —Raiben se aproximó a mí, una vez acabó de ayudar a Esther a montar—, espero que tengas un buen viaje.

—Gracias —respondí—. Con un poco de suerte la próxima vez que nos veamos ya habré eliminado a los magos oscuros.

—Estoy convencido —dijo seguro—. Tengo plena fe en ti.

Iba a dirigir a Trueno junto a Dacio y Alegra, pero Raiben cogió las riendas de mi caballo, deteniéndolo.

—Gracias por acabar con Numoní —dijo serio—. Significó mucho para mí cuando Laranar me explicó cómo habías conseguido matarla. Fui un necio al dudar de ti.

Lo miré, sorprendida, luego sonreí.

—No eras el único —contesté—. Solo espero que cuando esta guerra acabe seas capaz de enamorarte de nuevo. Esther me ha explicado que bailó contigo en el baile de primavera.

—Solo bailamos, nada más —respondió rápidamente—. Fue una forma para que mis amigos me dejaran en paz. Y ella se ofreció, asegurándome que no pretendía otra cosa que disfrutar de la fiesta. Ya tiene pareja.

—Lo sé.

Bajó la vista al suelo y soltó a Trueno.

—Buen viaje —me deseó—. Cuídate.

Llegué junto a Dacio, Alegra, Alan y Esther, ya reunidos. Laranar llegó un minuto después montando a Bianca —una yegua de un color tan blanco como la nieve—. Akila le seguía diligentemente.

—¿Preparados? —Nos preguntó y todos asentimos—. Esta vez no nos ocultaremos, Ayla ya sabe dominar los elementos así que se lo pondremos fácil a cualquier ser que tenga una esquirla para que nos localice.

Cuando las puertas de Sorania se cerraron a nuestras espaldas sentí un escalofrío. Miré la muralla que protegía parte de la ciudad, pensativa. Un mal presentimiento me indicaba que no volvería a ver aquella hermosa ciudad nunca más.

—Adiós, —susurré.

—No, hasta pronto, —corrigió Laranar.

Le miré.

>>Volverás algún día.

—¡Vamos chicos! ¡No os quedéis atrás! —Nos apremió Dacio desde la distancia.

Espoleamos nuestras monturas para alcanzar al grupo.

La misión acababa de comenzar.

Agazapados y escondidos entre la maleza del bosque empezamos a escuchar gritos de gente llevados por el dolor. Apenas una hora antes marchábamos por un bosque de pinos del país de Andalen, cuando, de pronto, el colgante empezó a brillar indicándonos que un fragmento se encontraba cerca de nuestra posición.

Poco nos pensábamos que nuestra primera disputa iba a ser con un pequeño escuadrón de orcos encargados de esclavizar una aldea próxima a las fronteras de Launier. Y, conteniendo la rabia y la ira del momento, reconocí quiénes eran aquellas gentes que estaban siendo atacadas. Era la aldea donde una vez, al principio de yo aparecer en Oyrun, unas niñas llamadas Sora y Cori nos pidieron ayuda para acabar con tres terribles trolls.

—Avancemos —propuso Alegra en un susurro. Daba la sensación que en cualquier momento iba a saltar de los arbustos donde estábamos escondidos para seguir a Alan y Laranar que se habían adelantado para evaluar la situación.

Dacio la sostuvo de un brazo de inmediato y le negó con la cabeza, ésta con un bruto movimiento se deshizo de su agarre y resopló enfadada, pero no se movió. La impaciencia de la Domadora del Fuego venía de la duda a que su hermano pequeño pudiera estar presente en aquella matanza como sucedió en el pasado.

Al cabo de unos minutos, que nos parecieron eternos, los dos rastreadores regresaron.

—Solo hemos visto orcos —informó Alan—. No hay rastro de Ruwer ni de tu hermano.

Dio la sensación que Alegra se desinflaba.

—Alguno de ellos debe tener un fragmento —continuó Laranar—. Hemos contado treinta orcos, pero puede haber alguno más dentro de las casas. Actuemos a la vez, y cuando estemos dentro nos dividimos en dos grupos. Dacio, Alegra y Esther, formarán uno. Yo formaré grupo con Ayla y Alan. ¿Os parece bien?

Todos asentimos.

Pese a que Laranar odiaba profundamente a Alan, era consciente de sus habilidades de guerrero y dejaba su resentimiento a un lado para organizar de la mejor manera la balanza de los dos grupos.

—Vamos, —dio el avance Alan.

Agazapados, empezamos a marchar con cuidado evitando hacer cualquier ruido que nos pudiera delatar.

Nos escondimos detrás de otros arbustos e inspeccionamos el terreno antes de abandonar la seguridad del bosque. La aldea era como la recordaba, las casas estaban separadas por varios metros las unas de las otras y se habían cortado grandes extensiones de bosque para poder labrar la tierra. El camuflaje era complicado en aquel terreno, no obstante, continuamos con decisión y llegamos a la primera casa más cercana a nuestra posición. Dacio, Alegra y Esther avanzaron un poco más, resguardándose en la siguiente más próxima.

El corazón me iba a mil por hora, nerviosa. Dacio nos hizo una señal para que esperásemos, y nos indicó la cantidad de dos. Laranar y Alan asintieron, preparados ya con las espadas desenvainadas.

Guardamos silencio, intentando que el ritmo de nuestras respiraciones se mantuviera en calma.

Laranar hizo que me arrimara más a la pared y cuando dos orcos se descubrieron elfo y guerrero los eliminaron sin darles tiempo a reaccionar. Sus golpes fueron precisos y mortales. No hubo un grito de advertencia o gemido que pudiera poner en guardia al resto del escuadrón.

Busqué con la mirada al grupo de Dacio, pero se habían alejado de nosotros varios metros para cubrir otro punto.

Laranar, Alan y yo, continuamos nuestro avance, localizando un grupo de cuatro orcos a los pocos segundos. Estaban intimidando a un aldeano, tenía la cara magullada y varios cortes y heridas por todo el cuerpo.

Sin pensarlo envainé a Amistad para preparar mi arco y disparé una flecha contra el siguiente orco que iba a apalearle. Fue un disparo limpio, directo al cuello. Alan y Laranar se descubrieron en ese momento, actuando como verdaderos depredadores matando en apenas veinte segundos los tres orcos restantes.

Llegué junto al hombre cuando Alan ya le ayudaba a sostenerse en pie.

—En la plaza… —Empezó a decir el aldeano—, están en la plaza…

Perdió el conocimiento y tuvimos que dejarle resguardado en el interior de un gallinero sin gallinas.

—¿Creéis que se pondrá bien? —Les pregunté mientras salíamos de aquel recinto.

—No es muy mayor —respondió Alan, mirando a lado y lado de la calle donde nos encontrábamos—. Se recuperará.

Al pasar por delante de una de las viviendas, un orco nos sorprendió saliendo por la puerta y llevando a una muchacha cogida por el pelo, pero Laranar clavó a Invierno en su pecho antes que pudiera decir ni mu. Alan se adentró en la casa, seguido de Laranar, dispuestos a matar a cualquier otro orco que pudiera haber en el interior. Mientras, cogí a la muchacha y la llevé a un lateral.

—Tranquila —intenté calmarla al ver que lloraba—. Hemos venido a ayudar.

La chica alzó su vista a mí y abrió mucho los ojos.

—¿Ayla?

Me fije mejor en ella y, entonces, la reconocí.

—¿Cori?

—¡Oh! ¡Ayla! —Me abrazó entonces, temblando.

—Ya está, ya estás a salvo —dije acariciándole el pelo. Deshice su abrazo después de unos segundos y la observé—. Has crecido mucho, casi ni te reconozco.

—Han pasado tres años desde que nos vimos por última vez.

Sonreí, al ver que empezaba a tranquilizarse.

—¿Y tu madre y hermana? ¿Y tu abuelo?

—Han matado a mi abuelo y no sé dónde pueden estar mi madre y Sora.

Laranar y Alan salieron en ese momento de la casa.

—Cuatro menos —informó Laranar y miró a la niña que conocimos convertida en mujer—. ¿Cori?

Asintió.

—Nos volvéis a salvar —dijo.

Laranar rodeó los hombros de Cori con un brazo mientras la encaminaba en dirección opuesta a donde nos dirigíamos.

—¿Ves esa casa? —Le preguntó mi protector y Cori asintió—. Tiene un gallinero, escóndete allí hasta que regresemos a por ti. Dentro hay otro hombre que necesita atención, cuídale.

Evaluó la calle un instante.

>>Corre, rápido.

Cori obedeció y pronto la perdimos de vista.

—Laranar han matado al anciano Solander —le dije antes que volviéramos a iniciar la marcha. Se detuvo y me miró—. Solo era un anciano.

—A ojos del enemigo no servía como esclavo —respondió—. Pero no pienses en eso ahora, debemos darnos prisa y salvar a los que aún queden con vida.

Asentí.

En ese instante el grupo de Dacio apareció de nuevo en el otro lado de la calle.

Hemos eliminado a nueve, nos transmitió el mago a través de la mente.

Nosotros once, respondió Laranar.

No dejaremos que nos ganéis, contestó entonces Dacio.

Intentadlo, se burló Alan.

Por favor, esto no es una competición, les regañé, *debemos darnos prisa.*

Inicié yo misma la marcha. Laranar y Alan se colocaron a mi lado de inmediato mientras el grupo de Dacio avanzaba en paralelo con nosotros.

Nos encontramos a dos orcos más por el camino, pero los eliminamos rápidamente.

El fragmento empezó a brillar con más intensidad indicando que estábamos cerca de nuestro objetivo. Al llegar a una pequeña plaza, visualizamos a un grupo de diez orcos que cargaban a los aldeanos capturados en algo parecido a un carro convertido en jaula.

—Observa —me señaló Laranar. Uno de los orcos llevaba un anillo de bronce con un fragmento incrustado en él. También brillaba, pero su luz no era blanca y pura como el colgante que yo portaba, sino morada, casi negra, mostrando que estaba contaminado por las artes oscuras del enemigo.

—Que raro —comentó el orco, mirándolo—. Cada vez brilla más.

No le dio más importancia y golpeó el carro-jaula con su espada asustando a los prisioneros.

En ese momento tres orcos aparecieron en el lado opuesto de la plaza llevando a una muchacha con un bebé en brazos.

Abrí mucho los ojos, esa mujer era Sora. La vi muy cambiada, ya no era la adolescente de quince años que conocí, ahora era toda una mujer, de mi misma edad. Y por el bebé que llevaba en brazos también madre.

Miré a Laranar y este asintió con la cabeza, también la reconoció.

Sin necesidad de mediar palabra apuntamos con nuestros arcos a los tres orcos que la custodiaban de malas maneras, agarrándola de forma bruta por un brazo y casi arrastrándola sin importarles el bebé que lloraba en sus brazos.

Sora cayó de rodillas al suelo cuando se vio liberada de sus captores, encontrándose de pronto con tres cadáveres a su alrededor. Al tiempo, Dacio se descubrió y lanzó un imbeltrus contra los orcos más alejados del carro-jaula eliminando a seis de golpe. El resto, demasiado cerca de los aldeanos capturados como para intentar otro imbeltrus fueron ejecutados por nuestros arcos, quedando únicamente tres en pie, incluido el que tenía el fragmento.

—¡Dejádmelos a mí! —Pidió Dacio corriendo como un rayo dirección a ellos. Fue tan rápido, que solo una estela se distinguió de la figura del mago. Los orcos solo tuvieron tiempo de disparar dos flechas que rebotaron contra un escudo mágico, y en un abrir y cerrar de ojos tuvieron al mago delante de ellos.

Dacio lanzó a uno de aquellos monstruos por los aires con un simple puñetazo. Luego dio una patada vertical al mentón de un segundo, elevándolo varios metros del suelo y lanzándolo contra el tejado de una de las casas. Y el tercero y último orco, aquel que poseía un fragmento, fue derribado con un seguido de puñetazos en el abdomen. Tuvo más resistencia que los dos anteriores, pero pronto cayó al suelo, quedando con los brazos extendidos en forma de cruz, inmóvil.

—Ha sido… increíble —dijo Alan, mirando a Dacio con los ojos muy abiertos.

—Dacio es muy poderoso —le contesté—. Concentra toda su magia en las manos para poder dar puñetazos terriblemente fuertes, o en los pies si quiere dar patadas que lancen a sus adversarios por los aires como acaba de hacer.

Alan envainó su espada.

—Recuérdame que nunca me meta con él —me pidió, sonriéndome.

Le devolví la sonrisa inconscientemente, pero desvié la mirada en el acto cuando me percaté de ello.

—En fin, voy a recoger el fragmento —dije intentando aparentar normalidad. Pero antes recordé a Sora y corrí primero a ella—. ¡Sora! ¿Estás bien? —Me agaché a su altura.

Alzó la vista, su rostro estaba anegado en lágrimas.

—¿Ayla? —Balbució mi nombre—. ¡Oh! ¡Ayla! ¡Nos has salvado!

Se abrazó a mí con el bebé en medio de las dos.

—Sora, tranquila, ya ha pasado.

—Nos has salvado, nos has salvado… —Repitió.

Intenté retirarla levemente y miré a su bebé que continuaba llorando.

—Tienes un hijo precioso —intenté que se concentrara en otro tema—. Tiene tus ojos.

—Sí —lo estrechó más contra ella y empezó a acunarle para que se tranquilizara—. Está vivo gracias a ti, decían que iban a comérselo. Solo tiene tres meses, mi pobrecito.

—Pero ahora, ya estáis a salvo —le dije tocándole un brazo a modo comprensivo—. Tu hermana está escondida en un gallinero. ¿Dónde está vuestra madre?

—En el carro-jaula —dijo señalándolo.

Al dirigir mi mirada hacia los aldeanos capturados vi a Esther y Alegra ayudándolos a bajar de la que fue su prisión por unas horas.

Ayudé a Sora a alzarse y juntas nos dirigimos a los supervivientes.

Fue agradable ver el reencuentro de madre e hija, pero lejos de entretenerme, aún tenía un trabajo por hacer. Me dirigí al orco que poseía el fragmento y le di una patada para ver si reaccionaba solo por si acaso, pero continuó inmóvil. Me agaché a su altura, cogí la mano donde llevaba el anillo con el fragmento y se lo arrebaté.

—¿Ya está? —Me preguntó Laranar, pendiente de mi seguridad, a mi lado.

—Sí —le mostré el anillo, pero antes de poder alzarme el orco volvió en sí y sostuvo mi muñeca—. ¡Laranar!

—¡Muere! —Gritó el orco, me cubrí la cabeza con el brazo libre al ver que se incorporaba llevando una daga en la otra mano.

Noté el frío del acero cortar mi piel, pero Laranar rebanó la cabeza del orco antes que pudiera hacer nada más.

La mano del animal continuó aferrándose a mi muñeca, pero mi protector me liberó rápidamente.

—Ya está —dijo nervioso—. Déjame ver tu herida.

Solo fue un rasguño en el brazo y al comprobar que no iba a morir por ello Laranar se tranquilizó.

—Ayla, ¿qué ha ocurrido? —Preguntó de inmediato Dacio corriendo hacia nosotros—. ¡Pero si le había matado!

—Olvidas que llevaba una esquirla —dijo Laranar alzándose del suelo y ayudándome a levantar—. Le habrá dado el poder suficiente para resistir tus golpes.

—No te preocupes, no ha sido nada —dije tocándome el brazo herido.

La herida no era mortal, pero la sangre goteaba hasta el suelo. Laranar me vendó el brazo con un improvisado pañuelo.

—Cuando volvamos junto a los caballos, cogeré las vendas de la bolsa de medicinas que lleva Trueno.

Purifiqué el fragmento con la misma facilidad de siempre, tocándolo y devolviendo su luz blanca y pura a aquel trocito de cristal capaz de albergar tanto poder. Seguidamente, lo uní al colgante que ya había recuperado.

Verdadera identidad

La oscuridad me rodeaba. El frío era cortante y seco. Una única luz se alzaba en aquel mar de terror siendo yo la fuente que rompía el negro absoluto de una sala infinita.

Una vez más, aquel que controlaba mis sueños se colocó a mi espalda. Su respiración chocaba en mis cabellos de tan próximo que lo tenía.

—No debiste regresar —habló el mago oscuro—. Ahora, te mataremos.

Paradójicamente a lo que se pudiera esperar su voz no era la de alguien siniestro u oscuro, era la voz de un hombre adulto, normal y corriente.

—Intentadlo —le desafié—. Ya he matado cuatro, solo quedáis tres.

—Pronto volveremos a ser cuatro —respondió y abrí mucho los ojos.

¿Aquello significaba que su esposa finalmente se había quedado embarazada?

De pronto, noté que se inclinaba a mí y su mejilla rozó la mía.

Sentí un escalofrío bajar por mi espalda.

—Apártate —dije intentando retirarme, pero me sostuvo por los hombros para que no huyera—. No me toques.

—¿No sientes curiosidad por saber cómo soy? ¿Por qué no te vuelves? Quizá te lleves una grata sorpresa.

No me moví, el mero hecho de dirigirme al más poderoso de los magos oscuros me daba auténtico pavor.

—¡Venga! —Exclamó algo frustrado, soltándome de los hombros y retirándose levemente—. Yo también quiero verte la cara, la última vez estuviste sentada en el suelo, abrazándote las rodillas sin levantar siquiera la cabeza. Esto no es el hechizo del cónrad, este es tu sueño…

—Una pesadilla, más bien —le corregí.

—Como quieras llamarlo —respondió riendo. Luego se tornó serio—. Lo único cierto es que contigo es mucho más difícil controlar los sueños, ubicarte, pareces tener una barrera natural que te protege.

No supe qué responder a aquello.

>>¿No sientes curiosidad? Vuélvete. Prometo no hacerte daño.

Se me escapó algo parecido a una risita nerviosa.

>>Soy un mago oscuro, pero cumplo mis promesas —dijo enojado por mi reacción—. Vuélvete, no te haré daño.

No sé de dónde saqué el valor, pero mis piernas empezaron a moverse dando un giro de ciento ochenta grados, plantándome ante Danlos.

Fruncí el ceño, al alzar la vista, pues su rostro estaba oculto tras una capucha negra.

>>Eres preciosa —le escuché murmurar—. Esos ojos…

Alzó una mano con la intención de tocar mi rostro.

Instintivamente di un paso atrás y quedó con la mano en el aire.

—Descúbrete —le exigí.

Se llevó la mano a la capucha que le cubría, echándola hacia atrás.

El rostro que se mostró ante mí me dejó helada. Era Dacio, pero aquello era imposible. Por un momento temí que el miedo me estuviera jugando una mala pasada, pero por más que le miraba solo veía a Dacio en el rostro del mago oscuro. Tenía sus mismos ojos, su mismo cabello alborotado y de colores entremezclados, su misma cara, solo… solo una suave cicatriz en el lado derecho del rostro les diferenciaba. Aparte de eso, eran idénticos.

—Es un hechizo —dije convencida.

Sonrió con suficiencia.

—El parecido es asombroso, ¿verdad? —Dijo pasándose una mano por la barbilla—. Aunque yo soy dos centímetros más alto que Dacio.

¿Danlos era Dacio? Estaba por completo pérdida.

—Tiene que ser un truco, a mí no me engañas. Muéstrate cómo

eres de verdad —exigí. Danlos avanzó un paso hacia mí—. ¡No te acerques! —Grité, notando como el ritmo de mi respiración se hacía cada vez más rápido.

Notaba que me ahogaba.

—No empieces como los demás —respondió enfadándose sin dejarse de acercar—. Somos muy iguales, pero de carácter no tenemos nada en común. Él es un debilucho sentimental.

Danlos alzó una mano dispuesto a detenerme al ver que huía dando pequeños pasos hacia atrás. Me volví antes que pudiera alcanzarme y eché a correr.

Corrí, corrí, corrí…

El suelo desapareció inesperadamente y caí al vacío.

Grité…

Me desperté gritando, desorientada, presa del pánico.

—Tranquila —Laranar me sujetó la cabeza con sus manos grandes y fuertes en un vano intento para que me calmara. Empecé a mirar en todas direcciones buscando a no sé quién—. Estás a salvo, en la cueva donde hemos decidido pasar la noche, todo el grupo está contigo. —Al ver que no respondía me zarandeó levemente y me obligó a mirarle a los ojos—. Estás a salvo, ¿entendido?

Agarré sus manos y le miré con pánico. La vista se me nubló a causa de unos enormes lagrimones que empezaron a aposentarse en mis ojos.

Laranar me abrazó.

—Tranquila —dijo acunándome—. Ya ha pasado, estás a salvo.

Miré por encima del hombro de mi protector y visualicé a todo el grupo, despierto a causa de mis gritos. Entonces, los ojos de Dacio se encontraron con los míos y empecé a temblar de pies a cabeza.

—Dacio —le susurré a Laranar al oído—. He visto a Dacio.

—No te asustes —me pidió estrechándome más, acariciando mi pelo—. No es quien crees.

—Se parecía… —Le expliqué mi sueño entre susurros mientras continuábamos abrazados — …tenía una cicatriz en la cara.

Mientras le hablaba no apartaba la vista de Dacio que me miraba sabiendo que le había descubierto. Alegra se aproximó a él y le tocó un brazo a modo de apoyo. Este la miró y Alegra le sonrió levemente, comprensiva, luego me miró y se aproximó a mí.

—Ayla, no le temas. Dacio es bueno —dijo—. Yo he podido ver como es en realidad.

Poco a poco me aparté del abrazo de Laranar sin apartar la vista de Dacio.

—¿Quién eres? ¿Quién era ese mago? —Le pregunté llorando.

—Mi hermano —confesó—. Danlos, el más poderoso y terrible de los magos oscuros, es mi hermano mayor.

Quedé literalmente con la boca abierta durante unos breves segundos, presa de la sorpresa y el desconcierto, luego inspiré profundamente y me limpié las lágrimas de los ojos. No supe qué decir ni pensar, estaba asustada y nerviosa. Miré a Dacio una vez más, no podía creer que alguien como él tuviera un hermano tan sanguinario como Danlos.

—Ayla, yo… Quise contártelo —intentó explicarse—. Pero no sabía cómo. No quería que te asustaras por estar a mi lado, me temieras o simplemente no quisieras que te acompañara y dejaras de hablarme.

Entonces, Dacio es el hermano de Danlos, pensé. Intentando organizar la nueva información que tenía. *Nunca lo hubiera imaginado.*

Dejando atrás las centenares de conjeturas que había hecho para desentrañar el pasado de Dacio, jamás imaginé aquel resultado. Siempre creí que Danlos era alguien con un aspecto desagradable, poco agraciado, con aspecto de demonio o algo así y, en verdad, había resultado ser una persona más bien… ¿Cómo explicarlo? ¿Diferente? En el aspecto físico se podía concluir que era un personaje bastante atractivo si dejábamos a un lado su mirada con sed de sangre. También era pulcro y sus ropajes negros me parecieron caros, además de llevarlos con elegancia y orgullo.

Mientras pensaba, Dacio continuaba hablándome, nervioso, intentando explicar por qué no me lo había dicho antes. Su nerviosismo al hacerlo y el miedo que pude ver reflejado en sus ojos, me hicieron ver que pese a su parecido con su hermano era completamente diferente al mago oscuro. Incluso el propio Danlos lo dijo, ¿cómo lo llamó? ¡Ah! ¡Sí! Un debilucho sentimental.

— … por eso me presenté voluntario para esta misión, para vengar a mi familia y detener a mi hermano —continuaba explicándose.

Fue chocante saber la verdad, si lo mirábamos bien era como tener el hermano pequeño de un terrorista metido dentro del grupo. No obstante, empecé a mirarle más con asombro que con miedo.

Miré a Alegra, que me miraba al mismo tiempo, seria. Para ella tuvo que ser diez veces peor saber la verdad sobre Dacio.

Suspiré, relajándome. Si ella podía ver el verdadero interior del mago, yo también podía hacerlo. Nunca, Dacio, me dio motivos para desconfiar o dudar de él.

—Dacio, para —le pedí.

Calló de golpe.

>>Debiste contármelo antes de que me enterara de esta manera.

—Tienes razón, perdona —se disculpó.

Volví a suspirar.

—Admito que me has sorprendido —confesé—. Al principio creí que realmente eras Danlos con una identidad falsa o algo así. Pero… después de saber la verdad, no veo ningún motivo para tener que echarte del grupo.

—Todo el mundo me tiene miedo cuando sabe quién soy.

—Me has asustado, lo reconozco. Pero no tienes la culpa de ser el hermano pequeño de Danlos. Siempre me has demostrado —me puse en pie y avancé hacia él—, que velas por mi seguridad. Tú me enseñaste a controlar los elementos del colgante, tú me has hecho reír cuando en ocasiones estaba triste o cansada. No puedo tenerte miedo, ¿entiendes? —Se relajó y, sin esperarlo, me abrazó.

Respondí a su abrazo.

—¿Así que eres el hermano pequeño de Danlos? —Se impuso la voz de Alan con su marcado acento germánico. Todos nos volvimos a él. Esther estaba a su lado, mirando a Dacio también sorprendida—. Eres una auténtica caja de sorpresas.

—No soy como Danlos —se defendió de inmediato Dacio.

—Eso ya lo he deducido, sino Laranar ya se hubiera interpuesto entre la elegida y tú.

—¿Y no te doy miedo? —Quiso saber el mago, frunciendo el ceño como si aquello no fuera posible.

—Bueno, no sé si miedo es la palabra correcta. Antes de saberlo me infundías respeto, sobre todo después de ver como acabaste con aquellos orcos en la aldea que salvamos hace dos días. Pero ahora… digamos que mi respeto hacia a ti ha aumentado considerablemente. No me imagino lo fuerte que puedes llegar a ser, jamás me metería contigo, a tu lado no soy más que un insecto, pero no creo que seas de aquellos que abusan de su poder.

Dacio suspiró y dirigió su mirada a Esther.

—Por mí tampoco hay problema —dijo—. Los amigos de Ayla son también mis amigos.

Alegra le dio un beso en la mejilla.

—Durmamos —propuso la Domadora del Fuego—. Aún queda bastante para que amanezca.

—Antes debo informaros de lo que me ha revelado Danlos —dije, y me miraron de inmediato—. Aparte de una amenaza de muerte como es la costumbre, el mago oscuro me ha dicho que pronto volverían a ser cuatro, no tres.

Todos se miraron entre ellos sin decir palabra, estaba claro lo que significaba aquello.

—Enhorabuena Dacio —le dio unas palmadas Laranar al mago en la espalda—. ¡Vas a ser tío!

Dacio resopló y yo miré a Laranar sorprendida que se lo tomase en broma.

—Ya, ya —el mago también se lo tomó con resignación—. No

esperes que te invite a un puro cuando nazca.

Suspiré, a fin de cuentas, si Danlos y Bárbara llegaban a tener un hijo tardaría décadas en crecer como para considerarlo una amenaza.

Duelo

Abrazaba a Laranar después de haber hecho el amor escondidos entre la vegetación del bosque. El resto del grupo se encontraba en un campamento a varios cientos de metros preparando la comida del día.

Nos escabullimos en cuanto pudimos, pocas veces podíamos disfrutar de un momento de intimidad para nosotros dos, y aquellas escasas ocasiones dábamos buena cuenta de ellas.

—Deberíamos regresar —dijo Laranar—. Sino se darán cuenta.

—¿Crees que no se dan cuenta? —Le pregunté mirándole a los ojos, alzando una ceja.

El elfo sonrió, dándome un beso en el pelo.

—Vale, seguro que saben que lo que menos hacemos es ir a recoger leña —admitió—. Pero me preocupa estar tan lejos de ellos, si nos atacaran ahora serías más vulnerable que con el grupo entero.

—Tengo el colgante —le recordé, tocándolo.

Siempre lo llevaba puesto, colgando del cuello. Nunca me lo quitaba.

—Aún así —dijo, deshaciendo su abrazo e incorporándose—. Vamos.

A regañadientes empezamos a vestirnos. Luego recogimos un pequeño pilote de leña y revisamos una trampa que pusimos al principio de distanciarnos del grupo. Una pequeña liebre cayó en ella y maldije interiormente. Laranar, pese a explicarle que Alan ya me enseñó a rastrear en el camino que lleva de Rócland a Sorania, insistió en darme más lecciones de caza. Pues sabía perfectamente que por mucho que supiera identificar el rastro de los animales, tanto inofensivos como peligrosos, de nada serviría si no tenía las agallas suficientes para matarlos en caso de obtener una presa.

—Magnífico —dijo contento, acercándose al pobre animal que al vernos quiso huir vanamente. Tenía una pata trasera atada en una enredadera—. Nunca falla —cogió la liebre—. La enredadera de hombres —me recordó y puse los ojos en blanco.

Al parecer, la enredadera que utilizábamos de cuerda para hacer las trampas y así apresar a las presas, era una planta que crecía en la mayoría de bosques de Oyrun y se la conocía como la enredadera de hombres, porque enredaba a los árboles como una mujer enredaba a un hombre.

—Déjala libre —le pedí—. Tenemos comida suficiente, ya habías cazado unas liebres que el grupo está cocinando.

Laranar suspiró.

—Sabes que debes aprender —cogió el cuchillo que escondía en su bota izquierda y me lo ofreció—. Vamos, no quiero que pases hambre si estás sola en un futuro.

Miré hacia otro lado, sin intención de cogerlo.

—Ayla —me nombró más duramente—, debes aprender, luego bien que te gusta comértelas.

—Otro día lo haré. Hoy, mátala tú.

Le miré de refilón.

—Llevas diciéndome eso desde el principio —manifestó un tanto enojado y miró a la liebre—. A mí tampoco me gusta matarlas, a ningún animal en realidad, pero a veces es necesario. Hazlo, por favor, solo una vez. Quiero estar tranquilo en el futuro, sabiendo que no morirás de hambre, que tendrás el valor de matar a una liebre.

—Ya lo demostré con el ciervo de Rócland, ¿recuerdas? —Dije.

Frunció el ceño.

>>Te juro que antes de morirme de hambre —me llevé una mano al corazón—, mataré a liebres, perdices, jabalíes y ciervos. No soy tonta, tendré el valor para hacerlo si paso hambre y esa

trampa la he hecho yo, así que… ya sabemos que mis trampas funcionan, y eso es gracias a ti, que eres un buen maestro. —Me aproximé a él y me arrodillé mirándole a los ojos—. Además, —le rodeé el cuello con mis brazos, intentando camelármelo —estoy convencida que pase lo que pase, vendrás a rescatarme tarde o temprano. No me fallarás, lo sé.

Hundió su rostro en mi cuello, escondiéndolo.

—Me atormenta el futuro que te espera —dijo abrazándome—. A veces no puedo ni respirar al pensar que estaremos separados, lejos el uno del otro.

—Todo irá bien —le animé—. Tengo plena fe en ti. Tú me rescatarás. Y… —Hice que alzara la cabeza para que me mirase a los ojos —por las noches, mira las estrellas y la luna, yo también lo haré y estaremos juntos de alguna manera. Mirando la misma luna y el mismo cielo estrellado, será como tenernos al lado.

—Te quiero —dijo y liberó la liebre que se escabulló de inmediato, perdiéndola de vista.

Le di un pequeño beso en los labios y me alcé, recogiendo de nuevo el pilote de leña que debíamos llevar al campamento. Laranar me ayudó, llevando más de la mitad.

En cuanto visualizamos el campamento miré a Laranar.

—Te echo una carrera —dije y empecé a correr.

—¡Tramposa! —Lo tuve a mi lado en un abrir y cerrar de ojos.

Al ver que iba a ganarme le cogí del chaleco para detenerlo. La leña se nos cayó al suelo, seguimos adelante intentando detener al otro en un juego tonto pero divertido. Perdimos el equilibrio y caímos al suelo, rodando, deteniéndonos justo a los pies de alguien del grupo. Empezamos a reír y Laranar me dio un beso en los labios, pero al alzar la vista vi a Alan de pie junto a nosotros, mirándonos serio.

—¿Y la leña? —Preguntó secamente.

De los seis que formábamos el grupo, sin incluir el lobo, tuvimos que parar a los pies del hombre del Norte.

—Está ahí —le señaló Laranar, alzándose—, se nos ha caído.

Mi protector me ofreció una mano para ayudarme a levantar.

—Es muy poca leña, con eso no tenemos ni para empezar. ¿Acaso no sois capaces de encontrar más leña con el rato que habéis estado fuera? —El rostro de Alan iba deformándose por momentos mientras hablaba, el odio a saber que aquel elfo estaba conmigo le resultaba cada vez más difícil.

—¿Pero qué hablas? —Se enfadó también Laranar, no toleraba al hombre del Norte—. Hay de sobra, Alegra y Esther, también han traído.

Dacio se encargaba de cocinar con la leña de mis dos amigas.

—No te pongas así, Alan —le pedí, intentando calmar al guerrero—. Si hace falta más leña, iremos a buscarla.

—Hay suficiente —me cortó Laranar, enfadado que Alan le hablara con autoridad—. No saldremos porque él nos lo diga.

Dicho esto pasó al lado del Hombre del Norte. Ambos se lanzaron miradas fulminantes y a mí se me contrajo el estómago al verles de esa manera. Alan clavó seguidamente sus ojos en mí y, sintiéndolo mucho, seguí a mi protector, a quien realmente amaba.

Después de comer, el calor del verano nos aplatanó dejándonos sin fuerzas para continuar adelante. Llevábamos casi tres meses sin rastro de fragmentos del colgante desde que salvamos la aldea de Cori y Sora. Se empezó a debatir la posibilidad que los que faltaban estuvieran en manos de los magos oscuros. Pero aquella tarde, decidimos hacer el vago, lo necesitábamos, más con el calor que hacía, pese a que estábamos a cubierto por la sombra de los árboles que nos rodeaban.

Acalorada, me levanté del sitio que compartía con Laranar.

—Voy a refrescarme —le dije.

Teníamos un arroyo a escasos metros de nuestra posición. Siempre que podíamos, acampábamos cerca de uno de aquellos riachuelos para tener agua a mano y poder llenar nuestras cantimploras las veces que hiciera falta.

El agua estaba fresquita y empecé a mojarme brazos, escote y rostro varias veces. De pronto, alguien se colocó a mi lado y al alzar la vista vi a Alan.

Se agachó a mi altura, hincando una rodilla en el suelo y me miró con sus penetrantes ojos azules provocando que mi corazón diera un vuelco. Desvié la vista de inmediato volviendo mi atención al arroyo.

—Por fin te encuentro sola —empezó a hablar, pero yo me humedecí los brazos una vez más y me dispuse a marchar—. ¡Eh! ¿A dónde vas? —Me preguntó enojado, cogiéndome de una mano—. Solo quiero hablar contigo, por favor.

Miré hacia el campamento y vi a Laranar recostado en el tronco del árbol donde le dejé con los ojos cerrados. No dormía, estaba convencida, más bien escuchaba con su fino oído de elfo.

—¿De qué quieres hablar? —Quise saber.

—¿Por qué huyes de mí? ¿Por qué me ignoras? De camino a Sorania hablábamos siempre que queríamos, te enseñé a reconocer el terreno, a rastrear animales, a buscar agua cuando no había un arroyo cercano, y ahora… ¡Ahora me ignoras! No es justo.

—Yo solo quiero que seamos amigos —contesté—. Pero tú…
Frunció el ceño.

—Ese elfo te tiene muy vigilada —dijo con desprecio—. Pero no voy a rendirme, te quiero.

—Pierdes el tiempo —quise alzarme de nuevo pero él me cogió de una mano, impidiéndomelo—. Ya te lo dije una vez, Laranar está primero.

—Tu príncipe solo te tiene porque fue el primero que conociste de todo Oyrun. Si hubieras aparecido en Rócland la primera vez de tu llegada estarías conmigo.

Su mano no dejó de soltar la mía, impidiéndome huir de él y una parte de mí no me importó.

—Siempre amaré a Laranar —dije pese a todo, habiendo escuchado aquellas palabras del hombre del Norte antes—. Aunque hubiera aparecido en Rócland, Barnabel o Gronland. Él siempre estará por delante de cualquiera.

—¿Por qué no me das a mí también una oportunidad? —Me suplicó—. Soy de tu misma raza y mi país estaría orgulloso de que la elegida se casara conmigo, no como los elfos que te ven como una usurpadora —me encogí al escucharle decir aquello—. Es lo que eres para ellos, no eres elfa, muchos te consideran una cazafortunas.

—¿Qué? —Pregunté con boca pequeña.

—Sí, ¿acaso no lo sabías? —Preguntó, enfadándose—. Escuché a un elfo decir que solo querías la corona, vivir del cuento y que te las habías arreglado para hechizar a Laranar con el colgante de los cuatro elementos. Ayla… —Tocó mi brazo y, entonces, una voz se alzó como un felino enfurecido.

—No la toques —al volvernos, Laranar estaba de pie a tan solo tres pasos de nosotros con su espada desenvainada.

Abrí mucho los ojos y Alan se alzó llevándose la mano a la empuñadura de su espada. La desenvainó con la satisfacción reflejada en su rostro.

—Laranar…

—Ayla, no es cierto lo que acaba de decirte —dijo mi protector—. Nadie piensa que me hayas hechizado.

Esther, Alegra y Dacio, incluso Akila, se levantaron de inmediato al ver que una inminente pelea estaba a punto de comenzar entre el príncipe de Launier y el príncipe de las tierras del Norte.

—Mis palabras son ciertas —respondió Alan de inmediato—. Un elfo, creo que primo tuyo —Señaló a Laranar con la punta de su espada—, fue diciendo que Ayla te había hechizado.

—¿Sabes su nombre? —quiso saber Laranar.

—Fue Larnur —intervino Dacio—. Yo también le escuché, fue justo cuando abandonasteis el baile, pero nadie le creyó y no se le hizo caso. Todos lo tomaron como el envidioso que es. Por eso nadie te lo comentó, no le dimos importancia.

Laranar frunció el ceño.

—Envainad vuestras espadas —pidió Alegra—. Solo son malentendidos.

—No hay malentendidos —insistió Alan—. Si tu pueblo no cree

que estés hechizado, sí que piensa que el romance que mantienes con la elegida es algo pasajero —sus ojos azules me miraron entonces—. En cuanto se canse de ti te dejará y te olvidará después de haberte utilizado a su antojo durante todo el viaje.

Laranar abrió mucho los ojos y, sin pensarlo, alzó a Invierno y arremetió contra el hombre del Norte. Alan esquivó su embestida con su espada y ambos quedaron encarados con sus mandobles a pocos centímetros de sus rostros como única barrera que les separaba.

—Retíralo —la voz de Laranar fue una amenaza que me heló la sangre—. Retíralo.

—Nunca —respondió el hombre del Norte.

Ambos se distanciaron en ese instante, pero rápidamente volvieron a arremeter el uno contra el otro dando estocadas rápidas y precisas para someter a su rival.

—¡Parad! ¡No! —Grité presa del pánico—. ¡No podéis luchar entre vosotros!

Iba a interponerme entre los dos, pero Dacio fue rápido y me lo impidió.

—Pueden herirte —dijo sin más explicaciones.

Alegra se encargó de Akila que ya estaba dispuesto a atacar a Alan para defender a Laranar. El lobo gruñía y mostraba los dientes, pero no se movió por la orden que le dio la Domadora del Fuego. Esther se puso a mi lado y ambas nos miramos, horrorizadas al ver como los dos guerreros exhibían sus habilidades en el arte de la espada como nunca antes lo habían hecho.

La lucha les llevó a enfrentarse en el arroyo, mojándose hasta los tobillos.

—Dacio, ¡detenles! —le pedí, notando como el mago aún me sujetaba por los hombros—. Utiliza tu magia.

—Laranar nunca me lo perdonaría —respondió—. Lucha por ti.

—¡No quiero que luche por mí! —Exasperé y quise que me soltara, pero Dacio se mantuvo firme en su agarre—. ¡Suéltame!

—Podrías resultar herida —repitió.

Alan era mucho más fuerte que Laranar, pero mi protector era más rápido y ágil de movimientos. No obstante, pese a que el hombre del Norte tuvo que recular en un primer momento para no ser herido, los pocos embistes que pudo dar fueron más fuertes que los de mi protector, y empezaron a cansar a Laranar.

Ambos estaban igualados.

Alan cogió su espada con ambas manos y con un movimiento circular, directo a la cabeza de Laranar, descargó toda su fuerza en aquel ataque. Grité creyendo que le mataría, pero mi protector se agachó en el último instante, agazapándose, y aprovechó la inercia del ataque de Alan que seguía aún su camino, en herir al hombre del Norte en una pierna.

Alan se retiró de inmediato, tocándose el corte profundo que le profirió mi protector. El elfo se alzó entonces, con un deje de satisfacción por la herida infligida. Pero, en ese momento, Alan corrió hacia él, ignorando el terrible dolor que seguro que sentía en su pierna, para abalanzarse sobre Laranar.

Laranar solo tuvo tiempo de alzar su espada y detener el primer embiste, pues el hombre del Norte utilizó su fuerza y altura para someterle. Con la espada desvió la estocada del elfo, soltó seguidamente su arma y agarró la muñeca de Laranar, retorciéndola, hasta que mi protector tuvo que dejar a Invierno. Al mismo tiempo, Alan, agarró el cuello de Laranar con la mano libre para asfixiarlo y así logró que el elfo se arrodillara a sus pies.

—¡Laranar! —Grité—. ¡Alan, suéltale!

Laranar se tornaba rojo por momentos, mientras la mano de Alan no dejaba de comprimirle el cuello.

—Con tu muerte, lograré que Ayla solo piense en mí.

—¡Te echo del grupo! —Grité con todas mis fuerzas y Alan me miró, sorprendido—. ¡Vete! ¡No te quiero ni ver! —Agarré el colgante de los cuatro elementos y alcé un viento entre ambos guerreros expulsando a Alan varios metros por el aire y liberando a Laranar que cayó al suelo, tosiendo e intentando recuperar el aire. Fue, en ese momento, cuando me percaté que Laranar tenía el cuchillo que escondía en su bota izquierda preparado para apuñalar al hombre del Norte. Si no hubiera intervenido quizá habría matado a Alan.

Dacio me soltó en ese momento y corrí para interponerme entre Laranar y Alan.

Alan se alzaba desconcertado.

—¡Márchate! —Le grité a Alan—. Te echo del grupo.

—Pero… —Alan parecía no entender mi reacción, ¿acaso era idiota?

—Tú —le señalé con un dedo—. ¡Te odio!

A partir de ese instante, cualquier sentimiento más allá de la amistad que pudiera sentir hacia aquel guerrero quedó teñido por el odio.

—Combatía por ti —intentó justificarse, llevándose una mano a la herida de la pierna—. Para conseguir tu amor.

—¿Y matando a Laranar creías que ibas a conseguirlo? —Pregunté cada vez más enfadada. Miré la espada del guerrero en las aguas del arroyo, proyecté mi voluntad y la lancé a los pies del hombre del Norte—. Lo único que has logrado es que te odie. Laranar lo es todo para mí, ¿cuántas veces tendré que repetírtelo?

—Pero…

—¡Vete! —Le pedí acercándome de forma amenazante a él tocando aún el colgante de los cuatro elementos—. ¡Vete y no vuelvas!

Alan dio un paso atrás.

A mi espalda noté como todo el grupo se colocaba al lado de Laranar, apoyándome.

Akila gruñó con más intensidad.

Finalmente, Alan cogió su espada y se dirigió a su caballo, cojeando. Recogió su bolsa, la cargó y montó. Me miró desde su corcel mientras mis ojos se llenaban de lágrimas por lo sucedido. Yo no quería aquello, jamás quise que las cosas acabaran de aquella manera, ¿pero qué otra cosa podía hacer?

—No quería esto —le dije rota por dentro cuando pasó a mi

lado con su caballo. Se detuvo para mirarme—. Solo quería que fuéramos amigos, pero ahora ya no podemos serlo.

—Lo siento, de veras.

—Vete —le pedí una vez más, soltando el colgante.

Alan espoleó su montura y se perdió por el bosque.

Me limpié los ojos de lágrimas y me volví al grupo, distanciada de ellos por diez metros. Laranar estaba aún sentado en medio del arroyo rodeado por el grupo, vivo.

—Laranar, ¿estás bien? —Iba a dirigirme a mi protector sin más demora, cuando, de pronto, un orco de dos metros de altura, apareció saltando de detrás de unos matorrales. Me miró y sonrió. Alzó su espada y con su empuñadura me golpeó en toda la cabeza.

Caí al suelo, mareada, mientras los gritos de mis compañeros llamando mi nombre se alzaron en medio del bosque. Todo lo vi borroso, pero distinguí a más orcos, era una emboscada.

Decenas de orcos aparecieron de la nada. Quise tocar el colgante y utilizar su poder cuando el orco que me golpeó volvió a alzar su espada. Su imagen se perdió cuando noté por segunda vez el impacto de mi enemigo contra mi sien.

Todo se volvió negro…

PARTE III

ALEGRA

Se nos acaba el tiempo

Los cuernos se alzaron como un estallido que lleva a la muerte. Los orcos vinieron por decenas a través del bosque y, pronto, nos vimos desbordados por un mar de enemigos.

Dacio, nos cubrió en una fracción de segundo con una barrera mágica al ver toda una lluvia de flechas que cruzaban el cielo directas a nosotros.

—¡Ayla! —Gritó Laranar alzándose de inmediato pese a no encontrarse aún en condiciones después del duelo con Alan.

Un orco se la cargaba como un saco de patatas sobre los hombros, inconsciente. El monstruo nos miró un instante y sonrió.

—Es nuestra —dijo con la voz ronca, característica en los orcos.

Acto seguido dio media vuelta y marchó con la elegida por donde hubo llegado.

—¡Nooo! —El grito desgarrador del elfo me heló la sangre—. ¡Dacio quita la barrera!

Más flechas eran lanzadas contra nosotros, si la quitaba moriríamos.

Al fijarme en el mago vi que ya estaba invocando sellos mágicos para lanzar un ataque. Laranar apretaba los dientes y fruncía el ceño, impaciente porque terminara. Dos segundos después, Dacio alzó una mano al cielo provocando una lluvia de pequeños imbeltrus. Los ojos del mago miraban al enemigo en todas direcciones, su rostro era serio, concentrándose a más no poder para que cada uno de sus ataques diera en un enemigo. Las flechas dejaron de volar entre las ramas de los árboles y fue, entonces, cuando el mago bajó la barrera.

Todos salimos disparados con nuestras espadas desenvainadas dirección donde se llevaron a Ayla, pero otra ronda de orcos nos cortó el paso. El metal resonó como una tormenta que no tiene fin, la sangre del enemigo tocó el suelo tiñendo la tierra de rojo, pero por más que eliminábamos a decenas de orcos estos se multiplicaban por momentos.

Todo era caótico, Dacio empezó a lanzar diversos imbeltrus a diestro y siniestro, y aunque eliminaba a decenas en cada ataque, más aparecían de la nada.

En todo aquel remolino de lucha, cinco orcos se preparaban a varios metros de nuestra posición para eliminarnos con sus arcos, pero antes de poder advertir a Dacio que levantara otra barrera, un guerrero cayó encima de ellos con su enorme caballo rebanando las cabezas de esos animales.

Alan, el hombre del Norte, había regresado en el momento más oportuno. Fue abriéndose paso a golpes de espada hasta llegar a nosotros.

—¿Y Ayla? —Nos preguntó aun montando en su cabalgadura—. ¿Dónde está?

—Se la han llevado —le respondió Esther con lágrimas en los ojos.

El sonido de cuernos volvió a escucharse de nuevo en el bosque y fue, entonces, cuando un enorme troll apareció con un gran mazo en sus manos. Tuvimos que dispersarnos al ser atacados sin tener tiempo a reaccionar. Los orcos empezaron a retirarse dejándonos con su grandullón compañero como despedida.

Esther tropezó en el momento que el troll fue a por ella quedando a merced del animal, pero Dacio ya conjuraba otro hechizo y, como si un rayo se tratara, cayó del cielo directo a la cabeza de nuestro enemigo friéndole el cerebro. El bicho se desplomó en el acto y Esther tuvo que arrastrarse por el suelo rápidamente para no ser aplastada.

Akila saltó un segundo después delante de mí para detener un enorme animal que apareció por sorpresa; jamás vi semejante bicho hasta el momento. Ambas bestias se enzarzaron en una disputa de colmillos y sangre. Laranar preparó rápidamente su arco para disparar a aquel ser que pronto sometería y mataría a nuestro lobo, lanzando una flecha certera en el cuello. No obstante, el animal continuó con su intención de morder a Akila pero este, ya en posición de ventaja con respecto a su rival, le enganchó del cuello y no lo soltó, asfixiándole sin reparo. Laranar volvió a cargar y lanzó una segunda flecha en las costillas, luego una tercera y una cuarta; la quinta flecha fue la que dio muerte a aquel ser.

—¿Qué era esa cosa? —Pregunté a nadie en concreto, temblando.

Akila me había salvado la vida.

—Una especie de hiena —respondió Dacio aproximándose a mí—. Si no me equivoco proviene del desierto de Sethcar. Son más grandes que las hienas comunes y más mortíferas. Akila, ven.

El lobo obedeció, estaba herido en el lomo y el pecho. Su pelaje blanco estaba desgarrado.

El animal empezó a gemir de dolor y se tumbó a los pies del mago.

—Vienen más —dijo Esther retrocediendo hacia nuestra posición sin apartar la vista del arroyo, donde Alan y Laranar tuvieron el duelo.

En ese punto, un grupo de cinco hienas de Sethcar nos miraban con ojos cargados de sangre, y a lomos de aquellas criaturas, orcos las montaban como si se trataran de caballos.

Dacio preparó un imbeltrus en el acto, pero antes que pudiera lanzarlo, los cinco jinetes dieron media vuelta y desaparecieron entre el follaje del bosque. En apenas un minuto nos quedamos sin enemigos que combatir.

—Hay que darse prisa —apremió Laranar y miró alrededor.

Nuestros caballos, espantados por el súbito ataque desaparecieron por el bosque.

—Tardaremos en encontrarlos —dije agachándome a Akila—. Tranquilo, amigo —miré a Dacio—. Voy a coger la bolsa de medicinas.

Al aproximarme al lugar donde reposaban nuestras cosas, me encontré con que las mochilas de todo el grupo estaban abiertas, pisoteadas y saqueadas. Aunque debajo de la mochila de Esther pude encontrar la bolsa de medicinas casi intacta, solo unas vendas habían sido abiertas y dejadas por el suelo. No obstante, algo no me cuadró y, entonces, comprendí que faltaba una mochila en concreto.

—No está —dije.

Laranar empezó a silbar en dos rápidos tiempos y uno más largo. Luego volvió su atención a mí.

>>La mochila de Ayla no está —aclaré al elfo que vino a ver qué faltaba—. No la veo.

—Se han llevado sus cosas —dijo Laranar—. Estaban muy organizados y el objetivo era Ayla y el colgante sin ninguna duda. La pregunta es qué mago ha dirigido el ataque.

—¿Importa eso? Estamos tardando en partir en su busca —objetó Alan, bajándose del caballo al tiempo que se tocaba la herida de la pierna que le infligió Laranar en el duelo.

Laranar se volvió al hombre del Norte.

—Que yo recuerde, Ayla te acababa de echar del grupo, ¿por qué has vuelto?

—Porque justo cuando me marché también me vi envuelto por toda una tropa de orcos y supe que necesitabais mi ayuda, por eso he vuelto.

—Pues ya puedes largarte, no te queremos en el grupo —se limitó a responder Laranar dándole la espalda a Alan.

El elfo me arrebató la bolsa de medicinas y se dirigió a Dacio, tendiéndosela.

—Cúrale rápido —le ordenó—. Bianca no tardará en aparecer, junto con Trueno y los demás caballos. Esther, ayúdale.

Volvió a silbar de la misma manera que antes.

—No pienso marcharme —dijo Alan.

Laranar frunció el ceño, pero antes que se volviera contra el hombre del Norte le detuve poniendo una mano en su hombro.

—Su espada nos puede servir de gran ayuda en estos momentos —intenté hacerle ver—. Deja tu resentimiento a un lado y piensa en lo mejor para Ayla.

—No le soporto —habló, fulminando a Alan con la mirada.

—Sabes que con él hay más oportunidades de rescatarla —hice que me mirara a los ojos—. Piensa con la razón, no con el odio.

Akila empezó a gemir de dolor en cuanto empezaron a coserle las heridas.

—Tranquilo, tranquilo —le decía Dacio intentando ser paciente con el animal—. Necesitamos ayuda para sujetarle.

Laranar dejó a Alan y se dirigió a Dacio y Esther.

Me dirigí al hombre del Norte.

—Ambos os odiáis —le dije—. Pero si de verdad amas a Ayla, harás un esfuerzo por no crear conflictos hasta que la elegida esté a salvo, ¿estamos?

—Sí —dijo con una mueca, parecían críos.

—Ahora, siéntate. Curaré la herida de tu pierna —le ordené.

—Apenas me duele.

—Ya, por eso cojeas —respondí.

Abrí los ojos de golpe y me encontré al elfo, alto y erguido; con expresión seria mirando dirección donde se encontraba el ejército de orcos que se había llevado a Ayla. Llevábamos seis días detrás de los orcos y apenas estábamos cerca de alcanzarles.

Era aún de noche, y nos habíamos detenido a descansar después de horas de marcha ininterrumpida para intentar atraparles, pero tenía el presentimiento que aquellos animales no se habían parado a descansar y estábamos perdiendo un tiempo precioso que nos distanciaba aún más de la elegida.

Los orcos montaban sobre hienas de Sethcar. Dacio nos explicó más sobre ellas, pese a la similitud física con una hiena común eran el doble de grandes, con una fuerza diez veces superior a sus hermanas más próximas. Pero lo realmente destacable era la velocidad y resistencia que tenían, pudiendo alcanzar los ochenta kilómetros/hora por un periodo de treinta minutos. Aunque luego debían descansar mínimo tres horas para volver a alcanzar tal velocidad. Su ritmo, no obstante, era constante, por lo que entendimos que no las forzaban al máximo para no tener que detenerse durante el día y parte de la noche.

Nuestros caballos descansaban a pocos metros de nuestra posición, lo necesitaban, los forzábamos al máximo hasta un punto peligroso para los animales. Akila no estaba bien, y debía ser subido a la grupa del caballo de Dacio que con su magia se cercioraba que el animal no cayera a un lado. Sus heridas tardaban en cicatrizar y una se había infectado. Temía por el lobo, siempre fue un animal fuerte y lleno de vida, pero los dos últimos días parecía haber perdido sus fuerzas.

—Sigue siendo un glotón —intentó animarme Dacio aquella misma tarde—. Mientras no pierda el apetito todo irá bien.

Miré a mi amado, durmiendo a mi lado y vi que abría los ojos. Al percatarse que estaba despierta clavó sus ojos marrón-chocolates en mí.

Se inclinó dándome un beso en la mejilla.

—¿No duermes? —Me preguntó en un susurro mientras una mano suya se aposentaba en mi rostro acariciándome con el pulgar.

—No puedo —me aproximé más a él para notar su calor y respirar su aroma—, ¿y tú?

—Un mago puede estar dos semanas enteras sin dormir.

Nos abrazamos y estuvimos así unos minutos. Laranar empezó

a dar vueltas alrededor nuestro y, aunque no hacía el mínimo ruido, noté sus idas y venidas no dejándome conciliar el sueño. Finalmente, se sentó en una enorme roca que había cerca de nuestra posición y le escuchamos suspirar.

Dacio negó con la cabeza al verle de aquella manera.

—Voy a hablar con él —me informó Dacio mientras se incorporaba.

Se sentó al lado del elfo colocando una mano a gesto de comprensión en el hombro de su amigo.

—Si no hubiera retado a Alan, Ayla no se habría apartado del grupo, habría estado a mi lado en el momento del ataque —se martirizó Laranar.

—No te atormentes —le dijo Dacio hablando en voz baja, me costó escucharles—. Era cuestión de tiempo que ocurriera, lo sabes, y no tienes la culpa. Podrían haber atacado también cuando se levantó para ir al arroyo. No podemos estar siempre cerca de ella a cada momento.

—Es nuestra obligación, es la elegida. Pero la relación que nos advirtieron no tener y que desobedecimos deliberadamente ha hecho que la rapten.

—No creo que haya ocurrido por eso —repuso Dacio—. Sabes que Valdemar le predijo un futuro que escapa de nuestras manos.

Laranar se pasó una mano por los ojos, luego volvió a suspirar mirando el cielo. Era una noche sin luna y varias nubes cubrían las estrellas.

—Le habrán quitado el colgante a estas alturas —continuó Laranar después de unos segundos—. Y sabes dónde la llevan. El camino que siguen es Tarmona, en cuanto Urso la tenga la matará, si es que los orcos no la han matado a estas alturas.

—Sigue viva —respondió el mago con determinación—. Y la rescataremos cueste lo que cueste.

Ninguno dijo nada más y, poco a poco, el sueño me venció, quedándome dormida de forma intranquila.

El camino de los orcos era fácil de identificar, nos encontrába-mos huesos roídos, espadas melladas o cadáveres de los mismos orcos abandonados como si de perros se trataran. Parecía que les encantaba pisotear y machacar todo lo que encontraban a su paso; pocas veces dudábamos sobre qué dirección tomar.

Durante el día cabalgábamos, trotábamos o íbamos al paso se-gún la resistencia que nos ofrecieran nuestros caballos, y muchas veces, para no detenernos, caminábamos o corríamos a marchas forzadas, permitiendo que nuestros corceles descansaran de nuestro peso pero sin perder el ritmo del avance.

Nuestros cuerpos, ya fuera por las interminables horas sobre el lomo de un caballo o los kilómetros que recorríamos por nuestro propio pie, empezaron a resentirse. Esther era la última del grupo, se tambaleaba a los lados intentando seguir el ritmo infatigable de Laranar que marchaba siempre el primero. A los pocos pasos de ella marchaba yo, que no presentaba un aspecto mejor, las piernas me temblaban y dolían a rabiar gracias a las agujetas que sentía. Caminaba como los borrachos, imposible de seguir una línea recta en el camino y, para colmo, debía escuchar la llamada insistente del cabeza del grupo para que fuéramos más deprisa cuando ya no podíamos dar un paso más. Alan y Dacio, ostentaban el segundo puesto. El hombre del Norte estaba igual de decidido a continuar aunque aquello significara la muerte de nuestros caballos.

Estela, la yegua que me fue asignada en Sorania, empezaba a cojear y temí por ella. Me detuve y le acaricié la frente. Dacio se dirigió a mí al ver que me paraba. Esther no tardó en alcanzarme con su caballo resoplando, también cansado.

—Paremos —le dije a Dacio, mirándole a los ojos—, no puede más y sin caballos aún iremos más lentos.

Laranar se aproximó entonces y evaluó a Estela mirando su pata delantera izquierda.

—Sacrifícala y que coja a Trueno —dijo Alan.

Trueno, el caballo de Ayla, era utilizado como comodín con el resto de caballos.

—Solo necesita reposo —dije de inmediato.

Laranar empezó a quitarle todo el equipaje que llevaba encima, incluida la silla de montar y el arnés. Alan desenvainó su espada y miré a ambos, horrorizada.

—Laranar, de verdad, solo necesita descansar —intenté convencerle—. La inflamación que tiene se le quitaría en apenas…

—Necesita varios días de reposo para eso —dijo el elfo—. Pero tranquila, no vamos a matarla.

Miró a Alan.

—Envaina tu espada —le pidió y se dirigió a la yegua—. Has hecho un buen trabajo, descansa en esta pradera y regresa a casa…

Cambió del idioma común al elfo mientras le acariciaba la frente. La yegua entendió las palabras de Laranar de alguna manera, asintió con la cabeza incluso, y se retiró unos metros de nosotros empezando a pastar tranquilamente a nuestro alrededor.

>>Conoce el camino a Launier —me habló Laranar—. Es un caballo inmortal que ha recorrido en centenares de ocasiones los caminos de Yorsa. —Miró a todo el grupo—. Descansaremos unas horas, antes que el resto de caballos también empiecen a cojear.

—Pero Ayla nos necesita —objetó Alan adelantándose un paso—. No podemos detenernos. Hoy hemos acortado un buen trecho.

—Exacto —asintió Laranar y le señaló unas altas montañas que se encontraban a unos cinco kilómetros de nuestra posición—. Detrás de esas montañas se encuentra el valle de Mengara. Estoy convencido que se detendrán a descansar al verse refugiados y será nuestro momento de poder atacarles. Para eso debemos estar frescos y no fatigados.

Alan miró aquella sierra montañosa sin decir palabra.

—Descansaremos tres horas —dijo Laranar—. Luego, calculo una hora para llegar al valle, otra para cruzarlo y una última para ubicarles y decidir el mejor plan. Les atacaremos de noche —evaluó—. Así que aprovechar en dormir porque os quiero a todos en forma para cuando el sol se esconda en el horizonte.

El valle de Mengara

Nos encontrábamos en lo alto de una pared rocosa que daba al interior del valle de Mengara. Un lugar que se extendía a varios kilómetros en el horizonte dando un paisaje bello y cautivador. La apertura por donde entramos era el mismo recorrido donde unas aguas emergían del interior de las rocas y bajaban en una pequeña cascada hasta llegar al suelo boscoso del valle. En la lejanía podía verse un pequeño río que se abría formando un lago, rodeado por una gran pradera donde brotaban tallos verdes y flores de diversos colores.

A los pies de las montañas rodeando aquel paraje, un bosque con árboles centenarios y vegetación arbustiva, florecía brindándonos el cobijo necesario para avanzar sin ser vistos por el enemigo. Pues lejos, podían verse decenas de columnas de humo donde los orcos habían acampado y donde Ayla continuaba cautiva.

Anochecía cuando busqué un camino apropiado por donde bajar con nuestros caballos hacia el interior del valle y, sorprendida, vi unas escaleras medio derruidas como si en otra época, ya muy lejana, hubieran sido creadas como un camino que conducía a los pies de las montañas.

—¿Escaleras? —Pregunté a nadie en concreto.

—¡Ah! Las has encontrado —dijo Dacio, aproximándose y mirándolas satisfecho—. ¿Qué ocurre? ¿No conoces la historia del Valle de Mengara? —Me preguntó al ver mi expresión de desconcierto.

Negué con la cabeza.

Esther vino de inmediato para escuchar el relato del mago que ya hinchaba el pecho, satisfecho, de poder darnos una clase de historia.

>>Hace casi mil años, Mengara era una ciudad muy próspera

donde sus habitantes vivían de la caza y el campo. Aquella pradera —la señaló con el dedo índice—, antaño eran campos de cultivo. La gente vivía feliz en estas tierras.

—¿Y qué ocurrió? —Le pregunté, igual de interesada que Esther.

Laranar empezó a bajar por las escaleras al tiempo que guiaba a Bianca con cuidado cogiendo sus riendas y hablándole en elfo. Alan le siguió sin perder tiempo, en el rostro del guerrero podía leerse la impaciencia en llegar cuanto antes para poder salvar a Ayla. Dacio, al verles, nos hizo un gesto con la cabeza para continuar adelante mientras continuaba con su relato.

—Mil años —repitió Dacio—. Justo el tiempo en que los magos oscuros se dieron a conocer, pero para entonces los humanos no sabíais nada de ellos. Les llegaron algunas historias de lo ocurrido en Mair, pero disponían de poca información y Urso se instaló en el valle de Mengara como brujo que predicaba al dios Lork.

—¿Lork? —Preguntó Esther.

—No fue más que un dios inventado por el mago negro. Quería instaurar una nueva religión pues sabía que la fe puede mover masas, y la fe ciega en algo sagrado era un camino muy fácil para que la gente le siguiera sin cuestionarse si era lo correcto o no, si era verdad o mentira. Una maniobra para poder practicar su deporte favorito… los sacrificios.

—Un momento —interrumpió de nuevo Esther—. Me estás diciendo, ¿que Urso se plantó en Mengara, dijo que predicaba a un tal dios Lork, y acto seguido le dejaron hacer sacrificios sin más?

—No exactamente —Dacio negó con la cabeza—. Te olvidas que Urso tiene don de palabra, labia y persuasión, y, ante todo, sabe cómo llevar a la gente por el camino que le interesa. Tergiversó las cosas en su propio beneficio. —Se detuvo un instante, pensativo. —Muchas veces me pregunto cómo hubiera sido mi hermano si Urso no hubiese existido.

Suspiró, y le cogí de la mano al ver un rastro de dolor en sus ojos marrones.

Luego sacudió la cabeza y continuó con la historia:

—Urso, al llegar al valle, se hizo pasar por un sacerdote bondadoso. Se instaló en una pequeña posada donde practicó las pocas artes de sanación que conocía. También daba algún dinero a las familias más desfavorecidas y un plato de sopa a aquellos niños sin padres que venían pidiéndole ayuda. A cambio, les llenaba la cabeza de historias sobre su dios Lork, un dios muy poderoso que superaba con creces a aquellos que los hombres conocían.

>>Algunos, sobre todo los niños sin familia, empezaron a rezar a Lork y hablar de esa nueva religión a cuantos conocían, convencidos que era el único dios verdadero. Pero todo era un engaño, no existía ningún dios Lork. Y cuando ocurría alguna desgracia, como que alguien enfermera, que hubiera un incendio o, incluso, un accidente donde alguien quedara atrapado por una montaña de escombros, Urso aparecía y pedía a las gentes del valle que rezaran a Lork. De esa manera, el mago negro se encargaba que el enfermo recuperara la salud, cuando era el propio Urso quien lo envenenaba sin que nadie lo supiera; o que lloviera justo cuando una casa era incendiada por él mismo, controlando posteriormente el clima para hacer llover y apagar las llamas. Los derrumbes inexplicables de una fachada que sepultó a varios niños, no fue más que otra estratagema de Urso, protegiendo a los pequeños con un escudo invisible y haciendo que salieran todos con vida, sin ningún rasguño, y todo, según él, gracias a su queridísimo dios Lork.

>> Comprenderéis que poco a poco, viendo los milagros, más y más gente empezara a seguir al inventado dios Lork. Y Urso después de varios años, cuando la mayoría no dudaba ya de la existencia del dios Lork, empezó a instaurar el miedo en sus gentes. Vinieron plagas que estropearon todos los cultivos de la zona, los animales de granja murieron uno tras otro. Los más débiles, niños y ancianos, empezaron a enfermar por la falta de alimentos. Fue, entonces, cuando el conde de Mengara llamó a Urso pidiéndole una oración divina a Lork que retornara el resplandor del valle. Y, supongo, que ya os podréis ir imaginando lo que le pidió al conde

para ello…

—Sacrificar personas —me adelanté.

Dacio sonrió.

—Urso es más listo —respondió—. Si pedía doncellas para su dios Lork los aldeanos hubieran renegado de inmediato, aún no estaban en aquel punto de desesperación y primero necesitarían pruebas para saber que dando muerte a unas muchachas todo se arreglaría. Así que pidió el mejor corcel del reino. Sacrificó el propio caballo del conde, un corcel tan blanco como la nieve, de un porte elegante y majestuoso. Hizo beber su sangre a cuantos aldeanos vinieron a ver el sacrificio del caballo. Y, después de aquella noche de luna llena, los campos volvieron a dar sus frutos, los pocos animales que quedaban empezaron a criar y los enfermos se recuperaron después de poder alimentarse nuevamente. Los sacrificios a doncellas vinieron al año siguiente, cuando los campos volvieron a secarse y los animales a morir ya que por más que sacrificaron a diez caballos tan espléndidos como el primero, el dios Lork no respondió a sus plegarias. Cada año, doncellas, niños y bebés fueron sacrificados por orden de Lork, o, mejor dicho, de Urso.

—Es terrible —exclamó Esther perpleja de que pudieran hacer eso.

—Sí, es terrible. La gente creyó a Urso y mató a sus propias hijas e hijos. Mengara se destruyó a sí misma el día que conocieron la verdadera procedencia del mago negro.

—¿Urso los mató? —Preguntó Esther, impaciente. No era capaz de dejar a Dacio relatar la historia sin interrupciones, pero al mago no le importó.

—A casi todos, —respondió Dacio —Se calcula que murieron unas tres mil personas cuando Urso incendió las calles de Mengara. El fuego duró tres días. Los pocos supervivientes se marcharon de Mengara creyendo que el valle estaría maldito durante toda la eternidad. Dicen que por la noche se escuchan aún los gritos y lloros de las víctimas que murieron en aquellos tiempos.

Sentí un escalofrío y se me erizó el vello de los brazos al escuchar aquello. Era una historia aterradora; otra más a la que añadir a la lista de los magos oscuros.

—Debemos ser más rápidos —nos apremió Laranar montándose en su yegua. Sin darnos cuenta habíamos llegado al valle y un bosque espeso se encontraba a nuestro alrededor—. Hay que llegar lo más rápido posible, no sabemos cuánto tiempo se detendrán a descansar.

Todos subimos sobre nuestras monturas y trotamos por el bosque. Gracias a la magia de Dacio que creó unos globos de luz, pudimos avanzar con rapidez en la noche que se ceñía sobre nosotros.

Una hora más tarde dejamos a nuestros caballos atados a las ramas de unos árboles y a Akila con ellos, pues no podía dar un paso sin gemir de dolor, y continuamos a pie. No tardamos demasiado en empezar a escuchar las conversaciones, peleas y rugidos de los orcos.

Escondidos entre unos arbustos visualizamos a centenares de ellos que se reunían alrededor de varias hogueras que había por todo un campamento. Desde nuestra posición contabilizamos una media de doscientos o trescientos orcos y una decena de trolls. Sería difícil localizar a Ayla entre todos ellos, pues se detuvieron en lo que eran las ruinas de Mengara. Apenas quedaba nada de lo que una vez fue una ciudad, pero aún quedaban en pie varias paredes de las casas de antaño, suelos adoquinados cubiertos por musgo y hierbas, y parte de la estructura de lo que fue un día el castillo del conde.

Un pequeño grupo de orcos empezó a pelearse en lo alto de lo que parecía una sala en ruinas y tiraron una enorme estatua al suelo.

—No veo a Ayla por ninguna parte —comentó Laranar.

Pude notar la angustia del elfo al hablar. Las últimas horas había estado más callado de lo habitual, preparándose mentalmente para aquel encuentro. Pero los nervios por saber dónde y cómo se encontraba Ayla afloraron sin pretenderlo.

Miré a aquellos asquerosos seres. Varias hienas de Sethcar les acompañaban y comían lo que parecía ser orcos asesinados por sus propios compañeros. Daba escalofríos ver a aquellas criaturas y agradecía no ser yo su comida.

Me mordí el labio inferior intentando localizar a la elegida o una mínima pista de donde pudieran tenerla, pero eran tantos que bien podían ocultarla en otro punto del campamento custodiada por otra tanda de doscientos o trescientos orcos.

Urso lo ideo bien, un ejército entero para custodiar a la elegida. Nunca imaginé aquello.

—Matemos a alguno con sigilo y pongámonos sus ropas —sugirió Dacio—. Infiltrémonos y busquémosla.

—¡¿Ya te has despertado?! —Escuchamos que gritaba un orco y, como una aparición, todos contuvimos el aliento al ver a Ayla sentada en el suelo, sujeta por un orco, en lo alto de lo que antaño pudo ser un mirador, muy cerca de la sala donde los orcos aún se peleaban.

El orco obligó a la elegida a beber algo de una pútrida cantimplora y acto seguido la tiró al suelo con un bruto movimiento.

Escuché a Laranar gruñir, contenerse y apretar los puños hasta dejarse los nudillos blancos. Hizo un gran esfuerzo por no salir disparado y matar al orco que la había tratado como un bulto insignificante.

—Por lo menos ya sabemos dónde está —intenté tranquilizarle. Me miró un breve segundo y luego volvió a clavar la vista en lo alto de la elevación donde se encontraba Ayla. Estaba pensando a marchas forzadas la mejor estrategia para recuperarla.

—Esther y Alegra la recogerán mientras Dacio, Alan y yo les distraemos —caviló al fin—. Deberéis ser rápidas.

—Hay demasiados orcos —intervino Dacio—. Por mucho que los distraigamos no la dejaran sola.

—Acabaremos con ellos —dijo Esther muy decidida, sujetando el mango de su espada—. No la dejaremos.

—Matemos a dos y que se disfracen. Llamaran menos la atención —añadió Alan.

—Estoy de acuerdo —asintió Laranar.

Dacio les miró nada convencido y luego a mí, preocupado.

—En peores situaciones he estado —intenté tranquilizarle.

—Pero no me gusta —repuso.

En ese momento tres orcos se adentraron en el bosque a apenas unos metros de nosotros. Nos vinieron como anillo al dedo, eliminándolos en apenas unos segundos. Y al poco me encontré vistiéndome con las sucias y apestosas ropas de un orco. Dacio me tendió un casco mugriento y oxidado que apestaba a huevos podridos mientras terminaba de embadurnarme la cara y brazos de barro para esconder mi tono claro de piel y asemejarlo de alguna manera al color oscuro de los orcos.

—Ten cuidado —me pidió mientras se lo cogía—. No olvides que eres lo único que tengo.

Le miré a los ojos.

—Tú también, ten cuidado. Si esta noche sale bien, yaceremos juntos antes de que salga el sol —le prometí.

Sonrió inclinándose a mí y besando mis labios fugazmente manchados por el barro. Luego se volvió y suspiró. Laranar y Alan ya le esperaban y Esther estaba preparada. Los tres se marcharon y nosotras nos escondimos nuevamente entre los arbustos esperando que empezara el ataque.

Los minutos pasaron muy lentos y la tensión era palpable.

Una explosión se escuchó a unos metros de nuestra posición cuando ya creímos que nunca recibiríamos la señal. Nos cubrimos la cabeza instintivamente por el estruendo y los orcos que estaban sentados alrededor de las hogueras se echaron al suelo. Después de un momento de incertidumbre se levantaron, rugiendo, con ganas de guerrear. Las hienas de Sethcar empezaron a emitir un peculiar gemido que me recordó a una risa siniestra.

El plan por el momento funcionó y decenas de orcos fueron corriendo, como animales que eran, dirección al lugar donde se produjo la explosión. Segundos después empezamos a escuchar gritos que hablaban: << ¡Nos atacan!>>, << ¡Rápido!>>, << ¡La cena ha llegado!>>.

—Están indecisos de si dejar a Ayla para ir a combatir —observó Esther—. Salgamos ahora, la cogemos diciendo que la llevamos a un lugar seguro y nos piramos.

—Recuerda que no nos podemos separar y, sobre todo, compórtate como un animal enfurecido —dije.

Esther sonrió y al salir del arbusto empezó a emitir un grito de furia como si fuera una loca, adentrándose en el ejército de orcos sin ser descubierta. Yo la seguí de inmediato y empezamos a subir una escalera medio derruida que daba al montículo donde se encontraba Ayla.

Diez orcos custodiaban a la elegida, pero lejos de detenernos, agachamos la cabeza y continuamos adelante. Fue un alivio llegar junto a Ayla sin ser descubiertas, todos los orcos miraban hacia el este, al punto donde una segunda explosión se alzaba como una cortina de hierba y tierra varios metros al cielo.

—¿Y ahora? —Preguntó Esther agachándose a Ayla que se encontraba inconsciente y maniatada.

Empezó a zarandearla, pero no respondió.

—¿Qué estáis haciendo? —Nos preguntó uno de los orcos que reparó en nosotras.

—Asegurarnos que continúe inconsciente —respondió Esther fingiendo una voz ruda.

—Dejadla, le acabamos de dar Rolfar —agitó una cantimplora que llevaba en las manos con expresión triunfante—. Dormirá hasta que lleguemos a Tarmona.

Rolfar era una droga muy potente y también muy peligrosa. Si se la habían dado durante todo el secuestro lo pasaría mal cuando dejara de tomarla, tendría abstinencia lo que le provocaría fiebre, mareos, temblores y dolores musculares. Pero por suerte solo le duraría uno o dos días, no era una droga que se instalara durante demasiado tiempo en el organismo, pero en exceso podía llevarla a la muerte.

—Nos la llevamos —dije al tiempo que tosía y fingía una voz tan ronca como la de Esther—. Así podréis combatir también y ella estará segura de los invasores.

—No, dejadla —ordenó otro, pero Esther y yo ya habíamos empezado a alzarla. Ella por las axilas y yo por las piernas.

—Pueden llegar hasta aquí —insistí, ignorando por completo al orco y dirigiéndonos por donde habíamos venido, pero el orco se interpuso en nuestro camino.

Agaché la cabeza intentando cubrir mi rostro con la ayuda del casco, confiaba en que el barro que nos cubría la cara tanto a Esther como a mí surgiera efecto.

Cogí aire y dije con la voz más ruda y autoritaria que pude:

—Llevarla a un lugar seguro es prioritario. Vosotros combatir. ¡No querréis que el amo se enfade si llegan hasta aquí!

Una hiena de Sethcar apareció en ese momento subiendo las escaleras que eran nuestra salida. El animal olfateó el aire y clavó sus ojos en nosotras, luego echó las orejas hacia atrás, se agazapó y nos gruñó mostrando una dentadura nada envidiable a la de un león.

El orco, al verla reaccionar de esa manera, nos volvió a evaluar y empecé a temblar de pies a cabeza.

La hiena de Sethcar se agazapó lentamente, aproximándose.

El orco también avanzó hacia mí, acortando la distancia que nos separaba.

¿Alegra, la tenéis ya? escuché la voz de Dacio en mi cabeza, hablándome a través de la mente.

Dacio, no preguntes, pero por lo que más quieras, provoca otra explosión a poder ser más grande que las dos anteriores, le pedí viendo que la hiena se nos iba a echar encima, *¡hazlo ya!*

Un estruendo gigantesco hizo temblar todo el suelo provocando un pequeño terremoto. Los orcos se tambalearon, la hiena de Sethcar nos dejó de gruñir concentrándose entonces en afianzar sus enormes patas en el suelo para no caer. Yo dejé caer los pies de Ayla y desenvainé a Comillo de Lince y, tambaleándome también, rebané la cabeza del orco que tenía delante. Acto seguido intenté recuperar la estabilidad dirigiéndome a la hiena. Alcé mi espada y de un tajo le hice un profundo corte en el cuello, matándola.

El suelo dejó de temblar unos pocos segundos después, cuando el resto de orcos ya preparaban sus mandobles para combatir.

Miré a Esther que estaba tendida en el suelo con Ayla encima, intentando incorporarse de nuevo, cogiéndola de las axilas.

¿Qué ocurre Alegra? Volvió Dacio a mi mente, *¿estáis bien?*

Abrí mucho los ojos pues cinco hienas llegaron por donde vino la primera.

Ni con diez explosiones podría acabar con ellas, matar a los orcos restantes y todo ello cogiendo a Ayla en volandas por mucho que Esther me ayudara.

Ayla está inconsciente a nuestro lado, pero tenemos a cinco hienas de Sethcar delante de nosotras y otros tantos orcos, no sé... no sé qué hacer.

¡Por Dios! ¡Huye! Gritó dentro de mi cabeza, *esas hienas no son perros, os destrozaran si no salís de ahí de inmediato.*

¿Y Ayla? Pregunté al tiempo que Esther y yo retrocedíamos arrastrando a Ayla con nosotras hacia el final del mirador. La altura desde ese punto era de unos cinco metros hasta llegar al suelo.

Los orcos sonreían viendo nuestra situación, acorraladas.

—Esther deja a Ayla —dije preparándome para combatir.

—Pero...

—¡Prepara tu espada! —Le ordené.

Miré a Esther de refilón que dejó a Ayla lentamente en el suelo y se puso a mi lado con la espada desenvainada.

Lo habéis intentado, ahora, huid, me ordenó Dacio, *el plan ha fracasado.*

Miré a Ayla una vez más, si nos marchábamos la condenábamos a muerte. Si nos quedábamos moriríamos de igual manera. A nuestra espalda cinco metros nos separaban del suelo y enfrente cinco hienas de Sethcar se adelantaban a los orcos dispuestas a cenarnos.

—¿Qué hacemos? —Me preguntó Esther temblando, su espada

se agitaba en sus manos como un flan.

Cogí a Esther de un brazo y le obligué sin mucho esfuerzo a caminar hacia los escasos metros que nos separaban aún del precipicio, dejando a Ayla a su suerte. Esther lloró sabiendo lo que significaba aquello y me miró a los ojos.

—Saltemos juntas —le dije con todo el aplomo que fui capaz.

Miré una última vez a Ayla, una hiena ya se adelantó a cogerla por una pierna y arrastrarla hasta los orcos. Esther y yo nos limitamos a mirarla, sabedoras que habíamos perdido una gran amiga. Un segundo después las cuatro hienas restantes fueron directas a nosotras y antes que pudieran alcanzarnos saltamos al vacío.

El impacto contra el suelo fue brutal, quedando a merced de los orcos que se encontraban abajo, pero lejos de hacernos caso corrían descoordinados por el campamento. Un troll pasó muy cerca de nosotras, no aplastándonos con sus asquerosos pies por muy poco. Quise moverme pero me fue inútil, el dolor recorría mi cuerpo como un rayo, a mi lado Esther chilló, llorando y encogiéndose hacia una pierna que entendí rota. Miré las hienas a lo alto, escuchando sus risas siniestras.

¿Dacio? Le llamé, *¿estás ahí?*

Estamos corriendo hacia vosotras, respondió, *¡aguanta!*

Se la llevan, informé, viendo como los orcos montaban en las hienas con la elegida a cuestas.

Un segundo después la risa característica de otra hiena estuvo a mi lado y vi su feo rostro en mi campo de visión, mirándome. Me olfateó primero y se relamió después. Una segunda hiena se colocó al lado de Esther y la pobre muchacha me llamó como si pudiera hacer alguna cosa por salvarla.

Fruncí el ceño al palpar a Colmillo de Lince cerca de mi posición, agarré el mango de mi espada sin pensarlo y atravesé el pecho de la hiena que se disponía devorarme, incorporándome en el suelo para sorpresa de mi víctima. La otra hiena retrocedió de inmediato alejándose de Esther. Yo le apunté con la espada.

—Lárgate si no quieres morir —dije con la voz más amenazadora que pude.

La hiena echó las orejas atrás, miró a su compañera muerta y se retiró con una risita nerviosa.

Esther rompió a llorar.

—Debí quedarme en casa —sollozó.

Me arrastré hacia ella, viendo cómo los orcos que pasaban en desbandada a nuestro alrededor por el caos formado, continuaban sin reparar en nosotras, probablemente por pensar que éramos orcos heridos en combate gracias a nuestros disfraces. Aquellos que nos descubrieron hacía tiempo que se marcharon con la elegida.

—Debemos escondernos —la apremié—. Hay que llegar al bosque.

En ese instante alguien me dio la vuelta, por un momento creí que era un orco y alcé mi espada dispuesta a defenderme, pero entonces, la imagen de Dacio mirándome con preocupación hizo que me relajara y le abrazara con desesperación.

—Vamos, cariño —dijo pasando sus brazos por debajo de mi cuerpo. Me alzó y vi al resto del grupo que también había llegado hasta nosotras. Alan atendía a Esther y la alzaba en brazos mientras Laranar nos cubría intentando luchar contra los pocos orcos que quedaron para combatir, la mayoría se estaban retirando sin querer luchar como era su naturaleza.

Salvamos la vida por muy poco.

En el lago de Mengara me bañé con ayuda de Dacio que acarició mi cuerpo dolorido con sumo cuidado borrando cualquier rastro de barro u olor que pudiera quedar de aquellas infames criaturas. Los dos metidos en el agua, solos, bajo la luz de la luna y las estrellas no nos dijimos una palabra durante ese ritual. La tristeza de saber que Ayla continuaba en manos del enemigo llenaba nuestros corazones de amargura.

Una lágrima cayó por el rostro del mago y la limpié con mis finos y alargados dedos. Él me miró, suspirando. Se encontraba de pie, desnudo, las aguas del lago le cubrían hasta la cintura. Yo estaba sentada en unas rocas, también desnuda, delante de él.

—La rescataremos, aún tenemos tiempo —intenté animarle.

—Apenas nos quedan cinco días para que lleguen a Tarmona, y Esther tiene una pierna rota, Akila necesita descansar y tú no te puedes ni mover de lo magullada que estás.

—Estoy bien —repuse. Pasó una mano por mi costado, una caricia, y gemí de inmediato, demostrándome que no estaba tan bien como intentaba aparentar—. No es nada. —Insistí pese a todo.

Deslizó su mano hasta uno de mis senos y lo acarició con delicadeza.

—Casi te pierdo —dijo enfadado mirándome a los ojos—. La próxima vez te retirarás de inmediato, en cuanto veas que hay peligro.

—En todas las batallas hay peligro —quise hacerle ver.

—¡Me da igual! —Alzó la voz, sus ojos brillaban, apartó su caricia de mí—. No te das cuenta de que he tardado mil años en encontrarte, no puedo perderte, me quedaría solo de nuevo. ¡Eres lo único que tengo!

Le miré sorprendida, sus ojos me profesaban un amor profundo y absoluto.

—La próxima vez me retiraré a tiempo, te lo prometo —respondí, viendo su angustia.

Me abrazó entonces, casi temblando, y respondí a su abrazo. Por encima del hombro del mago me di cuenta de que Laranar estaba en la orilla a unos metros de nuestra posición mirando el cielo de la noche, absorto. Instintivamente, pese a que no creí que su intención fuera espiarnos, me cubrí los pechos y Dacio se retiró al darse cuenta de mi actitud. Miró hacia atrás, localizó a Laranar y volvió a colocarse delante de mí para cubrir mi desnudez.

—Volvamos —dijo cogiendo mi capa que dejamos al lado de las rocas para que no se mojara, me cubrió con ella y me cogió en brazos llevándome a la orilla en dirección opuesta donde se encontraba el elfo.

Allí me ayudó a vestir. Luego se vistió él.

—Me hubiera gustado estar un poco más, a solas —le dije y él sonrió.

—No estás para ejercicio físico, Alegra —respondió con una sonrisa y me besó en la nariz—. Pero ojalá estuviéramos en casa, los dos años que hemos pasado juntos en nuestra granja han sido con diferencia los más maravillosos de mi vida.

—¿Nuestra granja? —Repetí y él puso sus manos en mi rostro, acariciándolo.

—Todo lo mío es tuyo, mi granja, mi casa, mi corazón…

Le abracé entonces, ¡le amaba tanto!

—¿Pudisteis hablar con Ayla? —Nos preguntaba Laranar, a Esther y a mí—. ¿Le dijisteis que la rescataríamos?

—Estaba drogada, le dan Rolfar para mantenerla dormida —respondí.

Me encontraba agotada después de todo el día y parte de la noche. Esther empezaba a tener fiebre, pero se resistía a dormir hasta decidir qué direcciones tomaríamos a partir de ese momento.

Laranar se pasó una mano por el rostro al tiempo que negaba con la cabeza.

—En unos cinco días llegarán a Tarmona —dijo Alan—. Se nos acaba el tiempo y tenemos demasiados heridos.

—Yo puedo continuar —dije intentándome levantar. Al verme, Dacio, de dos zancadas volvió a mi lado para sujetarme y me puse en pie—. Continuemos.

—No lo vuelvas a hacer —me regañó el mago—. Podrías haberte hecho daño.

Le ignoré y empecé a caminar hasta alcanzar a Trueno, mi caballo desde que mi yegua Estela se lastimó una pata.

—Ya casi amanece —dije—. Dacio, ayúdame a montar.

Me detuvo y le miré, enojada.

—De verdad que puedo —insistí.

—¿Y Esther? —La miramos, su pierna izquierda estaba entablillada con un apaño que hizo el elfo para inmovilizarla. En principio, la tenía rota, pero el hueso seguía en la posición correcta con lo que, con un poco de suerte, solo fuera una fisura en la tibia o el peroné, no una rotura completa. De todas maneras la pobre muchacha estaba pálida y la fiebre no auguraba nada bueno.

—Continuaré también —dijo Esther con todo el valor—. Pero quizá necesite ayuda en montar.

—Está bien —accedió el elfo—. Es eso o condenamos a Ayla. Montarás conmigo.

El camino no fue fácil, la pierna rota de Esther fue una auténtica calamidad, gimió de dolor por más que intentó contenerse durante todo el camino, ya fuéramos al paso, al trote o al galope, y en varias ocasiones cayó inconsciente solo permaneciendo encima de la yegua gracias a los brazos fuertes de Laranar. Yo, en mi propia agonía, intenté mantenerme sobre Trueno como buenamente pude, pero finalmente Dacio tuvo que montar conmigo para asegurarse que no cayera al suelo, también me mareaba y el vaivén del caballo por muy lento que fuera me torturaba sin parar, cortándome la respiración por el dolor en las costillas.

Todas nuestras prisas resultaron en vano. El ejército de orcos, llegó a Tarmona antes de poder alcanzarles y apostados en lo alto de un acantilado, pudimos verles en la distancia cuando apenas nos faltaban dos kilómetros para alcanzarles.

—¡No! —Gritó Laranar deteniendo a Bianca, se bajó de un salto y se aproximó al acantilado por donde marchábamos. El ejército de orcos traspasaba en ese instante las murallas de Tarmona sin poder detenerles.

El elfo cogió una piedra y la lanzó con toda su fuerza e ira hacia ellos, en una muestra de impotencia por no haber llegado a tiempo. Dejó caer todo su peso sobre las rodillas y miró destrozado como cerraban las puertas de Tarmona.

—La matarán, no he sido capaz de salvarla —dio un golpe con el puño en el suelo—. Urso le quitará las esquirlas de inmediato y le dará una muerte rápida antes que tengamos tiempo de infiltrarnos en su fortaleza.

Alan miraba en el horizonte igual de consternado, sus ojos se inundaban de lágrimas, y que un guerrero del Norte llorara en público era una muestra de gran afecto hacia la persona en concreto. También se dejó caer de rodillas en el suelo, abatido.

Dacio se aproximó a Laranar y le tocó un hombro al tiempo que se agachaba a su altura.

—Conozco a Urso, tenemos tiempo —le dijo—. La sacrificará dentro de diez días, en la luna llena. Nos infiltraremos y la rescataremos de algún modo.

Laranar cambió su expresión y volvió a mirar la ciudad, esperanzado.

—Pero esta vez deberemos ir solo los que somos capaces de luchar —intervino Alan limpiándose los ojos—. Esther, Alegra y Akila se quedarán resguardadas.

—Estoy de acuerdo —afirmó Dacio.

Laranar se alzó y caminó por el filo del acantilado, observando la ciudad.

—Urso ha cambiado la estructura de Tarmona —señaló el elfo el muro que la protegía—. Están construyendo una segunda muralla alrededor de la primera, mucho más alta, y la han extendido para que cubra una parte del bosque colindante. Lo último que sabía de la invasión de Tarmona, por lo que me comentó Aarón, es que los caminos que dan a las minas o las playas están custodiados día y noche por orcos. Además de haber derruido algunas casas y construido cabañas donde apiñan a los esclavos que les llegan de las aldeas saqueadas.

—Los informadores habrán tenido que acceder al interior para saber todo eso —comentó Dacio.

—Según tengo entendido se hicieron pasar por esclavos y algunos no han vuelto —contestó el elfo—. Hay… hay una gruta a través de unas cuevas que lleva directo al centro de la ciudad. Podemos utilizarla, antaño se ha utilizado como vía de escape en caso de que la ciudad fuese sitiada. Aunque habrá que dar un rodeo para llegar hasta allí.

—Pero el conde de Tarmona y su familia no pudieron escapar de Urso —observó Esther—. Tal vez, tengan ese camino vigilado.

—¿Cuánto nos llevaría intentarlo? —Preguntó Alan.

—Si salimos ahora, pasado mañana por la tarde estaremos dentro.

Un bosque ubicado a cinco kilómetros de Tarmona fue el lugar ideal para escondernos Esther, Akila y yo. En realidad nos dejaron en algo parecido a un agujero, un pequeño hueco en la base de una elevación que hacía las veces de cueva minúscula. Los caballos fueron liberados de sus sillas de montar dejándolos libres hasta necesitar de nuevo sus servicios.

—No os mováis —me pidió Dacio dándome un beso en los labios.

Akila se estiró a nuestro lado, también necesitaba descansar. Empezaba a no querer comer y me preocupaba cada vez más. La herida que se le infectó continuaba supurando.

—Ten cuidado —le pedí a Dacio—. No dejes que te capturen.

Sonrió y me dio otro pequeño beso, luego se alzó y murmuró algo a la vez que cruzaba sus manos de forma extraña. Una especie de barrera se alzó sobre nosotras.

—He hecho un espejismo —nos explicó Dacio desde fuera de la barrera—. Este lugar está infectado de orcos así que vosotras lo único que debéis hacer es quedaros aquí dentro sin hacer ruido. No os podrán ver desde fuera. —Se inclinó hacia delante y atravesó la barrera medio cuerpo, sonrió y me guiñó un ojo—. Pero vosotras sí que podréis ver lo que pase fuera.

Asentí.

El mago se alzó entonces, se volvió y junto con Laranar y Alan se marcharon en una última oportunidad por rescatar a la elegida.

AYLA

La pérdida del colgante

Todo era confuso, imágenes dispersas venían a mi mente. Risas siniestras se escuchaban a mi alrededor. Un dolor incesante martilleaba mi cabeza, y algo amargo, tan caliente como el fuego, bajaba por mi garganta y se aposentaba en mi estómago haciendo que mi mente se desvaneciera.

No sabía dónde estaba, todo era oscuro y frío.

Tuve pesadillas que me perseguían cada noche —o cada día—, encontrándome en unas ruinas donde el suelo adoquinado estaba cubierto por hierba y musgo. Algunas se encontraban sueltas o elevadas por las raíces de las plantas salvajes.

Risas a mi alrededor se escuchaban como gemidos de animales.

El colgante colgaba de mi cuello y pasé mis fríos dedos por él intentando encontrar el valor, buscando su poder, pero donde siempre sentí seguridad al hacer ese gesto, me encontré que el miedo se apoderaba de mí.

Una estatua caía en ese instante, haciéndose añicos muy cerca de mí.

Apreté más fuerte el colgante contra mi pecho y volví a caer en la inconsciencia, pero esas risas extrañas continuaron persiguiéndome.

Abrí los ojos una vez más al notar una baldosa clavándose en mi espalda, estaba desencajada del suelo. Me hice a un lado y la toqué, mirándola absorta…

—¡¿Ya estás despierta?! —Algo o alguien me cogió del cuello de la camisa, incorporándome, me abrió la boca e hizo que bebiera ese líquido amargo tan caliente como el fuego.

Me empujó en cuanto empecé a toser, dejándome aún más mareada. Fijé mi vista en el adoquín desencajado, alcé una mano y lo coloqué en el hueco de donde se había salido. La imagen de las ruinas se desvaneció a mi alrededor y mi mente me abandonó de nuevo para volver a soñar con ellas más tarde…

Un golpe al caer hizo que despertara, muy desorientada, con gritos de fondo de alguien que maldecía hecho una furia. Alcé la cabeza mirando alrededor, solo pude ver sombras borrosas, figuras dispersas que se movían nerviosas muy cerca de mí.

Los gritos continuaron incesantes, no entendía sus palabras, pero escuché golpes, el ruido de un látigo al ser desplegado y gemidos de criaturas rogando por su vida.

Intenté entender qué decían aguzando el oído y despejando mi mente.

—¡Inútiles! ¡Os habéis equivocado de chica! ¡Ésta no tiene el colgante! —Intenté enfocar mejor, pasándome una mano por los ojos pero solo visualicé una figura difusa alzando los brazos, exasperado.

Vestía de negro, eso sí pude distinguirlo.

—La llamaron Ayla —respondió alguien con la voz ronca que identifiqué como un orco—, la gente que la acompañaba se refería a ella como Ayla.

—¿Y cómo es que no tiene el colgante?

¿El colgante? Pensé aterrada.

Me senté como pude, tambaleándome y me llevé una mano al cuello, buscándolo, pero no lo encontré. Mi cuello estaba desnudo.

—¡Quiero el colgante! —Continuó gritando el hombre y percibí, en mi mundo de sombras cómo se encaró a mí—. ¡¿Ya has vuelto en sí?!

Me cogió del cuello de la camisa y acercó su cara a centímetros de la mía.

—¡¿Si eres la elegida, dónde lo escondes?! —Me preguntó, gritando.

Mis ojos se cerraban y abrían, aún desorientada.

Me zarandeó violentamente para que espabilase, luego me dio un bofetón.

—¡¿Que dónde lo tienes?! —Volvió a preguntar.

—Nnn… nnn… —Intenté hablar pero no pude.

—¡Maldita sea! —Me abofeteó de nuevo y dejó que cayera al suelo con un empujón—. ¡Traedla cuando despierte del todo!

Alguien me cogió —alguien con un olor corporal repugnante—, me cargó sobre los hombros y me condujo a algo parecido a una habitación. Al llegar, me tiró sobre una cama, luego se volvió y se marchó.

Laranar, pensé en mi protector y me eché a llorar. Sentía miedo y solo deseé que viniera en mi ayuda cuanto antes.

Lo que ocurrió después fue una tortura que pasé sola. Algo me ocurría, no supe exactamente el qué, pero tuve temblores, rayos que me recorrían el cuerpo hasta el punto que todos mis músculos se tensaban a la vez y permanecían horas en aquel estado, dejándome más tarde con un dolor punzante en cada parte de mi cuerpo. Lloré y grité, retorciéndome en mi lecho. Vomité en el suelo y me arrastré hasta una mesa carcomida donde una jarra de agua me esperaba. Bebí su contenido con avidez y regresé de nuevo a mi cama. Dormí durante no sé cuánto tiempo, soñando con baldosas de un suelo en ruinas, alzado por hierbas silvestres que querían ganarle terreno. Luego todo pasó, mi cuerpo se relajó y mi mente se apagó para dormir a pierna suelta como no había hecho durante días.

La puerta de la habitación se abrió con un fuerte golpe. Me desperté de inmediato, incorporándome en la cama. Al otro lado un orco entraba en la estancia y sin decir palabra me cogió de un brazo, me sacó de la habitación y empezó a arrastrarme por lo que parecían los pasillos de un castillo.

—¿Dónde estoy? —Le pregunté intentando seguir su paso acelerado.

—En Tarmona —respondió.

Abrí mucho los ojos, el miedo se intensificó y toda esperanza de ser rescatada en breve quedó mermada.

El orco continuó arrastrándome, girando a derecha e izquierda varias veces y cogiendo diversos pasillos hasta alcanzar unas escaleras que tomamos, descendiendo dos pisos. Finalmente, llegamos a una sala donde grandes ventanales dejaban pasar la luz de un día soleado.

El orco me tiró al suelo en cuanto llegamos, de forma tan bestia que me pelé las rodillas y las manos con la fricción del suelo al caer.

—Vaya, vaya, vaya, Ayla, la elegida —levanté la mirada y vi a un hombre que se acercaba lentamente a mí. Aparentaba los cuarenta años, con el cabello oscuro, lacio y largo hasta casi los hombros. Su rostro era pálido y sus ojos marrones me miraban muy abiertos como si fuera un loco. Vestía una única túnica de color negra y llevaba un gran anillo de oro que se asemejaba a una serpiente rodeándole el dedo índice de la mano izquierda, junto con una cadena de oro que le colgaba del cuello—. ¿Dónde tienes el colgante? —Me preguntó una vez llegó a mí, cogiéndome del mentón—. He registrado tu mochila, y nada, tampoco está.

Torció la cabeza a un lado, su mirada me recordó a la de un lunático, de alguien que le faltaba un tornillo. Aquel era el mago oscuro Urso, no tuve ninguna duda de ello.

—¡¿Dónde está?! —Chilló al tiempo que aumentaba la presión que ejercía en mi mentón.

—No lo sé —respondí, asustada.

—¡No mientas! ¡¿Dónde los tienes?! —Bofetada—. ¡Vamos! —Bofetada.

Caí al suelo e intenté incorporarme mientras una presión en el pecho crecía y subía por mi garganta. No quería echarme a llorar, pero fue inevitable, y unas lágrimas circularon por mis mejillas doloridas.

—Juro que no lo sé —respondí—. Siempre lo llevo colgando del cuello, pero cuando desperté ya no estaba. Lo he debido de perder de camino a Tarmona. Sus orcos —les nombré con rabia, eran unos animales y unos brutos. Algunos de ellos, un total de cinco, se encontraban presentes—, no me trataron lo que se puede decir bien, quizá me lo robaron, o al golpearme cuando les venía en gana hicieron que se me cayera y lo perdiera.

Urso empezó a gruñir, luego chilló llevándose las manos a la cabeza.

—¡Maldición! —Gritó por toda la sala y empezó a patalear como si de un niño se tratara, o un loco—. ¡No puede ser! ¡No ha podido perderse! ¡Quiero su poder!

Se encaró a un orco que esperaba atemorizado a un lado.

El mago oscuro empezó a acumular energía en sus dos manos formando dos bolas de fuego, acto seguido las disparó contra el orco, eliminándolo y dejando un cuerpo carbonizado en el suelo. Luego se dirigió a mí y me encogí creyendo que me mataría, quizá hubiera sido más apropiado mentir y hacer creer que sabía dónde se encontraban, pero seguro que entonces hubiera utilizado todas sus artes de tortura para sacarme la ubicación del colgante.

Puso sus manos en mi cabeza y acto seguido un reguero de imágenes empezó a pasar por mi mente. Fue una sensación extraña y desagradable, aquel cabrón estaba hurgando en mis pensamientos, en mis emociones, buscando cualquier indicio que pudiera ayudarle a encontrar el colgante. Pero después de unos minutos que se me hicieron eternos y en los que intenté esconder cosas tan personales como mi relación con Laranar —vanamente, por supuesto, no pude evitar que fisgara en mi mente—, me soltó.

Se dirigió al orco que me escoltó hasta la sala, el monstruo temblaba.

—Creo que dice la verdad —le habló impotente por la situación—. La drogasteis como os ordené para que no pudiera utilizar el poder del colgante, pero… ¡¿Alguno de vosotros lo cogió?!

—No, amo —respondió de inmediato el orco—. Obedecimos vuestras órdenes al pie de la letra. Capturarla, drogarla y traerla de inmediato a Tarmona.

—¡¿Y por qué no lo tiene?!

—No lo sé, amo. Ninguno lo cogió como vos ordenasteis —repitió.

Urso le dio la espalda y se llevó una mano al mentón, pensativo. Empezó a andar de un lado a otro, pensando.

—Quizá algún inútil lo vio colgando de su cuello y se vio atraído por su poder —gruñó—. ¡Por eso ordené que nadie lo cogiera! —Miró de nuevo al orco—. Sois unos inútiles avariciosos capaces de querer utilizar un arma demasiado poderosa para vosotros. ¡Yo debí ser el que se lo arrebatara! ¡Y ahora está perdido! ¡Lo vais a pagar muy caro! ¡Todos! —Me miró a mí, sus ojos se habían tornado tan rojos como la sangre—. ¡Eres una inútil!

Dirigió sus manos en mi dirección, donde en todo momento me quedé sentada en el frío suelo de piedra, temblando por la situación, y, entonces, algo me elevó. Mis pies dejaron de tocar el suelo y quedé suspendida en el aire.

>>¡Maldita! —Acto seguido golpes de aire fueron dirigidos hacia mí como si de puñetazos se trataran.

La fuerza de su ataque fue una paliza que me golpeó la cabeza, el rostro y el cuerpo. Noté los golpes uno a uno, sin fin, mientras gritaba de dolor y luego gemía al perder las fuerzas, no pudiendo hacer nada por detenerlo, quedando inmóvil como si manos invisibles me sujetaran en el aire recibiendo una paliza sin tregua.

Algo ocurrió justo antes que perdiera el conocimiento, su ataque se detuvo. Abrí los ojos mirándole desde mi posición elevada, llorando, y me di cuenta de que la sala donde nos encontrábamos temblaba.

Urso miró alrededor y bajó sus brazos dejándome caer bruscamente.

—¿Qué ocurre? —Preguntó el mago oscuro.

Luché por respirar y noté un río de sangre bajar por mi cabeza, sintiendo un dolor agudo en el pecho y creyendo que brazos y piernas los tenía rotos por la paliza recibida.

La cara me dolía, casi no podía abrir ni los ojos y cuando lo hice me vi cubierta de sangre. Al buscar a Urso lo localicé mirando por uno de los ventanales de la sala que daba al exterior.

El castillo entero temblaba.

¿Ayla? Escuché la voz de Dacio en mi cabeza, *¿Ayla me escuchas?*

El simple hecho de llorar me causaba dolor en el rostro, pero no pude evitar que más lágrimas cayeran por mi cara al escuchar la voz del mago en mi cabeza, sabedora que había venido en mi ayuda.

¡Ayla! ¡Responde! ¡Vamos! Me insistió el mago.

Dacio, respondí, *estoy con Urso en el castillo.*

Vamos en tu ayuda, ¡aguanta!

Urso se volvió a mí y me miró con ojos fríos. Luego miró al orco.

—Mandad a todo orco, hiena y troll a matarles —sentenció.

Dos orcos abandonaron corriendo la sala.

¿Ayla? Aquella voz era la de Laranar, *¿estás bien?*

¡Laranar! Grité en mi mente, *tened cuidado, está mandando a todo su ejército contra vosotros.*

La cosa se complica, nos atacan centenares, escuché de nuevo a Dacio.

El castillo temblaba de forma intermitente a cada ataque que lanzaba el mago.

Laranar, Dacio, he perdido el colgante en algún punto del camino a Tarmona. No lo tengo y Urso tampoco, les informé. *Iba a matarme cuando el castillo ha empezado a temblar.*

¿El colgante se ha perdido? Quiso cerciorarse Laranar. *Bueno… no te preocupes, mejor. Así no lo tiene Urso.*

Urso se sacó en ese instante el anillo de oro que llevaba y lo lanzó por el gran ventanal.

—Destruye a esos insectos —dijo a la vez que formaba una especie de sellos mágicos con las manos—. Mátales.

Por más imbeltrus que haga no se acaban, Dacio hablaba con Laranar, no conmigo. Entendí que el fragor de la batalla debía ser monumental para no poder hablar directamente entre ellos.

En ese instante una enorme serpiente asomó por la ventana donde Urso miraba, haciéndose cada vez más y más grande, hasta solo ver una parte de su cuerpo alcanzando un tamaño descomunal. La sala se ensombreció al verse cubierta por una gigantesca serpiente.

¡Por Natur! Gritó Laranar.

¡Huid! Les grité, *no podréis con eso.*

¡Nunca! Respondió Laranar, *prefiero morir luchando que retirarme sabiendo que te van a matar.*

No lo hagas, le supliqué, *no mueras por mí.*

Ayla, escúchame, intervino Dacio, *convence a Urso que le puedes ser útil. Eres la elegida y estás destinada a poseer el colgante, dile que tarde o temprano el destino hará que vuelvas a tenerlo. Nosotros volveremos con un ejército a rescatarte.*

No pienso abandonarla, escuché a Laranar.

Te necesito con vida Laranar, le dije, *salva la vida y dame un motivo para ser fuerte y seguir viva en Tarmona.*

Pero…

¡Hazlo, por favor! Le supliqué.

Convence a Urso, Ayla, repitió Dacio, *tenemos que retirarnos, lo siento.*

Lo entiendo.

Sé fuerte cariño, me pidió Laranar, *sé fuerte y no mueras, eres mi vida.*

Te esperaré, respondí, *te quiero.*

Urso me miró en ese instante y rápido como un rayo invocó una serie de sellos mágicos con las manos. Algo ocurrió y una especie de energía envolvió al mago, expandiéndose alrededor de todo el castillo.

Yo también te quiero y juro que te rescataré… la voz de Laranar se apagó y Urso caminó hasta mí.

—Buen intento el vuestro —dijo el mago oscuro—. Pero las conexiones mentales las tienes prohibidas. He levantado una barrera.

Apreté los puños y miré el suelo notando mis ojos arder.

El castillo dejó de temblar.

>>Bien, ¿por dónde íbamos? —Noté cómo me elevaba de nuevo.

—¡Si me matas jamás tendrás el colgante! —Grité y vi al mago fruncir el ceño—. Piensa, soy la destinada a portarlo, tarde o temprano volverá a mí. Si me mantienes viva, de una manera o de otra, el colgante caerá en tus manos.

Se limitó a mirarme, pensando en aquella opción.

—¡Te convertirías en el mago más poderoso de Oyrun! —Continué—. ¡Más incluso que Danlos!

Aquello no le desagradó, pude leerlo en su rostro.

Finalmente, sus labios se curvaron en una especie de sonrisa y, lentamente, me dejó en el suelo.

—Por fin obtendría el respeto que merece un maestro de su alumno —dijo—. Él fue mi discípulo, se lo enseñé todo y ahora me trata como si no fuera nada. ¡Cuándo se entere que te tengo cautiva seguro que viene corriendo! Ja, ja, ja, ja —empezó a reír como un loco—. Las tornas han cambiado, Danlos —sus ojos volvieron a un color normal.

Un orco entró en ese instante y se inclinó ante Urso.

—Han logrado escapar, amo —informó.

En respuesta, Urso, enfadado, mató al mensajero sin ningún tipo de contemplación. Simplemente alzó una mano y el cuello de aquella criatura se rompió por si solo con un escalofriante chasquido.

Agradecí interiormente que Laranar y Dacio se encontraran a salvo.

El mago oscuro miró al orco que me trajo a la sala.

—Llévala de nuevo a la habitación, que curen sus heridas, en cuanto esté recuperada trabajará como todos los esclavos de Tarmona —el orco asintió, se dirigió a mí y me cogió de nuevo sobre sus hombros.

Gemí de dolor, un dolor incesante que circulaba por todo mi cuerpo.

—¡Ah! Y… —El orco se volvió para escuchar a Urso de inmediato—. Preparadme un esclavo cada día para sacrificar, en esta ocasión que sean todos varones, me aportarán más fuerza física. Quiero estar preparado para cuando me visite Danlos. La elegida es mía. No me la arrebatará.

En cuanto el orco me tiró de malas maneras en la cama donde pasé los primeros días, perdí el conocimiento por el dolor de mis heridas.

Alguien pasó un paño húmedo por mi frente y al abrir los ojos vi a una chica de mi misma edad atendiendo mis heridas. Se detuvo en su labor y me miró. Su expresión era triste, seria, sin un ápice de vida. Tenía el cabello castaño y los ojos marrones, de rostro fino y constitución delgada, o quizá desnutrida por el sitio en que nos encontrábamos.

—¿Cuánto llevo durmiendo? —Le pregunté.

No me respondió, cogió la palangana que al parecer había utilizado para limpiar mis heridas y se encaminó a la mesa carcomida. Me incorporé en la cama, sentándome a duras penas. Mis heridas estaban cicatrizando, pero por brazos y piernas unos enormes moratones afloraban tan negros como la noche. Tenía un brazo y un tobillo vendados. Quizá los tuviera rotos, me dolían bastante. Me toqué el rostro, palpando mis ojos, los noté inflamados, uno de ellos casi no lo podía ni abrir.

Ese simple gesto, de alzar una mano, hizo que me diera cuenta de que varias costillas también las debía de tener rotas, pues un dolor agudo hizo que se me cortara el aire, tardando unos segundos en poder respirar con normalidad, y sintiendo un reflejo constante de dolor con el ritmo normal de mi respiración.

Mis ropas habían sido sustituidas por una simple camisa dos tallas más grande de la que necesitaba y unos desahogados pantalones sujetos por un grueso cordón. Eran unos ropajes viejos, pero por lo menos estaban limpios.

—¿Cómo te llamas? —Intenté de nuevo, pero se limitó a tirar el agua de la palangana, teñida de rojo, por la ventana. Luego volvió a la mesa y empezó a enrollar unas vendas como alma en pena.

Si la tristeza tuviera rostro sería el de esa chica, pues un aura de pena la cubría y parecía absorta en su trabajo, haciendo las labores por mecánica, no siendo consciente realmente de sus pasos.

—Yo me llamo Ayla —me presenté, intentando ser paciente—. Soy la elegida.

No cambió, continuó doblando vendas como si le importara bien poco quién era.

—La condesa no te responderá —dijo otra voz y al dirigir mi atención a la puerta de la habitación vi a una anciana con una bandeja de comida en sus manos. Automáticamente mi estómago rugió, no recordaba la última vez que comí—. Me llamo Fanny —se presentó la mujer mientras se aproximaba a mí.

Noté que el acento de la mujer al hablar me era desconocido, parecía francesa, pero hablaba el idioma común de Oyrun —el Lantin— con soltura.

Cogí la bandeja que me ofreció e intenté sentarme lo mejor que pude en la cama, pero las heridas me dolían a rabiar. La anciana me ayudó con unos cojines colocándolos detrás de mi espalda para que estuviera más cómoda.

—¿Ella es la condesa de Tarmona? —Quise cerciorarme—. Creí que toda la familia había muerto.

Fanny negó con la cabeza. Era una mujer arrugada y cansada,

bajita y delgada.

—Condesa, ¿por qué no saluda a la elegida? —Intentó Fanny, pero la chica la ignoró—. Perdónala —me pidió—. Urso mató a su marido delante de ella y sacrificó a su hijo recién nacido delante de todo el pueblo, desde entonces no dice una palabra.

Miré a la chica de nuevo, con un extraño sentimiento de culpa al sentirme responsable de alguna manera por ser la elegida y no haber podido evitarlo.

—Lo siento, lo siento mucho —dije, sin saber qué más decir, pero fue como si hablara con una pared. La condesa estaba y no estaba, era un cuerpo en movimiento sin una pizca de vida.

—Puedes llamarla condesa o Gwen, que es su nombre. De cualquier manera no te hará caso —manifestó Fanny—. En fin, —suspiró —lamento que estés en Tarmona, pero de todas formas bienvenida.

—Gracias, creo.

Volví mi vista a la bandeja de comida y vi que solo me sirvieron un plato de sopa aguado, un mendrugo de pan y una manzana.

—Las raciones de comida como verás son muy pequeñas y has tenido suerte porque te encuentras enferma, sino no tendrías ni la manzana. —Me explicó Fanny sentándose en el lateral de mi cama.

Suspiré.

Pese a que la sopa apenas tenía sabor y el mendrugo de pan estaba más duro que una piedra, me comí todo sin rechistar.

—¿Cuánto llevo inconsciente? —Le pregunté en cuanto terminé de comer.

—Dos días —respondió—. Te he alimentado a base de agua, miel y un poco de yogur que parecías tomar bastante bien, pero debes descansar más. Tienes un esguince en la muñeca izquierda y el pie derecho, junto con varias costillas, más los moratones y heridas superficiales que, por supuesto, te habrás dado cuenta de que tienes por todo el cuerpo. Te arrearon bien.

La condesa se aproximó, cogió la bandeja de comida y se marchó de la habitación sin decir palabra.

Fanny se alzó, ayudándome a tender de nuevo en la cama.

—No quiero ofenderla, pero creí que Urso mataba a los ancianos por no ser útiles para trabajar, ¿qué edad tiene usted? —Pregunté, una vez me estiré.

Fanny sonrió, y me mostró una boca casi sin dientes.

—Sesenta —respondió.

Sí que está estropeada, pensé.

Daba la sensación que tenía ochenta.

>>Urso me mantiene con vida porque soy de las pocas curanderas que quedan vivas en Tarmona. La condesa y yo trabajamos en el hospital, es mejor que las minas, pero igual de desagradable. En cuanto estés recuperada vendrás a trabajar con nosotras, el mago oscuro no quiere que mueras en uno de esos derrumbes que suceden cada día y que mata a más de un esclavo. Dime, ¿sabes algo de medicina?

—Poca cosa —respondí con sinceridad—. Pero he visto coser heridas y sé cómo tratar según que enfermedades aunque nunca lo haya hecho.

—Eso es mejor que nada —respondió—. Aprenderás con la marcha. Yo te enseñaré. Ahora descansa y aprovecha esta habitación tan cómoda porque luego compartirás cabaña con treinta esclavas más.

Di un rápido vistazo a mi estancia, si aquello era una buena habitación yo era una elfa. Solo disponía de una pequeña ventana, la cama maltrecha donde estaba estirada y la mesa de madera carcomida junto con una silla. Aparte de eso no había nada más, ni un cuadro o un armario, nada. Y todo estaba en muy mal estado. Temí cómo sería mi nueva estancia en el futuro, pero me limité a asentir y cerrar los ojos para soñar de nuevo con un suelo lleno de baldosas deterioradas por el tiempo.

Marta Sternecker

LARANAR

Ejércitos de Oyrun

Regresábamos al escondite de las chicas arrastrando los pies como alma en pena. Escapamos por muy poco de Tarmona, hubo un momento que creí que moriríamos viendo los centenares de orcos, trolls y hienas dispuestos a matarnos. Yo quise continuar, intentar rescatar a Ayla aunque significara nuestro fin, había pocas posibilidades de abrirnos camino hasta el castillo con semejante ejército, pero aunque solo fuera una oportunidad entre un millón, estaba dispuesto a intentarlo. No obstante, la serpiente de veinte metros de altura nos superó. Ni el escudo de Dacio nos hubiera podido proteger durante mucho tiempo. El mago ya había agotado parte de sus reservas de energía en imbeltrus contra los orcos, y el escudo que alzó para protegernos a Alan y a mí duró el tiempo justo para alcanzar el paso secreto que conducía del bosque al interior de la ciudad. Por ese agujero, grande en realidad, no pudo seguirnos la serpiente ya que quedó atrapada intentando meter su gran cabeza.

La gruta secreta que llevaba a Tarmona sería sellada, sin opciones a poder intentar un segundo rescate. Ya tuvimos suerte de encontrarnos únicamente dos orcos que la custodiaran, esperar lo mismo era un sueño imposible.

Cojeaba de la pierna izquierda por un golpe recibido en la rodilla. Mis ropas estaban manchadas de la sangre del enemigo mezclada con la mía propia. Tenía dos cortes en el brazo y antebrazo derecho, junto con otros tantos en mi brazo izquierdo. Dos tajos en la espalda y un corte importante en el abdomen, aunque no mortal.

Aquellas heridas no eran nada para mí, estuve dispuesto a morir por Ayla, llegar hasta el final, pero la súplica que me hizo de continuar con vida para darle un motivo para vivir y ser fuerte fue lo que me echó para atrás. Por ella, para darle fuerzas, me retiré.

Alan no presentaba mejor pinta que yo, también se encontraba herido. He de reconocer que sin su ayuda no hubiéramos salido vivos de Tarmona, ni llegado tan lejos en el rescate de Ayla. Si una hiena de Sethcar no hubiera percibo nuestro olor habríamos alcanzado el castillo antes que ningún orco se percatara de nuestra llegada, pero no pudimos hacer nada por detenerla. El guerrero del Norte la eliminó con una sola estocada, pero ya fue tarde entonces, y todo orco de Tarmona vino para la batalla. Aún así, pese a la indiscutible destreza de Alan en el manojo de la espada y fuerza física para dar tan poderosos golpes, continuaba odiándole y deseaba más que nunca que se marchara cuanto antes del grupo, en vez de tener que aguantar un minuto más sus quejas de por qué Dacio no le permitió hablar con Ayla a través de la mente como hizo conmigo.

—Laranar es su pareja y hacer una conexión mental a tres bandas mientras libras una batalla es harto complicado. No podía estar en todo, mi magia tiene sus límites y si debía escoger entre tú y Laranar, indudablemente escogí a quién la elegida le haría más feliz escuchar. Así que no te quejes tanto, a fin de cuentas parece que has vuelto al grupo que ya es mucho dada tu situación.

Pero Alan refunfuñó durante todo el camino. Le hubiera dado una paliza, de verdad, pero me encontraba tan débil, herido y deprimido por lo sucedido, que ya todo me daba igual.

Escuché el gemido de un lobo metros antes de llegar al escondite donde dejamos a Esther y Alegra. Akila apareció moviendo la cola en lo alto de un terraplén. Bajó con lentitud del lugar, pero mucho más despierto que cuatro días atrás cuando le dejamos resguardado. Al primero que saludó fue a mí y le acaricié respondiendo a su saludo.

—¿Ya estás mejor? —Le pregunté—. Sí, es sangre de orco —el lobo olfateaba mis ropas—. Y algo de mía también hay.

Me incorporé notando un dolor agudo en el abdomen de la herida que tenía.

—Vaya, ya estás mejor —comentó Dacio contento de verle tan animado y saludándole—. La herida del pecho parece que se te está curando, no la tienes tan infectada como hace cinco días.

Akila se refregó en las piernas de Dacio, mientras el mago le acariciaba.

—Solo necesitaba reposo —dije al verle mucho más recuperado.

Akila no saludó a Alan. Los lobos eran muy territoriales y fieles a su manada. Para él, Alan era un intruso que simplemente toleraba a regañadientes. Por ese motivo lo ignoró, no dejando que le tocara.

—Bien hecho —le susurré al lobo cuando volvió a mí viendo su reacción con el hombre del Norte.

De refilón vi como Alan fruncía el ceño, molesto.

Continuamos unos metros más adelante y por fin vimos el refugio de las chicas. Alegra no tardó en salir de su escondite como si atravesara una pared de tierra gracias al hechizo ilusorio del mago.

—¡Dacio! —La Domadora del Fuego fue corriendo a él, preocupada al verle cubierto de sangre, todos teníamos un aspecto lamentable—. ¿Estás bien? ¿Estás herido?

Dacio negó con la cabeza.

—No hemos logrado rescatar a Ayla —dijo.

Alegra le abrazó y él respondió a su abrazo aspirando su aroma de mujer. Envidié a mi amigo por poder hacer eso. Quizá, yo, nunca más podría volver a abrazar a Ayla.

En cuanto entramos todos en el refugio —no teníamos claro que los orcos hubieran desistido aún de darnos caza—, vimos a Esther tendida en el suelo, durmiendo y con un paño en la frente.

—Ha estado muy débil —nos comentó Alegra—. Pero parece que hoy le ha empezado a bajar la fiebre. Aunque necesita descansar más tiempo para recuperarse.

—Tiempo que no tenemos —dije apoyándome en la pared de aquel minúsculo agujero en el bosque, dejándome caer lentamente por ella hasta sentarme en el suelo, agotado—. Debemos avisar cuanto antes a los países de Oyrun para traer un ejército capaz de derrotar a Urso y salvar cuanto antes a Ayla.

—Creí que a estas alturas ya la habrían…

Negué con la cabeza y la Domadora del Fuego suspiró, aliviada.

Esther se despertó en ese instante y aprovechamos en explicar lo sucedido en Tarmona. Una vez aclarado que Ayla continuaba con vida —no sabíamos por cuánto tiempo— y que el colgante estaba perdido en algún punto del camino entre el secuestro y Tarmona, debatimos cómo actuar y cuándo empezar, viendo que todos, sin excepción, estábamos heridos en mayor o menor medida.

—Dacio y Alegra, iréis a Mair a avisar de lo sucedido. Ambos, pese a que estáis heridos, podéis iniciar el viaje mañana mismo si vais con calma. No obstante, tardaréis más en llegar que el resto de nosotros, al encontrarse Mair en el otro extremo de Oyrun. Alan avisará a Andalen y el reino del Norte. Y yo haré alzar a mi ejército en cuanto llegue a Launier. Alguien deberá avisar a Zargonia, dudo que los duendecillos quieran guerrear, pero puede que algún centauro, unicornio o pegaso nos quiera ayudar.

—En cuanto lleguemos a Mair nos encargaremos de que algún mago lo comunique a los duendecillos con el Paso in Actus —se ofreció Dacio—. Será más rápido. Y también propondré que un grupo de magos guerreros haga el camino del secuestro que hemos recorrido para encontrar el colgante. Será buscar una aguja en un pajar, pero nunca se sabe. De todas maneras, vendré a visitarte a Sorania para puntualizar qué fechas creemos que estaremos preparados todos los ejércitos de Oyrun para combatir.

Asentí.

—Queda Esther —la miré—. ¿Con quién quieres venir?

—Contigo —respondió sin ninguna duda—. Estoy convencida que a tu lado me enteraré de todo lo que pase en Tarmona respecto a Ayla.

—Deberás aguantar el ritmo del viaje —la avisé—. No podemos permitirnos ir lentos.

—Lo sé, haré un esfuerzo.

—Pero no la obligues a ir demasiado rápido —me advirtió Alegra—. O no llegará a Launier viva. De todas maneras, entre sus heridas y las tuyas, haríais bien en quedaros dos semanas resguardados aquí.

—Ya veremos —respondí, no queriéndome comprometer pese a que las heridas de mi cuerpo, sobre todo de mi rodilla, dolían a rabiar—. Si todo va bien, llegar a nuestros destinos y levantar los ejércitos nos llevará casi un año, teniendo que dejar pasar el próximo invierno para no vernos bajo sus nieves en plena conquista. Hasta entonces, esperemos que Ayla continúe con vida.

Asintieron, no muy convencidos que llegáramos a tiempo. Ayla podía morir en cualquier momento.

—¿Por qué siempre miras las estrellas?

Me volví al escuchar a Esther a mi espalda, y la vi de pie, ayudada por un largo bastón que conseguí para ella, de manera que le fuera más fácil poder caminar y moverse cuando no cabalgábamos.

—Deberías estar durmiendo —respondí—. ¿Qué haces despierta?

—Me desperté y vi que no estabas. Akila me ha guiado hasta ti.

El lobo ya estaba por completo recuperado de sus heridas y solo unas cicatrices en su pelaje quedaron como recordatorio de su lucha con la hiena de Sethcar. Llevábamos más de un mes de recorrido y pronto alcanzaríamos Sorania. Con un poco de suerte, al día siguiente por la tarde ya podría informar de lo sucedido a mi padre y empezar a movilizar el ejército de Launier.

—¿Y bien? —Insistió—. No es la primera vez que te veo de esta manera. ¿Hay algún royo élfico de por medio para que te pases noches enteras mirando el cielo?

—No hago nada malo —respondí algo molesto.

—Solo siento curiosidad, nada más —dijo acercándose a mí casi sin cojear. Ya casi estaba recuperada pese a necesitar la ayuda del bastón—. Antes no lo hacías.

—Antes Ayla no estaba secuestrada —dije un tanto enfadado—. Nos prometimos que si algo sucedía y no podíamos estar juntos, cada noche, ella y yo, miraríamos las estrellas para estar unidos de alguna manera. Ambos miramos el mismo cielo, así que es como si en cierta manera estuviésemos juntos por las noches.

—Ahhh —exclamó, alzando la vista hacia la luna—. Es una buena idea. ¿Te importa que lo haga yo también?

—No —dije volviendo mi atención al cielo.

Esther se sentó en el suelo. Yo continué de pie.

Empezaba a clarear, el sol en poco tiempo haría que desaparecieran las estrellas hasta la noche siguiente.

—En fin, —suspiré al cabo de pocos minutos, viendo que ninguna estrella quedaba ya en el cielo—, aprovechemos que estás despierta para continuar nuestro camino.

El verano tocaba a su fin cuando alcanzamos la capital de Launier. Mi viejo hogar continuaba igual que cuando partí por última vez, soleado y lleno de vida. Quizá pronto, la oscuridad se ceñiría en mi país si Ayla moría. El destino de todo Oyrun dependía de la elegida, pero lejos de poder mandar un ejército de inmediato para rescatarla, debíamos dejar pasar el invierno que se acercaba y esperar a la primavera siguiente para que nuestras tropas no se vieran expuestas a los vientos helados de los terrenos por los que debíamos pasar para alcanzar la ciudad de Tarmona. No íbamos a cometer el mismo error que Urso tuvo un año antes, cuando trajo un ejército del desierto a Launier en pleno invierno. Solo esperaba que para cuando recuperáramos Tarmona, Ayla continuara con vida.

La llegada al palacio cogió por sorpresa a todos. Mis padres y el consejo real escucharon las malas nuevas que transmití. Una vez hecho, el rey me puso al mando para que dirigiera las labores de reclutamiento militar. Todo aquel elfo capaz de empuñar una espada sería llamado a filas. Aunque no se trataba únicamente de mandar a soldados a luchar. Había que pensar en varias cuestiones que resolver antes de iniciar el camino, como el número de efectivos que partirían sin dejar vacías nuestras fronteras para garantizar la protección del reino, víveres imprescindibles, médicos, herreros, caballos y, sobre todo, navíos que partirían con el objetivo de conquistar Tarmona también por mar.

No era fácil levantar un ejército, se necesitaban recursos y dinero. Por suerte, Launier, disponía de todo ello. Lo único que apremiaba era el tiempo.

Junto con mi padre, marcamos una fecha de salida para iniciar la marcha hacia Tarmona, 1 de Anil. Luego tardaríamos alrededor de dos meses en llegar a nuestro destino y reunirnos con nuestros aliados.

Ocho meses. Quedaban ocho meses para intentar reconquistar Tarmona y salvar a la elegida.

AYLA

El sacrificio

Me encontraba ordenando vendas en el almacén del hospital de Tarmona. Era un pequeño cuarto húmedo, sin ventilación, que olía a moho. Allí, se guardaba todo el material quirúrgico, medicinas y otros utensilios imprescindibles para curar a los enfermos que nos llegaban cada día. La mayoría de pacientes era por accidentes en las minas, otros por problemas respiratorios de inhalar el polvo de los túneles donde trabajaban y muchos por desnutrición, sobre todo niños. Se me partía el alma al ver a un pequeño entrar por la puerta del hospital arrastrado por un orco. La mayoría no se podía sostener en pie y caían al suelo en cuanto el orco les soltaba, otros ya llegaban inconscientes, y la mayoría heridos por el látigo, pues la primera norma entre los orcos era intentar que el esclavo se levantara fuese como fuese y que continuara trabajando antes que dejarles ir al hospital.

Llevaba más de dos meses en Tarmona y cada día que pasaba me daba más cuenta de que vivir en aquel infierno era una prueba de supervivencia. Mis primeras semanas en el castillo, recuperándome de la paliza recibida por Urso, no fueron tan malas como al principio me parecieron. Apenas me dieron de comer, pero aquellos días no tuve que lidiar con los orcos, ni trabajar doce horas diarias, ni ver a gente como se moría sin poder hacer nada por ayudarles. Solo el lugar que me fue asignado para pasar las noches

—una vivienda, si se podía decir de esa manera— fue una auténtica prueba de valor y entereza, pues me asignaron una de las cabañas que el mago oscuro ordenó construir para aquellos esclavos que habían sido capturados con posterioridad a la conquista de Tarmona.

En aquellos zulos, vivíamos una media de treinta a cuarenta personas, todas apiñadas en tablones de madera que eran nuestras camas. El olor en aquellas casas también era repulsivo, la higiene dejaba mucho que desear, y si no olía a sudor corporal, olía a orines y mierda.

Resumiendo, Tarmona era el mismísimo infierno al que debíamos enfrentarnos cada día.

Terminé de colocar las vendas en su sitio y salí del almacén. Delante de mí, la visión de una extensa sala con decenas de hileras de camillas ocupadas por enfermos se hizo presente.

—Agua —escuché pedir a un anciano.

De inmediato me acerqué a él, llené un vaso de agua y le ayudé a beber. El hombre se quedó dormido en cuanto apuró el vaso.

—¿Ayla? —Aquella voz era de Herbert, un niño de apenas ocho años, delgadito y poca cosa que estaba herido de un brazo al caerle una gran piedra encima.

Me acerqué al pequeño.

—¿También quieres beber? —Le pregunté acercándome a su camastro.

—Tengo hambre —dijo—. ¿No me puedes dar nada de comer?

—Lo siento —contesté acariciándole el pelo—. Pero ya has comido tu ración. Duerme un poco, quizá cuando vuelvas a despertarte ya sea la hora de la cena.

El niño suspiró, cansado, y cerró los ojos.

—Ayla, ayúdame con esto —esa era Fanny que se encontraba atendiendo las heridas de una mujer a cinco camillas de Herbert.

Me aproximé y vi que la paciente tenía un corte infectado en la pierna derecha.

—Hay que abrirla y limpiarla por dentro —diagnostiqué y

Fanny asintió.

Nos pusimos manos a la obra.

En el poco tiempo que llevaba en la enfermería había aprendido a coser heridas, hacer vendajes, entablillar extremidades, limpiar infecciones y amputar miembros —Bueno, eso de amputar, solo miraba, que para mí ya era mucho, la condesa Gwen la ayudaba en esos casos. Temía el día que tuviera que ayudarla yo—. Fanny era una buena maestra y exigente cuando había que serlo. Me obligó a valerme por mí misma más rápido de lo que hubiera deseado. Era la coordinadora del hospital —Si es que a esa enorme sala con centenares de camillas se podía llamar hospital, —y su tiempo valía oro, así que con dos o tres lecciones sobre cómo atender una herida debían ser suficientes para hacerlo una misma la siguiente vez.

—¿Y si no lo hago bien? —Le preguntaba al principio.

—Pues el paciente morirá, pero estoy convencida que procurarás que eso no suceda. Así que empieza a coser, que no puedo estar en todo —y se marchaba, dejándome con un hombre, una mujer o un niño, que dependían de mí para que les curara las heridas.

Y de esa manera aprendí, a base de actuar en muchas ocasiones por instinto. Incluso empecé a hablar palabras sueltas en *frades* —el idioma oficial del condado de Tarmona, muy parecido al francés, aunque la mayoría entendía y hablaba el lantin por ser un pueblo costero que antes de ser sometidos se dedicaban principalmente al comercio.

Terminamos de limpiar la herida supurante de la pierna de la mujer y empezamos a vendarla.

—Han venido a buscarte —dijo Fanny sin dejar de vendar la pierna.

Al volverme vi a un orco que andaba directo a mí y tragué saliva.

Cada ciertos días, Urso me hacía llamar para leerme la mente. Estaba convencido que si hurgaba en mis pensamientos acabaría encontrando el colgante perdido. No entendía que no sabía dónde estaba, pero el mago oscuro insistía manifestando que quizá la droga borró el recuerdo de algún orco arrebatándomelo. Quería saber quién había sido el ladrón y ajustició a treinta orcos, delante del ejército que estuvo custodiándome para traerme a Tarmona. Yo no lo vi, pero me contaron que los torturó lentamente hasta su muerte, pidiendo que el ladrón se diera a conocer.

Ningún orco se declaró culpable y el colgante de los cuatro elementos continuaba perdido.

Acompañé al orco, resignada a que me hicieran otra lectura de mente. Era odioso como el mago oscuro fisgaba en mis recuerdos. En ocasiones, se detenía a mirar otras cosas, no solo a buscar el colgante, era entonces cuando más rabia me daba, pues los recuerdos de mi infancia, de la Tierra, de mis amigos o de mis relaciones íntimas con Laranar eran míos, personales. ¿Cómo se atrevía a mirar esas cosas? Me sentía violenta, como si me desnudara sin tocarme.

Llegué ante Urso, su mirada de loco perturbado me miró con satisfacción.

—¿Ya has recordado quién te robo el colgante? —Preguntó.

—No —respondí escuetamente, llevándome una mano al bolsillo de mi pantalón por instinto. Allí guardaba un bisturí, pues en el hospital a veces tenía que lidiar con esclavos que se escabullían hasta el almacén de alimentos para robar comida sin importar el precio a pagar. Aunque, hasta el momento, con un simple grito de alarma era suficiente para que salieran huyendo antes que viniera un orco a por ellos. No obstante, Fanny me obligaba a llevar aquel instrumento siempre, por si acaso.

Urso alzó sus manos, pero antes que pudiera aposentarlas sobre mi cabeza saqué mi pequeña arma y le ataqué sin pensar, en un acto reflejo. Para mi sorpresa le hice un tajo en la mejilla izquierda sin encontrar ningún tipo de protección mágica. Quise darle un puñetazo también, pero los orcos ya me cogieron por los brazos, sujetándome y desarmándome.

El mago oscuro se miró la mano manchada de sangre que posó en su mejilla. Y yo temí lo peor. No supe que me llevó a hacer una locura así.

—¡Maldita! —Gritó fuera de sí.

Mis pies se elevaron del suelo y pataleé en el aire, asustada.

¿Qué demonios he hecho? Pensé, aterrada.

—¡Si me matas, no tendrás nunca el colgante! —Dije de inmediato.

Pero la paliza empezó como la primera vez. Golpes de aire lanzados contra mí como si puñetazos guiados por la mano de un hombre me golpearan por todo el cuerpo.

—¡Estúpida! —Me acusó Urso—. ¿Cómo te has atrevido a atacarme?

Los golpes pararon para lanzarme seguidamente contra una pared.

La respiración se me cortó al recibir el golpe en la espalda, luego caí desde dos metros de altura al suelo.

Intenté levantarme, pero fue inútil.

Sin apenas poder abrir los ojos, pude ver como el mago oscuro se acercaba a mí a grandes trancos.

—¡Así aprenderás! ¡Puta! —Empezó a darme patadas pese a que intenté protegerme hecha un ovillo en el suelo, arrinconada en la pared. Luego, un orco le tendió un látigo y empezó a blandirlo contra mí.

Grité desesperada al notar la fricción y sentir como me desgarraba la piel a su paso por la espalda, brazos y piernas.

—¡Detente! —Gritó alguien, de pronto.

Urso se detuvo y yo abrí los ojos lentamente, visualizando una figura borrosa a unos metros de nosotros. Poco a poco, reconocí quién era y si ya temblaba, empecé a temblar aún más.

Danlos, el más poderoso de los magos oscuros, había llegado.

—Me han llegado rumores que tienes a la elegida en tu poder —habló Danlos acercándose a nosotros—. Y veo que es cierto, ¿por qué no me has informado? Debiste mandarme un cuervo.

—Danlos —mencionó Urso palmeando una vez sus manos y acercándoselas al rostro en un gesto de locura—. Mi viejo camarada. Verás… —Algo hizo conmigo que empecé a arrastrarme sin pretenderlo por el suelo hasta colocarme al lado de un orco mientras un rastro de sangre quedó impregnado en el suelo—, donde otros fracasaron y han muerto, ¡yo! ¡El gran Urso! ¡Ha logrado vencer a la elegida!

Danlos me miró, entrecerrando los ojos, luego volvió su atención al mago oscuro.

—¿Por qué no la has matado? —Quiso saber.

—Quiero tenerla como mascota —respondió Urso.

—Una mascota que te ha mordido por lo que veo —replicó Danlos, y Urso se encogió de hombros con resignación tocándose una vez el corte en la mejilla—. ¿Y el colgante?

—El colgante es mío —dijo de inmediato Urso—. Se acordó que quien la matara se quedaría con las esquirlas que poseyera en ese momento.

Los ojos de Danlos se tornaron rojos. Acto seguido se alzó un viento por toda la sala y el orco que tenía al lado voló por los aires. Extrañamente, yo no me vi envuelta por tan poderoso ataque, pero me encontré con que Danlos hincaba una rodilla en el suelo un segundo después, sin siquiera poder ver cómo se aproximó a mí, tal era su velocidad.

Me alzó la cabeza fuertemente con sus dos manos.

—¡Es mía! ¡Es mía! ¡No te atrevas a tocarla! —Escuché gritar a Urso.

—El colgante lo obtendrá quien la mate, eso has dicho…

Alcé mis ojos hasta encontrar los de Danlos, sabiendo que me iba a matar sin perder tiempo, pero algo ocurrió en el mago oscuro que detuvo la presión que ejercían sus manos en mi cabeza y frunció el ceño.

—Te ha mentido —dije antes que me partiera el cuello, intentando hablar pese a que casi no podía pronunciar palabra, me faltaba el aire después de todos los golpes recibidos—. El colgante… no lo tiene —inspiré profundamente, mientras Danlos dejaba de sostenerme la cabeza con rudeza y sus ojos se calmaban volviendo al color marrón-chocolate que compartía con su hermano Dacio—. Lo perdí… o lo robó algún orco… no lo sé. Pero ha hecho sacrificios… cada día… para estar a tu altura.

—¿Y por qué te mantiene con vida? —Me preguntó—. Eres una amenaza.

—Porque… soy la destinada a llevarlo. Tarde… o temprano… volverá a mí. Y Urso quiere… su poder.

Danlos entrecerró los ojos, observándome. Finalmente, me dejó tendida en el suelo, soltándome con extraño cuidado para que no me golpeara la cabeza.

—Al igual que yo —respondió.

Se alzó entonces y se volvió a Urso.

—Yo la capturé, es mía —el mago lunático alzó de inmediato un escudo a su alrededor y se dispuso en posición de ataque.

—Desde luego —respondió Danlos alzando las manos no queriendo pelear—. Pero deja que te recuerde que quien manda aquí soy yo. Si tienes esta ciudad es gracias a mí, y si tienes a cinco mil orcos que te ayudan a controlarla, también, es gracias a mí. Por consiguiente, los orcos que empleaste para capturarla son míos. ¿Y quién la capturó entonces?

—Yo di la orden —respondió de inmediato Urso.

—Utilizando los recursos que tan gentilmente te presté —rebatió Danlos—. No te confundas…

Abrí mucho los ojos, impresionada por ver de pronto a Urso de rodillas a los pies de Danlos, al tiempo que era estrangulado.

—No eres nada a mi lado —le habló Danlos, apretando el cuello del que se suponía su compañero—. Solo un gusano que haría bien en recordar su posición. Ni con mil sacrificios estarás nunca a mi altura.

Lo dejó caer al suelo. Urso se llevó las manos al cuello, tosiendo, intentando recuperar el aire perdido.

Danlos se volvió a mí y me miró, encaminándose en mi dirección.

Temblé, no estando segura si Danlos me permitiría vivir. Al llegar a mi altura hincó una rodilla en el suelo y pasó sus brazos por debajo de mi cuerpo, alzándome. Gemí de dolor pese a que no lo hizo con rudeza.

—¿Te la llevas a Luzterm? —Le preguntó Urso.

¡No! ¡Por favor! Supliqué interiormente, aterrada. Si iba a la capital de Creuzos, el país de los magos oscuros, Laranar nunca podría rescatarme.

—Hay más probabilidades aquí que en Luzterm que la elegida recupere el colgante, por eso, voy a dejar que la continúes custodiando tú —emití un suspiro que se escuchó por toda la sala y Danlos me miró un instante, luego volvió a mirar a Urso—. Y porque ahora estoy tremendamente ocupado con mi mujer que pronto dará a luz a mi primogénito. Te voy a permitir que continúes con vida y te hagas cargo de esta ciudad, pero ten esto por seguro, vuelve a actuar a mis espaldas y no conocerás un nuevo amanecer. ¿Ha quedado claro?

Urso agachó la cabeza y asintió.

—Bien —le dio la espalda—, y procura que la elegida siga viva y de una pieza. Si me entero que le das otra paliza te partiré las piernas —dijo mientras abandonábamos aquella sala.

Temblaba en los brazos del mago oscuro, mientras le miraba de refilón, abriendo y cerrando los ojos de forma intermitente sintiendo un dolor atroz por las heridas infligidas.

—O eres muy valiente o muy estúpida —me habló mientras me conducía a alguna parte del castillo—. Si se te ocurre atacarme a mí como has hecho con Urso no seré tan benevolente como él.

Tragué saliva o, más bien, sangre. Si aquella paliza era ser benevolente no quería saber lo que me podía hacer aquel monstruo llamado Danlos.

—No obstante, —llegamos a una puerta y la abrió con su magia, sin siquiera tocarla. Entramos en una habitación mucho más lujosa que la que me asignaron la primera vez. Con cortinas, armarios, mesitas de noche, alfombras, un tocador y una gran cama de sábanas blancas—, será interesante tenerte cautiva. Jamás se me ocurrió tenerte como mascota —gruñí ante esa idea—. Vamos, podría ser divertido, aunque arriesgado una vez obtengamos el colgante de los cuatro elementos.

—Algún día te mataré —le dije con rabia, mientras me dejaba con cuidado en la mullida cama.

Me extrañó que no me dejara de malas maneras, como hubiera hecho un orco.

El mago oscuro se sentó en el borde de la cama y me observó, serio.

—Es extraño podernos ver fuera de los sueños, ¿no crees?

Suspiré, y miré hacia otro lado.

—A mí me extraña más poder ver un rostro idéntico al de un amigo al que aprecio y que ahora me cause miedo —respondí, luego le miré de refilón una vez—. Dejando a un lado el físico, no te pareces en nada a tu hermano.

—Dacio —nombró—. ¿Cómo estaba la última vez que le viste?

Le miré, extrañada.

—¿De verdad te importa? —Quise saber.

Se encogió de hombros.

Fruncí el ceño, pero aquello me causo dolor y volví a relajar el rostro.

—Es feliz, desde que está con Alegra —me limité a responder.

Se alzó de la cama.

—Jamás imaginé que esa Domadora del Fuego robaría el corazón a mi hermano —dijo—. En fin, mandaré que venga alguien a que te cure las heridas.

Y dicho esto, se marchó.

Suspiré y caí dormida, agotada, con un intenso dolor que recorría todo mi cuerpo.

Fanny y Gwen fueron las asignadas nuevamente a atenderme. Me lavaron y cosieron las heridas producidas por el látigo, me vendaron la mano derecha al ver que podía tener rota la muñeca y la pierna izquierda presentaba un corte profundo que tuvieron que vendar desde la rodilla hasta casi el tobillo.

—Me quedaran cicatrices, ¿verdad? —Le pregunté a Fanny, con lágrimas en los ojos.

—Probablemente la de la pierna y aquellas heridas más profundas del látigo.

Me miré los brazos, estaban todos marcados y la espalda me dolía a rabiar, teniendo que estar de lado en la cama.

—Te hemos traído ropa nueva —me informó Fanny.

Gwen dejaba en ese instante un vestido de un color verde descolorido encima de una silla.

>>Es lo único que hemos podido encontrar que esté limpio.

En cuanto terminaron de curarme, Danlos se presentó de nuevo con una bandeja de comida en sus manos.

—Retiraos —ordenó a Fanny y Gwen.

Ambas se marcharon sin decir palabra.

Percibí un olor delicioso de la bandeja que llevaba el mago oscuro. Me incorporé incluso, intentando sentarme pese a las heridas. Gemí al hacerlo.

—He creído que tendrías hambre —dijo Danlos mientras se aproximaba a mi cama—. Ves con cuidado. —Para mi sorpresa, el mago me ayudó con su magia a colocar unos cojines a mi espalda para estar más cómoda, aunque noté la tirantez de los puntos al colocarme en esa posición. Una vez el dolor se suavizó miré a Danlos extrañada por su ayuda. ¿A qué jugaba? —También puedo ser amable —dijo al ver mi expresión—. No todo es sangre y muerte conmigo.

Callé y volví mi atención a la bandeja de comida que dejó levitando a nuestro lado. Danlos hizo un gesto con una mano y la bandeja se colocó en mi regazo. Luego cogió una silla y se sentó al lado de mi cama.

—Come —me ordenó.

Miré la comida. Había salchichas, huevos revueltos, beicon frito y un mendrugo de pan que aún se encontraba caliente, junto con una manzana y un vaso de agua limpia.

—¿Está envenenada? —Pregunté recelosa.

Danlos sonrió, cogió una loncha de beicon y se la comió.

—No, ahora come —volvió a ordenar.

Suspiré, era mago, podía engañarme. Pero no tenía otra opción y si me quería matar no se me ocurría manera más deliciosa de hacerlo.

Lentamente, pues me dolía la cara al masticar, comí lo que el mago oscuro me trajo. Danlos se mantuvo a mi lado en todo momento, no apartando sus ojos de mí.

—Dijiste que estabas ocupado porque ibas a ser padre —comenté con todo el valor y él frunció el ceño—. ¿Cuándo nacerá?

—En apenas unas semanas —respondió—. Mi mujer está histérica, dice que ya no aguanta más el embarazo, lo ha llevado mal. Supongo que poder estar aquí contigo es un descanso después de todo para no escuchar sus quejas.

Continué comiendo.

—Me fastidió que regresaras tan pronto de la Tierra —dijo al cabo del rato—. Creí que tendría el tiempo necesario para poder criarle, que llegara a adulto y pudiera luchar contra ti a mi lado, pero ahora será más un estorbo que una ventaja.

Terminé de comer sin responderle.

—Estaba todo muy bueno, gracias —le tendí la bandeja y este hizo que levitara hasta la mesa más próxima.

—Bien —se alzó de la silla—. Ahora debo comprobar una cosa antes de marcharme.

De pronto puso sus manos en mi cabeza y rebuscó —como otras tantas veces hizo Urso— alguna pista sobre el colgante de los cuatro elementos. Nada encontró, no obstante, no se regodeó en mis recuerdos, fue directo al grano.

Dejé escapar el aire cuando terminó y le miré con lágrimas en los ojos, era tan desagradable que alguien te leyera la mente. Pero Danlos se limitó a observarme, dio media vuelta y se marchó dejándome sola en mi nueva habitación.

Urso no volvió a llamarme a partir de ese día.

—¿Por qué vienes a visitarme? —Le pregunté la tercera vez que el mago oscuro me sirvió la comida. Acostumbraba a aparecer cada ciertos días para ver mi evolución de las heridas. Y desde que Danlos apareció en Tarmona me daban de comer en condiciones, aunque repartía la comida con Fanny y Gwen, que se llevaban al hospital para poder dar ración extra a los niños.

—¿Te molesto? —Preguntó con una sonrisa de diversión marcada en su rostro.

—No me gusta que me miren mientras como —respondí—. Me pone nerviosa.

—Vaya.

Continuó mirándome pese a todo. Y suspiré, terminando de comer el pescado que me sirvió.

—Me gusta el color de tus ojos —dijo, cuando me iba a llevar un trozo de lubina a la boca—. Los encuentro preciosos.

Fruncí el ceño, ¿qué pretendía?

>>¿Nunca te lo habían dicho?

—No juegues conmigo —dije firme—. No creas que voy a bajar la guardia porque seas amable y me eches un piropo. Sé perfectamente cómo eres.

Se puso serio y entrecerró los ojos.

—¿Y cómo soy? —Quiso saber.

—Cruel, despiadado, capaz de hacer cualquier cosa para obtener lo que quieres.

—Me has descrito muy bien —asintió con la cabeza—. Pero solo soy de esa manera cuando debo serlo.

—Me dirás que el resto del tiempo eres un angelito, ¿no?

Sonrió.

—Simplemente, no siento remordimientos. Hago lo que sea necesario para llegar a donde quiero, sin importar los medios para conseguirlo. Pero, lo creas o no, soy mejor que otros magos oscuros a los que ya has eliminado o, simplemente, mejor que Urso. No mato por matar, a menos que sean orcos, ni torturo porque me dé satisfacción hacerlo. Únicamente, elimino a aquellos que son inútiles, débiles, o por el contrario, doy muerte a otros que me puede beneficiar su desaparición en este mundo. Castigo a los que desobedecen mis órdenes y sacrifico los que me pueden dar poder.

—Pues eso, cruel y sádico —repetí—. Sin remordimientos. No respetas nada.

—En eso te equivocas —negó con la cabeza—. Siempre he respetado a las mujeres, nunca he tocado a una en contra de su voluntad.

No supe qué responder a eso.

>>Y tienes suerte, porque me encantaría poder follarte.

Abrí mucho los ojos.

>>Tu mirada es preciosa. Me encantan las mujeres con los ojos verdes —rio—. Pero más morbo me da que seas la elegida y yo un mago oscuro.

—¿Qué diría tu mujer de esto? —Le recordé, distanciándome de él sutilmente, pero se dio cuenta y sonrió.

—Probablemente te mataría, y luego me daría una paliza de muerte a mí. Es muy celosa.

—Pues me alegro de que la violación sea uno de tus límites, ya que el matar a tu propia familia no lo fue.

Se puso serio de golpe y sus ojos refulgieron un instante al color rojo, pero se controló y los mantuvo en el color marrón-chocolate que tenían por naturaleza. Luego se alzó de la silla y se marchó sin decir palabra.

—¿Por qué dejaste vivir a Dacio? —Le pregunté la siguiente vez que vino a verme.

Danlos frunció el ceño, pero no respondió. Se limitó a mirar hacia otro lado.

—Me preguntaste por él el primer día —le recordé—. ¿Por qué? ¿Aún crees que cambiará de bando?

—Lo dudo —dijo.

—¿Y bien? —Frunció más el ceño—. ¿Por qué le dejaste vivir cuando mataste a toda tu familia?

—No es asunto tuyo.

Se alzó, y se marchó nuevamente.

Empecé a comprender que cuando sacaba el tema de su familia se marchaba, intentando huir de preguntas que parecían afectarle. Quizá sí sintiera remordimientos pese a todo.

Gwen vino a cambiarme el vendaje de mis heridas y la encontré más nerviosa que de costumbre. Marchaba de la habitación de un lugar para otro, cogiendo vendas que se le caían de las manos, tarareando una canción en susurros. Incluso cerraba los ojos con fuerza y volvía a abrirlos empañados de lágrimas. Cuando vi que empezó a darse golpes de cabeza contra la pared, me alcé de mi cama y fui a detenerla.

—Condesa no lo haga —le pedí cogiéndola de los hombros—. Se hará daño.

Rompió a llorar y, de pronto, me abrazó.

—Ya está, ya ha pasado —le dije, acariciando sus cabellos.

Fanny entró en ese instante en la habitación y nos miró extrañada. Le hice un gesto con la cara de no saber qué hacer ni qué le ocurría, pero la anciana bajó los hombros y se acercó a nosotras.

—En otra luna quizá tenga más suerte, condesa —le habló Fanny.

Gwen negó con la cabeza, soltándome, como si hubiera perdido toda esperanza.

—¿Otra luna? —Le pregunté a la anciana.

—Sabes que Urso hace un sacrificio cada luna llena —me recordó y asentí. El primer sacrificio que hubo en la ciudad cuando fui capturada, no tuve que estar presente porque me encontraba herida y recluida en el castillo. El segundo, Fanny me asignó turno de guardia en el hospital, pero ahora había pasado otro mes y pronto se celebraría el tercero desde mi llegada—. La condesa cada mes se presenta voluntaria para ser sacrificada —Abrí mucho los ojos—, pero siempre la rechazan, creo que Urso disfruta viendo su dolor.

Miré a Gwen.

—Gwen, no hagas eso —le pedí, alarmada—. No puedes presentarte voluntaria para morir. Debes intentar seguir adelante, no puedes estar siempre así. Cuando salven la ciudad encontrarás a otra persona que te podrá dar otro hijo. Eres joven, solo tienes un año más que yo y te queda toda la vida por delante. Por favor.

La condesa negó con la cabeza, y se encaminó con lágrimas en los ojos hacia la mesa donde reposaban las vendas que me retiró de la pierna y la muñeca, casi sanadas. Las semanas en aquella habitación, pasaron más rápidas que la primera vez que fui herida.

—No sé si algún día hablará —me susurró Fanny—. Solo espero que encuentre la paz que busca más temprano que tarde.

Aquella noche, Urso se personó en mi habitación y me ordenó asistir al sacrificio que iba a realizar.

—Tus vacaciones han llegado a su fin —dijo, mientras era guiada fuera del castillo, cojeando, pues mis heridas aún no estaban del todo sanadas—. En cuanto termine esta noche volverás a las cabañas y trabajarás en el hospital otra vez.

Escuché tambores en cuanto salimos al exterior, las calles estaban infestadas de orcos, pero ningún esclavo circulaba por ellas. Se encontraban en el anfiteatro, obligados a ver los sangrientos rituales del mago oscuro.

Me pregunté si Danlos estaría enterado de mi salida y si vería con buenos ojos que regresara a mis labores de enfermera en el hospital. Pues durante los días en los que me visitó, me dio a entender que no quería verme envuelta en nada que pudiera significar mi muerte, ni tan siquiera al contagio de una enfermedad. No obstante, quitando el hecho de trabajar doce horas diarias en condiciones deplorables y tener que volver a las cabañas cada noche para dormir, la idea de ayudar a los enfermos de Tarmona no me desagradaba.

Al entrar en el anfiteatro, Urso siguió un camino y yo otro, acompañada de un orco que me guio a las gradas donde los esclavos contemplaban los rituales macabros. Para hacer un poco más dulce aquellos asesinatos, los orcos repartían pan y vino entre la gente, como si de esa manera fuera más una festividad que una matanza.

Me senté en un hueco libre de las últimas filas y miré aterrada todo cuanto me rodeaba. Centenares de esclavos bebían y comían con avidez sin importarles lo que pasara a continuación, era como una última cena antes de morir y, en parte, podía ser verdad, pues la condición de todos ellos era sucia y famélica. En cualquier momento podían morir, mañana mismo si se le antojaba a un orco.

Con poco que bebieran, al tener unos cuerpos escuálidos, alcanzaban la embriaguez demasiado rápido. Hecho que les llevaba a cantar canciones que ni comprendía por el balbuceo mezclado de sus propios llantos.

Sí, reían, cantaban y lloraban en ese orden. Era un espectáculo deprimente.

No obstante, también pude ver como algunos y no pocos, se abrazaban contentos de reencontrarse con sus seres queridos. Pues hombres y mujeres eran separados en diferentes puntos de la ciudad, y las noches de luna llena era el único momento para cerciorarse que un marido, una esposa, un hijo o una hija continuaban con vida.

Suspiré, no conocía a nadie, ni veía a Fanny o Gwen entre el gentío, ni a ningún otro esclavo que trabajara en el hospital y pudiera acercarme.

Alcé la vista al cielo para sentirme acompañada de aquel al que amaba, pero en ese instante alguien me cogió del pelo, tiró de mí y me arrastró hacia el interior del anfiteatro. Intenté incorporarme, patalear y chillar pidiendo ayuda. De nada sirvió. Continuó arrastrándome sin apenas poder ponerme en pie.

—No te resistas, preciosa —dijo el hombre.

Pasamos al lado de unos orcos que observaron la escena sin inmutarse. Una vez en el interior de un pasillo poco iluminado, me soltó del pelo dándome un fuerte empujón, y se abalanzó encima de mí.

—Vamos a jugar un ratito —dijo.

Empecé a golpearle desesperada, presa del pánico, pero aquel desgraciado me dio un puñetazo en toda la cara y empezó a subirme la falda del vestido. Quedé mareada, y busqué a tientas algo con lo que poder defenderme. No tenía ningún bisturí a mano, el que utilicé contra Urso lo perdí y Fanny aún no me había dado ninguno nuevo. Estaba desarmada. En el mismo momento que se bajaba los pantalones, palpé una baldosa sobresalida del suelo, suelta. La cogí sin pensarlo y di un golpe con ella en la cabeza del hombre. Aquel individuo cayó desplomado, pero lejos de detenerme, asustada por creer que pudiera alzarse y atacarme de nuevo, empecé a golpearle con furia en la sien. Una vez, dos veces, tres veces… No me detuve.

Grité y lloré hasta que quedé sin fuerzas.

Para cuando me di cuenta de lo que hacía, los sesos de aquella persona corrían por el suelo. Solté la baldosa, y me retiré espantada.

¡Acababa de matar a un hombre! Nunca lo había hecho, nunca le había quitado la vida a una persona. Orcos, sí, eran monstruos, pero personas… Quizá los magos oscuros, pero nunca de aquella manera.

Sentí náuseas y vomité en una esquina.

Asustada, me alcé en cuanto mis piernas me obedecieron, temblando aún y corrí de nuevo hacia las gradas. Bajé las escaleras sin saber muy bien a donde ir. Bajé y bajé. Salté los peldaños de dos en dos, mientras la gente continuaba bebiendo, cantando y llorando.

Me detuve cuando una voz conocida llamó mi nombre.

—¡Ayla! —Fanny estaba sentada junto con Gwen en una de las primeras filas—. Ven, corre.

Me abrí paso entre los esclavos a golpe de codazo sin importarme si hacía daño o no. Lo único que quería era llegar cuanto antes al lado de la anciana y cuando la alcancé la abracé, temblando.

—¿Qué te ha ocurrido? —Preguntó, al verme cubierta por la sangre del hombre al que acababa de matar.

—Un hombre intentó violarme —respondí llorando—. Y le he matado, Fanny.

—Tranquila, tranquila —intentó calmarme—. Ya ha pasado, con nosotras estás a salvo.

Gwen me miró un instante, sentada sin moverse, luego volvió a clavar sus ojos en la mesa de mármol que se alzaba en el centro de la arena del anfiteatro. La condesa temblaba casi tanto como yo. Me senté entre las dos y Fanny me ofreció un pañuelo con el que pude limpiarme el rostro de la sangre de aquel individuo. Me dolía el pómulo izquierdo, donde recibí el puñetazo de aquel desgraciado. Seguro que me saldría un buen morado.

El retumbo de tambores se intensificó y todos los esclavos callaron de golpe dirigiendo sus miradas a la arena del anfiteatro. Urso apareció en escena con una muchacha custodiada o, mejor dicho, arrastrada por dos orcos. La joven se resistía a ir a lo que sería su muerte. Iba ataviada con un vestido tan blanco como la nieve, su rostro estaba cubierto por un velo del mismo color, y solo se veía sus cabellos rubios y la piel blanca de sus brazos.

Al llegar al altar, uno de los orcos propinó un puñetazo a la muchacha en todo su estómago. La chica cayó de rodillas al suelo, encorvándose y llevándose las dos manos al estómago, gimiendo de dolor. El segundo orco la agarró por el pelo y le tiró la cabeza hacia atrás. Entonces, Urso, con una copa de oro en las manos le hizo beber su contenido. A partir de ese momento, la joven se apaciguó como si sus fuerzas se desvanecieran.

—La drogan para que no pueda moverse, pero es consciente de todo lo que pasa a su alrededor —dijo Fanny.

Miré a la anciana, aterrada. Luego noté a Gwen tambalearse a mi lado. Al fijarme en ella encontré a la condesa abrazándose a sí misma, mirando el sacrificio con ojos desorbitados.

Volví mi atención a Urso que ya había ordenado tender a la muchacha en la mesa de mármol y untaba su cuerpo con una sustancia aceitosa.

Los esclavos, sumidos en un silencio absoluto, miraban al mago oscuro con auténtico terror. Ya nadie brindaba ni cantaba.

Solo los tambores se escuchaban.

Urso a un gesto de mano hizo que los orcos dejaran de tocar los tambores. Luego se dirigió a los esclavos de Tarmona, diciendo:

—¡Esta noche celebraremos la luna llena bebiendo la sangre de una virgen! —gritó.

Los orcos rugieron conformes.

—Pero este sacrificio es especial —continuó el mago oscuro—. Pues lo dedico a una persona en concreto —ensanchó su sonrisa de loco y sin esperármelo me señaló—. Este sacrificio te lo dedico a ti, elegida.

Todo el anfiteatro se volvió para verme y me sentí pequeña. No obstante, hice un esfuerzo en no agachar la cabeza y mantener la mirada del mago como gesto de rebeldía.

>>Esta chica muere esta noche por ti, porque no has sido capaz de proteger su vida —aquello fue una puñalada en el corazón, pero me mantuve firme y le miré con odio—. Y, pronto, muy pronto, en cuanto tenga el colgante en mis manos, tú seguirás su camino.

Sin saber cómo me encontré de pie, señalado a Urso con un dedo acusador.

—¡Gente de Tarmona! —Grité sin saber muy bien qué hacía. Un arrebato de valor guiaba mis palabras—. ¡No creáis una palabra de lo que diga este loco! ¡Está condenado por la profecía! ¡Mi destino es matarle y algún día mis manos darán muerte a este asesino! ¡Y todos vosotros seréis libres de nuevo! ¡Lo juro!

A Urso se le borró la sonrisa del rostro.

—¡Asesino! —Gritó de pronto la condesa, alzándose también del banco, sorprendiéndome—. ¡Muere! ¡Cobarde!

Gwen lanzó un mendrugo de pan dirección a la arena. No alcanzó al mago negro pero otros siguieron su ejemplo y una lluvia de comida y jarras de vino voló por los aires directos a Urso, que tuvo que protegerse mediante un escudo.

—¡Silencio! —Gritó el mago loco.

De pronto, un potente rayo cayó en las gradas y recorrió todo el círculo de espectadores hiriendo a un sinfín de esclavos. Hubo gritos de alarma y gente corriendo. Pero en cuanto los orcos arremetieron contra los esclavos, poniendo orden con sus espadas y hachas, el gentío recuperó el juicio, volviendo a sus asientos sin causar más alborotos.

El sonido de los tambores se alzó de nuevo. El sacrificio continuaba adelante y miramos horrorizados como Urso quitaba el velo que cubría el rostro de la muchacha. Seguidamente la hirió en el cuello con un corte pequeño, pero profundo. De esa herida empezó a brotar sangre que recogió en la copa de oro y luego la mezcló con vino. Entonces, el mago negro se la llevó a los labios y bebió con avidez su contenido derramando parte del brebaje por la barbilla y goteándole sobre su túnica de color negra.

La escena era terrible, una joven sacrificada manchada por su propia sangre, realzada con el color blanco de su vestido, y un hombre más loco que cuerdo bebiendo el alma de su víctima.

Para finalizar el macabro espectáculo el mago negro aproximó una antorcha al cuerpo de su víctima y este prendió con fuerza como si de una llamarada se tratara. Escuchamos a la chica chillar en un último aliento en aquella noche oscura. Cuando sus gritos se ahogaron, muriendo por fin, Gwen me abrazó inesperadamente y me susurró al oído:

—Hizo lo mismo con mi pequeño. Aún escucho su llanto en mis sueños.

—Juro que le mataré algún día, Gwen —dije convencida—. Puedes estar segura de que recibirá su merecido.

—Yo solo quiero morir —se desmayó en mis brazos y la sostuve a duras penas dejándola tendida en el banco.

Volví mi atención a la arena del anfiteatro. Urso ya se retiraba y los orcos empezaron a alzar sus látigos ordenando que cada esclavo volviera a sus chozas.

Alcé la vista al cielo y miré la luna y las estrellas pensando en Laranar.

¿Las estaría mirando en ese momento?

Presentí que sí y fue como tenerle a mi lado en cierta manera.

Oscuridad y estrellas

Los heridos causados por el rayo que lanzó Urso durante el sacrificio, dejó sin camillas a los enfermos. Muchos fueron atendidos en los suelos del hospital y no pocos en las propias cabañas de los esclavos. Apenas dormimos durante tres días curando quemaduras sin parar, hidratándoles o administrando brebajes que les calmaran levemente el dolor de sus cuerpos. Pero pese a nuestros esfuerzos muchos murieron durante las primeras horas y días posteriores al sacrificio.

Fue horrible, simplemente horrible.

Fanny, Gwen y yo no dábamos abasto, tal era la situación que incluso los orcos dejaron que varias esclavas se nos unieran al grupo de diez que formábamos en el hospital. Una niña llamada Laura fue sacada de las minas por petición expresa de Fanny. Al parecer fue paciente meses antes que llegara yo a Tarmona y según me explicó la anciana, pese a contar con tan solo ocho años era despierta y espabilada, perfecta para ayudarnos en aquellas labores.

La pequeña se acercó a mí desde el primer día, no supe si porque sentía admiración al ser yo la elegida o simplemente le caí bien. Quizá un poco de ambas cosas.

Laura presentaba la misma delgadez extrema que el resto de habitantes. Era morena y de ojos marrones hundidos en sus cuencas. Apenas sonreía, pero era parlanchina y siempre me ayudaba a preparar los ungüentos que aplicábamos a los pacientes quemados, una crema nutritiva hecha a base de plantas que hacía verdaderos milagros. La receta era propia de Fanny, pasada de madre a hija de generación en generación.

—¡Ojalá pudiera ser tu ayudanta siempre! —Comentaba mientras preparábamos el ungüento de Fanny—. ¡Y ojalá me dejaran fija en el hospital!

Tenía la manía de siempre decir la expresión: *¡Ojalá!*

—Intentaré que te quedes —le respondí—. Siempre se necesita ayuda en el hospital.

—¡Ojalá! No sabes lo que es trabajar en las minas —dijo—. Estoy cansada de picar piedra. Aunque echo de menos a mi padre. ¡Ojalá él pudiera estar aquí también!

—¿Y tu madre?

Negó con la cabeza.

—Murió en uno de los derrumbes hace unos meses. Estaba conmigo, me cubrió con su cuerpo y por eso salvé la vida, aunque me rompí una pierna. Fue cuando vine al hospital por primera vez y conocí a Fanny.

—Lo siento.

Se encogió de hombros.

—Ahora ya está, pero la echo de menos —sus ojos brillaron, aunque rápidamente se pasó una mano por los ojos.

—Yo perdí a mis padres cuando tenía diez años —le expliqué y me miró a los ojos—. Siempre se les echa en falta, pero con el tiempo verás que el dolor se suaviza.

—¿Cómo murieron? —Quiso saber.

—Toda la vida creí que fue a causa de un accidente de coche —dije—. Para que lo comprendas, fue como si hubieran viajado en un carromato tirado por caballos y se les volcara encima —especifiqué—. Pero en realidad, hace poco más de un año, supe que fue un hechizo de Danlos lanzado desde Oyrun a la Tierra para intentar matarme mucho antes que poseyera el colgante de los cuatro elementos.

—Y fallé —dijo una voz justo detrás de nosotras dos.

Al volvernos vimos que el mismísimo Danlos se encontraba a nuestro lado. Su habilidad de trasladarse en un segundo a cualquier parte te pillaba desprevenida y, en aquella ocasión, emití un pequeño gritito del susto que complació al mago oscuro. Automáticamente me adelanté un paso cubriendo a Laura a mi espalda. La niña agarró mi vestido y miró al mago con miedo, temblando.

—Danlos —dije, y la voz me tembló al pronunciar su nombre.

—Elegida —mencionó—. Veo que Urso te ha vuelto a asignar el hospital.

—Así es —afirmé con miedo—. Aquí me necesitan.

—Ese morado que tienes en el pómulo y el ojo izquierdo, ¿quién te lo ha hecho? —Quiso saber.

—Un hombre que intentó violarme —respondí llevándome una mano a la mejilla y Danlos frunció el ceño.

—¿Le reconocerías si lo volvieras a ver? —Preguntó serio.

—Está muerto —respondí—. Lo maté antes que pudiera hacerme más daño.

Me miró con otros ojos entonces.

—Vaya, me has sorprendido —dijo—. Pero eres la elegida, supongo que sabes enseñar los dientes cuando toca.

—Por supuesto, ¿no he matado ya a cuatro de tus compañeros? —Respondí con altivez.

Aquello le hizo gracia y empezó a reír.

—Buena respuesta —asintió con la cabeza—. Pero dudo que puedas con ninguno más. Ya no tienes el colgante.

Danlos dirigió su atención a Laura y ésta se escondió aún más.

—Lárgate —le dijo el mago oscuro a la pequeña—. Ahora.

Laura me miró y yo le hice un gesto para que corriera. Desapareció de la sala de curas, donde preparábamos las medicinas y ungüentos, como un rayo.

Me volví a Danlos, quedándome sola con él.

—Siempre tan amable —dije con sarcasmo—. Podrías ser un poco más considerado con los niños.

—¿Por qué?

—Porque son niños, son pequeños.

—Algún día serán adultos —respondió de forma indiferente—.

Mejor que aprendan a respetarme desde el principio.

—Tener miedo, no es tener respeto —rebatí.

—Llámalo como quieras.

—¿Así tratarás a tu hijo?

Entrecerró los ojos.

—Probablemente, deberá hacerse fuerte. No habrá tiempo para mimos ni carantoñas en cuanto nazca y empiece a andar.

—Te equivocas con eso —insistí, negando con la cabeza—. Tú eres fuerte, ¿verdad?

Sonrió, como si le hiciera gracia esa pregunta.

—¿Acaso lo dudas?

—No —respondí—. Y a eso me refiero. Si alguien como tú, que fue criado de niño con amor y ha llegado a ser extraordinariamente fuerte. ¿Por qué tu hijo no debería ser igual? Los niños que crecen con miedo se vuelven débiles, inseguros, no fuertes. Claro que entonces… —Danlos me escuchaba serio—, si sale igual a ti… —Apretó los puños, lo percibí sin tener que desviar la vista de sus ojos, —te matará algún día. Como tú hiciste con tus padres y tu hermana.

Sus ojos se volvieron rojos en una fracción de segundo.

—¡Eso nunca ocurrirá! —Gritó y me dio una bofetada en la cara, tan fuerte, que me tiró al suelo—. ¿Quién crees que eres para suponer cosas así? —Avanzó un paso y yo quedé acorralada entre la mesa donde preparaba los ungüentos y el mago oscuro—. ¡No sabes nada!

Le miré aterrada, me había excedido hablándole de aquella manera. No obstante, continué:

—Sabes que lo que digo es cierto. Dacio me contó que tus padres te criaron con amor y tú les traicionaste.

—¡Calla! —Hizo una serie de sellos mágicos y algo parecido a un rayo cayó encima de mí, me retorcí en el suelo, notando una corriente eléctrica recorrer todo mi cuerpo.

No quemó mi piel, pero me dejó un dolor punzante, engarrotando mis músculos sin poderme mover.

Danlos me miró con sus ojos rojos, altivo. Yo le devolví la mirada, comprendiendo que tocar el tema de su familia era su punto débil.

—Sientes remordimientos —pensé en voz alta, sorprendida por aquella revelación.

Danlos me lanzó otro rayo más fuerte que el primero. Hizo que gimiera de dolor, que gritara mientras duraba la corriente eléctrica.

—Deberías decírselo a Dacio —dije cuando paró el ataque, mirándole desde el suelo. Me la estaba jugando, pero aquel asesino se merecía que alguien tuviera el valor de decirle las cosas a la cara, sin pelos en la lengua—. Le gustará saber que querías a tus padres y te arrepientes de haberles matado.

Unas descargas eléctricas no me impedirían ver al más poderoso de los magos afectado por un pasado que al parecer le atormentaba.

—¿Para qué iba a decirle una cosa que no es verdad? —Se defendió, se le enrojecieron tanto los ojos que por un momento temí que le fueran a arder de verdad.

Logré sentarme en el suelo, apoyando mi espalda en la mesa de trabajo.

Le miré a los ojos, sonreí y respondí:

—Para darle la satisfacción de saber que no duermes bien por las noches.

Aquello le superó, acababa de dar en el blanco, de meter el dedo en la llaga. Me cogió por los pelos y me arrastró fuera de la sala donde se encontraban los pacientes. Pero lejos de importarle que cien pares de ojos nos vieran, exclamaran gritos de miedo o simplemente quedaran petrificados al verle, continuó arrastrándome por el cabello sacándome del hospital y llevándome dirección al castillo.

Siempre fui una insensata actuando sin pensar en las consecuencias. Y al ver que me llevaba fuera del hospital literalmente a rastras, temí lo peor y maldije lo bocazas que era. Pensé que como castigo a mi osadía recibiría otra descarga eléctrica dejándome inconsciente. Así que al comprender que algo peor me tenía reservado desesperé, e intenté resistirme vanamente a ir con él.

—Te arrepentirás de tus palabras —dijo mientras estiraba con firmeza de mi pelo—. He intentado ser amable contigo y no sé por qué, pero has agotado mi paciencia y lo vas a pagar caro.

En cuanto llegamos a la entrada del castillo se detuvo, me cogió de la barbilla y me obligó a mirar al cielo, al sol.

—Míralo bien, porque vas a tardar mucho tiempo en volver a ver la luz del día.

Dicho esto me arrastró hacia el interior del castillo, hacia las mazmorras.

—¡¿A las mazmorras?! ¡No! ¡No! ¡Por favor! —Supliqué.

Danlos sonrió al verme aterrada por el camino que cogimos.

Sí, era la elegida y supliqué. Siempre pensé que nunca fui la mejor candidata al cargo de heroína, así que tampoco lo tuve en cuenta cuando el mago oscuro estaba dispuesto a llevarme al que decían el peor lugar de todo Tarmona. Nadie salía con vida de ellas y muchos morían después de largas e interminables horas de tortura.

Llegamos a un pasillo ancho y poco iluminado. La luz tenue de las antorchas no disimulaba la mierda acumulada en los laterales de las paredes. Olía a inmundicia humana, a desechos de comida y restos humanos. Me vino una arcada al inhalar aquel tufo, pero controlé mi estómago lo mejor que pude.

Seguimos un innumerable número de puertas cerradas a cal y canto, todas ellas hechas de hierro macizo. Del interior de aquellas celdas podían escucharse gemidos y lamentos.

Se me pusieron los pelos de punta.

—Hemos llegado —dijo Danlos, deteniéndose en una puerta que se encontraba abierta. Apenas distinguí un reducto de espacio—. Tu nuevo hogar. Disfrútalo.

De un empujón me metió dentro, cerró la puerta tras de mí y me quedé completamente a oscuras sin poder ver absolutamente nada. Empecé a palpar las paredes, era un lugar húmedo en el que apenas podía dar un paso que topaba con una pared. Empezó a faltarme el aire y quise gritar pidiendo que me sacaran de allí, pero sabía que iba a ser tan absurdo como pedir que me dejaran libre. Lloré, asustada, maldiciendo el no ser capaz de estarme calladita. Golpeé la puerta con rabia. Todo era negro, sin un ápice de luz. Me agobié aún más y en un ataque de pánico que no supe controlar la mente se me nubló y caí inconsciente al suelo.

Cuando desperté todo continuaba igual, metida en un agujero oscuro, húmedo y completamente sola.

Un tiempo después, no supe exactamente cuánto, una rendija inferior de la puerta de mi celda se alzó y la mano de un orco asomó al interior empujando una bandeja de comida. La trampilla se bajó seguidamente y la oscuridad volvió.

Danlos me advirtió de que jamás le desafiara ni le atacara como hice con Urso y ahora pagaba las consecuencias de mi acto estúpido que me llevaría a la muerte.

Las horas pasaban lentas y solo tenía noción del tiempo gracias a que contaba las comidas que me servían —una ración muy pobre que consistía en un mendrugo de pan seco y un bol de arroz que parecía una pasta—. Cada día hacía una marca en la pared con una piedra que encontré tirada por mi celda. Pasaba los dedos por encima de las líneas y así podía contar los días de mi cautiverio: cinco, diez, quince…

El día número veinte Danlos me hizo una visita.

—Solo quería compartir la feliz noticia contigo… —Le miraba intentando enfocar su silueta de pie en la entrada de mi celda, pero la luz de las antorchas que días atrás me pareció insignificante, se alzaron en ese momento como si de focos se trataran — …he sido padre de un hermoso varón al que he llamado Danter.

—Pues compadezco al niño con los padres que le ha tocado tener —respondí.

Cerró la puerta de la celda sin responder y la oscuridad regresó para quedarse de forma definitiva.

Cada día me obligaba a mí misma a ponerme en pie y andar los dos pasos que me permitía mi pequeña y diminuta celda, no quería quedarme atrofiada por falta de espacio y aunque mis ejercicios eran ridículos por lo menos evitaba que me quedara encogida durante todo el día. El día número treinta me desperté chillando de una pesadilla y, sin saber por qué motivo, cuando me di cuenta, no paré, continué chillando, dando golpes contra la pared, rabiosa, llorando desesperada por querer salir de aquel lugar. Luego me tranquilicé y volví a dormir. De vez en cuando me daban ataques de ese estilo, empezaba a chillar, luego lloraba y por último dormía.

Las pesadillas me perseguían, soñé con el hombre al que maté; soñé con los sacrificios de Urso, en ocasiones de espectadora, otras siendo su víctima; soñé que tanto Danlos como Urso me daban palizas; que orcos entraban en mi celda y me castigaban dándome con el látigo. Muy de tanto en tanto, la oscuridad me daba un respiro y mi mente me trasladaba al lado de Laranar donde podía abrazarle. Pero esos bonitos sueños eran escasos y apenas duraban un suspiro.

Cuando no dormía me dedicaba a contar las baldosas que tenía el suelo de mi celda con el tacto de mis manos, era una distracción. Otras ocasiones, cantaba canciones que me inventaba, gritando y desafinando, en todas ellas acababa chillando desesperada o llorando a moco tendido.

—Doce, trece, catorce… Veinte, treinta, cuarenta… y ¡cincuenta! —Conté—. ¡Cincuenta días metida en este agujero! —Grité—. ¡¿Laranar dónde estás?! ¡¿Por qué no vienes a rescatarme?! ¡Juraste que no me abandonarías!

Entré en la locura, sí. Y hablaba con las baldosas de las paredes explicándoles como era mi mundo, que haría cuando Laranar viniera a rescatarme o simplemente les pedía unas salchichas o un abrigo con el que poder protegerme del frío. Estaba completamente ida.

Empecé a dibujar estrellas en las paredes de mi celda con la piedra que marcaba los días que llevaba encerrada. Luego dibujé la luna llena y dentro escribí el nombre de Laranar y el mío; juntos bajo un mismo cielo estrellado. No obstante, no podía ver mi gran obra de arte, solo imaginármela, pues todo lo que hacía, lo hacía a tientas. La oscuridad seguía acompañándome, pero yo deslizaba mis dedos por mis dibujos y repasaba sus líneas una y otra vez con la piedra, imaginándome el resultado en mi mente. Aquello me distraía durante horas, se convirtió en una labor obsesiva hasta emplear todo mi tiempo en repasar y repasar mis dibujos, para que quedaran bien definidos.

Les puse nombre a todas las estrellas, una se llamaba Dacio, otra Alegra, Chovi, Esther, Alan, Aarón… Cada día besaba el nombre de Laranar suplicándole en susurros que no tardara en venir a rescatarme. Pero los días continuaban en aquella oscuridad hasta que un día me corté con la piedra que reseguía el dibujo de la estrella de Aarón.

Acaricié el borde afilado del artilugio que consideraba mi pincel. Nunca soltaba aquella piedra, era mía, temía perderla pese al espacio reducido donde me tenían cautiva.

—Piedrecitaaa —le hablé—. Me has hecho daño, ¿por qué?

Me chupé el dedo y noté el sabor de la sangre. La piedra no me contestó.

—No vendrá a rescatarme, ¿verdad? —Le insistí—. ¡¿Por qué no me hablas?! ¡Eres mi única amiga!

Abracé la piedra con ambas manos llevándomela al pecho y lloré. Luego volví a palpar el borde afilado de mi amiga y que me había hecho sangre en un dedo.

—Estoy sola, ¿verdad?

Encaré el borde afilado en mi muñeca izquierda dispuesta a acabar con todo, dispuesta a morir, ya no aguantaba más aquella oscuridad, aquella soledad. Me concentré, respiré hondo un par de veces y, cuando iba a deslizar el filo de la piedra por mi piel, se abrió la rendija por donde pasaban la comida. Miré como un bol de arroz y un mendrugo de pan era llevado al interior de mi celda por la mano de un orco, pero en aquella ocasión, en vez de cerrar la trampilla de inmediato algo ocurrió que se quedó encallada unos breves segundos, los justos para poder contemplar mi cielo estrellado. Vi los nombres de mis amigos por primera vez, las estrellas que cubrían toda la pared de mi celda, la luna llena con el nombre de Laranar y el mío, juntos.

Me levanté del suelo y acaricié cada nombre pudiendo ver débilmente gracias a la luz de la rendija.

Besé el nombre de Laranar, y, entonces, volvió la oscuridad.

—No estoy sola —me dije a mí misma—. Vendrán a rescatarme. No me abandonarán.

Solté la piedra y cayó al suelo haciendo un ruido seco.

Pasaron más días, más semanas, y poco a poco me sentí cada vez más débil. Empecé a temblar de frío. Ya no tenía fuerzas ni ganas para chillar sin ningún motivo. Dejé de intentar levantarme del suelo y me hice un ovillo abrazando mis piernas. No tenía fuerzas para nada, ni tan siquiera para acariciar mis estrellas, hablarles o contarles las cosas que haría cuando saliese de allí. Lloré y lloré, al principio solo pensaba en Laranar y cuánto faltaría para que me rescatara, luego, simplemente, dejé de pensar. Mi mente se quedó vacía y solo los trembleques y la tos me indicaban que seguía viva.

En ese estado no pasé demasiado tiempo, que Danlos regresó.

—Sacadla de aquí —ordenó a alguien—. Llevadla a una habitación y que traten la fiebre que tiene.

¿Matarte o dejarte vivir?

Fanny y Gwen, para variar, fueron las asignadas en atenderme durante los días que me mantuve inconsciente, víctima de la tos y la fiebre. Tuvieron que vendarme los ojos durante el día y descubrirlos por la noche para que poco a poco mi vista se acostumbrara a la luz, después de estar ciento cuatro días sumergida en una oscuridad absoluta. La fiebre, alta como nunca la tuve, hizo que delirara según me explicaron, y llamé a Laranar en incontables ocasiones, gritando su nombre y pidiendo que viniera a protegerme.

Una sombra oscura me vigilaba en ocasiones, de pie en una esquina de la habitación, mirándome serio. Sus ojos en ocasiones se tornaban rojos, entonces Fanny venía y me susurraba al oído que me callara, que no le enfureciera más, pero lejos de comprender lo que decía o pasaba, continué hablando cosas sin sentido. Incluso tuve extraños sueños, donde estatuas de piedra caían y se hacían añicos sobre un suelo enlosado.

—Las baldosas están sueltas —repetía cada día.

Extrañas formas se alzaban a mi alrededor, animales que reían, rugidos de orcos… Y la misma imagen repitiéndose en mi mente, una baldosa suelta en el suelo y la intención de devolverla al hueco que pertenecía.

El sexto día desde que me liberaron de las mazmorras desperté por primera vez siendo consciente de dónde me encontraba.

—La fiebre te baja —dijo aliviada Fanny, dejándose caer en una silla al lado de mi cama, agotada—. Creímos por un momento que morías. Tienes pulmonía, toses sangre incluso. Al principio creí que era tuberculosis.

La miré sin fuerzas para responder, entrecerrando los ojos. Pues, aunque las cortinas de la ventana de mi habitación estaban corridas, notaba demasiada luz para mis ojos aún sensibles después de vivir en la oscuridad.

—¿Tienes hambre? —Me preguntó la voz de una niña y Laura apareció en mi campo de visión—. Al final pude quedarme destinada en el hospital. Ya sé coser y vendar heridas.

Le sonreí, cansada.

—Trae un poco de sopa —le ordenó Fanny—. Le irá bien.

Miré el techo de la habitación, me cubrí con la colcha para protegerme de la luz y me quedé dormida antes que la pequeña abandonara la estancia.

Los días siguieron su curso, Fanny se encargaba constantemente de mí, ayudada por Gwen y Laura que se turnaban para atenderme. Un día, cuando Gwen me cambiaba los paños de mi frente para intentar controlar la fiebre que regresaba de forma intermitente, mi mayor enemigo apareció de forma súbita en la habitación.

—Déjanos —ordenó de inmediato a Gwen.

La condesa, siempre sin pronunciar palabra, abandonó la estancia rápidamente. Acto seguido, el mago oscuro se acercó a mí y puso una mano en mi frente.

—¿Tiemblas por mí o por la fiebre? —Me preguntó Danlos.

—Por ambas cosas —respondí casi sin voz.

—¿Te ha gustado la hospitalidad de las mazmorras?

—Casi me matas.

—Pero no lo he hecho —respondió—. Aunque no sé por qué te dejo vivir. El riesgo es evidente y dudo que el colgante venga hasta ti mientras estés cautiva.

—Si me matas nunca tendrás el colgante de los cuatro elementos —insistí.

—Pero pronto tendré que tomar una decisión con respecto a ti —continuó—. Y estoy hecho un lío —se pasó una mano por el rostro—. ¿Te mato y me aseguro la victoria perdiendo un gran poder que me aseguraría controlar el mundo, o te dejo vivir para conseguir el colgante y me arriesgo a que un día me mates según marca la profecía?

—Yo me arriesgaría —respondí sin dudar.

Danlos sonrió.

—Claro, cómo no.

Cogió el paño de mi frente, lo metió en la palangana de agua fría que utilizaban para refrescarlo, lo sacó, escurrió y volvió a colocar con sutileza en mi cabeza.

—Idearé alguna manera para que puedas recuperar el colgante y luego te mataré.

Dicho esto se dio media vuelta y desapareció con el Paso in Actus.

—¡Tengo buenas noticias! —Dijo un día Fanny nada más entrar

en la habitación. Me acompañaba Laura en ese momento—. Hay rumores que los ejércitos de Andalen, el reino del Norte, Mair, Zargonia y Launier se dirigen hacia aquí.

Me senté en mi cama, más recuperada después de diez días fuera de las mazmorras.

—¿En serio? —Quise cerciorarme, llevaba tantos meses en Tarmona que se me hacía imposible que pronto pudieran rescatarme—. ¿Cuándo llegarán?

—En unas semanas —respondió—. Ya queda poco y seremos libres.

—¡Ojalá sea cierto! —Exclamó Laura.

Un sentimiento de alegría y preocupación me embargó entonces. La conversación con Danlos cuatro días atrás me indicaba que el mago oscuro estaba debatiendo la manera de obtener el poder del colgante pese a los riesgos que significaba para él que siguiera con vida. Pero, ¿y si no encontraba ningún plan factible y creía que mejor era matarme después de todo? No dejaría que continuara viva por mucho más tiempo.

La puerta se abrió en ese instante en que pensaba las posibles consecuencias de una llegada inminente de los ejércitos de Oyrun. Y vi consternada como dos orcos pasaban al interior de la habitación seguidos por Urso. La anciana y Laura se alzaron de sus respectivos asientos. Yo empecé a temblar, llevaba desde el sacrificio que presencié sin verle.

—Elegida —palmeó sus manos una vez—, siento comunicarte que un ejército ya está cerca con la intención de rescatarte.

—¿Por qué iba a ser una mala noticia para mí? —Pregunté, intuyendo lo peor al decirme aquello.

—Porque no voy a arriesgarme a que seas libre y me mates en un futuro —los dos orcos se adelantaron, empujaron a Laura y Fanny contra la pared y me cogieron del cuello sacándome de la cama—. Ya he esperado muchos meses a que el colgante aparezca, no voy a esperar más.

Los dos orcos me encararon contra Urso pese a que intenté resistirme vanamente.

—¿Danlos está de acuerdo? —Quise saber, sabiendo que era mi única baza.

En respuesta, uno de los orcos me golpeó fuertemente en la cabeza, haciendo que cayera al suelo, mareada y casi inconsciente. Escuché a Laura gritar y entre sombras pude ver como Fanny la sujetaba para que no fuera hasta mí. Una patada en la cara fue lo siguiente que sentí.

Noté la sangre correr por mi rostro goteando por mi barbilla y manchando mis ropas.

Alguien me cogió por los pelos, alzándome la cabeza.

—Danlos estará de acuerdo —escuché decir a Urso.

Vi su mano alzarse con una especie de aura azul a su alrededor. Sus dedos apuntaban hacia mí como si una cuchilla se tratara…

Miré a Urso, aterrada.

—¡Muere!

Cerré los ojos encogiéndome en un acto reflejo. Pero nada ocurrió, solo escuché un gemido y como me soltaban del pelo.

Al abrir de nuevo los ojos, miré sorprendida el personaje que se presentó de forma inesperada en la habitación. Cogiendo la mano de mi ejecutor y retorciéndola hasta arrodillarlo en el suelo.

Fue un milagro, simplemente un milagro.

Jamás imaginé que ver a Danlos me daría tanta alegría como en aquella ocasión.

Danlos miró a Urso con ojos rojos sin soltar el brazo del mago loco. Los dos orcos retrocedieron inmediatamente y yo me incorporé a duras penas sentada en el suelo. Me llevé una mano a la boca y la nariz, notando como la sangre caliente caía por mis heridas, y un dolor agudo cubría mi rostro.

—Te advertí de que si la tocabas te partiría las piernas —habló Danlos sin disminuir su fuerza empleada sobre el mago loco—. ¿Acaso no me escuchaste?

—Bue... bueno... —Empezó a tartamudear Urso, nervioso, volviéndose rojo por momentos, sudando, y arrodillado ante Danlos por la fuerza que ejercía sobre él. Estaba a punto de partirle el brazo. —Un gran ejército viene hacia Tarmona para rescatar a la elegida. Creí que...

—¡Tú, no crees nada! —Sentenció Danlos.

Los dos orcos cayeron desplomados en el suelo en ese momento con sus cabezas vueltas del revés y un crujido aún resonando por la habitación. Acto seguido el mago oscuro obligó a Urso a alzarse, y sin ningún miramiento lo condujo fuera de la habitación perdiendo a ambos de vista.

Fanny y Laura corrieron de inmediato a mí para atenderme. Pero no pasaron ni dos segundos que escuchamos otros dos terribles crujidos y un aullido de dolor que nos heló la sangre a las tres. Luego Danlos regresó y desde la puerta nos observó pasándose una mano por su pelo alborotado.

—Urso ya ha recibido su castigo —escuchábamos al mago loco aún gemir en el pasillo, maldiciendo—. Creo que será suficiente para mantenerlo a raya, pero por si acaso, voy a asignarte un guardaespaldas que estoy convencido que dará su vida por protegerte sin necesidad de ordenárselo.

—¿Quién? —Pregunté notando como la cabeza me daba vueltas, aturdida.

—Un Domador del Fuego.

Marta Sternecker

EDMUND

El pequeño amo

Alcé mi escudo protegiéndome de la espada del orco que venía directo a mí. Detuve su ataque afianzando mis pies en la arena del anfiteatro. Luego empleé toda la fuerza de mis brazos en quitármelo de encima, al tiempo que utilizaba el escudo como arma golpeando el rostro del orco con él, seguido de un puñetazo con la mano libre para someterle antes que se recuperara del embiste. Lejos de acabar, vi por el rabillo del ojo como un segundo orco venía a por mí. Intentó rebanarme la cabeza, pero antes que me alcanzara me agaché al suelo, hice una voltereta y cogí a *Bistec* por el camino.

Fui obligado a luchar desarmado, con mi espada a diez metros de distancia tirada en la arena y un único escudo en mi brazo izquierdo por protección. No llevaba armadura ni cota de malla, mi torso estaba desnudo y solo unos pantalones de lino y unas botas de cuero eran mis ropas. Pero una vez armado se acabó el juego del gato y el ratón. Ataqué decidido, deteniendo las espadas del enemigo y golpeándoles con furia, rebanando cabezas y cortando extremidades. Aprovechando cualquier distracción para acabar con la veintena de orcos que debía eliminar para conservar la vida.

—Soltad a los lobos —escuché que ordenaba Ruwer.

En cuanto me volví para cubrir mi espalda vi a tres lobos negros correr en mi dirección, dispuestos a matarme. Sin pensarlo, corrí hacia ellos, seguro de poder vencerles.

Un orco que se encontraba en medio del camino hincó una rodilla en el suelo cubriéndose la cabeza con su escudo creyendo que iba a ir a por él. Aproveché ese acto para saltar sobre él, impulsarme sobre el escudo y embestir desde arriba al primero de los lobos.

Bistec alzado por encima de mi cabeza, sujeta con ambas manos, bajó al mismo tiempo que mi cuerpo sobre el primero de los lobos. De un tajo le arranqué media cabeza. Toqué la arena y me volví al segundo lobo que ya giraba, derrapando en el suelo, para cogerme. De una estocada le rajé todo el lateral del lomo continuando hasta su cuello, cayó en el acto. Al volverme al tercero y último, ya se abalanzaba sobre mí.

Solo pude alzar mi espada para protegerme, cayendo de espaldas al suelo. Bistec se introdujo por inercia en el pecho de mi enemigo, matándolo.

Resoplando me deslicé de debajo del cuerpo del lobo, me alcé y miré alrededor. A mi lado los cuerpos de varios orcos estaban desperdigados por el suelo y solo uno quedaba con vida. Aquel que utilicé de trampolín para acabar con los lobos.

El orco se alzó, un espécimen de dos metros de altura y ancho como un armario. Rugió, como si de esa manera pudiera intimidarme, pero solo logró que sonriera. Con una espada en la mano, ninguno de aquellos seres era rival para mí. Yo era un Domador del Fuego, un guerrero, entrenado en el arte de la guerra desde que di mis primeros pasos.

Con dos simples movimientos lo eliminé, no tuvo tiempo ni a pestañear.

La hoja de mi espada quedó manchada de la sangre infecta de aquellos animales y goteaba lentamente hasta llegar al suelo. Miré el anfiteatro, suspirando, aún quedaba cinco o seis años para que acabaran las obras, pero prácticamente se podía ver el resultado. Desde que fue apto para entrenar, el hombre lagarto impartía sus clases en aquella arena manchada de sangre.

—Bien, Edmund —Ruwer se acercaba acompañado de Durker, un orco que mandaba entre los de su raza—. De nuevo has demostrado ser el mejor guerrero de Luzterm.

Durker gruñó al escuchar aquello.

—¿Quieres optar a ese título? —Le retó Ruwer—. Ahora está cansado, piensa que ha eliminado a veinte de los tuyos, te será fácil.

Durker me miró y yo fruncí el ceño, esperando una respuesta y agarrando con fuerza la empuñadura de *Bistec*.

Vamos, desgraciado, pensé, *tengo ganas de hacértelo pasar mal, muy mal.*

Medio año antes Hrustic, el hombre que cuidó de mí desde que aterricé en Luzterm, fue ejecutado a manos de aquel orco y aún esperaba el momento de poder vengarme.

—Quizá otro día —respondió el jefe de los orcos.

Bien, por lo menos sé que me tiene miedo, concluí.

—Edmund, puedes retirarte —me autorizó Ruwer.

Me incliné levemente ante el hombre lagarto y sin perder tiempo abandoné el anfiteatro.

Una vez de vuelta al castillo, fui desnudándome de camino a los baños, deseoso de poder quitarme el sudor, el polvo y la sangre seca de mis enemigos.

Me relajé en cuanto el agua caliente rozó mi piel y agradecí una vez más el privilegio de poder gozar de aquellos momentos.

Habían pasado cuatro años desde que el mago negro destruyó mi villa y me trajo a Creuzos, el país oscuro. Ya nada quedaba de aquel niño asustado e ingenuo que le obligaron a crecer demasiado rápido. Acababa de cumplir los quince años y en los últimos meses había dado tal estirón que ya alcanzaba el metro setenta y cinco de altura, y las articulaciones y los huesos me dolían augurando que aún me haría más alto.

Suspiré, llevándome una mano al costado derecho. Tenía un pequeño corte del combate. Los entrenamientos eran cada vez más duros, pero gracias a eso me había fortalecido y era más diestro con la espada que cuando llegué de niño a Luzterm.

La herida no era profunda así que me limité a limpiarla bien con agua y jabón para que no se infectara y salí de los baños mucho más animado. Sacudí un par de veces mis pantalones llenos de polvo para ponérmelos de nuevo, era la única muda de que disponía. Me calcé mis botas de cuero ya desgastadas y me dirigí a las cocinas.

Tenía un hambre voraz.

—Buenas tardes —saludé al llegar.

El orco que siempre vigilaba a las cocineras se limitó a mirarme un instante para luego dirigir su atención a otra parte.

—Sandra, puedes servirme la cena, por favor —le pedí.

Sandra me sonrió, ella continuaba siendo una niña, contaba con doce años, pero intentaba aparentar más edad comportándose como si de una adulta se tratara.

Mientras esperaba que me sirvieran miré al orco directamente y este fijó su vista en mí.

—Hoy he matado a veinte de los tuyos —dije acariciando la empuñadura de Bistec que dejé recostada en la mesa—. Ha sido muy fácil.

El orco gruñó.

>>¿Quieres vengarles?

Volvió a gruñir, y teniendo la puerta que daba fuera del castillo justo a su lado se marchó antes que pudiera decirle nada más.

Sonreí, triunfante. Unos años antes no me hubiera atrevido ni a dar las buenas tardes al entrar en las cocinas, pero ahora todo era muy distinto. Aunque al tiempo no olvidaba que continuaba siendo un esclavo.

—Bien hecho —me dijo Sandra sirviéndome la comida—. Así podré comer contigo.

—Todas podréis comer —dije mirando al resto de cocineras.

Atrancamos las dos puertas de las cocinas, la que daba al interior del castillo y la que daba directamente al exterior. Así nos asegurábamos que no pudiéramos ser sorprendidos por nadie, salvo del mago oscuro, por supuesto. Ese aparecía de pronto en cualquier parte. Aunque últimamente no paraba mucho por Luzterm.

—Caray, Edmund, últimamente comes sin parar —miré a la madre de Sandra, Ania, con la boca llena y le sonreí.

—Déjale, aún tiene que crecer —respondió Geni, una chica un par de años mayor que yo.

—Ya soy más alto que tú —respondí al ver que aún me consideraba demasiado joven para ella—. Me afeito incluso.

—Más bien te cortas la pelusilla que te sale —dijo Sandra riendo y queriendo tocar mi rostro, le aparté la mano, enfadado.

—Soy un hombre —respondí enojado. Me dio mucha rabia que Sandra hiciera ese comentario justo delante de Geni—, no un niño.

Geni sonrió. ¡Cuántas veces su sonrisa me iluminaba el día! Era tan guapa, de cabellos negros y ojos marrones, con unos labios sensuales de un color rosado. Solo que tuviera un poco más de carne sería una diosa. Pero no me atrevía a dar el paso de… ¿de qué? ¿Pedirle una cita? En Luzterm pocas citas podías tener con una chica, ¿dónde la llevabas para empezar? ¿A dar una vuelta por las calles embarradas? ¿Al anfiteatro a ver como los esclavos se deslomaban subiendo gigantescas piedras? ¿Al templo donde sacrificaban doncellas? ¡Por los dioses! Pero si ni siquiera contábamos con una taberna donde poder despejarte del infierno en que vivíamos. El único lugar donde se me ocurría llevarla era a los baños, pero aquello era demasiado atrevido. Aunque imaginarme los dos juntos tomando un baño era tentador y era lo que me imaginaba en más de una ocasión cuando mi cuerpo…

¡Edmund no pienses en eso ahora! me regañé a mí mismo sacudiendo la cabeza, *¡contrólate!*

—Edmund —Lucía, otra cocinera, se alzó de su asiento empezando a recoger la mesa—. Aún eres joven y te quedan varios años para acabar de considerarte un hombre adulto hecho y derecho.

—No soy un niño —insistí mirando directamente a Geni.

—No estamos diciendo eso —intentó calmarme la misma

Geni—. Solo que eres… un adolescente quisquilloso.

Todas empezaron a reír a carcajada limpia y a mí se me subieron los colores de golpe. En ese instante alguien quiso entrar por la puerta que daba al interior del castillo y callaron de golpe. Me alcé, cogí mi espada y me dirigí a la puerta, quitando la silla que coloqué para cerrarla. Al abrirla vi a la muchacha que se encargaba del pequeño monstruito de los amos.

—Ya se ha dormido —dijo cansada—. Me ha costado penas y esfuerzos. Le he tenido que cantar tres canciones de cuna.

Yo le hubiera ahogado, pensé, *y un mago oscuro menos de qué preocuparse.*

La chica pasó dentro.

Al ver que todas las cocineras volvían a sus puestos no me molesté en volver a atrancar la puerta.

—¿Y su madre qué hace? —Quiso saber Ania.

La chica, Gilda, se encogió de hombros.

—A saber, pasa del niño completamente, pero a veces viene a verle, lo coge y lo mira con tristeza, es muy rara —dijo mientras se sentaba en una silla—. A mí solo me ordenan darle el pecho y asearlo cuando lo necesite. Aunque… —Negó con la cabeza—. Quizá también le doy demasiados mimos siendo el hijo de la oscuridad, pero es que es tan mono. Deberías ver sus ojos verdes y sus mofletes. Está para comérselo.

Asado lo haría yo y se lo echaría a los orcos, pensé.

Gilda había dado a luz un hijo muerto, por ese motivo fue escogida para darle el pecho al pequeño amo. Sin otro hijo al que tener que amamantar se garantizaban que el pequeño Danter tuviera toda la leche que necesitara. Aunque también era cierto que en caso de no haber encontrado a una chica en su situación, los amos hubieran matado al bebé de cualquier muchacha para que su hijo comiera. Y todo por la comodidad de la maga oscura en no tener que preocuparse de su propio hijo.

—En fin, espero que me deje descansar unas horas —continuaba hablando Gilda.

—¿Está solo ahora? —Le pregunté.

—Sí, ¿por qué?

—Por nada —respondí y me encaminé al interior del castillo.

Si Bárbara no se encontraba en el castillo y Danlos tampoco, significaba que por primera vez desde que el pequeño monstruo nació tenía la oportunidad de llevar a cabo mi venganza.

Durante meses, antes incluso que naciera el hijo de la oscuridad —así lo llamaban muchos—, creí encontrar la manera de poder vengarme del mago oscuro. Danlos había matado a mi padre y destruido mi villa, yo mataría a su hijo costara lo que costara, solo debía tener paciencia y hacerlo en el momento apropiado en el que nadie me viera para que no sospecharan de mí. Quizá condenara a muerte a Gilda, pero era un pequeño precio a pagar si con ello salvaba a centenares o quizá miles de vidas, pues cuando llegara a adulto sería igual o peor que Danlos.

Su niñera estaba cegada por los encantos de un bebé que creía suyo en cierta manera, su hijo verdadero estaba muerto y no acababa de comprender que debía guardar las distancias con el pequeño amo.

Llegué a la que creí la habitación del monstruito y entré de puntillas haciendo el menor ruido posible. Cerré la puerta con cuidado y observé la habitación. Era una pequeña estancia, muy simple de cómo me la había imaginado. Con una alfombra verde pastel en el suelo, un doble armario, un pupitre y varias estanterías repletas de libros.

Fruncí el ceño, extrañado, ¿aquello era la habitación de un bebé?

Estuve seguro de que no me había equivocado de lugar porque una cuna se encontraba en el centro de la habitación, junto con una mecedora.

Suspiré, y me dirigí hacia la cuna del pequeño amo.

Al asomarme a ella, descubrí a un bebé de casi tres meses dormido profundamente. Lo miré atentamente, era la primera vez que tenía la ocasión de hacerlo. Parecía un niño normal y corriente, no un mago. El poco pelo que tenía era castaño y desordenado, con mofletes como había descrito Gilda, y sus ojos… bueno, estaba dormido así que no podía comprobar cuan verdes eran. Fue una decepción, por alguna razón me imaginaba al niño feo y gordo, pero era bastante mono y emanaba inocencia. Aunque pensándolo bien, físicamente, humanos y magos no nos diferenciábamos en nada, así que viendo los padres que tenía, sobre todo la madre, era de esperar que saliera agraciado.

Vacilé por unos segundos. El tener a un ser pequeño y débil delante de mí, sin oportunidad de defenderse y siendo absolutamente vulnerable a cualquiera, mi corazón de Domador del Fuego se tambaleó. Mi código de guerrero ordenaba proteger a los débiles, no matarlos. Pero aquel no era un niño normal y corriente, era el próximo mago oscuro que atemorizaría el mundo entero. Si lo eliminaba en ese instante, me garantizaba que nadie sucumbiera a él.

Suspiré, nervioso. Solo debía encontrar el valor. Había matado a decenas de personas por orden de su padre, podía matar a aquel pequeño y llevaba tiempo planeándolo.

Vi un cojín en el respaldo de la mecedora y lo cogí sin pensar.

Mis manos temblaban, pero intenté convencerme que la asfixia no era tan mala muerte y a fin de cuentas quizá creyeran que el niño había fallecido por causas naturales. Algunos niños morían durmiendo sin saber el motivo, ¿por qué él no?

Miré al pequeño una vez más, el corazón me iba a mil por hora.

—Es mi venganza —me convencí—. Hoy te quitaré a tu hijo, Danlos, como tú quitaste la vida de mi padre y amigos.

Extendí los brazos hacia el bebé con la intención de asfixiarlo, pero, en ese momento, abrió los ojos, me miró con unos increíbles ojos verdes y sonrió. Quedé inmóvil, notando una presión en el pecho.

—No sonrías —dije consternado, pero el muy estúpido extendió los brazos hacia mí con la intención que le cogiera—. No.

Retiré el cojín, sabiendo que ya no sería capaz de hacerlo por más que quisiera, y lo lancé a la mecedora, con rabia.

—Serás idiota —le dije—. ¿Por qué me sonríes?

El niño continuó con sus brazos extendidos, sonriendo.

—No te voy a coger, pequeño monstruo —me crucé de brazos.

El bebé empezó a cambiar la expresión de su rostro por otra que alertaba que pronto se echaría a llorar.

—Localiza a Edmund —di un brinco al escuchar la voz de Danlos en el pasillo—. Debe hacer una misión de suma importancia.

El pomo de la puerta de la habitación empezó a girar, y rápido como un rayo me dirigí al armario, lo abrí y me escondí casi tirándome de cabeza en el interior.

Cerré la puerta dejando un dedo abierto para poder ver lo que ocurría. El mago oscuro pasó en ese instante al interior de la habitación. Ruwer le seguía, pero se quedó en el umbral de la entrada.

—Dentro de dos horas saldremos —continuaba hablando Danlos acercándose a la cuna de su hijo—. Ahora, retírate.

La puerta se cerró de golpe con la magia del mago en los morros de Ruwer. Y yo maldije estar escondido en un armario con Danlos a apenas dos metros de mí.

—Hola pequeño —Danlos sonrió a su hijo y miré extrañado la escena que estaba presenciando ante mí. Jamás imaginé al mago oscuro cariñoso con alguien, aunque fuera su hijo—. Mi pequeño campeón. ¿Te han dejado solo? Ya me encargaré que no vuelva a ocurrir.

Lo cogió en brazos y el niño le sonrió, contento que alguien estuviera por él.

El mago oscuro le besó en una mejilla y luego se sentó con su hijo en la mecedora.

—Si todo sale bien, Danter, puede que no tenga que ser tan duro contigo en un futuro —le habló—. Espero de verdad, poder conseguir el colgante y controlar el mundo antes que crezcas más, si no…

Suspiró, mirándole.

>>Vas a tener que perdonarme, pero deberé hacerte fuerte de una manera u otra, ¿entiendes?

El niño le miraba encantado de que le hiciera caso y balbució ruiditos de bebé que le sacaron una sonrisa a Danlos. El mago oscuro lo dejó apoyado en su hombro y lo abrazó.

>>Te quiero.

Apreté los dientes. Mi venganza contra el mago oscuro era perfecta, pero era tan inútil que no era capaz de matar a un bebé que se convertiría en un asesino.

—¿Danlos? —Esa voz era de Bárbara, que entró en la habitación un segundo después—. Estás aquí.

Se acercó a los dos.

—¿Qué haces abrazándole? —Le preguntó—. ¿No quedamos que seríamos duros con él para que se hiciera fuerte y aprendiera cuanto antes a valerse por sí mismo?

—En cuanto empiece a andar —respondió Danlos—. Aún es demasiado pequeño para hacer cualquier cosa con él. Aprovecha ahora —le ofreció a su hijo—. Cógelo.

Bárbara dio un paso atrás, mirando hacia otro lado.

Danlos volvió a abrazarlo.

>>Tú misma.

Bárbara le miró de nuevo.

—¿Crees que haremos bien en criarle de esa manera? —Le preguntó su mujer—. Preferiría el método del niño consentido.

Danlos se alzó con el pequeño en brazos y besó a su mujer en la frente.

Aquellos sentimientos ocultos, que nunca ambos mostraban delante de nadie, me dejaron desconcertados. Tenían corazón después de todo, aunque fuera en un círculo muy reducido.

—Es el correcto, no quiero un niño malcriado que dependa de nadie. Los nobles son egoístas y hacen lo que sea necesario por conseguir lo que quieren, pero también son débiles. Y yo quiero un hijo fuerte que sepa defenderse. En cuanto empiece a andar, nada de cogerle en brazos, ni de mimos. Habrá que enseñarle que es ser un mago oscuro aunque eso signifique llevarle por caminos difíciles desde un principio. Debemos criarle de esa manera para asegurarnos de que nuestro hijo sabrá combatir a la elegida en caso de que nuestro plan fracase y obtenga el poder del colgante. No podemos arriesgarnos a que sea un débil. Danter será aún más fuerte que tú y que yo. Será el mago oscuro más temido de todo Oyrun.

—¿Más que nosotros? —Le preguntó Bárbara con una sonrisa animada en su cara.

—Más que nosotros —se inclinó a ella y la besó con pasión.

—Deja a nuestro hijo en la cuna y vayamos a nuestra habitación —le pidió Bárbara entre beso y beso.

Danlos no lo dudó, dejó a Danter en la cuna y junto a su mujer abandonaron la estancia.

Suspiré aliviado y salí de mi escondite.

Miré a Danter que se había quedado dormido.

—Te compadezco chaval —le dije—. No me gustaría ser tú. A saber qué te tienen preparado tus padres para hacerte tan fuerte como dicen.

Dicho esto salí de la habitación de Danter y corrí dirección a las cocinas. En ellas me encontré a Ruwer.

—Te estaba buscando —dijo el hombre lagarto alzándose de la silla que había tomado—. El amo quiere que nos preparemos para partir dentro de una hora.

Asentí, convencido que se trataba de ir de nuevo a cazar humanos como ellos lo llamaban.

Aquella idea me deprimía.

Guardaespaldas

—¿Sabes si estarás mucho tiempo fuera? —Me preguntó Sandra.

Me encogí de hombros envainando mi espada después de haberle sacado brillo. Había dejado un sinfín de comida en el fuerte para que mi amiga no pasara hambre en mi ausencia. Básicamente, se trataba de carne ahumada, queso curado y pan recién horneado.

—Lo ignoro —respondí—. Pero tendrás para siete o diez días. Normalmente, estoy fuera cuatro o cinco cuando debo acompañar a Ruwer, así que no creo que se te acabe.

—No lo digo por eso —dijo mientras guardaba el trapo que utilizaba para pulir a Bistec entre los troncos que eran las paredes de nuestro refugio—. Me aburro cuando no estás.

Sonreí y le puse una mano en la cabeza.

—Regresaré, te lo prometo.

Hizo que le quitara la mano de la cabeza.

—No me trates como si fuera una niña —dijo enfadada—. Ya he crecido, ¿cuándo lo vas a ver?

—Cuando te salgan pechos —me mofé.

Se puso roja de golpe, luego me dio un puñetazo en el brazo.

Alcé las manos para poner paz.

>>Vamos, vamos…

Sandra empezó a subir los troncos para salir del refugio.

>> Venga, no te enfades —le pedí, viendo que había herido sus sentimientos, pero se limitó a observarme desde arriba.

—Idiota —me insultó y se dejó caer al otro lado.

Suspiré, ya se le pasaría.

En cuanto me reuní con Ruwer y Danlos en la sala de las chimeneas, estos hablaban sobre mis habilidades de guerrero.

—Si Urso le ataca no tendrá una mínima oportunidad de defenderse, pero sí que podrá protegerla de orcos y hienas. Nadie la podrá tocar en ese sentido con Edmund a su lado —decía Ruwer.

Les miré sin comprender, ¿de qué iba aquello?

—Tú mantén vigilado a Urso —le ordenó Danlos—. Que Edmund se ocupe de los orcos y de cualquiera que quiera agredir a la elegida.

Abrí mucho los ojos, ¿la elegida? Era rehén en Tarmona, ¿me iban a destinar a Tarmona? Y mucho más importante, ¿yo la protegería?

—Entendido —Ruwer se inclinó levemente y Danlos se dirigió a mí.

Automáticamente agaché la vista al suelo.

—Bien, vamos —el mago oscuro puso una mano en mi hombro y un segundo después noté el vacío ya conocido del Paso in Actus.

Fuimos trasladados a una sala enorme, con grandes ventanales en una de las paredes. El sol del atardecer se colaba en el gran salón dando un color rojizo a todo aquello que tocaba.

—Estamos en Tarmona —me confirmó Danlos—. Y Urso es el que manda en esta ciudad…

Se hizo a un lado y miré boquiabierto al mago loco que estaba postrado en un trono con las dos piernas por completo vendadas. Su tez era blanca y sudaba a mares. Apretó los dientes y los puños al vernos aparecer.

>> … hasta que vengo yo y tomo el relevo —concluyó el mago oscuro.

Urso gimió al intentar moverse, pero estaba claro que era imposible que caminara con las piernas completamente rotas.

—¿Qué quieres ahora? —Quiso saber Urso—. La elegida está perfectamente en su alcoba, mejor que yo diría.

—Pero se me ha ocurrido que antes que hicieras alguna tontería más y tuviera que matarte, he traído a Ruwer, mi mano derecha, que te pondrá en tu sitio si es necesario. Y luego está Edmund, que a partir de este momento será el guardaespaldas de la elegida.

Mi mandíbula inferior cayó literalmente de mi boca.

La elegida llevaba meses cautiva en Tarmona y la esperanza que escapara era un sueño imposible, estaba convencido que la guerra había acabado con la derrota de la única persona que podía luchar por mi libertad y la de todos los esclavos de los magos oscuros. Pero de pronto, Danlos, mi mayor enemigo, me asignaba como guardaespaldas de la salvadora del mundo, no tenía sentido. Aunque, por primera vez desde que era un rehén, cumpliría con gusto la tarea que me asignaba.

—Ruwer, rómpele los brazos si es necesario la siguiente vez

—miró a Urso—. Quedas avisado. Edmund, sígueme.

Le seguí de inmediato, aún recuperándome por la sorpresa y nervioso por saber si sus palabras eran ciertas. Por fin iba a poder hacer una auténtica misión de Domador del Fuego. Daría mi vida por la elegida si hacía falta.

—¿Contento? —Me preguntó Danlos y volví a la realidad—. Es un gran honor el que te ofrezco.

—Se lo agradezco, amo —respondí—. Daré mi vida por la elegida si es necesario.

—Lo sé —dijo mirando al frente mientras caminábamos por los pasillos de un castillo que parecía saqueado por los orcos que ahí vivían—. Por ese motivo te he escogido. Tu misión es que continúe con vida hasta que la sacrifique dentro de unas semanas.

Me detuve en el acto, notando que el color de la cara me huía.

Danlos paró su marcha también, y me miró.

—La única manera que recupere el colgante es dejándola libre y eso es algo que no pienso hacer —me explicó—. Pero ella no lo sabe, así que no le digas nada de esto. Tiene la esperanza que el ejército que viene para rescatarla la libere, pero la mataré justo antes que eso ocurra.

Contuve el aliento, mirándolo horrorizado.

>>Ya te dije que ganaría esta guerra. Ahora, andando —inició de nuevo el camino y le seguí, no tenía otra opción, pero la alegría del momento dio paso al desconcierto manifiesto. Si su plan era matarla sí o sí, ¿para qué protegerla? ¿Para qué mantenerla con vida tanto tiempo? —. No seas cruel en contárselo, no es que me importe. Pero cuando sacrificas a una persona cargada de miedo el sabor de la sangre se vuelve… ¿cómo explicarlo? ¿Demasiado metálica? Déjala que viva en su burbuja de fantasía. ¿No dicen que la esperanza es lo último que se pierde?

Empezó a reír y en ese instante maldije de verdad el no haber matado a su hijo. Debí asfixiarle cuando tuve la oportunidad y hubiera cumplido mi venganza aunque el mago oscuro hubiera continuado reinando en el mundo.

Segundos después nos detuvimos en una puerta.

>>Protégela de los orcos, y si Urso viene a por ella en algún momento corre a por Ruwer. Él sí tiene poder suficiente para pararle los pies.

Dicho esto abrió la puerta y pasamos dentro de una lujosa habitación que se encontraba en penumbra al tener echadas las cortinas de las ventanas.

Mi atención se fijó de inmediato en una chica postrada en una gran cama. Su aspecto era deplorable. Delgada, enfermiza, herida y magullada. Presentaba un gran morado que le cubría desde la frente pasando el mentón, hasta el pómulo izquierdo. Sus ojos verdes estaban apagados y hundidos en sus cuencas. Sus ropas estaban manchadas de sangre y por brazos y piernas presentaba cicatrices de palizas recibidas. Al vernos entrar se incorporó a duras penas, poniéndose alerta. Una niña sentada en una silla, al lado de la cama de la elegida, se alzó de inmediato y se retiró en una esquina de la habitación.

Danlos se plantó delante de los pies de la cama y yo quedé dos pasos por detrás de él.

—Te presento a Edmund —le habló el mago oscuro—. Domador del Fuego y tu nuevo guardaespaldas.

La elegida me miró un instante para luego volver a clavar los ojos en Danlos. Estaba aterrada, temblaba con solo ver al mago oscuro. La entendí bien, a mí mismo me había costado penas y esfuerzos no temblar cada vez que Danlos me llamaba en su presencia. Y a veces, me resultaba imposible no mostrar miedo ante él.

—En fin, Edmund ya conoce sus labores. Si necesitas cualquier cosa pídesela a él —Danlos me miró—. Protege a la elegida como te he dicho.

Asentí.

El mago oscuro se marchó de la habitación sin decir nada más, y todos suspiramos a la vez.

—En mi imaginación te veía como a un niño —dijo la elegida

en cuanto perdimos de vista a Danlos. La miré—. Pero veo que ya estás hecho todo un hombre.

La niña que la acompañaba en el momento de mi llegada se acercó con precaución a la elegida mirándome con recelo.

—Ella es Laura, tiene ocho años, viene a cuidarme de vez en cuando —me presentó—. Laura, él es Edmund, un Domador del Fuego.

—Hola —me saludó la niña.

—Hola —respondí.

La elegida me sonrió y yo hinqué una rodilla en el suelo, bajando la cabeza ante ella.

—Juro que la protegeré, elegida —dije—. No porque el mago Danlos me lo ordene sino por la firme convicción que su vida es más importante que cualquier otra de Oyrun, más importante que la mía propia. Y por mi honor de Domador del Fuego la protegeré de los orcos y del mismísimo Urso si viene a por usted.

Mis palabras eran ciertas, pese a la advertencia del mago oscuro que pronto la sacrificarían intentaría protegerla lo mejor posible de Urso y sus orcos. Cuando Danlos viniera a por ella ya vería lo que haría, pero por el momento la elegida estaba bajo mi protección y daría mi vida si era necesario para cumplir mi promesa.

—Gracias, Edmund —respondió y alcé la vista—. Pero no me gustaría que murieras por mi culpa. Tu hermana se pondría muy triste.

Mi hermana es una traidora, pensé, *mantiene una relación con el hermano menor de nuestro enemigo.*

—Mi hermana es una Domadora del Fuego que entenderá mi sacrificio si llega a suceder —respondí.

La elegida suspiró.

—Está bien, pero levántate —me pidió—. No me gusta que nadie se arrodille ante mí. Me da… vergüenza.

Me alcé y la miré con atención, se había puesto colorada.

—Elegida…

—Llámame Ayla, por favor —me pidió—. No me gusta ese título, lo he acabado odiando —miró a Laura—. Déjanos a solas, estaré bien.

Laura me miró con desconfianza, pero obedeció y se retiró llevándose consigo una bandeja con restos de comida.

Me quedé de pie, delante de la cama de la elegida, un poco incómodo por la situación. No sabía qué más decir, pero Ayla sonrió y me señaló la silla que estaba a su lado.

—Puedes sentarte —me ofreció—. No creo que quieras estar todo el día de pie sin moverte.

Tomé asiento.

—Eres muy callado —dijo después de unos segundos, estirándose de nuevo en la cama, cansada—. Tu hermana siempre me habló de ti como un niño parlanchín.

Apreté los puños, hablar de mi hermana no me gustaba.

—Hace casi tres años que no veo a mi hermana —respondí—. Y la última vez solo fue un instante que duró apenas dos minutos. He cambiado, ya no me conoce.

—Siento no haberte rescatado —dijo y la miré a los ojos—. Era una de las cosas que tenía pendientes de hacer antes que me capturaran. Quizá, si no me hubieran cogido, ya serías libre.

—Libre —repetí y desvié su mirada hacia las sábanas de su cama—. Hace tiempo que perdí la esperanza de serlo.

—Algún día lo serás —rebatió—. Aunque yo muera estoy convencida que los magos de Mair no permitirán que Danlos atemorice más este mundo. Y Alegra está deseando verte, no podemos defraudarla.

—¡No quiero hablar de mi hermana! —Alcé la voz sin pretenderlo—. No quiero saber nada de ella.

Frunció el ceño.

—¿Por qué? Creí que querrías saber…

—¿Qué está saliendo con el hermano de Danlos? —La interrumpí, escupiendo odio en mis palabras—. Si la tuviera delante ahora mismo la llamaría traidora. No es mi hermana, no la hermana que conocía.

—Dacio no es…

—Dacio —no la dejé hablar, en cuanto pensaba en mi hermana y con quién estaba me alteraba—, otro mago oscuro. Odio a los magos. Por su culpa mi villa desapareció, toda mi familia y amigos murieron. ¿Qué se supone que debo hacer? ¿Felicitarla cuando la vea? *Hola, Alegra, me alegro de que te estés follando al hermano de Danlos, me encanta saber el poco respeto que tienes a nuestra villa y a mí mismo.* Si alguna vez la vuelvo a ver, haré lo posible para que recupere el juicio.

—Estás cargado de odio —dijo preocupada—. Dacio no ha sido responsable de la muerte de tu familia y destrucción de tu villa. Ni siquiera estuvo ese día. Y, desde que le conozco, ha intentado animar a tu hermana, apoyarla, para darle fuerzas y que continuara adelante. No es un mago oscuro, no todos los magos son malvados. Y porque Dacio sea el hermano de Danlos no significa que vaya a ser malvado.

—Mira, que quede claro, solo perdonaría a Alegra si me entero que está hechizada por ese asqueroso mago del que hablas tan bien. Si no es así, tendrá suerte que no le escupa a la cara en cuanto la vea.

—Edmund…

—¡No! —Alcé la voz—. Haré que recupere el juicio de una manera o de otra, o sino dejaré de tener una hermana, así de simple.

En ese instante la puerta de la habitación se abrió y pasó al interior una chica de cabellos castaños y ojos marrones. Nos miró a ambos con una expresión cargada de pena. Me sorprendió, jamás vi a alguien tan triste y eso que en Luzterm había motivos para ello.

—Hola, Gwen —la saludó la elegida—. Pasa, te presento a Edmund, Domador del fuego y muchacho cargado de odio y prejuicios.

Fulminé a Ayla con los ojos, pero ésta me mantuvo la mirada. Solo dejé de mirarla cuando la tal Gwen se puso a mi lado. Llevaba un vaso humeante en las manos que ofreció a la elegida. De inmediato me alcé de mi asiento.

—¿Qué es eso? —Quise saber primero, antes que lo tomara.

—Tranquilízate —me pidió Ayla, incorporándose de nuevo—. Solo es mi medicina, una infusión de hierbas para la pulmonía que padezco.

—Que lo pruebe ella primero —condicioné.

La elegida puso los ojos en blanco.

—Gwen, ¿puedes probarla? —Le pidió.

La chica se llevó el vaso a los labios y tomó un sorbo. Luego me miró.

Le quité el vaso de las manos y olí su contenido, luego lo probé también.

—Está asqueroso —dije—. Toma.

Lo cogió y se tomó la infusión.

Gwen fue hacia la única ventana de la habitación y descorrió un poco las cortinas. De inmediato Ayla entrecerró los ojos como si hubiera dejado pasar al mismísimo sol y se puso de espaldas a él.

—¿Qué te ocurre? —Le pregunté al ver que cerraba los ojos.

—He estado meses encerrada en las mazmorras —respondió—. No he visto la luz del día durante mucho tiempo y mis ojos aún no se han acostumbrado al sol. Por ese motivo estoy con las cortinas corridas durante el día. Debo acostumbrarme a la luz poco a poco.

—Urso no volverá a tocarte —le prometí.

Ayla sonrió.

—No fue Urso quien me encerró —dijo—. Fue Danlos, le enfurecí…

Se quedó dormida mientras hablaba y Gwen se aproximó. Con un gesto, o más bien, un empujón, me apartó de su lado y empezó a colocar paños humedecidos en agua fría en la frente de Ayla.

—La próxima vez pídeme que me haga a un lado —le exigí, pero no respondió—. ¿Me escuchas?

Me miró y se llevó un dedo a los labios pidiéndome que me callara.

>>Que rarita eres chica.

Más tarde me enteré que aquella joven era la condesa de Tarmona y llevaba años sin hablar por un terrible suceso.

—Molestas más que ayudas —me acusó una anciana que vino a hacerle el relevo a Gwen—. Podrías colaborar un poco, así nosotras podríamos pasar más horas en el hospital, donde también nos necesitan.

—Oiga, no me sermoneé —dije enfadado—. Debo asegurarme que lo que toma no está envenenado —volví a tender la infusión de hierbas que debía tomar la elegida—. Adelante.

—Alegra nunca me contó que fueras tan testarudo —dijo Ayla, llevándose la infusión a los labios.

Fruncí el ceño y Ayla puso cara de disgusto al tomar la infusión amarga.

—Si tuviéramos azúcar podría hacer más agradable el sabor —se disculpó la anciana.

—No te preocupes Fanny —le devolvió el vaso ya vacío—. Solo espero que pronto me recupere.

—Aún queda bastante para eso, podrías tener incluso una recaída.

—Eso, usted anímela —dije con sarcasmo.

—¿Tenemos noticias del ejército que viene a liberarnos? —Le preguntó a Fanny y sentí un escalofrío.

—No, pero confiamos en que no tarden en llegar.

—Sí, pronto seremos libres.

Tuve que dirigirme a la ventana para ocultar mi rostro lívido. El pensamiento que cuando el ejército llegara matarían a la elegida irremediablemente me comía por dentro. Pero más angustioso me resultaba escucharla hablar con la esperanza que pronto sería rescatada. Poco se imaginaba que la libertad que tanto ansiaba llegaría a ella por el camino de la muerte.

Laura volvió a presentarse por la noche para hacerle el relevo a Fanny.

—Toma —la elegida ofreció a la niña un mendrugo de pan, parte de las verduras cocidas que tenía para cenar y una manzana—. Y esto para el hospital. —Miré boquiabierto la cantidad de comida que regalaba a la esclava, al final solo le quedó un cuenco de sopa para ella.

—Un momento —interrumpí—. Es tu comida.

—Puedo compartirla —dijo Ayla.

—¿Pero estás tonta? —Dije enfadado—. ¿Acaso no te has visto en un espejo? —Pregunté mirando por toda la habitación y vi que teníamos uno de cuerpo entero de cara a la esquina de una pared. Alguien lo colocó de aquella manera para ocultar su imagen a la elegida. Quizá para protegerla de su visión maltrecha, no era agradable ver cómo se encontraba, daba lástima, pero viendo lo que hacía mejor era mostrarle la verdad.

—Solo es un poco de comida —insistió.

—No —dije negando con la cabeza y miré a Laura—. Y tú, no te aproveches de ella, devuélvele la manzana, la necesita para coger fuerzas.

Laura obedeció de inmediato.

—Laura, no —se negó la elegida—. Cómetela tú, debes crecer y estás muy delgada.

—¡¿Delgada?! —Exasperé—. ¡¿Y tú cómo estás?!

De dos zancadas me planté en el lado derecho de su cama y le retiré las sábanas.

—Levanta —ordené—. Debes ver cómo estás en realidad.

—Pero…

—¡He dicho que te levantes! —Alcé la voz.

Al ver que no se movía la cogí de un brazo, obligándola a salir de la cama. No me costó, pesaba tan poco que apenas hice un mínimo esfuerzo por alzarla. Pasé un brazo por su cintura y la ayudé a andar.

—Apóyate aquí —le pedí, refiriéndome al tocador de la habitación.

Me hizo caso, estaba que ni se podía poner en pie por si sola.

Acerqué el espejo de cuerpo entero y lo encaré a ella. Automáticamente abrió mucho los ojos, viendo por primera vez la realidad de su estado.

>>¿Entiendes lo que quiero decir?

Se llevó una mano al rostro y sus ojos se llenaron de lágrimas. Perdió sus fuerzas y rápidamente la cogí en brazos devolviéndola a la cama.

>>Debes comer toda la comida que te traigan, ¿entiendes?

Asintió, mientras la tapaba.

—Es la imagen que me mostró Valdemar sobre mi futuro oscuro —sollozó.

A partir de aquella noche, la elegida empezó a comer todo lo que le traían las esclavas que cuidaban de ella. Pero algo cambió en su actitud, la vi más triste, deprimida, y se miraba las cicatrices que presentaba por los brazos, acariciándolas, y llorando en ocasiones.

—Doy asco —dijo un día mirándose al espejo—. Estoy horrible.

—Horrible sí —admití colocándome detrás de ella. Ya tenía fuerzas suficientes para alzarse por si sola y estar un rato de pie sin tener que apoyarse en ningún mueble. Incluso el sol ya no le molestaba tanto a los ojos, pudiendo abrir las ventanas de la habitación para que circulara el aire —. Pero no das asco.

—¿Qué hombre va a querer estar con alguien como yo? —Dijo con lágrimas en los ojos mirándose el morado de su frente que ya presentaba un aspecto más amarillo—. Tendré suerte si me abraza.

—¿Te refieres a tu protector? —Intuí.

Después de varios días a su servicio acabé conociendo su romance con el príncipe elfo de primera mano. Antes, lo único que sabía de ellos dos eran simples rumores que llegaban a Luzterm a cuenta gotas y que tenían poca fiabilidad.

—Aún no sé qué vio en mí cuando me conoció —dijo con un

hilo de voz—. En su reino hay mujeres muy bellas, perfectas, y yo solo soy una humana. Y ahora… ahora soy menos que eso. ¡Mírame! Lo poco que podía agradarle lo he perdido, estoy delgada, enferma… —Se le quebró la voz—. Y llevo meses sin…

Se calló y apretó los dientes, luego se volvió de espaldas al espejo y se dirigió a su cama.

—¿Sin qué? —Pregunté pese a ver su reacción.

Me miró un instante a los ojos, mientras apartaba las sábanas de seda para estirarse.

—Es casi imposible que pueda quedarme en Oyrun si algún día logro acabar mi misión. Pero si lo lograra, Laranar es el príncipe heredero de Launier y debe dar herederos a la corona. Yo… yo no podré dárselos.

Se metió en la cama, llorando desconsolada.

—¿Por qué?

Intentó limpiarse los ojos de lágrimas, pero fue un gesto inútil, otras nuevas aparecieron.

—Estoy tan enferma, delgada y desnutrida que se me ha retirado la regla.

Sonrojé de golpe, aquellos temas femeninos mejor dejárselos a las mujeres, pero… ¿qué debía decir a continuación? Había insistido yo en saber qué le sucedía. No podía callarme sin decir nada.

—Bueno… —Vacilé, sentándome en la silla donde la velaba siempre—, cuando recuperes la salud y engordes unos cuantos kilos, seguro que…

Rompió en un llanto descontrolado.

—¡Odio ser la elegida! —Alzó la voz—. ¡Odio este futuro que me predijo Valdemar! Jamás imaginé que fuera a ser tan duro.

—Ayla… tranquila —intenté que se calmara—. Eres la esperanza…

—¡La esperanza de Oyrun, lo sé! —Me cortó con rabia—. ¡Y estoy harta! ¡Harta de esto! ¡No quiero ser más la elegida! ¡Lo odio! Si pudiera me escondería en un agujero toda la vida y no volveríais a verme, te lo aseguro.

Tragué saliva.

—¿Y tu protector? —Le recordé.

Frunció el ceño.

—¡¿Es que no me escuchas?! —Exasperó—. ¿Cómo va a querer estar con alguien como yo? ¡Me dejara en cuanto me vea! ¡Doy auténtica pena!

—¿Si fuera al revés, tú continuarías con él?

Calló en ese instante y bajó la cabeza, hipando aún del llanto que intentó controlar entonces.

—Claro que sí —respondió—. Pero…

—¿Entonces? —Quise hacerle ver y alzó sus ojos hasta los míos—. ¿Por qué él no continuaría contigo?

Intentó limpiarse de nuevo los ojos y, otra vez, fue inútil.

—Ya te lo he dicho. No podré darle herederos a la corona y viendo lo que tiene —se señaló a sí misma como si fuera un auténtico horror—, no le costará demasiado fijarse en la primera elfa bonita que se le pase por delante.

—No lo creo, Ayla —dije de verdad.

—Déjame —me pidió volviéndose hacia el lado contrario de la cama para darme la espalda—. Estoy cansada, quiero dormir.

Se cubrió con las sábanas hasta la cabeza, pero continué escuchando sus sollozos.

Me alcé de la silla, miré el pequeño bulto que era su cuerpo, cogí las sábanas y la descubrí hasta los hombros.

Sus ojos verdes, rojos e hinchados de tanto llorar, me miraron enojados por no dejarla en paz. Entonces, me incliné a ella y le di un beso en la frente.

—Solo un idiota te dejaría porque estuvieras enferma —le dije en un susurro—. Y sé que en un futuro, cuando estés mejor, podrás tener esos hijos que tanto deseas.

Dicho esto me retiré, dejándola sola en la habitación. Pero lejos de poder marcharme de su lado y velar por su seguridad, me senté en el mismo pasillo delante de su puerta y esperé a que las horas pasaran lentas y aburridas.

Un plan

Los días siguieron su curso bajo la constante amenaza que el ejército de los países aliados se aproximaba para liberar la ciudad. El estado de la elegida mejoró apenas lo suficiente para que la tos y la fiebre dejaran de acompañarla durante el día y la noche. La tristeza que la embargaba dificultaba su recuperación. El miedo a ser rechazada por su protector era más fuerte que el miedo a la posibilidad que la mataran antes que llegaran a liberar la ciudad. Le avergonzaba que el príncipe elfo la viera en ese estado de delgadez extrema, marcada por el látigo y el hecho que ya no sangraba como una mujer. Al tiempo repetía que una vez libre de Danlos no pensaba volver a poner su vida en peligro en una misión que la había llevado a la esclavitud más dura que jamás pensó.

—Estoy cansada de luchar —decía—. No quiero ser la elegida.

Si podía añadir algo más, eran las pesadillas que padecía Ayla cada vez que conciliaba el sueño. Las primeras noches daba un brinco en la butaca donde yo dormía y desenvainaba mi espada creyendo que alguien la atacaba, luego acabé acostumbrándome a sus continuos gritos de angustia, a sus pesadillas, y la zarandeaba para que despertara.

El aburrimiento era lo peor, dejaba muchas horas para pensar. Así que me hice con unos bloques pequeños de madera, los tallé con mi puñal de acero mante y les di formas de animales que luego regalaba a Ayla para intentar animarla. Le hice un caballo, un oso, un lobo…

—Tu hermana tiene razón —dijo, cuando le ofrecí el lobo—, eres un chico con un corazón de oro.

Sonrojé y desvié la mirada al suelo.

Ella sonrió, solo cuando le regalaba una de mis figuritas sonreía.

—Akila —dijo mirando la figura que tenía entre las manos—. Le llamaré Akila, como el lobo que acompaña al grupo.

—¿Un lobo? —Pregunté.

—Sí, empezó a seguirnos cuando apenas era un adolescente, creemos que perdió a su familia por unos cazadores —acarició la figura con los dedos—. Eres bueno haciendo estas cosas, ¿quién te enseñó?

—Aprendí solo —respondí—. Empecé a hacerlas cuando una esclava de Creuzos me dijo que nunca había visto una muñeca. Conseguí hacerme con una y cada año por su cumpleaños le regalo una figurita de madera.

—¿Qué edad tiene?

—Doce, se llama Sandra. Es la única amiga que tengo en Luzterm.

—Estás preocupado por ella —afirmó, no preguntó.

—Sí, bueno… —Suspiré—. Le dejé comida suficiente para una semana pensando que volvería pronto, pero llevo casi un mes en Tarmona. Cada vez que me ausento tanto me da miedo volver y ver que la han matado.

—Lo siento —respondió.

Me forcé en sonreír.

—Es fuerte, seguro que pese a todo está bien —me convencí.

—¿Has pensado qué harás cuándo venga el ejército a rescatarnos? —Me preguntó.

—¿A qué te refieres?

—Si liberan la ciudad y tú estás en ella, obtendrás la libertad —me hizo ver—. ¿No lo habías pensado?

—No, la verdad —susurré, pensar en la libertad me daba miedo. Era un sueño inalcanzable, sacrificarían a Ayla antes que el ejército traspasara la muralla defensiva y Danlos me devolvería a la ciudad oscura con el Paso in Actus.

—Podrás volver a ver a tu hermana.

—Acompañada por nuestro enemigo —dije con desgana.

—Dacio no es así —insistió—. Te lo he dicho un centenar de veces.

—Odio a los magos —repetí también—. A todos, sin excepción.

Ya sean buenos o malvados, los odio. Y a Dacio el que más después de Danlos, es el hermano de aquel que destruyó mi villa. Jamás podré verle de otra manera.

En ese momento la puerta de la habitación se abrió y apareció Gwen con una bandeja de comida en las manos. Le acompañaba Laura que también traía mi comida. Me alcé y le cogí la bandeja a la niña dirigiéndome a la mesa. Ayla comía en la cama y Gwen vigilaba como una leona que comiera todo lo que le traía. Podía relajarme cuando la condesa se encargaba que la elegida comiera, no hablaba, pero era exigente con ella y no toleraba que se dejara ni una migaja de pan.

Laura se sentó a mi lado y observó mi comida casi babeando.

—Toma —le ofrecí una salchicha que cogió de inmediato y se la comió casi sin masticar, me recordaba a Sandra cuando la conocí—. Y la manzana.

Cogió la fruta como un tesoro.

—Y ya está, que también tengo que comer yo —dije al ver que continuaba mirando mi plato.

—Gwen, me traes siempre mucha comida —escuché que se quejaba Ayla y miré a las dos.

La condesa le hacía claros gestos para que continuara comiendo.

—¿Crees que algún día hablara? —Le pregunté en un susurro a Laura.

—No lo sé —respondió con el mismo tono de voz—. Fanny dice que en caso de que lo haga tardará meses o años. Eso contando que no la cojan para sacrificar en alguna luna llena, siempre se presenta voluntaria.

—¿Voluntaria? —Pregunté perplejo.

—Sí, y siempre la rechazan. Aunque con el ejército que viene para liberarnos quizá se salve pese a querer morir. No la entiendo.

Miré a Gwen atentamente. Ayla me había explicado su historia, pero presentarse voluntaria para que la matasen era algo que jamás imaginé.

Minutos después, cuando aún estaba terminando de comer,

Ruwer vino a buscarme de forma inesperada. Desde que estaba en Tarmona poco o nada lo vi. Apenas salía de la habitación de la elegida por miedo a que Urso y sus orcos vinieran a por ella, y el hombre lagarto hasta el momento no vino a visitarnos.

Me puse en pie al verle, intuyendo que aquello no podía significar nada bueno.

—El amo quiere verte —dijo sin más explicaciones.

Le seguí sin perder tiempo, pero antes de cerrar la puerta de la habitación les guiñé un ojo a las chicas para infundirles confianza al ver que temblaban del susto. Luego corrí hasta que alcancé a Ruwer que no aflojaba su paso para esperar a nadie.

—El ejército que viene a liberar Tarmona se encuentra a pocos días de aquí —dijo el lagarto con andares humanos—. Tu trabajo pronto llegará a su fin y regresaremos a Luzterm.

Suspiré, si solo hubiera encontrado la manera de ganar tiempo hasta que el ejército traspasara las murallas de la ciudad, habría podido poner a la elegida a salvo. Pero, ¿cómo? No podía sacar a Ayla del castillo sin que nadie nos viera. Y por más que luchara para proteger su vida sería inútil, entre orcos, Urso, Ruwer y, lo más probable, Danlos, ¿qué posibilidades había que un simple humano pudiera con ellos? Ninguna. Era desesperante.

Llegamos a la gran sala de recepción del castillo. Urso se postraba en el trono donde unos años antes el conde de Tarmona dirigía la ciudad acompañado de su esposa Gwen. Ahora el asiento de la condesa era un lugar vacío, solo cubierto por el polvo. El mago oscuro no se molestaba en mantener limpio el castillo ni mandar hacer las reparaciones que iban surgiendo con el paso del tiempo. Poco a poco aquel lugar se iba marchitando después de varios años de dejadez y donde los orcos no respetaban nada, causando destrozos cuando les venía en gana.

Danlos nos esperaba de pie mirando por uno de los ventanales de la sala y Urso se mantenía sentado en su trono con las piernas aún vendadas y un bastón en sus manos. Al escucharnos llegar, ambos nos miraron y Danlos se aproximó a nosotros.

—Edmund, el ejército llegará dentro de tres días —me informó—. Sacrificaremos a Ayla en ese momento. Urso se encargará de hacer el sacrificio por lo que dejarás que se la lleve, tu función de protegerla habrá acabado.

Un escalofrío me recorrió de cuerpo entero.

Noté mis ojos arder al comprender que no solo me lamentaba que sacrificaran a la elegida, sino que lamentaba que sacrificaran a Ayla. Le había cogido especial cariño durante aquellas semanas, era una chica buena de corazón, no se merecía morir después de todo por lo que había pasado. ¿Y en qué me dejaba eso a mí? En cuanto se enterara de la verdad me consideraría un mentiroso y un falso. Sabía su fatal destino desde el primer día, pero me callé como un cerdo, aunque solo para no asustarla. No quería que sus últimas semanas de vida se vieran teñidas por el pánico. Mejor era vivir en la ignorancia, en ocasiones.

—Yo no participaré en el sacrificio —dijo Danlos—. Le dejaré ese honor a Urso —miré al mago loco, que sonreía con satisfacción—, creo que es el que más ganas tiene de hincarle el diente a la elegida. Y ya que perderá la ciudad, tendrá el consuelo de matarla al menos.

—Pero no te olvides de recogerme antes que lleguen al anfiteatro. Aún me necesitas para ganar esta guerra —habló Urso.

Danlos, de espaldas a Urso sonrió, con una de aquellas sonrisas que había acabado conociendo tan bien. No tenía ninguna intención de venir a por el mago loco, iba a dejarlo a su suerte.

—Por supuesto —contestó Danlos volviéndose hacia el mago con un rostro completamente distinto al que nos mostró a Ruwer y a mí—. Pero estaré ocupado yendo y viniendo para sacar los diamantes que tienes almacenados de todos estos años. Así que no te preocupes si me retraso. Hay que ponerlos a salvo.

Urso, ingenuamente, asintió.

—En cuanto dejes a la elegida en manos de Urso reúnete conmigo —me habló Ruwer—. Regresaremos a Luzterm con el último cargamento de diamantes.

Asentí sin decir palabra. Notaba una presión en el pecho fruto del miedo, la tristeza y el remordimiento.

—Edmund —Danlos se plantó enfrente de mí—. Anima esa cara, has cumplido tu misión a la perfección y espero de verdad que cumplas el cometido que te asigné hasta el final.

Hasta el final, pensé.

Prometí por mi honor protegerla de Urso y sus orcos, y en tres días dejaría que el mago loco se la llevara y la sacrificara.

¡Dioses! ¡Ayudadme a encontrar el camino de seguir manteniendo mi promesa!

Después de ser dispensado me encaminé a la habitación de la elegida. Una vez llegué a su puerta no me atreví a entrar. ¿Con qué cara aparecería? En apenas tres días sería sacrificada sin poderlo impedir. ¿Era mejor decírselo o dejarla en la ignorancia un poco más?

La puerta se abrió mientras estaba plantado de pie, quieto, en medio del pasillo. Al alzar la vista me encontré con Gwen y Laura que ya salían cargadas con las bandejas vacías de comida. Concluí que finalmente la niña se comió la comida que me dejé en cuanto acompañé a Ruwer. No me importó, probablemente no comería nada en los tres días siguientes. El estómago se me había cerrado por completo.

—Ya nos vamos —me informó Laura—. Fanny volverá a la noche para hacerle un reconocimiento.

Asentí.

La condesa tocó mi hombro y alcé la vista hasta sus ojos, eran tan tristes, no había rastro de vida en ellos. Me hizo un gesto con la cabeza con la intención de saber qué me ocurría. ¿Tan evidente era? Ahora sí que no podía entrar en la habitación de Ayla. Si la condesa que apenas expresaba sentimiento alguno se percataba de mi estado de ánimo, la elegida sabría que le escondía algo.

—Os espero mañana —me limité a responder retirándome un paso para dejarlas pasar.

Gwen no insistió y pasaron a mi lado, la niña se despidió de mí con la mano.

Fruncí el ceño, debía hacer algo por salvar a la elegida, lo que fuera.

—¿Edmund? —Escuché que me llamaba Ayla desde el interior, pero cerré la puerta sin entrar.

No podía verla en ese momento. Al volver la vista hacia donde Gwen y Laura se marcharon, los ojos de la condesa, tristes y sin vida, volvieron a mi mente.

Fruncí el ceño, una idea empezó a formarse en mi cabeza, y apretando los puños corrí dirección a donde las chicas se dirigieron. Doble una esquina y las encontré a punto de coger las escaleras de servicio.

Detuve a la condesa cogiéndola de un hombro, esta se asustó en un primer momento, pero al ver que era yo, suspiró.

—Laura, sigue adelante, necesito hablar con Gwen —le ordené mientras el plan iba cobrando forma en mi cabeza como única esperanza para poder salvar a la elegida.

Laura miró un instante a la condesa y luego a mí.

—¡He dicho que nos dejes a solas! —Alcé la voz.

La niña dio un respingo y se retiró sin perder tiempo.

Gwen esperó a mi lado sin inmutarse.

—Voy a explicarte un secreto que no debes contar a nadie —dije y al tiempo que hablaba me di cuenta de lo absurdo de mis palabras. La condesa llevaba años sin pronunciar palabra, no le diría a nadie lo que iba a explicarle—. Pero antes de nada, quiero asegurarme de una cosa —suspiré—. ¿De verdad quieres morir? ¿Qué Urso te sacrifique?

Abrió mucho los ojos y asintió con la cabeza, despacio.

—Entonces, puede que seas la última esperanza que le queda a la elegida para que se salve —dije y empecé a explicarle lo que ocurriría en tres días si no hacíamos nada por evitar la muerte de Ayla.

LARANAR

Liberar Tarmona

E l águila real sobrevoló un círculo a nuestro alrededor descendiendo hasta el brazo del elfo encargado de enviar y recibir el correo aéreo que se mantenía con la flota naviera de Launier. Treinta y seis barcos con ciento cincuenta elfos cada uno esperaban la orden de ataque listos para abordar la costa de la ciudad de Tarmona.

El elfo, de nombre Granthi, cogió el cilindro donde se guardaba el mensaje atado en la pata del águila. Inmediatamente me lo tendió y yo me acerqué a mi padre que esperaba mirando pensativo la ciudad que debíamos liberar. En cuanto me coloqué a su lado sus ojos pasaron directamente al cilindro. Lo cogió, abrió el capuchón y un pequeño pergamino cayó en la mano del rey. Lo desdobló y leyó en silencio.

Impaciente por saber su contenido, tuve que resignarme a esperar mientras lo tuviera el rey. Llevábamos dos horas disponiendo nuestros efectivos a una distancia de poco más de un kilómetro de la ciudad. La coordinación con el resto de razas era fundamental para garantizarnos una victoria decisiva, con el menor número de bajas posible.

—Todo a punto —dijo mi padre tendiéndome el pergamino—. Esperan nuestra señal para empezar el ataque.

Leí el mensaje y suspiré. Con suerte, al día siguiente podía tener a Ayla entre mis brazos. Solo deseaba encontrarla viva y entera, que Urso no la hubiera matado o la matara al verse acorralado.

La falta de información era el peor de los tormentos, no saber qué le estaría ocurriendo a Ayla a cada momento. Se debatió la manera que un grupo de guerreros se infiltrara primero para localizar a la elegida y así asegurarnos que no la mataran en el momento del ataque, pero después de evaluar los posibles accesos nos dimos cuenta que aquello era imposible. Una vez sellado el paso donde meses antes Dacio, Alan y yo intentamos rescatarla, no había ningún punto más por donde llegar al interior de la ciudad. Nos vimos obligados a decidir un ataque conjunto entre los ejércitos aún a riesgo que la mataran. La velocidad en nuestro ataque sería lo único que podía garantizar la victoria y supervivencia de Ayla.

—Toma, hijo —el rey me tendió de nuevo el cilindro con una respuesta para el general de la flota naviera.

Lo cogí y tendí a Granthi.

El águila alzó el vuelo de nuevo y seguí su dirección, hacia el mar.

Unos tambores empezaron a tocar provenientes del centro del ejército aliado. Los hombres de Andalen y el reino del Norte, anunciaban el inminente ataque.

Escuché a Akila gemir y volví la vista atrás. El lobo se encontraba a los pies del caballo de Esther, nervioso al escuchar ese ruido y miraba a la muchacha que le decía que se tranquilizara.

La humana fue armada como otro elfo guerrero más. Resultaba extraño verla de aquella manera, con ropas élficas dispuesta para la batalla. No quise que viniera, pero se infiltró como un polizón en las filas del ejército. La descubrieron tres días después de abandonar Sorania y ordené que la devolvieran a la capital, pero amenazó con volverse a escapar. Alegó que no era una prisionera y que podía ir donde le viniera en gana, no me gustó su actitud, pero tenía parte de razón así que finalmente consentí su compañía, dándole un caballo para que sirviera en la caballería. No quería ni imaginarme lo que me diría Ayla si al rescatarla resultaba que Esther había muerto en el intento de salvarla.

Akila echó las orejas hacia atrás y salió corriendo a un lado. Esther lo llamó, pero entonces nos percatamos que dos jinetes se dirigían a nosotros. Los reconocí de inmediato. Eran Dacio y Alegra.

—Majestad —Dacio se bajó de su caballo al llegar a nosotros y se dirigió a mi padre inclinando levemente la cabeza—, Lord Zalman me ha pedido que luche a vuestro lado para garantizar una conexión mental que pueda facilitar la coordinación en la batalla. Andalen, el reino del Norte y Zargonia también contaran con un mago para poder estar comunicados en todo momento.

Zargonia finalmente reunió a unos cuantos duendecillos, apenas doscientos, para que ayudaran en el rescate de la elegida. No quisieron que se les llamara cobardes por no participar, como esperábamos todos que hicieran. Otras razas del bosque encantado se nos unieron, tales como unicornios, pegasos o centauros. Pero su número era insignificante en comparación con el número de efectivos que trajeron el resto de países. Solo a bordo de nuestros barcos ya superábamos los cinco mil guerreros.

—Eres bienvenido —dijo mi padre—. Puedes informarle de que nuestra flota naviera está preparada para el ataque.

Dacio asintió.

Alegra se bajó de su caballo para saludar a Esther que también se apeó, y darle dos palmadas cariñosas en el lomo a Akila. Luego me miró y sonrió.

—¿Estás bien? —Me preguntó en la distancia.

Me acerqué a ellas dos.

—Nervioso —confesé—. No veo el momento de empezar el ataque y al mismo tiempo temo qué puedan hacer mientras traspasamos las murallas.

—Seguro que estará bien —intentó tranquilizarme tocándome un brazo—. Pronto podrás abrazar a Ayla.

—¡Que Natur te escuche!

El sonido de los cuernos de Launier se alzó en ese instante. Mi padre había dado la señal de inminente ataque y ya montaba en Brunel, el caballo del rey.

Dacio se acercó, volviéndose a montar en su caballo marrón. Un elfo me aproximó a Bianca y monté en ella, listo para el combate. Las chicas hicieron lo mismo y encaramos nuestras monturas hacia Tarmona.

—¿Por qué solo se acercan esos magos a la muralla? —Observó Esther, viendo que un pequeño grupo de magos, apostados en el flanco izquierdo del ejército donde estaban colocados los efectivos de Mair, se dirigía para el combate.

—Esos magos son guerreros de nivel 2, el escuadrón encargado de abrir un boquete lo suficientemente grande en la muralla. Así podremos pasar sin necesidad de enfrentarnos a los arqueros orcos y al aceite hirviendo que podrían echarnos —le respondió Dacio.

Esther miró aquel centenar de magos, todos ellos ataviados con capas rojas —marca insignia que eran guerreros—, acercarse con paso decidido a las puertas de la ciudad. Cuando pudieron ser alcanzados por los arqueros alzaron un escudo a su alrededor para protegerse.

—Los que llevan capas verdes son sanadores, ¿verdad? —Preguntó de nuevo Esther.

—Sí, hay uno en cada escuadrón —respondió Dacio.

Un sanador marchaba el último de la fila, su intención no era atacar la muralla sino garantizar que todos los guerreros regresaran con vida de su misión. Si no hubiese sido por los magos, Tarmona no habría podido ser conquistada desde tierra, solo por mar. Pues la muralla que se alzaba era lo bastante resistente como para mantenerse en pie durante meses y un asedio hubiera significado la muerte de todos los esclavos incluyendo a Ayla. Los orcos los habrían matado para servirles de comida.

Los magos guerreros se dispusieron en grupos de cuatro, y alzando las dos manos crearon brillantes bolas de energía donde el poder de cada mago convergía con el del compañero, uniéndose a una velocidad sobrenatural, causando que la fuerza comprimida circulara con furia. Lentamente cada grupo se aproximó al grupo de su derecha y unieron ambas bolas de energía, engrandeciéndolas.

—Es el *Imgar* —informó Dacio, antes que la humana le volviera a preguntar—. Una variedad parecida al imbeltrus pero mucho más potente. La muralla no resistirá ese ataque.

Los orcos apostados en lo alto de la muralla malgastaban sus flechas en intentar alcanzarles. Ninguna daba a su objetivo pues impactaban contra el escudo que les protegía.

Los magos encararon una docena de Imgar dirección a la muralla. Las bolas de energía se mantenían suspendidas a un metro del suelo. Era tal su potencia, que desde la distancia podíamos escuchar la fuerza con que la energía fluía en un círculo cerrado.

Esther entrecerraba los ojos para poder distinguir qué ocurría, al igual que Alegra. Sus ojos humanos eran limitados, pero en cuanto lanzaron todos los Imgar a la vez, no hizo falta ser elfo para ver la enorme luz que de pronto se alzó y escuchar el horrible estruendo que ocurrió a continuación.

El suelo tembló bajo nuestros pies, los caballos se encabritaron y una onda expansiva nos alcanzó teniendo que cubrirnos los rostros por el aire alzado y la luz cegadora. Cuando todo pasó miramos impresionados la gran abertura que lograron crear en la muralla defensiva de Tarmona. Urso quiso construir una segunda muralla que rodeara la primera y extenderla hacia las minas, pero de nada le sirvió. Fue destruida llegando a la primera muralla y formando un pasillo gigantesco, abriendo la ciudad a nuestros ejércitos.

—Larther —llamó mi padre a un elfo—. La señal, que la flota empiece el ataque desde el mar.

Un segundo después un cohete se alzó directo al cielo y explotó en el aire extendiendo un manto rojo a cien metros alrededor. Sería suficiente para que el general Craiben empezara el ataque. Su hijo Raiben le acompañaba capitaneando una de las naves.

—¡Elfos de Launier! —Gritó mi padre desenvainando a *Sol Na-*

ciente, su espada—. ¡Luchad con valentía!

Desenvainé a *Invierno* y también la alcé.

—¡Por la elegida! —Grité también.

—¡Por la elegida! —Gritaron todos a la vez.

Los cuernos volvieron a sonar zumbando por todo el campo de batalla. Los tambores de los hombres se unieron y un estallido de gritos de guerra contra los magos oscuros se elevó clamando venganza contra los asesinos del mundo.

La batalla empezaba.

El enemigo se contaba por miles. Orcos, hienas y trolls luchaban unidos contra nuestro ejército. Los magos avanzaban en primera posición eliminando a un buen número, sobre todo concentrándose en los objetivos más grandes, friendo los cerebros de los trolls con ataques eléctricos caídos del cielo. Aquella mañana, bajo el sol de principios de verano rebanamos muchas cabezas y miembros, matamos a decenas de enemigos y continuamos avanzando sin detenernos.

—¡Habría que interrogar alguno de ellos para saber donde tienen a Ayla y donde se encuentra Urso! —Me gritó Dacio que atizaba a un orco, luego le encaró una espada en la garganta—. Una muerte rápida a cambio de información —empezó a hablarle al orco—. ¿Dónde tiene el mago Urso a la elegida?

El orco le escupió y Dacio hizo que de su espada saliera una pequeña descarga eléctrica que retorció en el suelo a ese pobre diablo.

>>Repito, ¿dónde está la elegida? —Insistió Dacio.

—Creo que en el anfiteatro —respondió el orco—. El mago Urso quería sacrificarla antes que llegarais a ella. Quizá ya está muerta.

Un vuelco me dio el corazón al escuchar decirle aquello. Me bajé de inmediato de Bianca y de dos zancadas les alcancé. Me agaché a aquel engendro y le cogí por el cuello haciendo que Dacio tuviera que apartarse.

—¡Mientes! —Grité con furia, apretando su garganta—. ¡Mientes! —Le clavé a Invierno en el estómago y le solté. Luego miré a Dacio—. Sigue viva, lo sé.

—Pero hay que darse prisa si es cierto lo que ha dicho. Debemos dirigirnos de inmediato al anfiteatro. Se lo haré saber a Zalman —se concentró durante unos segundos dejando sus ojos mirando al infinito, después volvió su vista a mí—. Ya está, dirigiremos nuestras fuerzas al anfiteatro, el castillo quedará para después. ¡Vamos!

Llamamos a las chicas e hice que Akila viniera con nosotros lanzando un silbido de advertencia que obedeció en el acto dejando a su presa —un orco moribundo— para unirse a nuestra carrera. Habíamos despejado el lado este de la ciudad, pero en el centro aún quedaban miles de orcos que combatir.

—Es extraño —comentó Alegra mientras trotábamos dirección a la zona norte—. No hay un solo esclavo por las calles.

—O los han matado o están todos confinados en el anfiteatro —respondió Dacio—. Tengo entendido que cuando Urso sacrifica a alguien le gusta tener espectadores.

Apreté los dientes, no podíamos llegar tarde. Ahora no. Prometí a Ayla que la rescataría y eso haría aunque diera mi vida por ella. Azucé más a Bianca para ir más rápido.

—¡Ayuda! —Nos detuvimos de inmediato al ver a un grupo de soldados de Andalen combatir contra un centenar de orcos, entre ellos el senescal, Aarón, quien fue el que dio la voz de alarma.

Nos acercamos a prestarles ayuda, estaban en inferioridad y entorpecían el camino al anfiteatro. Los eliminamos con un imbeltrus de Dacio y cuatro estocadas bien dadas al enemigo.

—Marchamos al anfiteatro donde creemos que está Ayla —informé a Aarón—. ¿Vienes?

—Por supuesto, —asintió con la cabeza—. ¡Al anfiteatro! —Gritó a sus hombres y junto a veinte hombres más marchamos por las calles de Tarmona. Nos unimos por el camino a más hombres, elfos, duendecillos y magos, unos a caballo, otros a pie, todos acudían a la llamada mental que dieron los magos a todas las tropas.

En cuanto alcanzamos la plazoleta donde estaba ubicado el anfiteatro, varios magos se encargaban de eliminar a los orcos, trolls y alguna hiena que se encontraban a diez metros de las puertas del recinto. Pero ninguno de ellos avanzaba pese a tener espacio suficiente para intentar entrar.

—¿A qué esperan? —Quise saber bajándome de Bianca y abriéndome paso a empujones y codazos entre los allí presentes que no avanzaban—. ¡Continuad adelante! ¡Rápido!

Ninguno avanzó. Y un centauro me miró, gruñendo al intentar apartarle para que me dejara pasar. Opté por rodearle pues eran criaturas un tanto temperamentales aunque estuvieran de nuestro lado.

Al llegar a primera fila, con el grupo a la zaga, Lord Zalman y Lord Tirso se acercaron de inmediato al verme.

—Quieto —Zalman me puso una mano en el pecho para que me detuviera—. Hay una barrera que cubre todo el anfiteatro. Quien la toque caerá fulminado por una corriente eléctrica.

Me señaló el cuerpo de un pegaso tendido en el suelo, sin moverse.

—Ayla está ahí dentro y van a sacrificarla.

—He ordenado que ningún soldado más se acerque y se concentren en matar a los orcos que queden en otros puntos de la ciudad. La barrera que cubre el recinto no deja ver el interior por la obertura del techo aunque los pegasos lo sobrevuelen. Es imposible saber qué está pasando dentro. No obstante, Tarmona ha caído, el ataque por la playa según me han informado ha sido fulminante. Pero, aún así, debemos eliminar a todo orco antes que…

—¡Estamos perdiendo el tiempo! —Le corté, exasperado—. Derrumben la barrera como hicieron con el muro.

Lord Zalman frunció el ceño, molesto.

—Lo haremos, pero necesitamos espacio y tiempo.

Gruñí. Los magos eliminaban ya a los pocos orcos que quedaban en aquel punto y no podíamos pasar al anfiteatro pese a todo.

—Dacio, únete a aquel grupo de magos —le señaló Lord Tirso—. Necesitarán toda la ayuda posible. Haréis un *Corte de Espanto*.

—¿Eso qué es? —Quise saber.

—Básicamente un ataque que cortará el escudo de Urso echándolo abajo. Aunque tardaremos unos minutos en poder crearlo.

—Minutos que pueden significar la muerte de Ayla —respondí apretando los puños.

—No podemos hacer otra cosa —respondió Lord Tirso sabiendo que lo que decía era verdad—. Hemos intentado hechizos más sencillos, pero ninguno ha funcionado. Necesitamos uno potente de verdad y para eso se necesita tiempo.

Grité, exasperado.

Vi como los capas rojas —así se llamaban en ocasiones a los magos guerreros— se preparaban para el ataque. El único que destacaba era Dacio por llevar una capa azul oscura. Al no haberse graduado no tenía el derecho de llevar una capa de guerrero pese a darle mil vueltas a cualquiera de los allí presentes.

Si aquel imprevisto no era una verdadera tortura, la cosa empeoró cuando vi aparecer al rey Alexis del Norte, acompañado por su hermano Alan, mi eterno rival. El hombre de cabellos azabache y ojos azules, aún se creía parte del grupo y actuaba con derecho a opinar y decidir sobre nuestras acciones.

Alan se acercó a nosotros apeándose de su caballo. Le ignoré por completo, la indiferencia era lo mejor con aquel presuntuoso que se creía capaz de ser pretendiente de la elegida.

—¿Qué ocurre?

Esther le explicó lo sucedido y miró consternado el anfiteatro.

Tan cerca y tan lejos, pensé, *pronto puede que el grupo deje de tener sentido si llegamos tarde.*

Los magos se colocaron en círculo, eran un total de quince. Empezaron a conjurar sellos mágicos a una velocidad asombrosa mur-

murando un cántico que no lograba comprender. Entonces, inesperadamente, una energía eléctrica empezó a circular por el suelo. Todos retrocedimos al vernos expuestos a aquel ataque y, sin tiempo a pestañear, toda aquella carga eléctrica que iba de un lugar para otro se unió en el centro del círculo que formaban los magos para subir como una fuente hacia el cielo y quedar suspendida a treinta metros sobre nuestras cabezas en una nube eléctrica.

Los magos continuaban con el cántico, pero se habían detenido en formar un único sello mágico, la pirámide. Sus manos estaban colocadas adquiriendo la forma de un triángulo encarado hacia la nube eléctrica con los brazos alzados. Sus ojos miraban sin perder la concentración a aquella masa de electricidad que poco a poco iba haciéndose más y más grande.

—Alcemos los escudos —propuso Lord Zalman a Lord Tirso—. Por si acaso.

Lord Tirso asintió y nos protegieron con su magia a los primeros de las filas.

Miré la electricidad y recé a Natur porque el ataque funcionara y Ayla continuara con vida.

AYLA

Engaño

Edmund tiraba de mi mano con insistencia mientras subíamos una calle empinada despejada de orcos. Mis ojos estaban cubiertos de lágrimas, la angustia me atenazaba el pecho y un ahogo creciente subía por mi garganta al pensar lo que acababa de hacer.

—¡Vamos, Ayla! —Me gritó Edmund al ver que me detenía, pero yo miré atrás, hacia el castillo y luego dirigí mi atención al anfiteatro, ambos edificios se podían ver pese a la altura de las casas que nos rodeaban—. ¡No hay tiempo!

—Soy una miserable —dije llevándome las manos a la cabeza—. ¿Cómo he podido hacerlo?

Edmund me cogió por los hombros y me zarandeó bruscamente.

—Ella quería morir, ¿lo recuerdas? —Dijo.

Los ojos de aquel joven guerrero me devolvían el reflejo de una chica cobarde y despreciable.

¿Lo recuerdas? Me había preguntado.

Claro que lo recordaba.

El mago loco vino a por mí cuando el ejército se apostó frente a la ciudad de Tarmona al salir el sol…

Gwen, acompañada de Fanny, vinieron más temprano que de costumbre a mi habitación. Edmund llevaba rato levantado vigilando por la ventana la llegada inminente del ejército que debía liberarnos. El Domador del Fuego estaba más nervioso de lo habitual y miró a Fanny atentamente. A un gesto afirmativo de la anciana por su parte el chico suspiró y dirigió su atención a Gwen, que por primera vez desde que la conocí tenía algo parecido a una sonrisa en su rostro.

—¿Qué ocurre? —Quise saber, incorporándome en la cama al intuir que algo me escondían—. Habéis venido muy temprano.

No nos traían el desayuno. Por contrario, Gwen llevaba algo envuelto en seda rosa en sus brazos, junto con un pequeño cofre parecido a un joyero.

Antes que pudieran cerrar la puerta un tercer individuo se dio a conocer y Urso, el mago loco, entró dentro de la estancia acompañado de dos orcos que le custodiaban. Inmediatamente miré a Edmund, asustada, pero el Domador del Fuego se limitó a tocar la empuñadura de su espada sin moverse un centímetro de la ventana.

—Elegida —Urso caminaba apoyado en un bastón, tembloroso al no haberse recuperado aún de las heridas que le inflígió Danlos un mes antes, pero sin vendas que envolvieran sus piernas—, tu momento ha llegado. Hoy serás sacrificada.

Abrí mucho los ojos.

—Danlos no lo permitirá —dije enseguida—. Me quiere con vida para…

Urso me señaló a Edmund y rio.

—¿No te preguntas por qué Edmund no me ha echado ya a patadas? —Miré al muchacho y este desvió sus ojos de mí mirando al suelo.

El color de la cara huyó de mi rostro, noté un ligero mareo y el corazón empezó a latirme con más fuerza a causa del miedo.

—¿Tú lo sabías? —Pregunté desconcertada mirando a Edmund que no se atrevía a mirarme a la cara y, entonces, el miedo dio paso a la ira—. ¡Prometiste protegerme de Urso! —Continuó sin mirarme ni decir una palabra—. ¡Eres un falso!

Urso empezó a reír a pleno pulmón y miré de nuevo al mago loco.

—Justo al mediodía vendrán a buscarte —sentenció el mago oscuro—. Danlos no participará, pero está enterado de todo. No creerías que te dejaríamos libre, ¿verdad?

Mis ojos se inundaron de lágrimas en una mezcla de miedo por saber que pronto me matarían y rabia por lo ingenua que había sido al creer que me dejarían vivir pese al riesgo que conllevaba el que recuperara el colgante, para luego robármelo.

—Preparadla para el sacrificio —les ordenó Urso a Gwen y Fanny, luego miró a los orcos—. Antes que toquen las doce la quiero en el anfiteatro. Traedla aunque sea a rastras.

Los orcos asintieron, conformes. Y Urso se marchó.

Miré aterrada a aquellos dos monstruos que clavaron sus ojos en mí con satisfacción.

—Ya has escuchado al amo —se dirigió uno de los orcos a mi cama—. ¡Levanta! ¡Hay que prepararte!

Antes que pudiera tocarme, Edmund desenvainó su espada y la colocó en la garganta de aquel miserable.

—Tócale un pelo y acabarás muerto —le dijo el muchacho con una voz tan fría como el hielo—. Esperaréis fuera de esta habitación, los dos —Edmund no descuidó su espalda y se mantenía alerta con el otro orco—. Nosotros nos encargaremos de preparar a la elegida para el sacrificio.

Un minuto después me encontraba de pie mirando la prenda que trajo Gwen. Se trataba de un vestido blanco como la nieve, el vestido del sacrificio, y lloré desesperada en cuanto la condesa lo desenvolvió delante de mí dejando a un lado la prenda rosa que lo había envuelto hasta el momento.

—Ayla, tranquila —Edmund puso una mano en mi hombro y yo me deshice de ese gesto con un bruto movimiento.

—Lo sabías y no me has dicho nada, no me has advertido —dije con rabia—. Te creía un amigo a estas alturas.

Edmund sonrojó, luego negó con la cabeza.

—Este vestido no es para ti —dijo con determinación—. Juré protegerte de Urso y sus orcos y pienso cumplir mi promesa.

Le miré sin comprender, ¿qué significaba aquello?

Gwen se acercó el vestido del sacrificio al cuerpo, probándoselo por encima, luego dio una vuelta sobre sí misma haciendo que la falda volteara en el aire. Yo me encogí, intuyendo de qué iba aquello.

—¿Gwen? —Di un paso hacia ella, con miedo.

La condesa alzó sus ojos hasta los míos.

—Yo ocuparé tu lugar —dijo alto y claro. Todos los presentes la miramos sorprendidos. Solo una única vez hasta el momento la escuché hablar y se trataron más bien de gemidos y susurros al ver un sacrificio de Urso en el anfiteatro—. Cubriré mi rostro con el velo y los orcos no se darán cuenta de quién soy hasta que ya sea tarde. Edmund te llevará a un lugar seguro en la ciudad, estaréis resguardados en alguna casa mientras tu príncipe viene a rescatarte.

—No, Gwen —negué con la cabeza—. No puedes ocupar mi lugar, no puedes morir por mí.

—Pero yo quiero reunirme con mi marido y mi hijo, y tú debes vivir.

Le quité el vestido dejándolo con desgana encima de la cama, negando con la cabeza y llorando.

—Puedes encontrar a otro hombre, a un nuevo marido que te de muchos hijos —insistí con voz temblorosa por el llanto—. No tienes por qué hacer esto.

Los ojos de Gwen empezaron a llenarse de lágrimas también.

—Mi marido era especial, —empezó a decir—, nos conocíamos desde que éramos unos niños, nos enamoramos antes incluso de tener edad para casarnos. No habrá nadie como él, nadie. Y no quiero que me obliguen a casarme, una vez liberen la ciudad, con algún noble para que Tarmona tenga un nuevo conde. No lo soportaría. Quiero morir.

La abracé.

—¡Gwen! —Mi cuerpo temblaba solo de pensar en permitir que una inocente ocupara mi lugar para salvarme de un destino que era la muerte.

—Tranquila —acarició mi pelo—. Es lo que quiero.

—Pero debemos actuar rápido —intervino Edmund haciendo que nos separáramos—. Gwen debe cambiarse de ropa y tu ponerte la suya.

Miré al muchacho, en sus ojos vi que también le costaba aceptar que Gwen se sacrificara por mí, pero no había otro camino. Edmund juró protegerme y cumpliría su promesa hasta el final. El sonido de un cuerno orco se escuchó entonces. Edmund se dirigió a la ventana de la habitación para observar qué ocurría y yo observé al muchacho sabiendo que nunca debí dudar de él.

—Condesa —Fanny llamó a Gwen ignorando la llamada de los orcos y ésta se volvió a la anciana—. Abandonará este mundo vistiendo un bonito traje y llevando unas joyas que solo en los sueños una plebeya como yo podía imaginar que existieran.

Fanny abrió el pequeño cofre mostrándonos un bonito collar de oro con un hada como colgante, y una fina pulsera que se asemejaba a un seguido de hojas de árboles, una tras otra, hasta crear un entrelazado de oro blanco de una belleza exquisita.

Me llevé una mano a la boca para ahogar mi sorpresa y más lágrimas inundaron mis ojos al ver aquellas dos joyas.

—Son mías —dije casi ahogándome por el llanto—. Me las regaló Laranar, creí que las había perdido cuando me secuestraron.

Cogí el colgante y acaricié el hada, luego cogí la pulsera y la besé.

—Ayla, Gwen debe ponérselas si queremos que el engaño surja —dijo Edmund y le miré, destrozada. Luego asentí, era un precio pequeño a pagar por vivir.

—Toma —se los ofrecí a Gwen intentando serenarme—, seguro que estarás preciosa.

Fanny se llevó a la condesa a un lado de la habitación para

asearla, peinarla y vestirla. Edmund aprovechó entonces para acercarme a la gran ventana que daba a los jardines descuidados del castillo.

—Desde este ángulo apenas se puede apreciar el exterior de la ciudad, pero mira… —Abrió el ventanal y se inclinó levemente hacia fuera—. El ejército ha llegado mientras hablábamos —señaló lo poco que podíamos apreciar del exterior, pero fue suficiente para ver que centenares de jinetes se estaban apostando en las afueras de Tarmona—. Vienen a rescatarte y en algún lugar detrás de las murallas está Laranar, aguardando verte. No podemos decepcionarle, ¿entiendes? —Se inclinó a mí y me susurró al oído: —No te sientas culpable por dejar que Gwen ocupe tu lugar.

Le miré a los ojos, aquello era imposible.

De nuevo un cuerno orco volvió a escucharse, era la llamada para que las tropas de Urso se dirigieran para el combate.

Gwen se vistió con el traje ceremonial de los sacrificios y yo utilicé sus ropas para pasar como una simple esclava de Tarmona. Fanny me dio un pañuelo marrón desgastado, para que me cubriera el pelo, la boca y la nariz, solo dejando mis ojos al descubierto.

Al ver a la condesa vestida de blanco los remordimientos afloraron en mi corazón con más fuerza. Estaba permitiendo que se sacrificara por mí, que muriera en mi lugar, y yo apenas insistí dos minutos para hacerla cambiar de opinión. Pero por más que quería convencerla de nuevo, obligarla a entrar en razón, las palabras no salían de mis labios pues tenía miedo de morir.

Egoístamente no era capaz de ocupar el lugar del sacrificio que me correspondía.

Una hora después, el sonido de cuernos y tambores empezó a escucharse por toda la ciudad en una llamada constante, unos provenían de las filas de los orcos, otros del ejército que venía a rescatarnos.

Los nervios estaban a flor de piel, no dejaba de mirar a Gwen que se mantenía serena y tranquila pese al destino que le esperaba.

Súbitamente, un horrible estruendo hizo vibrar los cristales de la ventana de mi habitación y todo cuanto nos rodeaba.

Emití un pequeño grito del susto.

—Estarán traspasando las murallas —dijo Edmund, acercándonos ambos a la ventana. Una gran nube de polvo se había extendido en la zona que alcanzábamos a ver de la muralla—. Ya queda poco.

En ese instante la puerta de la habitación se abrió y sutilmente Edmund hizo que me cubriera el rostro con el turbante.

Agaché la cabeza, mirando al suelo.

Gwen tenía el rostro cubierto por el velo que le obligaban a llevar como si fuera una novia el día de su boda.

—Urso nos manda a por la elegida —informó el orco entrando con su compañero y colocándose a lado y lado de Gwen—. Andando.

—Se ha adelantado —dijo Edmund que me cubría con su cuerpo. El orco se encogió de hombros y cogió de un brazo a la que creyó que era la elegida.

Fanny, con lágrimas en los ojos, miró impotente el fatal destino de la condesa. Pero antes que salieran por la puerta, uno de los orcos se volvió a mirarnos.

—Urso quiere que todos los esclavos estén en el momento del sacrificio, deben acompañarnos las otras dos.

Abrí mucho los ojos, pero no me moví, petrificada. ¿Qué haríamos?

—Os podéis llevar a la anciana —dijo Edmund—. Pero a ésta, os la envío dentro de un rato.

Edmund me dio una palmada en el culo y ahogué un grito de sorpresa. No me lo esperaba.

Los dos orcos sonrieron y asintieron conformes. Edmund siguió con su papel de guerrero de querer reclamar un botín de guerra, es decir, una mujer, y me guio a la cama cogiéndome de un brazo hasta que los dos orcos cerraron la puerta dejándonos solos.

—Siento haberme comportado así —dijo retirándose en el acto de mí—. No se me ocurrió qué otra cosa hacer.

—No te preocupes —respondí—. ¿Pero ahora qué hacemos?

—Esconderte en un lugar seguro hasta que el ejército tome la ciudad.

Y allí estábamos Edmund y yo, corriendo por las calles de Tarmona después de dejar que una inocente fuera sacrificada en mi lugar. Intentamos guarecernos en unas casuchas, pero nos vimos sorprendidos por un escuadrón de orcos tres horas después. Edmund los eliminó pese a estar en inferioridad, la reducida habitación donde nos encontrábamos dio la ventaja suficiente al Domador del Fuego. Después de aquello, tuvimos que salir corriendo, pues no eran los primeros que vimos desde nuestro escondite que se retiraban del combate buscando protección entre las casas. La ciudad estaba siendo tomada palmo a palmo. Aunque en la zona por donde marchábamos aún no había llegado el ejército aliado.

—Hay que seguir adelante —me zarandeó una vez más el Domador del Fuego—. Ya habrá tiempo de llorarla.

Me cogió del brazo izquierdo con fuerza y tiró nuevamente de mí. En realidad, ninguno de los dos sabíamos qué dirección tomar o dónde escondernos. Un minuto después tropecé con mis propios pies. No caí al suelo porque Edmund me sostenía del brazo.

—Ya no puedo más —dije agotada dejándome caer de rodillas en el suelo.

Empecé a toser, notaba fuego en mi garganta.

—¿Qué es eso? —Me señaló Edmund.

Volví la vista atrás. Una especie de bola cargada de electricidad se alzaba en el cielo, muy cerca del anfiteatro.

—No tengo ni idea —respondí.

Unos cuernos se escucharon a lo lejos, pero estos eran distintos a los de los orcos. Era el aviso que Tarmona había sido liberada. Segundos después, gritos de victoria nos llegaron distantes. Edmund y yo nos miramos. Luego dirigimos nuestras vistas hacia el final de la calle donde un mirador parecía esperarnos.

Me alcé con ayuda de Edmund y juntos llegamos a una especie de acantilado protegido por un pequeño muro donde se podía contemplar el mar y la costa de Tarmona.

Me apoyé en el pequeño muro, agotada, mientras mis ojos observaban a decenas de gigantescos barcos atracados en las playas de Tarmona. Pocos efectivos quedaban ya en la playa, pero sí muchos cuerpos de orcos desperdigados por la arena. La victoria en la costa había sido fulminante. Solo unas pocas decenas de elfos aguardaban cerca de los barcos, el resto seguramente estaba ya en la ciudad combatiendo contra lo que quedara del ejército enemigo.

—Son barcos de Launier —le informé a Edmund, que miraba la escena al igual que yo—. Los vi una vez, al principio de aparecer en Oyrun —intenté tragar saliva, pero tenía la boca tan seca que solo notaba el dolor de mi garganta junto con un sabor metálico a sangre.

—Si seguimos esa calle puede llevarnos a la playa —observó Edmund señalando una vía que descendía a nuestra izquierda—. Allí nos darán refugio.

—No sé si llegaré —dije dejándome caer en el suelo, había más de un kilómetro para llegar hasta esa zona—. No puedo más.

—Vamos, un último esfuerzo —intentó animarme Edmund—. Pronto estaremos a salvo.

Me costaba respirar y Edmund puso una mano en mi frente.

—Tienes fiebre —dijo preocupado—. Esta aventura te va a pasar factura.

—Di más bien pesadilla —empecé a toser sin poder parar y Edmund se agachó a mi lado—. Necesito beber agua.

—No sé dónde puedo encontrarla salvo si alcanzamos la playa —pasó sus brazos debajo de mi cuerpo y me alzó con delicadeza—. Yo te llevaré, no te preocupes.

En cuanto dio un paso para descender de aquel mirador un grupo de treinta orcos apareció en la calle que debíamos coger, cortándonos el paso. Edmund quiso retroceder entonces, pero a nuestra espalda otros veinte orcos aparecieron de sopetón y, enfrente de nosotros, dos trolls con dos enormes mazos subían por la calle donde minutos antes Edmund y yo corríamos.

Estábamos rodeados.

—No escaparéis —dijo un pequeño orco con un hacha oxidada en sus manos.

Edmund me dejó sentada en el pequeño muro y desenvainó a Bistec. Yo miré el acantilado, eran más de treinta metros de altura y el mar llegaba a la muralla con fuerza y violencia. Volví mi atención a los orcos que cada vez se acercaban más. Miré a Edmund que se mantenía en guardia pese a estar en inferioridad.

De pronto, el Domador del Fuego se subió en el muro, a mi lado, y miró los metros que nos separaban del mar.

—Es una locura —dije.

Edmund frunció el ceño, apretando los dientes, y volvió su vista al ejército de orcos que teníamos delante. Los trolls levantaban ya sus mazos para acabar con nosotros.

—Estamos muertos de todas maneras —dijo el muchacho cogiéndome de los hombros, alzándome y encarándome al mar rápidamente.

Me abracé instintivamente a él para no caer, ¿se había vuelto loco?

Los mazos de los trolls descendían en nuestra dirección y Edmund me empujó en un acto desesperado hacia el abismo.

Me abracé con fuerza al Domador del Fuego que se pegó como una lapa a mí intentando protegerme la cabeza en su pecho mientras descendíamos a una velocidad vertiginosa. Grité, lloré y cuando creí que mi cuerpo acabaría aplastado desde semejante altura, una ola llegó en el mismo momento que mi pecho empezó a brillar. Una fuerza desconocida redujo nuestra velocidad al caer. Edmund me miró estupefacto cuando un fragmento del colgante salió de dentro de mi pecho. Su luz nos rodeó justo cuando entramos como una hoja afilada en el mar.

Desorientados por unos segundos, la imagen de un dragón dorado se dibujó a nuestro alrededor con unas enormes alas que nos protegían formando un capullo.

La luz se hizo más intensa y noté un mareo creciente.

—Debes encontrar el colgante perdido —escuché una voz celestial—. Recuerda tus sueños…

Su voz se perdió en la lejanía y cerré los ojos, dejándome llevar por el abrazo de Edmund y la luz resplandeciente que aún nos envolvía.

EL MAGO LOCO

Títere

Todo estaba listo. En unos minutos el sol se alzaría en lo más alto del cielo y la elegida sería sacrificada. El ejército que vino a rescatarla no llegaría a tiempo. Había creado una barrera que cubría todo el anfiteatro, y aquel que la tocara sería fulminado por una descarga eléctrica.

Me frotaba las manos, nervioso, reía en según que momentos y aplaudía cada ciertos segundos, impaciente por absorber la esencia de la salvadora del mundo. Ver a centenares de esclavos reunidos para presenciar mi triunfo causaba ese efecto en mí. Ellos eran los testigos de mi grandeza, los espectadores que hablarían durante décadas de cómo el gran Urso acabó con la elegida.

Me humedecí los labios al percibir que la hora llegaba. Miré al orco que esperaba en el gran portón por donde se accedía a la arena. A un gesto de cabeza por mi parte indiqué que trajeran a mi víctima, y el orco se retiró para ir en su busca. Al mismo tiempo, otro de mis apestosos siervos cruzaba la puerta con paso acelerado directo a mí.

—Amo, el ejército ha conjurado un ataque para destruir la barrera —me informó sin más preámbulos en cuanto estuvo a mi altura—. De momento han fallado, pero varios magos se están uniendo para probar otro ataque.

—Ya lo he notado —respondí—. Esos inútiles creen que con cuatro imbeltrus pueden destruir mi protección. No lo lograrán.

—Dos magos superiores están coordinando el siguiente ataque —continuó el orco.

Gruñí. Seguro que se trataba de Zalman acompañado de Tirso o Ronald. La cosa se complicaba. Debía darme prisa en empezar el sacrificio para que Danlos viniera a recogerme. Si me entretenía no estaba en condiciones de luchar contra el consejo de magos de Mair pese a que ya podía andar varios metros sin la ayuda de mi bastón.

—En cuanto traigan a la elegida crearé una segunda barrera que selle las gradas y la arena. Os aconsejo que estéis dentro cuando lo haga.

El orco se inclinó, retirándose.

Un minuto después mi deseo se cumplió y la elegida avanzaba con paso seguro hacia su destino custodiada por dos orcos. Aplaudí satisfecho al verla entrar en la arena. El vestido ceremonial de seda blanca le quedaba a la perfección, su caída holgada disimulaba su delgadez y el velo le cubría el rostro como un manto de nieve. Pero me sentí disgustado cuando vi su decisión al andar directa a la muerte. Me hubiera gustado que se resistiera o pataleara, teniendo que ser arrastrada por los orcos. El haberla dejado sola en una pequeña habitación, dentro del anfiteatro, hasta la hora propicia no tuvo el efecto que esperaba. Cualquier otra chica hubiera estado aterrada, pero a fin de cuentas ella era la elegida.

Los esclavos ahogaron gritos de angustia y preocupación al ver aparecer a la salvadora del mundo. ¡Qué ingenuos eran! La victoria era nuestra pese a perder Tarmona. La muerte de la elegida garantizaba que los magos oscuros dominaríamos el mundo y nadie estaría a salvo.

Aplaudí cuando la muchacha llegó a los pies del podio. Me aproximé de inmediato. No veía el momento de poder beber su sangre. Le ofrecí una mano, sonriendo con satisfacción. Ella, indecisa, aceptó mi ayuda para subir los tres peldaños que nos elevaban en el podio.

—Elegida —la cogí por los hombros, aproximándola a la mesa del sacrificio—. Hoy beberé tu sangre y todo el mundo me conocerá como el mago oscuro que logró vencerte.

—Acabemos con esto de una vez —respondió desde detrás de su velo.

Con un gesto la invité a que tomara su lugar en la mesa de mármol. La elegida, sin tener que forzarla o drogarla, se tendió en ella.

—Eres muy valiente —reconocí, fastidiado. Lo que más me gustaba de los sacrificios era ver forcejear a mis víctimas pese a lo inevitable. Esa pequeña sabandija no me daba la satisfacción de poder escuchar sus gritos y súplicas. Era la primera vez que me encontraba con alguien así. Aunque su respiración acelerada me indicaba que estaba más nerviosa de lo que estaba dispuesta a admitir.

Me volví hacia el orco que me ayudaba en los sacrificios y este me tendió la jarra de plata llena de aceite. La cogí con manos temblorosas por la emoción y rocié a la elegida desde los pies hasta los hombros con aquella sustancia que ardería en unos minutos en cuanto le acercara una antorcha.

Mientras la bañaba en aceite les hablé a los esclavos, diciéndoles:

—¡Hoy la elegida morirá a manos del más poderoso de los magos oscuros! —Los tambores retumbaban dentro del anfiteatro tocados por los orcos, mientras los esclavos guardaban silencio—. ¡Yo! ¡Urso! ¡Sacrificaré a la elegida dándole muerte donde otros han fallado! ¡Su sangre será mía! ¡Su fuerza me pertenecerá! ¡Y Oyrun será conquistada aunque hoy esta ciudad caiga!

Tiré la jarra de plata al suelo una vez vacié su contenido. Un orco se aproximó entonces con el cuchillo del sacrificio, se arrodilló ante mí y agachó la cabeza ofreciéndomelo con ambas manos. Detrás de él ya esperaba un segundo orco con la copa de oro para recoger la sangre de la elegida y a mi izquierda, un tercer orco sostenía una antorcha para prenderle fuego en cuanto saciara mi sed.

Cogí el cuchillo y reí una vez más. Lo alcé, mostrándolo a los esclavos. El ruido de tambores se intensificó y cuando me volví a la elegida dispuesto a punzarle en el cuello, la música se detuvo aumentando la expectación.

Retiré el velo que cubría su rostro y quedé petrificado cuando vi la imagen que se escondía detrás de él.

—¡¿Tú?! —Grité.

Empecé a temblar notando como la ira se expandía por todo mi cuerpo y me llenaba las entrañas de furia y fuego.

>>¡Esta no es…!

De pronto, me quedé sin aire, como si alguien estuviera estrangulando mi cuello.

No digas una palabra más, escuché la voz de Danlos en mi cabeza, *o estropearás mi plan.*

¿Qué? Le pregunté con la mente, *¿qué significa esto?*

Ordené a Edmund que protegiera a la elegida de ti y de tus orcos, respondió, *y eso es precisamente lo que ha hecho.*

Pero tú ordenaste el sacrificio de la elegida, dije enfurecido, *le diste la orden que me entregara a la chica.*

Cierto, dijo, *pero sabía de antemano que su código de Domador del Fuego no le permitiría hacer una cosa así. Estaba convencido que idearía un plan y por lo visto ha sido el que esperaba. Gracias a él y, desde luego, también a ti, todo el mundo creerá que la elegida ha muerto sacrificada por ti.*

¡No lo entiendo! ¡No tiene sentido! Grité en mi mente, *¿por qué este engaño?*

Para que esté sola cuando recupere el colgante y sea más fácil arrebatárselo, respondió, *no renunciaré al colgante de los cuatro elementos sin antes agotar todas las vías. Y una vez la elegida lo recupere, será como robarle un caramelo a un niño, estando sola y sin ayuda. Nadie irá a buscarla, nadie irá a rescatarla, porque todo aquel que la conozca creerá que ha muerto.*

¡Me has utilizado! Exasperé. *Cuando nos veamos las caras te acordarás de…*

Me temo que eso no va a suceder, dijo, *tienes a un ejército de magos que te está esperando para matarte.*

Abrí mucho los ojos.

¡No puedes dejarme aquí! Grité, notando mis ojos arder, *¡soy tu maestro! ¡Yo te lo enseñé todo! ¡Me debes lealtad!*

Escuché la risa de Danlos en mi mente.

Lo único que te debo es una vida de destierro, respondió con desprecio, *tu impaciencia y locura nos llevó al desastre hace mil años, pero ahora hay un camino que puede guiarnos al lugar que nos corresponde y no voy a dejar que esta vez tú lo estropees.*

Tu plan fracasará, dije pese a todo, *en cuanto encuentren a la elegida escondida en alguna casucha sabrán la verdad.*

La elegida no se encuentra ya en la ciudad, dijo, *ha pasado algo inesperado, pero ya me encargaré de rastrearla para saber dónde está.*

Un gran estruendo se escuchó por toda la sala. El suelo tembló, las paredes se sacudieron con violencia y de lo más alto cayeron runas que alcanzaron tanto a orcos como esclavos. La barrera había caído y el sol entró a raudales en la arena, pues la protección que puse en la obertura del techo cayó. El pánico entre los prisioneros fue generalizado y mis orcos empezaron a golpearlos para poner orden.

Ya están aquí, me advirtió Danlos, *acaba lo que has empezado.*

Mi cuerpo se tensó, la sensación de ahogo se intensificó y sin poder hacer nada por evitarlo hice que el cuchillo se aproximara al cuello de la condesa de Tarmona.

La mujer permaneció impasible a su final, cerrando los ojos cuando le infligí una herida mortal en el cuello. Luego solté el cuchillo que rebotó en la mesa y cayó al suelo seguidamente.

—La... copa —ordené, siendo Danlos quién controlaba mis palabras.

Me las pagarás, amenacé sintiéndome un títere.

No sé cómo, pronto estarás muerto, le escuché reír.

A regañadientes llené la copa con la sangre de mi víctima que manaba de su cuello y bebí su contenido.

—Puta —logré decirle a la condesa antes que ésta perdiera el conocimiento. Unas lágrimas cayeron por su rostro entonces, me hubiera gustado golpearla hasta matarla por haberse cambiado con la elegida, pero el cuerpo no me respondía.

Bien, ahora, coge la antorcha, me ordenó Danlos. Obedecí pese a que intenté resistirme, *préndele fuego.*

Aproximé la llama a la condesa y ésta ardió con un potente fogonazo alzándose hacia el cielo.

La sacrificada chilló en su último aliento.

Miré a los esclavos, que gritaron llenos de pánico al ver arder a la que creían que era la elegida. Quise decirles que todo aquello era una farsa, pero las palabras que salieron de mis labios fueron otras:

—Matad a todos los esclavos —ordenó Danlos a los orcos a través de mí—. Que no quede nadie con vida.

El orco rugió y dio la orden de ejecutar a todo el mundo.

Empezó una carnicería, donde los gritos de mis esclavos se alzaron agonizantes.

Magnífico, en apenas unos segundos Zalman y el resto, derribarán la segunda barrera y te matarán sin perder tiempo, dijo Danlos.

¡Maldito! Grité, *eres un…*

La barrera cayó en ese instante. La puerta de entrada a la arena salió volando por los aires y un seguido de magos entró en desbandada con varios imbeltrus conjurados de antemano.

Estáte quieto, me ordenó Danlos sin permitir que me moviera o utilizara mi magia para protegerme, *ahora morirás.*

¡No! ¡Deja que me defienda! Supliqué.

Tres, dos, uno…

Los magos lanzaron sus imbeltrus. No pude alzar una barrera que me protegiera o un contrataque que pudiera detener a mis enemigos.

Mis ojos se desorbitaron cuando fui alcanzado, noté mi cuerpo hacerse trizas y un segundo después todo desapareció a mi alrededor volviéndose negro y vacío.

LARANAR

Llegamos tarde

Al entrar en el anfiteatro tardé unos segundos en reaccionar. La gente gritaba presa del pánico, los orcos atacaban a los esclavos para darles muerte y los magos habían conjurado unos poderosos imbeltrus contra el mago oscuro Urso. Ahora, el mago negro yacía en el suelo mirando el sol de la mañana a través de la gran obertura que era el techo del anfiteatro. No se movía, su cuerpo estaba destrozado, carbonizado. Un tirano había caído, pero la lucha continuaba contra los orcos que intentaban matar a todo esclavo que seguía con vida.

Muchos hombres, mujeres y niños se lanzaron contra la arena al vernos llegar pidiendo ayuda a gritos. Corrieron en desbandada hacia la salida y toparon contra los guerreros que intentaban acceder al interior para matar a los orcos, en consecuencia, un tapón selló la entrada no dejando salir ni entrar ni a unos ni a otros. Por suerte, varios logramos abrirnos paso antes de quedar atrapados en medio de los dos frentes. Y Lord Zalman empezó a conjurar varios sellos mágicos para detener aquella locura.

—¡Detentus! —Gritó extendiendo sus brazos dirección a los esclavos.

Los esclavos quedaron inmóviles ante ese hechizo, como si cuerdas invisibles les hubieran atado de cuerpo entero.

Dacio conjuró el siguiente movimiento y fue apartando mediante gestos con sus manos a los últimos de las filas para dar espacio y aire a aquellos que se encontraban en medio.

Alegra aprovechó la situación para saltar hacia las gradas e ir eliminando con facilidad a los orcos que quedaron igual de quietos que sus pobres víctimas.

Entre todo aquel caos controlado por la magia busqué a Ayla. Mis ojos danzaron de un lugar a otro del anfiteatro, entre los esclavos que se encontraban bajo el hechizo, por las gradas, entre los heridos y los muertos. Hasta que mis ojos se clavaron en una gran mesa de mármol. Un cuerpo reposaba encima consumiéndose en silencio pasto de las llamas.

Contuve el aliento notando la angustia subir desde mi estómago hasta mi cuello. Mis ojos se llenaron de lágrimas pese a que intenté contenerme y con paso lento fui acercándome hacia el lugar del sacrificio.

Subí como alma en pena tres peldaños que elevaban aquella mesa en un podio y miré impotente aquellas llamas que continuaban devorando a su víctima.

Un mago que no conocía se acercó segundos después plantándose a mi lado, encaró una mano a las llamas y extinguió el fuego.

Di un paso atrás al ver lo que quedaba de la persona sacrificada.

—No puede ser —dije entre sollozos. Sabía quién era, pero no quería creerlo—. No puede ser ella.

La imagen era escalofriante, las llamas habían carbonizado el cuerpo solo dejando restos de carne chamuscada pegada a los huesos. No podía siquiera tocarla o acariciarla, ver su rostro una última vez antes de decirle adiós.

—Lo lamento —dijo el mago que extinguió las llamas del cuerpo de la elegida—. Llegamos tarde.

Dacio vino en ese instante, subió los tres peldaños de un salto y miró horrorizado el cuerpo de Ayla. El otro mago se retiró a un lado.

—No sabemos si es ella —dijo Dacio y le miré a los ojos—.

Puede no ser Ayla.

—¿A quién sino iba a sacrificar Urso? —Le pregunté destrozado—. Dacio, es ella.

Dacio intentó contener las lágrimas, pero le resultó imposible.

—Un momento —nos volvimos al escuchar a Alan a nuestra espalda—. No tenemos ninguna prueba que sea ella. ¿Y si es un engaño? Deberíamos estar seguros de que se trata de Ayla. ¿Los magos no podéis hacer que su cuerpo vuelva a la normalidad? ¿Reconstruirlo?

—Somos magos, no dioses —repuso Dacio—. ¿Y si no es Ayla, dónde está?

Alan le miró enfadado, pero sus ojos se iban llenando de lágrimas por momentos.

Volvimos nuestra atención a la elegida y observé que algo estaba incrustado en su pecho.

—¿Qué es esto? —Pregunté, señalándolo sin tocarlo—. Parece que sea...

Estaba algo desecho, pero diferencié la forma del hada que le regalé hacía años cuando viajábamos por Oyrun. La cadena de oro estaría entre la carne quemada.

Dacio miró el colgante y pasó una mano por encima. Automáticamente el colgante se despegó de la piel carbonizada y levitó en el aire.

—Esto sí puedo reconstruirlo —dijo.

El colgante empezó a girar a gran velocidad suspendido en el aire.

Alegra vino en ese instante, saltando encima del podio y deteniéndose en el otro extremo de la mesa de mármol. Miró espantada la imagen de Ayla, muerta y quemada. Luego sus ojos se posaron en mí, apenada.

Desvié la vista al suelo, intentando controlar el llanto de forma ahogada. Segundos después el colgante se detuvo en el aire volviendo a su forma original, confirmándonos que era el hada que regalé en su día a Ayla y, por tanto, que era la elegida quien estaba tendida en aquella mesa maldita.

Cogí el colgante y me lo llevé al pecho, notando cómo empezaba a faltarme el aire. Dejé que mi cuerpo se desplomara de rodillas en el suelo y rompí a llorar, desesperado.

Dacio tocó mi hombro en un gesto de comprensión, pero yo no vi consuelo alguno a aquella situación y grité a pleno pulmón para descargar mi angustia. Luego noté que las fuerzas me abandonaban y casi caí al suelo de no ser porque el mago me sostuvo por los hombros.

—¿Laranar? —Aquella voz era de Esther.

Me volví a ella.

Por debajo del podio esperaba la humana de la Tierra mirándome asustada, no creyéndose lo que había sucedido. La acompañaban mi padre, Aarón, Lord Zalman, Lord Tirso y Akila a su lado. El caos había remitido, solo se escuchaban los llantos de los heridos que ya estaban siendo atendidos por los sanadores. El resto logró abandonar el anfiteatro con tranquilidad una vez repuesto el orden. Ya ningún orco quedaba con vida y Urso había muerto.

—Llegamos tarde —le dije no solo a Esther, sino mirando alternativamente a mi padre y al resto de magos desde el suelo, no tenía fuerzas para alzarme—. La elegida ha muerto.

Un dolor insoportable

No he podido rescatarla, pensé, *no he podido cumplir mi promesa.*

Mis ojos lloraban irremediablemente mientras permanecía sentado en un banco de las gradas del anfiteatro. Intentaba limpiar mis ojos de forma inútil, parecía que no se cansaran de llorar y tuve que esconder mi rostro entre mis manos apoyando mis codos en las rodillas.

El dolor era insoportable, ya nunca más volvería a verla, a escuchar su voz, a besar sus labios, a hacerle el amor. Todo se había desmoronado. Ya nada importaba y un sentimiento de culpa empezó a corroer mi alma. Solo pensaba que si hubiera sido más rápido el día que la secuestraron, si no me hubiera peleado con Alan, habría podido protegerla. Nada de todo lo ocurrido hubiera sucedido.

Maldije al hombre del Norte y a mí mismo por ser tan celoso. Pero ahora, ambos, habíamos perdido a la mujer que amábamos, de nada habían servido nuestras disputas por el corazón de la elegida. Un corazón que tuve y perdí por ser tan desconfiado.

Alan se había retirado a llorar en soledad. Su orgullo de guerrero no le permitía que alguien le viera sucumbir al llanto. A mí me daba igual, en mi raza llorar por un ser amado no era signo de debilidad.

Esther se encontraba con Alegra, sentadas en un rincón de la arena, ambas consolándose y llorando a moco tendido. Dacio estaba aún de pie en el podio, enfrente de la mesa de mármol, mirando el cadáver de Ayla. Sus ojos estaban rojos de haber llorado, pero su estado era de absoluto silencio como si su mente estuviera viajando mientras su mirada continuaba en el cuerpo carbonizado de la elegida.

Akila permanecía a mi lado, estirado a mis pies, gimiendo de tanto en tanto como si comprendiera lo que había sucedido y quisiera acompañarme en mi dolor.

Aarón había desaparecido, probablemente se encontraba en el exterior dirigiendo a sus hombres y comprobando el estado de la ciudad.

Decenas de cadáveres estaban siendo recogidos para darles sepultura. Los orcos, antes de poder acceder al anfiteatro, llevaron a cabo una buena carnicería. Pero por suerte muchos se salvaron en cuanto logramos destruir la doble barrera de Urso, y eran atendidos, ya fuera de aquel infierno, por sanadores de Mair y gente de mi raza. La pesadilla para ellos había terminado, por el momento, claro, nadie sabía que ocurriría en un futuro.

—Hola —una niña se plantó enfrente de mí. Era morena y de ojos marrones, delgada y poca cosa. Sus ropas estaban manchadas de sangre, pero no parecía tener ninguna herida visible.

—Hola —respondí—. ¿Te has perdido? Pídele a un mago que te ayude a buscar a tu familia, yo no puedo.

—Eres Laranar, ¿verdad? —Fruncí el ceño—. Yo estuve con Ayla.

Me erguí al escucharla decir aquello.

—¿Qué quieres decir?

La niña se sentó a mi lado.

—Me llamo Laura —se presentó—. Y trabajaba con Ayla en el hospital atendiendo a los heridos. Aunque luego tuve que atenderla a ella cuando fue castigada por el innombrable.

—¿Castigada? ¿Por Urso?

—Por Urso no, por Danlos —abrí mucho los ojos. Danlos no apareció durante toda la batalla y no sabíamos que se encontrara en Tarmona—. Fue encerrada en las mazmorras durante meses…

Empezó a explicarme todo lo sucedido durante los meses que Ayla permaneció cautiva en Tarmona. Cómo fue tratada, cuál era el trabajo exacto que desenvolvía en el hospital, el estado en que se encontró cuando fue sacada de las mazmorras, todo.

—Hablaba muchas veces de ti —continuó—. Estaba convencida que la rescatarías —el corazón se me contrajo, no pude cumplir mi promesa—. Pero las últimas semanas cambió, estaba más triste, preocupada.

—Quizá veía el final que le esperaba —dije volviendo a llorar.

—Tenía miedo, es verdad. Pero todos lo teníamos —dijo—. Decía una y otra vez que no quería ser la elegida, que odiaba ese título.

—Cualquiera lo odiaría si hubiese estado en su situación.

Laura suspiró.

—Me ha gustado conocerte —dijo alzándose—. Ahora tengo que volver con mi padre, me espera fuera.

—Un momento —se detuvo—. ¿Sabes dónde está la condesa o esa anciana que dices que también la cuidó?

—Fanny ha muerto por los orcos —respondió—. Y a la condesa

no la he visto desde ayer, pero si sigue viva poco podrás hablar con ella, lleva años sin pronunciar palabra.

Bajé los hombros, decepcionado.

La niña se dio la vuelta y continuó su camino. Dacio subía en ese momento y se cruzó con ella. Luego llegó a mi altura y se sentó a mi lado.

—¿Te has quedado con la cara de esa niña? —Le pregunté.

Dacio volvió a mirarla, pero ya estaba lejos y cruzaba la puerta del anfiteatro.

—Se llama Laura —dije—. Que Alegra la busque más tarde, me ha explicado que Edmund ha estado en Tarmona el último mes haciendo de guardaespaldas a Ayla. Querrá conocerla y hacerle algunas preguntas, supongo.

Dacio volvió la vista de nuevo hacia el lugar por donde marchó Laura, pero ya no estaba. Luego puso una mano en mi hombro en gesto conciliador.

—¿Cómo estás? —Quiso saber.

—¿Cómo estarías tú en mi situación? —Le pregunté a mi vez.

—Lo siento, es una pregunta estúpida —suspiró y estuvimos un rato en silencio—. Los sanadores se van a llevar el cuerpo de Ayla a Mair.

—¿Para qué? —Quise saber, mirándole entonces—. Si hay que enterrarla en algún sitio será en Launier.

—Quieren examinarla a fondo —dijo—. Para estar seguros de que se trata de Ayla. Aunque también tenía esto.

Me tendió la pulsera que le regalé a Ayla hace tiempo y la observé. Luego le miré a los ojos.

—Todos los esclavos dicen que la sacrificada es la elegida —dije—. Dudo que…

—Ninguno le vio la cara —me cortó—. Me lo acaba de decir Rónald, que se ha encargado de interrogar a varios de los esclavos y todos coinciden. Urso manifestó que sacrificaba a la elegida, pero nadie pudo verle el rostro.

Me guardé la pulsera en el bolsillo de mi pantalón, junto con el colgante del hada.

—¿Crees que aún hay esperanza?

—La esperanza es lo último que se pierde —respondió—. Pero tardarán en averiguar si realmente es la elegida. Lord Tirso será el encargado de ayudar a los sanadores pues conoce algo de sanación además de estar licenciado en alquimia y la conoció, por lo que podrá identificar si la energía latente que desprenda el cuerpo coincide con el de Ayla.

—¿Eso se puede hacer?

—Costará —dijo con sinceridad—. El fuego es un elemento que lo consume todo, pero quizá quede un resquicio para percibir algo.

Se levantó de su asiento y me miró.

—Tardarán varias semanas, quizá meses, y con un poco de suerte nos dirán que no es Ayla.

—Qué Natur te escuche —dije nada convencido.

Asintió e iba a volverse ya cuando recordó una cosa.

—¡Ah! ¡Se me olvidaba! Urso poseía un fragmento bastante grande del colgante —dijo—. Nos puede ayudar a encontrar el resto del colgante, pero habrá que tener cuidado pues está sumamente contaminado.

—Dacio, yo… —Suspiré—. No sé si me veo con fuerzas de empezar una expedición donde lo único que podemos hacer es ir dando vueltas de un lado para otro.

—¿Volverás a Launier?

—No, aunque mi padre querría para tenerme controlado. Está preocupado por mí y ha pedido a Raiben que se quede a mi lado. Ya sabes, para vigilarme y que no haga ninguna locura. Otros elfos se quedaran en Tarmona para ayudar a reconstruirla y dar una oportunidad a esta gente que lo ha perdido todo. Yo me quedaré un tiempo aquí. Creo… que debo ayudar si está en mi mano y así mantendré mi mente ocupada. Ir a buscar el colgante será andar mucho con demasiado tiempo para pensar, no es lo que necesito en estos momentos.

—Lo entiendo —dijo—. Entonces, Alegra y yo, también nos

quedaremos, no dividiremos el grupo. Luego, si cambias de idea podemos unirnos al grupo de magos encargados de rastrear el colgante de los cuatro elementos. A ver si tienen más suerte que las cinco anteriores veces.

—Es buscar una aguja en un pajar, por mucho fragmento del colgante que tengamos ahora —dije con fastidio—. Si fuera esa la solución, Danlos ya lo hubiera encontrado.

—Sí, pero aún es pronto para darlo por perdido.

Asentí.

Suspiré en cuanto volví a quedarme solo con la única compañía de Akila.

Miré una vez más la mesa de mármol. Cinco sanadores la rodeaban, entre ellos reconocí a Virginia, la amiga de Dacio.

Los sanadores se cogieron de las manos cerrando un círculo alrededor del cuerpo de Ayla y, de pronto, todos ellos desaparecieron con el Paso in Actus.

—Juro que te vengaré, Ayla —apreté con fuerza los puños hasta que mis nudillos se volvieron blancos al ver el hueco que dejaron, llevándose consigo incluso la mesa de mármol—. No descansaré hasta ver a todos los magos oscuros muertos. Luego te seguiré hasta la muerte y descansaré a tu lado.

PARTE IV

AYLA

Extraños sueños

Todo era confuso, extraño. Noté un vacío repentino, como un brinco en el aire y luego me detuve en seco. Segundos después alguien empezó a llamarme a gritos, a zarandearme dándome palmadas en la cara para que reaccionara.

Abrí los ojos un instante, y me encontré con una mirada enmarcada por unas cejas oscuras. Miré sus labios, me hablaban, no entendía sus palabras.

Cerré los ojos. Notaba mi cuerpo temblar. Tosía también.

Estaba tan débil...

Me alzó en brazos y empezamos a desplazarnos mientras la persona en cuestión continuaba pronunciando mi nombre.

Volví a abrir los ojos, runas nos rodeaban. Casas desechas por el fuego. Adoquines que eran movidos lentamente por el crecimiento de las plantas salvajes. Espadas abandonadas a su suerte, yelmos tirados aquí y allá.

Recuerda tus sueños, se repitió aquella voz celestial en mi cabeza, *debes encontrarlo*.

Fruncí el ceño, todo me daba vueltas.

Nos detuvimos en una puerta de madera. El chico que me sostenía le dio una patada, abriéndola y entramos en algo parecido a un comedor. No había techo, el sol entraba a raudales en aquella vivienda abandonada. Me llevó a una pequeña habitación, esta con techo, y me dejó con delicadeza en una cama cubierta de polvo. Al soltarme, una pata superior de la cama cedió y emití un grito ahogado. El chico intentó tranquilizarme colocando una mano en mi frente.

—Estás ardiendo —entendí que me decía—. Ayla, ¿me escuchas?

Quería dormir, que me dejara en paz. Poco me importaba lo que ocurriera, solo deseaba descansar si el frío, la tos y los temblores me lo permitían.

Su imagen se desvaneció de mi lado y la oscuridad me rodeó…

Soñé con baldosas desprendidas del suelo. En lugares extraños donde me encontraba de pie sobre un suelo enlosado, no había paredes, ni techo o cielo, todo era negro a mi alrededor menos esas baldosas, que las veía claramente extendiéndose bajo mis pies y perdiéndolas de vista en el horizonte. La mayoría estaban cubiertas por el moho, otras desencajadas de su sitio por plantas salvajes y algunas rotas.

Empecé a caminar sin saber a dónde ir.

Debes encontrarlo, se repitió de nuevo esa voz celestial.

Me detuve al ver que una baldosa emanaba una luz blanca y pura de debajo de ella. Al acercarme, una estatua, que apareció de pronto, cayó a mi lado haciéndose añicos. Di un paso atrás, y la luz de la baldosa se intensificó.

Debes recordar, volví a escuchar.

Me llevé las manos a la cabeza, desorientada.

¡Recuérdalo elegida!

Noté una fuerza sobre mí que me obligó a arrodillarme delante de la baldosa que emanaba luz. Sin poder resistirme, como si algo me empujara a ello, la cogí con ayuda de ambas manos y la retiré de su posición. Dentro del agujero que dejó, estaba… estaba…

—El colgante de los cuatro elementos —dije abriendo mucho

los ojos.

Inesperadamente el espacio a mi alrededor cambió y me vi tumbada en aquel suelo, atada de pies y manos.

Respiré con fuerza una vez, como si hubiera estado un largo minuto conteniendo el aliento. Algo me molestaba a mi espalda y al apartarme levemente vi la baldosa desencajada de su lugar de origen. Miré dentro, ya no se encontraba el colgante.

Lo llevas encima, me avisó la misma voz.

Me llevé una mano al pecho y mis dedos acariciaron una superficie lisa y alargada. Al mirarlo comprobé que se trataba del colgante.

Risas extrañas se alzaron a mi alrededor, rugidos de orcos, peleas. La estatua volvía a caerse muy cerca de mí.

—¿Ya te has despertado?

La mano de un orco me alzó, poniéndome de rodillas en el suelo. Me hizo beber un líquido que sabía a fuego y luego me dejó caer de nuevo sobre las baldosas.

Mi cabeza se embotaba, las imágenes se hacían cada vez más confusas. Debía actuar con rapidez…

Tiré del cordón que sostenía el colgante, soltándolo. Extendí un brazo hacia la baldosa suelta, dejé el colgante en el interior del agujero y luego coloqué la baldosa encima.

—Ya está… —Dije, durmiéndome bajo el efecto de la droga.

Abrí los ojos de golpe y me encontré con la mirada del muchacho, preocupado. Se incorporó de inmediato al verme despertar. Yo le cogí del cuello de su jubón.

—El colgante —empecé a decir, con los ojos muy abiertos, exaltada—, el colgante está… está…

—Ayla, tienes mucha fiebre —dijo el muchacho—. Debes descansar.

—El colgante está oculto bajo una baldosa —insistí—. Ahora me acuerdo.

—¿Una baldosa? —Preguntó extrañado—. Creo que deliras.

—No —dije firme—. Lo he visto, un lugar en ruinas de camino a Tarmona. Yo lo escondí debajo de una baldosa para que Urso no lo tuviera.

Miré alrededor, continuaba en aquella habitación maltrecha donde parecía haber pasado un huracán. Un fuego estaba encendido en una chimenea medio derruida.

—Estás en mi casa —dijo el chico—, o lo que queda de ella. La pequeña esquirla que te salió del pecho nos trajo a la villa de los Domadores del Fuego.

Abrí mucho los ojos.

—Encuentra un mapa —le pedí soltándole del jubón—. Es necesario para llegar al colgante. Edmund… encuentra… un mapa.

Me desmayé, agotada.

Esconderse

Respiré entrecortadamente al volver a despertar de forma brusca. Un sudor caía por mi frente y el corazón me latía con tanta rapidez que creí que me saldría del pecho.

Miré alrededor, parecía que nos encontráramos por la mañana temprano, la luz del sol entraba por la única ventana que disponía aquella estancia. No había puerta pudiendo ver qué se escondía en la habitación contigua, no obstante, un armario se interponía en la salida volcado en el suelo. Todo era caótico. Estanterías descolgadas, libros tirados aquí y allá, un espejo roto en decenas de trozos…

Era un lugar abandonado, saqueado y olvidado.

—Ya estás despierta —miré dirección a la ventana y me encontré a Edmund entrando por ella—. Has estado tres días que creí que morías, por suerte, esta mañana te ha empezado a bajar la fiebre.

Saltó dentro de la habitación y me sonrió. Llevaba dos liebres y una perdiz cogidas a su cinturón.

—Edmund —le nombré, y no fue hasta ese momento que no me di cuenta de lo seca que tenía la garganta. Tragué saliva intentando poder hablar, el muchacho en respuesta me tendió un vaso de agua que reposaba al lado de mi cama, encima de una caja de madera puesta del revés. Bebí con ansia, luego me limpié la boca con la manga de mi vestido—. ¿Dónde estamos? ¿Qué ha ocurrido?

—Puedo decirte dónde estamos, ya te lo dije al llegar. Estamos en mi villa, en mi casa. Esta es la villa de los Domadores del Fuego —respondió y miró alrededor—. Creí que nunca más volvería a ver mi hogar, aunque es duro comprobar lo que ha quedado de él. No obstante, tengo la oportunidad de despedirme de este sitio antes de tener que partir una vez más.

—¿Esta es tu habitación? —Le pregunté.

—No, la de mi hermana —dijo—. La mía no tiene techo, casi como el resto de la casa. La habitación de mi padre está prácticamente derruida, una viga adorna toda la estancia. Aunque he podido recuperar algunas cosas…

Dejó las liebres y la perdiz al lado de la chimenea que se mantenía encendida. Luego se dirigió a mí y me extendió una mano. Observé que un pequeño broche con la forma de un martillo rodeado por una llama era lo que guardaba.

—El símbolo de los Domadores del Fuego —me informó sentándose en el borde de mi cama—. Cuando un Domador del Fuego cumplía los trece años se le daba uno, era la prueba que ya no era un niño y estaba preparado para aceptar misiones. Este es el de mi padre, está hecho de acero. Nos entierran con ellos cuando morimos, pero mi padre tuvo que sustituir este por otro de las mismas características hecho en oro al ser nombrado jefe de la villa. Lo guardó con recelo, como todo Domador que se aprecie. Yo nunca pude conseguir uno…

Sus últimas palabras estuvieron cargadas en una mezcla de resentimiento y pena.

—Danlos te secuestró cuando tenías once años —recordé—. No

tuviste oportunidad.

—Me faltaban dos años para ello. Ahora sería de los mejores, con quince años empezaban a asignarnos misiones con cara y ojos, peligrosas, de las que sentirse satisfecho. Mi padre se hubiera sentido orgulloso de mí —sus ojos se empañaron de lágrimas por más que intentó contenerse—. Ahora…

—Sigue estando orgulloso allí dónde esté —dije.

—Danlos me ha obligado a hacer cosas horribles… —Se le quebró la voz. —Nunca seré merecedor de llevar este símbolo.

Hice que cerrara la mano dónde llevaba el broche.

—Tu padre está orgulloso de ti, no lo dudes. Me has salvado la vida y no conozco a nadie que se merezca este broche tanto como tú. Por muchas cosas que Danlos te haya obligado a hacer —le di un beso en la mano—. Quédatelo, tu padre lo habría querido.

—¿Tú crees?

Asentí.

>>Gracias.

Le limpié las lágrimas de los ojos en un último gesto.

—Dime qué más ha ocurrido —le pregunté para que no pensara más en ello.

Se pasó una mano por los ojos y suspiró.

—No sé qué ha ocurrido —respondió—. Saltamos del acantilado y de tu pecho salió un pequeño fragmento del colgante —se inclinó a la caja de madera para coger un pequeño plato, roto de un lado, con el fragmento en su interior—. Luego una luz nos rodeó y… me vas a llamar loco, pero juraría que la forma de un dragón o algo parecido nos envolvió con sus alas.

—Yo también lo vi e intuyo quién era… —Suspiré, era una locura, pero de locuras estaba lleno Oyrun—. Creo que era la dragona Gabriel, ella nos salvó y nos ha trasladado aquí.

—¿La dragona Gabriel? —Preguntó perplejo, dejando el plato de nuevo encima de la caja—. ¿Te refieres a la misma dragona que otorgó la magia a los humanos instaurando la raza de los magos?

—Exacto —asentí—. No olvidemos que el colgante de los cuatro elementos lo creó ella misma con una lágrima suya justo antes de morir. La magia de Gabriel reposa en el colgante, puede que el fragmento la llamara para que no muriéramos y nos protegiera con sus alas a ambos.

—Podría habernos llevado directamente al colgante que perdiste —repuso con fastidio.

—Gabriel, no obstante, me ha ayudado a recordar qué hice con él —dije pese a todo y Edmund me miró directamente a los ojos, expectante—. En unas runas, en algún lugar de camino a Tarmona lo escondí. Está debajo de una baldosa, en un lugar abandonado. ¿Tu villa está cerca de Tarmona? —Inquirí.

Negó con la cabeza.

—Está más bien lejos —respondió—. Ahora mismo nos encontramos a medio camino entre el país de los elfos y la capital de Andalen, Barnabel. Tarmona se encuentra dirección oeste, calculo que a un mes a caballo.

Dejé caer los hombros, decepcionada.

Hubiera sido demasiado fácil, pensé.

—He buscado los mapas que me pediste —continuó—. En el centro de reuniones guardábamos varios, de todo Oyrun, pero la mayoría fueron destruidos en el ataque. Aunque tenemos cinco que se conservan bastante bien.

Intenté levantarme para empezar cuanto antes la búsqueda del colgante, pero me mareé nada más poner los pies en el suelo.

Edmund me cogió de inmediato de un brazo.

—No te sobreesfuerces —me pidió volviéndome a tender—. Nadie sabe que estamos aquí, ni siquiera Danlos. Estamos a salvo.

—No por mucho tiempo —respondí—. Debemos movernos cuánto antes. Debo comprobar esos mapas.

—De momento, prepararé la comida —repuso—. Luego ya veremos lo que hacemos.

Resignada, tuve que acceder.

Señalé un punto en el mapa que teníamos extendido en una mesa carcomida del comedor. El sol iluminaba todo el lugar no teniendo un techo donde guarecernos en el salón de la casa de Edmund.

—Aquí me secuestraron —dije vacilante—. Creo.

—Deberías estar segura —repuso Edmund.

—Laranar siempre era el que guiaba los pasos del grupo —respondí—. Y a mí todos los árboles me parecen iguales. Pero diría que fue más o menos en esta zona. Habíamos abandonado este pueblo —deslicé el dedo apenas un centímetro—, y caminábamos dirección norte. Tuvo que ser aquí o muy cerca.

—Hay un largo recorrido hasta Tarmona —observó Edmund señalando la ciudad—. Pero no veo ninguna ruta que nos lleve hasta una ciudad abandonada.

—Hay varias aldeas —dije—. Puede que saquearan alguna.

—No —negó con la cabeza—. Por la descripción de tus recuerdos, las plantas ya se habían apoderado parte del terreno, no fue un ataque precipitado para tomar un lugar donde descansar.

Suspiré, no sabiendo qué hacer.

—Deberíamos ir a Launier —dijo de pronto y el corazón se me contrajo—. Los elfos nos darán protección y podrán avisar al grupo y, sobre todo, a Laranar para que venga a buscarte. Ellos sabrán exactamente por dónde pasasteis. Además, deben pensar que has muerto.

—No —dije de inmediato—. No quiero que sepan que sigo con vida.

—Pero, ¿por qué?

—¡Porqué no quiero ser la elegida!

—No lo entiendo —frunció el ceño—. No quieres ser la elegida, pero sí ir a por el colgante.

—El colgante es mi única arma para defenderme de Danlos, Urso y Bárbara. Solo quiero ese maldito chisme para asegurarme que no puedan volver a capturarme. Pero no pienso ir a por ellos, ya no. No voy a exponerme de nuevo. Mientras no sepan dónde estoy, no podrán encontrarme.

—¿Y Laranar? Creerá que has muerto.

—Puede que sepa que sigo con vida. Lo de Gwen fue un engaño, no sabemos nada de lo que ocurrió más tarde. Lo más probable es que Danlos ya haya dado la voz de alarma que sigo con vida en alguna parte.

—Estupendo —dijo enfadado Edmund, cruzándose de brazos—. Así que vas a dejarle con esa incertidumbre.

Callé, no le respondí. ¿Acaso no entendía que no estaba preparada para que el mundo volviera a poner todas sus esperanzas en mí? Esconderme era la única solución, no quería ser la elegida, ¡nunca! Solo una insensata buscaría de nuevo la muerte y Laranar… le amaba con todo mi corazón, pero las fuerzas me habían abandonado, la confianza se había esfumado. No podía dejar que me viera con aquel aspecto tan deplorable, tan marchito, pero, sobre todo, no podía permitir que me dejara convencer para volver a ser la elegida y él era el único que podía conseguirlo.

Laranar tenía un poder sobre mí, con la razón, la esperanza y la confianza que todo se podía hacer, me garantizaría que nada de lo ocurrido se volvería a repetir. Me protegería con su vida, estaba segura. Por ese motivo era mejor esconderse, no verle, pues solo podía haber una cosa peor que volver a repetir todo el cautiverio de Tarmona, y era que él muriera por salvar mi vida. Si yo no volvía a ser la elegida, si todo el mundo creía que había desaparecido, Laranar estaba a salvo. Ambos estaríamos a salvo de ser claros objetivos del enemigo.

—No lo entiendes —le respondí a Edmund.

—Laranar no se merece…

Empecé a toser y me llevé una mano a la boca.

Le hice un gesto a Edmund para que me dejara en paz y me volví dirección a la habitación que en su día fue de Alegra.

—Partiremos mañana —dije como pude, saltando el armario que obstruía la entrada de la habitación—. Organízalo, haremos el camino por donde me llevaron los orcos.

—No estás bien —le escuché decir desde el salón sin techo cuando llegué a mi cama—. Harías bien en descansar varios días.

Me miré la mano con que me tapé la boca y vi que tenía sangre.

—No —respondí, cogiendo el vaso de agua que tenía encima de la caja de madera—. Debemos partir de inmediato, quedarnos demasiado tiempo en un único sitio puede ser peligroso.

Bebí del vaso, notando alivio cuando tragué su contenido. Edmund me había preparado varias infusiones de hierbas medicinales mientras estuve inconsciente por la fiebre. Tenían el mismo sabor que las infusiones que me preparó Fanny, probablemente el muchacho aprendió qué ingredientes llevaba en su afán porque no me envenenaran como al principio pensó cuando llegó a Tarmona.

Me dejé caer en la cama, rendida, y vi de refilón a Edmund saltando el armario que se interponía en la entrada de una forma mucho más ágil que yo.

—Nos llevaremos el mapa y todos los alimentos que puedas recolectar de aquí a mañana. Búscame también una espada… la necesitaré…

Me quedé dormida mientras terminaba de darle las últimas instrucciones.

Tardamos cinco días en llegar a la ciudad más cercana de la villa de los Domadores del Fuego. El camino fue agotador y cuando alcanzamos la muralla que rodeaba la ciudad conocida como Monarcal, Edmund tenía que sostenerme de la cintura para no caerme. Respiraba con dificultad y la fiebre me acompañaba día y noche, era imposible que pudiera continuar durante demasiado tiempo en aquel estado. Debía rendirme a lo evidente o acabaría muriendo.

—Encuentra un lugar donde descansar unos días —le pedí apoyando mi cabeza en su hombro.

El muchacho se las ideó para conseguir una habitación en un pequeño albergue a cambio de un jabato que logró cazar justo antes de alcanzar la ciudad. Con aquello tendríamos para dos noches, no más. Y nuestra situación no parecía que fuera a mejorar, necesitábamos un caballo, medicinas y comida. El problema era que no teníamos una mísera moneda para poder comprar.

—Puedo vender mi puñal, es de acero mante —sugirió Edmund, sentado al borde de la cama donde me pude estirar a descansar. Sacó el cuchillo que utilizaba para abrir a sus presas—. Podría sacar mucho dinero.

—Tiene grabadas tus iniciales —dije—. Dejarías una clara pista a Danlos sobre nuestro paradero. Quizá piense que yo estoy muerta, pero a ti te estará buscando.

Frunció el ceño.

—Tienes razón —dijo con fastidio.

—Haremos una cosa —dije mientras Edmund se guardaba el puñal escondido detrás de su espalda—. Sal de la ciudad, caza todo lo que puedas en estos dos días que podemos hospedarnos en este hostal. Vendemos tus presas y compramos comida para el viaje y todo lo que necesitemos. La tercera noche robaremos un caballo y huiremos.

—¿Robar?

—No seamos remilgados a estas alturas —repuse.

—¿Y si nos pillan?

—No nos pillarán, confío en ti —le cogí de una mano y sonrojó—. En fin, necesito dormir. Te encargas de todo, ¿verdad?

Asintió.

>>Gracias, Edmund, no sé qué haría sin ti.

Edmund se alzó y antes de salir de la habitación me miró.

—Cuidaré de ti, Ayla. Te protegeré.

—Cuento con ello, gracias —cerré los ojos y Edmund se marchó.

Me encontraba en un lugar sin luz, todo era oscuro, frío y húmedo. Escuchaba a gente gritar, gemidos, súplicas, ruidos de cadenas…

Temblaba muerta de miedo. No veía nada.

Mis manos buscaron una salida, pero solo encontré paredes. Un golpe contra algo metálico me sobresaltó y retrocedí de inmediato hasta topar con lo que creí que era una pared. Allí me agaché y me abracé las rodillas.

Otro golpe, justo enfrente de mí, este mucho más fuerte. El sonido del metal retumbaba por aquella oscuridad.

Una pequeña luz, débil y marchita, rompió aquella negrura. Entrecerré los ojos, intentando enfocar y pude distinguir una rendija abierta a un palmo del suelo. Alcé la vista, distinguiendo la puerta de una celda, de mi celda en Tarmona.

Temblé. ¿Estaba en Tarmona? ¿En las mazmorras?

Otro golpe, había alguien al otro lado, le escuché gruñir y, entonces, la mano de un orco apareció introduciéndose por debajo de la rendija llevando un bol lleno de pasta de arroz. Acto seguido la escotilla se cerró y los golpes empezaron de nuevo.

—¡Déjame! —Grité, pero los golpes continuaban, cada vez más fuertes—. ¡Déjame! ¡Déjame!

Golpes. Más golpes.

Me llevé las manos a los oídos y cerré los ojos con fuerza.

Grité…

—¡Ayla! ¡Ayla!

Desperté gritando, todo estaba oscuro, no veía nada y quise levantarme de mi cama muerta de miedo, pero alguien me sujetó por los hombros.

—Estás a salvo, estás a salvo —esa voz era de Edmund—. Nadie te hará daño.

—Está todo oscuro —dije temblando—. ¡Todo está oscuro!

—Tranquila —me abrazó y yo le abracé a él—. Mira, la luz de la luna entra por la ventana. Hay luz.

Miré la ventana, era tan débil la luz que nos traía la luna que apenas iluminaba nada.

—Odio la oscuridad —dije llorando, aún abrazados—. Es como estar en la celda donde me encerró Danlos.

—No he encendido ningún fuego porque hace calor, pero si quieres enciendo uno.

—Sí, por favor.

En cuanto un pequeño fuego iluminó nuestra habitación, me tranquilicé.

—Toma —Edmund aprovechó en prepararme una infusión y la bebí notando el sabor amargo de mi medicina—. ¿Estás mejor?

—Sí, gracias.

Puso una mano en mi frente y suspiró.

—Sigues teniendo fiebre —dijo—. Deberías acostarte.

—Me da miedo dormir, siempre tengo pesadillas.

—Pero dormir te ayudará a reponerte.

—Tengo hambre —dije—. ¿Has logrado cazar? ¿Cuánto hace que has vuelto?

—Regresé hace tres horas —respondió—. Justo antes que cerraran la última puerta de la ciudad. Y sí, he podido cazar, pero no demasiado. Dos perdices, un conejo y un zorro.

—¿Un zorro?

—Sí, lo encontré por casualidad, estaba acechando el conejo que también he cazado.

Me señaló la mesa de la habitación y vi a los animales tendidos sobre ella.

—Me alegro de que lo hayas conseguido —dije—. Mañana los venderás e intentarás cazar más.

Asintió.

Dos noches después tuvimos que abandonar el hostal y prepararnos para robar un caballo. No obstante, viendo que no tenía las fuerzas suficientes para llevar a cabo semejante aventura, Edmund insistió en que saliera de la ciudad y me escondiera en un bosque que se encontraba a apenas dos kilómetros de la pequeña localidad mientras él hacía el *trabajo sucio*, por decirlo de alguna manera. Así que, durante una hora aproximadamente o quizá más, me mordí las uñas, nerviosa, cuando nunca antes lo había hecho, esperándolo.

Los minutos pasaron lentos y cualquier ruido del bosque me asustaba. Abracé la mochila donde guardamos las provisiones que compramos después de vender las piezas de caza. La piel de zorro nos dio más dinero del esperado y pude comprarme unas botas decentes para el camino que nos quedaba por delante.

Al mirar las estrellas y la luna, me sentí apenada y culpable. Ya no sentía la proximidad de Laranar y supe que se debía a la probabilidad que él pensara que estaba muerta. Le pedí perdón, llorando, era consciente del daño que le hacía al no ir en su busca o conseguir que de alguna manera supiera que me encontraba viva. Ansiaba y temía el momento que tarde o temprano nos reencontráramos, había hecho tantas cosas de las que avergonzarme, tantas que no quería que él se enterara.

—¡No soy la chica que creías que era! —Le hablé mirando la luna—. He matado a un hombre, he dejado que una inocente fuera sacrificada en mi lugar, he maldecido ser la elegida, estoy dispuesta a robar sin pestañear, estoy dispuesta a todo porque no me encontréis. Perdóname, Laranar, pero solo quiero esconderme. Y no sé si algún día estaré preparada para ir a buscarte, tendrás que encontrarme tú… si puedes.

Y seguí así durante unos minutos más, maldiciendo mi mala suerte, odiando el cargo de elegida, hasta que el relincho de un caballo hizo que volviera al presente y me alzara abrazando con más fuerza la mochila que llevaba.

—¿Ayla? —Dejé escapar el aire al escuchar a Edmund—. ¿Estás aquí?

Me descubrí yendo a su encuentro.

—Estoy aquí —dije, andando en su dirección y lo encontré a diez metros de distancia a lomos de un caballo blanco con calcetines grises—. Bonito caballo.

—Y rápido —respondió con una sonrisa dándole unas palmadas en el lomo de forma cariñosa—. Lo robé justo antes que cerraran la última puerta de la ciudad y salimos disparados como una flecha sin darles tiempo a reaccionar.

—Me alegro, pero no nos confiemos —dije—. Debemos distanciarnos todo lo que podamos de Monarcal.

Me ofreció su mano y con su ayuda me monté a su espalda.

—Se llama Afortunado… —Me presentó Edmund, le rodeé la cintura con mis brazos y noté que se tensó, luego carraspeó la garganta—. Quizá nos de suerte… —dijo con un hilo de voz.

—¿Estás bien?

—Sí, sí —respondió nervioso—. Vamos.

Le dio la orden a Afortunado de iniciar la marcha y, lentamente, empezamos nuestro camino con la intención de alcanzar el lugar donde empezó mi secuestro.

El vaivén del caballo era pausado, llevábamos más de un mes de viaje y mi salud había mejorado a intervalos intermitentes. Unos días tenía fiebre, otros no, unos días respiraba con normalidad, otros me ahogaba y cuando la tos regresaba venía teñida de sangre. Era entonces, cuando Edmund se negaba a continuar por más tiempo y me obligaba a descansar tres días me gustase o no. Yo me enfadaba, quería llegar cuanto antes a nuestro destino, pero Edmund sabía que dependía de su ayuda, que sin él estaría perdida. El Domador del Fuego cazaba, cocinaba, recolectaba plantas que me ayudaban a mejorar en mi enfermedad, hacía guardia… Seguía con vida gracias a él.

Intentábamos pasar el menor tiempo posible en aldeas, pueblos o ciudades por el miedo constante a que alguien pudiera reconocernos. Pero las veces que nos veíamos obligados a tomar el amparo de una noche en algún hostal, aprovechábamos en recabar información sobre la situación en Oyrun. Al parecer Urso, el mago oscuro, había muerto en la batalla de Tarmona y la elegida estaba oficialmente muerta, lo que me sorprendieron ambas cosas.

El mago loco había muerto después de siglos atormentando a

innumerables personas y no fue mi mano quien lo eliminó como dictaba la profecía. Por contrario, todos estaban convencidos que fui sacrificada minutos antes que los ejércitos aliados pudieran conquistar por entero la ciudad de Tarmona, lo que no entendí. Gwen fue quien ocupó mi lugar, ¿de verdad no se percató nadie de ello? ¿Ni tan siquiera Urso en el último momento? ¿Nadie le quitó el velo a Gwen? Quizá, la locura del mago le llevó a no ver lo que tenía en las narices. Su ansia de poder le cegó, no permitiéndole saber la verdad.

La situación, no obstante, nos beneficiaba. Si estaba muerta nadie me buscaba, ni tan siquiera Danlos vendría a por mí. Edmund, por contrario, no estaba tan convencido e insistía en desviar nuestro camino hacia Launier, donde estaríamos a salvo y podría encontrar el reposo que necesitaba para recuperarme plenamente de mi pulmonía. Seria, tuve que dejarle claro que darme a descubrir no era una opción. La gente creía que estaba muerta y muerta debía continuar estando.

Aquella misma mañana, con *Afortunado* llevándonos al paso por un camino de cabras desperté sobresaltada cuando Edmund detuvo nuestra montura. Agarrada a su espalda noté sus manos sujetar las mías y acariciarlas de forma inconsciente.

—¿Qué ocurre? —Quise saber, aún dormida.

—Escucho hablar a gente a unos metros de nosotros —respondió, atento a lo que sus oídos captaban—. Vienen a caballo, su paso es tranquilo.

Paré atención y pronto el sonido de conversaciones se hizo presente.

—¿Cuánto tiempo crees que nos mandarán dar vueltas por estos caminos? —Escuchamos a alguien decir.

—A saber —respondió otro—. Cinco veces se han examinado los caminos antes de la victoria en Tarmona y llevamos dos rondas más desde que Lord Zalman nos entregó el fragmento que tenía Urso. En algún momento debe empezar a brillar si nos acercamos al resto del colgante…

—Magos —susurré espantada.

Edmund no perdió tiempo en guiar nuestra montura fuera del camino, resguardándonos entre la vegetación arbustiva de un bosque de pinos.

Nos bajamos del caballo, atamos sus riendas a la rama de un árbol y, agazapados, regresamos a inspeccionar quiénes eran aquellos que andaban por un camino poco transitado. Nos colocamos desde un punto elevado del terreno cubierto de arbustos, a seis o siete metros de distancia del camino.

Tres magos montados en unos magníficos caballos llegaban dirección contraria del camino que Edmund y yo recorríamos. Sus capas eran rojas, significaba que eran magos guerreros y recelé de inmediato de ellos.

—Pronto llegaremos de nuevo al inicio —dijo uno, al fijarme en su cara encontré un parecido asombroso a Lord Zalman, el mago del consejo de Mair. Tenía el mismo color oscuro de cabellos, mismos ojos y sus facciones eran muy semejantes—. Mi padre querrá que demos una tercera ronda.

—Somos cinco grupos los que buscamos el colgante, Daniel —repuso uno—. Y ninguno lo hemos encontrado. Una tercera ronda no cambiará nada. El colgante se ha perdido.

—Obedeceremos sus órdenes —repuso—. Sino, no haberte presentado voluntario para esta misión.

En respuesta el otro resopló.

—Ayla, esos son magos de Mair —me susurró Edmund, agazapado a mi lado—. ¿Verdad?

—Creo que sí —asentí con la cabeza—. Y juraría que el tal Daniel debe ser el hijo de Lord Zalman, se parecen mucho y recuerdo que Dacio me explicó…

—Mira, sabes lo que pienso de los magos —me cortó—. Pero ahora mismo creo que esos de ahí podrían ayudarnos. Si les decimos quién eres…

—Ni se te ocurra —dije antes que terminara su frase—. No voy a darme a conocer, estoy muerta y así debo continuar.

Edmund frunció el ceño y miró a los magos que pasaban en ese instante enfrente de nosotros. Inesperadamente, el fragmento que poseía empezó a brillar sobresaliendo del bolsillo derecho de mi vestido. Automáticamente lo cogí, desenvolví del trozo de tela donde lo guardaba y lo estreché con fuerza entre mis dos manos, cerrando los ojos.

—Ellos también tienen uno —escuché decir a Edmund—. Pero el que lo lleva no se da cuenta de que brilla.

Empleé todas mis fuerzas y concentración en controlar el poder del fragmento con la intención que dejara de brillar. Conecté mi mente con aquel pequeño cristal que ocultaba un gran poder.

—¡Alto! —Escuché gritar a un mago—. El fragmento, está…

Percibí una fuga de energía del pequeño fragmento que se expandía hacia el exterior. Sin saber cómo, por instinto, canalicé ese escape de magia envolviendo el propio fragmento con su mismo poder creando de esa manera una barrera.

—¿Qué ocurre? —Escuché preguntar a un mago.

Abrí los ojos y vi que estaban muy cerca de nosotros. Se habían bajado de sus caballos.

—Juraría que el fragmento ha brillado —respondió Daniel sosteniendo el fragmento que poseían ellos en una mano.

—Imaginaciones tuyas —respondió el compañero que segundos antes se quejaba—. Yo lo veo igual que siempre.

Daniel se rascó la cabeza, no comprendiéndolo. Encaró el fragmento en nuestra dirección cogiéndolo con el dedo índice y pulgar, y esperó. Yo me encogí, temerosa de no ser capaz de canalizar la magia por mucho más tiempo. Si brillaba una vez más, estaría perdida.

En ese estado, en que notaba las pulsaciones de mi corazón sonar en mi cabeza, me percaté que el fragmento de los magos tenía el color morado característico de estar contaminado.

Al cabo de unos segundos, Daniel se retiró y envolvió el fragmento en un pañuelo de seda blanco, luego agitó la mano con que sostuvo el fragmento como si le hubiera quemado.

—Eso te pasa por imaginarte cosas —le dijo uno de sus compañeros—. Yo no me atrevo a cogerlo directamente.

Volvieron a montar en sus caballos e iniciaron de nuevo el camino.

—Ayla, deberíamos descubrirnos antes que se vayan y sea tarde, nos pueden ayudar —insistió Edmund en un susurro.

—No —volví a repetir.

—La gente cree que has muerto y pronto será cierto si continuamos así, ya sea por tu enfermedad o porque otro tipo de magos, y me refiero a magos oscuros, nos encuentren.

Hizo la intención de levantarse.

—Edmund, no —le ordené, pero al ver que no iba a detenerse me asusté y le abracé con fuerza—. Te lo suplico, no lo hagas.

—Pero… —Vaciló.

—A mí me daría igual hacer este camino cien veces si no tuviéramos que pasar por el Valle de Mengara —escuchamos que retomaban la conversación los magos, alejándose de nosotros—, es un sitio que da grima. Nunca me han gustado las ciudades abandonadas y menos aquellas donde siglos atrás se practicó magia negra.

Edmund y yo, abrimos mucho los ojos y acaparamos toda nuestra atención en lo que decían aquellos magos donde sus voces se perdían en la distancia.

—Te entiendo —le respondió Daniel—. Pero si los orcos se detuvieron en ese punto cuando secuestraron a la elegida se debe rastrear esa zona igual que las anteriores. No podemos dejar ningún…

Las siguientes frases se hicieron confusas y segundos más tarde ya no les escuchamos.

—¿Has oído? —Me preguntó Edmund mientras continuaba abrazándole para que no se moviera—. Una ciudad abandonada, quizá es el mismo lugar que estamos buscando.

—Puede —me limité a responder.

Aflojé mi abrazo y Edmund se alzó mirando el camino por donde se fueron los magos. También me levanté.

—Ayla —me miró a los ojos—, perdóname, pero debemos pedir

ayuda. Lo hago por ti.

Dicho esto, quiso dirigirse de nuevo al camino para ir en busca de los magos.

Sin pensarlo, desenvainé la espada maltrecha que un día perteneció a un Domador del Fuego y con su mango, golpeé la cabeza de Edmund.

El chico cayó al suelo en el acto, inconsciente.

—Te lo advertí —dije.

Edmund despertó media hora después de haberle dejado inconsciente. No se acababa de creer lo que había hecho y me miraba en una mezcla de asombro y enfado.

—Ya te lo dije —hablé antes que pudiera replicar—, no quiero ser nunca más la elegida y para ello debo continuar muerta como la gente piensa que estoy.

—¡Estás loca! —Exasperó—. ¡Yo solo quiero ayudarte y tú me dejas inconsciente!

Se llevó una mano a la cabeza y cerró los ojos.

—Lo siento —dije sinceramente—. Pero aún no estoy preparada para volver. Si no quieres seguir a mi lado y prefieres marcharte en busca de tu hermana no te lo impediré.

Me miró, serio.

—Juré protegerte —respondió.

—De Urso y sus orcos —puntualicé, alzándome del suelo—. Eres libre de ir donde quieras.

Me di la vuelta y me encaminé dirección a nuestra montura que la dejé pastando mientras Edmund recuperaba la conciencia. Al llegar al lado de Afortunado un ataque de tos sobrevino de forma inesperada, y tuve que apoyarme en el caballo.

—Maldita sea —susurré, mi pose segura de poder continuar sola se hizo añicos en aquella muestra de debilidad.

Noté a Edmund colocarse a mi espalda.

—Continuaré protegiéndote —dijo muy cerca de mí—. Siempre.

Me volví levemente a él y le miré a los ojos.

Era un chico alto y fuerte. Su espalda empezaba a cuadrarse y su rostro de niño adquiría día a día las facciones de un adulto.

—Gracias —respondí.

Asintió cuando en ese instante un ligero mareo hizo que tuviera que sostenerme.

—Descansaremos unos días —dictaminó, abrazándome antes que cayera al suelo.

—Solo ha sido un mareo, puedo continuar —insistí, pero él me estrechó con fuerza y le miré a los ojos.

—Tengo un dolor de cabeza terrible —dijo con indiferencia—, así que descansaremos. No tienes elección.

Suspiré, resignada, y él aflojó su abrazo para rodearme la cintura y ayudarme a caminar.

—Debemos encontrar un sitio donde refugiarnos —dijo cogiendo las riendas de Afortunado—. No queramos que Laranar también ande por aquí y descubra que sigues con vida.

Un vuelco me dio el corazón al escucharle decir aquello. ¿Laranar podía estar por la zona? Negué con la cabeza, era imposible, demasiada casualidad.

Escuché a Edmund reír por lo bajo.

—No digas eso ni en broma —le pedí y él ensanchó su sonrisa.

Una hora más tarde, Edmund y yo, mirábamos el mapa del que disponíamos con detenimiento.

—Debe ser aquí —dijo señalando un seguido de montañas que parecían esconder un valle—. Es el único valle que hay de camino a Tarmona desde el punto que te secuestraron.

Entrecerré los ojos, intentando descifrar las palabras escritas en el mapa. Estaba tan desgastado que la mayoría de letras se encontraban difuminadas o borradas por completo. En ocasiones intuíamos qué ponían porque Edmund sabía de algunas ciudades pequeñas o aldeas conocidas de oída. Otras eran fáciles de adivinar, como las capitales. Pero precisamente el valle de Mengara estaba muy mal señalizado.

—No distingo qué pone —dije llevándome el mapa a centímetros de mi cara—. Parece una V, puede que de Valle, pero el resto es imposible de leer.

—Es el Valle de Mengara —respondió Edmund con demasiada confianza—. Por descarte es el lugar que buscamos.

—De todas maneras, a medida que nos acerquemos podemos preguntar en algún poblado próximo para asegurarnos.

—Y también saber a qué demonios se refería ese mago cuando habló que era un lugar donde se practicó magia negra.

Asentí, enrollando el mapa para guardarlo en el cilindro de madera donde lo transportábamos. No estábamos muy lejos y con suerte, en unos días, recuperaría el colgante de los cuatro elementos.

Encontrar

El valle de Mengara era un paraje escondido entre altas montañas que guardaba una historia de muerte y sacrificios.

Después de marchar varios días por las tierras de Andalen un grupo de aldeanos nos explicó qué ocurrió en aquel lugar mil años atrás. Como era de esperar los magos oscuros fueron los responsables de la desgracia del valle, aunque el saber que fue el propio Urso quién originó tal desastre, me causó pesadillas todas las noches. En mis sueños corría por calles incendiadas hasta que el mago negro me atrapaba, me rajaba el cuello y bebía mi sangre sin poder hacer absolutamente nada por evitarlo. Luego, antes de morir, siempre volvía a una oscuridad permanente donde alguien daba golpes en una puerta de hierro que era mi celda en los sueños.

No obstante, donde la imaginación creyó que encontraríamos un lugar oscuro y siniestro, resultó ser todo lo contrario. Pues, después de necesitar dos días enteros para encontrar un acceso al interior del valle, vimos fascinados el paisaje que se abría ante nuestros ojos.

La fauna y la flora enmarcaban aquel lugar como un espejismo de vida salvaje donde los humanos llevaban siglos sin molestar. Las montañas guardaban y protegían con recelo su corazón que un milenio antes fue incendiado y destruido.

Edmund localizó un pequeño vestigio de lo que antaño fue Mengara, unas escaleras medio derruidas que descendían hacia el interior del valle. Pero antes de bajar por ellas me volví a la cueva por donde llegamos situada a medio camino de la cima de una montaña. La localización de dicha cueva fue un golpe de suerte al ir Edmund detrás de un jabalí para conseguir una cena decente. El animal se escondió en aquel refugio guiando al Domador del Fuego hasta la única entrada al valle que pudimos localizar.

—Debemos tener cuidado —le dije a Edmund—. Podemos encontrarnos con más magos de Mair.

—Sería una catástrofe —fingió estar horrorizado y le miré de forma fulminante—. ¿Qué vamos a hacer una vez recuperes el colgante?

—Escondernos —respondí seria, empezando a descender.

—Magnífico plan —dijo con sarcasmo llevando las riendas de Afortunado—. De esa manera, Danlos podrá encontrarte sola para matarte más fácilmente, buena idea.

—Danlos no me está buscando porque cree que estoy muerta —repuse—. Todo el mundo cree que he muerto.

—Creo que te equivocas, Ayla.

No le respondí, continué caminando sin prestarle atención.

Una hora después, detuve el avance cuando la esquirla del colgante empezó a brillar débilmente. Temí que los magos de Mair estuvieran cerca y localizaran de igual manera su luz con otro fragmento, pero si de nuevo sellaba la fuga por donde su fuerza se escapaba, nunca encontraría el colgante perdido.

Durante la mayor parte del camino ocultaba su magia, concentrándome al máximo pese a no estar con las fuerzas suficientes para hacerlo. En dos ocasiones quiso brillar de camino al Valle, alertándonos de posibles magos cerca de nuestra posición. Pero las dos veces pude ocultar su energía el tiempo necesario para distanciarnos lo suficiente, sin siquiera tener que ver a dichos magos.

Edmund se colocó a mi lado y lo observó.

—Estamos cerca —dije sosteniéndolo en la mano—. Deberíamos dejar a Afortunado escondido en algún lugar por si nos encontramos con magos de Mair.

Asintió, conforme. Y dejamos a nuestro caballo pastando en una gran pradera que visualizamos cuando estábamos descendiendo al interior del valle. Luego volvimos a seguir la luz del fragmento, donde a medida que avanzábamos se hacía más fuerte.

Me puse nerviosa, no lo pude evitar, pronto el colgante volvería a ser mío y me garantizaría la protección que necesitaba para defenderme de Danlos y Bárbara.

Era de noche, no quisimos descansar estando tan cerca, y dirigí mi vista hacia la luna y las estrellas como única vía para poder vernos en aquella oscuridad. Las runas de Mengara aparecieron de sopetón, casi camufladas por la fauna salvaje. Miramos boquiabiertos aquel paraje. Algunas paredes continuaban en pie, pero todo era devorado por las plantas y árboles que crecieron en medio de aquel lugar. El suelo era mayormente musgo, tierra y hierbas, pero según que zonas aún podían verse los adoquines bien colocados que en su día fueron pisados por las gentes de Mengara.

—Tenemos varios miles de adoquines que revisar —observó Edmund mirando el suelo de nuestros pies. Debajo de la tierra y las hierbas unos adoquines medio engullidos se escondían de nosotros, pero algunos sobresalían desencajados de su sitio asomando levemente.

Me agaché e intenté desenterrar uno, pero resultó difícil por no decir imposible.

—Tiene que ser aquí —dije, sacando finalmente el adoquín—. Pero en otro punto, seguramente donde aún pueden verse sin tener que escarbar en la tierra. Dudo que con lo drogada que me tenían pudiera levantar uno de estos.

Me alcé tirando el adoquín a un lado.

—¿Por dónde empezamos? —Preguntó, suspirando.

Extendí la mano donde sostenía el fragmento y fui dirigiéndolo lentamente de izquierda a derecha. En un punto en concreto el fragmento brilló con más intensidad y nos encaminamos de inmediato hacia el lugar que creímos correcto tomar.

La luz nos llevó hasta unas escaleras medio derruidas que subían a lo que parecía una especie de mirador. Antes que Edmund y yo pusiéramos un pie en aquellos escalones, escuchamos a alguien aproximarse. De inmediato, corté la fuga de energía del fragmento haciendo que dejara de brillar.

Edmund me empujó hacia una pared para escondernos.

Escuchamos diversos pasos, eran más de uno, y todos corrían sin perder tiempo hasta detenerse en un puesto cercano a donde nos encontrábamos.

—Ha dejado de brillar —escuchamos a alguien decir—. ¡Es para volverse locos!

—Magos de Mair —identificó Edmund, inclinándose levemente hacia delante para comprobarlo.

Apenas diez metros nos separaban, en cualquier momento podían descubrirnos ocultos bajo las sombras de la noche. En cuanto unos globos de luz se alzaron, cogí a Edmund de la mano y lo guie escaleras arriba sin perder tiempo. Nos lanzamos al suelo en cuanto llegamos arriba, justo a tiempo para que los magos no nos descubrieran pues uno de ellos llegó a las escaleras donde segundos antes nos encontrábamos.

—¿Alguna idea, chicos? —Preguntó uno de ellos—. No es la primera vez que pasa.

—Pero sí la primera que brilla durante tanto tiempo —respondió otro.

—Puede ser una trampa del enemigo, para despistarnos —sopesó un tercero.

—O quizá sea una criatura con un fragmento —aquella voz era la del hijo de Lord Zalman, Daniel. Su grupo nos había vuelto a alcanzar, y al parecer se les habían unido un segundo grupo.

—Pues corre como el mismísimo diablo —bufó otro—. Hemos

empleado magia incluso para ser más rápidos que nuestros propios caballos y pocas criaturas pueden ser tan veloces.

Con los globos de luz que generaban les veíamos claramente abajo en el suelo. Mientras no se les ocurriera subir estaríamos a salvo.

—Debemos inspeccionar la zona —ordenó lord Daniel.

No teníamos mucho tiempo, podían descubrirnos.

Me volví, agachada, y observé el espacio que teníamos enfrente. Era un lugar con una única entrada y salida, es decir, las escaleras por donde subimos. Eso significaba que si el fragmento brilló indicándonos que debíamos llegar hasta ese punto, por fuerza el colgante debía estar en aquel espacio de apenas cincuenta metros cuadrados.

Empecé a gatear, mirando las baldosas rápidamente. Ninguna parecía desanclada de su lugar. Edmund me siguió de la misma manera e intentó mover una, pero pese al tiempo transcurrido no lo logró.

Fruncí el ceño, pensativa. Si los magos de Mair poseían un fragmento, este debía conectarse con el colgante perdido si se encontraba en aquel lugar, aunque yo sellara la energía del fragmento que poseía. Me planteé si no sería el propio colgante que se autoprotegía. Estaba segura de que los magos de Mair y seguramente el propio Danlos, habían inspeccionado el lugar decenas de veces, ¿por qué no brillaba cuando ellos pasaban con un fragmento?

Negué con la cabeza, no lo entendía y ni siquiera sabía si quería entenderlo.

Edmund sacó su daga de acero mante y haciendo palanca empezó a desanclar las baldosas con más facilidad, una a una. Yo seguí un poco más a su izquierda intentando levantar algunas que parecían sueltas, pero ninguna guardaba el colgante. Podíamos pasarnos toda la noche y el tiempo apremiaba. En cualquier momento los magos podían subir hasta nuestra posición.

Apreté los dientes, no había alternativa, solo sería un instante, pero llamaría la atención sobre aquellos que quería esconderme.

Me concentré en el fragmento y dejé que su magia escapara libremente.

—¡Vuelve a brillar! —Dijeron dos magos a la vez.

Miré por todas direcciones hasta que mis ojos se clavaron en una baldosa en concreto. Una pequeña luz emanaba por debajo de ella.

Gateé a toda prisa, Edmund me siguió de inmediato y juntos apartamos la baldosa descubriendo el colgante de los cuatro elementos.

Cerré de inmediato el flujo de energía y dejaron de brillar fragmento y colgante.

—¡Mierda! ¡Otra vez! —Se quejaron los magos.

Reprimí una risa, lo había logrado.

El colgante de los cuatro elementos volvía a estar en mi poder. Ahora lo único que faltaba era salir de aquel lugar sin ser vistos.

Me alcé, me concentré en el elemento viento y lo encaré hacia un grupo de árboles distantes. Los desencajé del suelo, haciendo que quedaran suspendidos en el aire con las raíces claramente visibles, causando el mayor ruido posible. Un torrente de aire, manipulado por mí, circulaba como un tornado alrededor de aquellos gigantes. Los magos, en respuesta, se dirigieron de inmediato hacia ese lugar y Edmund y yo pudimos escapar sin demasiadas complicaciones.

LARANAR

La celda

Todo estaba oscuro, ni un ápice de luz llegaba a aquel lugar. El olor era repugnante, el espacio diminuto y la sensación de ahogo te invadía a los pocos segundos.

Posé una mano en la pared y palpé a ciegas; unas líneas estaban reseguidas una y otra vez arañando la piedra. Cada línea convergía en otra formando decenas de estrellas, y cada estrella era bautizada con el nombre de algún miembro del grupo.

Tocar aquellas piedras era como tocar de alguna manera a Ayla, sus manos habían reseguido en incontables ocasiones aquellos trazos. Y ahora, mis dedos acariciaban el nombre de Ayla y el mío, entrelazados en el interior de una luna que se alzaba en el centro de aquel mosaico estelar.

Apoyé mi frente en aquel punto y dejé que mis ojos se inundaran de lágrimas, que mis manos se aferraran a las grandes piedras que constituían la celda que una vez ocupó la elegida cuando aún vivía.

Era el único recuerdo que me dejó antes de morir, la prueba que pensó en todos nosotros, especialmente en mí, en sus últimos meses de vida. Y todo ello, hecho por instinto, con la ayuda del tacto y la intuición.

Emití un gemido lastimero. Por mucho que pasaran los días, semanas o meses, el dolor no se apaciguaba. Ayla había muerto, no encontraba consuelo en nada de lo que hacía. Trabajaba día y noche intentando ayudar a los habitantes de Tarmona en reconstruir la ciudad, pero en muchas ocasiones me detenía en mi labor sin darme cuenta y mi mente vagaba en el tiempo, dos meses atrás, cuando estuvimos a punto de rescatarla y fracasamos por unos míseros minutos.

Los magos de Mair no habían vuelto desde que se llevaron el cuerpo de Ayla para analizar si era o no era ella. Y los días pasaban, menguando la esperanza.

Di un golpe en la pared con el puño y la puerta de la celda se abrió en ese momento.

Entrecerré los ojos al percibir la luz de una antorcha y distinguí a Dacio.

—Llevas más de una hora encerrado aquí —dijo preocupado—. Ven conmigo, te llevaré a comer. Esther me ha dicho que no has desayunado, ni comido, y ya casi es la hora de cenar.

—No tengo hambre —respondí volviendo mi atención a las estrellas esculpidas en la pared.

—Aarón ha pensado en quemar cada celda de las mazmorras para hacer limpieza y luego reconstruirlas —me informó y abrí mucho los ojos, volviendo mi atención hacia el mago—. Quizá sería lo mejor, ¿no crees? Desde que descubrimos esta celda no ha habido día que no hayas venido a visitarla.

—Ayla pasó meses encerrada aquí —repuse señalando las líneas verticales que se encontraban en la pared opuesta a las estrellas—. 184 líneas, 184 días, ¡más de seis meses! ¡Yo puedo pasar unas horas aquí dentro! Compartir el dolor que padeció Ayla.

—¿Por qué? No fue tu culpa que la secuestraran —respondió—. Y tampoco que no la pudiéramos rescatar, hicimos lo que pudimos.

—¡No fue suficiente! —Grité—. ¡¿Y si hubiera sido Alegra?!

Me mantuvo la mirada, sus ojos también intentaban contener las lágrimas.

—Si hubiera sido Alegra, esperaría que tú, mi amigo, me hicieses entrar en razón.

Negué con la cabeza y me apoyé en la pared, cansado. Dacio se acercó, tiró la antorcha al suelo y me abrazó.

—Lo superarás —dijo—. Tarde o temprano, lograrás superarlo.

Me dio unas palmadas en la espalda mientras yo respondía a su abrazo. Luego nos retiramos y Dacio volvió a coger la antorcha. La acercó a la pared y la detuvo en la estrella que llevaba su nombre.

—Yo también la echo de menos, pero estoy convencido que no querría vernos tan tristes —dijo apartando la antorcha.

Callé, me sentía agotado y salí de la celda notando mis pies pesar como el plomo. Dacio siguió mis pasos y me llevó a la fuerza a una taberna de la ciudad para cenar me gustase o no. Allí encontré a todo el grupo, incluso Aarón estaba presente; Alegra me sonrió con precaución; Akila se alzó de debajo de la mesa para saludarme, y Esther me miró con aire triste.

Raiben, también presente, pasó de la preocupación al alivio en cuanto me vio llegar con el mago. Las últimas palabras que tuve con él no fueron agradables, pues cansado de escuchar el mismo discurso sobre encontrar la manera de seguir adelante mediante la venganza, y no rendirse hasta ver a todos los magos oscuros muertos, le dije:

—Yo lo único que quiero es morir. Me da igual todo lo demás. Quizá tú tengas las fuerzas necesarias para seguir vivo hasta ver a los magos oscuros muertos o, lo que ocurre de verdad, es que no tienes el valor suficiente de seguir a Griselda hasta la muerte porque no la amabas tanto como crees.

Dichas esas palabras tan duras me marché a las mazmorras, a la celda de Ayla.

Al sentarme al lado de Raiben, este me miró con cautela, pero no se atrevió a decirme una palabra. La velada con el resto del grupo fue agobiante. La única acorde con mi estado de ánimo era Esther que se mantuvo callada al igual que yo sin decir una palabra, limitándose a comer lo que tenía en su plato y a dar pequeños sorbos de su jarra de cerveza. Lo único positivo esa noche era que

Alan ya no se encontraba presente en el grupo. Andaba por los alrededores de Tarmona con un grupo de guerreros del Norte en busca de orcos a los que poder cazar.

El rey Alexis quiso ayudar con sus guerreros a limpiar las tierras de orcos y así intentar que poco a poco las personas que fueron esclavizadas por Urso tuvieran la confianza suficiente de regresar a sus hogares —o lo que quedaba de ellos—, seguros de no volver a ser víctimas de aquellos indeseables.

—Dacio me ha comentado que quieres rehabilitar las mazmorras —le dije a Aarón.

Aarón que bebía en ese momento de su jarra de cerveza se detuvo, dejándola en la mesa.

—Así es —afirmó asintiendo con la cabeza, mientras con la manga de su jubón se limpiaba la barba de la espuma de la cerveza—. Han torturado a mucha gente y las celdas están sucias de sangre y desechos humanos. Lo mejor es quemarlas, limpiarlas y rehabilitarlas.

—Que no toquen la de Ayla —le pedí, pero fue más una orden que una súplica—. Por favor —rectifiqué.

Aarón suspiró.

—Puedo hacer que la limpien a conciencia, nada más. Las paredes quedarán intactas si es lo que quieres.

—Te lo agradecería —respondí con sinceridad—. Es… como un último recuerdo de Ayla.

Aarón asintió.

—Ayla está viva —dijo de pronto Esther dejando con un bruto movimiento su jarra de cerveza en la mesa y todos la miramos—. Está viva, lo sé.

—Aún no tenemos la confirmación de los magos de Mair —coincidió Dacio—. Podría ser, pero… es difícil a estas alturas.

—No me hace falta la confirmación —repuso Esther—. Sé que está viva.

Chisté la lengua, cansado de esa monserga. Las últimas semanas Esther insistía en partir hacia algún lugar, no sabía dónde, para buscarla.

—No empieces —le pedí—. Está muerta.

—¿Cómo puedes rendirte tan pronto? —Contestó indignada dando un golpe con el puño en la mesa—. Deberíamos estar buscándola.

—Esther —le reprendió Dacio.

La chica lo miró y frunció el ceño.

—Y vosotros, los magos, podríais hacer algo más que pasaros dos meses buscando no sé qué energía vital en los huesos chamuscados que encontramos. ¿No sería más fácil buscarla de otra manera? No sé… Los sueños, por ejemplo. Danlos contactaba con ella a través de los sueños, ¿por qué no lo intentáis?

Dacio me miró un instante, incómodo.

—¿Dacio? —Me erguí en mi asiento—. ¿Lo habéis intentado?

Desvió sus ojos de los míos.

Quedé literalmente con la boca abierta, ya la habían buscado a través de los sueños y no nos informaron.

—¿Cuánto hace que lo hicisteis? —Quise saber, enfadado por ocultarme algo tan importante como aquello.

—Lo intenté la primera noche que llegamos a Tarmona —confesó—. Y Zalman y varios magos también probaron suerte, pero ninguno… ninguno la pudimos localizar. Ninguno presentimos su alma.

—¿Por qué demonios no me lo dijiste? —Quise saber, enfurecido—. Todas estas semanas diciéndome que no perdiera la esperanza, que aún faltaban los informes de los sanadores, ¿y tú sabías que había muerto?

—No, no —respondió de inmediato—. Que no se localice a una persona no significa que haya muerto, a veces influyen varios factores.

—¿Cuáles? —Pregunté, serio.

—La persona puede bloquear su mente de forma inconsciente a causa del miedo o deseando que nadie la localice, encerrándose en sí misma. Una manera de autoprotegerse sin ser consciente de ello.

—Ayla no quería tener aquellos sueños con Danlos y los tenía —repuse, no me valía esa respuesta—. Tenía miedo de soñar con el mago oscuro.

—Ayla, no había pasado lo que ha pasado este último año en Tarmona —respondió Dacio—. No perdamos aún la esperanza porque aunque sea difícil que continúe con vida, no es imposible.

Me alcé de mi asiento, indignado.

—Lo siento, pero no me convences —dije—. Todo indica que está muerta.

Dicho esto, me marché de la taberna caminando a grandes trancos directo a la salida de la ciudad, donde en el exterior, a pocos metros de la muralla, se encontraba el campamento de los elfos.

Akila lamió mi mano derecha para avisarme de que me seguía. Le miré un instante y continué caminando por las calles de Tarmona.

Cada noche rezaba a Natur porque me devolviera a Ayla, y cada vez que Dacio o el resto del grupo decían que había esperanza quería creerles, pero se me hacía difícil, los días pasaban y no teníamos respuestas.

—No saben nada, Akila —le hablé al lobo—. ¿Crees normal que hayan pasado dos meses y los sanadores no puedan confirmar si el cuerpo era de Ayla o no?

El animal me miró y torció la cabeza a un lado.

>>Les doy un mes más, si no encuentran nada reclamaré el cuerpo de Ayla para enterrarlo y que descanse en paz.

En ese instante escuché los gritos de una mujer pidiendo ayuda y tanto Akila como yo, nos detuvimos poniéndonos en guardia, atentos.

—¡Socorro, por favor! — Salí corriendo para ayudar a quien estaba en apuros.

Akila corrió a mi lado y juntos llegamos a un callejón oscuro y sin salida, donde tres hombres estaban intentando violar a una mujer. De inmediato preparé mi arco, disparé una flecha y alcancé el pecho de aquel que ya estaba encima de la chica. Acto seguido disparé una segunda flecha al que la sujetaba por las muñecas, hiriéndole mortalmente en el cuello. Y el tercero se retiró espantado de la mujer con los brazos levantados. Miró hacia atrás una vez, no tenía salida, un muro de más de dos metros de alto le impedía salir corriendo.

Guardé el arco y desenvainé a *Invierno*, la chica continuaba llorando en el suelo.

—Por favor, no me mate —me suplicó el hombre que continuaba con vida—. Solo nos estábamos divirtiendo.

—Pues no veo que ella se divierta mucho —respondí llegando a su altura.

Sin ningún remordimiento le clavé a Invierno en el estómago hasta que cayó muerto.

Los sollozos de la muchacha acapararon seguidamente mi atención. Akila estaba a su lado enseñándole los dientes y abrí mucho los ojos, sorprendido por la reacción del lobo.

—Akila, a un lado —le ordené de inmediato, hincando una rodilla en el suelo y cogiendo a la joven apoyándola en mis brazos. El animal dejó de gruñir y se retiró unos metros—. Ya estás a salvo, nadie te va a hacer daño.

—Gracias —sollozó, y al alzar la vista vi unos ojos tan verdes como las hojas de los árboles con unas facciones muy semejantes a las de Ayla. Incluso el color de sus cabellos eran castaños, ligeramente claros, como los de la elegida—. Me has salvado, gracias.

Tragué saliva, se parecía, pero no era ella.

—¿Cómo te llamas? —Logré preguntar en cuanto me repuse de la sorpresa.

—Di… Diana…

La chica se desmayó en mis brazos y le acaricié el rostro. Tenía sangre en la boca, le habían partido el labio.

—Ayla —la llamé, aunque supiera que no era ella.

Llegué al campamento de los elfos con la chica en brazos.

Nuestro campamento se había convertido en una pequeña villa, de alrededor de doscientas tiendas, que constituían el hogar de mi pueblo para aquellos que decidieron quedarse en Tarmona voluntariamente con el propósito de ayudar a reconstruir la ciudad. Rein, un elfo médico, me vio llegar y de inmediato me acompañó a mi tienda donde la atendió.

—Se pondrá bien —dijo lavándose las manos en una palangana en cuanto terminó de examinarla—. Solo tiene el labio partido, llegaste justo a tiempo de que pudieran hacerle algo más. Pero debería comer un poco, está muy delgada.

—Como todos los que aquí viven.

—Sí —afirmó, ambos la miramos mientras dormía sobre un lecho de cojines que hacía las veces de cama—. Aún no he conocido ningún habitante de Tarmona que esté gordito.

—Se parece a Ayla, ¿no crees? —Dije sin tapujos y me miró.

Rein conoció a la elegida mucho tiempo atrás, cuando un dragón nos atacó de forma inesperada y se rompió el colgante de los cuatro elementos. El elfo tuvo que atender sus heridas mientras su madre, Danaver, me atendió a mí.

—Tiene una tirada —afirmó—. Pero no es ella.

—Sí, lo sé —dije agachándome a la chica.

Le retiré un mechón de pelo que le caía por el rostro.

—Bueno —carraspeó Rein, incómodo, y me retiré de inmediato de Diana volviendo a la realidad—. Mañana me pasaré a verla.

—Gracias —le despedí, acompañándole a la salida.

Mi tienda albergaba un espacio de alrededor de cincuenta metros cuadrados, que incluía tres espaciosas estancias: el recibidor, un salón para recibir visitas y un segundo salón para comer, descansar y relajarse, estaba iluminada por candelabros y lámparas de aceite. Quizá la luz era tenue para los humanos, pero para los elfos era más que suficiente para verse.

Akila aprovechó en entrar en mi tienda cuando vio al elfo médico salir, y fue directo a la estancia donde descansaba Diana. Le seguí, viendo que su pose era de acecho. Y no me equivoqué, enseguida se agazapó en señal de alerta al verla. La chica se despertó en ese momento y abrió mucho los ojos.

—¡No me gustan los lobos! —Gritó espantada cogiendo un cojín a modo de barrera entre Akila y ella —. Por favor, haz que se marche.

—Akila —le di un toque en un costado para que se calmara y el lobo me miró dejando la caza con la muchacha—. No te hará nada —le dije a Diana—. Si le dejas oler tu mano…

—No —dijo de inmediato—. Por favor, haz que se marche.

Suspiré, y guie a Akila a la salida. El lobo me miró con las orejas gachas mientras salía de la tienda.

—Ya está fuera —le informé cuando regresé junto a ella—. ¿Estás bien? —Asintió—. ¿Puedo preguntarte qué hacías a esas horas de la noche tú sola por la ciudad?

—Tenía hambre, buscaba comida —Respondió avergonzada, incorporándose levemente y dejando el cojín que le hizo de escudo frente al lobo—. Esos hombres me acorralaron y me atacaron.

—Si me dices dónde vives mandaré a alguien para que informe a tu familia que estás bien —le ofrecí acercándole un cuenco repleto de fruta que tenía en una mesa.

—No tengo familia —respondió cogiendo la fruta—. Urso mató a mi prometido, a mis padres y hermana pequeña.

—Lo lamento —dije, sentándome en el suelo, a su lado.

Negó con la cabeza, como si quisiera olvidar.

—Tú eres el príncipe de Launier, ¿verdad?

—Laranar, para servirla.

Hice una pequeña reverencia con el brazo derecho y logré sacarle una sonrisa.

—Formabas parte del grupo de la elegida —dijo entusiasmada—. Eras su protector, el guardaespaldas que siempre la protegía allá dónde iba.

—Hasta que llegó a Tarmona —respondí, sin mucho ánimo—. Fracasé.

Diana calló y yo suspiré.

—Bueno —me alcé, no queriendo que me avasallara a preguntas—. Necesitas descansar, puedes quedarte esta noche en mi tienda. Yo estaré fuera.

Le acerqué un candelabro.

—Eres muy amable —dijo mientras apagaba el resto de velas para que pudiera dormir —Muchas gracias.

Akila me esperaba en el exterior, que al verme salir de la tienda vino de inmediato. Hinqué una rodilla en el suelo y le acaricié.

—¿Qué te ocurre chico? —Le pregunté—. Estás nervioso.

Cuando regresé a la mañana siguiente Diana había desaparecido.

Diana

Cuando recuperamos Tarmona y se registró toda la ciudad incluyendo cada habitación del castillo, encontramos la mochila de viaje de Ayla en la que creímos la alcoba que utilizó Urso durante su conquista. La mochila de la elegida contenía sus mudas y efectos personales; su espada, de nombre *Amistad*, estaba tirada de cualquier manera dentro de un gran armario; de su arco y carcaj, no hubo rastro, por lo que creímos perdidos, y la caja de música que le regalé en su día, me fue devuelta junto con el resto de sus pertenencias.

Fue lamentable ver el estado en que se encontraba la caja de música que hacía las veces de joyero. La pareja de porcelana estaba rota en tres partes, la manivela para darle cuerda, arrancada y perdida, y cuando agitabas levemente la caja de música se escuchaban piezas sueltas en su interior.

Empleé cuerpo y alma en reparar aquel preciado objeto —el primer regalo que le hice a Ayla— hasta que quedara igual que el primer día. Ocupó mi mente durante horas y me ayudó en mis primeros días creyendo que, si finalmente el cuerpo sacrificado no era el de Ayla, a ella le gustaría recuperarla. Pero habían pasado dos meses y pese a que el joyero lo terminé de reparar semanas atrás, dudaba que algún día pudiera volvérselo a dar.

Di cuerda a la caja de música con la nueva manivela que tallé con mis propias manos. Abrí la tapa y la pareja de porcelana empezó a bailar bajo la música de los elfos. Me recosté en la mesa mientras la miraba, absorto. Aquella figura me recordaba a Ayla y a mí, en el baile de primavera. Estuvo tan guapa aquella noche, que brilló por encima de las demás elfas. Sus ojos puestos en mí, grandes y hermosos, estuvieron mirándome como si yo fuera el único en el mundo para ella.

Y Ayla era la única en el mundo para mí.

Escondí la cabeza entre mis brazos, aún recostado en la mesa, y dejé escapar un gemido de dolor.

Por primera vez en toda mi existencia sentí la inmortalidad como un peso muerto que me torturaba día y noche. Era una carga, una prisión, una vida infinita condenada a la soledad. No estaba seguro de poder soportarla por más tiempo.

La música se detuvo y volví a la realidad.

—¿Laranar?

Alcé la vista y me encontré a Raiben plantado en la entrada del segundo salón de mi tienda que utilizaba para descansar.

—¿Qué quieres? —Le pregunté limpiándome con una mano los ojos.

—Lord Daniel acaba de llegar de Mair.

—¿Trae noticias de los sanadores? —Me puse en pie de inmediato.

—No —negó con la cabeza—. Ha venido a ver a Dacio, al parecer la búsqueda del colgante es infructuosa, y creen que algo o alguien lo ha encontrado antes que ellos.

—¿Qué?

— … en tres ocasiones el fragmento brilló apenas unos segundos, pero la cuarta vez estuvo varios minutos brillando con intensidad. Su luz nos guio hasta las runas de Mengara. Acabábamos de abandonarlas, fue una sorpresa, pero al llegar de nuevo se apagó.

Quién sea que tenga fragmentos, puede controlar su poder para que brille cuando lo desea —explicaba Lord Daniel reunidos en un salón del castillo de Tarmona. Todo el grupo nos encontrábamos presentes, queriendo saber las nuevas que traía el mago de Mair. Le escuchábamos sentados en unos cómodos sofás, delante del fuego de una chimenea—. De todas maneras, esa cuarta vez fue distinto, primero nos guio a las runas, luego se apagó y seguidamente volvió a brillar por unos segundos más. Instantes después un viento se alzó a metros de nosotros arrancando varios árboles del suelo. Fuimos de inmediato, pero al llegar nada encontramos.

—¿Acabasteis de inspeccionar la zona? —Quiso saber Dacio.

—Por supuesto —afirmó con la cabeza—. Y por lo que encontramos creemos que el colgante ya ha sido recuperado.

—Explícate —le pedí.

—Encontramos una zona donde varias baldosas habían sido levantadas del suelo. Quién fuera, buscaba el colgante entre esas baldosas y se marchó cuando lo encontró.

—Pero no tiene sentido —intervino Alegra—. Pasasteis decenas de veces por ese lugar, ¿por qué el colgante no brilló teniendo vosotros un fragmento?

—Ni idea —respondió Daniel encogiéndose de hombros.

—Puede que el colgante se autoproteja —dijo pensativo Dacio, tocándose la barbilla—. El único propietario de esa arma es la elegida por naturaleza.

—¿Significa que pudo ser Ayla quién lo recuperara? —Preguntó Esther, esperanzada.

Miré a Dacio de inmediato esperando una respuesta.

—Bueno… lo dudo —bajé los hombros, decepcionado—. Si fuera ella hubiera venido a buscarnos, vagar sola por Andalen es muy peligroso. Lo más probable es que sea un enemigo —miró a Daniel—. ¿Percibisteis la energía de algún mago?

—Si me estás preguntando si creo que fue el propio Danlos quien estaba por Mengara ya te digo que no. En ningún momento percibimos energía mágica. Si alguien lo tiene, debe ser alguna criatura oscura.

—El tiempo apremia —dijo Aarón—. Con la elegida muerta y el colgante a manos de un ser oscuro estamos condenados.

—¡Ayla no está muerta! —Se exaltó Esther—. Decid lo que queráis, pero yo sé que no está muerta. Debí irme con Alan, él por lo menos no se ha quedado en esta ciudad esperando que pasen los días cruzado de brazos.

Fruncí el ceño, ¿acaso creía esa muchacha que estaríamos en Tarmona si creyéramos que Ayla andaba perdida por alguna parte? Por mucho que costara aceptarlo, y por mucho que vacilara cada vez que Dacio o Alegra insistían en que el cuerpo sacrificado no tenía por qué ser el de Ayla, los indicios eran claros. La elegida estaba más muerta que viva.

—El príncipe Alan defiende las villas próximas a Tarmona de los orcos que lograron escapar de la batalla, y que avasallan a los aldeanos —le respondió Aarón, enojado—. No está buscando a la elegida. Pero si crees que puedes hacer más con él que con nosotros, pídemelo y te mandaré con Alan mañana mismo. Mientras, el resto nos quedaremos en Tarmona ayudando a reconstruir la ciudad.

Esther apretó los dientes, ir de una villa a otra luchando con orcos tampoco le entusiasmaba.

Poco más hablamos. Se nos hizo tarde y se dispusieron a ir al salón-comedor. Yo me disculpé en no asistir, no tenía hambre, hacía dos meses que apenas probaba bocado. Y al salir del castillo, Akila fue el único que me acompañó.

Salimos de la ciudad, entrando en el campamento de los elfos, y antes de llegar a mi tienda, el lobo se tensó, gruñendo por lo bajo. Al seguir su mirada vi a Diana que me esperaba justo en la entrada de mi tienda. Fue como ver un espejismo de Ayla en la distancia. Un espejismo que se hacía trizas una vez te acercabas y te dabas cuenta de que no era ella.

—Buenas tardes —la saludé—, cuando he vuelto esta mañana ya te habías ido.

—Siento haberme marchado así —dijo—. Necesitaba hacer unas cosas y luego te he estado buscando para pedirte un favor.

—¿Un favor? —Pregunté.

—Sí, y puede resultar extraño lo que te pida —continuó, bajando la vista al suelo—. Pero… me gustaría… —Suspiró y me miró—. ¿Podría formar parte de vuestro grupo?

—¿Qué?

—Quiero vengar a mi familia, a mi prometido, y vosotros lucháis contra los magos oscuros. Yo también quiero luchar.

La miré atentamente, sus ojos verdes me miraron con un brillo inesperado.

—Es peligroso —respondí, serio.

Aquello no era ningún juego, su vida podía verse en peligro.

—Me es indiferente, lo he perdido todo.

Miré hacia un lado no siendo capaz de aguantar aquella mirada que tanto me recordaba a Ayla.

—No es una decisión mía, el grupo debe estar de acuerdo también.

—Tú eres el jefe, ¿no? —Preguntó desconcertada.

—¿Jefe? —Me hizo gracia su pregunta y la volví a mirar pese a todo—. En ningún momento me han nombrado jefe.

—Eres príncipe, el de mayor rango dentro del grupo.

—Nunca he sido el jefe, —negué con la cabeza—, sí que Ayla confiaba más en mí que en cualquier otro del grupo para tomar decisiones, pero ahora ella ya no está. Y siempre fue la elegida quien tenía la última palabra. Si dentro del grupo había un jefe, lo pareciera o no, era ella. Nadie más.

Diana tocó mi brazo izquierdo y miré su mano que me sujetaba con delicadeza.

—Por favor, —me suplicó, la miré a los ojos—. Necesito hacer esto.

Vacilé.

—Intuyo que no sabes luchar —dije, nada convencido.

—No me rechaces porque no sepa combatir —pidió—. Por favor, aprendo rápido.

Suspiré.

—Está bien, —accedí pese a que sabía que aquello no era buena idea, y no entendía por qué lo hacía—, deja que lo comente con el grupo.

Sonrió y me abrazó. Fue incómodo, pero una parte de mí quiso creer que era Ayla quien me abrazaba y respondí a su abrazo pensando en ella.

Proponer a una nueva integrante dentro del grupo fue complicado. Los ánimos no estaban para entablar nuevas amistades y aceptar una muchacha con cero experiencia en el arte de la guerra era difícil. No obstante, logré que accedieran a tolerar su presencia por pesado. Aunque el recibimiento no fue muy afectuoso, para ellos era una extraña y no confiaban.

—Deberás tener paciencia —le dije cuando regresábamos al campamento de los elfos después de presentarla al grupo—. Con el tiempo acabarán aceptándote.

—Sí, aún es reciente la muerte de la elegida —asintió con la cabeza—. Pero podrías explicarme qué pasos habéis seguido o tenéis pensado seguir de ahora en adelante.

—No hay gran cosa que explicar. Nos hemos pasado los dos últimos meses intentando devolver la normalidad a Tarmona, y varios grupos de magos han intentado encontrar el colgante perdido sin demasiado éxito. Es más, creemos que alguien ya lo ha encontrado...

—¿Encontrado? —Interrumpió y asentí con la cabeza—. Interesante.

Miró al suelo, pensativa, tocándose el mentón con aire ausente.

Fruncí el ceño, ¿qué era tan interesante?

Buscar en los sueños

Akila me seguía en mi excursión nocturna por el campamento

de los elfos. Había más movimiento que en cualquier otro punto de la ciudad de Tarmona, así que me distraía. Mi pueblo no dormía y se dedicaban a charlar alrededor de hogueras contando las experiencias del día. Algunos hablaban de regresar a Launier antes que empezara el invierno, y muchos de pasar un año más en aquella ciudad donde nuestras habilidades, tanto artesanas como curativas, hacían falta. Todos ellos permanecían en Tarmona por voluntad propia.

Después de vagar entre las tiendas, encontré un grupo de elfos riendo y haciéndose bromas alrededor de una hoguera. Les conocía, eran los elfos con los que acostumbraba a salir desde hacía siglos. Aunque en los últimos años, desde que apareció Ayla, poco tiempo tuve para pasar un simple rato con los amigos, ahora, volvía a tener todo el tiempo del mundo, ya no era protector de nadie. No debía proteger la vida de la elegida.

Langlith me vio y sonrió alzando su jarra de cerveza.

—Laranar, ven —me pidió—. No te quedes escondido en la oscuridad. Echamos de menos tu compañía.

Garthen se volvió al escucharle y al verme también sonrió. Raiben, presente en el círculo de elfos, se irguió al percatarse de mi presencia y esperó una respuesta por mi parte.

—Otra noche, hoy no me siento con ganas de…

—Vamos —insistió preocupado Garthen, iba a levantarse y di media vuelta de inmediato.

—Otra noche —insistí.

Salí corriendo con el lobo a la zaga. Huía de mis propios amigos, pero es que ellos no lo entendían, no podía pasar una noche de cervezas como si nada hubiera ocurrido. Me sentía culpable, responsable por haber dejado a Ayla en manos de Urso. Juré protegerla y falté a mi promesa.

Salí del campamento de los elfos sin detenerme ante nadie. Necesitaba desfogarme, sacar la rabia que sentía dentro de mí hacia el exterior.

Atravesé la muralla de Tarmona, el hueco que originaron los

magos de Mair para derribar la barrera defensiva fue tan grande, que los humanos necesitarían un año entero para reconstruirlo. En consecuencia, la vigilancia se triplicaba en los límites de la ciudad al caer la noche. No obstante, mi raza tenía paso franco sin necesidad de identificarnos ni dar explicaciones.

Continué corriendo por las calles de Tarmona, corrí y corrí.

Solo pensaba en Ayla. Estaba muerta por mi incompetencia.

Llegué a la entrada de los jardines del castillo, allí tampoco me detuvieron y entré en aquel edificio de piedra gris. Dentro, la luz era amortiguada por las antorchas que se encontraban en las paredes. Los pasillos estaban vacíos, no había un alma circulando a aquellas horas de la noche.

Me encaminé a las escaleras y subí un piso. Mi intención era llegar a la habitación que Laura, la niña que se encargó de Ayla los últimos días que vivió, me enseñó como la última estancia que ocupó la elegida. Pero a mitad de camino noté una sensación extraña recorrer por todo mi cuerpo, como si algo flotara en el aire haciendo presión a la atmósfera que me rodeaba.

Me detuve de inmediato. El aire vibraba, causando una sensación de angustia y ligero mareo.

Me aproximé a una puerta donde la fuerza parecía acumularse detrás de la estancia que guardaba. Desenvainé mi espada, toqué el picaporte y lo giré. La puerta emitió un leve crujido al abrirse y descubrió un pequeño salón iluminado por una gran chimenea. En el centro, dos sillones estaban encarados a dos metros del fuego reposando encima de una alfombra de color verde. Había también varios muebles y un ventanal con las cortinas descorridas. La luz de la luna y las estrellas iluminaban con ayuda de la chimenea aquella habitación.

La sensación de presión continuaba y percibí un leve movimiento en aquellos dos sillones que estaban colocados de espaldas a la entrada.

Alcé a *Invierno* dispuesto a descubrir quién se escondía. Mis pies avanzaron con sigilo y cuando llegué a la altura de aquellos dos sillones encaré mi espada hacia aquellos que se encontraban sentados en ellas.

Abrí mucho los ojos al descubrir a Dacio y Daniel sentados respectivamente en los dos sillones. Sus cuerpos estaban relajados, con los brazos apoyados en los reposa-brazos, pero sus miradas estaban perdidas en el fuego de la chimenea. Incluso sus ojos parecían haber adquirido una tonalidad opaca.

—¿Dacio? —Toqué el brazo del mago y, de pronto, todo se volvió negro a mi alrededor.

Una sensación de vacío inexistente me invadió. Flotaba en el aire recorriendo el mundo entero, como si fuera de alma en alma atravesando mil puertas en un camino que no tuviera fin. Saltaba, corría, volaba. Atravesaba pensamientos, sueños.

La velocidad a la que viajaba era vertiginosa.

De pronto me detuve, y noté la presencia de Dacio a mi lado.

No está, escuché en mi cabeza su voz, *por más que la busco no la encuentro. Siempre debo quedarme en este punto, no puedo avanzar.*

¿Qué? Pregunté no entendiendo qué ocurría.

En ese instante escuché un golpe, como si alguien aporreara algo metálico.

Me volví y vi a alguien en la distancia, muy lejos, golpeando una puerta de hierro.

En cuanto quise avanzar hacia él se desvaneció…

Abrí los ojos de golpe, estaba tendido en el suelo. Dacio y Daniel se frotaban los ojos, aturdidos.

—¿Qué haces ahí en el suelo? —Me preguntó Dacio sentado desde su sillón.

—¿Que qué hago yo en el suelo? —Pregunté perplejo incorporándome levemente—. ¿Qué estáis haciendo vosotros mejor dicho? Os he encontrado aquí y al tocarte para que reaccionaras…

—¡Nunca toques a un mago cuando está en medio de un hechizo o conjuro! —Me cortó Daniel.

—Dani, no ha pasado nada —le dijo Dacio, luego me miró—. Pero no lo vuelvas a hacer, es peligroso.

—Está bien —dije—. Pero decidme de qué va esto.

Ambos se miraron.

—Intentábamos localizar a Ayla a través de los sueños —respondió Dacio con prudencia y me levanté del suelo de inmediato con Invierno aún en mi mano—. Pero como ya habrás podido comprobar no ha habido éxito.

—¿Y ese hombre que golpeaba una puerta de hierro?

—¿Un hombre golpeando una puerta de hierro? —Preguntó confundido y miró a Daniel—. Dani, ¿tú lo has visto?

—No —respondió extrañado.

—No me lo estoy inventando, había un hombre intentando abrir una puerta de hierro.

—No tiene sentido —dijo Daniel—. A quien buscamos es a Ayla, quizá al colarte en nuestro hechizo hayas visto los sueños de alguien que nada tiene que ver con la elegida.

Bajé los hombros, decepcionado.

—Pero no perdamos la esperanza —dijo Dacio alzándose del sillón—. Que no la localicemos no significa que esté…

—Déjalo, no insistas —le corté.

Me marché antes que acabara la frase. Estaba harto de que todo el mundo intentara convencerme de lo contrario, todos los indicios apuntaban a la muerte de Ayla, ¿por qué negar lo evidente? Incluso Alan lo aceptó al poco tiempo, marchándose por Andalen a matar orcos porque así creía que la vengaba.

Cada día era más obvio que nunca más la volvería a tener entre mis brazos.

Un vacío mortal

Una silla voló por los aires hasta impactar en la espalda de un hombre. Este cayó de rodillas en el suelo gimiendo de dolor para luego volverse a alzar, rugiendo como un animal enloquecido. En otra parte, una jarra era aplastada en la cabeza de un elfo dejándolo malherido. Al tiempo, el puño de un gigante vino directo a mí, alcanzándome en la mejilla izquierda y tirándome hacia atrás hasta perder el equilibrio y caer sobre una mesa. Fue, entonces, cuando Raiben me sujetó por la espalda impidiendo que pudiera devolverle el puñetazo a aquel matón de dos metros de alto.

—Laranar, ¡por Natur! ¡Contrólate! —Gritó.

No le hice caso, le di un empujón y devolví el golpe a aquel que me había atacado. Una vez, dos veces, tres veces… Dos hombres me sujetaron inesperadamente por los brazos y me llevaron al suelo donde recibí un aluvión de patadas.

Garthen vino de inmediato y apartó a uno de ellos pese a tener toda la cara ensangrentada del jarrazo recibido. Raiben hizo lo propio con el segundo, y yo me alcé como pude para continuar mi pelea con el matón.

Me abalancé sobre mi adversario y juntos nos revolcamos por el suelo dándonos puñetazos y patadas al mismo tiempo. Finalmente, pude colocarme encima de él, darle un buen golpe en las sienes y dejarle aturdido lo suficiente como para machacar su dura cara sin encontrar resistencia.

—¡Esto por lo que has dicho, cabrón! —Le grité.

Le golpeé enfurecido. Alguien gritó que le iba a matar cuando, por segunda vez, Raiben me cogió por la espalda intentando detenerme.

—¡Ya basta! —Gritó.

No quería parar, aquel individuo debía pagar por lo que había dicho.

Tres elfos más me sujetaron retirándome de encima de mi víctima.

—¡Dejadme! —Grité—. ¡Es una orden!

—Laranar, por favor, ¡para! —Me gritó Langlith.

—Maldito elfo —balbució mi adversario intentando incorporarse con la cara hecha un mapa.

Saqué fuerzas de donde pude y con tres elfos que me retenían logré abalanzarme de nuevo sobre el matón, cogerle de la solapa de su camisa, alzar su cabeza para seguidamente aplastarla en el suelo.

El hombre emitió un gemido ahogado.

—¡Laranar! —Gritaban mis amigos.

—¡Si no queréis que os mande a las fronteras un milenio, dejadme! —Ordené.

Aquello les hizo aflojar la presión con que me sujetaban hasta quitar sus manos de encima de mí.

Mi respiración era acelerada, notaba mi sangre hervir como puro fuego.

—Piedad —me pidió el hombre.

—Retire lo que ha dicho —dije casi en un rugido—. ¡Retírelo!

El grandullón tragó saliva y se puso a sollozar en medio de la taberna.

—La elegida fue alguien valiente y de honor, no una puta a la que me hubiera tirado —dijo llorando—. Era... era... una chica respetable, muy capaz de vencer a los magos oscuros aunque fuese mujer... Por favor, no me mate.

Apreté los dientes, agarrando con más fuerza el cuello de su camisa. Aquel desgraciado estaba haciendo comentarios obscenos sobre Ayla cuando llegamos a la taberna donde pretendíamos tomar tranquilamente unas cervezas, y se burlaba que alguien como ella hubiera sido nombrada la salvadora del mundo. La había culpado incluso de la desgracia de Oyrun, como si la elegida fuera la causante de la guerra que ya perduraba un milenio. Al escucharle, no me pude contener y me abalancé sobre ese tipo. Sus amigos quisieron defenderle y mis compañeros me defendieron a mí, empezando una pelea de taberna donde unos y otros luchamos a puñetazo limpio.

Alcé una vez más mi puño, sus disculpas no eran suficientes.

—¡Tengo dos hijos! —Gritó entonces, cerrando los ojos y me

detuve—. Por favor, no me mate.

—Laranar —Raiben puso una mano en mi hombro—. Ya es suficiente.

Miré al matón y le solté de mala gana retirándome de encima de él.

Acto seguido abandoné la taberna echo una furia. Mis amigos vinieron de inmediato detrás de mí.

—¡Dejadme! —Grité agobiado—. ¡Dejadme, maldita sea! —Empujé a Langlith y se detuvo toda la tropa siguiendo solo mi camino.

Hubo un momento mientras caminaba a paso acelerado por las calles de Tarmona, dirigiéndome al exterior de la ciudad, que tuve que detenerme en un callejón y dar unos cuanto puñetazos más a una pared. Paré al cuarto golpe, cuando sentí un rayo de dolor subirme por la mano derecha hasta el brazo. Entonces me dejé caer al suelo y lloré.

—Si estuvieras viva me lo harías saber de alguna manera, ¿verdad? —Pregunté entre sollozos—. No aguanto más, necesito estar a tu lado. Me da igual la venganza, solo quiero estar contigo aunque eso signifique la muerte.

Regresé al campamento de los elfos, agotado. Pero al llegar a mi tienda me encontré una escena alarmante.

Akila se encontraba en posición de ataque, enseñando los dientes, lomo erizado y gruñendo como una auténtica bestia. Diana estaba de pie en medio de la estancia sin moverse, temerosa de hacer cualquier movimiento que pudiera iniciar el ataque contra ella.

—¡Akila! —Grité de inmediato—. ¡Detente!

El lobo hizo caso omiso, avanzó un paso más hacia Diana, gruñendo.

—Laranar —me llamó Diana, muerta de miedo—. No sé que le ocurre, no he hecho nada.

—Akila, quieto —ordené acercándome al animal—. Quieto, es una orden.

Me coloqué lentamente delante de Diana mientras el lobo no la perdía de vista. Fue, en ese instante, cuando la cubrí con mi cuerpo que dejó de gruñir, retirándose un paso.

—Vete —ordené.

Dejó de estar en guardia, mirándome como si fuera yo el que actuara de forma extraña. Le señalé la salida y repetí:

—Vete.

El lobo echó las orejas hacia atrás en un gesto sumiso, se dio la vuelta y se marchó.

Suspiré aliviado, nunca lo vi de esa manera con una persona.

Diana se dejó caer de rodillas en el suelo.

—Creí que me mataba —dijo temblando.

—¿Qué has hecho para que se comporte así? —Quise saber.

—No hecho nada —respondió mirándome a los ojos.

—Algo has tenido que hacer —repuse—. Nunca se comporta de esta manera.

Frunció el ceño, como si le ofendiera.

—No he hecho nada —repitió—. Estaba tan tranquila en la tienda, iba a acostarme ya cuando ese animal ha entrado y ha empezado a gruñirme sin ningún motivo.

Al fijarme mejor en ella me percaté que llevaba un camisón de algodón de color blanco, con muy poca tela con que cubrir su cuerpo.

Desvié de inmediato la vista de ella.

—¿Qué te ha ocurrido a ti? —Me preguntó y la miré de refilón.

Diana se levantó e hizo que la mirara a los ojos, sus manos tocaron mi rostro apaleado. Había ganado la pelea, pero también había recibido de lo lindo.

—No es nada, una pequeña disputa —respondí.

—Hay que curarte —dijo y se retiró directa a la palangana de agua que teníamos para asearnos.

La llenó con el agua de una jarra y se aproximó a mí, ya sentado en la zona de los cojines. Todo el cuerpo me dolía.

—No es necesario, solo necesito descansar —dije.

—Tonterías —empezó a lavarme las heridas del rostro con delicadeza—. ¿Cómo te has dejado machacar de esta manera?

Me encogí de hombros.

>>¿No has utilizado tu espada?

—Habría finalizado la pelea demasiado rápido, necesitaba desfogarme y aquel tipo no iba armado.

Al mover la mano derecha noté una ráfaga de dolor que se intensificaba por momentos. Diana lo notó y prestó atención a lo que me ocurría.

—La mano —dijo sosteniéndola con delicadeza—. Parece que te la has roto, se te está hinchando y amoratando.

Cogió unas vendas y empezó a vendarla.

>>La echas de menos, ¿verdad? —Asentí—. Yo también echo de menos a mi prometido.

Me miró a los ojos sin dejar de envolver mi mano.

—Lo más difícil es escuchar a la gente decir que puede continuar con vida —dije.

—Pueden ser muy pesados —respondió—. Si no ha dado señales de vida a estas alturas significa que está muerta, que no te llenen la cabeza con tonterías.

Abrí mucho los ojos, mirándola perplejo.

—Sí, pero… los sanadores…

—Confirmarán lo evidente —me cortó—. Todos los esclavos lo vimos, era ella. Urso la sacrificó con su habitual locura. Recuerdo su actitud, nunca lo vi tan contento y emocionado con nadie, y créeme cuando te digo que he visto más de un sacrificio.

Aparté mi mano de las suyas, me alcé y yo mismo terminé de atarme el nudo como buenamente pude.

—Siento haber sido tan sincera —se disculpó.

No era capaz de mirarla a la cara. Había dicho una verdad como un templo y, tonto de mí, cuando Dacio, Esther o alguno del grupo intentaban convencerme que había esperanza, una parte de mí les quería creer, pero solo me engañaba.

—Está muerta —susurré tomando plena conciencia de ello—. Está muerta, es verdad. No va a volver.

—Cuando antes lo aceptes, antes podrás rehacer tu vida —dijo.

La miré. ¿Rehacer mi vida?

Claro, ella era humana. No entendía lo que significaba para un inmortal perder a su verdadero amor. Era perder todo el sentido a la vida, no poder compartir tus sueños, tus alegrías, tus penas... Vivir milenios con una vacía existencia rodeado de soledad.

—Déjame a solas —le pedí—. Vístete y abandona la tienda.

—Pero...

—Necesito espacio —la corté—. Vete.

No tuve que insistir, abandonó la tienda en cuanto se pasó su vestido por la cabeza, dejando el camisón de dormir puesto debajo de su ropa.

En cuanto quedé solo en la habitación me dirigí a la estancia contigua, aquella donde guardaba la caja de música en un baúl cerrado bajo llave. Todas las posesiones que me fueron devueltas de Ayla las guardaba en aquel lugar. Su ropa, su espada, un peine y la piedra que utilizaba para hacer el fuego cuando acampábamos.

Cogí la caja de música con manos temblorosas.

Había tomado una decisión, no podía vivir en un mundo donde Ayla no estuviera. No tenía sentido esperar más, ni siquiera en la venganza encontraba un motivo por el que continuar adelante.

Le di a la manivela, abrí la tapa y la pareja de porcelana empezó a bailar bajo la suave melodía de los elfos.

Cerré los ojos, recordando la primera vez que la vi, lo asustada que se encontraba después de ser rescatada por mí y por Raiben del ataque de unos orcos. La traté de espía.

Sonreí ante aquella ocurrencia, ¿cómo se me ocurrió pensar que podía tratarse de un enemigo? Aunque, para ser sinceros, en cuanto la miré a los ojos me robó el corazón y ya estuve perdido.

A partir de aquel día mi vida cambió, todo empezó a cobrar sentido. Llevaba siglos viviendo, caminando por el mundo, pero fue ella quién me devolvió las ganas de vivir, la alegría. ¿Por qué tuvo que morir tan pronto? ¿Por qué el destino solo me dejó disfrutar de su compañía apenas un suspiro?

Me limpié los ojos llenos de lágrimas con una mano. La pareja seguía bailando y su balada me llevó a nuestro primer baile, lo preciosa que se encontraba con aquel vestido granate. Esa noche desnudamos nuestras almas para unirnos en un solo ser. Jamás lo olvidaría, cada caricia, cada suspiro, cada beso que nos dimos…

La pareja de porcelana dejó de bailar y la música se detuvo.

Respiré profundamente mirando el amanecer pues la noche llegaba a su fin, y el sol regresaba como cada día para dar los buenos días al mundo entero.

Me llevé una mano al bolsillo de mi pantalón, saqué una nota de despedida para mis padres y la dejé dentro de la caja de música. Cerré la tapa y abracé aquel joyero que tanto le gustaba a Ayla.

Suspiré una vez más, y me aupé encima de la cornisa de la torre más alta del castillo de Tarmona. Miré hacia abajo, la caída era mortal. Luego dirigí mis ojos de nuevo al sol, ascendiendo en el horizonte.

—Ayla, perdóname por no haber podido rescatarte, pero pronto estaremos juntos.

Cerré los ojos, suspiré y di un último paso hacia la muerte.

Sentí el vacío a mis pies, como descendía a una velocidad mortal, como la distancia entre el suelo y yo se acortaba en apenas dos segundos. Luego, la muerte…

Un viento se alzó de pronto a mi alrededor frenando de forma brusca mi caída. Al abrir los ojos, sobresaltado por aquel inesperado aterrizaje que fue suave una vez me detuvo en el aire, vi a Dacio con los brazos extendidos en mi dirección mirándome espantado.

En cuanto toqué el suelo el mago vino directo a mí, me cogió del cuello de mi camisa y me propinó un fuerte puñetazo en la cara.

—¡¿Estás loco?! —Me gritó—. ¿Y Ayla? ¿Qué hará ella cuando se entere que te has suicidado?

Me sacudió violentamente.

—¡Ayla está muerta! —Le grité, dejando caer la caja de música de mis brazos para devolverle el puñetazo. Noté un dolor incesante en la mano rota y la sacudí en el aire.

Dacio volvió a golpearme seguidamente.

—¡¿Qué habría pasado si no llego a verte por casualidad?! —Gritó.

—¡Pues que estaría al lado de Ayla en este momento que es lo que quiero! —Respondí, enfadado.

Ambos nos sujetamos el cuello de la camisa del otro en un intento por someter al rival.

—¡No te suicidarás! ¡No lo pienso permitir! —De pronto resbalé y quedé tendido en el suelo, inmóvil. El mago se sentó encima de mí, cansado—. ¡Eres idiota! Y que conste que no te zurro más porque veo que ya te han pegado bastante.

—Deshaz el conjuro —le ordené furioso—. ¡Libérame!

Notaba mi cuerpo pesar una tonelada y no podía mover ni los dedos de las manos.

—¿Para qué? ¿Para que saltes de esta torre? ¡Nunca!

—No podrás tenerme inmóvil toda la eternidad —repuse.

—Espera a que los sanadores nos digan algo más —me suplicó—. No te rindas aún.

—Ayla está muerta, Dacio —dije mientras mis ojos se llenaban de lágrimas—. Si estuviera viva habría encontrado la manera de hacérmelo saber.

—Pueden haber pasado mil y una cosas para que no pueda ponerse en contacto con nosotros —respondió.

—No —negué con la cabeza—. Sé que encontraría la manera.

Me dio una bofetada, harto.

—¡Cállate, quieres! —Gritó y sus ojos se llenaron inesperadamente de lágrimas—. No puede haber muerto, no puede morir, porque… porque… ¡es una de las pocas amigas que tengo de verdad!

¡Porque es la pareja de mi mejor amigo, y sin ella también te pierdo a ti! ¡Porque si Ayla muere mi hermano vencerá y tarde o temprano todos moriremos, y eso significa que Alegra también será su víctima, y la amo demasiado para perder la esperanza que no pueda tener un futuro mejor! ¡No digas que Ayla está muerta! ¡Porque tiene que seguir viva en alguna parte! ¡¿Entiendes?!

Me liberó de su hechizo y dejó de sentarse encima de mí.

>>Por favor, por mí, por todos, espera a que los sanadores confirmen que era o no era Ayla. Solo te pido eso, ya no pueden tardar mucho más.

Le miré, entre enfadado, sorprendido y aturdido.

Era un buen amigo, pero un amigo muy pesado y testarudo.

—De acuerdo —accedí—. Pero después no podrás evitar que me quite la vida.

Asintió.

Me alcé del suelo aceptando la mano que me ofrecía Dacio para ayudarme. Las piernas me temblaban por la experiencia de haber estado tan cerca de la muerte. No era fácil dar el paso de caer a un vacío mortal, pero si era la única manera de estar con Ayla, en un futuro lo repetiría.

—¡Dacio! ¡Laranar! —Ambos nos volvimos al escuchar la voz de Alegra.

La Domadora del Fuego venía corriendo hacia nosotros desde la otra punta de los jardines del castillo alzando un brazo para que le prestáramos atención, y gritando nuestros nombres. Una gran sonrisa cubría su rostro y al llegar a nosotros estaba sin aliento.

Me abrazó pese a todo, abalanzándose a mi cuello.

—Los sanadores —dijo como pudo, intentando recuperar el aire—. Lady Virginia… Lord Zalman… ¡han venido!

Se retiró para mirarme a los ojos.

—¡No era Ayla! —Gritó llena de alegría—. ¡El cuerpo no era el de Ayla!

Abrí mucho los ojos y la cogí por los hombros.

—Explícate —le pedí.

—No encontraban rastro de energía vital que pudiera decirles quién era esa chica, pero un muchacho, ¡un aprendiz! Se dio cuenta de un detalle que ningún maestro había reparado en ello.

—¿Cuál? —Preguntó impaciente Dacio.

—La mujer que sacrificaron había tenido en el pasado un hijo —respondió—. Lo saben por los huesos, por sus caderas. ¡Y Ayla nunca ha sido madre!

La solté, estupefacto.

¿Realmente podía estar viva?

Alegra volvió a abrazarme.

—Está viva Laranar —dijo Dacio casi saltando de alegría.

—Sí... sí... ¡Está viva! —Reaccioné—. ¡Está viva en alguna parte! ¡No la sacrificaron!

Dacio me abrazó también, rodeando al mismo tiempo con sus brazos a Alegra, y empezamos a reír los tres, felices.

Una nueva esperanza resurgía.

Lady Virginia, la sanadora, explicaba avergonzada el error que tuvieron de no fijarse antes en el detalle que la chica sacrificada había tenido un hijo antes de morir.

—El cuerpo estaba en una sala especial donde intentábamos buscar algún resquicio de energía vital, pero el fuego había consumido todo rastro de esencia. Solo el equipo encargado podía entrar en esa sala, pero un aprendiz, enviado por el sanador Philip, debía recoger un brebaje que se guarda en esa habitación. Entró cuando estábamos en plena labor, concentrados, y observó cómo trabajábamos. Y así, sin más, comentó que no sabía que la elegida tenía un hijo. Todos le miramos perplejos y observamos de inmediato el cuerpo que teníamos delante. —Agachó la cabeza —. La pelvis delata que ha tenido mínimo un hijo. Y Ayla nunca ha sido madre, ¿verdad?

—No —dije.

Hasta que no escuché a Virginia yo mismo no pude acabármelo

de creer. Y suspiré aliviado, por lo menos sabía que se encontraba viva en alguna parte, ¿pero dónde?

—¡Veis! —Gritó Esther, nerviosa, excitada y contenta con la buena noticia—. ¡Ya os dije que continuaba con vida!

—Tienes razón —afirmó Raiben, sonriendo—. Pero ahora debemos encontrarla cuanto antes, está en peligro.

Asentí. El alivio de saber que estaba viva dio paso a la incertidumbre de dónde se encontraba y en qué estado.

—Que no sea el cuerpo de Ayla no significa que esté viva —interrumpió de pronto Diana, y todos la miramos, molestos por decir aquello—. Sed realistas —pidió alzando los brazos—. Han pasado dos meses, si logró escapar de Tarmona, ¿por qué no ha dado señales de vida?

—Puede seguir siendo una rehén de Danlos —dijo Alegra.

—No —negó con la cabeza Lord Zalman, presente también para dar fe a las palabras de Lady Virginia—. Danlos sería el primero en hacer saber que tiene aún a la elegida. Le gusta demasiado destacar y jactarse de sus méritos. Si tuviera a Ayla lo sabríamos.

Todos nos quedamos pensativos.

—Puede haber un motivo por el que no haya revelado que está con vida —rompió el silencio Virginia y todos le prestamos atención—. El miedo —dijo—. Puede que esté escondida, esperando que seamos nosotros los que vayamos a por ella. Quizá piense que si se mueve, Danlos pueda encontrarla, o que si nos manda una señal, aunque sea una carta sin remitente, Danlos pueda rastrearla y acabar con ella.

—Un momento —interrumpió Lord Daniel que aún no había abandonado Tarmona para continuar con la búsqueda del colgante—. ¿Y si en realidad ha decidido buscar antes el colgante de los cuatro elementos?

—Se supone que ella no lo sabía —dijo de inmediato Diana—. Danlos y Urso leyeron su mente varias veces y no encontraron nada.

—¿Cómo lo sabes? —Le preguntó Virginia.

—Todo el mundo lo sabía —dijo cruzándose de brazos—. Cuando se trataba de la elegida los rumores se extendían como la peste por todo Tarmona.

Lord Daniel se rascó la cabeza, pensativo.

—¿Qué piensas, Dani? —Le preguntó Dacio.

—Sigo opinando que Ayla ha podido ir en busca del colgante y ahora que sabemos que puede estar viva, fue ella misma quién lo recuperó del Valle de Mengara —me miró un instante, luego desvió sus ojos, como avergonzado—. Puede que haya tenido a la elegida a apenas unos metros de mí y no me haya dado cuenta.

Puse una mano en su hombro y me miró.

—Si fue ella, la encontraremos.

Lord Daniel asintió.

—Propongo que vayamos al valle de Mengara y lo comprobemos —dijo Aarón—. Si no fue ella, podremos descartar una pista y buscarla en otra parte. Pero, por el momento, no se me ocurre otro plan mejor.

—¿Piensas acompañarnos? —Le preguntó Alegra, esperanzada.

—Aunque sea el senescal, creo que mi reino puede pasar unas semanas sin mí —respondió asintiendo con la cabeza—. Además, necesitaréis toda la ayuda posible y Andalen le debe mucho a la elegida, añadido que la considero una amiga de las que se pueden contar con una mano. Enviaré varios grupos de soldados por todo el reino para buscarla.

—Gracias —le agradeció Esther.

—Deberíamos informar de esto a Alan —hablé con boca pequeña, arrepintiéndome de decirlo mientras hablaba. Todos me miraron, sorprendidos—. Como bien ha dicho Aarón, toda la ayuda es buena y después de mí, creo que Alan levantará cielo y tierra para encontrarla.

—Bien dicho —afirmó Esther—. ¿Cuándo nos vamos?

—Si queréis ahora mismo —dijo Lady Virginia—. Preparad vuestras cosas y Lord Zalman y yo, os llevaremos a Mengara con el Paso in Actus, caballos incluidos.

—Gracias —le agradecí sinceramente.

Salí del castillo, respiré profundamente y miré el Sol.

Voy en tu busca, Ayla, pensé. *Pronto estaremos juntos, te lo juro.*

EDMUND

Es cuestión de tiempo

E ra de noche, no había luna y el cielo se encontraba encapotado por un manto de nubes negras que auguraba días de lluvia. Una pequeña hoguera era toda la luz que disponíamos, escondidos en una cueva a los pies de una montaña.

Ayla dormía de forma intranquila. Fruncía el ceño y apretaba los dientes tensando cada músculo de su cuerpo. Las pesadillas la acompañaban en cuanto cerraba los ojos, ya fuera de día o de noche.

Le acaricié el pelo, preocupado, sentado a su lado.

Me debatí entre despertarla o dejarla dormir. Apenas conciliaba el sueño las últimas noches y aquello le repercutía en la salud, y no solo por empezar a mostrar unas claras ojeras, sino por el hecho que su cuerpo necesitaba reposo para superar la pulmonía que parecía no querer marcharse nunca.

Diez días pasaron desde que recuperamos el colgante de los cuatro elementos y cinco desde que logré convencerla en detenernos a descansar para que recuperara fuerzas. En todo ese tiempo, intenté persuadirla de ir en busca de Laranar y el resto del grupo encargado de protegerla, pero el miedo había arraigado en su corazón como la hiedra a un árbol. Y ni siquiera el consuelo de ver a su protector la empujaba a ir a su encuentro.

La vergüenza en cierta manera era también culpable, pues su cuerpo, delgado y marchito, marcado por el látigo y las palizas recibidas, habían mermado la confianza en la elegida. Temía el momento de ver al elfo por más que intentaba convencerla que si él la amaba le daría igual su aspecto, fuera cual fuera.

Ayla no se daba cuenta del peligro que corríamos convencida que Danlos pensaba que estaba muerta, al igual que el resto de Oyrun.

Y a mí me estará buscando, pensé mientras la miraba, *no me dejará ir tan fácilmente.*

Sentí un escalofrío al pensar en reencontrarme con Danlos. De bien seguro me daría una paliza y pasaría una temporada en las mazmorras. Solo deseaba que cuando eso ocurriera, Ayla estuviera muy lejos de mí.

La elegida empezó a chillar aún dormida, y decidí que era el momento de despertarla.

—Ayla, Ayla —la zarandeé de un brazo y abrió los ojos, espantada.

—¡Edmund! —Se incorporó y me abrazó con los ojos llenos de lágrimas—. Era Gwen, estaba siendo sacrificada por Urso y yo no hacía nada por detenerlo…

—Tranquila, solo ha sido una pesadilla —intenté calmarla, acariciando sus cabellos.

—Luego ha aparecido Laranar y me miraba enfadado como si me culpara de lo ocurrido. ¡Y tiene razón! —Se exaltó, retirándose de mí y mirándome con desesperación—. Yo hice que ocupara mi lugar, dejé que muriera.

—Ayla, escúchame —la cogí por los hombros—. Ni Laranar te culpa por lo de Gwen, ni fuiste tú quién la obligó a ocupar tu lugar. Lo hizo por voluntad propia.

Absorbió por la nariz mientras las últimas lágrimas caían por su rostro.

—Ahora descansa —le pedí, pero negó con la cabeza—. Vamos, apenas has dormido cuatro horas. Intenta dormir un poco más.

—¿Para qué? ¿Para tener pesadillas? —Dijo enfadada—. Ya he dormido suficiente por esta noche.

Suspiré, por más que insistiera no conseguiría nada. Cada noche era la misma historia.

Dos días después, Ayla insistió en partir de nuevo y llegamos a una ciudad amurallada conocida como Caldea de Rius. Disponía de cinco puertas que permanecían abiertas de par en par para todo aquel que quisiera entrar o salir. Dentro, el bullicio era el pan de cada día para una ciudad en crecimiento. Situada a una distancia prudencial de Tarmona no fue conquistada por el enemigo como sí lo fueron otras pequeñas ciudades, poblados y aldeas. Y, por tanto, durante el último año se convirtió en un lugar de referencia para encontrar cobijo y hacer negocio.

Nos dirigimos a la calle de los peleteros y dejé caer como si tal cosa, las pieles de los animales que logré cazar días atrás en la mesa de un comerciante.

—¿Cuánto? —Pregunté sin preámbulos.

Eran dos pieles de zorro y cinco pieles de conejo. Necesité varios días para poder reunir tal cantidad.

El peletero examinó la mercancía con detenimiento.

—Veinte *ditar* de plata por las pieles de zorro y tres por las de conejo.

Fruncí el ceño, la moneda *ditar* del condado de Tarmona era pequeña cuando se trataba de plata.

—Solo una de las pieles de zorro vale veinte —repuse—. Y por las de conejo no voy a aceptar menos de siete.

—Veintidós por las de zorro, cuatro las de conejo —ofreció.

—Creo que iré a otro lugar —dije cogiendo las pieles.

Ayla esperaba detrás de mí, con las riendas de Afortunado en una mano.

—Veinticinco por las de zorro, cinco las de conejo.

Le sonreí a la elegida sabiendo que el peletero no me veía, y le guiñé un ojo. Ayla reprimió una sonrisa.

—No me haga reír —repuse al peletero volviéndome a él y fingiendo estar ofendido—. Sigue siendo un precio ridículo.

—Ni que me ofrecieras una piel de oso —se quejó.

—Dejémoslo en treinta y tres por las de zorro y cinco las de conejo —finalicé.

—Maldita sea —refunfuñó, pero empezó a sacar el dinero de una caja de madera—. Los tiempos ya son difíciles para ir apurando tanto…

Ignoré sus quejas, desviando la vista hacia otro lado como si aquello no fuera conmigo.

—Lo que te digo, la elegida puede estar viva —escuché que hablaban dos señoras al pasar junto a nosotros. Miré a Ayla y ésta me miró a mí, espantada.

—¡Señoras! ¡Disculpen! —Las llamé, y se detuvieron—. ¿Es cierto lo que acaban de decir? ¿La elegida puede estar viva?

Eran dos señoras entradas en carnes, de cincuenta o sesenta años. Las típicas que se enteraban de todos los chismes y engrandecían los rumores.

La que parecía más mayor me miró de arriba abajo.

—Así es, chico —dijo con altanería—. Unos soldados se alojaron ayer en la posada de mi cuñado y estuvieron diciendo que la elegida podía estar viva.

—Yo también lo he escuchado —dijo el peletero a mi lado—. Al parecer la están buscando.

Me tendió las monedas y las cogí algo sorprendido por las noticias. Era cuestión de tiempo que Danlos se enterara.

—¿Creen que…? —Las mujeres siguieron su camino y miré al peletero—. ¿Cree que es cierto ese rumor?

Se encogió de hombros.

—Supongo que sí —dijo—. Según tengo entendido el grupo que acompañaba a la elegida también la busca. Recemos para que sea verdad.

—Gracias —me despedí, y me volví a Ayla que mantenía la vista baja en el suelo, temblando como un flan—. Tranquila —le toqué un brazo y alzó sus ojos hasta los míos—. Nadie sabe por dónde andamos.

—Danlos vendrá a por mí…

La llevé de inmediato a una zona poco transitada, apartada del centro. Un lugar donde no nos pudieran escuchar.

—Es el momento de ir en busca de Laranar, ¿no crees? —Quise hacerle ver.

No respondió, se quedó mirando al vacío.

Me puse nervioso, miré a tres niños que jugaban a unos metros de nosotros con un balón y, seguidamente, al resto de la calle. Una señora salía en ese instante de su casa con un cántaro de agua.

—Él te querrá —le insistí viendo que nadie nos prestaba atención—, aunque estés así de delgada y ojerosa —le acaricié el rostro y me miró a los ojos.

Noté mi cara enrojecer en ese instante y desvié de inmediato mis ojos de los de ella.

—No es solo por Laranar —dijo en un gemido—. No quiero ser la elegida, no quiero combatir con más magos oscuros.

— Él te encontrará —dije mirándola de reojo, intentando recobrar la compostura—. Lo sabes, es cuestión de tiempo.

Suspiró.

—No sé qué hacer —dijo pasándose las manos por el rostro, perdida.

Suspiré, paciente.

—Hazte esta pregunta, ¿quieres estar sola cuando Danlos venga a por ti?

La miré de nuevo a los ojos y ella negó con la cabeza.

>>Entonces, busquemos a Laranar.

La cogí de una mano y tiré de ella para que empezáramos a andar antes que se pudiera negar. La decisión estaba tomada y no fue fácil convencer a la elegida, aunque noté que continuaba temblando y apenas andaba si no era porque la tenía sujeta y la obligaba a avanzar.

—Ayla —me miró, sus ojos estaban anegados en lágrimas—.

Juro que no dejaré que nadie, y repito nadie, te obligue a ser nunca más la elegida.

Me miró sorprendida.

—No puedes hacer eso —dijo sin creerlo.

—¿Que no puedo hacerlo? —Sonreí—. Soy un Domador del Fuego. Si alguien lo intenta, ten por seguro que te esconderé en el último rincón del mundo antes de dejar que alguien ponga en tus manos el destino de Oyrun en contra de tu voluntad.

Abrió mucho los ojos. Luego asintió, más animada después de mi promesa.

La posada

La oscuridad rodeaba todo cuanto mis ojos veían. Un frío incesante atravesaba mi cuerpo como cuchillos afilados, y el vacío se extendía en un lugar donde todo parecía estar muerto.

Sentí miedo, pánico.

Algo o alguien me acompañaba, no estaba solo, lo presentía.

Deslicé mi mano hasta la empuñadura de mi espada, pero mi cinto estaba vacío. Ni mi vaina ni Bistec colgaban de mi cintura. De pronto una luz se alzó delante de mí, como un pequeño globo que iluminó mi cara suspendido en el aire.

Entrecerré los ojos, cegado por unos segundos.

—Después de intentar localizar a la elegida infructuosamente he decidido buscarte a ti para dar con ella.

Di un paso atrás, aterrado al reconocer esa voz y verle después escondido entre las sombras.

Danlos se encontraba a dos metros de mi posición con los brazos cruzados y expresión seria.

—Dan… amo —rectifiqué al vuelo.

Descruzó los brazos, avanzando hacia mí.

—No perdamos el tiempo, dime dónde os encontráis.

Le miré espantado.

—Vamos, Edmund —insistió plantándose a un metro de mi posición—. Sé desde el primer día que la elegida no fue sacrificada por Urso. Todo fue un engaño para que el colgante volviera junto a ella y se encontrara sola llegado el momento de eliminarla. ¿Por qué crees que no he venido a buscarte antes?

—No… no es posible —dije.

—Sí, sí que lo es —dijo—. Y ahora que el grupo sospecha que está viva y van en su busca, no puedo esperar más para encontrarla y eliminarla.

—No hemos encontrado el colgante —mentí.

Sonrió y, de pronto, algo me golpeó la cara como si de un puñetazo se tratara. Caí al suelo y miré a Danlos muerto de miedo con una mano en la nariz. Me sangraba a raudales.

—Sé que lo tiene —dijo—. ¿Dónde estáis?

—¡Nunca te lo diré!

Se agachó a mi altura y rápidamente me cogió la cabeza con ambas manos. Iba a leerme la mente y forcejeé vanamente intentando liberarme. Fue, en ese instante, cuando la voz de Ayla se escuchó por aquella sala oscura como un eco que se hacía cada vez más claro, llamando mi nombre.

—¡Edmund! ¡Edmund! ¡Edmund, despierta!

Abrí los ojos de golpe y gemí llevándome las manos a la nariz. Un dolor punzante me atravesaba el rostro y al mirarme las manos vi que estaban manchadas de sangre. La nariz sangraba no solo en los sueños, sino también en la vida real.

—¡Dios! ¡Edmund! ¿Qué te ha pasado? —Me percaté entonces que Ayla estaba a mi lado, preocupada. Respiré profundamente una vez y, sin pensar, me enderecé el tabique nasal. Grité al hacerlo y me mareé—. Edmund, tranquilo.

—Era Danlos —dije a los pocos segundos, nervioso y temblando—. Quería saber dónde nos escondíamos.

Me miró espantada.

>>Ha querido leerme la mente, pero no lo ha logrado gracias a ti, me has despertado.

—Te movías nervioso, creí que era una pesadilla pero entonces tu nariz sangró como si alguien te golpeara y supe que algo malo te ocurría —respondió.

—Ha intentado localizarte en tus sueños —abrió mucho los ojos—. Pero al parecer no puede por algún motivo.

—Ahora sabe que estoy viva de verdad —dijo preocupada.

—Ayla, lo ha sabido desde el primer día —dije serio—. Al parecer, todo fue un engaño para que recuperaras el colgante y, así, tenerte desprotegida sin ningún grupo que te acompañe cuando vuelva a por ti.

Se llevó una mano a la boca, horrorizada.

—Me va a matar —dijo rompiendo a llorar en un ataque de ansiedad—. Es cuestión de tiempo. Me encontrará y me matará.

—No, no lo hará —dije, intentando que se tranquilizara—. Porque antes que eso ocurra te reunirás con Laranar y él te pondrá a salvo.

—Es capaz de matarte para que le digas dónde estoy —acarició mi rostro recordándome cómo tenía la nariz—. Ya ves que te ha hecho. Puede que la siguiente vez no logre despertarte.

Le cogí la mano que me acariciaba y la entrelacé con la mía.

—Entonces, sabemos lo que tenemos que hacer.

Me miró sin comprender y yo me alcé del suelo obligándola a alzarse.

—Está amaneciendo —dije aproximándonos a Afortunado. Nos encontrábamos en medio de un bosque de pinos y el caballo descansaba atado a un arbusto—. Debes partir cuanto antes, tú sola.

—¿Qué?

Me volví a ella, soltándole la mano.

—Quiero que vayas a cualquier parte, a donde sea, pero que sepas que encontrarás ayuda. Barnabel, Rócland, el país de los magos, de los elfos o Zargonia, me da igual. Pero busca ayuda, y no te des a conocer hasta que estés completamente segura de que la persona que sepa tu identidad sea de plena confianza y pueda ponerte a salvo —le di toda la bolsa del dinero que disponíamos y me miró, asustada—. Yo no sabré por dónde paras así que no podré decirle a Danlos tu ubicación, y podrás esconderte de él por un tiempo más.

—Pero… yo… no puedo… te necesito.

—Sabes preparar trampas para cazar y utilizas el arco a la perfección —la animé—. No te morirás de hambre, pero deberás ir con cuidado de no esforzarte demasiado, ya no me tendrás ahí para bajarte la fiebre si te sube por la noche.

Sus ojos se llenaron de más lágrimas y me abrazó.

—Vamos —respondí a su abrazo, por algún motivo me encantaba cuando me abrazaba—. Puedo estar cuatro días sin dormir, eso es ventaja suficiente para que Danlos no te pueda encontrar.

La ayudé a subir al caballo.

—Edmund —me llamó con desesperación.

Sonreí para infundirle confianza.

—Nos volveremos a ver —le prometí y palmeé el caballo para que saliera corriendo a galope tendido por el bosque.

Desapareció entre la vegetación y pronto los cascos de Afortunado dejaron de escucharse.

Sin saber dónde ir, vagué el primer día por el bosque sin rumbo definido. Empezó a llover a media tarde, pero lejos de detenerme continué adelante. Al caer la noche no me detuve, temeroso de sentarme a descansar y quedarme dormido. Era primordial retrasar el encuentro con Danlos lo máximo posible para que no pudiera localizar a la elegida. Los sueños eran extraños, un mago podía infiltrarse en ellos y hacer y deshacer todo cuanto se le antojaba, pero antes de permitir que pudiera ubicar a Ayla, pensaba permanecer despierto una semana entera si mi cuerpo resistía.

Empapado, llegué a un camino amplio donde grandes campos de cultivo se extendían a cada lado. El bosque quedó atrás y caminé arrebujado en mi capa, soportando la lluvia que caía con insistencia. Pensé en Ayla, preocupado, solo esperaba que encontrara refugio si la lluvia también le había alcanzado a ella. Lo último que necesitaba era mojarse dada su enfermedad.

A lo lejos, una posada apareció a los pies del camino. Era un caserón grande, capaz de albergar a un número significativo de viajeros y comerciantes. Y por la luz que emanaba de su interior estaba en plena ebullición pese a que ya eran altas horas de la noche.

Me acerqué al lugar y miré por una ventana, dentro una decena de soldados de Andalen cenaban carne de jabalí y estofado de cordero. Por el contrario la bebida que les servían era simple agua, lo que parecía fastidiar a más de uno.

—A buenas horas ha venido esta gente —escuché refunfuñar a un chiquillo que venía de los establos. Al verme se detuvo—. Quiero decir que… ¿También es soldado? —Me preguntó.

—Hmm… —Vacilé, podía conseguir comida fácil si decía que sí, pero también podía meterme en líos si me descubrían. No obstante, entrar en la posada era una garantía de recavar información. De bien seguro aquellos soldados buscaban a la elegida—. No exactamente, soy un sirviente del capitán.

—¿Y qué hace aquí fuera? —Preguntó—. Está empapado. Entre, cogerá frío.

Abrió la puerta de la posada y esperó a que diera el paso de entrar.

>>Vamos, no tengo toda la noche.

Finalmente, entré, y tomé asiento en un rincón de la posada, apartado de los soldados. En ocasiones lo mejor era esperar a escuchar que ir a preguntar. Pero el alcohol ayudaba a que soldados como aquellos se fueran de la lengua, y esos precisamente no bebían ni pizca de vino o cerveza.

El niño regresó con un plato de carne de cochinillo acompañado por papas y zanahorias. Su olor era exquisito y empecé a comer con desesperación, llevaba todo el día sin probar bocado.

—Y agua —me tendió un vaso y una jarra de agua.

—Preferiría vino —dije, a ver qué respondía—. O cerveza.

—Nuestro senescal lo ha prohibido, no quiere que mañana os levantéis con resaca.

Paré atención al grupo de soldados, todos cenando en la misma mesa.

—¿Dónde está? —Quise saber.

Ninguno de los soldados destacaba por tener un rango tan elevado como el del senescal del reino.

—Ahí viene —me señaló con la cabeza un hombre de unos cuarenta años, cabellos oscuros y ojos marrones, con barba de tres días. Su pose era elegante y sus ropajes caros. Llevaba una gran espada colgada de su cinto. Entraba en ese momento al comedor de la posada por una puerta trasera que muy probablemente daba a las habitaciones del local.

Ese hombre sí que destacaba por encima de cualquier soldado.

—No me lo puedo creer —dije abriendo mucho los ojos al ver quién le seguía—. Alegra.

Mi hermana le acompañaba y quedé paralizado al verla, por un momento no supe reaccionar. Estaba tan guapa, tal y como la recordaba.

Me levanté de mi asiento sin dejarla de mirar, me encontraba a tan solo cinco metros de ella.

—Alegra —la llamé en el preciso instante que un tercer hombre aparecía en escena, la alcanzaba y le rodeaba con un brazo los hombros.

Me detuve muerto de miedo al creer que era Danlos.

Mi hermana se volvió al escucharme. Yo la miré, espantado, mientras ese mago continuaba con un brazo sobre sus hombros y a ella no parecía importarle.

Abrí la boca para hablar, pero nada salió de mis labios. Ella me miró, intentando ubicarme. Hacía más de dos años que no nos veíamos y la última vez solo duró un efímero instante, cuando intentó rescatarme de las manos de Ruwer.

Había crecido, era más alto que Alegra y ya no era un niño. No me reconocía, aunque por su expresión mi cara le resultó familiar.

—¿Quién eres? —Me preguntó el mago.

Desvié mis ojos de Alegra y paré atención al mago. No tenía la cicatriz en la cara, no era Danlos, era Dacio, el hermano pequeño del mago oscuro.

Dacio se colocó un paso por delante de Alegra a modo de escudo y noté como la rabia hacia aquel individuo crecía en mi interior. Era nuestro enemigo, el hermano del asesino de toda nuestra villa, de nuestro padre, y Alegra se refugiaba en él.

Apreté los puños, conteniéndome, pero en verdad quería abalanzarme sobre aquel personaje y matarle.

—Eres una traidora a tu pueblo —dije mirando a Alegra, escupiendo odio en mis palabras.

—¡¿Eh?! —Saltó de inmediato Dacio—. ¿Quién te crees que eres?

—¿No me reconoces? —Ignoré al mago dirigiéndome en exclusiva a Alegra—. Todos estos años he obedecido a Danlos para que no fuera a por ti.

Avancé un paso hacia mi hermana y, de pronto, noté una fuerza que me empujó hacia atrás, como un empujón.

—No te acerques —me advirtió Dacio.

—Dacio, no —le advirtió de inmediato Alegra y corrió a mí. Me miró a los ojos y puso una mano en mi rostro—. Edmund —me reconoció, por fin—. Eres tú, ¡eres mi hermano!

Se echó a mi cuello, abrazándome.

Me resistí a devolverle el abrazo.

—Déjame —le ordené, cogiéndola de las muñecas para quitármela de encima—. No mereces que te mire ni a la cara. Traidora.

—¿Qué? —Preguntó, con lágrimas en los ojos—. Pero… Edmund…

—¡Me sacrifiqué por ti! —Alcé la voz—. ¡Y tú vas y empiezas una relación con el hermano de nuestro enemigo!

—Edmund, yo… —Alegra quedó paralizada—. Dacio es un buen hombre, nada que ver con Danlos.

La posada quedó en silencio, todos nos miraban. Más personas habían ido llegando por la puerta interior de la posada. Entre estos, tres magos de Mair, los reconocí por sus capas, pero no me amilané. Les odiaba, y debían pagar por todo lo que habían hecho, en especial Dacio.

—¿No lo sabíais? —Pregunté a los soldados, alto y claro—. Este de aquí —señalé a Dacio con dedo acusador—, es un mago oscuro, el hermano de Danlos, y mi hermana, la traidora que se lo folla.

Recibí una bofetada entonces. Alegra me miraba dolida, con los ojos empañados en lágrimas y su mano aún marcando la trayectoria de su bofetada.

—Dacio no es un mago oscuro —dijo con voz ahogada—. Y no soy una traidora.

El dolor en el rostro fue horrible, el golpe sufrido en la nariz un día antes dolió a rabiar, y me tambaleé levemente. Pero rápidamente me recompuse.

—Di lo que quieras —dije pese a todo, me dolió más la actitud de mi hermana defendiendo a ese mago que el golpe recibido—. Para mí eres una traidora y he dejado de tener una hermana.

—Edmund —Dacio dio un paso adelante—. Entiendo que me tengas miedo, pero no soy como mi hermano.

—¿Miedo? —Pregunté ofendido—. No te tengo miedo.

Avanzó otro paso hacia mí e instintivamente retrocedí. Fui consciente que mi actitud delataba todo lo contrario a mis palabras. Pero es que se parecía tanto a Danlos que era difícil no sentirse pequeño a su lado.

—Edmund, ¿cómo has logrado escapar de Danlos? —Me preguntó Alegra.

—Al único que debo explicaciones es al príncipe Laranar, ¿os acompaña?

—Aquí estoy —dijo una voz detrás de mí.

Al volverme, dos elfos, uno rubio y otro moreno, acompañados por una chica de cabellos negros, se colocaron a mi espalda sin siquiera escucharles.

Identifiqué al príncipe por la descripción que me había dado Ayla y me incliné ante él.

—Príncipe Laranar —nombré, luego me erguí y le miré a los ojos—. La elegida está viva —Dije sin más dilación.

—¿Viva? —Preguntó acortando la distancia que nos separaba—. ¿Cómo estás tan seguro? ¿La has visto?

—Yo la ayudé a escapar de Tarmona y la he acompañado desde entonces.

—¿Está contigo? —Miró por toda la posada, entre esperanzado y desesperado.

No fue el único, por un momento todos miraron por todas partes menos a mí.

—Hace una jornada tuvimos que separarnos —informé.

—Explícate —me pidió de inmediato.

Empecé a relatar toda la historia, desde que logramos escapar de Tarmona hasta aquella mañana cuando Danlos contactó conmigo a través de los sueños.

Laranar me escuchó atentamente, igual que todos los presentes en la posada, y aquí incluyo hasta el posadero, una mujer rechoncha que creí su mujer y el niño que me invitó a entrar en aquel lugar.

—No supe qué otra cosa hacer salvo distanciarme de Ayla para que Danlos no la encontrara —le decía al príncipe, el resto de gente me daba igual—. De haber sabido que os encontraría esta noche jamás la habría dejado sola, de verdad.

—Obraste bien —dijo Laranar—. Pero ahora lo que me preocupa es qué le puede estar pasando en estos momentos.

—Si Danlos te iba a utilizar a ti para ubicarla, podemos confiar en que no la encontrará. Pero el estado de salud de la elegida es lo más relevante —dijo una maga, la única mujer de los magos presentes—. Una pulmonía puede ser más peligrosa que un mago oscuro en estos momentos.

—Chico, ¿puedes llevarnos al lugar exacto dónde os separasteis? —Me preguntó uno de los magos.

—¿Quién es usted? —Quise saber.

El mago frunció el ceño.

—Soy Lord Zalman —se presentó—. Primer mago del consejo de Mair.

Un tipo importante, pensé.

—Sí, podría —respondí secamente.

—Podemos partir en cuanto amanezca —propuso el mago que tenía al lado.

—Lord Daniel, eso sería demasiado tarde —dijo el príncipe Laranar, serio.

—Pero ahora es imposible. Es noche cerrada, llueve a cántaros y los caballos correrían el riesgo de romperse una pata si no vemos el camino que tenemos delante —dijo la chica de cabellos negros.

—Esther tiene razón —afirmó Dacio—. Los globos de luz podrían ayudarnos, pero los animales están reventados después de todo el día de marcha. Solo lograremos ir más lentos a la larga. Dejemos que descansen ahora para sacarles el mayor rendimiento mañana.

Laranar iba a discutir, pero finalmente se lo pensó mejor y asintió, conforme.

La maga se acercó a mí.

—Estás herido, si me lo permites puedo sanarte la nariz —se ofreció.

Di un paso atrás, que uno de aquellos magos me tocara me causaba escalofríos.

—No —dije.

—Pero…

—Virginia, déjalo —Dacio le tocó el hombro—. No confía en nosotros, es normal.

—Edmund, no todos los magos son malvados —Intentó convencerme mi hermana cogiéndome una mano.

—No me toques —le retiré de inmediato la mano y me miró, dolida.

—Alegra —Dacio se colocó a su lado—. Dale tiempo.

Le cogió la mano que acababa de rechazarle y le miré con ganas de cortarle la cabeza.

La posada estaba en calma después que los soldados y demás gente del grupo se retiraran a descansar hasta el día siguiente. Únicamente quedamos Laranar, un elfo llamado Raiben y yo, ocupando una mesa central de la posada.

—Está aterrada —les explicaba—. Ayla no quiere ser nunca más la elegida, por ese motivo no fue en vuestra busca.

—Es una insensata —dijo Laranar con tono enfadado—. Sola corre un gran peligro y, encima, me ha hecho creer que estaba muerta, ¿por qué? No se da cuenta de lo que me ha hecho sufrir... —Apretó los puños, con los brazos apoyados en la mesa—. Ha sido una egoísta.

—No se lo tengas en cuenta —le pedí y me miró a los ojos—. Ha sufrido mucho y su aspecto es el de una persona enferma, delgada y maltratada. Una parte de ella tiene miedo que la rechaces en cuanto la veas.

Abrió mucho los ojos.

—Nunca la rechazaría, es mi vida —dijo de inmediato—. ¿Cómo puede pensar eso?

—Eso le dije yo —respondí—. Pero ha perdido la confianza en sí misma. Creo que por eso también rechaza el cargo de elegida.

—Le haré ver que está equivocada —dijo con determinación.

En ese instante me percaté que una chica nos observaba desde la puerta que daba a las habitaciones de la posada. Laranar y Raiben siguieron mi mirada y también la vieron. Incluso el lobo —Por fin conocí al amigo de cuatro patas del que tantas veces me habló Ayla— gruñó al verla.

Automáticamente, la chica se escabulló hacia el interior de la posada perdiéndola de vista.

—¿Quién es? —Les pregunté.

La recordaba por mantenerse callada, sin decir una palabra,

cuando el grupo de la elegida me avasalló a preguntas para saber más sobre Ayla. Aunque sí me percaté que escuchó todo cuanto dije con suma atención.

—Se llama Diana —respondió Raiben, mientras Laranar acariciaba al lobo indicándole que todo marchaba bien—. Lleva poco en el grupo, era esclava de Tarmona y pidió unirse a nosotros para vengar a su familia.

—Otra víctima —dije.

Quedamos unos instantes en silencio.

Me toqué la nariz, notaba un dolor agudo y sentía la cara hinchada. Un morado se extendía hasta mis ojos agravando mi aspecto.

—Deberías dejar que Lady Virginia te sanara —comentó Raiben—. Y Lord Zalman y Lord Daniel podrían protegerte con una barrera para que Danlos no se infiltrara en tus sueños, y así poder dormir.

—Nunca aceptaré la ayuda de los magos —respondí.

Laranar se inclinó levemente hacia adelante y me susurró:

—No es justo juzgar a toda una raza por los actos de unos pocos.

—No estoy tan seguro —respondí, obstinado—. Hacen y deshacen lo que se les antoja solo por tener un poder que se les otorgó en el principio de los tiempos.

—Salvo los magos oscuros, ¿qué otro mago te ha hecho daño? —Quiso saber, Raiben.

Les miré a ambos, serio.

—Dacio —respondí como si fuera obvio—. Me ha robado a mi hermana, la ha vuelto una traidora.

—Dacio no ha hecho otra cosa que apoyarla cuando más lo necesitaba…

Me levanté de mi asiento antes que Laranar dijera más tonterías.

—Nunca aceptaré que el hermano de Danlos tenga una relación con mi hermana. Alegra deberá decidir entre Dacio o yo, no hay más opciones.

—Lo único que vas a lograr es causar más dolor a Alegra y a ti mismo —insistió el elfo—, por no decir que es completamente injusto para Dacio que lo compares con su hermano. Te recuerdo que lucha contra él desde el inicio de esta guerra.

—¡Me da igual! —Exasperé—. Dacio es el hermano de un mago oscuro, aquel que asesinó a nuestra familia y amigos, y mi hermana no puede salir con él.

Dichas estas palabras y antes que el príncipe elfo pudiera decirme nada más, me dirigí a otra mesa, no dispuesto a escuchar más tonterías.

RAIBEN

Espía

Laranar estaba impaciente por salir cuanto antes. No hacía más que comprobar la posición del sol pese a que el cielo aún se encontraba nublado y una fina lluvia se resistía a dejar de caer.

Alegra y Dacio, ya preparados para partir, mantenían una fuerte discusión con Edmund. El chico parecía odiar profundamente a los magos, en especial a Dacio, y trataba a su hermana como si de una mierda se tratara. En respuesta, Dacio no quiso consentir por más tiempo que alguien llamara a su pareja traidora, desleal y puta. Sí, el chico acabó llamándola puta delante de todos los presentes. En mi opinión debieron dejarle tranquilo, que conociera por sí mismo cómo era en realidad Dacio, pero la Domadora del Fuego, ansiosa porque le aceptara y poder abrazarle después de tanto tiempo, le atosigó nada más salir el sol para que entrara en razón y viera que los magos no eran todos malvados.

Lord Zalman, al principio, no se quiso entrometer, pero sus ojos mostraron sufrimiento al ver padecer a Dacio. Para el mago consejero, Dacio era casi como un hijo, lo adoptó cuando este tenía diez años y le dolía que alguien pudiera tratarle de aquella manera. Por lo que intervino, respaldado por Lord Daniel, para separar a Edmund cuando este desenvainó su espada. Yo también me puse alerta, al igual que el senescal Aarón y Laranar.

—Dejadme tranquilo —dijo el chico en pose defensiva cuando vio a tres magos delante de él.

—Baja la espada —le pidió Lord Zalman.

Lady Virginia se mantuvo en segunda posición, mirando la escena un tanto nerviosa.

—Edmund —me acerqué al chico con paso decidido. Sus ojos mostraban más miedo que otra cosa—, baja la espada —le pedí, al tiempo que tocaba su empuñadura dirigiéndola sin mucha resistencia hacia el suelo—. Enfúndala —fue una orden, no una petición.

Después de unos segundos de duda, obedeció.

Me volví a Dacio y Alegra.

—Dejadle en paz —también les ordené—. Ni una palabra más con Edmund. Lo prioritario ahora es Ayla. ¿Entendido?

Alegra asintió, vencida.

—Edmund —le hablé mirándole de nuevo, el chico me miró entre aliviado y agradecido. Era palpable que su experiencia con Danlos le había marcado sobremanera, no se le podía pedir que de la noche a la mañana viera a los magos como amigos no como enemigos, y para ello serían necesarias no solo las palabras sino también hechos—. El senescal Aarón ha traído un mapa, enséñale dónde te separaste con la elegida.

Asintió y se dirigió al senescal.

—Raiben —me llamó Laranar—, ves a buscar a Esther y Diana, por favor. Están tardando, les dije que estuvieran preparadas al salir el sol.

—Ahora mismo.

Salí de las cuadras y me encaminé a la posada.

Laranar estaba de los nervios y transmitía su impaciencia a todo el grupo. Deseaba de corazón encontrar a Ayla y que ambos pudieran estar juntos. La idea que mi mejor amigo pasara por la misma experiencia que pasé yo cinco siglos atrás no se la deseaba en absoluto. En cierta manera fue como revivir la pérdida de mi mujer viéndome a mí mismo a través de Laranar. Pues también me sumí en una tristeza absoluta, en la rabia por no haber podido proteger a Griselda y en la pérdida de saber que no solo mi mujer, sino también el hijo no nato que esperábamos nunca vería el mundo.

Juré entonces no descansar hasta ver muerta a Numoní. La venganza fue lo único que me dio fuerzas para continuar adelante. Pero para Laranar, el sentimiento de venganza no le seducía en absoluto.

<<No tienes el valor suficiente de seguir a Griselda hasta la muerte porque no la amas tanto como crees>>.

Las palabras de Laranar se repitieron en mi mente y me detuve en el pasillo que daba a las habitaciones de la posada.

Me dolió lo que dijo, mucho, jamás creí que fuera capaz de decirme algo así. Yo la hubiera seguido hasta la muerte, sin dudar, pero cómo dejar que su asesina campara libremente mientras mi mujer y mi hijo no nato habían muerto. ¿Acaso no lo entendía?

Quizá, porque Numoní ya ha muerto y yo sigo viviendo sin intención de matarme, pensé.

Negué con la cabeza. También quería vivir hasta que el resto de magos oscuros murieran. Aunque era verdad, nunca antes había pensado en ellos, de esperar la muerte de todos y cada uno de los magos oscuros, solo de Numoní. Pero desde que Ayla apareció y vi que la paz podía volver tarde o temprano, quise esperar.

—¿Seguro qué es eso? —Me pregunté a mí mismo.

—¿El qué? —Me preguntó una voz a su vez.

Al alzar la vista vi a Esther saliendo de su habitación con su mochila cargada a los hombros. Se había recogido el pelo en una coleta y puesto un poco de brillo en los labios. Me sonrió al verme, pero pocas ganas tenía de sonreír después del debate que tenía en mi cabeza.

—No es nada —respondí.

—Sí que lo es —dijo, acercándose—. Pocas veces te veo tan serio.

—Únicamente pensaba —respondí—. Ya sabes… Ayla, Laranar… y… bueno… —Negué con la cabeza—. Estaba comparando como ha llevado la situación Laranar, a cómo la llevé yo con Griselda. Pero no me hagas caso, tengo un lío en la cabeza que ni yo mismo me entiendo.

—Te puedo responder yo —se ofreció y la miré sin saber con qué me iba a saltar. Después de varios meses había acabado conociéndola bastante bien, incluso por alguna razón había sentido suficiente confianza como para hablar sin tapujos sobre Griselda o de cualquier otra cosa que me sucediera. Ella fue la primera en saber cómo me sentí después que Laranar me acusara de no haber amado suficiente a Griselda como para seguirla hasta la muerte—. Tengo una teoría.

—¿Y qué teoría es? —Quise saber, intrigado.

—No tengo ninguna duda que amabas a Griselda hasta un punto que te hubieras quitado la vida —dijo y asentí, conforme—. Pero, el sentimiento de venganza ha hecho que pasaran cinco siglos, tiempo que la has continuado amando y siéndole fiel de una manera sorprendente. Y aquí, déjame puntualizar, que te mereces un monumento, yo estoy que me subo por las paredes después de más de un año sin poder estar con mi novio, y he empezado a pensar seriamente en las probabilidades que hay de pasar más años en Oyrun. Pero a lo que íbamos —carraspeó la garganta, concentrándose en seguir con su teoría—. El tiempo ha pasado, cinco siglos para ser exactos, y estés dispuesto a aceptarlo o no, el dolor por la muerte de Griselda ya no es tan intenso como el primer día. Por lo menos no lo suficiente como para acompañarla a la muerte —fruncí el ceño, algo molesto—. Eso no es malo, Raiben —dijo de inmediato—. El esperar a que Numoní muriera ha hecho que superes la muerte de Griselda en cierta manera sin que te hayas dado cuenta.

—Yo la amo —dije de inmediato.

—Lo sé —dijo sin apartar sus ojos de los míos—. Pero no creo que quieras morir para seguirla a estas alturas.

—No estoy de acuerdo —dije y me di la vuelta—. Vayámonos, el grupo nos está esperando.

—Eres un testarudo —me detuve, pero no me volví—. Párate a

pensar por un momento y hazte esta pregunta, ¿quieres morir?

Apreté los puños.

—¡No lo sé! —Respondí alzando la voz, al tiempo que me daba la vuelta hacia ella.

Inesperadamente, Esther se puso de puntillas, me rodeó el cuello con los brazos y me besó en los labios.

Quedé petrificado, no me lo esperaba. Algunas elfas me habían robado algún beso esporádico a lo largo de los últimos siglos, pero Esther me pilló desprevenido. Era la primera humana que besaba y sus labios eran cálidos, suaves. Le devolví el beso en un acto reflejo, mis labios se movieron acompasados con los de ella e, impulsivamente, la acorralé contra la pared del pasillo.

Un ardor creciente se expandió por todo mi cuerpo, concentrándose sobre todo en mi entrepierna.

—¿La elegida se encuentra entonces a un día de distancia? —Escucharon de pronto mis oídos provenientes de la habitación última del pasillo, aquella que pertenecía a Diana.

—Sí, el grupo está a punto de salir otra vez… —Me retiré de inmediato de Esther y paré atención.

—¿Qué ocurre? —Me preguntó Esther.

Me llevé dos dedos a los labios, indicándole que guardara silencio, y con paso liviano me acerqué a la puerta de Diana. Esther, también de puntillas, me siguió, y ambos nos quedamos con nuestras espaldas tocando la pared, atentos a lo que se decía en el interior de la habitación.

Con mi oído élfico me era fácil escuchar.

—Debes encontrarla antes y matarla —escuché que decía Diana y abrí mucho los ojos—. Emplea todos los cuervos que sean necesarios, lleva a todos los orcos que necesites, me da igual, pero debe morir o nuestro plan habrá fracasado. Yo intentaré despistarles de alguna manera, pero no será fácil. Lord Zalman podría reconocerme.

—Lo sé —dijo la persona con la que hablaba Diana; era un hombre.

—Parte ya, debes encontrarla.

Desenvainé de inmediato mi espada. Si Diana resultaba ser una espía de Danlos debía eliminarla a ella y a su compinche antes que estos escaparan.

Esther también desenvainó su espada al verme a mí.

De una patada abrí la puerta y la escena que se presentó delante de nosotros fue peor de lo imaginado.

—Danlos —nombré, no creyéndome que el mismísimo mago oscuro fuera el hombre con el que hablaba Diana. Creí que sería alguien menos poderoso, capaz de estar a su altura, pero al verle, solo pensé en Esther y me volví de inmediato a ella, alarmado—. ¡Corre a por ayuda! —Le grité.

—Pero…

—Demasiado tarde —dijo Danlos.

Al volver mi atención al mago negro este ya había creado un imbeltrus.

Me volví a Esther para cubrirla con mi cuerpo, al tiempo que la echaba al suelo.

Fue tarde, el imbeltrus me alcanzó rozándome la espalda no pudiéndolo esquivar.

Salí disparado fuera de la habitación con Esther en mis brazos, pero al impactar contra la pared del pasillo la solté involuntariamente separándonos ambos por una distancia de tres metros.

Quedé inmóvil en el suelo con la espalda por completo quemada. Un dolor agudo me atravesaba el pecho impidiéndome respirar. Era como si el ataque continuara por dentro, desgarrándome.

Vomité sangre y miré a Esther, aterrado. Ella también estaba herida, aunque el ataque solo le había alcanzado el brazo izquierdo teniéndolo por completo quemado. Sus ojos, empañados en lágrimas, me miraron y empezó a arrastrarse hacia mí.

—Raiben, no —lloraba, mirándome—. No te mueras, no.

La miré, notando cómo todo se nublaba a mi alrededor. Apenas podía respirar y volví a vomitar un reguero de sangre.

—A este le queda poco —escuché la voz de Diana—. Pero a

esta… —De pronto la vi, justo detrás de Esther que continuaba arrastrándose para alcanzarme. Diana la empotró contra el suelo pisándole en la espalda—. Tenía ganas de hacerte esto —Esther gritó, intentándose volver, pero no pudo—. Siempre insistiendo en que Ayla estaba viva, me tenías harta.

—¡Puta! —Le contestó Esther.

—Nnn… nn… noo —Logré balbucir.

—Mátalos antes que venga el resto —escuché a Danlos por alguna parte.

Diana asintió, y empezó a crear otro imbeltrus encarándolo a Esther, indefensa en el suelo.

—Raiben —me llamó Esther con lágrimas en los ojos.

Yo no me podía mover, me ahogaba con mi propia sangre.

De pronto, un lobo apareció en escena y mordió la mano de Diana con la que creaba el imbeltrus. Diana, sorprendida, se retiró un paso atrás liberando a Esther.

—¡Maldito lobo! A ti también te tenía ganas —de un simple manotazo se deshizo de Akila tirándolo a un lado.

—¡Diana! —La voz de Laranar la escuché en la lejanía.

Empecé a ver borroso, pero distinguí las capas de los magos en la distancia. Más voces se unieron a las del príncipe y hubo pelea.

—Paso in Actus —escuché de forma lejana.

Todo volvió a la calma.

—¡Rápido! —Escuché cuando cerré los ojos—. Raiben, aguanta. Ahora mismo te sano.

Noté una corriente de energía circular por todo mi cuerpo. Envolvió mi corazón y le dio fuerza. Seguidamente noté una presión en la nuca y el dolor menguó hasta casi desaparecer. Un cosquilleo mezclado con picor inundó mi espalda. La presión en el pecho empezó a desaparecer, pudiendo volver a respirar.

Abrí los ojos, un círculo de gente me rodeaba. Vi a Laranar mirándome preocupado. A Aarón observando asombrado como trabajaba Virginia, y a dos soldados de Andalen detrás del senescal mirando a la sanadora con la misma fascinación.

Quise moverme, pero Lady Virginia me empotró de nuevo contra el suelo.

—No he acabado —dijo de forma contundente.

Permanecí quieto, viendo el carácter de la maga.

—¿Y Esther? —Le pregunté a Laranar.

El príncipe hincó una rodilla en el suelo para estar a mi altura.

—No te preocupes, llegamos a tiempo. Alegra y Edmund la están atendiendo. En cuanto Lady Virginia acabe contigo, la sanará.

—Diana es una espía —dije.

—Sí, ella y Danlos han escapado con el Paso in Actus —respondió.

—¿Lord Zalman sabe quién puede ser? —Pregunté—. Es maga, utiliza magia.

—Lo están investigando —respondió Aarón—. Escuchamos un gran estruendo y de inmediato los magos se pusieron alerta percibiendo energía mágica. Con un poco de suerte conozcan de quién se puede tratar.

Cada vez me encontraba mejor.

—Bien, ya estás sanado por completo —acabó la sanadora, apartando sus manos de mi espalda.

Me incorporé, sentándome en el suelo y me miré la espalda todo cuanto pude girar el cuello.

—Me has salvado la vida —dije sorprendido acariciando mis hombros, viendo que no tenía siquiera rojez en la zona, aunque no me quedaba camisa, se había desintegrado—. Mis heridas fueron mortales.

—Salvo el veneno y las enfermedades propias de una persona, como la gripe, fiebre o cosas parecidas, los sanadores somos capaces de sanar cualquier herida abierta mientras el corazón del enfermo aún lata.

—Lo cual agradezco —dije sinceramente y me di cuenta entonces de mi voluntad de vivir. Quizá Esther tuviera razón, ya no estaba tan decidido a consumirme en la tristeza—. Estoy en deuda contigo.

—Es mi trabajo, voy a sanar a Esther —dijo alzándose y me levanté de inmediato queriéndola acompañar—. Su vida no peligraba de una forma inminente como la tuya.

Aceleré el paso en cuanto la vi tendida en el suelo con Alegra y Edmund a su lado. El muchacho la cogía por los hombros para que pudiera estar sentada mientras su hermana le acercaba el agua de una cantimplora para que bebiera.

—Raiben —me miró con los ojos rojos de haber llorado—, estás vivo.

—Virginia me ha sanado —dije agachándome a su altura—. Ahora te sanará a ti.

—Nos hemos salvado por los pelos —comentó mientras la sanadora colocaba sus manos en el brazo malherido—. Creí que moriríamos.

—Yo también —respondí con sinceridad.

—Lady Virginia, ¿podrá echarle un vistazo a Akila? —Le preguntó Esther.

—En cuanto acabe contigo —respondió la sanadora sin perder la concentración—. Es un animal fuerte, después de ser lanzado por Diana se levantó dispuesto a volverla a atacar.

Dacio, Lord Zalman y Lord Daniel salieron en ese instante de la habitación que ocupó Diana hasta el momento, y Akila les acompañaba.

—Hemos encontrado esto — le enseñó Dacio a Laranar, un frasco con una sustancia roja en su interior—. Es una poción que se utiliza para cambiar de forma. Solo se necesita el cabello de una persona para adquirir su aspecto físico.

—¿Quieres decir que Diana en realidad tiene otro aspecto? —Preguntó Laranar.

—Si os soy sincero —intervino Lord Zalman—. Creo que en realidad hemos estado viajando con la maga oscura Bárbara.

Abrí mucho los ojos, al igual que el resto.

—¿Cómo está tan seguro? —Pregunté, perplejo.

—Solo con beber un pequeño sorbo de este frasco cada día le

mantenía con el aspecto que conocemos, pero en realidad su energía, su esencia, era la de Bárbara. Lo he notado inmediatamente cuando formaba el imbeltrus con el que quería acabar con Esther. Y ahora encajan muchas cosas con esa chica. Para empezar por qué no se acercaba a nosotros, los magos, podíamos descubrirla, y por qué Akila le gruñía siempre que la veía.

—A mí no me caía bien —dijo Alegra—. Había algo en ella que me hacía desconfiar.

Asentí, a mí me pasaba exactamente lo mismo.

—Yo apenas crucé dos palabras con Diana —dijo Dacio, como disculpándose.

—Lo siento —dijo Laranar mirando a todos—. Yo la metí en el grupo, es culpa mía.

—Si no hubieras sido tú, habría convencido a cualquier otro del grupo cambiando de forma a otra chica —le dijo Lord Zalman—. No te sientas culpable, escogió incluso un aspecto parecido al de Ayla para así manipularte más fácilmente. Lo importante es haberla descubierto y que nadie haya muerto.

—Pero es cuestión de tiempo que localicen a Ayla —intervino Edmund—. Sabe por dónde se puede encontrar.

Lady Virginia acabó de sanar a Esther, le dimos nuevamente las gracias y se encargó de examinar a Akila que al parecer solo estaba magullado. Nada importante.

Un soldado de Andalen entró precipitadamente al pasillo donde nos encontrábamos segundos después.

—Senescal, señor —se dirigió alarmado a Aarón—. Deben ver esto.

Nos encaminamos de inmediato hacia el exterior de la posada y al llegar fuera miramos impotentes como decenas o quizá centenares de cuervos negros, espías de los magos oscuros, volaban por el cielo en todas direcciones.

—Hay que encontrar a Ayla antes que Danlos de con ella —dijo Laranar—. No voy a dejar que esta vez me la arrebaten. Pienso rescatarla aunque me cueste la vida.

El graznido de los cuervos era ensordecedor.

AYLA

20 horas antes...

Después de cabalgar durante más de tres horas tuve que dejar a Afortunado descansar, por lo que me dediqué a colocar trampas para cazar liebres o perdices por los alrededores. Tenía comida suficiente para sobrevivir unos cuantos días, pero no quería quedarme sin reservas. Sumado a que el dinero del que disponía era escaso para el largo viaje que me esperaba.

Tenía miedo, mucho. Estaba completamente sola, sin nadie con quien respaldarme y, además, enferma. La tos apenas se suavizaba un par de horas después de tomar la mezcla de hierbas que recolectó Edmund, aprendidas las propiedades curativas de Fanny, pero la fiebre volvía tarde o temprano, siempre lo hacía.

El caballo pastaba mientras aguardaba a que el tiempo transcurriera sentada en el suelo. Lo más inteligente, quizá, era continuar adelante, no detenerme a esperar que tres trampas mal colocadas atraparan algún animalillo. Pero me sentía débil, demasiado para continuar, y acabé dormida sin darme cuenta. Una pesadilla fue la que me despertó y me alcé desorientada del suelo. Afortunado estaba a mi lado, mirándome, y yo sacudí la cabeza para espabilarme. Le acaricié la frente, lo até a un arbusto para que no se alejara demasiado y me encaminé hacia las trampas que coloqué dispersas por los alrededores.

La primera y segunda trampa las encontré vacías, pero la tercera trampa, una liebre de no más de dos kilos luchaba por liberarse de la enredadera que utilicé como cuerda para atraparla.

Me arrodillé en el suelo, cogí las orejas de la liebre echándole la cabeza hacia atrás y con un cuchillo le rajé el cuello mientras yo cerraba los ojos al hacerlo.

No vacilé, ni dudé, era mi comida, pero fue inevitable que un nudo de angustia se aposentara en mi estómago al quitarle la vida. No obstante, después de matarla, no me sentí tan mal por ello como cabía esperar.

—Hambre no voy a pasar —hablé sola de vuelta donde dejé a Afortunado. Luego pensé en Laranar—. Y tú preocupado por si no era capaz de matar para sobrevivir.

Una parte de mí se sentía orgullosa por haberlo logrado.

Al llegar junto al caballo, este emitió un pequeño relincho como dándome la bienvenida. Le sonreí, mostrándole mi presa, orgullosa. Y me dispuse a prepararla para cocinar sentada en el suelo. Solo entonces, cuando la sangre me manchó las manos por completo y las vísceras del animal fueron visibles, un recuerdo inesperado volvió a mi mente tan nítido como el primer día. Y, por un momento, creí que mis manos estaban manchadas de la sangre del hombre que maté en Tarmona al intentar violarme.

Dejé la liebre en el acto, espantada. El recuerdo al golpearle la cabeza con una piedra hasta aplastarle el cerebro era tan real que me superó y empecé a hiperventilar.

Escuché un trueno en la lejanía y miré el cielo encapotado para volver mi atención a la liebre. Luego quise limpiarme las manos de sangre con desesperación en el vestido viejo que llevaba. Las primeras gotas de lluvia no tardaron en caer y no me entretuve, necesitaba alejarme de aquel lugar cuanto antes. Solo pensaba en la sangre, el hombre que maté con una piedra en la cabeza y mis manos teñidas de rojo.

Me aupé encima de Afortunado y le di la orden de ir al galope. Minutos más tarde tuve que aflojar la marcha. La lluvia se intensificó y se hizo peligroso para el caballo galopar por un suelo resbaladizo por el musgo mojado.

La lluvia me acompañó durante la tarde, calando mi ropa y empapándome de arriba abajo. Quise encontrar refugio, pero únicamente había árboles a mi alrededor. Dormí a lomos de Afortunado, con la cabeza ardiendo y el cuerpo temblando. Después de no sé cuánto tiempo en ese estado, siendo ya de noche, escuché voces a mi alrededor y al caballo detenerse. Yo, encorvada prácticamente encima de mi montura, abrí los ojos y solo pude distinguir las figuras de unos hombres, altos como árboles.

—No llevo dinero —mentí, qué otra cosa podía hacer. Mi voz salió ronca y débil—. Dejadme, por favor.

Uno de ellos me tocó la frente.

—Está ardiendo —comentó, tenía un acento extraño.

Un segundo después, noté cómo alguno de ellos me cogía por la cintura para bajarme de Afortunado. Quise resistirme, asustada.

—Tranquila —dijo el hombre que me bajaba.

Me tambaleé al tocar el suelo.

Pensé en utilizar el colgante de los cuatros elementos, pero si empleaba su poder Danlos podía rastrear su magia. Me llevé una mano a la empuñadura de la espada.

—¡Ep! —Alguien me detuvo y me desarmó.

El hombre que me retenía, y que en cierta manera hacía que no cayera al suelo, me cogió en brazos. Estuvimos andando apenas unos segundos cuando la lluvia se cortó de golpe.

—¡Mirad lo que había justo en la entrada de la cueva! —Escuché que decían.

Intenté enfocar, estábamos en un refugio, una enorme hoguera calentaba el lugar y varios hombres estaban reunidos alrededor de ella.

El hombre que me llevaba en brazos me dejó con delicadeza en el suelo.

Alcé la vista para intentar enfocar su cara; era rubio, de ojos azules, con barba y constitución fuerte. Se acercó otro hombre, también rubio, pero de ojos verdes. Ambos parecían enormes. Al fijarme bien, observé que todos los presentes eran rubios, de ojos azules o verdes, y altos como árboles.

No tenía nada que hacer con ellos, estaba en sus manos.

—No me hagáis daño —supliqué—. Quedaos con el caballo, con la comida…

Uno de ellos empezó a quitarme la capa que llevaba sobre los hombros y otro las botas.

—¡No! ¡No! —Empecé a gritar, aterrada. Y me encogí con todas mis fuerzas, haciéndome un ovillo en el suelo, para dificultarles en lo posible lo que me quisieran hacer esos hombres—. ¡Por favor! ¡No!

—No te vamos a hacer daño —dijo uno de ellos, poniéndome una mano en la cabeza—. Pero estás empapada, debes quitarte esas ropas.

Abrí los ojos, y le miré, incrédula. Un hombre detrás de él esperaba con una manta en las manos.

—No miraremos, tranquila —sonrió, como si de aquella manera quisiera infundirme confianza.

Sin saber qué pensar, miré a ambos lados. Todos me miraban comprensivos, esperando a ver qué hacía o decía.

—Te irán grandes —dijo otro, acercándose con ropa seca—. Pero es mejor que ir empapada.

Dejó una camisa enorme a mi lado y el de la manta se agachó a mi altura.

—Dejadle espacio, chicos —pidió ese en concreto—. La estamos agobiando —me miró a los ojos mientras el resto se retiraba de nuevo a la hoguera—. Debes cambiarte cuanto antes, yo me quedaré aquí, contigo, pero sin mirarte. Ninguno de estos grandullones te mirará, tienes mi palabra. Pero si necesitas ayuda, me avisas.

Dicho esto se dio la vuelta y permaneció sentado en el suelo, sin mirarme. El resto también desvió los ojos hacia cualquier parte menos a mí.

No muy segura, empecé a desvestirme en el suelo y me puse la enorme camisa que me ofrecieron haciendo las veces de vestido, pues me llegaba hasta pasadas las rodillas. Los pantalones también me los quité y me cubrí con la manta que me dejaron, arrebujándome en ella, agradecida. Estaba helada después de estar bajo la lluvia.

—Ya estoy —dije con miedo.

El hombre se volvió y me sonrió.

—Si puedes levantarte, te hemos preparado una pequeña cama —me informó.

Me ayudó a alzar, pero me mareé y caí en sus brazos. Con una fuerza increíble me mantuvo en pie, ayudándome a andar, con un brazo alrededor de mi cintura. Me dejé caer en cuanto llegamos a un seguido de mantas que prepararon especialmente para mí, cerca de la hoguera.

Pese a todo, aún recelaba. No acababa de creer que diez hombres o más —la cabeza no la tenía suficientemente clara como para contar exactamente cuántos eran—, fueran tan amables como para ayudar a una desconocida desinteresadamente.

—¿Tienes hambre? —Me preguntó el hombre que me condujo hasta la cama. Su acento me era conocido, pero no supe dónde situarlo, era como si su lengua materna fuera germánica, por el contrario hablaba perfectamente el lantin, la lengua común de los pueblos de Oyrun—. Seguro que sí.

A un gesto, uno de sus compañeros le tendió un bol y una cuchara.

—¿Cómo te llamas? —Quise saber, mientras me lo ofrecía, era sopa.

—Máximo, de Rócland —abrí mucho los ojos.

—¿Sois guerreros del Norte? —Pregunté, empezando a entender por qué todos eran rubios y altos como árboles, con ese peculiar acento que les distinguía. Era una característica común en las tierras del Norte.

—Así es —afirmó con la cabeza—. Mañana conocerás a nuestro príncipe, ha salido esta noche con un grupo de reconocimiento por la zona.

—¿Alan? —Quise asegurarme.

—Sí —dijo asombrado que supiera su nombre—. ¿Lo conoces?

Miré la sopa que tenía en mis manos.

La última vez que vi a Alan fue en el duelo que mantuvo con Laranar y yo le eché del grupo. ¿Estaría enfadado aún conmigo?

—No —respondí—. No le conozco, pero he escuchado hablar de él.

El tal Máximo sonrió y se dirigió a sus compañeros.

—¿La habéis escuchado? Nuestro príncipe ya es famoso en estas tierras.

Todos celebraron ese hecho.

Cansada, me estiré en la cama que me prepararon después de beber un poco del caldo que me ofrecieron.

Ya todo da igual, pensé mientras me dormía, *que sea lo que Dios quiera.*

Al despertar por la mañana, escuché a los hombres del Norte moverse a mi alrededor, algunos recogiendo sus cosas, otros terminando de desayunar.

Me incorporé, desorientada, y un trapo cayó de mi frente. Lo cogí y lo observé, alguien me estuvo cuidando procurando que la fiebre me bajara humedeciendo mi cabeza que continuaba ardiendo.

—¿Ya te has despertado? —Máximo se acercó de inmediato con un vaso de leche en sus manos—. Te he conseguido leche de cabra y hmm… ¿cómo se dice Honig?

—¿Miel? —Reconocí al probar la leche —¿De dónde la habéis sacado?

—El príncipe Alan se encontró ayer con un grupo de aldeanos tan empapados como tú. Al parecer se dirigen de vuelta a su hogar después de ser liberados de Tarmona.

—¿Tarmona?

—Sí, poco a poco, la confianza vuelve a la gente y regresan a sus hogares. Nosotros, cuando encontramos un grupo así, nos encargamos de escoltarles hasta su destino, al tiempo que vamos a la caza de orcos que pueda haber por los alrededores. Es una manera de ayudar al reino de Andalen.

Saboreé la leche, estaba tibia y dulce por la miel, bajó por mi garganta notando un alivio inmediato. Mi voz sonaba igual de ronca que la noche anterior.

—En cuanto te la hayas terminado te presentaré a Alan —se ofreció y espurreé la leche, atragantándome—. Tranquila —me dio unas palmadas en la espalda para que me recuperara—. Ya verás que no muerde.

—No es necesario, de verdad —dije, limpiándome el mentón con la manga.

—No digas tonterías —respondió—. Además, está ahí mismo.

Me señaló a tres hombres que hablaban cerca de la hoguera comiendo queso y pan. Uno de ellos destacaba por tener los cabellos tan negros como la noche. Estaba de espaldas a mí, pero le reconocí, era inconfundible entre tanto hombre rubio, y mi corazón se contrajo no sabiendo cómo iba a reaccionar si me veía.

—¡Alan! —Máximo le llamó y de inmediato me volví a tender tapándome con la manta hasta la cabeza. En respuesta el hombre del Norte empezó a reír—. ¡Es muy tímida!

—Pues no me como a nadie —reconocí su voz, se había acercado y escuché cómo se agachaba a mi lado. Me tocó un brazo y sentí que mi corazón latía con más fuerza—. Vamos, no me tengas miedo. Con nosotros estás a salvo. ¿Cómo te llamas?

No le respondí, perdida, ¿qué hacía?

Le eché del grupo, quizá me odiaba por eso.

Al cabo de unos segundos Máximo, dijo:

—No sé su nombre, tampoco.

Pero quería abrazarle. No era Laranar, pero sí un hombre que me cautivó en el pasado. Él también tuvo su estrella en la celda donde me encerraron.

—Perdóname —dije al fin.

—¿Perdonarte? ¿Por qué? —Preguntó—. ¿Quién eres?

Cerré los ojos una vez, concentrándome. Luego me decidí y me descubrí, sentándome en el suelo y mirándole a los ojos.

—Por haberte echado del grupo —respondí.

Los ojos azules de Alan se engrandecieron, sorprendidos. Durante un segundo no supo cómo reaccionar, conteniendo la respiración. Luego me cogió la cara con manos desesperadas y por fin, dijo:

—¡¿Ayla?! —Gritó mi nombre—. ¡Eres tú!

Me abrazó y yo le abracé a él, emocionados los dos.

—Perdóname —repetí.

—No hay nada que perdonar —respondió, retirándose levemente y mirándome a los ojos—. ¡Por los Dioses! ¡Creímos que estabas muerta!

Negué con la cabeza.

—Todo fue un engaño, no me sacrificaron a mí —dije.

—Lo supimos hace un par de días —respondió—. Un soldado de Andalen nos avisó de ello. Al parecer los sanadores lo confirmaron, pero no estábamos seguros si de todas maneras continuabas viva o habías muerto. ¿Por qué no distes señales de vida? ¿Sabes lo que hemos sufrido?

Rompí a llorar y Alan me abrazó.

—No era mi intención —balbucí—. Nunca quise que sufrierais por mi culpa, pero… es que…

Empecé a toser de pronto y Alan se retiró sin saber qué hacer para ayudarme.

—Rápido, agua —le pidió a Máximo que me miraba con otros ojos al intuir quién era en realidad—. Ayla, necesitas que te visite un médico cuanto antes. No estás bien.

Al ofrecerme el agua y coger el vaso se percataron que mi mano estaba manchada de sangre al taparme la boca para toser.

—No es nada —dije, no queriéndole dar importancia.

—¿De verdad eres la elegida? —Quiso cerciorarse Máximo, que esperó paciente a nuestro lado.

Vi asustada como tres guerreros más estuvieron atentos a todo lo que pasó y me miraban en una mezcla de curiosidad y asombro.

—Alan —le cogí de un brazo antes que se alzara—, no deben saber por dónde ando. Danlos me busca, lo sé.

Alan miró a sus hombres.

—Ni una palabra a nadie que la elegida viaja con nosotros —ordenó firme—. Aquel que se vaya de la lengua se quedará sin ella.

Todos asintieron y se retiraron como si entonces no quisieran saber nada más de mí.

—¿Podemos fiarnos? —Pregunté.

Asintió seguro, y me besó en el pelo. Luego me miró a los ojos.

—Un grupo de aldeanos necesita protección, los encontré anoche y les ofrecí ayuda. Son seis días de camino hasta su destino, pero podrás pasar por una simple aldeana. Es perfecto.

—Necesito reposo Alan —dije—. Me dirigía a Zargonia para pedir ayuda.

—¿Zargonia? —Preguntó, no entendiéndolo—. Siempre creí que irías a Launier si buscabas protección.

—Lo sé —dije—. Pero al igual que tú lo piensas, Danlos también y todos los que me conocen. Y el gran Zarg me puede esconder sin que nadie lo sepa hasta que me recupere o Laranar venga en mi busca.

—Bien pensado.

—¿Me ayudarás? Necesito dinero para conseguirlo.

—Ayla, pienso acompañarte —dijo decidido.

—No —negué con la cabeza—. Si me acompaña tanta gente…

—Ni hablar —me cortó—. No pienso dejarte sola y menos como te encuentras. Acompañaremos a los aldeanos hasta su hogar, nos viene de camino. Tú viajarás en el carro de uno de ellos, así podrás descansar y luego ya veremos lo que hacemos. Dejaré unos cuantos hombres por la zona y unos pocos seremos tu escolta, no te preocupes.

—Pero…

—No es discutible —sentenció—. Acéptalo.

No tuve otra opción que acceder y empecé mi viaje con los hombres del Norte. Aunque, pese a todo, una parte de mí se sintió aliviada al no estar sola. Alan me acompañaba y se mantuvo al lado del carro que me trasportaba, montado en un corcel marrón. Su imagen me siguió durante buena parte del viaje. Yo dormía como podía entre sacos de maíz, refugiada a duras penas de la lluvia por una manta, pero siempre que abría los ojos él se encontraba a mi lado y me ofrecía una sonrisa bajo el vaivén del carro.

Ojalá hubiera sido Laranar el que me encontrara, pensé aunque me alegraba ver al hombre del Norte.

Pero Laranar era mi Laranar.

El látigo acariciaba mi espalda conducido por la mano de Urso.

—¿Dónde está el colgante? —Me preguntaba—. ¿Ya lo recuerdas?

Grité, llorando, aterrada. Tendida en el suelo.

Otro latigazo barrió mi columna vertebral, desgarrando la carne. Sentí la sangre caer por mi piel y apreté las manos en puños mientras mis ojos lloraban.

—Dejaste que ocupara tu lugar —aquella voz era la de Gwen y alcé la cabeza, buscándola. La vi delante de mí con el látigo desplegado en una mano. Urso había desaparecido—. ¡No te da vergüenza! ¡Me dejaste morir!

Alzó el látigo y cerré los ojos cubriéndome la cabeza con ambas manos.

—Lo siento, yo no quería —dije desesperada notando la fricción del látigo al caer sobre mí.

—¿Ahora pides perdón? —Aquel era Laranar y le busqué en la oscuridad. Gwen ya no se encontraba en la celda que ocupé en las mazmorras de Tarmona—. Eres patética, debiste afrontar tu destino. ¡Me avergüenza haber estado con una persona así! ¡Cobarde!

Lo localicé justo a mi lado y al mirarle a los ojos vi odio en ellos.

Alzó el brazo con el que sujetaba el látigo, pero, entonces, alguien que no conocía apareció, deteniéndole.

La figura de Laranar se esfumó como humo gris en el aire.

Miré aquel ser, aterrada. Su rostro se escondía bajo una capucha.

—Ayla no me tengas miedo —dijo la voz de un hombre—. He venido a ayudarte.

—¿Quién eres? —Pregunté con voz temblorosa.

—Soy Lord Zalman —se retiró la capucha hacia atrás y abrí mucho los ojos—. Por fin has permitido que te encuentre.

—¿Lord Zalman? —Pregunté, incrédula—. ¿Cómo…?

Un golpe se escuchó a nuestra espalda y me volví, muerta de miedo.

Una enorme puerta de hierro se alzaba a tan solo un metro de nosotros.

—Tus miedos te han protegido —dijo el mago consejero, agachándose a mi altura—. Pero no por mucho tiempo. Danlos está al otro lado de esa puerta, de tu celda. No puedes refugiarte más aquí.

La puerta empezó a tornarse roja por momentos, como si alguien estuviera intentando derribarla mediante el calor o el fuego.

—Rápido —Lord Zalman me cogió por los hombros para que le hiciera caso y me asusté aún más queriendo que me soltara, pero se mantuvo firme—. Debes decirme donde paras, iremos enseguida en tu ayuda.

La puerta de hierro volvió a ser golpeada, deformándose.

—No —dije—. ¿Y si es un truco?

—No lo es —respondió—. Confía en mí.

—Solo le he visto a usted un par de veces —respondí—. No puedo decirle dónde…

Unos tornillos de la puerta salieron disparados y me cubrí con un brazo para no ser golpeada. Lord Zalman me cubrió con su cuerpo.

—Escúchame —me cogió del rostro en cuanto ya no hubo peligro, con firmeza pero sin hacerme daño—. Has sufrido mucho, lo entiendo. Y está bien que seas precavida, pero debes decirme cuanto antes qué caminos llevas. Te juro que estarás a salvo de inmediato.

—Pero…

—Hace dos días encontramos a Edmund y nos lo explicó todo. Decidimos coger dirección Launier para buscarte, ¿es correcto? —Quiso saber.

Abrí la boca para responderle, pero callé. No podía estar segura de que no fuera un truco de Danlos. Ya me había engañado en el pasado.

—¿Laranar le acompaña? —Pregunté.

—Sí, todo el grupo —dijo—. Pero lo importante ahora…

—Entonces dígale que me dirijo al lugar donde me confesó su amor —le corté—. Él sabe dónde es. Más no le puedo decir.

—Es suficiente, te encontraremos —prometió—. Aguanta un poco más.

Asentí.

La puerta de hierro cedió y un hombre encapuchado apareció al otro lado.

Lord Zalman se alzó de inmediato, serio, luego me miró y dijo:

—Despierta, Ayla —puso una mano en mi cabeza y todo desapareció a mí alrededor.

Abrí los ojos de golpe y me incorporé, asustada.

Alan no se encontraba cabalgando al lado del carro y le busqué entre el grupo de aldeanos.

—¡¿Alan?! —Le llamé, no pudiendo disimular un deje de desesperación en mi voz pese a la afonía que tenía—. ¡¿A…?!

Lo localicé acercándose al trote desde el final de la cola.

Me puse de rodillas en el carromato, temblando de miedo, frío o fiebre, no estaba segura.

—Estoy aquí —dijo deteniendo el caballo a mi lado—. ¿Qué ocurre?

—Lord Zalman ha hablado conmigo a través de los sueños —le informé, nerviosa—. Y Danlos casi llega a mí.

—Espera, hablas muy deprisa —dijo—. Empieza de nuevo, ¿qué has soñado?

Le expliqué lo ocurrido intentando serenarme.

—Significa que el grupo puede que nos encuentre dentro de poco —dijo Alan, esperanzado.

—¿Pero cuándo? Danlos casi llega a mí…

Un ataque de tos sobrevino como tantas veces y tuve que sentarme sin poder acabar la frase.

—Espero que nos encuentren pronto —dijo Alan, mirándome preocupado mientras tosía—. No estás bien.

Un mareo hizo que tuviera que tenderme de nuevo en cuanto la tos se suavizó. Alan acercó más su caballo al carruaje, extendió una mano y me tapó con la manta para así protegerme mejor de la fina lluvia que se resistía a remitir.

Le miré, luchando por respirar. Su estampa era hermosa pese a la preocupación de sus ojos. Su mirada azul contrastaba con sus cabellos negros y el cielo gris de la mañana. Fue, mientras le miraba, cuando me percaté que un ave negra volaba en círculos por el cielo.

—Un cuervo —dije.

Alan miró el cielo, luego a los lados y abrió mucho los ojos.

—¿Qué ocurre? —Pregunté. Aunque el graznido de más cuervos confirmó mis más terribles sospechas.

—No te levantes —me ordenó Alan preparando su espada.

Un cuervo se posó encima del carro y me cubrí aún más con mi manta, muerta de miedo. Le miré y él me miró. Sus ojos oscuros brillaban resaltados por un plumaje tan negro como la noche.

Alan lo embistió con su espada y el ave murió bajo una nube de humo negro.

—Es Danlos —dije sentándome en el acto al verlo. Me apoyé

en el respaldo del carro y miré en todas direcciones. Decenas de cuervos negros nos rodeaban y sus graznidos se escuchaban de una forma ensordecedora. El carro se detuvo y miré al aldeano que lo conducía. Este señaló con el dedo índice al frente y vimos consternados como toda una bandada de cuervos cubrían el inicio de nuestra marcha como una cortina negra sin dejarnos avanzar—. Me ha encontrado. ¡Me ha encontrado, Alan!

—¡Preparaos! —Gritó Alan a sus hombres.

El caballo del hombre del Norte se encabritó y los aldeanos empezaron a gritar asustados. Hubo un revuelo, cuervos graznando, hombres del Norte intentando darles caza con espadas y arcos, y gente chillando mientras unos pocos intentaban calmar a los animales de granja que venían con ellos.

Temblaba, mi cuerpo parecía un manojo convulso mientras mis ojos se llenaban de lágrimas.

Me va a matar, me va a matar... pensaba abrazándome a mí misma.

Un sonido estridente se alzó por todas partes. Era un cuerno, un cuerno orco. Y todos callaron a la vez para segundos después continuar chillando aún más asustados. Los aldeanos recordaban perfectamente ese sonido. El sonido que un día les arrebató la libertad y les hizo esclavos.

—Orcos —escuché que confirmaba uno de los guerreros del Norte.

El sonido del cuerno se hizo más intenso.

—Ayla, prepárate para...

Cerré los ojos, llevándome las manos a la cabeza y empecé a chillar a pleno pulmón, presa del pánico. Alguien saltó al carromato y me sujeto por los hombros. Yo me abracé a él y le supliqué que detuviera aquello.

—Por favor, por favor, Alan, ¡haz que pare! ¡Haz que pare! —Le grité.

—¡Ayla! ¡Reacciona!

Intentó que le soltara, pero me agarré a él como una lapa.

—Maldita sea —le escuché maldecir—. Máximo, cubre el flanco izquierdo. Borns, cubre el flanco derecho. ¡El resto! Haced que la gente se mueva, ¡rápido! ¡Hay que traspasar esa cortina de cuervos como sea!

Los orcos se acercaban, empezamos a escuchar sus rugidos muy cerca de nosotros.

Me tapé los oídos, no queriendo escuchar los cuernos estridentes y los graznidos de los cuervos.

Alan aprovechó para deshacerse de mi abrazo y saltar de nuevo a su caballo.

Me miró a los ojos, como decepcionado por mi actitud. Yo continué mirándole con temor.

—Agáchate y no te muevas —me ordenó, firme.

Los orcos llegaron en apenas unos segundos a través del bosque. Los guerreros del Norte empezaron a combatir mientras los aldeanos se defendían con palos y azadas.

Me agaché como una cobarde, escondiéndome entre los sacos de maíz. Pero el ruido del metal contra el metal y los gritos de agonía y muerte, me llegaron igualmente.

El carruaje se balanceó de forma brusca por un lado y grité. En ese instante, un orco apareció con una espada manchada de sangre, reptando por los sacos de maíz para alcanzarme.

—No podrás escapar —dijo, aproximándose a mí.

Alzó su espada e instintivamente toqué el colgante de los cuatro elementos, conecté mi voluntad hacia él y un viento salió disparado dirección al orco que voló por los aires.

Fue, entonces, cuando me di cuenta de que debía salir de aquel lugar fuera como fuera. Así que bajé del carro en el justo momento que una hiena de gigantescas proporciones lo derribaba con su cuerpo, tumbándolo por completo.

El animal me miró, salivando, y yo retrocedí, espantada. Tropecé con mis propios pies al tiempo que la hiena se abalanzaba de un salto hacia mí. Una enorme hacha la detuvo acertando en el cuello de aquella bestia, derribándola. El guerrero Borns me salvó, pero aquel acto le costó la vida, pues un orco aprovechó en atacarle por la espalda y clavarle un puñal en la nuca. Ver aquella escena hizo que echara a correr por el bosque sin mirar atrás, sin importarme nadie. Solo mi vida.

Cinco orcos me cortaron el paso, pero los lancé por los aires con el poder del colgante como hice con el primero.

Corrí y corrí, hasta que las piernas empezaron a fallarme y caí al suelo.

Miré atrás una vez, aún escuchaba los rugidos de los orcos y los llantos de la gente.

Un cuervo negro vino del campo de batalla planeando por el bosque y deteniéndose en la rama de un árbol, observando mis pasos.

Empecé a gatear, exhausta y la tos volvió con más insistencia que nunca.

Escupí sangre y caí al suelo sin dejar de toser.

No me podía mover, mi cuerpo temblaba bajo el suelo mojado y los espasmos que me producía la tos.

—Mi plan ha funcionado —escuché una voz familiar y temí lo peor—. Casi no tendré ni que matarte. Mírate.

Con los ojos empañados en lágrimas logré mirar atrás y vi la silueta de Danlos a apenas unos metros de mí, acompañado por una mujer que no conocía. Un cuervo se aposentó en el hombro del mago oscuro, pero este lo ahuyentó con una mano.

—Ahora no —le habló al cuervo.

Intenté huir, arrastrándome, aunque sabía que aquello era inútil.

Empecé a ahogarme, me costaba respirar. La mente se me nublaba.

—Laranar —llamé, como si él pudiera venir en mi ayuda.

Danlos y la mujer empezaron a reír.

—Es enternecedor que pienses en él a estas alturas, pero tu príncipe no vendrá a salvarte —dijo la mujer, adelantándose al mago oscuro.

Seguí arrastrándome por el suelo, debía distanciarme todo lo posible de ellos.

—Laranar... —Susurré.

—Imagino que prometió rescatarte, ¿verdad? —Preguntó Danlos con un deje de burla—. Que decepción te has debido de llevar.

Me volví, y vi aterrorizada cómo Danlos empezaba a crear un imbeltrus en su mano derecha. En respuesta, le mandé una ráfaga de viento que solo hizo tambalear al mago oscuro levemente. La mujer me dio una bofetada. Supe que estaba perdida, no me quedaban fuerzas para un contrataque.

—¿Últimas palabras? —Me preguntó Danlos.

Lloré con más ganas, en una mezcla de rabia y desesperación.

Inesperadamente una flecha alcanzó el imbeltrus de Danlos haciendo que la bola de energía explotara en la propia mano del mago. Danlos se retiró un paso, con cara de dolor, mientras agitaba la mano en el aire una vez y luego se la llevaba al pecho. La mujer se puso en guardia, mirando en todas direcciones.

—Juré rescatarla, Danlos —abrí mucho los ojos, no creyéndome escuchar la voz de mi salvador—. Y siempre cumplo mi palabra.

El mago oscuro miró a su espalda, irguiéndose.

—¿De verdad crees que eres rival para mí, Elfo?

—Laranar —le llamé, incrédula que estuviera tan cerca de mí.

Fue como una aparición, se encontraba de pie, alto que era, con su arco preparado apuntando al mago oscuro a diez metros de nosotros.

—No he venido solo —respondió Laranar.

De pronto, aparecieron más magos, entre ellos Lord Zalman y Dacio.

Alegra y Esther llegaron detrás de ellos, ambas preparadas con sus armas.

Escuché un ruido a mi espalda y al volverme vi a Akila, agazapado, viniendo hacia mí, pero a un silbido por parte de otro elfo, que me sorprendió ver, se detuvo.

—Raiben —identifiqué y abrí mucho los ojos al ver quién estaba a su lado. —Edmund.

Lloré emocionada, todos habían venido en mi ayuda.

—Dejad a la elegida y os dejaremos huir —ofreció Lord Zalman avanzando un paso hacia ellos.

—¿Huir? —Preguntó con prepotencia la mujer—. Sois unos insectos, no huiremos estando tan cerca de obtener el colgante.

Se volvió a mí, alzó su mano derecha en un puño y lo bajó con la intención de acabar conmigo de un solo golpe.

Cerré los ojos, pero nada ocurrió, solo escuché un golpe seco. Y al alzar la vista, vi que un escudo protector me rodeaba. La mujer me miró furiosa, con unos ojos tan rojos como la sangre, y volvió a golpear dicha barrera con todas sus fuerzas, concentrando energía mágica en sus manos, ¡era también maga!

Pese a la muestra de fuerza, con un aura azul rodeándole las manos, solo logró que la barrera se tambaleara de forma casi imperceptible.

La maga se detuvo de pronto y se encorvó hacia delante llevándose las manos al estómago. Gimió en una mezcla de dolor y Danlos se acercó de inmediato a ella.

—Estoy bien —dijo con esfuerzo—. El hechizo de cambio ha llegado a su fin.

La miré asombrada. Sus cabellos castaños cambiaban a un color rojo intenso, sus ojos rojos adquirían una tonalidad verde esmeralda, incluso dio la sensación que crecía unos pocos centímetros, a lo que empezó a gemir con más fuerza, como si ese hecho le causara un dolor intenso en cada músculo y hueso de su cuerpo. Sus facciones cambiaron y su piel se tornó más clara con unas pocas pecas apareciéndole en la nariz de forma suave.

La mujer hincó una rodilla en el suelo y respiró con dificultad, parecía agotada.

—Danlos —Lord Zalman se dirigió al mago oscuro después de ver la transformación de la maga—, sabes que no tienes ninguna posibilidad, Bárbara está exhausta. Un precio a pagar después de adquirir la forma de otra persona. Iros y podréis vivir los dos por un tiempo más.

Más magos llegaron oportunamente en ese instante, acompañados por Lord Rónald con el Paso in Actus, todos ellos vestidos con túnicas rojas.

Danlos evaluó la situación, apretó los dientes, furioso, y finalmente puso una mano en el hombro de su mujer.

—No —dijo la maga oscura Bárbara. No me habían engañado cuando decían que era una de las mujeres más bellas de Oyrun, pero sus ojos, como también me advirtieron, llevaban el rencor reflejado en ellos.

—La mataremos más adelante, confía en mí —le respondió Danlos y miró un breve segundo a Edmund—. Paso in Actus.

Desaparecieron.

Marta Sternecker

LARANAR

Reencuentros, despedidas y miedos

Corrí de inmediato a Ayla en cuanto los magos oscuros desaparecieron. Me tiré al suelo al llegar junto a ella y la cogí entre mis brazos, emocionado por el hecho de haberla encontrado viva. Aún no me lo creía, podía abrazarla, sentirla, y mis ojos lloraron sin control.

—Ayla —lloré como un niño y la estreché con ternura—. Ayla…

Era lo único que salía de mis labios, su nombre.

—Laranar —susurró con voz débil, no tenía fuerzas para alzar siquiera la cabeza. Su cuerpo era inerte en mis brazos y la sostuve como si de un bebé se tratara.

Me di cuenta de que apenas pesaba, estaba extremadamente delgada, demasiado. Sus ojos se encontraban hundidos en sus cuencas junto con unas marcadas ojeras; la piel de la cara era blanca, cenicienta, y los huesos ceñían sus facciones; sus labios estaban manchados de sangre y pasé un dedo por ellos, queriéndolos limpiar.

—Te pondrás bien —le dije y besé las lágrimas que cayeron por sus mejillas—. Ya estás a salvo.

—¿Aún… me quieres? —Preguntó.

La miré sin entender, ¿qué si la quería?

—Eres mi vida —respondí—. Claro que te quiero, siempre.

Nunca lo dudes.

Sonrió y, entonces, cerró los ojos, desmayándose en mis brazos.

—Ayla —quise que volviera en si, pero no reaccionó—. Vamos, Ayla.

—Laranar —alcé la vista. Lady Virginia se encontraba de pie a mi lado, al igual que todo el grupo que nos rodeaba, expectantes del estado de la elegida—. Hay que llevarla con urgencia a Mair. Debemos atenderla.

Se agachó a mi altura y le tocó la frente.

—¿Se recuperará? —Preguntó Esther.

—Apenas respira —dijo preocupada la sanadora, observándola, seguidamente puso una mano en su pecho y cerró los ojos—. El corazón está muy débil y los pulmones… —La maga abrió los ojos con una nota de alarma y miró a Lord Zalman—. Me la llevo ahora mismo.

Puso una mano en mi hombro y otra en el hombro de Ayla. Recitó las palabras mágicas y en apenas tres segundos nos vimos en el hospital de los magos de Mair.

Lady Virginia empezó a dar instrucciones a voz en grito, un mago trajo una camilla y la coloqué encima sin soltarle de una mano. No podía despegarme de ella después de tanto tiempo, de tanta incertidumbre de si continuaba viva o muerta, y ahora que la había encontrado nadie podría apartarme de su lado. Nadie, salvo…

—Laranar, por favor, aparta —Lady Virginia me echó a un lado sin contemplación, empujándome para que le dejara espacio. Un aluvión de magos se tendió encima de la elegida, todos ellos tocando a Ayla y transmitiéndole energía.

Yo les miré, impotente.

—¿Preparados? —Preguntó Lady Virginia—. Hay que llevarla a la sala de críticos.

Dos magos asintieron, otros tres dijeron que sí, y un sexto empujó la camilla y empezaron a moverse sin despegar sus manos de Ayla. Hubo más magos que se les unieron durante el trayecto, todos obedeciendo las órdenes e instrucciones de Lady Virginia. Al llegar a la sala correspondiente, los magos entraron en desbandada y me cerraron la puerta en las narices.

Molesto, quise abrir la puerta, pero el pomo no cedió.

—¡Abridme! —Golpeé la puerta con un puño—. ¡Abridme!

Viendo que no tenían la más mínima intención de dejarme pasar quise derribar la puerta con una patada. Lo único que logré fue hacerme daño a mí mismo y cojear como un tonto al notar el impacto en la rodilla.

—Maldita sea —me quejé.

—¿Quiere tranquilizarse? —escuché que alguien me habló a mi espalda y vi a una maga mirándome sorprendida en medio del pasillo—. Se va a hacer daño.

—La elegida está ahí dentro y yo soy su protector, debo acompañarla en todo momento —dije firme—. Abra esta puerta.

La chica miró la puerta, luego alzó un poco más la vista y frunció el ceño. Sus ojos volvieron a mí y me señaló algo con la mano.

—Globo de luz rojo —dijo y me percaté que una de aquellas bolas de luz que utilizaban los magos para verse de noche o en lugares oscuros, estaba inmóvil encima de la puerta con una tonalidad roja como el fuego—. Prohibido entrar hasta que acaben.

Y se marchó, así, sin más.

—Príncipe Laranar —me volví de inmediato y encontré a Lord Zalman—. He trasladado a todo el grupo a la sala de espera del ala oeste, debería ir también…

—¿No puede abrirme? —Le corté. No me podía creer que después de todo por lo que habíamos pasado no me dejasen estar con Ayla. Lo único que quería era permanecer en la misma habitación que ella, aunque fuera recluido en una esquina.

—Vaya a la sala de espera —se limitó a responder, con paciencia.

Me dejó solo con mi frustración, y minutos después, viendo que era inútil que algún mago me abriera la puerta por más que ordené, pedí y supliqué a cuantos vi pasar, me dirigí a la sala de espera del hospital, donde mis amigos se encontraban impacientes por recibir noticias.

—Nada —dije negando con la cabeza a todos los presentes—. Llegamos, la pusieron en una camilla y se la llevaron. No me han dejado acompañarla.

La decepción fue evidente entre el grupo.

Me dirigí a un banco y me senté, hecho polvo, pensando en Ayla.

—¿Laranar? —Al alzar la vista vi al guerrero Alan del Norte delante de mí y fruncí el ceño.

¿Por qué narices tuvieron que traerle también a él? Pensé.

—¿Qué quieres? —Pregunté de mala gana.

—Una tregua —dijo y me tendió la mano.

—¿Qué pretendes? —Insistí.

—No competir más —respondió sin bajar su mano—. Tú tienes el corazón de Ayla, no yo. En cuanto sepa cómo está me marcharé, tienes mi palabra. No volveréis a saber de mí nunca más.

—Has tardado en darte cuenta —dije y estreché su mano—. Pero como esto sea una trampa tuya para luego intentar…

—Lo juro por mi honor —me cortó—. Ayla es tuya, no mía —se inclinó a mí, que permanecía sentado en el banco, serio. Y con fuerza, sin soltarme aún de la mano hizo que también me acercara—. Pero te lo advierto, si le partes el corazón o le haces daño, iré a por ti. Acabaré lo que empecé hace un año.

—Me parece bien —respondí, y nos separamos.

Alan se dirigió a una esquina de la sala y se sentó en el banco más distanciado.

Miré al grupo que estuvo atento a nuestro gesto. Al ver que les miraba, intentaron disimular dirigiendo su atención a todas partes menos a mí.

Las horas pasaron tan lentas que asfixiaban por la falta de noticias. Nadie vino a comunicarnos cómo se encontraba Ayla y mi cabeza volvió a imaginarse mil y una situaciones posibles. El temor a perderla era la peor de ellas y rezaba a Natur para que no se la llevara.

Dale fuerzas, por favor, le pedía, *no puede morir ahora.*

Mi pierna derecha se movía arriba y abajo en un tic nervioso que no podía controlar a causa de los nervios; Esther se mordía las uñas mirando el suelo; Alegra retorcía el bajo de su camisa; Aarón se mantenía con los brazos cruzados, pero sus dedos se golpeaban en el brazo en una ola constante; Dacio no hacía más que beber agua de una fuente destinada a saciar la sed de familiares y amigos que esperaban noticias de sus allegados, aunque los únicos que ocupaban en aquel momento la sala de espera éramos nosotros. Edmund sacaba y sacaba, y volvía a sacar brillo a un puñal con el que había matado a más de un orco en el rescate de Ayla. Akila se mantenía sentado, firme, enfrente de la puerta de la sala de espera, poco esperaba el animal que al interior del hospital no podría pasar. Y Raiben… Raiben dejó de recostarse en la pared donde descansaba de pie y se acercó a mí. Al llegar, se sentó a mi lado y puso una mano en mi hombro derecho.

—Se pondrá bien —dijo—. La están atendiendo los mejores médicos de Oyrun.

—Sí, pero tampoco hacen milagros —dije—. Y tardará en recuperarse pese a todo. ¿Has visto lo delgada que estaba?

Asintió.

Edmund, sentado en el banco de al lado, lejos de su hermana, nos miró de reojo para seguir sacando brillo al puñal.

—Hazme un favor —bajé el volumen de mi voz para que solo él pudiera escucharme—. Vigila a Edmund, Danlos lo miró un escaso segundo cuando dijo que encontraría otro camino para matar a Ayla. No me fío.

—Es un buen chico, Laranar —me respondió en el mismo tono de voz—. Ha protegido a la elegida todo este tiempo.

—Lo sé, y se lo agradezco —respondí—. Pero Danlos puede amenazarle para que haga lo impensable. Tú vigílale, estáte atento a sus movimientos y que no lo sepa nadie.

Miré a Alegra de reojo.

—Puedes confiar en mí —dijo Raiben—. No le quitaré los ojos de encima.

Asentí.

Minutos después, Lady Virginia entró en la sala de espera como una aparición divina, y todos nos alzamos de nuestros asientos acercándonos a ella con rapidez.

—¿Cómo está? —Le pregunté.

Lady Virginia suspiró.

—No os voy a mentir —empezó a hablar dirigiéndose a todo el grupo—. Está muy débil, demasiado, y la fiebre no le baja aunque hacemos todo lo posible. La tos apenas hemos podido suavizarla y sus pulmones estaban destrozados, aunque hemos podido sanarlos hasta donde nuestra magia nos permite hacerlo, que no es mucho en estos casos. Si fuera una herida abierta causada por una espada ya estaría recuperada, pero esto es el cuerpo, el organismo que combate contra una enfermedad. Habrá que tener paciencia y esperar su evolución. El enfrentamiento con Danlos y Bárbara, y haber gastado sus últimas fuerzas en controlar el poder del viento, ha agravado su situación.

—Pero se pondrá bien —interrumpió Edmund—. ¿Verdad?

—Aún es pronto para saberlo —su respuesta fue como un jarro de agua fría.

Podía morir, era una certeza, y no había nada que pudiéramos hacer, salvo rezar.

—¿Puedo verla? —Pregunté.

—Sí —respondió para mi gran alivio—. Ha despertado hace unos minutos y ha preguntado por ti. De momento, serás el único al que dejaremos que vea —el resto se miraron entre sí, decepcionados—. No debe agotarse, entendedlo. Y creo que Laranar puede darle fuerzas para superar este nuevo reto. ¿Alguna pregunta?

—¿Cuándo estará fuera de peligro? —Preguntó Dacio.

—Difícil respuesta —respondió—. No puedo decir un tiempo determinado, todo depende de cómo vaya avanzando. Pero si supera la primera noche tiene posibilidades de seguir adelante, aunque eso no quiere decir que dentro de una semana recaiga y... —No terminó la frase, pero todos la entendimos—. En fin, Laranar, vamos.

La seguí.

—¿Hay algo que pueda hacer? —Pregunté, un tanto desesperado.

—Solo estar con ella y apoyarla. Es lo que necesita en estos momentos —asentí de inmediato—. Nosotros estaremos muy pendientes de ella, le aportaremos energía siempre que lo necesite y creamos que su cuerpo aguante. Un exceso de magia también podría resultar nocivo dada su delgadez, no sería bueno saturarla.

—No lo entiendo —dije—. Cuanto más aporte mágico o energía le transmitan, más fuerte estará.

Negó con la cabeza.

—Verás, es como con la comida —dijo mientras llegábamos a unas escaleras y empezábamos a subirlas—. Está muy delgada, pero no sería nada conveniente hacerle comer un pavo entero y seguidamente una tarta de chocolate, ¿comprendes?

—Reventaría —empecé a entender—. Su estómago no lo aguantaría.

—Pues aportándole demasiada magia es lo mismo —dijo—. Todo debe ser con moderación.

Asentí.

Alcanzamos el primer piso, giramos a la izquierda y llegamos a una puerta donde la maga se detuvo. Era un sitio distinto al primero, parecía que nos encontráramos en el pasillo que daba a las habitaciones de los pacientes, pues un seguido de puertas colocadas a lado y lado de dicho pasillo esperaban a ser abiertas. Lady Virginia abrió con su magia la primera del lado derecho. Se retiró a un lado y me hizo un gesto para que entrara.

—Si necesitas cualquier cosa házmelo saber —se ofreció—. Haré el primer turno de guardia para supervisar que todo se hace como es debido.

—Gracias —respondí—. Estoy en deuda contigo.

Sonrió.

—Es mi trabajo.

Pasé dentro de la habitación donde la alojaron. Era espaciosa y bien iluminada. El sol entraba a raudales por una gran ventana aunque una fina cortina de color blanco hacía de pantalla filtrando los rayos del sol. Y allí, en medio de aquella habitación de color malva, Ayla me esperaba tendida en una cama de un metro de ancho. Sus ojos estaban cerrados, dormía, pero sus sueños no eran tranquilos. Le costaba respirar y fruncía el ceño como si tuviera pesadillas.

Al cerrar la puerta abrió los ojos de golpe, asustada, un leve ruido la puso en guardia. Pero al verme su mirada se engrandeció empañándose de lágrimas.

Me tendió una mano y pronunció mi nombre como si fuera un sueño tenerme allí.

De inmediato me acerqué, cogí la mano que me ofrecía y me incliné para abrazarla.

—Ayla —la llamé, con los ojos también anegados en lágrimas—, creí que habías muerto.

—Estoy aquí —respondió con voz débil—. No llores, por favor. Estoy bien, voy a salir de esta, te lo prometo.

Me retiré levemente mirándola a los ojos, ella puso una mano en mi mejilla y me acarició con un pulgar.

—Estarás a mi lado, ¿verdad? —Quiso asegurarse.

—Claro —respondí—. ¿Acaso lo dudas? No pienso separarme de ti ni un momento.

—Al despertar y no verte, creí que te habías marchado, que no querías saber nada de mí —dijo para mi sorpresa y fruncí el ceño.

—¡Nunca te dejaría! —Alcé quizá demasiado la voz—. ¿Me escuchas? Nunca. Eres mi vida, ¿cómo has podido pensar que te dejaría?

Lloró con más ganas, incorporándose ligeramente en el aluvión de almohadas que procuraban incorporarla de forma leve para facilitarle la respiración. Acto seguido se tapó los ojos con las manos, avergonzada.

—He hecho cosas terribles —dijo—. He matado Laranar, y también he dejado que otros murieran en mi lugar. Estoy horrible, débil y delgada. Doy asco, doy mucho…

La besé en los labios para que dejara de decir sandeces. Ella respondió a mi beso y después de tanto tiempo pudimos gozar del calor de nuestros labios.

Segundos más tarde me miró a los ojos derramando las últimas lágrimas.

—Tenía miedo —dijo—. Y aún lo tengo.

—No te voy a dejar —le respondí, cogiéndole el rostro entre mis manos—. Nunca. ¿Entiendes?

Asintió y suspiró entrecortadamente.

—Te quiero —dijo.

—Yo también te quiero.

Volvimos a besarnos, pero entonces ella tuvo que retirarme y empezó a toser. Intentó sentarse, pero tuve que ayudarla. Se ahogaba.

Vi que una jarra de agua y un vaso reposaban en una mesita justo al lado de la cama. De inmediato los cogí.

—Bebe —pasé un brazo por detrás de sus hombros y le alcé levemente la cabeza acercándole el vaso a los labios.

Bebió a duras penas, pero la tos se calmó dando paso a una lucha constante por respirar.

Le acaricié el pelo y se lo besé. Tenía fiebre, mucha.

Cuando quise dejar el vaso en la mesita me di cuenta de que Lady Virginia había venido de inmediato al escuchar toser a Ayla. Pero al ver que la atendía asintió con la cabeza y se retiró sin decir palabra. Ayla se había quedado dormida mientras la sostenía y con cuidado la volví a tender, pero una de sus manos aferró la mía con fuerza, no dejándome ir.

—No te vayas —susurró con los ojos cerrados—. Te necesito.

—Estoy a tu lado —respondí también en un susurro—. Ahora, descansa. No me voy a mover de tu lado.

Le besé la frente y a partir de ese momento la cuidé en cuerpo y alma. Una palangana con agua fría y un trapo fue todo lo que pude utilizar para ayudar a que la fiebre le bajara. Y así pasé horas, mojándole el rostro y la frente, bajo la constante amenaza que pudiera perderla. Magos entraban cada cierto tiempo en la habitación para administrarle medicinas que tomaba a regañadientes pues tenían un sabor amargo. En otras ocasiones, únicamente se limitaban a transmitirle un poco de energía, momento en el que las mejillas hundidas de Ayla parecían recobrar un poco de color para apagarse de nuevo al poco tiempo.

La primera noche fue dura, la constante tos, el ahogo y la fiebre me hicieron temer lo peor. Pues cuando le sobrevenía un ataque se tornaba roja y cuando por fin paraba, caía rendida en la cama casi sin fuerzas para poder respirar. Luego se dormía de forma intranquila pese a que intenté calmar sus sueños con la melodía de la caja de música que le devolví, y que la animó más de lo que pudiera esperar. Se emocionó incluso y me dio las gracias decenas de veces, más aún cuando vio que el colgante del hada y la pulsera que le regalé en el pasado, volvía a entregárselos guardados en el joyero.

Pese a sus ataques, superó la primera noche, el segundo día y la siguiente noche. Y así, poco a poco, hasta que el tercer día la fiebre le empezó a bajar levemente. Lady Virginia dijo que era buena señal, pero que aún era pronto para cantar victoria.

—Sé que lo último que necesita es agotarse —le hablaba a la sanadora fuera de la habitación mientras Ayla dormía—. Pero me ha preguntado por el grupo, cómo están. ¿Podrían pasar a verla aunque solo fuera durante cinco minutos? Creo que la animaría.

Indecisa miró la puerta de la habitación.

—Uno a uno —consintió—. Y no más de cinco minutos.

—Gracias —le agradecí sinceramente.

Y, de esa manera, por turnos fueron pasando cada uno de nuestros amigos.

La primera fue Esther, ambas lloraron emocionadas y se abrazaron, apenas hablaron, solo lagrimearon. La siguiente fue Alegra que pese a ser capaz de contenerse en un primer momento acabó, derramando más de una lágrima.

El tercero, Dacio…

Ayla, al verle inesperadamente, se incorporó de un salto en la cama, asustada. El mago se detuvo en el acto en la puerta sin moverse al ver su reacción.

—Soy yo, Dacio —dijo alzando las manos como para mostrar que no ocultaba nada.

—Dacio —nombró Ayla, y se dejó caer en la cama, suspirando.

Dacio me miró y le indiqué con la cabeza que se retirara.

—No —dijo Ayla, mirándole—. No te vayas, perdóname.

Ayla alzó una mano, ofreciéndosela. Dacio no vaciló entonces en acercarse y aceptarla.

—Siento lo que te ha hecho mi hermano —dijo el mago, apesadumbrado.

—Tú no tienes la culpa de nada —respondió Ayla.

Tuvo que descansar, se quedó dormida mientras Dacio le explicaba cuánto la habíamos echado en falta.

Los que faltaban, tuvieron que verla el día siguiente. Empezó Aarón, entonces, y la llamó *pequeña*, como siempre hizo desde que la conoció, se despidió dándole un besó en la frente.

Raiben fue el siguiente.

—Me sorprende verte tan lejos de Launier —comentó Ayla, sonriéndole—. Gracias por ayudar a Laranar cuando creyó que estaba muerta.

Raiben me miró y yo asentí.

—Sí, Raiben, gracias —le dije sinceramente—. Lo haya parecido o no, has sido un gran apoyo.

—Para eso están los amigos —dijo.

Edmund pasó después de Raiben y yo me alcé del asiento donde estaba, por si ocurría algo inesperado, para estar preparado. El chaval tenía unas claras ojeras marcadas.

—¿Aún no has dormido? —Quise saber después que saludara a

Ayla.

—Un poco —admitió—. Lo justo y necesario. No quiero que Danlos me haga una visita mientras duermo.

—Laranar me ha dicho que aquí es imposible —dijo Ayla un tanto asustada, mirándome—. ¿Verdad? Eso me dijiste.

—Cierto —respondí—. Danlos no puede encontraros en Mair, estáis a salvo los dos.

En realidad, Danlos podía visitarla a través de los sueños si se empleaba en cuerpo y alma, y lo mismo con Edmund. Pero los magos de Mair trabajaban día y noche en bloquear el ala oeste del hospital donde permanecía Ayla para dificultarle en lo posible esa labor. Una barrera invisible nos cubría, pero todo muro se sorteaba de alguna manera tarde o temprano.

Ayla, no obstante, no debía saberlo. Ya le daba miedo dormir, tener aquellas pesadillas que la hacían gritar en medio de la noche, como para encima tener la incertidumbre de si Danlos la visitaría o no.

En cuanto Edmund se retiró, Ayla suspiró.

—Estoy cansada —dijo durmiéndose.

—Espera —le pedí, dándole una friega en un brazo—. Queda una última visita y creo que te alegrará.

La puerta se abrió en ese momento y Ayla miró con curiosidad quién cruzaba la entrada. Al ver al hombre del Norte, quiso incorporarse.

—Alan —nombró contenta en un primer momento. Luego me miró a mí, preocupada. Yo la besé en una mano y sonreí, indicándole que todo estaba bien.

—Vaya, estás mejor de lo que pensaba —dijo Alan al verla, entrando en la habitación — .Te veo mucho más guapa que cuando te encontré.

Ayla sonrió, negando con la cabeza.

—Mientes fatal —repuso la elegida—. Sigo estando horrible solo que más limpia.

—¿Pero qué dices? —Alan puso los brazos en jarras—. Eres

como una rosa a la que necesitan regar, pero no por eso has dejado de ser hermosa.

Ayla rio, era la primera vez que la escuchaba reír desde que la encontramos.

—Gracias por quedarte, Alan —le agradeció la elegida.

—Bueno, no podía marcharme sin despedirme después de la batalla —dijo.

—Me comporté como una cobarde —dijo con una nota de vergüenza—. Hui y os dejé a todos a vuestra suerte.

—Intentaste salvar la vida —respondió Alan—. No tenías fuerzas para luchar, así que era lo más inteligente dado tu estado. Pero cuando estés mejor sé que irás a por los magos oscuros y les darás su merecido.

Ayla bajó la cabeza al decirle aquello y en ese instante alguien picó a la puerta. Lady Virginia entró en la habitación.

—Ayla necesita descansar —dijo la sanadora.

Alan asintió, se inclinó a la elegida y la besó en la frente.

Una semana atrás aquel gesto me hubiera enfurecido, pero después de prometerme que se largaría ese mismo día no me importó.

—Hasta siempre, Ayla —se despidió Alan sin explicarle claramente que su intención era salir de su vida por completo—. Has sido la mujer más maravillosa que he conocido nunca.

—Parece una despedida, Alan —dijo Ayla sin darse cuenta que en realidad era así. Un adiós definitivo—. Nos volveremos a ver.

Alan sonrió, pero noté que la sonrisa no le llegó a los ojos.

—Siempre puedes contar conmigo, ya lo sabes, para lo bueno y para lo malo. Siempre —respondió.

Ayla asintió y Alan se marchó sin decir nada más.

Salvo que el camino para derrotar a los magos oscuros nos condujera de nuevo a Rócland, nunca más volveríamos a ver a aquel guerrero del Norte, alto como un árbol, de cabellos negros como la noche y ojos azules como el cielo. Un hombre que cautivó a Ayla y estuvo a punto de arrebatármela.

Pasos de hormiguita

—No puedo más —dijo Ayla dejando el tenedor en la bandeja donde comía.

Desvié la atención del libro que estaba leyendo al plato de Ayla y fruncí el ceño.

—Aún te queda medio lenguado —dije desaprobando su actitud—. Come un poco más.

Volví mi atención al libro sin darle opción a replicar.

Suspiró, pero al cabo de un minuto volvió a dejar el tenedor.

La miré.

—De verdad que no puedo —dijo agobiada—. No me obligues a comer tanto.

Dejé el libro en el sillón donde me sentaba día y noche para velarla, y me alcé.

—Cuanto más comas, antes te recuperarás —repuse poniendo los brazos en jarras.

Puso cara de pena y bajé los hombros, rendido ante su actitud. En otras circunstancias sería, desde luego, mucho más estricto con ella.

En ese momento alguien picó a la puerta y pasó Lady Virginia.

—¿Ya has terminado de comer? —Le preguntó a Ayla.

—Sí —respondió de inmediato.

—Pero se deja mucha comida en el plato —repuse.

La sanadora comprobó lo que había comido. Apenas fue la mitad del pescado y unas migajas de un pan desmenuzado con el que jugó más que comió. La manzana que tenía como postre ni la tocó.

—Dentro de una hora intenta comerte la manzana —le pidió Lady Virginia.

La pieza de fruta levitó hasta la mesita de noche donde teníamos una jarra de agua y dos vasos. La bandeja de comida con los restos del pescado salió por la puerta de la habitación por sí sola.

—Voy a examinarte —dijo la sanadora una vez la magia dejó de sorprendernos.

Colocó una mano en el hombro de Ayla, cerró los ojos y proyectó su voluntad hacia el interior del cuerpo de la elegida. Los segundos pasaron lentos, pero en no más de un minuto, Virginia dejó de tocarla.

—Vas progresando —le informó satisfecha—. Poco a poco tu cuerpo se va reponiendo. En cuanto la pulmonía la venzamos empezarás a coger peso.

Aquello era una muy buena noticia.

—¿Cuánto puede tardar? —Quise saber—. Por las noches aún le sube la fiebre, y la tos parece que le cuesta marcharse.

—Paciencia —respondió la sanadora—. Justo acabamos de pasar la peor parte, lo importante ahora es que sabemos que se pondrá bien.

Asentí. Fue un descanso cuando el día anterior me confirmaron que salvo algún imprevisto, Ayla se recuperaría tarde o temprano, y pude relajarme después de tanto tiempo. Fue como quitarme un gran peso de encima y deshacer un nudo en el estómago que llevaba meses soportando.

—¿Cuándo podré tener visitas? —Le preguntó Ayla—. Desde aquel día que no he podido ver a ningún amigo.

La sanadora se paró un momento a pensar, luego suspiró.

—No quiero que te agoten, Ayla —respondió siendo aquello una negativa—. Solo han pasado diez días desde que te ingresamos y aunque tu evolución es buena no queremos correr riesgos. Una recaída puede ser peligroso.

—Pero…

—Ya la has escuchado —dije antes que insistiera.

La primera era ella, nadie más. Lo sentía por el resto, pero no pondría su vida en peligro solo para que la vieran.

Decepcionada, calló, y cinco minutos después que la sanadora abandonara la habitación se quedó dormida. Yo volví mi atención al libro que leía. Las horas pasaban lentas y aburridas encerrado en la habitación. Pero no me importaba, era feliz de tener a Ayla a mi lado.

Los progresos fueron lentos pero constantes.

El día número doce desde su ingreso, la ayudé por primera vez a salir de la cama y andar cuatro pasos para que mirara el exterior desde la ventana. Para ella fue un reto conseguirlo y, como premio, pudo contemplar los jardines del hospital que no eran ni la mitad de bonitos que los de Sorania, dicho esto por la propia elegida.

El día número quince, a nuestros amigos se les dio el permiso de visitarla por turnos y durante periodos de no más de diez minutos. Akila, al ser un animal, tenía prohibida la entrada a las habitaciones, por lo que no pudo verle hasta el día número veinte, cuando Virginia la autorizó a salir a los jardines para que tomara el aire.

Sentada en una silla de ruedas, el lobo la saludó dando vueltas a su alrededor. Ayla rio al verle y le acarició con ternura como siempre hizo con el animal. Luego tuvo que volver a la habitación, exhausta. Y aquella noche la fiebre le subió de nuevo, me asusté, pero pronto le bajó. Lady Virginia me aseguró que aquello era normal, por ese motivo no había que forzar las cosas.

Dos días de reposo absoluto y Ayla pudo volver a salir.

Y así, con pasos de hormiguita, la elegida empezó a recuperar el color de sus mejillas, la salud y las fuerzas.

—Has engordado quinientos gramos —dijo la sanadora pesando a Ayla y anotando el resultado en una libreta—. No es mucho, pero vamos por buen camino. Cuando entraste solo alcanzabas los cuarenta y tres kilos. Ahora pesas cuarenta y cinco, no está mal.

Ayla puso una mueca, decepcionada. Aquella mañana se levantó convencida que habría ganado mínimo un kilo en la última semana.

—Anímate, cariño —le dije a su lado—. Dentro de poco podrás ir en busca de Danlos y Bárbara, y hacerles pagar lo que te han hecho.

Ayla me miró un instante para luego apartar sus ojos de nuevo a la báscula.

—Sí —susurró, no muy animada.

Se bajó de la báscula y volvió a la silla de ruedas. Al llegar a la habitación, Dacio y Alegra nos esperaban.

—He engordado quinientos gramos —les informó Ayla.

—Eso está muy bien —le felicitó Dacio—. Apuesto que dentro de poco volverás a lanzar tornados o crear remolinos de agua. Ya puede ir con cuidado mi hermano.

Los ojos de Ayla se tornaron tristes durante unos segundos, pero intentó disimular su actitud dirigiéndose a Alegra.

—¿Cómo estás? —Le preguntó—. Laranar me ha explicado que estáis teniendo problemas con Edmund.

—Si solo fueran problemas —se quejó Dacio antes que Alegra pudiera responder.

—Es complicado —admitió la Domadora del Fuego—. Cree que soy una traidora…

—No lo eres Alegra —dijo de inmediato Ayla, viendo que el sentimiento de culpa era palpable en Alegra—. Y Edmund se dará cuenta tarde o temprano.

—Eso espero —susurró.

Dacio la miró preocupado, luego volvió su vista a nosotros.

—Hago todo lo posible por ser amable con el chico, pero huye de mí como si fuera un monstruo —intentó convencernos.

—Dadle más tiempo —aconsejé.

Asintieron.

Los siguientes días transcurrieron sin demasiadas novedades, salvo por el hecho que el estado de ánimo de Ayla en vez de mejorar pareció entristecerse. Día a día, ganaba peso, la fiebre dejó de estar presente y la tos apenas un recuerdo que de tanto en tanto regresaba de forma suave. Por lo que no la entendí.

Más de una vez le preguntaba qué le ocurría, pero ella forzaba una sonrisa y decía que todo estaba bien. La pena, no obstante, era palpable. Se lo comenté al grupo, que también se percataron del cambio que experimentaba y juntos nos propusimos animarla de la mejor manera que supimos, dándole ánimos y diciéndole que pronto estaría recuperada; que todo marcharía bien; que en nada y menos volvería a la carga; que todos confiábamos en ella; que Danlos y Bárbara no tenían nada que hacer y que sería la que por fin devolviera la paz a Oyrun.

Pero, pese a todo, no la animamos. Al contrario, nuestros esfuerzos parecían encaminados a hundirla.

Un día, después de ducharme y cambiarme en casa de Dacio, llegué a la habitación de Ayla y la encontré llorando a moco tendido. Al verme intentó calmarse, pero fuera lo que le ocurriera ya no lo pudo contener por más tiempo y las lágrimas continuaron inundando sus ojos verdes.

Yo, de inmediato, me aproximé a ella, que se encontraba sentada en la silla de ruedas tomando el sol de la mañana a través de la ventana.

—Ayla, ¿qué te ocurre? —Le pregunté con delicadeza agachándome a su altura y sujetándole una mano—. Puedes contármelo.

Continuó llorando, desesperada.

>>Vamos, estás mejorando, pronto…

—¡No quiero ser la elegida! —Dijo alzando la voz y mirándome a los ojos—. No quiero ser nunca más la elegida. No quiero ser la salvadora de Oyrun. No quiero que Danlos vuelva a capturarme y me encierre en unas mazmorras… —Se le quebró la voz y se tapó la cara con las manos—. Lo siento, pero no puedo más. Soy una cobarde, lo sé. Pero… es que…

La abracé y ella me abrazó a mí.

—No tienes que ser la elegida si no quieres —le dije, acariciándole el pelo, entendiendo por fin su actitud.

El grupo animándola a que pronto podría continuar con la misión y eso era precisamente lo que más le disgustaba.

—Se supone que debo matarles —repuso—. Pero tengo pánico solo de pensarlo. No soy la de antes, no puedo hacerlo…

Temblaba como un flan y rodeé sus hombros con un brazo a modo de apoyo.

—Yo te protegeré de aquello que no quieras hacer, te lo prometo —le respondí—. No te voy a obligar a ser la elegida.

—Me vas a abandonar tarde o temprano, cuando te des cuenta de que soy una cobarde —dijo.

Dejé de rodearla con un brazo y sujeté su rostro con ambas manos.

—Nunca te abandonaré.

—Le maté, Laranar —dijo de pronto—. Maté aquel hombre y luego dejé que ella muriera en mi lugar. Soy lo peor.

—No eres...

—¡No sabes de lo que hablo! —Apretó los puños y los dientes—. Machaqué su cabeza con una piedra. Pude parar, pero no lo hice, estaba asustada y temía que volviera a alzarse. Así que le maté, le maté sin contemplación.

—¿Qué quiso hacerte? —Quise saber, era la primera vez que se abría tanto a explicarme lo que pasó en Tarmona. Hasta el momento apenas quiso pronunciar palabra.

—Intentó violarme —confesó—. Pero no se lo permití, no dejé que llegara tan lejos como el rey Gódric.

—Ayla —acaricié su pelo—. No estoy enfadado contigo por eso. Es más, de haber estado yo allí, le hubiera matado con mis propias manos. Era eso o dejarte violar. Luchaste y ganaste, nadie puede reprochar lo que hiciste.

—¿Y la condesa? —Preguntó con voz temblorosa—. Eso es algo que llevaré toda la vida.

Intenté consolarla de la mejor manera que supe, pero fue reacia a aceptar mis consejos. Únicamente pude tranquilizarla en el tema de ser la elegida.

—Te juro que nadie te obligará a ser la elegida —le prometí—. En cuanto estés mejor iremos a Sorania, que sé que te gusta mi país. Allí descansarás todo cuanto quieras. Y si algún día quieres volver a reanudar la misión, yo estaré allí para apoyarte.

—¿Y si nunca jamás quiero volver a luchar?

—Pues no lucharás —dije firme—. Y quien intente convencerte

conocerá mi ira.

Me abrazó, desesperada.

—Edmund también me lo prometió —dijo entre balbuceos—. Pero ha actuado como si no se acordara de ello.

Fruncí el ceño, Ayla no podía verme porque la abrazaba, pero mi mirada fue felina al pensar en el chico. Una hora después, cuando se tranquilizó y quedó dormida al caer la tarde, aproveché en acercarme a la granja de Dacio y tener unas palabras con Edmund en el bosque de castaños que se encontraba detrás de la casa; un lugar tranquilo y solitario.

Lo empotré contra el tronco de un árbol, agarrándole del cuello. Intentó liberarse, pero era más fuerte que él y más alto.

—Así que juraste a Ayla protegerla en cuanto intentaran hacerla de nuevo elegida —dije enfadado y me miró, deteniéndose en su actitud de intentar escapar—. No nos advertiste.

—Te lo dije —rebatió sujetando mis brazos para que no hiciera más fuerza contra él—. Aquella noche en la posada, te dije que rechazaba el cargo de elegida, que por ese motivo se había escondido todo este tiempo.

Fruncí el ceño.

—Creí que era más por mí, por el miedo a que la rechazara —objeté—. Y nunca me explicaste la promesa que le hiciste. ¿Cómo has podido no decirnos nada cuando ha estado tan deprimida estos días? Sabías qué le ocurría, ¿verdad?

Desvió sus ojos de los míos, mirando hacia un lado.

—Claro que lo sabía —respondió como si aquello no fuera relevante.

Apreté los dientes y aún sujetándolo del cuello lo retiré del árbol lanzándolo contra el suelo.

—¡¿Cómo has podido hacerlo?! —Grité.

—¡Porqué le guste o no, es la elegida! —Dijo mirándome desde el suelo, desafiante—. En algún momento, tarde o temprano, deberá enfrentarse a Danlos, lo sabes. Podemos prometerle la luna que nunca se la podremos dar.

—Hay lugares…

—Con el Paso in Actus, imposible —me cortó—. Con miles de cuervos buscándola por todo Oyrun, impensable. Además, debe volver a la misión le guste o no, porque si no lo hace, millones de seres de todo el mundo sufrirán el yugo de los magos oscuros. Debe volver a ser la elegida. No digo que mañana o la semana que viene, pero deberá hacerlo, y hacerle creer lo contrario no es el camino.

Le miré furioso, una parte de mí sabía que lo que decía era cierto. Tarde o temprano debería enfrentarse a sus miedos, a Danlos.

—A partir de ahora, ni una palabra sobre la misión —ordené.

—¿Hasta cuándo?

—Natur dirá —respondí—. De todas maneras, aunque se recupere físicamente, mentalmente está destrozada y tampoco puede combatir contra Danlos en ese estado. El mago oscuro la mataría con facilidad.

Edmund se alzó del suelo y me miró a los ojos.

—No he querido deprimirla —dijo—. Solo he actuado como creí que debía hacerlo.

—La próxima vez, en un tema de este calibre, coméntaselo a los adultos —respondí.

—¡No soy un niño! —Respondió ofendido—. Ya tengo quince años.

Negué con la cabeza, harto.

—Pues tus quince años han hecho que pierda peso de nuevo. Casi no comía estos últimos días pensando que la arrojaríamos a Danlos en cuanto saliera del hospital.

Abrió mucho los ojos y agachó la cabeza, confuso.

—Lo siento —dijo, por fin.

—Lo primero es que se recupere físicamente y darle tiempo para que vuelva a ser ella misma.

—No quería que empeorara —insistió.

Me acerqué a él y puse una mano en su hombro. Aún le quedaba mucho por aprender.

—Tarde o temprano querrá ir en busca de Danlos, lo sé. Dejémosla respirar un poco, no la agobiemos.

Asintió.

—El ganador del concurso de ciencias de este año es para el joven aprendiz Jackson de Ribas, estudiante de segundo bloque. Nunca antes un aprendiz tan joven optó por el primer premio de esta categoría…

—Su familia debe de estar muy orgullosa —comentó Ayla mientras le leía un diario de Mair para pasar el tiempo, sentados en un banco de los jardines del hospital.

El otoño había llegado y las hojas de los árboles se habían tornado rojizas cayendo algunas de ellas al suelo. El colorido entre amarillo y rojo de los jardines era bello, aumentado por las últimas horas del sol en el atardecer.

—Deberíamos volver —dije doblando el diario por la mitad, levantándome del banco—, empieza a hacer frío.

—Estoy bien —respondió, aceptando la mano que le ofrecía para alzarse.

Ya no necesitaba una silla de ruedas para ir de un lugar a otro, podía andar sin cansarse y en el último reconocimiento nos alegró saber que Ayla ya alcanzaba los cuarenta y nueve kilos. Poco a poco dejaba su cuerpo esquelético para alcanzar otro más conforme a su estatura.

Le di un beso corto en los labios y nos dispusimos a regresar a la habitación del hospital. Pasé un brazo por sus hombros y ella me rodeó la cintura, sonriéndome. Ambos estábamos contentos, pues al día siguiente, Ayla recibiría el alta y podríamos volver a Sorania.

—¿Sabes por qué Alan regresó tan pronto a Rócland? —Me preguntó inesperadamente—. Incluso Aarón, que es senescal de Andalen, se ha quedado un tiempo en Mair para saber de mí.

—Tendría cosas que hacer —respondí—. Dejó a sus hombres sin muchas explicaciones después de la batalla contra Danlos. Tiene obligaciones. Y, a fin de cuentas, Aarón también regresó a Barnabel hace tres días.

—Sí, pero… —Suspiró, pude notar un deje de tristeza al pensar en el hombre del Norte y una parte de mí se sintió celoso. ¿Es que nunca podría apartar a ese hombre de su cabeza? O peor, ¿de su corazón? —. Me hubiera gustado que me lo dijera cuando me vino a ver. Apenas pudimos hablar, aún no me encontraba bien. Creí que se quedaría más tiempo.

—Cuando volvamos a Sorania, puedes escribirle una carta si así te quedas tranquila—. Le propuse pese a todo.

—Buena idea.

La besé y luego nos abrazamos. Era un sueño cumplido tenerla de nuevo a mi lado.

—Ayla, mucho cuidado con lo que haces —le advirtió Lady Virginia justo antes de marcharnos al despertar el día—. Sigue a rajatabla la dieta que te he dado y nada de hacer tonterías que puedan agotarte, ¿entendido?

—Tranquila —asintió con la cabeza—.Gracias por permitir que me marche antes de tiempo.

—Me pasaré igualmente por Sorania una vez por semana para seguir tu evolución —dijo.

—Te lo agradecemos —dije en nombre de los dos.

Asintió y miró al resto de acompañantes que nos seguirían hasta Sorania. Es decir, Dacio, Alegra, Edmund, Esther y Raiben. Y como invitado especial Lord Daniel, que por petición expresa de su padre pidió que nos acompañara por si había algún incidente que requiriera ayuda inmediata de Mair. No sabíamos si Danlos o Bárbara, se animarían a atacarnos antes que Ayla se restableciera por completo, aunque ella eso no lo sabía. La elegida creía que Lord Daniel venía con nosotros porque Dacio era como un hermano y quería pasar un tiempo con él.

—Bueno, cuando queráis vamos a Sorania con el Paso in Actus

—dijo Lord Daniel.

—No hace falta que presumas tanto —respondió Dacio con fingido enfado—. Que sepas hacer ya el Paso in Actus no te da derecho a irlo pregonando a los cuatro vientos.

Lord Daniel rio viendo su actitud. Durante siglos, Dacio, intentó aprender la técnica del Paso in Actus infructuosamente, y estaba un tanto molesto porque aquel que consideraba como su *hermano pequeño* hubiera logrado dominar dicha técnica antes que él. Pero en el fondo se sentía orgulloso de Daniel, o Dani, como él lo llamaba en confianza. Y le organizó una fiesta para celebrarlo unos días antes de nuestra marcha.

A una señal de Lord Daniel, cogimos la mano del compañero que teníamos al lado cerrando un círculo entre nosotros. Akila simplemente rozaba mi pierna, pero ya era suficiente para que él también regresara a Sorania.

—Paso in Actus.

Y así, en apenas tres segundos, todo el grupo llegamos a la capital de Launier.

ALEGRA

Traidores los dos

L legué a la arena del palacio de Sorania, un lugar donde los elfos utilizaban para practicar el arte de la espada, el arco y el combate cuerpo a cuerpo. Tres sectores eran divididos según el entrenamiento que estuvieras dispuesto a hacer. En el flanco derecho, practicaban el tiro al arco y en el flanco izquierdo varios sectores delimitaban diversos campos de batalla para la espada y luchas sin armas.

Edmund se encontraba en un campo de lucha, desarmado, sentado en el suelo de la arena, ojos cerrados y piernas cruzadas. Era temprano, así que, aunque los elfos no dormían, pocos se encontraban a aquellas horas de la mañana en la arena.

Rápidamente, me dirigí al libro donde debía registrar el material utilizado. Apunté mi nombre deprisa y corriendo, y cogí dos espadas del almacén. Seguidamente, con paso decidido, me acerqué a mi hermano y lancé una de las espadas enfrente de él.

Abrió los ojos, miró la espada y luego a mí.

Volvió a cerrar los ojos, ignorándome.

—No entreno con traidoras —dijo—. Déjame, me estoy concentrando.

Apreté los dientes, harta con su actitud.

—No soy una traidora —respondí—. Amar a alguien no puede

ser traición.

Se mantuvo en silencio, dispuesto a actuar como si no existiera.

Me senté enfrente de él y le miré. Ya no quedaba nada de aquel niño que conocí, le empezaba a salir barba, sus espaldas se ensanchaban y sus facciones se endurecían. Había crecido tanto que no le reconocí cuando apareció inesperadamente en la posada, pero sus ojos, ahora cerrados intentando ignorarme, continuaban siendo grandes y hermosos, enmarcados por unas espesas cejas negras.

—He pensado en ti cada día —dije, como mínimo su actitud de indiferencia me daba la oportunidad de poder hablar sin ser insultada—. Si he continuado con vida todo este tiempo ha sido por ti.

No se movió, no hizo un solo gesto que me indicara si le afectaba o no lo que le decía. Así que continué.

>>Cuando Danlos te llevó, creí que todo estaba perdido, que nunca más te volvería a ver. Estaba dispuesta a ir a Creuzos, el país oscuro, y buscarte aunque me costara la vida. Pero Ayla me ofreció ser parte del grupo que luchaba contra los magos oscuros y me uní a ellos creyendo que tarde o temprano, el asesino de nuestra familia y amigos, aparecería y podría rescatarte. Fue, poco después, cuando conocí a Dacio.

Frunció el ceño, me escuchaba, aquello ya era un gran paso.

>>No sabía que era el hermano pequeño de Danlos. No lo supe, y él se mostró siempre tan atento conmigo cuando me veía triste y deprimida que fue mi tabla de salvación. Había noches que lloraba, pensando qué podría estar haciéndote Danlos, en ocasiones la angustia era tan grande que no podía ni respirar. Dacio era el que me calmaba, el que me animaba y me decía que te rescataríamos.

—Pero es el hermano de Danlos —dijo, y abrió los ojos—. ¿No lo entiendes? Su hermano ha arruinado nuestra vida. Deberías odiarle.

—¿Pero qué culpa tiene él de tener un hermano así? —Le pregunté—. Nunca me ha tratado mal. Es más, me ofreció techo y comida cuando Ayla regresó a su mundo.

—Solo para acostarse contigo —dijo furioso.

—No —respondí de inmediato.

—¡Abre los ojos! —Empezó a elevar la voz—. Mientras estuvimos en Mair escuché hablar a más de una maga de los ligues que ha tenido ese sucio mago antes que te cogiera a ti…

—Los conozco todos —le corté—. O casi todos, sé que su vida hasta encontrarme ha sido ir de cama en cama con las mujeres. Pero conmigo es distinto, lo sé, porque nos amamos. Y no creas que fue fácil conocer que me había enamorado del hermano de nuestro enemigo. Pero sé que padre lo aceptaría porque me hace feliz.

—No lo aceptaría —respondió—. Era el jefe de nuestra villa, te hubiera repudiado delante de toda la villa. ¿Acaso no recuerdas nuestras leyes?

Sí que las recordaba, las recordaba muy bien.

—Hay excepciones —rebatí.

—Eres una ingenua si crees que la tuya sería una excepción —respondió—. Porque nuestras leyes dictaban claramente que no se podía tener ningún contacto carnal con el enemigo. El deber es matar a nuestros adversarios si tenemos la oportunidad y eso es ampliable a familiares y amigos de dicho enemigo. Has hecho justo lo contrario, y el delito de Danlos contra nuestra villa es el más grande cometido contra los Domadores del Fuego. En consecuencia, cualquiera que tenga un vínculo de sangre con el mago oscuro es tan enemigo como el primero. Por tanto, eres una traidora al mantener una relación con el hermano pequeño de Danlos. No te atrevas a pensar ni por un momento que padre o cualquier otro Domador del Fuego perdonaría tu falta, ¡nunca! A ojos de todos eres una traidora, no vales nada, y me avergüenza que seas mi hermana. Mejor dicho, yo ya no tengo hermana.

Se levantó del suelo y rápidamente le cogí de una mano para detenerle.

—Conócele —le supliqué de rodillas en el suelo—. Si le conocieras sabrías de lo que hablo, es bueno.

—No —dijo firme y con un bruto movimiento hizo que soltara

su mano—. No llores ahora, has escogido. Asume las consecuencias.

—Por favor, Edmund —me puse en pie—. Dime qué debo hacer para recuperarte.

Ya se marchaba, pero se volvió a mí y me miró a los ojos, serio.

—Abandona a Dacio.

Se dio la vuelta y sin decir más palabras abandonó la arena mientras un río de lágrimas caía por mis mejillas.

Miré a Dacio, mientras desayunábamos tranquilamente en la habitación del palacio que nos fue asignada hasta que Ayla se recuperara. No había vuelto a ver a mi hermano desde hacía tres días y en todo ese tiempo no hice más que preguntarme qué era lo correcto.

—Estás muy callada últimamente —dijo Dacio al ver que le miraba—. Me tienes preocupado.

—Lo sé —respondí—. Pero estoy bien.

—¿Me vas a dejar?

Abrí mucho los ojos, dejando el café que estaba tomando de inmediato.

—No, ¿por qué lo dices?

—Porque que cada vez que intento besarte o acariciarte te apartas de mí —dijo algo molesto—. Francamente, no me esperaba vivir esta situación cuando recuperáramos a tu hermano.

—Yo tampoco —respondí, seria—. ¿Crees que pensaba que mi hermano me llamaría puta por salir contigo?

Frunció el ceño.

—Siento que la culpa sea mía —dijo apartando su mirada hacia otro lado, enojado.

—No he dicho que la culpa sea tuya.

Se alzó de su asiento y me miró a los ojos, dolido.

—¡Pues deja de mirarme como si lo fuera!

Dicho esto se marchó, dando un portazo al salir de la habitación.

Me pasé las manos por el rostro hacia el pelo, cansada de aquella situación. La mirada de dolor de Dacio me atravesó el alma, le estaba causando un dolor insufrible que no merecía. Toda su vida había sido juzgado, apartado y condenado, y ahora yo, la última persona que esperaba que le tratara de aquella manera, le evitaba por la amenaza de no poder recuperar nunca a un hermano que perdí cuatro años atrás.

Di un golpe con el puño en la mesa. Los platos y vasos del desayuno vibraron al hacerlo.

Acto seguido me alcé de mi asiento y salí hecha una furia de la habitación dispuesta a aclarar las cosas con Edmund. Ya no aguantaba más y debía imponerme a mi hermano, aunque eso significara ser cruel con él. Podía perderle para siempre, era consciente, pero si de una cosa estaba segura era que no quería perder a Dacio.

Lo encontré en la arena del palacio como la vez anterior, solo que en ese momento más elfos ocupaban la arena.

Me planté delante de Edmund no importándome a quién tenía alrededor, y dije:

—Soy una traidora, es verdad —abrió los ojos y me miró.

—¿Le dejarás? —Preguntó.

—No —respondí segura alzando la cabeza, altiva—. Me da igual, los Domadores del Fuego han dejado de existir y sus leyes también.

Frunció el ceño.

—Yo soy un Domador del Fuego —repuso—. No hemos dejado de existir.

—Eres tan traidor como yo —repliqué.

Se alzó del suelo, muy enfadado.

—¡No soy un traidor! —Dijo de inmediato—. ¡¿Cómo te atreves a acusarme de traición?!

—Tú, Edmund —le señalé con un dedo—. Has colaborado con el enemigo, en consecuencia, según las leyes de los Domadores del Fuego eres un traidor a los ojos de todos.

Abrió mucho los ojos.

—No he colaborado con Danlos, he sido su rehén.

—Un rehén que ha obedecido ciegamente lo que le ha ordenado el enemigo. Si tan Domador del Fuego te crees que eres, deberías haberte quitado la vida antes que someterte a Danlos.

Quedó, literalmente, con la boca abierta.

>>Has asesinado, te vi hace dos años masacrando una aldea a las órdenes de Ruwer.

—Yo no… no quería… me obligaban.

Su pose segura y desafiante se hizo añicos.

No quería hacerle daño, no quería echarle en cara lo que hizo cuando estaba sometido a las órdenes de Danlos. Pero si era el único camino para abrirle los ojos, lo haría.

—Da igual —respondí, negando con la cabeza, duramente—. Nuestro código lo prohíbe y de no cumplirlo el castigo es la muerte. Yo seré una traidora por haberme enamorado del hermano de un enemigo, pero tú eres un traidor por haber obedecido ciegamente a Danlos, el verdadero enemigo de nuestra villa, asesinando a inocentes que debiste proteger. Mi pena no es ni la mitad de grave que la tuya, traidor.

No supo qué responder, al contrario, se tornó lívido, blanco, y sus ojos empezaron a empañarse de lágrimas. Miró a ambos lados, los elfos que se encontraban en la arena habían detenido sus entrenamientos al escuchar nuestra discusión.

Raiben que se encontraba cerca, miró la escena atentamente. Entrenaba a mi hermano por iniciativa propia, pero no se atrevió a inmiscuirse en ese momento.

—Lo hice por ti, por protegerte de Danlos —dijo limpiándose los ojos rápidamente—. ¿Y me lo pagas así?

—Yo he luchado todos estos años por encontrarte y rescatarte, arriesgando mi propia vida, y lo único que he obtenido a cambio es que me llamaras puta porque me he enamorado.

Edmund se limpió los ojos con rabia e ira, pese a que más lágrimas caían y caían por sus mejillas.

Me acerqué un paso y alcé una mano hasta su rostro. Él me

miró, y vi al niño perdido que aún era, dolido y herido por mis palabras.

—Hermano, pese a todo, no creo que seas un asesino, ni un traidor aunque nuestras leyes sí lo digan. Nunca podría apartarte de mí, ¿entiendes? Te quiero, siempre te querré hagas lo que hagas, me digas lo que me digas. Siempre podrás contar conmigo aunque ahora me rechaces. —Me cogió la mano que tocaba su rostro, pero no la retiró, al contrario, la estrechó más contra él. —¿No podrías perdonarme a mí también? Solo me he enamorado de un hombre que me ha cuidado y protegido cuando me encontraba sola y perdida.

—Alegra —intentó limpiarse de nuevo las lágrimas, pero no pudo y optó, finalmente, por abrazarme inesperadamente—. Alegra.

Mis ojos también se llenaron de lágrimas entonces y abracé a mi hermano con desesperación.

Después de más de cuatro años, pudimos abrazarnos sabedores que ya nadie nos podría separar nunca más.

—Que te haya perdonado no significa que vaya a tolerar a Dacio —me advirtió Edmund mientras nos dirigíamos hacia el interior del palacio—, que quede claro.

Abrió la puerta que daba a uno de los accesos del edificio principal y esperó a que pasara primero.

—Está bien —suspiré entrando al palacio—. ¿Pero puedo pedirte que seas amable con él?

—Que no se me acerque y yo no me meteré con él —fue su respuesta, cerrando la puerta con dureza como si de aquella manera reafirmara sus palabras—. No me fío lo más mínimo.

—Estoy convencida que tarde o temprano te gustará.

Rio ante aquella ocurrencia.

—Ni en un millón de años —dijo.

Le cogí de un brazo para que no escapara al ver aparecer a Dacio en el otro extremo del pasillo, acompañado de Ayla y Laranar.

La elegida empezaba a parecer más una persona que no un esqueleto andante, aunque sus ojos estaban marcados por unas claras ojeras, al igual que los de mi hermano. Ambos no dormían apenas por las noches, ya fuera por tener pesadillas o por el miedo a que Danlos se comunicara con ellos a través de los sueños.

—Dacio —le llamé dirigiéndonos a ellos. Edmund se resistía a ir pero no tuvo más remedio que seguirme porque no le solté—. Hemos hecho las paces, por fin —les dije a los tres.

—Me alegro —respondió Ayla sinceramente—. Edmund, ya verás como Dacio es un buen amigo, no tienes que temerle.

—No le temo —respondió de inmediato mi hermano.

Miré a Dacio y este asintió.

—Entonces, espero que podamos ser… —Dacio iba a extenderle una mano en un gesto de tregua, pero rápidamente Edmund dio un paso atrás teniendo que soltar su brazo.

Le tiene auténtico pánico, pensé.

—He hecho las paces con mi hermana —dijo desafiante pese a todo, hablándole a Dacio—. Pero no me fío un pelo de ti. Te estaré vigilando, mago.

Dicho esto, se dio media vuelta y salió corriendo.

Miré a Dacio que bajó la mano un tanto desconcertado. Yo me acerqué y le di un pequeño beso en los labios.

—No le hagas caso, cambiará de opinión —me miró a los ojos—. Te quiero.

Sonrió.

—Bueno, nosotros…

Un jarrón cayó al suelo en ese instante, y Ayla dio un grito de pánico aferrándose al brazo de Laranar, interrumpiendo lo que nos iba a decir el elfo.

—No es nada, Ayla —le dijo Laranar, abrazándola, al ver que temblaba—. Solo un jarrón que se ha caído.

Todos miramos a la elfa que ya se agachaba para recoger el estropicio que había causado.

—Disculpe, alteza —se disculpó la sirvienta un tanto apurada—. Tropecé. Ahora mismo lo recojo.

—Un accidente lo tiene cualquiera —respondió el príncipe—. Ten cuidado en no cortarte.

La elfa asintió, más relajada. El jarrón que había roto probablemente tenía el valor de una casa y miré sorprendida a Laranar que se lo tomara tan bien. Sabía de nobles y reyes que mandarían azotar o incluso cortarle una mano a la sirvienta. Luego recordé que estábamos en Launier, y los elfos no tenían por costumbre hacer semejantes barbaridades.

Mi atención se dirigió a Ayla que pese a todo continuaba temblando protegida por los brazos de Laranar. Ella me miró y noté que se sintió avergonzada por haberse puesto tan nerviosa por una cosa tan simple. Yo le sonreí, no dándole importancia.

Tardará en ser ella misma, me di cuenta, *mucho, no va a ser fácil.*

Marta Sternecker

EDMUND

Obedecerás mis órdenes

Una figura encapuchada estaba plantada delante de mí.

Le miré aterrado, temblando ante su presencia, mientras la oscuridad y el frío de la sala infinita donde nos encontrábamos, se extendía a nuestro alrededor.

—La elegida debe ser eliminada antes que se recupere —dijo—. Y tú, me ayudarás a ello.

Abrí mucho los ojos, notando una creciente angustia en mi pecho, como si alguien cogiera mi corazón y lo estrujara en un puño ante lo inevitable.

—No —respondí, con todo el valor que fui capaz de demostrar.

El mago oscuro me sujetó del cuello y me atrajo hacia él. Su rostro quedó a escasos centímetros de mi cara clavando unos ojos rojos en mí.

—No empecemos Edmund, obedecerás mis órdenes como siempre has hecho. Tus intentos por evitar este encuentro me han sacado de quicio, pero sabía que tarde o temprano te atraparía.

Me estrangulaba, me faltaba el aire. Cogí su brazo intentando liberarme vanamente. Solo me dejó cuando estuve a punto de desfallecer, y caí al suelo.

Sus botas de piel se colocaron a un palmo de mi cara.

—Ruwer atacará a la elegida en cuanto le informe que estás avisado. Tu única función es eliminar cualquier elfo que pueda ir en su ayuda. Una vez Ruwer acabe con Ayla, le quitaréis el colgante de los cuatro elementos y huiréis hacia el bosque. En cuanto pueda iré a recogeros, tengo algo importante pendiente de hacer.

Temblaba, temblaba como un niño.

—¿Me has entendido? —No le respondí—. ¡¿Me has entendido?!

—¡Sí, amo! —Dije antes que me diera una patada en la cara al ver que alzaba un pie.

—Bien —dijo satisfecho—. No hagas ninguna estupidez si no quieres que mate a tu hermana. Atacaremos de inmediato. Ahora, despierta.

Abrí los ojos de golpe y me encontré en la habitación que ocupaba en palacio; un lugar enorme para alguien que había vivido durante años en una barraca. Me había quedado dormido involuntariamente sentado en una silla con el cuerpo recostado sobre una mesa. Mis intentos por dormir lo menos posible no funcionaron.

Miré dirección al enorme ventanal que daba a una terraza y me alcé de la silla algo mareado.

Era mediodía, Ayla justo acabaría de comer, y después de comer iba…

—¡Oh! ¡No! —Exclamé, comprendiendo la magnitud de la tragedia.

Sin perder tiempo, cogí a Bistec y corrí fuera de la habitación. Al llegar a las escaleras casi caí encima de Dacio que subía en ese instante. Tropecé, pero él me cogió al vuelo. De inmediato, hice que me soltara, su contacto me causaba pavor, era como si Danlos fuera el que me sostuviera. No obstante, supe que él podría ayudarme si de verdad estaba de nuestra parte.

—Me he quedado dormido y Danlos ha contactado conmigo —dije de carrerilla—. Ruwer va a atacar a Ayla en cualquier momento. Hay que encontrarla.

Su expresión fue de alarma.

—Ella y Laranar se encuentran en los jardines, solos —dijo alarmado.

—Me dirigía hacia allí.

—Avisaré a Daniel a través de la mente para que dé la voz de alarma, ¡vamos!

Minutos después nos encontrábamos en los enormes jardines del palacio buscando a Ayla y Laranar a gritos. Un cuerno élfico sonaba de fondo advirtiendo a los elfos de Sorania que estuvieran prestos para el combate.

—¡Edmund! ¡Dacio! —Nos volvimos y vimos a mi hermana correr hacia nosotros—. ¿Qué ocurre? Daniel acaba de marchar a Mair para pedir ayuda inmediata.

—Ruwer ronda por aquí cerca —le explicó Dacio—. A la caza de Ayla.

—Alegra —me adelanté un paso—, Danlos me ha amenazado que si no le obedecía te mataría, deberías refugiarte en palacio.

—Ni hablar —respondió—. No pienso esconderme.

—Pero…

Una explosión nos hizo tambalear inesperadamente. Y acto seguido los gritos de auxilio de un duendecillo nos pusieron alerta. Automáticamente todos corrimos guiándonos por la llamada de socorro de Chovi, un duende que en el pasado perteneció al grupo de la elegida, pero que fue obligado a permanecer en Launier dada su torpeza.

Volteamos una cuarta parte del palacio cuando localizamos al duende dando círculos sin saber adónde ir, alarmado, pidiendo ayuda a voz en grito. A unos metros de él, al lado de un pequeño estanque, Ruwer se alzaba imponente con Laranar estrujándole el cuello. Ayla estaba a apenas tres metros de ellos, sentada en el suelo, aterrada sin poderse mover del pánico que atenazaba su cuerpo.

El elfo se debatía entre la vida y la muerte intentando respirar.

—¡Laranar! —Llamó la elegida en un grito histérico.

Un fuerte viento se alzó entonces y todos volamos por los aires impulsados por el repentino ataque de la elegida. Impactamos contra el suelo, dando volteretas sin control hasta detenernos bajo una nube de polvo.

Al alzar la vista, Ayla se encontraba arrodillada junto a Laranar. El elfo tosía, con el semblante aún rojo, intentando recuperar el aire perdido después de ser liberado. Intentaba alzarse, pero caía de rodillas sin soltar a la elegida de un brazo para llevársela de aquel lugar cuanto antes.

Ruwer, monstruo que era, se alzó del suelo sin demasiadas complicaciones y les miró.

Ayla llevaba el colgante de los cuatro elementos colgando del cuello, pero no hizo intención de volver a utilizar el viento contra el hombre lagarto. Únicamente lo miraba, conmocionada, viendo cómo se acercaba a los dos.

Automáticamente me levanté, dolorido por el golpe, y corrí hecho una furia dirección a aquel asesino.

—¡Ruwer! —Grité su nombre cuando alcé a Bistec para asestarle el primer golpe.

El lagarto levantó un brazo para cubrirse y yo empleé toda mi fuerza en desgarrar su dura piel. Apenas le hice un rasguño, pero no me detuve. Llevaba años entrenando contra ese monstruo y había aprendido que, para someterlo —si es que alguna vez lo conseguí—, no podía detenerme ni un solo instante en el ataque. Así que mi espada bailó dando estocadas mortales sin contemplación.

—Maldito seas —habló con su peculiar voz entre hombre y animal, ruda y fuerte—. El amo te hará pagar esta insubordinación.

Intentó contratacar con su cola y rápidamente me aparté. La mala suerte quiso que tropezara contra una estatua de Natur, plantada en el lugar menos apropiado. Caí como un tonto, quedando a merced de Ruwer.

La cola del hombre lagarto se alzó dispuesto a acabar conmigo, parecido a un cuchillo afilado que me atravesaría siendo mi fin.

—¡Edmund! —Dacio se interpuso inesperadamente entre los

dos con una velocidad asombrosa.

Le miré, estupefacto. El hermano de Danlos acababa de interponerse entre Ruwer y yo para salvarme la vida. Miré la escena como si no pudiera ser real lo sucedido.

—Dacio —nombré, entre agradecido y descolocado.

La cola de Ruwer acariciaba la espalda del mago en un afilado golpe. Pero Dacio se volvió un segundo después —aun cuando la cola de Ruwer continuaba fregándole la espalda—, con un imbeltrus preparado que lanzó al monstruo por los aires sin darle tiempo a reaccionar.

Todo ocurrió en un abrir y cerrar de ojos, la rapidez del mago era asombrosa. En cuanto apartó a Ruwer de mí, se volvió, pasó sus brazos por debajo de mis axilas en un abrazo y con una fuerza increíble, de un solo salto, me llevó de vuelta junto con mi hermana. Fue, en ese instante, cuando me percaté que alrededor de treinta magos vestidos con capas rojas rodeaban al hombre lagarto.

—Necios, ningún hombre puede matarme.

Miró un instante a la elegida, pero ésta ya estaba protegida por otra docena de magos, incluido el mago Lord Zalman y su hijo Daniel.

Ruwer gruñó y emprendió la huida derribando a unos magos que ya lanzaban poderosos imbeltrus contra él. Los ataques apenas le rozaron, pues los esquivó como si de un juego se tratara.

—¡Que no escape! —Ordenó alguien.

Los magos guerreros fueron tras Ruwer, perdiéndolos de vista.

Busqué a Ayla con la mirada, cerciorándome que estaba perfectamente, solo asustada. Laranar a su lado se tocaba el cuello, dolorido, pero sobreviviría y el duendecillo Chovi se encontraba abrazado a la pierna de mi hermana; ya me habían hablado que aparte de patoso era un cobarde.

Mi atención, volvió al mago que me salvó la vida.

—¿Estás bien? —Le pregunté, mirando su espalda.

—Sí, no ha sido nada —respondió—. Apenas un empujón, levanté una barrera en el último momento.

—Me has salvado la vida —dije sin creérmelo aún—. ¿Por qué?

—¿Preferirías que hubiera dejado que te matara? —Preguntó alzando una ceja y no supe qué responder—. Sé que no te caigo bien, pero no soy como piensas.

En ese momento, llegaron los reyes de Launier y tuvimos que inclinarnos levemente al pasar junto a nosotros. Ni nos vieron, pues su atención estuvo puesta en su hijo ya más recuperado.

—¿Qué ha ocurrido? —Nos preguntó Esther llegando con un grupo de elfos—. Estaba con Raiben en su… bueno… en la ciudad, cuando ha empezado a sonar un cuerno.

—Ruwer nos ha atacado —le empezó a explicar mi hermana—. Y…

El lobo también había venido con ellos y olfateaba entusiasmado la zona por donde estuvo Ruwer.

Vi al mago abrazar a mi hermana por la espalda mientras ésta le explicaba a Esther lo sucedido. Alegra sonrió al sentir a Dacio detrás de ella.

Y mi hermana es feliz con él, pensé.

Daba vueltas por mi habitación, era tarde, de noche. Me encontraba agotado, los ojos se me cerraban involuntariamente, pero debía resistir lo máximo posible en no sucumbir al sueño. Había desobedecido a Danlos poniendo en riesgo la vida de mi hermana. Ahora estaba preocupado. Preocupado por ella, preocupado también por Ayla, preocupado por mí mismo. El mago oscuro me haría pagar aquella traición muy cara.

Alguien picó a la puerta y me detuve en el acto, paralizado. El corazón empezó a latirme más deprisa, el cansancio desapareció espabilándome de golpe.

—¿Edmund? —Era Dacio y suspiré aliviado. Luego negué con la cabeza, dudaba que Ruwer o Danlos llamaran a mi puerta para venir a matarme. Y resultó extraño que por primera vez Dacio me causara alivio, en vez de miedo—. ¿Estás ahí?

Me acerqué a la puerta y le abrí.

—Hola —dije, sin saber qué más aportar.

El mago me miró de arriba abajo y luego clavó sus ojos en mí.

—Intentas no dormir, ¿verdad?

—Sí, pero solo estoy retrasando lo inevitable.

—Puedo ayudarte —se ofreció vacilante—. Si me lo permites crearé una barrera para que Danlos no pueda contactar contigo.

—¿Y dejarás a mi hermana sola? Danlos puede ir a por ella, siempre me amenaza con matarla y hoy...

—Tu habitación está justo encima de la nuestra, puedo protegerte sin separarme de Alegra.

Me rasqué la cabeza, sin saber qué pensar. ¿Podía confiar en Dacio? Al fin y al cabo me había salvado la vida aquella misma tarde.

Suspiré.

—De acuerdo, ¿qué he de hacer?

Dacio no sonrió, pero casi.

—Dame tu mano —dijo tendiéndome la suya.

Fue un simple estrechón de manos, pero su contacto me causó un escalofrío que recorrió toda mi espalda. No lo pude evitar.

El mago me soltó en apenas dos segundos.

—¿Ya está? —Pregunté incrédulo.

—Puedes dormir tranquilo, por un tiempo al menos. Mi hermano intentará sortear mi barrera, pero haré todo lo posible por mantenerte a salvo. Ayla está protegida de la misma manera.

—Puede venir a buscarme con el Paso in Actus —le recordé, no cantando victoria tan temprano.

—Puede, pero es poco probable. Piensa que debería saber exactamente en qué punto del palacio te encuentras y no sabe cuál es tu habitación, por lo que dudo que se presente arriesgándose a que Mair aparezca avisados por Dani.

Le miré, sin saber qué responder ante esa observación.

Dacio dio un paso atrás y se dispuso a marchar. Yo me miré la mano que acababa de ofrecerle sin apreciar ningún cambio.

—Dacio —se detuvo y me miró—. Gracias.

—De nada.

Cerré la puerta, me dirigí a mi cama y caí desplomado en ella.

Dormí como un niño el resto de la noche y parte del día siguiente, sin que Danlos lograra colarse en mis sueños.

Me marcho

—Alegra me ha comentado que empiezas a aceptar a Dacio —me hablaba Ayla ofreciéndome una taza de chocolate caliente.

La cogí, agradecido. Fuera hacía un frío que pelaba, las primeras nieves habían empezado a caer dando la bienvenida al invierno. Y aprovechaba aquellos días en los que poco se podía hacer, para visitar a la elegida por las tardes en su habitación. Me gustaba su compañía, su amabilidad y parecía haberse recuperado físicamente por completo. Estaba muy guapa.

—Sí, supongo que no era como pensaba —admití bebiendo un poco del chocolate caliente—. Y mi hermana es feliz con él.

—Sí —se sentó a mi lado.

Si mi habitación era grande, la habitación que compartía ella con Laranar era enorme. Era como disponer de una gran casa dentro del palacio para ellos solos.

Akila se colocó de inmediato a los pies de la elegida, acurrucado.

—De todas maneras creo que debería marcharme —dije y me miró por encima de la taza de chocolate que también tomaba, la dejó de inmediato y esperó que le diera una explicación—. Cada vez le es más difícil crear una barrera entorno a mí para protegerme de Danlos por las noches, debe reforzar la barrera cada día y ayer…

Vacilé, no quería preocuparla.

—¿Qué?

—Tuvo que despertarme a medianoche porque Danlos estaba a

punto de contactar conmigo. Si sigo a vuestro lado os pondré en peligro. Danlos me pedirá que te mate a cambio que Alegra viva, y no quiero verme en esa situación. Por eso he pensado que cuanto más lejos esté de vosotras, más a salvo estaréis.

Me miró como si marcharme fuera lo peor que podría pasarle y una parte de mí le agradó su actitud.

—¿Y adónde has pensado ir? —Quiso saber.

—A Barnabel —respondí—. Quiero alistarme en el ejército de Andalen. Aunque no creo que dure mucho si te soy sincero.

—Eres bueno con la espada, ¿por qué no ibas a durar?

Me encogí de hombros.

—En cualquier momento Danlos me secuestrará otra vez.

—Edmund —tocó mi brazo y sentí su calor—. Ojalá pudiera prometerte que pronto reanudaré la misión, pero… es que…

Sus ojos me miraron con pánico y toqué su mano.

—No te preocupes, todo a su tiempo. Siento no haberte apoyado al principio como te prometí, pero Laranar me hizo ver que no se pueden precipitar las cosas. Y de todas maneras acabas de dar un gran paso.

—¿Cuál? —Preguntó extrañada.

—Antes te enfadabas cuando escuchabas la posibilidad de volver a ser la elegida, amenazando incluso en escaparte de nuevo. Ahora has hablado como si en un futuro pudieras volver a iniciar la misión —abrió mucho los ojos, percatándose de ese hecho entonces—. En fin, —suspiré, y me bebí el chocolate caliente que me quedaba. Luego me alcé y le di un beso en la frente —me marcho ya. Laranar debe estar a punto de llegar para vigilarme, no se fía de mí.

—No es eso, es que no le gusta dejarme a sola durante mucho rato —repuso la elegida.

—Seguro —sonreí—. Por ese motivo Raiben me vigila de tan de cerca y se ofreció a instruirme en la espada. Pero no me quejo, he aprendido mucho estos meses.

Me acompañó a la puerta y nada más abrirla vimos al elfo dirigiéndose por el pasillo con paso acelerado. Al vernos, o mejor dicho, al ver a Ayla en perfecto estado se relajó.

Escuela militar

El senescal del reino de Andalen leía las cartas de recomendación que me ofreció Laranar antes de partir.

Lord Daniel y Dacio me acompañaron hasta Barnabel con el Paso in Actus y esperaban conmigo a lado y lado de mi persona, en un gesto de apoyo hasta saber si sería aceptado en la escuela militar de Andalen.

Después de unos minutos en los que intenté mantenerme firme y no mostrar lo nervioso que me encontraba, el senescal levantó sus ojos de la carta de Laranar.

—El príncipe de Launier me recomienda encarecidamente que te acepte dadas tus habilidades en el arte de la lucha. Según cuenta, durante los últimos meses te ha entrenado el comandante de la guardia del Bosque de la Hoja del sector de Sorania, Raiben Carlsthalssas. Y esta segunda carta —levantó la carta que escribió Ayla para ayudarme a acceder al ejército—, es de la propia elegida. Solo con estas recomendaciones ya te aceptaría, pero, además, no puedo olvidar como luchaste cuando se llevó a cabo el rescate de Ayla. Yo mismo he visto tus habilidades y será un honor aceptarte en la escuela militar. Andalen asumirá todos los gastos de tu formación y podrás ascender sin impedimentos aunque tu sangre no sea noble.

Suspiré interiormente.

—Se lo agradezco, mi señor —incliné la cabeza en un gesto de agradecimiento—. No se arrepentirá.

—Estoy convencido —dijo seguro—. Despídete de tus amigos mientras mando avisar al coronel que dirige la escuela.

Asentí y me volví a los magos, mientras un lacayo se perdía por una puerta trasera en busca del coronel.

—Lord Daniel, gracias por traerme hasta Barnabel —le agradecí.

—Ha sido un placer —respondió.

Miré a Dacio y le extendí una mano, este la estrechó sin vacilar.

—Y gracias a ti por acompañarme —dije con sinceridad—. Cuida de mi hermana.

—Puedes estar tranquilo —respondió—. En cuanto Ayla se decida a reanudar la misión y venzamos a Danlos y Bárbara, vendremos a verte. Para entonces, quizá, ya seas el mejor cadete de la escuela militar o un soldado de renombre.

—Me conformaré con seguir siendo libre —respondí con una media sonrisa.

—Lo serás —puso un silbato de madera en mi mano—. Llévalo siempre encima, y tócalo si estás en peligro, vendremos de inmediato en tu ayuda.

Lo observé, parecía un silbato normal y corriente sin ninguna particularidad especial.

—Gracias —dije—. Supongo que esto me da más oportunidades.

Pasé el cordón que sujetaba el silbato por mi cabeza y lo dejé colgando en mi cuello.

—Pues nosotros ya nos vamos —dijo Dacio y miró al senescal, sentado aún en el trono del reino—. Aarón, cuida del chico.

—Lo haré, tranquilos. Y mándale recuerdos a todos, en especial a Ayla.

—Por supuesto.

Lord Daniel puso una mano en el hombro de Dacio.

—Paso in Actus.

Desaparecieron.

Minutos más tarde llegó el lacayo acompañado de un hombre que identifiqué como el coronel de la escuela militar. Llevaba el uniforme del reino de Andalen con elegancia y sus pasos fueron seguros al entrar en la gran sala de recepción.

Por extraño que pareciera, su cara me sonaba enormemente, lo tenía visto de alguna parte, pero aquello era imposible. Nunca había estado en Barnabel hasta entonces, y no lo recordaba en los días que viajé con el grupo en busca de Ayla.

El coronel me miró de arriba abajo, analizándome. Luego sonrió y miró al senescal inclinando la cabeza una vez.

—Mi señor —dijo el hombre.

—Aquí tienes al chico —se limitó a decir Aarón—. Ya te han informado de quién es hermano, ¿verdad?

—Desde luego —dijo acercándose a mí—. Y ha sido una grata sorpresa.

Me sacaba un palmo de altura.

—¿Conoce a mi hermana, coronel? —Pregunté.

El hombre volvió a sonreír y me cogió por los hombros.

—Edmund, ¿no me recuerdas? Me marché de nuestra villa justo antes que el innombrable la destruyera —abrí mucho los ojos.

—¿Es un Domador del Fuego? —Pregunté, incrédulo—. Creí que…

—Que todos habíamos muerto —dijo—. No, pero soy el único que queda vivo aparte de ti y tu hermana. Soy Durdon, ¿me recuerdas, ya? Salía con tu hermana de vez en cuando.

—¡Durdon!

—Eras un niño la última vez que nos vimos, pero veo que ya eres todo un hombre.

Quedé sin palabras, saber que había un Domador del Fuego con vida y que vivía en Barnabel, fue la mayor sorpresa que jamás creí tener a mi llegada a la ciudad.

—Mi señor, me lo llevaré con su permiso a la escuela de inmediato para empezar a instruir al muchacho —dijo Durdon volviéndose al senescal.

—Por supuesto —asintió el senescal—. Estoy convencido que Edmund tiene muchas preguntas.

—No es el único —afirmó el coronel y me guiñó un ojo, luego se volvió serio—. Vamos cadete, recoge tus cosas, no permito a holgazanes en mi escuela.

Cogí de inmediato mi mochila, nos inclinamos ante el senescal una vez y abandonamos la sala.

Miré de reojo a Durdon; mi hermana y él estuvieron juntos en más de una ocasión y siempre me trató bien. Ahora entendía las últimas palabras de mi hermana al despedirse de mí:

—Tendrás un amigo dentro del ejército que velará por tus intereses, no te preocupes.

Sonreí al recordarlo.

Ya me podría haber dicho mi hermana que Durdon continuaba con vida.

AYLA

La carta

Dejé la carta de Alan en la mesa del escritorio y me limpié los ojos de lágrimas. Entendía su posición, pero me hubiera gustado poder verle una vez más. Las palabras que acababa de leer, escritas de puño y letra por el hombre del Norte, me llegaron al alma…

Querida Ayla,

Sabes que te quiero, que mis sentimientos hacia ti no han variado desde el primer día que te conocí, si más no, se han hecho más profundos, más intensos, pero también más dolorosos, insoportables al saber que no soy correspondido. Por ese motivo, te pido que no vuelvas a enviar a Lord Daniel a Rócland para convencerme de ir a verte. Necesito alejarme de ti, que el tiempo pase, que el amor que te brindo y tú has rechazado, se evapore.

Siempre te llevaré en mi corazón y nunca te olvidaré, pero debo seguir mi camino y unirme a Andrea, la chica a la que mi padre me prometió cuando apenas era un niño. Me casaré la próxima primavera y quiero ser un buen esposo, fiel y dedicado a la familia que tendré.

Desde estas líneas quiero mandarte el coraje y la fuerza que has perdido para que acabes la misión que hace años empezaste. Sé que tarde o temprano volverás a ser la elegida que una vez fuiste y nos liberarás de los magos oscuros. Yo esperaré las noticias de tu victoria en Rócland. Y quiero que sepas que, pese a todo, siempre me tendrás si en algún momento necesitas mi ayuda.

Me despido de ti Ayla, espero que tengas una vida feliz junto a Laranar.

Siempre te querré,

Alan del Norte

No volvería a mandar a Lord Daniel a Rócland, dejaría que Alan me olvidara, por el bien de él y el mío. Pero leer su carta en aquel preciso momento me hundió. Acababa de visitarme Lady Virginia para un último reconocimiento médico. Su pronóstico fue que ya estaba por completo recuperada físicamente aunque no sangrara como mujer. Era estéril, pero la sanadora intentó animarme diciendo que en cualquier momento podía volver a tener la luna de sangre, como ellos la llamaban.

Mi petición a Lady Virginia de curarme el entramado de cicatrices que cubría todo mi cuerpo fue una rotunda negativa, pues para ello debía herirme en la misma cicatriz para sanar de nuevo la zona afectada. Perdería mucha sangre y sería arriesgado justo ahora que acababa de recuperarme.

—Dentro de uno o dos años —dijo—. Antes no.

Aquello complicaba las cosas. En todos aquellos meses no hice más que huir de Laranar para que no viera mi cuerpo maltrecho, me daba vergüenza, aún no habíamos hecho el amor desde que nos reencontramos. Y él, un santo con una paciencia monumental, se retiraba de inmediato cuando le ponía excusas sobre que estaba cansada o no me encontraba bien. Al principio era plausible, pero a aquellas alturas donde se hizo más que evidente que mi estado de salud era inmejorable ya no valían. Y temía volver a verle después de mi visita con la sanadora, no podía mentirle por más tiempo.

Decidí darme un baño, relajarme, lo necesitaba antes de ver a Laranar. Así que dispuse nuestra pequeña piscina particular —estilo romano, donde una cabeza de león manaba agua— con unas sales que perfumaron el agua y crearon un poco de espuma. Me desnudé y me metí dentro. Me sumergí unos escasos segundos en el agua, pensando lo que vendría de ahora en adelante. El tiempo pasaba y la misión debía reanudarse tarde o temprano, tal y como me recordaba Alan en su carta. Estaba cansada de tener miedo constante, que todo a mi alrededor me alterara al mínimo ruido. Quería superar aquella situación pero no le veía salida y las pesadillas continuaban acompañándome todas las noches.

Abrí los ojos y vi la silueta de Laranar en el exterior. De inmediato volví a la superficie y él me sonrió.

—Guapa —dijo.

Automáticamente me encogí y procuré que la escasa espuma que me rodeaba tapara mi cuerpo marcado por el látigo y las palizas recibidas.

—¿Qué haces aquí? —Pregunté nerviosa—. ¿No tenías que estar con tu padre haciendo audiencia a tu pueblo?

Se estiró en el borde de la piscina.

—Prefiero estar contigo —dijo—. Te quiero.

—Yo también te quiero —respondí.

—¿Puedo bañarme contigo?

Quedé cortada, pero él se limitó a acariciar mi pelo mojado pasando una mano por mi cabeza, me miró a los ojos y dijo:

—Lady Virginia ya me ha dicho que estás oficialmente recuperada, que tu estado de salud es bueno —no apartaba sus ojos de los míos—. Ayla, no me importan tus cicatrices lo más mínimo.

Abrí mucho los ojos.

—¿Las has visto? —Quise saber, preocupada.

—Desde antes que salieras del hospital —respondió—. Y alguna noche, cuando te pones uno de esos pijamas tan anchos y poco atractivos, pensando que no te puedo ver por estar la habitación demasiado oscura. Olvidas mi vista de elfo.

—¿Y no te importa? —Pregunté incrédula.

Me miró como si no comprendiera mi pregunta.

—¿A ti te importan mis cicatrices de batalla? —Me preguntó a su vez.

—No —respondí—. Pero yo tengo muchas.

Apartó la espuma del agua con una mano y miró mi cuerpo.

—Yo te encuentro preciosa —dijo como si tal cosa.

Le miré a los ojos, sorprendida, algo en mi interior, como si le diera al interruptor de un mecanismo complejo, se encendió, y entendí, por fin, que Laranar me amaría incondicionalmente por toda la eternidad.

Me acerqué y le besé en los labios como hacía tiempo que no hacía. Luego le cogí de la camisa y sin mucho esfuerzo lo metí dentro del agua con ropa incluida. Reímos entonces, pero no dejamos de besarnos. Laranar acarició mi piel marcada, besó mis cicatrices y me inundó de amor. Yo le amé con más fuerza, consciente de lo afortunada que era de contar con alguien como él.

Y así, una mañana de invierno, con el frío y la nieve en el exterior, mi protector y yo estuvimos haciendo el amor hasta el atardecer.

Nos dejamos caer en la cama entre suspiros de placer y nos miramos sonriendo como bobos.

—¿Por qué no me lo habías dicho? —Quise saber—. Podríamos haber hecho el amor mucho antes.

—Porque ahora estás bien —dijo—. Pero hace unos meses… —Vaciló—. Necesitabas tiempo para asumir todo lo que te había pasado, aceptar tu cuerpo. Últimamente estás más animada, parece que empiezas a superarlo.

Suspiré.

—Aún tengo miedo —dije—. Estoy cansada de sentir miedo.

Se recostó a un lado, encarándose a mí.

—Todos los guerreros en un momento u otro tenemos miedo —dijo—. Yo también tuve miedo hace unos milenios, cuando era un elfo joven. Mi padre me mandó con una escolta por Yorsa para que conociera la región de los hombres. Al poco de partir, fuimos atacados por bandidos y quedé paralizado al verles. Me instruyeron en el arte de la espada y el arco, pero en aquel momento todo lo aprendido se me olvidó. Solo vi como treinta hombres armados hasta los dientes se nos venían encima. La escolta de mi padre me protegió, pero yo quedé como un cobarde.

—¿Qué edad tenías? —Pregunté, me parecía increíble la historia que me contaba. Jamás imaginé a Laranar acobardado frente a un enemigo y menos si estos eran simples hombres.

Se paró a pensar.

—Acababa de cumplir la mayoría de edad si la memoria no me falla —respondió, me miró a los ojos y sonrió—. El capitán de la escolta decidió que en un ataque parecido nadie me ayudaría.

—¡¿Qué?!

Se encogió de hombros, luego sonrió.

—Es la mejor manera para afrontar tus miedos —dijo—. Enfrentarte a ellos. Dos días después de ser atacados, aquellos mismos bandidos lo intentaron de nuevo, pero más por venganza que por otra cosa, y la escolta se apartó de mí dejándome a mi suerte. No tuve más remedio que reaccionar y luchar. Una vez acabó el ataque y aquellos hombres se retiraron asustados, me di cuenta de que el miedo siempre está presente en la batalla, pero la diferencia es dejarte vencer por él o utilizarlo como herramienta para no hacer insensateces que te puedan llevar a la muerte por exceso de confianza.

—Vaya —me limité a responder y miré el techo de nuestra habitación—. Entonces, lo que debo hacer es enfrentarme a mis miedos, enfrentarme… a los magos oscuros.

No respondió y le miré, su semblante era serio.

Volví mi atención al techo sintiendo un escalofrío al pensar en enfrentarme a Danlos. Laranar se inclinó a mí y me besó en la mejilla.

—No pienses en eso ahora —dijo—. Hay algo que debemos hacer antes.

Se levantó, dispuesto a vestirse y yo me senté en la cama, apoyando mis brazos en mis rodillas.

—¿Qué hay que hacer? —Quise saber.

—Voy a pedir que te preparen la infusión para la luna de sangre —dijo poniéndose los pantalones—. Debes empezar a tomarla cuanto antes.

—No es necesario —dije entonces.

Me miró, extrañado.

—Debemos prevenir un embarazo —aclaró, como si no me acordara.

—No hay riesgo, tranquilo —respondí un tanto enfadada, pero no con él, sino conmigo misma—. No tengo la regla desde hace casi un año, así que… —Me encogí de hombros y miré para otro lado, notando nuevamente las ganas de llorar—. Quizá algún día me vuelva, hasta entonces, Virginia me ha aconsejado que no tome infusiones de ese tipo.

Le miré de reojo, no sabía qué responderme.

Quizá ahora sí que se replantea una relación conmigo, pensé apenada.

Me estiré en la cama y me abracé las rodillas.

Laranar volvió a mi lecho y me miró.

—No me importa —dijo y me besó en los labios—. Te quiero.

El último fragmento

Dacio me tendió su mano para reforzar la barrera que me protegía de Danlos en los sueños. Extendí una mano para tocar la suya pero en el último momento la retiré y Dacio me miró extrañado ante ese gesto.

—Quiero enfrentarme a Danlos —dije en un tono más decidido

de lo que en realidad me encontraba—. Quiero dejar de tener miedo.

Dacio quedó literalmente con la boca abierta y miró a Laranar que se encontraba a mi lado, mirándome con la sorpresa reflejada en su rostro.

—¿Estás segura? —Me preguntó de inmediato Laranar.

—No, pero… —Suspiré—. Quiero hacerlo si es la única manera de superar mis temores. Además, mientras duermo apenas puede hacerme daño y sé que estaréis a mi lado para despertarme si lo necesito.

—Es un gran paso —afirmó Dacio—. Me alegro.

—Sí —estuvo de acuerdo Laranar—. Y creo que está preparada para que se la devolvamos.

—¿Devolver el qué? —Pregunté, viendo como Laranar se dirigía a un armario.

Abrió uno de los cajones, de espaldas a mí, cogió alguna cosa que no supe ver y suspiró.

—La he estado cuidando desde que la encontré en Tarmona —dijo aún de espaldas y al volverse vi a Amistad, mi espada, en manos del elfo.

Contuve el aliento, creyendo que la había perdido.

Me acerqué a Laranar y la cogí, desenvainándola con orgullo, era igual a como la recordaba.

—Gracias, Laranar —miré a Dacio también—. A todos, gracias por apoyarme.

La oscuridad me rodeó en cuanto sucumbí al sueño. Una sala infinita donde el frío y la noche te rodeaban desde todos los ángulos, era el espacio que me envolvía. La única luz del lugar emanaba de mi propia piel, como si la luz del colgante se filtrara a través de mí y quisiera salir al exterior para combatir aquella oscuridad.

Una figura se aposentó a mi espalda. Su respiración chocaba contra mi pelo de lo cerca que le tenía. Supe de inmediato quién era, siempre se colocaba detrás de mí, muy próximo, como si de esa manera pudiera intimidarme un poco más de lo que ya lo hacía.

—Hace mucho que no hablamos —dijo y noté como me acariciaba el pelo pasando su mano lentamente por mi cabellera. Sentí un escalofrío—. Por fin has dejado que venga a visitarte.

Cerré los ojos al tiempo que cogí aire, luego lo expulsé lentamente de mis pulmones.

—Danlos —le nombré decidida, abriendo los ojos—. ¿Qué quieres?

Encontré el valor perdido y me di la vuelta para enfrentarme a mi enemigo. Alcé la vista hasta sus ojos y le desafié abiertamente con ese simple gesto.

El mago frunció el ceño, comprendiendo que no me dejaría dominar, ya no. Poco a poco encontraría la manera que el valor resurgiera en mí, estaba decidida. Nunca más permitiría que alguien me acobardara.

—Vamos —me encaré a él—. ¿Qué quieres colándote en mis sueños? ¿Asustarme? No lo vas a conseguir, te recuerdo que soy la elegida y ya estoy cansada de este juego. Puedes enviar de nuevo a tu mascota, a ese engendro que llamas Ruwer a matarme, pero sepas que quién morirá, será él.

Danlos sonrió:

—Ruwer se está recuperando de la paliza que le he dado por escapar sin matarte. En cuanto a Edmund, ya le he advertido de que recibirá su castigo cuando lo crea oportuno. Ese muchacho me pertenece y no lo dejaré escapar tan fácilmente como pensáis. El silbato que le ha dado mi hermano de nada le protegerá. Si sigue vivo y libre es porque me interesa, nunca lo dudes.

—Te mataré antes que vuelvas a por él.

—¡Cállate! —Me ordenó—. Si me he colado en tus sueños es porque debes regresar a la Tierra a por el último fragmento del colgante de los cuatro elementos.

—¿El último fragmento?

—Sí, falta uno, el último, y está en tu preciado mundo al que llamas Tierra.

Fruncí el ceño.

—¿Cómo lo sabes? —Quise saber, no me dejaría engañar.

—He ido a la isla Gabriel a ver la profecía, allí lo pone. Las palabras exactas son: El último fragmento debe ser buscado en el mundo de la elegida, dónde una vez el mar cedió su terreno dando forma a sus montañas, y es lugar de reposo de una figura única y sagrada. Punto de peregrinación y espiritualidad para las gentes de ese mundo, allí es dónde reposa el último fragmento de los cuatro elementos —me miró intensamente—. Ahora ya lo sabes, así que por tu bien y por el de tu mundo, regresarás a buscar el último fragmento y lo devolverás a Oyrun, porque sino te juro que mandaré un millón de orcos a la Tierra para buscarlo y mataré a quién sea necesario.

Tragué saliva, era consciente que cumpliría su amenaza.

—Iré —respondí—. Pero no para dártelo, sino para ser más poderosa y poder matarte.

—Eso jamás sucederá —respondió—. Ahora, despierta.

Chistó dos dedos y todo desapareció.

Al abrir los ojos me encontré a Laranar y Dacio casi encima de mí. Observándome.

—El último fragmento se encuentra en la Tierra —dije sin preámbulos—. Debo volver a mi mundo cuanto antes.

Ambos se miraron, luego me miraron y asintieron.

RAIBEN

Volver a la Tierra

Un vuelco me dio el corazón cuando me enteré de la noticia que Ayla, Laranar y el resto del grupo viajarían a la Tierra. Automáticamente pensé en Esther, desde hacía unos meses habíamos empezado una relación nada seria que se resumía en encuentros esporádicos a altas horas de la noche y terminaba con un desayuno rápido en mi casa. Me había resistido a enamorarme de ella, pero una parte de mí se sentía atraído al hecho de saber que era una humana de un mundo distante, obligada a vivir en un país de una raza diferente a la suya y sin ninguna posibilidad de salir adelante, si no era por los reyes de Launier que la mantenían, al ser amiga de la elegida.

Esa situación de vulnerabilidad activaba mi parte protectora, y poco a poco le estaba cogiendo más cariño. Pero solo cuando Esther vino aquella mañana a mi casa a confirmarme su regreso a la Tierra, me percaté de cuánto estaba empezando a quererla.

—No te vayas —le pedí de inmediato, cogiéndola de un brazo—. Quédate en Oyrun.

—Raiben, ya lo hablamos —dijo igual de angustiada, haciendo que la soltara—. Esto solo era temporal, yo tengo mi vida en la Tierra, mi familia y amigos. Y también…

—Un novio al que le has sido infiel —terminé su frase, recordándoselo.

—No tiene por qué enterarse —dijo seria—. ¿Y qué debía hacer? Llevaba más de un año en Oyrun cuando empezamos a acostarnos. No sabía cuánto tiempo tardaría en volver a la Tierra, ¿dos años? ¿cinco? ¿diez? Lo que no esperaba era regresar tan pronto, de haberlo sabido… —Suspiró—. Por favor, sé que Laranar te va a pedir que nos acompañes para que Ayla tenga más escolta, así que te pido que no le digas nada de lo ocurrido entre nosotros a David.

—Sal de mi casa —dije molesto.

—¿Por qué te enfadas? —Quiso saber, también enojada—. Fuiste el primero en dejarme claro que nunca podrías enamorarte de mí porque tu corazón pertenece a Griselda.

—Es cierto, no debí caer en la tentación —admití de mala gana—. Tantos siglos esperando a poder reunirme con mi esposa para romper mi juramento con una *humana* —mencioné su raza con desprecio.

Me miró, ofendida.

—Pues esta humana te ha recordado lo que es vivir.

Se volvió y a grandes trancos se marchó de mi casa dando un portazo.

Ese mismo día Laranar vino a hablar conmigo para pedirme que le acompañara a la Tierra. Me encontró con un humor de perros, no obstante, acepté la misión. Un día después, viajamos con el Paso in Actus a Gronland, la fortaleza de los magos en Mair. Y cinco días más tarde los magos del consejo encontraron la manera de enviarnos a la Tierra.

—Tenéis un mes, no más —nos advirtió Lord Tirso—. La diferencia de tiempo entre ambos mundos es significativa. Hemos tenido que emplear muchos recursos para igualarla a nuestro tiempo, pero en cualquier momento puede desfasarse de nuevo. Hemos aprendido que hay ciclos donde Oyrun va mucho más rápido que la Tierra y otros donde la Tierra tiene un tiempo mucho mayor que Oyrun, no siguen un patrón definido. Así que daos prisa, no os entretengáis, en cualquier momento podemos perder el control y lo que para vosotros puede ser un mes, para Oyrun puede ser un siglo.

El grupo sería reducido, tan solo acompañaríamos a Ayla algunos miembros: Laranar, Dacio, Esther y yo. Lord Daniel se quedaba en Mair, Chovi en Launier, y Alegra prefirió esperar en Barnabel para visitar a su hermano, junto con Akila. A Dacio no le hizo ninguna gracia dejarla, pero tampoco supo decirle que no. A fin de cuentas, los magos de Mair advirtieron que solo tenían energía suficiente para trasladar a cinco personas, no más, y eso gracias a que Ayla se encontraba con nosotros. Si ella hubiese estado en la Tierra habría sido casi imposible que los magos encontraran un acceso por donde enviarnos.

Nos condujeron a una gran sala de forma octogonal donde ocho magos se dispusieron en cada esquina de la habitación, y nosotros nos colocamos en el centro de un gran círculo dibujado en el suelo con lo que parecía ser polvo dorado.

Todo fue muy rápido, los magos empezaron a recitar cánticos, a mover las manos formando símbolos a una velocidad sorprendente y luego, una luz salió de debajo de nuestros pies y nos envolvió como un manto. Antes que pudiéramos darnos cuenta, todo a nuestro alrededor empezó a desaparecer, viendo como la imagen de los magos se difuminaba dando vueltas sin control.

Empecé a marearme, quise sujetar a Ayla al ver que ella caía, pero lo único que logré fue seguirla, desplomándome y perdiendo la conciencia.

Desperté algo mareado y me incorporé levemente mirando alrededor. Me encontraba en algo parecido a una habitación con una decoración un tanto extraña. Parte del suelo estaba cubierto por una gran alfombra de color morada, había una mesa de madera con cuatro sillas desperdigadas, dos sofás blancos atravesados en medio del salón, muebles tirados aquí y allá, y algún que otro cuadro medio descolgado en las paredes. Era como si un huracán hubiera arrasado aquel lugar.

Laranar se despertaba en ese instante y miraba igual de sorprendido la estancia. Dacio empezaba a fruncir el ceño luchando por despertar, y Ayla y Esther continuaban dormidas a nuestro lado.

—Ayla, Ayla —empezó a llamarla Laranar, zarandeándola para que recobrara la conciencia.

Dacio despertó en ese instante, y empezó a mirar alrededor.

Yo me volví hacia Esther, continuaba durmiendo. Decidí dejarla, a fin de cuentas llevábamos días sin dirigirnos la palabra.

El mago y yo nos levantamos.

—¿Escuchas eso? —Me preguntó.

—Sí —respondí extrañado, no identificaba aquellos sonidos por más que prestaba atención. No eran pájaros, ni otros animales que conociera.

Ambos nos acercamos a lo que parecía una ventana y al asomarnos nos retiramos de inmediato, asustados.

—¿Cómo podemos estar en un sitio tan elevado? —Le pregunté a Dacio.

—¿Y qué narices eran esas cosas de hierro que se movían? —Me preguntó a su vez.

Pisé alguna cosa y, de pronto, un objeto cobró vida.

—¡En guardia! —Grité.

Laranar se alzó de inmediato, Dacio preparó un imbeltrus y yo saqué mi espada, dispuestos los tres a combatir contra aquel cuadro que guardaba a gente diminuta en su interior. Esperamos expectantes, cada uno con sus respectivas armas dispuestos a atacar. Los de aquel pequeño mundo parecían hablar entre si, como si estuvieran debatiendo algo, ignorándonos por completo.

—Bajad las armas —escuchamos a Ayla y la miramos, nerviosos—. Es solo la televisión, no os hará daño.

Esther también había despertado y al ver que nos encontrábamos en su mundo se emocionó. Ayla se acercó a nosotros, obligándonos a envainar nuestras espadas. Con una mirada de advertencia, la elegida hizo que el mago dejara de crear el imbeltrus que mantenía en su mano derecha.

—¿Esther? —Me agaché a su altura viendo que no se reponía—. ¿Estás bien?

—Debo irme —dijo limpiándose los ojos de lágrimas—. Tengo que ver a mi familia.

Se alzó y sin más palabras se marchó del lugar dónde luego nos enteramos que era la casa de Ayla.

Los siguientes días a nuestra llegada a la Tierra fueron extraños, fascinantes y llenos de sorpresas. Por el contrario, también resultaron aterradores en cierto sentido, descubriendo y aprendiendo como sobrevivir en el mundo de Ayla. Tenían instrumentos que ni los propios magos de Mair habían sido capaces de crear, como la televisión, los coches, un horno sin fuego, pero, sobre todo, ¡la luz! Podían tener luz tan clara como el día a cualquier hora de la noche con el simple gesto de darle a un interruptor. Era increíble, Laranar, Dacio y yo estuvimos investigando sobre cómo lo conseguían, pero no fuimos capaces de entenderlo por más que apagábamos y encendíamos la luz de la casa de Ayla.

Tuvimos que ayudar a la elegida a recoger su piso pues de ir y venir de Oyrun, el aire que se formaba al viajar entre los dos mundos, había provocado que todo estuviera patas arriba. Al parecer los casi dos años que pasaron Ayla y Esther en Oyrun, apenas significaron dos semanas en la Tierra.

Fue duro ver llegar a Esther acompañada de su novio un día después de nuestra llegada para visitar a Ayla. Ese hombre ni se imaginaba lo que su novia había hecho conmigo. Esther mantuvo las distancias en todo momento y yo intenté disimular mis celos hacia él, pero no supe si lo conseguí. No obstante, habíamos viajado a la Tierra para cumplir una misión, por lo que intenté mantener la mente ocupada en buscar el último fragmento del colgante, en vez de pensar en ellos dos.

Ayla no lograba adivinar a qué lugar se refería la profecía para encontrar la esquirla, así que utilizó otra de sus herramientas para averiguar dónde se encontraba, una cosa llamada *Google*. Era práctica, pero no entendía cómo funcionaba y me hacía cruces que una cosa sin vida pudiera explicarte cualquier cosa que tú escribieras en la pantalla de lo que ellos llamaban ordenador.

Pero el tal *Google*, no nos había delatado dónde se encontraba la ubicación del último fragmento, y los días pasaban sin movernos de aquel pequeño piso. Ayla nos pidió expresamente que no saliésemos solos sin su compañía por miedo a que nos perdiéramos o nos encontráramos con algo desconocido, y le diéramos caza pensando que era peligroso. Así que me entretenía mirando por la ventana.

Me maravillaba la arquitectura que tenía esa ciudad; pisos más altos que los árboles; monumentos que impresionaban a cualquiera; calles asfaltadas con un suelo tan negro que daba respeto pisar y esos dragones de hierro que llamaban coches con personas dirigiéndolos desde su interior.

Pese a la reticencia de Ayla, habíamos salido cada día por su ciudad a dar una vuelta, siempre acompañados por ella —evidentemente—, algunas veces con Esther y David, y en ocasiones con Marc y Álex, los hermanos de Esther. Y cada salida era una experiencia.

Cuando salíamos al exterior siempre discutíamos con la elegida sobre la necesidad de llevar nuestras armas encima, pero fue tajante en aquel asunto. Al parecer, en su país ir armado estaba prohibido y podíamos meternos en graves problemas.

Otro punto fue la ropa, si queríamos pasar desapercibidos teníamos que adaptarnos a sus vestimentas y Ayla nos trajo ropa prestada del hermano mayor de Esther para pasar los primeros días, luego compró más camisas, zapatos y pantalones. La elegida no pudo más que sonreír satisfecha con el resultado. En mi opinión parecíamos unos payasos con aquellos colores tan vivos. Estaba acostumbrado a llevar colores tierra y verdes, ideales para el camuflaje en el bosque, pero tuvimos que resignarnos a la ropa que nos ofreció.

De pronto, un ruido muy extraño se escuchó por toda la casa y miré a Ayla que lo ignoró sin apartar la mirada de la pantalla de su ordenador portátil.

—Raiben, ¿puedes abrir la puerta? —Me pidió la elegida—. Han llamado al timbre.

Entendí entonces aquel sonido, era peculiar.

Al abrir la puerta me encontré a una niña de apenas once o doce años. Presentaba un aspecto desaliñado, con el cabello recogido en algo parecido a una coleta medio desecha, la cara sucia de barro y la ropa llena de polvo, como si se hubiera revolcado por el suelo. Era morena, de ojos marrones y cara delicada, pero su mirada mostraba una gran fuerza.

—Hola —la saludé, al ver que no decía nada, solo me miraba de arriba abajo, impresionada.

—Hola —respondió y clavó sus ojos en mí—. Eres Raiben, ¿verdad?

Fruncí el ceño, extrañado.

—¿Nos conocemos?

—Me llamo Julia, soy la hermana pequeña de David. Vivo en el piso de arriba, somos vecinos.

Me percaté entonces que tenía cierto parecido con su hermano. Y quizá por ese motivo recelé de aquella niña. Era la hermana de mi enemigo.

—Nunca había visto un elfo —continuó sin poder disimular su entusiasmo.

—Pues yo he visto un montón de niñas como tú —repliqué con indiferencia.

No le gustó mi respuesta, pero intentó disimular.

—¿Nos quedamos todo el día en la puerta o me dejas pasar? —Preguntó con una nota de resentimiento.

Me hice a un lado.

—Pase la señorita —le hice una reverencia en un gesto de burla y aquello no le gustó.

—Eres un borde —me espetó—. Creí que los elfos erais más

simpáticos, eso me había dicho Esther.

—¿Esther? —Acaparó toda mi atención entonces.

—Sí —dijo dirigiéndose hacia el salón donde se encontraban Ayla, Laranar y Dacio—. Me ha hablado de ti, dice que eres encantador y muy considerado. Pero veo que exageraba. ¡Ayla! —Llamó, pasando al entusiasmo al ver a la elegida—. ¡Qué alegría verte!

Ayla desvió su vista del ordenador a Julia, y sonrió abiertamente al reconocerla. Se alzó de la silla y Julia la abrazó.

—¡Por todos los santos! ¿Cómo vas tan sucia? —Le preguntó Ayla, mirándola de arriba a abajo.

—Me he peleado con unos niños en el cole —respondió Julia sonriendo—. Quisieron meterse conmigo, pero han recibido de lo lindo. Aunque yo también —empezó a reír.

Me retiré al balcón, dejándolos, necesitaba tomar el aire.

Escuché a Ayla presentar a la niña a Laranar y Dacio, y luego ordenar a Julia que fuera de inmediato a la ducha antes que regresara a su casa y sus padres la vieran con aquel aspecto. Media hora más tarde, Julia salió al balcón y se colocó a mi lado apoyándose en la barandilla y mirando la calle.

Me sonrió.

—¿Te gusta Barcelona?

—Es gigantesca —respondí—. No hay ciudades tan grandes en Oyrun.

Aquella niña podía serme útil para recabar información así que pregunté:

—¿Cómo está Esther? Hace dos días que no la veo.

—Bien —se encogió de hombros—. Pero está muy rara.

—¿Rara?

—Sí, parece que no quiera venir a veros. Le pedí varias veces que me acompañara a visitaros —se puso colorada—. Me daba un poco de vergüenza venir sola —confesó—. Pero siempre me pone excusas. Solo viene a veros cuando le acompaña mi hermano.

Esther no quería tener la mínima oportunidad de estar a solas conmigo, y utilizaba a su novio como escudo para asegurarse que no intentara convencerla de regresar conmigo a Oyrun.

—¿Me dejas ver tu espada? —Me preguntó con precaución.

La miré atentamente, luego suspiré retirándome de la barandilla y desenvainé a *Rayo*, mi espada. En casa de Ayla siempre la llevaba encima ya que era el único lugar donde nos dejaba lucirla.

—Ten cuidado, no es para niños.

Se la tendí.

—Pesa mucho —dijo alzándola, me acerqué a ella al ver que se balanceaba con la espada apuntando al cielo—. Estoy bien, tranquilo —la bajó con cuidado apoyando la punta de la espada en el suelo—. Y es muy bonita, me encanta la empuñadura, es la cara de un lobo, ¿verdad? —Señaló el pomo y asentí con la cabeza—. Es la espada más bonita que he visto nunca.

Me la tendió de nuevo y la cogí.

—No has visto la de Laranar —dije envainándola—. La suya es espectacular.

—Lo dudo —dijo segura—. A mí me gusta esta.

Sonreí, empezaba a caerme bien aquella pequeña.

La Sagrada Familia

—El último fragmento debe ser buscado en el mundo de la elegida, dónde una vez el mar cedió su terreno dando forma a sus montañas, y es lugar de reposo de una figura única y sagrada. Punto de peregrinación y espiritualidad para las gentes de ese mundo, allí es dónde reposa el último fragmento de los cuatro elementos —releía Laranar del papel donde Ayla anotó las palabras que Danlos le transmitió a través de los sueños—. Si continuamos así, tardaremos años en encontrar el último fragmento.

—Tiempo que no tenemos —puntualicé—. Deberíamos movernos, ir a alguna parte. Aquí tampoco hacemos nada.

—La Tierra es muy grande —dijo Ayla, sentada a nuestro lado

con el portátil enfrente.

Se frotó los ojos, cansada de mirar la pantalla.

—Si salimos a ciegas tardaremos lo mismo o incluso más. Hay montones de lugares de peregrinación y culto en la Tierra —continuó y bostezó entonces—. Perdón, últimamente no duermo muy bien y me encuentro agotada.

—¿Las pesadillas? —Le preguntó Dacio, sentado en el sofá mientras jugaba con una cosa a la que llamaban videoconsola—. Creí que ya no tenías tantas como antes.

—Ya no tengo pesadillas cada noche —admitió—. Solo de tanto en tanto, pero últimamente no sé que me pasa que me desvelo a las dos, tres, incluso cuatro de la mañana y ya no puedo dormir. En fin, —volvió su atención al ordenador — que no sé dónde más buscar.

—D*onde una vez el mar cedió su terreno dando forma a sus montañas* —repitió aquella frase Laranar—. Este trozo debe ser el punto clave.

El timbre de la casa sonó en ese instante.

—Voy a abrir, seguro que es Julia. Últimamente para mucho por aquí desde que os ha conocido —dijo la elegida, alzándose, pero tuvo que sujetarse a la mesa al marearse. Laranar se alzó enseguida—. Estoy bien, un ligero mareo.

—Voy yo —me ofrecí.

Al abrir la puerta me encontré con David, no con Julia, solo, sin Esther. Llevaba cargando cinco pesados libros. Al verme frunció el ceño.

—¿Está Ayla? —Me preguntó secamente.

—Está dentro —respondí en el mismo tono.

Era la primera vez que me hablaba de aquella manera.

David pasó al interior casi empujándome para que me quitara de en medio. Entonces lo entendí.

—Te lo ha dicho al final —supuse y se detuvo de espaldas a mí.

—¿A qué te refieres? —Quiso saber.

—Ya sabes a qué me refiero —respondí y se volvió levemente,

mirándome por encima de aquellos pesados libros.

—No me lo ha dicho —respondió mirándome de forma fulminante—. Pero su comportamiento es extraño desde que ha vuelto de Oyrun y cada vez que te ve huye de ti, se pone nerviosa, incómoda, y no se aparta de mí en tu presencia. Solo me imagino un motivo para actuar de esa manera.

—No eres tan tonto como creía —dije con indiferencia.

David soltó los libros de golpe y me cogió del cuello de la camisa, pero un humano como aquel no era una amenaza. Antes que pudiera moverse ya tenía encarado un puñal en su estómago y se detuvo.

—Suéltame —le advertí.

Lo hizo, aquellas gentes quizá se pelearan en ocasiones a puñetazo limpio, pero de armas no sabían nada. Me di cuenta viendo la fascinación que mostraban en ver nuestras espadas los hermanos de Esther y la pequeña Julia, y el hecho de que tuvieran prohibido el exhibir cualquier arma en la calle.

—No te acerques a Esther —dijo dando un paso atrás.

Fruncí el ceño.

—Te ha sido infiel —respondí—. ¿Y continuarás con ella?

—Eres un cobarde, estoy desarmado —respondió.

—Tienes razón —desenvainé a Rayo y se la ofrecí—. Vamos, cógela. Quien gane se queda con Esther.

Vaciló, ni con dos espadas podría vencerme aunque yo solo dispusiera del pequeño puñal que siempre guardaba escondido a mi espalda.

—¡Alto! —Ambos volvimos nuestra atención a la puerta de entrada que dejamos abierta y vimos a Esther—. David, no la cojas. Raiben, ¡maldita sea! ¡Te lo dejé bien claro!

Se puso en medio de los dos, pero su atención estuvo puesta en David.

—David, yo… —Rompió a llorar—. No sabía cuándo volvería, había pasado más de un año cuando te fui infiel con Raiben. Nunca lo hubiera hecho si hubiera sabido que en pocos meses regresaría a la Tierra, de verdad. Por favor, debes creerme. Te quiero.

David la miraba atentamente a los ojos.

—Esther, no le escojas a él —le pedí entonces y ésta se volvió a mí, abriendo mucho los ojos—. Te quiero.

Ya está, lo había dicho. Era ahora o nunca.

—¿Que Raiben la quiere? —Escuché a Ayla preguntar y entonces me di cuenta de que el grupo entero se encontraba al final del pasillo que daba al comedor, mirando la escena. Laranar le indicó con un gesto que callara, pero ninguno hizo intención de marcharse.

—No —respondió firmemente Esther y se me heló la sangre—. Yo no te quiero, nunca te querré porque estoy enamorada de David, ¡¿queda claro?!

Abrí mucho los ojos y la humana se volvió a David.

—Por favor, perdóname —le pidió—. Ponte en mi situación.

—Ya lo hago —dijo el chico—. Y necesito pensar —miró un momento a Ayla—. Ahí tienes unos libros que os pueden ayudar en vuestra búsqueda, son de la biblioteca.

Ayla se limitó a asentir y David se marchó.

Esther iba a seguirle, pero la cogí de un brazo al pasar a mi lado.

—Lo que te he dicho es cierto —le insistí—. Te quiero.

—Pero yo no —dijo con lágrimas en los ojos e hizo que la soltara.

Se marchó corriendo en busca de su novio.

Una hora después, pese a las reticencias de Ayla de salir solo por la ciudad, caminaba por las calles de Barcelona crispado, pensando en la situación que vivía.

Era irónico enamorarse después de quinientos años de una mujer que me instó a romper mi juramento con mi esposa fallecida, para luego dejarme sin nada más que el dulce recuerdo de lo que era el amor.

—Odio a David —dije en voz alta—. Si él no estuviera presente…

—David es mi hermano —dijo una voz al tiempo que la persona en cuestión me cogía de una mano. La miré, sorprendido—. Y no consiento que nadie hable mal de él delante de mí.

—Julia —mencioné—. ¿Qué haces aquí?

—Bajaba las escaleras para ir a veros, cuando vi que salías del piso de Ayla muy enfadado. Decidí seguirte y no te has dado cuenta en ningún momento que caminaba tres pasos por detrás de ti.

—Puso los brazos en jarras, soltándome—. Sé lo que ha pasado. Mi hermano ha venido a casa muy enfadado y Esther llorando detrás de él. Han discutido fuertemente, era inevitable no escucharles pese a que se encerraron en la habitación de David. Luego Esther se ha marchado de mi casa aún llorando.

—¿Han cortado? —Pregunté, mirándola serio a los ojos.

—No lo sé —dijo—. Espero que no.

Gruñí.

—Olvida a Esther —me pidió—. Ella quiere a mi hermano.

—No es tan fácil —dije volviendo a andar, pero Julia volvió a cogerme de la mano.

—Deberías pensar en otra chica —dijo como si tal cosa—. Una que te quiera solo a ti, que esté dispuesta a abandonarlo todo e irse a Oyrun contigo.

—Irse a Oyrun —repetí—. No es necesario que sea de la Tierra.

—A mí me gustaría ir a Oyrun —comentó como si tal cosa—. Podría volver con vosotros.

—Ni en sueños —respondí—. Oyrun es peligroso, aquí estás mejor, créeme.

Frunció el ceño.

A medida que caminábamos no pude evitar fijarme en una construcción un tanto peculiar, impresionante y raramente bella.

—¿Qué es eso? —Le pregunté, mientras nos acercábamos.

—La Sagrada Familia —respondió—. Es una especie de iglesia a lo grande, un templo. Podemos entrar, tengo dinero para pagar la entrada.

La Sagrada Familia resultó ser el templo más extraordinario que había visto construido por la mano del hombre. Tenía forma de cruz latina, albergando una nave central y naves laterales, varias fachadas, un claustro, una cripta, campanarios… La estructura del lugar era muy singular, arcos parabólicos y catenarios, columnas inclinadas, cimborrios, figuras que representaban el nacimiento de su religión en una fachada principal, y en el interior una serie de columnas que recordaban a árboles tan altos como gigantes, de formas raras y singulares.

—Es… extraordinario —Pensé en voz alta mientras observaba el interior del templo, mirando el techo.

—Sabía que te gustaría —sonrió Julia.

—Me pregunto… qué habrá más único y sagrado que este templo.

—La Sagrada Familia es única por su arquitectura, pero hay muchos lugares en la Tierra que tienen su encanto. Hay muchas iglesias y catedrales, monumentos, edificios, estatuas… Pero no sabemos cuál de ellas habrá estado sumergida por las aguas del mar. La Sagrada Familia seguro que no.

Me fijé en un grupo de señoras que iban vestidas de forma extraña, con túnicas negras y collares con una cruz como colgante.

—Julia, ¿por qué van vestidas con esas túnicas? ¿Son sacerdotisas? —Le pregunté señalándoselas con la cabeza. Julia las miró.

—Son monjas, habrán venido a visitar el templo o a rezar.

Me las quedé mirando, era un grupo de cinco mujeres, la más joven tendría cuarenta años y la más mayor alrededor de ochenta. Una de ellas cruzó la mirada conmigo, dándose cuenta que las observaba.

—Se supone que rezan su religión —deduje.

—Sí, ¿por qué?

—Porque quizá sepan el lugar de la profecía —me dirigí a ellas y la que parecía más mayor se adelantó a las otras mujeres—. Disculpe, me gustaría hacerle una pregunta.

La mujer se me quedó mirando de arriba abajo, su cara marcada por unas gruesas y profundas arrugas delataba su edad, pero sus ojos pequeños parecían verme perfectamente, no tenían el típico velo blanco al que estaba acostumbrado a ver en los humanos ancianos de Oyrun.

—Dime, hijo.

—Necesitamos localizar un lugar sagrado, pero no sabemos dónde se encuentra —le tendí un papel donde estaba escrita la profecía. Todo el grupo tenía uno para no olvidar ni una palabra de lo que ponía—. Es un enigma, ¿sabría decirme usted dónde es este sitio?

La mujer lo abrió, supuse que sabría leer, en la Tierra parecía que todos los humanos conocían las artes de la escritura, todo lo contrario a Oyrun, dónde lo extraño era encontrar un humano que supiera escribir su nombre.

Sonrió después de un largo minuto mirando el papel.

—Claro, hijo —respondió—. Un lugar que fue bañado por las aguas dando forma a sus montañas, es Montserrat.

—¿Montserrat? —Preguntó Julia y, entonces, como si la memoria viniera en ese instante a la niña pareció comprenderlo—. Claro —dijo—, Montserrat es un monasterio. Se dice que el mar, muchos milenios atrás, bañaba todo ese lugar, dando forma a sus montañas.

—Y lo sagrado y único será la *Moreneta*, pequeña —le sonrió la mujer—. Muchos peregrinos van a verla y rezar.

—La *Moreneta* es una virgen, una estatua —me aclaró Julia.

—Muchísimas gracias, no sabe cuánto nos ha ayudado —le agradecí sinceramente a la monja.

Regresamos inmediatamente a casa de Ayla, todos estaban expectantes a mi regreso por la situación vivida horas antes. Los hermanos de Esther se encontraban presentes, como si esperaran mi llegada buscando pelea. Pero les ignoré y me dirigí de inmediato a Laranar, Ayla y Dacio para explicarles lo que Julia y yo habíamos descubierto.

—¡Claro! ¡Montserrat! ¿Cómo no se me había ocurrido? —Exclamó Ayla y miró a Laranar—. Iremos mañana mismo, ahora es tarde.

—Una vez aclarado esto… —Marc hizo que me girara a él cogiéndome de un hombro y recibí un puñetazo en toda la cara, no esperando aquel golpe—. Esto por hacer llorar a mi hermana, desgraciado.

Antes de poder arremeter contra él, Laranar me detuvo cogiéndome la mano que ya dirigía hacia el puñal que llevaba escondido a mi espalda.

—Ni se te ocurra —dijo—. No empeores más las cosas.

—Marc, no le vuelvas a pegar —le espetó enfadada Julia interponiéndose entre los dos—. O te las verás conmigo.

—No te metas niña —le respondió Álex, el hermano pequeño.

Julia, en respuesta, le propinó una patada en toda la espinilla.

—Serás bruja.

La niña iba a abalanzarse sobre él, hecha una furia, pero Álex la cogió por las muñecas al ser más mayor.

—Quieres tranquilizarte —le pidió.

—¡No soy una niña!

Marc me señaló con un dedo.

—Vuelve a hacer llorar a mi hermana y esto te parecerá insignificante.

—Si sigues vivo es porque mi príncipe me ha detenido…

—Parad los cuatro —pidió la elegida, pero no le hicimos caso. Marc y yo continuamos amenazándonos verbalmente y Julia quiso darle otra patada a Álex, pero este la esquivó.

—¡Algún día creceré! —Gritó a pleno pulmón la niña, acallando al resto. Álex la soltó de las muñecas y Julia se retiró dos pasos de él, volviendo su vista a mí—. Creceré y seré tan guapa como Esther. Entonces, iré a Oyrun cueste lo que cueste, ¡lo juro!

Dicho esto salió corriendo del piso de Ayla, dejándonos a todos sin palabras.

Los hermanos de Esther se marcharon minutos después por petición de Ayla antes que llegáramos a las manos.

—Raiben —Ayla se dirigió a mí en cuanto nos quedamos solos—. Olvídate de Esther, he hablado con ella por teléfono, a quien quiere es a David.

—Lo sé —respondí—. Y no es justo.

—La vida no es justa —dijo a su vez, cansada.

Negué con la cabeza, furioso.

—¡Estoy harto de la vida! —Alcé la voz—. ¡No debí romper mi juramento con Griselda!

Dichas esas palabras me dirigí al balcón, a tomar el aire.

No volveré a enamorarme de nadie, pensé, *le debo fidelidad a la única mujer que me ha querido realmente, mi esposa.*

Marta Sternecker

AYLA

Se acabó el tiempo

Solo fue un segundo, un instante, pero percibí como algo que viene y se va, la oscuridad fría y tenebrosa de los sueños dirigidos por Danlos.

Sus ojos rojos se cruzaron con los míos en una fracción de segundo y de sus labios solo salió una frase:

—Se acabó el tiempo.

Me desperté con un sobresalto y respiré una bocanada de aire como si llevara largo tiempo sin poder respirar. Dacio, Laranar y Raiben me rodeaban, mirándome preocupados.

—¿Estás bien? —Me preguntó Dacio—. He percibido magia mientras dormías.

No le respondí, me levanté de un salto de la cama apartando a mis tres guardaespaldas sin miramientos, y con una mano tapándome la boca, logré llegar al cuarto de baño donde pude vomitar en el váter.

—Ayla —Laranar no tardó en querer ayudarme y me retiró el pelo del rostro, mientras mi estómago se revolvía provocando fuertes arcadas, echando la cena de anoche—. Dacio, ¿qué le ha hecho Danlos?

Noté al mago acercarse a mí, pero no supo por dónde empezar.

—No percibo magia —respondió.

Cuando logré echarlo todo, me relajé y me senté en el mismo suelo, cansada.

—Estoy bien —dije algo mareada, tirando de la cadena del váter—. Algo ha debido de sentarme mal.

—¿Estás segura? —Me preguntó Laranar hincando una rodilla en el suelo.

Le cogí una mano.

—Estoy segura —me forcé en sonreír—. Los humanos nos ponemos enfermos de vez en cuando, pero ya estoy bien.

Suspiró.

—No es por ser impaciente —me habló Dacio—. ¿Pero qué has soñado?

—Danlos —respondí—. Ha sido muy extraño, lo he visto apenas un segundo y me ha dicho que se ha acabado el tiempo. No sé a qué se refiere.

Raiben y Laranar se irguieron entonces, como si se concentraran en percibir algo que a Dacio y a mí se nos escapaba.

—¿Qué…? —Empecé a escuchar el sonido de sirenas, tanto de ambulancias como de la policía, circulando por las calles. Y no una ni dos, sino decenas.

Me levanté del suelo y me dirigí al comedor para asomarme a una ventana. El grupo me siguió. En la calle, apenas siendo las ocho de la mañana, la gente miraba con curiosidad el gran número de coches patrulla que pasaron en ese instante a gran velocidad. Pero pronto los viandantes se tensaron al ver llegar a gente corriendo, huyendo de algo o alguien. Y, en apenas tres segundos, empezó una estampida para salvar la vida.

—¡Orcos! —Grité espantada, viendo como un escuadrón de cien orcos tomaba la calle Independencia provenientes de la calle Valencia.

—A eso se refería mi hermano —dijo Dacio—. Ha mandado a sus tropas para buscar el fragmento.

—¡Maldita sea! —Grité furiosa.

Me separé de la ventana y me dirigí como un rayo a mi habitación. Laranar me siguió.

—Laranar, por favor, ve al piso de David, avísales de lo que sucede —le pedí mientras me vestía deprisa y corriendo, quitándome el pijama—. Quizá ya se haya despertado, aunque hoy es sábado…

—No pienso dejarte sola —dijo—. Y más cuando estás enferma.

—Me encuentro perfectamente —respondí—. Solo me ha sentado mal algo que comí anoche. Pero debemos darnos prisa, David tiene coche, puede llevarnos a Montserrat…

Empezó a sonar el teléfono de casa y cogí el inalámbrico de la mesita de noche de la habitación.

—Ayla, Danlos ha enviado orcos a la tierra —reconocí la voz de Esther de inmediato.

—Lo sé, debemos ir cuanto antes a Montserrat, en cuanto recuperemos el fragmento y vuelva a Oyrun se marcharán —miré a Laranar, temerosa de equivocarme al pensar aquello, pero mi protector asintió con la cabeza—. Vosotros no salgáis a la calle, es peligroso.

—¿Estás de broma? —Dijo—. Estamos cogiendo el coche para llevaros a Montserrat, como había quedado mi hermano contigo.

—David puede llevarnos —dije—. Y así no os pondréis en peligro, él vive en mi mismo edificio.

Esther calló y yo me mordí la lengua al recordar la situación tan delicada que vivía con su pareja.

—Da igual —reaccionó—. Debo despedirme de ti y quiero darte algo antes que te marches, puede que no nos volvamos a ver nunca más.

Me senté en el borde de la cama al pensar en ello. Era verdad, si lograba quedarme en Oyrun, desafiar la profecía, quizá fuera la última vez que podría ver a Esther, despedirme de ella.

—Está bien, pero ten cuidado —le pedí—. Os estaremos esperando.

—En menos de cinco minutos nos tienes ahí —prometió.

Y cumplió su promesa, en menos de cinco minutos llegaron. Para entonces, David se había presentado en mi casa acompañado de su hermana Julia, sus padres al ser pasteleros trabajaban por la mañana temprano en la pastelería y no se encontraban en casa.

—No puedo dejar a mi hermana sola —me explicaba David cuando Esther entró por la puerta entreabierta de mi casa, acompañada de su hermano pequeño Álex.

Se miraron.

—Hola —le dijo Esther.

—Hola —le respondió David, ambos incómodos.

Y por si fuéramos pocos parió la abuela, Raiben salía de la cocina con Dacio en ese instante y miró a los dos.

—Bueno —dije nerviosa cogiendo al elfo de un brazo para apartarles—. Ya estamos todos, vayámonos antes que corra la sangre —susurré a nadie en concreto.

—David, tú nos llevarás a Ayla, Esther, Julia y a mí —ordenó Laranar—. Álex, tu hermano nos está esperando abajo con el coche, ¿verdad? —El chico asintió—. Él llevará a Dacio y Raiben…

—Yo quiero ir con Raiben —saltó Julia, de pronto.

—Tú te vienes conmigo —dijo de forma fulminante David a su hermana.

—No —insistió la pequeña.

—No hay tiempo para discutir —se puso firme Laranar—. Julia, irás con tu hermano te guste o no.

La niña puso un mohín, pero no se atrevió a replicar a Laranar, y el resto estuvo conforme con la distribución de los coches. Diez minutos después, circulábamos por las calles de Barcelona intentando esquivar el tráfico, donde coches de los *Mossos d'Esquadra* —la policía autonómica— iban de un lugar a otro con sus sirenas zumbando por toda la ciudad, unidas a las de las ambulancias y los bomberos.

—Voy a poner la radio, quizá nos den más información —dijo Esther, sentada de copiloto mientras David conducía.

En ese instante, un grupo de trolls, acompañados por decenas de orcos aparecieron en medio de la avenida Meridiana cortando el paso a los coches. Tres furgones de la policía nos adelantaron, mientras David reducía la marcha, sorprendido sin saber qué hacer.

—David no te detengas —le ordenó Laranar.

—Pero…

—¡Acelera, acelera! —Le pedí—. Antes que acaben de cortar el paso.

David frunció el ceño y pisó el acelerador al máximo.

Laranar me rodeaba con un brazo los hombros mientras Julia le abrazaba muerta de miedo. David, para esquivar un troll dio un volantazo metiéndose de lleno en contradirección, teniendo que esquivar a su vez un camión de bomberos que iba en sentido contrario. En cuanto recuperó el control del coche —un Ford Focus de color negro— volvió al sentido normal de la vía y todos suspiramos aliviados. Habíamos logrado atravesar la cortina de orcos.

Me volví para ver el coche de Marc —un Seat León de color rojo—, un aura le cubría por entero y fruncí el ceño al ver como los orcos saltaban impulsados por alguna extraña energía, no pudiendo tocar el vehículo.

—Debí poner a Dacio en nuestro coche —dijo Laranar, viendo como Marc nos alcanzaba después de rezagarse levemente.

—Aún estamos a tiempo, me puedo cambiar por él —dijo Julia, aún abrazada a mi protector.

—Julia —la nombró su hermano mirándola por el retrovisor—, quítatelo de la cabeza.

Frunció el ceño, molesta, y se incorporó cruzándose de brazos, pero rápidamente volvió a abrazar a Laranar cuando una enorme bestia pasó volando justo a cinco metros de nuestra posición. El enorme bicho, nada menos que un dragón, siguió su camino por el paseo de *Fabra i Puig* volando a ras de suelo e intimidando a todo aquel que encontraba a su paso.

Fue el último susto antes de salir de Barcelona, coger la autopista y marchar dirección Montserrat.

—¿Crees que me perdonará? —Me preguntó Esther cuando hicimos un alto en el camino, en una gasolinera a medio camino de nuestro destino.

Nos encontrábamos en los lavabos de la estación de servicio.

—No lo sé —dije refrescándome la cara con agua—. Diosss.

Cerré los ojos, concentrándome en mantener a raya mi estómago.

—¿Qué te ocurre? —Me preguntó Esther.

—Algo me ha sentado mal —dije—. He vomitado esta mañana, pero ahora tengo náuseas.

Esther suspiró.

—¿Raiben cómo está? —Quiso saber.

—Mal —respondí—. Se ha enamorado por primera vez desde que su mujer murió y no es correspondido —Esther se mordió el labio inferior—. No es correspondido, ¿verdad?

—Quiero a David —se limitó a responder—. Estar con Raiben implicaría abandonarlo todo, abandonar mi familia, algo que no puedo hacer.

—Entiendo —comprendí que algo sentía por Raiben por poco que fuera, pero no lo suficiente como para abandonar a los suyos—. Para mí es más fácil, no tengo padres ni hermanos a los que echar de menos, y quiero a Laranar de un modo que no soy capaz de describir con palabras.

Asintió.

Me sequé las manos y salimos fuera. Ya nos esperaban los chicos después de haber llenado los coches de gasolina y haber comprado unos bocadillos para almorzar algo.

—Toma —me tendió Laranar—. Aunque si aún te encuentras mal…

—No, que va —respondí cogiendo de inmediato el bocadillo dándole un buen bocado—. Estoy hambrienta —le hablé con la boca llena.

Esther me miró con la boca literalmente abierta y la miré sin comprender. Luego reaccionó y sin decir palabra se subió al coche. Me encogí de hombros y continué devorando mi bocadillo que me supo a gloria. Media hora más tarde David tuvo que parar en una cuneta a que vomitara. Al regresar al coche, Esther le pedía a David ir a una farmacia.

—Ayla, me preocupas —me dijo Laranar al subirnos al coche.

—Estoy bien —dije—. He comido con mucha ansia, eso es todo.

Pese a todo, Esther insistió en parar e ir a una farmacia.

—Toma —me tendió una pastilla—. La farmacéutica me ha dicho que te irán muy bien.

Guardó la caja de la medicación en la bolsa que le dieron, antes que pudiera leer el prospecto, como me gustaba hacer antes de tomar nada. Pero me tomé la pastilla sin rechistar e hizo su efecto, mi estómago me dio una tregua que necesitaba. Al poco rato me dormí apoyada en el hombro de Laranar.

—¡Ha mandado orcos por toda Europa! —Desperté de golpe al escuchar a David alzar la voz.

Tardé unos segundos en comprender qué sucedía, lo único que se escuchaba era la radio y al prestar atención en ella, abrí mucho los ojos.

Informaban de la aparición de criaturas horrendas, orcos y trolls, incluso dragones, por las principales ciudades de Europa.

No supe qué decir, me limité a mirar la radio del coche llena de pánico.

—Se marcharán —me dijo Laranar al verme así y le miré a los ojos—. En cuanto recuperemos la última esquirla y regresemos a Oyrun. No tienen otro motivo para querer venir.

Asentí con la cabeza.

—Laranar —le habló David, conduciendo y mirándole desde el espejo del retrovisor—. ¿Cuántos orcos puede mandar Danlos a la Tierra?

—Quizá un millón —dijo sin tapujos—. Pero es poco probable que mande a tantos, dejaría vacías sus tierras en Oyrun.

—Aunque sean menos harán daño —respondió David, preocupado—. Y habrá víctimas.

Las montañas de Montserrat aparecieron poco después como una luz de esperanza. La única esperanza para la Tierra de encontrar el fragmento y librarse de los magos oscuros.

—¿Y no te acordabas de Montserrat? —Me replicó Laranar, mirándolas asombrado—. Pero si tienen una forma muy peculiar, parecen moldeadas por la mano de alguien. No tienen pico, son ovaladas, y todas juntas una al lado de la otra.

Me limité a sonreír.

Despedidas

La *Moreneta*, una figura hecha de madera que representaba a la Virgen con el niño Jesús sentado en su regazo, no llegaba a medir un metro de altura. Su mano derecha, sostenía una esfera que simbolizaba el universo. El niño, por contrario, levantaba una mano en señal de bendición mientras que con la otra sostenía una piña. Su particularidad más distintiva era el color de la Virgen, negra, salvo sus manos y cara que eran doradas.

Y allí estaba yo, mirando la *Moreneta*, el lugar donde debía esconderse el último fragmento del colgante de los cuatro elementos. Estaba cubierta por una cúpula para evitar que los visitantes pudieran tocarla y protegerla del paso del tiempo. Solo la esfera que simbolizaba el universo estaba al descubierto, para que la gente pudiera besarla o acariciarla.

—No nos entretengamos —dije, al ver que el grupo la miraba atentamente, curiosos de ver un símbolo religioso de mi mundo—. Debemos encontrar la esquirla antes que el dragón que ronda por los alrededores vuelva y destroce este lugar.

Había un dragón en el exterior, sí. Dacio tuvo que emplear varios ataques eléctricos para ahuyentarlo de las montañas de Montserrat, pero de bien seguro volvería. No obstante, eso nos facilitó el tener a la virgen —La *Moreneta*— para nosotros solos, pues no había un alma cerca. Todos habían huido.

Llevaba el colgante incompleto en la mano derecha a la espera que empezara a brillar, pero no reaccionaba para consternación de todos.

—Tenemos que encontrarlo —dijo Dacio empezando a mirar cada rincón de la cámara.

Miré a Laranar.

—¿Y si nos hemos equivocado? —Le pregunté decepcionada—. Danlos no se marchará.

Laranar me cogió el rostro con delicadeza.

—Lo encontraremos, aquí o en otro lugar, no decaigas —me besó en los labios.

—¡Está dentro! —Gritó Julia, señalando el interior de la cúpula que protegía a la Virgen. Me acerqué de inmediato, todos lo hicieron—. ¿Es el fragmento?

Entrecerré los ojos buscando el punto que me señalaba Julia. Entonces, lo vi. Estaba escondido en una de las irregularidades del vestido de la virgen siendo apenas visible.

Sin pensarlo, posé el colgante en la esfera del universo.

Automáticamente la pequeña esquirla comenzó a brillar.

—¿Cómo lo sacaremos? —Me preguntó la niña.

—Dacio —llamé, dejando el turno al mago.

Dacio se aproximó y como si fuera un juego de niños, hizo levitar el fragmento con suma facilidad, abrió un boquete en la cúpula que cubría la *Moreneta* y lo sacó dejándolo caer en la mano que le tendí. Seguidamente, el agujero que provocó en la cúpula se selló como si nunca hubiese existido.

—El último fragmento —dije mostrándolo a todos.

A diferencia de los que siempre recuperé, este estaba limpio y libre de maldad. La *Moreneta* lo había protegido durante largo tiempo.

Miré a Laranar, que me sonrió satisfecho por haber llevado con éxito la misión en la Tierra. Casi treinta días habían sido necesarios para encontrarlo.

En cuanto regresáramos a Oyrun, el mago oscuro retiraría sus tropas y la Tierra volvería a estar a salvo.

Miré a Dacio, se encontraba con los ojos cerrados y la cabeza echada hacia atrás como si mirase el techo.

—Hora de irse —sentenció, abriendo los ojos—. Ya he avisado al consejo de Mair.

Miré a mis amigos, en concreto a Esther.

—Me gustaría acompañarte, pero…

—No, —negué con la cabeza, sabiendo que en su interior se dividían las ganas de volver para ayudarme y el querer estar con su familia, amigos y David—. Voy a hacer todo lo posible por quedarme en Oyrun y tú tienes tu vida aquí —la abracé—. Siempre serás mi mejor amiga. Gracias por todo.

Me estrechó fuertemente.

—No dejes que te vuelvan a coger —me pidió en un susurro—. Prométemelo —se le quebró la voz y al separarme vi como tenía los ojos anegados en lágrimas.

—Te lo prometo —juré, emocionándome de igual manera.

Me dirigí a David.

—¿No te volveré a ver? —Preguntó serio, sabiendo la respuesta.

—Ya lo has oído, quiero quedarme en Oyrun, estar con Laranar —David me abrazó fuertemente—. Esther te quiere, no la abandones, por favor —le pedí en un susurro casi inaudible.

Se limitó a besarme en una mejilla.

—Te echaré de menos —dijo.

Al separarnos, David se volvió, dándome la espalda, para no mostrar unas lágrimas que amenazaban con caer por sus mejillas, se limpió con la manga rápidamente y suspiró intentando controlarse. Luego se volvió de nuevo a mí.

Forzó una sonrisa.

—Cuídate —le costó decirlo sin que se le quebrara la voz.

Marc se aproximó.

—Ten cuidado, para mí eres casi como una segunda hermana —miró a Laranar—. Espero que la cuides bien.

—Tienes mi palabra — respondió Laranar.

—Nunca te olvidaré — le abracé.

Álex se acercó y también me abrazó.

—Espero que consigas quedarte en Oyrun si es lo que quieres y… —Vaciló, dejándome de abrazar—. Puedo… ¿Puedo quedarme con tu móvil?

—¡Álex! —Le regañó Esther—. No.

No pude evitar reír ante esa petición.

—Puedes quedártelo —respondí sacando mi móvil del bolsillo de mi abrigo—. Toma. En Oyrun no sirve para nada —también le ofrecí las llaves de mi casa—. Coge todo lo que quieras, tienes mi permiso. Y… —Saqué una carta del bolsillo de mi pantalón y se la tendí a Esther—. Se ha arrugado un poco, pero espero que os sirva; si desaparezco para siempre, quiero que vosotros, mi familia de verdad, se quede con todo lo que es mío. Aquí pone que os lo dejo a vosotros, está firmado ante notario. Mis tíos no podrán reclamar apenas nada.

—¿Cuándo lo has hecho? —Me preguntó Esther, sorprendida.

—Hace unos días, Laranar me acompañó a una notaría.

—Gracias.

Julia me miraba con los ojos llorosos y me abrazó nada más darle la carta a Esther.

—No te vayas —suplicó.

—Julia, tengo que hacerlo.

—Llévame contigo —me pidió muy seria—. No molestaré, lo prometo. Quiero ver Sorania, la ciudad de Raiben.

—Aquí tienes a tu familia y amigos, este es tu lugar.

—No, quiero ir —negó con la cabeza, testaruda.

—Julia —David se aproximó a ella—. ¿No ves que si te vas a Sorania ya no me volverás a ver nunca más?

—Pero… —No acabó la frase, resignada a tener que quedarse.

Raiben la miró serio y se acercó a la niña.

—Toma —Raiben sacó un puñal escondido a su espalda—. Es para ti, para que tengas un recuerdo de todos nosotros.

Julia lo cogió, observándolo, lo sacó de su funda y vio maravillada el mango en forma de dragón, la hoja de doble filo donde uno podía verse reflejado en él y la punta afilada que podía matar a una persona. David dejó que la aceptara, pero estaba convencida que no le hizo mucha gracia que su hermana de tan solo once años tuviera un arma como aquella.

—Pone tu nombre —observó Julia señalando la vaina.

—Sí, así te acordarás de mí —le sonrió y le dio un beso en la mejilla.

Julia se ruborizó y no perdió la ocasión de abrazarle fuertemente.

—Gracias —dijo alargando el momento.

Raiben la retiró con delicadeza.

—Te acuerdas de lo que juré, ¿verdad? —Le preguntó Julia mirándole con determinación.

—Sí —respondió—. Pero no creo que seas capaz de viajar a Oyrun, tú sola.

—Espera y verás —dijo muy convencida, guardándose el puñal detrás del pantalón como lo había llevado Raiben.

—Voy a empezar —informó Dacio.

—¡Espera! —Le pidió Esther sacando un álbum de fotos de la mochila de Marc—. Esto es para ti, lo he hecho estos días para que no te olvides de nosotros.

—Esther —la nombré asombrada hojeando el álbum por encima. Había fotos de todos nosotros, de mi abuela, mis amigas del instituto, los veranos que pasamos juntas, incluso de mis padres. Me emocioné de nuevo y miré a mi amiga a los ojos—. Muchas gracias.

—Sabes que siempre puedes regresar, ¿verdad? —Quiso asegurarse—. Aunque sea dentro de diez años, aquí siempre tendrás una familia que te quiere.

—Lo sé —volvimos a abrazarnos—. Gracias.

—Y toma tu medicina —me tendió la bolsa de la farmacia cerrada en un nudo—. Por si te vuelven las náuseas.

Miré a todos mis amigos, memorizando ese momento, si lograba quedarme en Oyrun nunca más volvería a verles.

—No quiero meter prisa, pero es que Zalman y el resto están esperando —insistió Dacio.

Laranar me separó de Esther y dejé que hiciera, entrelazó una mano con la mía y me apartó de mis amigos. Dacio puso una mano en mi hombro.

—No os soltéis —dijo.

—Gracias por todo —les dije mientras las lágrimas caían de forma descontrolada por mis mejillas. El pulso me iba a mil por hora, nerviosa. Laranar me estrechó con más fuerza la mano que entrelazaba y le devolví el apretón.

Dacio empezó a canturrear el hechizo que debía devolvernos a Oyrun. Al tiempo, una luz empezó a envolvernos seguido de un aire que se levantó haciendo revolotear nuestros cabellos. Me abracé a Laranar, los rostros de mis amigos se esfumaron rápidamente y la sensación de vértigo me invadió, las rodillas me temblaron y caí al suelo, inconsciente.

Al abrir los ojos me encontré en la gran sala de los ocho pilares desde donde fuimos trasladados a la Tierra y devueltos en ese instante a Oyrun.

—¿Lo habéis encontrado? —Nos preguntó Tirso aproximándose a nosotros con Zalman y Rónald.

Laranar me ayudó a levantar del suelo y mostré el último fragmento del colgante de los cuatro elementos.

—Lo hemos conseguido —dije.

Marta Sternecker

EPÍLOGO

Miraba el álbum de fotos que Esther me regaló justo antes de regresar a Oyrun. Aún nos encontrábamos en Mair, alojados en la granja de Dacio. Alegra había vuelto con nosotros, después de visitar a su hermano Edmund durante el mes que estuvimos en la Tierra. Lord Daniel la trajo de vuelta con el Paso in Actus y la vi feliz, contenta de ver que Edmund se encontraba perfectamente, adaptándose a la vida militar del ejército de Andalen.

Pronto emprenderíamos de nuevo el viaje en busca de Danlos y Bárbara, y aproveché aquel pequeño descanso, apenas un suspiro, en contemplar aquellas fotografías que me trasladaban al pasado y me unían a recuerdos que no quería olvidar.

Acariciaba con la yema de los dedos una fotografía donde aparecía con mis padres cuando apenas era un bebé; mi padre me sostenía en brazos, sonriente, y mi madre le abrazaba teniéndome entre los dos.

Me emocioné, no lo pude evitar, y unas lágrimas empezaron a caer por mis mejillas.

Me limpié los ojos rápidamente, habían muerto mucho tiempo atrás, no debía afectarme tanto su ausencia a aquellas alturas. Pero quizá el sentimiento de culpa intensificaba la pérdida, pues no olvidaba que el causante de sus muertes fue Danlos cuando quiso ir a por mí siendo apenas una niña.

Me llevé una mano a la boca, notando como de nuevo el estómago se me revolvía.

Cerré el álbum, dejándolo en la misma cama donde estaba sentada. Y cogí la bolsa de la farmacia. Deshice el nudo de la bolsa y vacié su contenido encima del colchón.

Salieron dos cajas, una cuadrada y otra rectangular muy alargada.

—¿Qué demonios…? —Había una nota también y la cogí, leyéndola.

Espero que no te enfades, pero he creído que no estaría de más que te hicieras una prueba.
¡Suerte!
Esther

—¡Ay, madre! —Exclamé, empezando a temblar de pies a cabeza.

Cogí la caja alargada.

No era otra cosa que una prueba de embarazo.

PERSONAJES

COMPONENTES DEL GRUPO

—*Ayla*. Elegida por la profecía y por el colgante de los cuatro elementos para derrotar a los magos oscuros y devolver la paz al mundo Oyrun (18 años).

—*Laranar, príncipe de Launier.* Elfo de dos mil trescientos años, asignado como protector de Ayla. Desafía la profecía iniciando una relación prohibida con la elegida.

—*Dacio Morren*. Mago de unos mil años de edad. Guardaespaldas de la elegida. Se unió al grupo que combate contra los magos oscuros para llevar a cabo su propia venganza.

—*Alegra, Domadora del Fuego*. Última guerrera de los Domadores del Fuego. Perdió a toda su familia y amigos a manos del mago oscuro Danlos. Se unió al grupo para vengar a su pueblo y rescatar a su hermano pequeño Edmund secuestrado por Danlos (21 años).

—*Alan del Norte*. Guerrero de las tierras del Norte. Hermano del rey Alexis y eterno rival de Laranar por conquistar el corazón de la elegida (21 años).

—*Esther*. Amiga de Ayla en la Tierra. Es trasladada a Oyrun por error y decide seguir al grupo (17 años).

—*Akila*, lobo salvaje que acompaña al grupo.

MAGOS OSCUROS POR ELIMINAR

—*Danlos*. El más poderoso de los siete magos oscuros. Mató a toda su familia cuando decidió practicar magia negra. Su mayor arma es la inteligencia y capacidad de aprender cualquier hechizo o conjuro con solo verlo.

—*Bárbara Casil*. Esposa de Danlos. Utiliza su belleza para atraer a sus víctimas. Tenaz, calculadora, egoísta y maliciosa. Su mayor arma son los hechizos mentales y su mayor defecto la impaciencia.

—*Urso Lauerm*. Maestro de Danlos. Incitó al resto de magos oscuros a practicar la magia negra. De poderes débiles, pero con don de palabra, siempre consigue atraer a aquellos que le interesan.

MAGOS OSCUROS ELIMINADOS

—*Valdemar Dotdorior*. Mago oscuro que en la batalla contra la elegida predijo un futuro oscuro a Ayla justo antes de morir.

—*Numoní*. Una Frúncida, mitad mujer, mitad escorpión que consiguió su poder y fuerza gracias a Danlos. Asesinó a la hermana pequeña de Laranar y la esposa de Raiben, ambas fueron vengadas por la elegida.

—*Falco Guerim*. Mago oscuro que fue atraído por la magia negra de Urso.

—*Beltrán*. Fue el último de los seres Cónrad.

FAMILIA Y AMIGOS DE AYLA EN LA TIERRA

—*David*. Mejor amigo de Ayla. 20 años.
—*Álex*. Hermano pequeño de Esther. 14 años.
—*Marc*. Hermano mayor de Esther. 20 años.
—*Julia*. Hermana pequeña de David. 11 años.
—*Mónica*. Tía de Ayla. 45 años.
—*Luis*. Tío de Ayla. 49 años.

ELFOS DE LAUNIER

—*Lessonar, rey de Launier.* Padre de Laranar.

—*Creao, reina de Launier.* Esposa de Lessonar y madre de Laranar.

—*Eleanor, princesa de Launier.* Hermana pequeña de Laranar.

—*Raiben Carlsthalssas.* Elfo guerrero. Mejor amigo de Laranar.

—*Danaver Mith'rem.* Médica de la ciudad de Sorania.

—*Rein Mith'rem.* Hijo de Danaver y médico de la ciudad de Sorania.

MAGOS DE MAIR

—*Lord Zalman.* Mago más poderoso de Mair. Preside el consejo de magos. En su juventud fue un mago perteneciente al grupo de Guerreros.

—*Lord Rónald.* Segundo mago del consejo de Mair. Miembro en activo de los magos guerreros.

—*Lord Tirso.* Tercer mago del consejo de Mair. Miembro en activo de los magos de alquimia.

—*Lady Virginia.* Maga sanadora y amiga de Dacio.

—*Lord Lucio.* Mago guerrero, miembro del grupo de guardianes que protege los libros del día y la noche. Amigo de Dacio.

—*Arvin.* Empleado de la granja de Dacio, responsable del campo de Citavelas.

—*Lord Víctor.* Eterno rival de Dacio desde la infancia.

—*Lord Andreo.* Rival de Dacio en la infancia.

REINO DE ANDALEN

—*Irene de la casa Brandeil por nacimiento y de la casa Cartsel por matrimonio.* Reina regente de Andalen, viuda del rey Gódric y madre del rey Aster. 32 años.

—*Aarón.* Senescal del reino de Andalen y antiguo miembro del grupo de la elegida.

—*Aster de la casa Cartsel.* Rey de Andalen. 6 años.

—*Tristán de la casa Cartsel.* Príncipe de Andalen, hermano del rey. 4 años.

REINO DE RÓCLAND

—*Alexis.* Rey de Rócland. 30 años.

—*Aurora.* Reina de Rócland y esposa de Alexis. 20 años.

—*Eduard.* Príncipe de Rócland e hijo de los reyes del Norte.

OTROS

—*Edmund, Domador del Fuego.* Hermano pequeño de Alegra y rehén de Danlos. 12 años.

—*Ruwer.* Engendro creado por el mago oscuro Danlos. Es un ser de andares humanoides semejante a un lagarto.

—*Durdon.* Domador del fuego. 25 años.

—*Chovi.* Duendecillo desterrado del país de Zargonia por ser un patoso consumado. Se unió al grupo de la elegida para saldar una deuda de vida que contrajo con Ayla.

—*Númeor.* Elfo fundador de la villa de los Domadores del Fuego; antepasado de Alegra y Edmund.

—*Griselda.* Elfa, esposa fallecida de Raiben.

—*Gabriel.* Dragona que instauró la raza de los magos al principio de los tiempos de Oyrun.

—*Ainhoa.* Primera humana que fue convertida en maga gracias a la dragona Gabriel.

LUGARES

—*Oyrun.* Mundo donde es trasportada Ayla.

—*Launier.* País de los elfos. Consta de tres ciudades importantes: Sanila, Sorania y Nora.

- *Sanila.* Única ciudad donde se permite el paso a gente extranjera.
- *Sorania.* Capital de Launier y lugar donde reside la familia real.
- *Valle de Nora.* Única ciudad, protegida por montañas infranqueables, donde nunca ha entrado nadie que no sea elfo.

—*Yorsa.* Toda extensión de terreno ocupada por humanos. Abarca dos grandes reinos, y un gran desierto ocupado por hombres nómadas y salvajes de las arenas.

- *Reino de Andalen.* Reino de los hombres que comprende la ciudad de Barnabel, Tarmona y Caldea.
- *Reino del Norte.* Reino de los hombres del norte que comprende la ciudad de Rócland, las cuevas de Shurther y el valle de Wolfkan, junto con más tribus bárbaras que están unidas para combatir la guerra.
- *Desierto de Sethcar.* Gran desierto en el que habitan los nómadas del Sol, los nómadas del Fuego, los nómadas de Piedra Fuerte, los nómadas de la Serpiente, los jinetes de Almer, los guerreros de las Arenas y las Caravanas del Agua.

—*Mair.* País de los magos. Comprende una única fortaleza conocida como Gronland que hace las veces de universidad y escuela de los magos.

—*Zargonia.* País de los duendecillos, así como de diferentes razas mágicas, ya sean hadas, centauros, dragones, unicornios... En él se encuentra el árbol de la vida, adorado por elfos, duendecillos y casi todas las criaturas de Oyrun, excepto los humanos y los magos. Aunque todo aquel que lo ve queda maravillado por su grandeza. El árbol de la vida representa la vida en Oyrun, y es una representación de Natur (Diosa de la naturaleza).

—*Creuzos.* País dominado por los magos oscuros. La capital del reino es Luzterm. Y todo el territorio que comprende se encuentra rodeado por un gran muro negro alzado día a día por los esclavos que allí viven.

SOBRE LA AUTORA

Marta Sternecker nació en Barcelona en 1985 y vive actualmente en Caldes de Montbui. Es una lectora insaciable de obras literarias que la llevaron a querer crear su propia historia de fantasía conocida como Saga Oyrun.

En la actualidad, está sumergida en nuevos proyectos literarios de distintos géneros que espera poder publicar en un futuro cercano.

RRSS

www.martasternecker.com
www.sagaoyrun.com
Facebook.com/sagaoyrun/
Facebook.com/Marta.Sternecker.Autora/
Twitter: @MartaEstrella85
Instagram: @MartaEstrella85

www.ingramcontent.com/pod-product-compliance
Lightning Source LLC
Chambersburg PA
CBHW051927020726
47501CB00001B/14